U0116180

国家哲学社会科学研究基金资助项目

黑龙江大学汉语研究中心科研成果

戴昭铭 著

天台方言研究

中华书局

图书在版编目（CIP）数据

天台方言研究/戴昭铭著. －北京：中华书局，2006
ISBN 7 － 101 － 05416 － 1

Ⅰ. 天… Ⅱ. 戴… Ⅲ. 吴语 － 方言研究 － 天台县
Ⅳ. H173

中国版本图书馆 CIP 数据核字（2006）第 144198 号

书　　名	天台方言研究
著　　者	戴昭铭
责任编辑	刘彦捷
出版发行	中华书局
	（北京市丰台区太平桥西里 38 号　100073）
	http://www.zhbc.com.cn
	E － mail：zhbc@ zhbc.com.cn
印　　刷	北京瑞古冠中印刷厂
版　　次	2006 年 12 月北京第 1 版
	2006 年 12 月北京第 1 次印刷
规　　格	开本/787 × 1092 毫米　1/16
	印张 18　插页 4　字数 420 千字
印　　数	1 － 1500 册
国际书号	ISBN 7 － 101 － 05416 － 1/H · 287
定　　价	38.00 元

本书作者

(2003 年于黑龙江大学)

与指导教师王福堂先生合影

(2002 年,北京大学承泽园)

在田野调查中

(2000 年,天台鬐山)

调查合作人蔡达文先生

(2001 年,时年 78 岁)

与调查合作人叶永志老师合影

(2001 年)

偕妻子摄于天台石梁

(2002 年)

天台方言在吴语中的位置：地图中绿色显示的小块儿

（原图出自香港朗文出版公司出版的《中国语言地图集》）

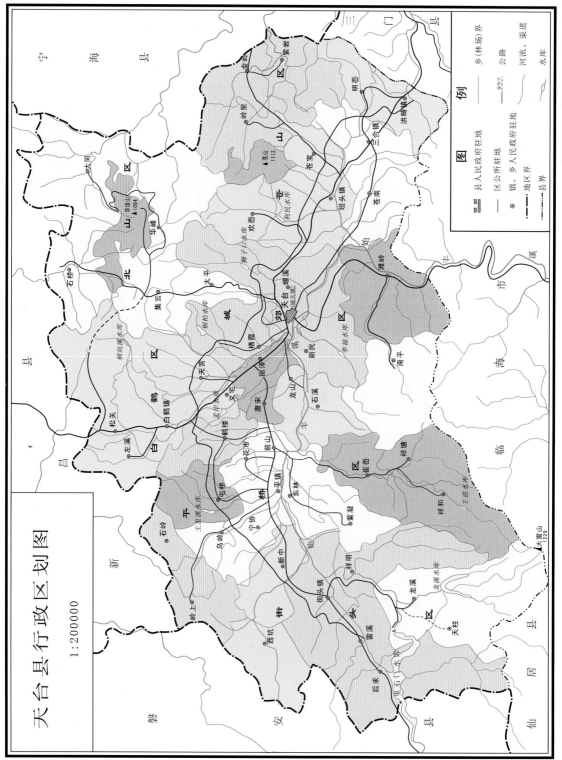

天台县行政区划图

1:200000

图　例

县人民政府驻地
区公所驻地
镇、乡人民政府驻地
乡（林场）界
公路
河流、渠道
水库
地区界
县界

（此图系天台县人民政府提供）

目　录

语　音　编

语 法 编

词　汇　编

序　言

　　吴方言是一个重要的汉语方言。它的特点众多,除众所周知的浊声母外,还保有若干上古汉语的特点。它的历史悠久,不仅可以和我国古代的历史相联系,从中还可以窥见汉族与其他民族的关系。吴方言因此受到学术界重视,这是很自然的事。自1928年赵元任发表《现代吴语的研究》以后,有关吴方言的研究著作不断问世。新中国成立以后,特别是方言普查以后,汉语方言研究有了很大的发展,大量有关吴方言的专著和论文也陆续发表出来。不过研究工作主要集中在吴方言区江苏南部,相比之下,浙江部分的成果要少得多。

　　2001年3月,我在苏州参加第二届国际吴方言学术讨论会时,认识了黑龙江大学中文系的戴昭铭先生。戴先生是浙江天台人,当时正在调查天台方言,有感于母语的独特性,准备做一个比较全面的研究。他为此申请了国家社会科学基金项目,得到批准,希望我能在这方面再给他一点支持。就我所知,浙江台州地区的吴方言很有特点,而且除温岭方言以外,还没有哪个方言做过稍微系统一点的研究。天台自东汉建县以后,虽然地处偏僻,却因为境内岭壑俊秀,成为道教南宗、佛教天台宗和禅宗的发祥地,闻名于世。而台州地区的闭塞又宜于隐居和避难,南宋以后移民不断进入,移民语言的影响也可能与本地方言的某些特点有关。我觉得这样的方言很值得好好研究,因此很乐意支持他的工作。不久以后,戴先生作为访问学者来到北大中文系,我们因此能就天台方言的调查研究工作多次进行讨论。

　　戴先生在北大附近租了房住下,就过来找我。常常是几次讨论后准备一下,就动身前往天台调查。调查告一段落回到北京,把材料整理成文,又再讨论修改。戴先生在本单位是一位学术带头人,还带有多名研究生,工作繁忙,有时教学科研中的问题还需要他专门赶回去处理,甚至过年时也要回去给学生补课。这一年中,他在哈尔滨、北京、天台三地多次往返,其间的辛苦自不待言。幸亏他有过人的精力,又加安排紧凑,终于能有很好的收获。这一阶段的成果已收入《天台方言初探》一书,于2002年底出版。

　　在北大的访问结束后,戴先生回到哈尔滨。他在繁忙的教学工作中仍然抓紧天台方言的研究,几年中又积累起了不少有关语法和词汇研究的篇章。现在准备把这些新作和《初探》中的成果合在一起,以《天台方言研究》为名出版。到目前为止,戴先生对天台方言可以说已经完成了一个比较系统的研究,可以达成他原有的设想了。

《天台方言研究》从语音、词汇、语法几个方面描写分析,勾画了天台方言的总体面貌,为吴方言的研究提供了一份台州地区方言的完整的有深度的资料,无疑具有重要的认识价值和参考价值。在对天台方言全面描写的基础上,语音部分的变音一节很有特点,语法部分侧重于动词的体貌,词汇部分则以专门词语和古词语为特色。也许这些就是戴先生一直在惦念着的母语独特性的一部分吧。凭借这些独特性,天台方言和其他吴方言的区别就凸现出来了。

戴先生对天台方言的研究虽然有一个总的计划,但写作时却不完全是作为一个整体来着手的,有一些篇章单独成文,写成后就在学术会议上或刊物上发表了。这样,合成一集后就可能会有内容上的重复和缺漏,需要调整补充。这一工作在合集前已经大致完成。不过,《天台方言研究》出版后,我建议至少有一些内容还能够继续挖掘,比如语法部分的虚词和语缀,词汇部分的基本词,等等。另外,戴先生刚开始做计划时,曾经打算调查大台方言内部另外两个土话和周围邻县的语音,通过各点声韵母的相互比较,构拟出早期天台方言的语音系统,以见天台方言语音一个时期以来的演变。但因为工作量太大,时间又紧,不得不放弃了。不过我觉得以后如果有了条件,这一工作还是可以考虑的,因为即使是为辨认历史上方言中可能的外来影响,也最好能通过这一步骤。

回想与戴昭铭先生的相识和相处,五年前的情景仍然具体生动。现在《天台方言研究》终于要出版了,我很高兴能就这部著作调查和写作的过程作一介绍,并谈一点自己的看法。也盼望戴先生今后能继续方言研究的脚步,在方言研究特别是母语的研究方面不断书写新的篇章。

王福堂

2006 年 11 月 20 日

凡　例

一　本书标音使用国际音标系统。国际音标形体及附加符号据《方言》1979 年第 2 期第 160 页的《音标及其他记音符号》。

二　本书标音一般情况下均使用宽式标音即音位标音法,仅在标示语句或成篇语料的读音时,对其中语气词、弱读音节使用"语音标音法"。

三　作为样例出示的天台方言单字、单词、短语一般逐字标出声母、韵母和声调。例句则尽可能按语流中的实际读法标音。

四　声调调值用五度制数码标示。音节右上角数码为该字音本调,右下角数码为该字音变调。如:秧田 $ian^{33}_{55}\ die^{224}_{22}$,表示"秧田"二字的单字调分别为 33 和 224,连读变调分别为 55 和 22。

五　变音(小称变调)字调既标本调,又标变调。变音变调的调值位置也在音节右下角。但舒声字和入声字变音的标示法有区别:舒声字由于只变声调,变调就标在本调调号之下,如:梭 ian^{33}_{51},表示"梭"字本调为 33,变音字调为 51;入声字变音后成为舒声韵,在本音和变音之间用箭头"→"相连,如:粟 $\varphi yo?^5 \rightarrow \varphi y\tilde{o}_{31}$,表示"粟"字本音为阴入,调值为 5,变音为舒声,调值为 31。有些字通常只用变音,不用或基本不用本音,就只标变音。

六　弱读音节的轻声字标音在音节前加一圆点,不标调值,如:当兵个_{当兵的} $to^{33}\ pin^{33}\cdot ko$。

七　正文用 5 号字。6 号字的内容是对紧邻其左侧的字、词或语句的解释或有助于理解的词例。

八　其他符号的含义:

[ ]　方括号,表示其中为国际音标,但在不会发生误解的情况下,多省略方括号。

□　方框,表示有音有义而无适当字可写的音节。

字下圆圈,表示:(1)当地流行的俗字,有的未见于字书,如"棶";有的虽然字书有载,但在天台方言中与一般字书音义不合,如"畎"[$g\tilde{o}^{214}$],当地指畦沟、播种沟或庄稼行列,但《说文》释为"境也,一曰陌也",《广韵》注音为"各朗切",音义与天台话"畎"字均欠合。(2)该字虽为本字,但在某些词语中读音已讹变,如"箍"字在很多词中读为声母送气的 $k'iyu^{33}$。

〜　字下浪形线,表示该字为不得已而取用的同音替代字,如"解"[ka^{325}]字表示远指义。

—　字下单横线,表示该字为白读字,所注音为白读音。

＝　字下双横线,表示该字为文读字,所注音为文读音。

＞　表示"由……变成……",如"我两(个)＞我拉(个)",即谓"我两(个)"变成"我拉(个)"。

＜　表示"由……变来"或"来源于……",如"－拉＜两个",即谓"－拉"来源于"两个"。

／　斜线,表示其左右的项目为可替换项、同义形式或变体。

｜　竖线,表示隔开,被隔开的项目有的具有可替换性。

〜　代替符号,可代替单字,也可代替多字词,视语境而定。

还有一些符号用法,可参看随文的说明。

绪　言

一　天台县概况

天台县位于浙江省东中部,属台州地区。方言地理分区属于吴语台州片。东与宁海县交界,东南与三门县接壤,南面是临海市,西南是仙居县,西面是磐安县,北面是新昌县。县境东西长 54.7 公里,南北宽 33.5 公里,总面积 1420.7 平方公里。全县人口约 55 万。县政府所在地城关镇,距省会杭州 223 公里。境内山脉环绕,峰峦起伏,溪涧纵横,风光秀美。中部为盆地,始丰溪(灵江上游)从县境西部流经城关。北部有著名的国家级风景旅游胜地天台山风景区。县名即由此山而得。

天台县历史悠久。三国时,吴大帝(孙权)黄武至黄龙(222—231)年间开始设县,县名始平。晋武帝太康元年(280)改县名为始丰。唐肃宗上元二年(761)改名为唐兴县。五代梁开平二年(908)改名为天台县,后又曾改名为台兴县。宋太祖建隆元年(960)复名天台县,沿用至今。有文字可考的县史将近 1800 年。因自然景观奇美,人文传统深厚,天台县自古至今一直是中外闻名的县份之一。

天台山是仙霞岭的中支,由大盘山东峰发脉,延伸入县境西部,向东北蜿蜒。其主峰之一华顶山在县区北部,海拔 1100 米。早在晋代,游仙风兴起,天台山的风光即已通过孙绰(兴公)的《游天台山赋》而闻名于世。其赋开篇序曰:"天台山者,盖山岳之神秀者也。涉海则有方丈、蓬莱,登陆则有四明、天台。皆玄圣之所游化,灵仙之所窟宅。夫其峻极之状,嘉祥之美,穷山海之瑰富,尽人情之壮丽矣……"此赋收入《昭明文选》,列于"游览"类下,流传广泛。千百年来,慕名而至的著名僧道、文人、官员、隐士,代不乏人,留下题咏不计其数,逸事胜迹难以尽述。李白诗有名句"琼楼玉宇不肯住,飞腾直欲天台去",可见当时世人对天台山的向往。名山也是我国佛道修炼的胜地。自后汉的张皓、三国的葛玄(葛洪从祖),中经唐代的司马承祯,至北宋的张伯端,天台山的道教一脉相承,逐渐形成道教南宗,张伯端被尊为南宗始祖,其隐居修炼授徒之桐柏宫遂成为道教南宗祖庭。南北朝时,陈太建七年(575)高僧智𫖮率徒至天台山,建庵说法,先后 22 年,形成中国佛教著名宗派天台宗,影响深远,宗风播及日本、韩国和东南亚各地,创始人智𫖮被尊为"智者大师",发祥地国清寺成为国内外天台宗共尊的祖庭。除天台宗外,禅宗在天台山亦有相当势力,自唐至清不乏高僧,且一度曾主持国清寺。唐代禅僧寒山以其白话诗名扬海外,已成世界名人。后人用"佛宗道源"来概括天台山的宗教影响,颇副其实。

天台县地处偏僻,周围多山,旧时交通不便,经济不发达,虽置县甚早,而人口增长一直较慢。然而唯其闭塞,适于避难隐逸,移民就成为人口增长的重要来源。据有关记载,北宋大中祥符年间(1008—1016),全县户不满 5 千,丁不及 1 万。南宋建都临安,北方移民涌入。嘉定十五年(1222),已有主户 31950,人丁 74676,客户 12251,人丁 14571。至清宣统元年(1909)已达 73202 户,266336 人。外来人口与原住民融合后,在语言上形成了一种颇为独特的天台话。天台话虽属吴方言的地点分支之一,具有吴方言的典型特征,但与苏州话、上海话、宁波话以及温州话都有很明显的差异,而自成一种体系。解放以后,尤其是改革开放以来,天台县的经济、文化、交通的发展变化很大,闭塞落后的状况已初步改变,但语言状况,尤其是语音系统,仍无明显变化。在语言使用方面,传统旧习依然根深蒂固。尽管随着文化教育的普及,推普工作和广播电视的影响,天台人尤其是青年人听说普通话已无大困难,但不仅乡村农民、城镇居民在日常生活中仍说土话,就是机关干部在上班时多数也是一口土腔。普通话在当地仍未普遍通行。

二 本课题的研究缘起

本人祖籍浙江省天台东乡洪畴镇髻山村①,1943 年出生于陕西省西安市,1950 年随父母回髻山村定居,1959 年因家庭搬迁离开家乡到东北。现在黑龙江大学工作。我的整个少年时代都是在家乡度过的。1950 年我在家庭所在地入读本村小学,1953 年到离家 4 里路的明公村读高小,1956 年小学毕业升入初中,就读于坦头镇的苍山中学。1957—1958 年间曾休学一年。到 1959 年我离开天台时,已经读完初中二年级。洪畴、明公、坦头等地在天台县境内属东部地区,当地人习惯上称为"东乡"。与东乡相对的是以平镇、街头、白鹤等镇为代表的"西乡"。东西乡之间有县政府所在地城关镇,是全县政治、经济、文化的中心。天台县内的语言一致性很强,但也有地区差异。差异主要表现在一些字音和词汇上。当人们感到有必要指出差异时,就往往用"东乡口音"、"西乡口音"、"城关口音"或"东乡讲法"、"西乡讲法"、"城关讲法"来说明。可见在当地人的感觉上,天台县内方音的地区差别,可以按"东乡、西乡、城关"三地为基本差别标准。实地调查的结果也是如此,详见正文中有关部分。尽管我幼年(1~6 岁)的语言环境不是天台,但在家里家父说的是天台东乡话(家母是重庆人,说重庆话),同时我的整个少年时代习得的是天台东乡话,而幼年期在西安、杭州等地学说过的当地话在记忆中早已不复存在,完全被后来习得的天台(东乡)话所取代。这一习得系统根深蒂固,以至于 1977 年当我重访故乡时,邻里乡亲均惊叹我乡音未改。

1979 年秋,我考取了上海复旦大学中文系现代汉语专业研究生。研究生课程中有一门必修课"方言和方言调查",汤珍珠先生任教。大概是由于我自出生后就面对父母语言不一致、父母语言同周围语言不一致的环境、又辗转迁徙居无定所的缘故吧,我的辨音能力较强,记音的成绩不错。这使我产生了一种自信,想把家乡方言的音系整理出来。因此,当课程进行到考核阶段,汤珍珠先生叫同学中会粤方言的汤志祥读《方言调查字表》,叫我们尝试整理出一份粤方言音系材料作为成绩依据时,我就向汤先生提出:粤方言音系已经调查清楚,再重做一遍形成的材料也没什么价值,吴方言的天台话尚无调查报告发表,能否允许我尝试整理出一份天台话的音系资料作为我方言课成绩考核的依据?幸蒙汤先生准许。于是我就以自己为发音人,在

---

① "髻山"这一村名读为[ki⁵⁵ sɛ³³],当地居民至今仍持此音。按照读音以及关于村名来历的传说,第一个字应是"髻"。然而当前这一村名已讹为"吉山",甚至在县志和该县自绘的地图中也这样写。"吉山"按字母只能读为[ki?⁵ sɛ³³],与口语中读音不合,应予纠正,故此处恢复其本来写法。

汤先生的指导下着手做这项工作,历时数月,终于整理出一份两万多字的《天台音系》,内容包括天台话的声母、韵母、声调、声韵调拼合表、与北京话的语音对应规律和同音字表等。其间还曾向学长游汝杰兄、潘悟云兄请教过有关问题。郑张尚芳兄的大名我是从游、潘二兄处听到的,向往既久,一次正好他赴京路过复旦,我就拖住他为我核对记音。我用天台话读字,他对照着我整理出的声韵调代表字逐一审核,认为记得基本准确,又纠正了个别不够准确的记音。可见,这份《天台音系》如果说还有一点学术价值的话,首先应当归功于汤珍珠先生的培育教导和游、潘、郑张诸兄的帮助。

研究生的第二学期,许宝华先生给我们讲汉语语音史课。期末我因妻病错过考试,没有成绩。过了一个学期,许先生说:"已经问过有关方面了,准许你写一篇论文给你补上成绩。"当时我正好读了李荣先生发表于《方言》上的《温岭方言的变音》,相比之下,觉得天台话的小称变音与李荣先生文中所说的变音现象非常相似,来了兴趣,就写了一篇《天台方言的变音》交了卷,也幸获许先生的首肯与通过。这是我写的关于天台话研究的第二篇论文。

转眼到了1982年,我们这届研究生即将毕业,同时首届吴语研究学术会议也即将于暑假在复旦召开。会议召集人许宝华先生叫我们几个研究生帮助搞会务,同时告知如有相关论文可以去打印出来与会,打印费由会议经费报销。我的关于天台方言的两篇论文就是这样成了油印稿,提交到这次学术会议上,又用《天台方言的变音》这篇作了15分钟的发言。这是我首次参加学术会议。面对众多前辈专家讲读自己的论文,当时的荣幸兴奋之情至今未忘。这应当感谢我的业师许先生。

研究生毕业后我到黑龙江大学工作,接到游汝杰兄的信,说他在帮助许先生做首届吴语研究学术会议的论文选集的编务工作,选中了我的《天台音系》一文,但原文过长,要求删削成万字左右。我知道此文的价值在于是关于天台话的首次报告,具有填补空白性质。斟酌再三,忍痛割爱后,我改写出一篇《天台话和北京话的语音对应规律》交出。此文收入由上海教育出版社出版的《吴语论丛》的文集中。后来许先生说打算出第二本《吴语论丛》,叫我把《天台方言的变音》修改一下给他寄去。稿子寄去了,但第二本《吴语论丛》因故终未编成,此文未能及时面世。①

我之所以写上面这些琐碎经过,是想说明这样一个问题:搞《天台方言研究》这样一个大课题的志向我并不是一向就有的,而是逐渐下出的决心。改革开放以来,中国语言学取得了长足的进展,研究队伍之壮大、学者人数之众、理论和方法之进步、研究成果之丰厚,可谓前所未有。方言研究亦不例外。仅以成果而言,不仅有方言研究的专门性权威刊物《方言》自1978年以来连续不断地出刊发文,其他众多语文刊物和学报也时有方言文章发表,更有众多出版社不断出版专著、专集和大大小小的各种方言辞典、方言丛书和方言志,其种类不可胜述。吴方言作为除北方方言外的第一大方言,研究成果自然远超其他方言。然而在1993年出版的《汉语方言研究文献目录汇编》(聂建民、李琪编纂)所收列的吴方言成果目录中,1977以后的有论文331篇,专著和工具书20种,有关天台话的却仍然只有上述收入《吴语论丛》的我那一篇。这种状况直到1999年才被我发表于第4期《方言》上的另一文章《天台话的几种语法现象》所打

① 此文2000年10月曾提交给在泰国曼谷召开的第33届国际汉藏语言学术会议,并在会上宣读。今再次修改增补后作为第四章编入本书。

破,然而也是仅此而已。尽管我在那篇文章中已经暗示出天台方言的独特性,希望引起语言学者的注意,但我仍然认为不会有人响应的。这倒不是说方言学界的人麻木,而是与广大无比的方言矿藏相比,方言学者的人手仍然是太少太少,根本顾不过来。假如不是以某地点方言为母语的人去从事该地点方言的研究,即使能力再强技术再精,在有限的时间内也只能做些皮毛性的描写。而即便这种皮毛性的描写目前仍难以普及到每一个县。因此我想,如果既是天台籍又同时还有一点方言研究能力的本人不从事天台方言的研究,那么天台方言少人关注的情况仍将继续下去。这几乎是毫无疑义的。①

在这样的情况下,我于 2000 年春试着向国家社会科学基金申报了《天台方言研究》这一课题,有幸获准立项。有了学术和经费两方面的支持,这一项目的研究终于正式启动了。

三 本课题研究的意义和价值

天台山的文化一直广受文化研究部门的重视。近 10 多年中,在中国社会科学院宗教研究所和当地行政部门的支持协助下,全国性的天台山文化学术研讨会已经举办了三届,然而天台县的方言却一直为语言学界所忽视。这种现象颇为奇特。然而被忽视并不等于说天台方言研究没有意义和价值。从目前看,天台方言研究至少有如下的意义和价值:

(一)为学术研究提供全新的材料

具有现代语言学意义的汉语方言研究,是以 1928 年出版的赵元任的《现代吴语的研究》为开端的。此书现已成为汉语方言研究的经典之作。半个多世纪后,当代方言学者钱乃荣(也是本人的学长)追随当年赵氏的调查行踪,写成《当代吴语研究》,于 1992 年由上海教育出版社出版。在这两部前后相承的方言巨著中,33 个取样地点中没有天台县。如果说这只是抽样代表,还有许多县也未能列入,缺了天台县不足为奇。那么比赵元任更早呢? 19 世纪至 20 世纪初,不少西方传教士来到中国,为了传教的需要,编写出许多方言调查著作和用地方土语宣传教义的小册子。这些著作和小册子或用国际音标、或用各种拼音注音手段拼写方言土语,它们记载保留了 19 世纪下半叶到 20 世纪初叶众多汉语方言的真实面貌,对于汉语方言史研究是极为珍贵的资料。为了发掘这些资料,复旦大学教授、我的学长游汝杰积数年之勤,遍访域内及欧美、日本各大图书馆,写成《西方传教士汉语方言学著作书目考述》书稿。1999 年,我得知这一情况,把该书列为本人正在主编的“汉语研究新思维丛书”8 种之一,因而得缘先睹真容。然而阅稿之后,除对传教士们在汉语方言研究上下力之勤有所惊叹之外,还因书稿中收列的上千种方言书目中关于天台方言的竟然一种也没有而深感惊奇。② 固然,上海、苏州、温州等吴语地区的发达城市,其方言具有一定代表意义,容易受到注意和研究,然而这毕竟不能替代其他县区的方言研究,尤其是像天台这样的有悠久深厚历史文化传统的名县。《天台方言研

---

① 这里说“少人关注”,不是“无人关注”。目前我所知道的关于天台方言的资料有 3 种:一是存于天台县档案馆的《天台县志稿》(陈钟祺于民国年间编就)中“方言”项目下所收载的少量天台方言词语。原文为抄件,无标点,未刊印(本书加上标点后作为附录二)。二是据闻 20 世纪 50 年代初大规模方言普查时曾有人整理出过天台方言油印资料,但本人至今未能获见。三是 1988 年汉语大词典出版社出版的《天台县志》中列有方言一编,撰稿人为天台县西乡人陈翘。这后一种虽为最新资料,然仍嫌过于粗略。

② 游兄此著已于 2002 年由黑龙江教育出版社出版。

究》可以提供全新的材料,补上吴语研究中的空白,已毋庸多言。

(二)推进吴语史和汉语史的研究

方言研究的重要目的之一是为建立方言史和语言史服务。正是因为天台县比较偏僻闭塞,语言演变相对缓慢,与上海、苏州等比较繁华发达的城市相比,其方言中保留的古代成分就更多一些。就是与吴语地区其他县份相比,天台话的古代色彩也更为浓重。比如语音方面,作为吴语代表的苏州话和上海话,其声调数量现在已分别减至 7 个和 5 个;就连天台话所属的吴语台州片的代表方言临海话,声调也只有 7 个了,然而天台话中至今仍保留着平上去入各分阴阳的四声八调,同汉语中古时代代表的《切韵》音系完全对应;声母中古重唇音(如肥伏孵鲋尾味等字的声母)也比其他地方保留得多,古见组细音字至今仍全部读舌根音,韵母中照系三等字至今仍有很多读细音。词汇方面,不少古代名称在其他方言中现在已不通用,但在天台话中仍是基本词汇成分,如“箸”[dzɿ³⁵](筷子)、“盏”[tsE³²⁵](小碗)、“甋”[tsəŋ³³](瓦盆儿)、“稿荐”[kau³²⁵ tɕiE⁵⁵](草褥子)等古代名称在不少方言中已不通用,在天台方言中仍是基本词汇;桌、椅、凳、稻、麦、鞋、袜、裤、瓶、箱等等许多日常词语至今仍以单音节词语形式活跃在口语中,并未产生带后缀“－子”的双音节同义对应形式。词法方面除了与许多南方方言共有的表牲畜性别的成分后置(如“鸡娘、猪娘、牛娘”之类)以外,有些普通名词修饰性成分也后置,如:米碎[mi²¹⁴ sei³³](碎米)、面干[miE³⁵₃₃ kE³³₅₁](一种用米粉做成的粉丝)、糖霜[dɔ²²⁴ sɔ³³₅₁](白糖)、药散[ɦia²³₂₁ sE³²⁵](药粉)、药圆[ɦiaʔ²³₂₁ ɦyø²²⁴₅₁](药丸儿)等等。句法方面,常用动词的后置修饰性成分“起”、“凑”(如“尔讲起/做起/走起你先说/先做/先走、吃滞凑再吃点儿/做只凑再做一个/等记凑再等一会儿”等话中的“起”、“凑”)同粤语中的类似成分“先”、“添”相对应。而差比句中北京话“甲比乙 A”的格式在天台话中说成“乙是甲 A”(如“小王是小李长”意思是“小李比小王高”)似乎目前尚未在其他方言中发现类似格式。尤其意味深长的是,天台话人称代词的复数形式是后缀“－拉个”[-laʔkou]或“－拉”[-laʔ],经我研究发现,这两个“－拉”[laʔ]原来是数词“两”[liaŋ²¹⁴]的弱化形式,它就是吴语众多地点方言中以[1-]或[n-]为起首辅音的人称代词复数形式“拉类词缀”或“伲/倻类词缀”的原始形式;我又发现天台话现存的“我等”的“等”,不仅就是北部吴语中众多表人称代词复数的“笃类词缀”的原形,也是吴语以外其他方言中以舌尖塞辅音起首的音节构成的人称代词复数形式的原形(参见本书第九章《历史音变和吴方言人称代词复数形式的来历》[①])。在其他地点方言中已因严重变形而难以考源的成分,在天台方言中还这样完整地保留着,这使我对天台方言研究的价值有了进一步的认识。吴语的源头是中古汉语,如果通过天台方言的深入研究发掘出更多古代吴语的痕迹,就可以使吴语史和汉语史的研究更有成效。

(三)通过发掘天台方言中的古越语成分充实汉藏语研究成果

吴语的底层是古越语。中古时期中原古汉语通过移民进入东南后,原住民中部分古越语词融入汉语成了吴方言底层词。天台方言中有许多在古汉语中找不到源头的词汇成分,很可

---

① 原发表于《中国语文》2000 年第 3 期。

能就是古越语的残留成分,如指示代词以[køʔ⁵]和[ka³²⁵]区别近指和远指,称"姐姐"为"妖"[da⁵¹]、称"捉拿"为"抲"[ko³³]等等。更有意思的是,这类词汇单位有的与藏缅语的同义单位显示出近似性:

天台方言	au³³	bɛ²²⁴	ei⁵¹	iæʔ⁵	dɔ²²⁴
藏缅语①	*a.w	*be～*pe	*ik	*ik	*dwaŋ
词义	喊叫	破碎的、碎	哥哥	隐藏	坑

这些对应单位语音上的近似性看来并非偶然的巧合,而是来源上的共同性所致。本尼迪克特断定,汉语和藏缅语"只有很少的同源词",从目前来看确实如此,但汉语与藏缅语的亲缘关系学界已有共识,他也是持汉语和藏缅语同源说的。国内外汉藏语学界普遍认为,汉藏语比较研究的突破寄望于更多同源词的发现和确认。倘若通过本课题的抛砖引玉,在天台方言以至吴语的其他地点方言中找到更多的与藏缅语同源的古越语底层词,就可以把对古越语的性质及其与藏缅语的关系的说明建立在更加坚实的基础之上,从而进一步推动汉藏语言的比较研究。

(四)充实地方文化建设的成果

语言是文化的重要组成部分。文化人类学、民俗学的研究,地方史志的纂修,历来重视地方语言的调查整理。但是中国的文化人类学研究基础本来就薄弱,解放后又曾被视为西方资产阶级学术而一度遭到批判,新时期中虽然恢复了这一学科的研究,但发展仍然迟缓,未成规模。从语言入手进行的文化人类学研究更是少人问津,成果稀少。地方史志纂修中只把方言列为点缀性项目,收载一些皮毛性的内容。最近据闻浙江省有关部门正在着手编纂一部较大规模的《浙江省语言志》,这当然是一个不错的文化创举。但又据闻由于人力所限,其中收载的不少县区(包括天台县)的方言资料仍是20世纪50年代大规模方言普查时所得的有限资料。一部21世纪初出版的省语言志却只能使用半个世纪前的有限资料,未免令人感到遗憾。本人作为一名长期在外乡工作的天台籍学者,只望借助这一课题立项之机,利用个人一技之长,为桑梓故地的文化建设略尽绵薄而已。由于佛教天台宗在日本国的流播,天台县与日本国的文化交往源远流长。本课题成果或许对今后中日两国间的学术文化交流有所助益。

四 本课题主要的设计思想、研究内容和研究方法

描写是语言研究的入手和基础。但是方言研究到了今天,单纯的静态描写已远远不够。尽管本课题研究有填补空白的意图,但是仅仅在赵元任、钱乃荣调查过的33个方言点之外再补上一份描写性的天台方言调查报告,即便能够提供一些不经见的方言素材,仍然难说有重要的意义和价值。本研究的目的不是单纯描写,而是以保存古代成分较多的现代天台方言为基点,从时间和空间两方面加以拓展,力求发掘出对吴语史和汉语史研究有价值的规律性现象,从而充实和推进吴语史和汉语史的研究。因此本课题研究拟突破静态描写的框架,贯彻以描写为基础,通过比较以解释规律为目的的设计思想,并从而相应地把整个课题在设计原则上包括

---

① 这几个藏缅语词取自本尼迪克特著、马提索夫编《汉藏语言概论》,乐赛月、罗美珍译,中国社会科学院民族研究所1984年7月印行。

描写部分和比较—解释部分。但这两部分并不是划然分开的结构实体,而是以描写为经,以比较—解释为纬的贯穿式结构。

"描写"主要包括以下项目:

(1)天台方言音系(声母、韵母、声调、声韵调配合规律和同音字表等)

(2)天台方言语音的内部差异

(3)天台方言的文白异读

(4)天台方言的连读音变

(5)天台方言的功能性音变(小称变音)

(6)天台方言分类词汇

(7)天台方言语法

"比较—解释"是研究的重点,主要包括以下项目:

A.语音比较

(1)与中古音比较:一方面以天台方言音系为基点,从时间上向中古"回顾",看现代天台方言音系同切韵音系的联系和对应情况;另一方面以切韵音系为出发点向下"前瞻",看切韵音系各音类在现代天台方言中的表现。然后解释由切韵音系到天台音系的变化(包括小称变音的成因)。

(2)与吴语其他次方言音系的比较:利用吴语次方言现有的语音调查成果,与天台音类一起排列比较,再参照切韵音系,以确定天台音系各音类在从中古汉语到现代吴语的演变系列中的级次和地位。比如团音字声母在天台方言中今仍为舌根音,而在宁波、上海等地均已变为舌面前音,在这一音组的排比系列中天台音就应置于较古的级次。

(3)与北京音系的比较:描述天台方音与北京话语音的对应规律。

B.词汇比较

词汇比较是本课题的难点之一。主要困难在于:①词汇数量庞大,如果漫无目的地普遍比较,就会搞成篇帙浩繁的词汇对照表。这样的比较得不出有价值的结论。②对有音无字的土俗词语考出本字、理据或来源不易。

对于上述困难,在研究中采取了以下做法:精当、谨慎、有重点地选定有价值的比较项目,把比较的目的定于:(甲)显示天台方言词汇与吴语其他次方言词汇间的差异,(乙)通过对这种差异的分析考证须能得出有价值的结论。在确定比较项目时,(甲)(乙)二条作为前提缺一不可。比如普通话"脏"、"肮脏",吴语很多地方都说"龌龊",而天台方言既不说"脏"、"肮脏",也不说"龌龊",只说"歪赖"[ua³³la³⁵]。这个词就是元、明、清通俗文学作品中的词(多用于晋语)"歪剌"/"歪辣"。可惜多数今本辞书(包括《汉语大词典》)均随文释义,未收列这一词条的"肮脏"义项。再如天台话中管"盖子"叫[kəŋ³²⁵],这是什么字的音呢?按小称变音规则,"盖"[kei⁵⁵]应变读为[kei⁵¹],而读[kəŋ³²⁵]似不合规律。据笔者分析,这个音可能是"盖"加儿尾[n²²⁴]后,逐渐并为一个音节,又因本地无前鼻音韵尾,类推成为后鼻音韵尾的例外读音①。这样把比较和考释的目的结合起来,选目才能择取精当。对于那些经过努力仍难考明语源的土

① 谓之"例外",因其与后面《天台方言的变音》一文所述规则不一致。

俗词语,如相当于普通话"这"、"那"的[køʔ⁵]、[ka³²⁵]之类,则只好把它们看作古越语的遗存成分。为要进行词汇比较,有必要先作词汇描写。本课题成果中词汇分类描写所占的篇幅相当大,一方面是为了显示天台方言的词汇全貌,二是因为倘不全面描写,则将无从选取比较项目。

C.语法比较

语法比较部分选取了若干项目对天台话同北京话、上海话语法的差异进行比较。拙文《天台话的几种语法现象》(《方言》1999 年第 4 期)已把天台话语法同北京话语法的若干项目作了比较,但该文所列的比较项目仍不齐全,且缺少与上海话语法的比较内容。本课题这部分贯彻了以语法范畴为经、以天台话同北京话及上海话的语法差异为纬的立目原则,进行较为全面的比较。汉语方言间的语法差异主要不仅在于某些范畴表现形式的多少和有无,也包括形式的不同。如动词的尝试态,北京话和上海话都用"VV 看"这一形式,而天台话用"VV 相"。再如程度副词作补语表示性状加强,北京话是"A 得很",天台话是"A 勒猛"。天台话又有"A 猛"一形式表示"过于 A"之意,北京话只有"太 A"的形式,却无"A 很"或"A 太"的形式。又如相当于北京话的结构助词"地",在上海话中是"叫",在天台话中是"个",等等。至于语法比较的范畴类,主要有以下一 些:(1)代词(包括人称代词、指示代词、疑问代词);(2)助词(包括结构助词、时态助词、语气助词);(3)副词(主要比较表时间、范围、程度、频率等内容的副词);(4)否定词(包括否定动词和否定副词);(5)动词情状;(6)词序;(7)特殊结构(双宾语、处置式、被动式、比较式等)。语法比较部分的难点不在描述,而在考释。比如天台话中表示动作开始貌的[kəʔlə]尚可推测是"起来"的弱化形式,表示动作完成貌的"V 阿佬"中的"佬"亦可推测是由"了结"的"了"音变而来,但"阿"的来历是什么呢?原来就是古代汉语的句尾助词"也"的弱化形式(见本书第八章《天台方言动词的体貌》)。再如相当于北京话"V 掉"(表动作结果)的补语"掉",上海话中用"脱",温州话中用"爻",天台话中用□[gau²²⁴],这个□[gau²²⁴]的本字、理据和来源是什么,就始终没有搞清。不便妄断,只好存疑。

根据本课题的上述研究任务,本人在研究中使用了实地调查法、描写分类法、历史比较法、对比分析法、语源考释法等几种主要方法。前两种方法是贯彻始终的,后三种方法体现在相关内容部分。不必赘言。

五　本课题研究的简要过程及取样标准的确定

本课题获准立项后,我曾到天台县做过三次实地调查。第一次是在 2000 年 10 月间,这次调查我除了核对当年我的个人记音外,还发现了城关口音和部分词汇与我少年时习得的天台东乡口音有所不同,而且城关音也有新派与老派的不同。第二次调查是在 2001 年 10—11 月间,这次调查到了街头、白鹤二镇,目的是了解西乡的语音特点。调查中意外发现西乡口音也有新老派的声调差异。第三次调查在 2002 年 5 月,又发现一些新的内部差异。随之而来产生的一个问题是,在这些区域性差异和年龄性差异中我如何确定自己在系统描写中的取样标准呢?

鉴于自己在方言研究上经验有限,我认为有必要进一步学习。于是 2001 年下半年至2002 年上半年期间我到北京大学中文系访学,请王福堂教授做我的指导教师。正是王先生帮助我解除了取样标准的困惑。他建议说:"就个人研究而言,方言描写不一定非以县城为代表点不可,也可以以乡镇甚至更小的乡村作为取样点。当年赵元任先生作吴语研究时,就有好多取样点不是县城。而且天台方言内部差异不大,完全可以用自己最熟悉的东乡口音作为系统描写的依据,同时在适当地方加以说明。至于三区的语音差异、词汇差异以及新老派的语音差异,也许可以专门用一章来描述。"王先生的建议帮助我确定了以东乡口音作为取样的标准。

以东乡口音为取样标准的好处是:1.方便。因为我自己是东乡人,最熟悉东乡话。当年我在复旦描写的《天台音系》,包括已发表的一些论文,依据的就是东乡口音。倘若现在又要改换到城关标准,势必要带来许多麻烦,而这些麻烦本是不必要的。2.音系更纯粹,所代表的年代更早。因为城关语言受"推普"影响大,现在的城关音有不少已不是原来天台城关音。乡村语言变化滞后,而我又是20世纪50年代末离开天台的,习得并保留在头脑中的母语系统是20世纪50年代的天台话东乡语音系统。即便现在去东乡作调查,所得材料也比现在的城关音更为纯粹地道。当然东乡口音难免受邻近的三门县话音的影响,这只要在留心分辨后做些交代就可以了。3.便于作词汇研究。天台县是农业县,农村人口占绝大比例,农业耕作所使用的词汇只有在农村才能收集齐全,有许多词语从城里人口中是难以收集到的。

因此,当本书读者验证音系描写准确与否时,当以天台县东乡话为准。

参考文献

[1]浙江省天台县志编员员会.天台县志.上海:汉语大词典出版社.1995.

[2]聂建民、李琪.汉语方言研究文献目录汇编.南京:江苏教育出版社.1993.

语 音 编

第一章　天台方言音系

一　声　母

天台方言的声母,包括零声母在内,一共有 28 个,如下表:

p 帮巴布不	pʻ 滂怕铺拍	b 并败皮鼻	m 明米门木	f 非敷方弗	v 奉微罚服
t 端颠吊督	tʻ 透天挑脱	d 定田调突	n 泥疑元日		l 来罗吕洛
tɕ 照精张接	tɕʻ 穿清枪彻	dʑ 澄传住直		ɕ 心书水岁	ʑ 从邪禅船
ts 庄知祖子	tsʻ 初齿此次	dz 治箸茶泽		s 生师思三	z 崇时自铡
k 见鬼干古	kʻ 溪区看苦	g 群巨杰共	ŋ 熬牙鹅岳	h 晓火虎虚	ɦ 匣喻胡以
∅ 影阿衣乌					

说明:

1. 天台方言声母中保留了中古汉语全部浊塞音、浊塞擦音和浊擦音的辅音声母;严格分尖团,尖音为舌面前音,团音为舌面后(舌根)音。这些情况显示出天台方言声母比较古老的性质。

2. 天台方言的塞音、塞擦音 p、pʻ、b、t、tʻ、d、k、kʻ、g、ts、tsʻ、dz、tɕ、tɕʻ、dʑ 等都是强音,发音时肌肉不仅比同部位的北京话声母发音要紧张,而且与上海话相比也更紧张些。因此天台人说话时的语流给外地人一种特别硬重的感觉。

3. 唇齿音 f、v 发音摩擦明显而且较用力。

4. 舌面前音 tɕ、tɕʻ、dʑ、ɕ、ʑ 的发音部位比北京话的舌面前音稍靠前些,略近于舌尖前音 ts、tsʻ、s 的部位。

5. 古见、溪、群、晓、匣母细音字的声母 k、kʻ、g、h、ɦ 的实际发音部位略靠前,分别近似于 c、cʻ、ɟ、ç 和 j。

6. 阳调的齐、撮二呼的零声母字(古喻母字)发音时喉部有较明显的摩擦作用,用 ɦ 来表示。如:姨 ɦi、翼 ɦiʔ、于 ɦy、浴 ɦyuʔ。

7. 阴调的零声母字(古影母字)发音前喉部有较明显的紧喉作用,略相当于 ʔ□,为简约起见,一律省去不记。如"郁"记为 yuʔ,不记为 ʔyuʔ。

二　韵　母

天台方言的韵母,包括辅音韵母 m、n、ŋ 在内,一共有 55 个。如下表(表中字音有文白二读者,下加单线者为白读,下加双线者为文读):

ɿ 支迟自猪箸	i 衣比齐飞肥	u 乌呼苦夫过	y 淤须女鬼住

a	挨拜介败佳	ia	野爹爷姐茄	ua	歪快怪坏槐	
ɛ	安班奸晚万	iɛ	烟占钱前天	uɛ	弯关掼患嫒	
ø	搬潘探参蚕			uø	豌短卵官酸	yø 渊软远拳船
o	桠波巴<u>朵</u>家			uo	<u>蛙</u>花<u>瓜</u>话寡	
ei	哀杯灾堆帅			uei	威规亏灰块	
au	奥包稍交敲	iau	腰标刁饶昭			
ou	窝坡哥蛾多					
ɤu	欧剖偷矛牛	iɤu	悠丢求周手			
ɔ̄	杭江帮庄霜			uɔ̄ 汪光匡王黄		yɔ̄ 供狂双窗
aŋ	浜争猛杏打	iaŋ	央娘良张商	uaŋ	横梗	
əŋ	恩奔崩文敦	iŋ	英兵升贫真	uəŋ	温昆昏混困	
oŋ	翁蒙风东空					yoŋ 拥浓虫穷群
eʔ	黑	iiʔ	一七日值律	uʔ	屋卜朴六绿	yʔ 出恤剧述戌
aʔ	阿百迫责隔	iaʔ	约雀弱者脚	uaʔ	划掴	
æʔ	鸭八克夹匣	iæʔ	撒灭舌热烈	uæʔ	挖括刮猾滑	
				uəʔ	钵泼脱夺活	yəʔ 哕月决血说
øʔ	不北塞墨得			uøʔ	捋撮骨忽兀	
ɔʔ	恶剥勺托各			uɔʔ	沃郭扩惟镬	yɔʔ 桌捉戳浊缩
						yuʔ 郁玉触竹熟
m	姆 <u>亩</u>	n	<u>儿</u>	ŋ	<u>五 红 鱼</u>	əl <u>而 尔 迩 耳</u> 儿

说明：

1. 天台方言的入声韵母与古入声韵母全面对应，但韵尾只收一个 ʔ。

2. uʔ、yuʔ 两韵中的 u 发音时口形较松，近似于 ʊ；eʔ 韵的 e 稍闭，接近于 ɪ；yʔ 韵的 y 稍开，近似于 ʏ；au、iau、aŋ、iaŋ、uaŋ 等韵中的 a 略近于 ɑ；uəʔ 韵发音时口稍圆；o 韵发音时口略开，略近于 ɔ；ɤu、iɤu 两韵中的 ɤ 发音时舌位稍前，近于 ə。

3. m、n、ŋ 作韵母时，在阳调字中是自成音节的鼻音，但音节前有明显的浊喉擦音，如姆 ɦm 阳上、亩 ɦm 阳上、儿 ɦn 阳平、五 ɦŋ 阳上、红 ɦŋ 阳平、鱼 ɦŋ 阳平；在阴调字中只与 k、kʼ、h、ø 相拼，实际是 oŋ 韵字的口语音，如：工 kŋ³³、空 kʼŋ³³、烘 hŋ³³、翁 ŋ³³ 皆阴平。

4. əl 韵不与辅音声母相拼，只有文读字音。

5. eʔ 韵只有一个"黑"字，音 heʔ 阴入。

6. 圆唇元音和展唇元音的圆、展特征明显，程度大多到位，因此说话时口唇动程较大。天台人说话给人以"费力"感，这也是原因之一。

7. 上表中韵母系具有韵位性质的韵母，不包括韵位系统外的由其他韵母变读而来的韵母。如方位词"里"[li²¹⁴]做复音词的后置成分时通常弱读并促化成[ləʔ]，字写成"勒"（如"日勒白天、夜勒夜里、地勒地上、地里"），但 ə 不在这 55 个韵母内。

三　声　调

天台方言的基本声调有 8 个，如下表：

调类	调值	例　字
阴平	33	诗梯天边
阳平	224	时题田骈
阴上	325	使体点扁
阳上	214	是弟淡辨
阴去	55	试替店变
阳去	35	事第电便
阴入	5	识滴匹逼
阳入	23	石笛极力

说明：

1．上述 8 个声调只是天台方言的基本声调，此外还有两个变音声调、轻声和连读变调，详见本书中有关章节。所以，天台方言的语流中声调类型不止 8 个。

2．阴平调的单字音末尾略有上扬，近似 334，但在语流中上扬尾音消失，故记为 33。

3．阴去的调值特高，比北京话的阴平还要高。

4．天台方言这 8 个基本声调与中古汉语四声八调完全对应。

5．个别特殊字调："冇"，天台俗字，语音由"没有"两字缩合而成，读 mɤu^{334}，意义和用法同"没有"。其字调不在基本调类的调值之内。

四　声韵配合表

声母\韵母	l	a	o	ø	E	ei	au	ou	ɤu	ɔ̃	aŋ	əŋ	oŋ	eʔ	aʔ	øʔ	æʔ	ɔʔ
p		拜	巴	搬	班	杯	包			帮	浜	奔			百	北	八	剥
pʻ		派	怕	潘	攀	坏	抛	颇	剖	胖	胮	喷	捧		拍			粕
b		败	耙	盘	办	倍	袍	婆	抔	棒	碰	盆	蓬		白		拔	薄
m		卖	骂	瞒	晚	妹	毛		谋	忙	盲	门	蒙		麦	墨	袜	莫
f				翻	毵			否		方		分	风		弗	发		
v					晚			浮		忘		份	逢		佛	罚		
t		戴			担	戴	刀	多	斗	当	打	灯	东		得	搭		笃
tʻ		太	妥	贪	摊	推	滔	拖	偷	汤		吞	通		忒	塔		托
d		汰	驮	潭	谈	抬	稻	大	头	荡		滕	同		特	踏		踱
n		奶	囡		难	内	脑	糯		囊		能	农			纳		偌
l		赖	裸		兰	累	劳	罗	搂	郎	冷	棱	龙			粒	辣	落
tɕ																		
tɕʻ																		
dʑ																		
ɕ																		
ʑ																		
ts	支	咱	炸	簪	赞	栽	早	做	走	装	争	增	宗		摘	则	匝	作
tsʻ	疵	诧	车	参	铲	催	草		凑	仓	撑	村	葱		拆	测	插	龊
dz	迟	查	查		赚	坠			骤		橙				泽			昨
s	思	晒	晒		山	碎	臊		叟	霜	生	僧	松		栅	塞	杀	索
z	自	寨	射		蚕	鎈③	睡	曹	愁	常		层	崇		贼	闸		凿
k		介	家		间	盖	高	哥	勾	刚	更	根	工		隔	⑥	夹	各
kʻ		卡	可		看	开	敲	棵	口	康	坑	肯	空		客	克		壳
g		懈①	②		④	佢	岈		佝	皖	⑤	柏	共				羿	搁
ŋ		崖	牙		雁	呆	咬	鹅	牛	昂	硬				额			岳
h		蟹	虾		汉	海	好	火	吼		夯	很	烘	黑	赫		瞎	霍
ɦ		鞋	下		汗	害	号	和	喉	巷	杏	恨	红				合	学
Ø		矮	倭		暗	哀	奥	窝	欧	肮	樱	恩	翁		厄		鸭	恶

说明：①懈 ga^{214}：～门，(质量、处境、销路等)不太好。②□go^{224}：动物因发情而相趴。
③鎈 zE^{35}：给旧刀、锄等铁器加钢使更新。④□gE^{35}：挤入，插入。⑤□gaŋ^{214}："吃"的骂人说法。

i	iɛ	ia	iau	iɣu	iaŋ	iŋ	iɪʔ	iaʔ	iæʔ	u	ua	uo	uø	uɤ	uei	uɔ	uaŋ	韵母＼声母
比	边		标			兵	必		憋	布								p
批	偏		飘			拼	匹		撇	铺								p'
皮	辨		瓢			瓶	鼻		别	蒲								b
迷	绵		苗			明	密		灭	慕								m
飞			嬷							夫								f
唯										负								v
低	颠	佮	刁			丁	的		跌	都			端					t
梯	天		挑			厅	踢		铁	土								t'
提	田		条			亭	敌		迭	徒			团					d
尼	年		鸟	扭	娘	宁	日	虐	热	奴			暖					n
梨	连		了	流	良	林	力	掠	劣	鲁			卵					l
挤	尖	借	招	揪	张	真	积	爵	接									tɕ
妻	千	超		秋	抢	青	七	鹊	切									tɕ'
滞	钱	朝		绸	场	陈	值	着燃	捷									dʑ
西	仙	写	烧	收	商	心	息	削	闪									ɕ
齐	前	斜	扰	受	像	寻	十	弱	舌									ʑ
										租		髭	钻					ts
										粗		余						ts'
												撰						dz
										苏		酸						s
										锄								z
几	坚	家	浇	鸠	姜	今	急	脚	揭	姑	拐	瓜	官	关	规	光	梗	k
溪	谦		巧	丘	羌	轻	乞	却	怯	枯	垮	夸	宽		亏	匡		k'
其	钳	茄	乔	求	强	勤	及		杰				掼		逵	狂		g
																		ŋ
熙	掀	下$_2$	嚣	休	香	欣	吸		歇	呼	花	花	欢	儇°	灰	荒		h
姨	盐	耶	摇	油	羊	营	翼	药	叶	胡	怀	话	缓	患	会	黄	横	ɦ
衣	烟	野	腰	悠	央	英	一	约	谒	乌	歪	蛙	豌	弯	煨	汪		ø

⑥□køʔ^5：近指代词，义同"这"。

续表

韵母／声母	uəŋ	uʔ	uaʔ	uøʔ	uæʔ	uəʔ	uɔʔ	y	yø	yɔ̄	yoŋ	yʔ	yəʔ	yɔʔ	yuʔ	m	n	ŋ	əl
p		卜				拨													
pʻ		扑				泼													
b		仆				勃													
m		木				没													
f		福																	
v		服																	
t		督				掇													
tʻ		秃				脱													
d		读				夺													
n								女	原		浓		月		玉				
l		禄						吕											
tɕ								朱	专	椿	中	这		桌	竹				
tɕʻ								吹	穿	窗	春	出		戳	触				
dʑ								住	传	撞	虫	术		浊	逐				
ɕ								书	宣	双	松	戌	雪	缩	宿				
ʑ								树	全		从	术	绝		熟				
ts		镞																	
tsʻ		促		撮															
dz																			
s		速																	
z		族																	
k	棍	国	掴	骨	刮	括	郭	居	眷	供	军			决	菊				
kʻ	昆	哭		曲⑧		阔	廓	区	圈	穹		缺			屈				
g	⑦							瞿	拳	狂	穷	剧	倔		局				
ŋ																			
h	昏	斛	劙		甩。		惟	虚	轩		兄	血			旭				
ɦ	魂		划	兀	滑	活	镬	于	袁	雄	域	越	学		育	姆	儿	五	而
ø	温	屋			挖	斡	沃	迂	渊		拥			哕	郁				

⑦□guəŋ²²⁴：蹲。⑧弯，不直。

五　声韵调配合表

声＼韵	ɿ	ɿ	ɿ	ɿ	ɿ	ɿ	a	a	a	a	a	a	o	o	o	o	o	o
调	阴平	阴上	阴去	阳平	阳上	阳去	阴平	阴上	阴去	阳平	阳上	阳去	阴平	阴上	阴去	阳平	阳上	阳去
p							巴	摆	拜				巴	把	霸			
pʻ							葩		派				坡	叵	怕			
b										排	罢	败				爬		耙
m										埋	买	卖				麻	马	骂
f																		
v																		
t									带					朵	剁			
tʻ										他		太		妥	唾			
d										汰		大				驮		舵
n							拿				乃	奈				挪		哪
l												赖						裸
tɕ																		
tɕʻ																		
dʑ																		
ɕ																		
ʑ																		
ts	支	煮	智				斋		债				渣	左	炸			
tsʻ	疵	此	次				钗	扯	蔡				车		锉			
dz				迟	苎	治				查						茶		
s	思	死	四				沙	洒	晒				梭	琐	晒			
z				时	是	自				豺		寨				矬	坐	射
k							皆	解	介				家	假	架			
kʻ							揩	楷						可	坷			
g												懈①						②
ŋ										涯						牙	我	讶
h								蟹					虾					
ɦ										鞋	解(姓)	械				瑕	下	夏
∅							挨	矮					丫	倭	亚			

说明：① 懈 ga^{214}：～门，（质量、处境、销路等）不大好。② □go^{224}：动物因发情而相趴。

ø						E						ei						韵 调 声
阴平	阴上	阴去	阳平	阳上	阳去	阴平	阴上	阴去	阳平	阳上	阳去	阴平	阴上	阴去	阳平	阳上	阳去	
般		半				班	板	绊				杯		贝				p
潘		判				攀		盼				坏		配				p'
			盘	伴	叛				卞③		办				培	倍	背_叛	b
			瞒	满					蛮	晚	漫				梅	每	妹	m
						帆	反	泛						姶				f
									凡	范	饭							v
						丹	胆	旦				堆	劢⑦	对				t
贪		探				坍	毯	炭				推	腿	退				t'
		潭							谈	淡	但				苔	待	代	d
									南	④	难					馁	内	n
									兰	懒	烂				来	垒	累	l
																		tɕ
																		tɕ'
																		dʑ
																		ɕ
																		ʑ
簪							斩	赞				灾	宰	再				ts
参	惨					餐	铲	灿				猜	彩	菜				ts'
									残	赚	站						坠	dz
						三	伞	散				腮	水	赛				s
		蚕									鋻⑤				才	在	睡	z
						甘	敢					该	改	概				k
						刊	砍	看				开	凯	去				k'
											⑥				佢	隑	倚	g
									岩	眼	雁				呆	骇	艾	ŋ
						鼾	喊	汉				嗨	海					h
									含	旱	憾				孩	亥	害	ɦ
						安		暗				哀		爱				ø

③卞 bE^{224}:片儿,破旧物。④□nE^{214}:不馋,不挑食。⑤鋻:将旧刀、锄等铁器加钢使更新。⑥□gE^{35}:挤入,插入。⑦劢:拉,拽;吵架。

声＼韵调	au						ou						ɤu					
	阴平	阴上	阴去	阳平	阳上	阳去	阴平	阴上	阴去	阳平	阳上	阳去	阴平	阴上	阴去	阳平	阳上	阳去
p	包	保	报															
pʻ	胞	跑	炮				颇		破						剖			
b				袍	抱	暴				婆						抔		
m				毛	卯	冒										矛	某	茂
f											否							
v										浮								
t	刀	岛	到				多						兜	抖	斗			
tʻ	滔	讨	套				拖						偷	敨	透			
d				桃	道	盗				驼		大				头		豆
n				挠	脑	闹						糯						耨
l				劳	老	①				罗			刭			楼	搂	漏
tɕ																		
tɕʻ																		
dʑ																		
ɕ																		
ʑ																		
ts	遭	早	灶									做	邹	走	奏			
tsʻ	操	草	糙												凑			
dz																		骤
s	骚	扫	燥										搜	叟	瘦			
z																愁		
k	高	稿	告				歌		个				勾	狗	构			
kʻ	敲	考	靠				轲		课				抠	口	扣			
g				②	峣											佝		
ŋ				敖	咬	傲				蛾		饿				牛		偶
h	蒿	好(良)	好(喜爱)					火	货				齁	吼				
ɦ				毫	浩	效				何		贺				侯	后	候
∅	③	袄	澳				窝	屙(粪)					欧	殴	沤			

①□lau³⁵：耗费(时、料等)。②□gau²¹⁴：别扭，不顺当，～七念三。③□au³³：叫，喊。

（续前页）

ɔ						aŋ						əŋ						韵调声
阴平	阴上	阴去	阳平	阳上	阳去	阴平	阴上	阴去	阳平	阳上	阳去	阴平	阴上	阴去	阳平	阳上	阳去	声
邦	绑	谤				浜	绷⑥					奔	本	畚				p
滂		胖				烹						喷						pʻ
			旁	棒	傍				彭	蚌	碰				盆	笨		b
			忙	网	望				盲	猛	孟				门		闷	m
方	仿	放										分	粉	粪				f
			亡	网	望										坟	愤	份	v
当	党	当						打				灯	等	顿				t
汤	倘	烫										吞		褪				tʻ
			唐	荡	宕										屯	囤	钝	d
			囊	曩											能	暖	嫩	n
			郎	朗	浪					冷					轮		论	l
																		tɕ
																		tɕʻ
																		dʑ
																		ɕ
																		ʑ
庄	掌	葬				争		挣				尊	怎					ts
仓		创				铛		撑				村	忖	寸				tsʻ
									橙	砑⑦								dz
桑	嗓	丧				生	省					孙	损	逊				s
			床	上	尚										存			z
刚	讲	虹				耕	耿	更				根	梗	亘				k
康	慷	抗				坑							肯					kʻ
	④	皖	⑤						⑧							柏		g
		昂									硬							ŋ
						亨							很					h
			行业	项	巷				衡	杏	行走				痕		恨	ɦ
肮						樱						恩						ø

④ □gɔ²²⁴：憨傻。⑤ □gɔ³⁵：放置、搁置。⑥ 拉紧；绊住。⑦ 砑 dzaŋ³⁵：塞进，钻入。⑧ □gaŋ²¹⁴："吃"的骂人说法。

声＼韵调	oŋ 阴平	阴上	阴去	阳平	阳上	阳去	i 阴平	阴上	阴去	阳平	阳上	阳去	iɛ 阴平	阴上	阴去	阳平	阳上	阳去
p							卑	比	闭				编	扁	变			
p'		捧	碰				批	疕	屁				偏		片			
b				蓬	檾①					皮	被	币				骈	辨	汴
m				蒙	懵	梦				迷	米	味				绵	免	面
f	风		讽				非	匪	费									
v				冯	奉	凤				唯	尾	未						
t	冬	懂	冻				低	底	帝				颠	点	店			
t'	通	统	痛				梯	体	剃				天	忝	掭			
d				同	桶	洞				提	弟	第				田		电
n		农								泥	你	艺				言	染	验
l				笼	拢	弄				犁	里	厉				连	脸	练
tɕ							跻	挤	济				尖	剪	占			
tɕ'							妻	且	砌				千	浅				
dʑ												滞					钱	缠
ɕ							西	洗	世				先	陕	线			
ʑ										齐		逝				前	渐	贱
ts	棕	总	粽															
ts'	聪																	
dz																		
s	松弛	怂	送															
z																		
k	公	汞	贡				鸡	几	记				兼	茧	见			
k'	空	孔	空				溪	起	气				谦	遣	欠			
g				共						祁	徛④	忌				钳	件	健
ŋ																		
h	轰	哄②	哄③				嘻	喜	戏				掀	险	宪			
ɦ				红		讧				奚	以	易				盐	演	艳
∅	翁		瓮				伊	椅	忆				淹	掩	厌			

①檾：丛，当地俗字。②哄骗。③哄闹。④徛gi²¹⁴：站立。

（续前页）

ia						iau						iɤu						韵声调
阴平	阴上	阴去	阳平	阳上	阳去	阴平	阴上	阴去	阳平	阳上	阳去	阴平	阴上	阴去	阳平	阳上	阳去	声
						标	表											p
						飘	漂	票										pʻ
									瓢	鳔								b
									苗	秒	庙							m
																		f
																		v
爹						刁	鸟	吊				丢						t
						挑担	挑拨	跳										tʻ
									条		调							d
						尧	鸟	尿				牛	纽	谬				n
									辽	了	料				流	柳	溜	l
嗟	姐	借				焦	剿	照				周	肘	咒				tɕ
						超	悄	俏				秋	丑	臭				tɕʻ
									朝	赵	召				囚	纣	宙	dz
	写	泻				消	小	笑				修	手	秀				ɕ
			邪		谢				韶	绍	邵				柔	受	就	z
																		ts
																		tsʻ
																		dz
																		s
																		z
家	假	嫁				骄	矫	叫				鸠	九	救				k
						①	巧	窍				丘						kʻ
		茄							桥	②	轿				求	舅	旧	g
																		ŋ
虾	下	夏				嚣	晓	㬠				休	朽	嗅				h
			爷	野	夜				摇		耀				尤	有	又	ɦ
鸦	哑	亚				妖	杳	要				忧		幼				∅

①□kʻiau³³:掀开,打开(盖子)。②□giau²¹⁴:闹别扭。

声＼韵调	ian 阴平	阴上	阴去	阳平	阳上	阳去	iŋ 阴平	阴上	阴去	阳平	阳上	阳去	u 阴平	阴上	阴去	阳平	阳上	阳去
p							兵	丙	柄				逋	补	布			
p'							拼	品	聘				谱	普	铺店			
b										平	并	病				蒲	部	步
m										明	敏	命				模⑤	母	慕
f							夫	府	付									
v										无	父	附						
t							丁	顶	订				都	堵	妒			
t'							厅	挺	听					土	兔			
d										亭	锭	定				徒	肚	度
n				娘	仰	酿				人	拧	认				奴	努	怒
l				凉	两	亮				林	凛	另				卢	鲁	路
tɕ	将	蒋	仗				津	枕	震									
tɕ'	枪	抢	畅				清	请	趁									
dʐ				肠	丈					沉	逞	阵						
ɕ	箱	想	相看				心	审	信									
ʐ				墙	像	匠				寻	静	盛						
ts													租	组				
ts'													粗	楚	醋			
dz																		
s													苏	所	素			
z																锄		助
k	疆	讲					京	紧	禁				姑	古	故			
k'	羌	强①					轻	顷	庆				枯	苦	库			
g				强②	强③	弶④				琴	近	仅						
ŋ																		
h	香	响	向				欣	撍	衅				呼	虎	戽			
ɦ				羊		样				淫	引	孕				胡	户	互
∅	央	养	恙				音	影	印				乌	坞	恶⑥			

①勉强。②强大。③倔强。④捕兽器械。⑤模型。⑥可恶。

（续前页）

ua						uo						uø						声
阴平	阴上	阴去	阳平	阳上	阳去	阴平	阴上	阴去	阳平	阳上	阳去	阴平	阴上	阴去	阳平	阳上	阳去	
																		p
																		p‘
																		b
																		m
																		f
																		v
												端	短	锻				t
												湍	疃	彖				t‘
															团	断①	段	d
																暖		n
															鸾	卵	乱	l
																		tɕ
																		tɕ‘
																		dʑ
																		ɕ
																		ʑ
						髽						钻②	篡	钻③				ts
												氽		窜				ts‘
															撰	钻④		dz
												酸		算				s
																		z
瓜	拐	怪				瓜	寡	卦				官	管	贯				k
夸	垮	快				夸	垮	跨				宽	款					k‘
																		g
																		ŋ
花		化				花		化				欢		焕				h
			怀	瓦	坏				华		话				桓	缓	换	ɦ
歪						蛙						豌	碗	腕				∅

①折断。②④钻进去。③锥子,钻头。

（续前页）

韵\调\声	uE 阴平	阴上	阴去	阳平	阳上	阳去	uei 阴平	阴上	阴去	阳平	阳上	阳去	uᴐ 阴平	阴上	阴去	阳平	阳上	阳去
p																		
pʻ																		
b																		
m																		
f																		
v																		
t																		
tʻ																		
d																		
n																		
l																		
tɕ																		
tɕʻ																		
dʑ																		
ɕ																		
ʑ																		
ts																		
tsʻ																		
dz																		
s																		
z																		
k	关		惯				规	诡	桂				光	广	桄			
kʻ							盔	傀	块				匡		矿			
g				①	②	掼				逵	揆						狂	逛
ŋ																		
h	僙						灰	悔	卉				荒	恍	晃			
ɦ				还	晚	幻				回	伪	汇					王	旺
o	弯	輓					煨	委	畏				汪	枉				

①□guE²⁴:弯曲。②□guE²¹⁴:背、扛。

（续前页）

uaŋ						uen						y						韵\声
阴平	阴上	阴去	阳平	阳上	阳去	阴平	阴上	阴去	阳平	阳上	阳去	阴平	阴上	阴去	阳平	阳上	阳去	
																		p
																		p'
																		b
																		m
																		f
																		v
																		t
																		t'
																		d
													鱼	女	遇				n
													驴	吕	虑				l
													朱	嘴	注				tɕ
													蛆	取	趣				tɕ'
																除	柱	住	dʑ
													书	水	税				ɕ
																徐	序	树	ʑ
																		ts
																		ts'
																		dz
																		s
																		z
	梗					滚		棍				居	鬼	句				k
						昆	捆	困				区		去				k'
									①						渠	巨	柜	g
																		ŋ
						昏						虚	许	酗				h
		横							魂	浑	混				余	雨	芋	ɦ
						温	稳					迁②	椅	喂				∅

①□guəŋ²²⁴：蹲。②迁腐。

28

声＼韵調	yø						yɔ̃						yoŋ					
	阴平	阴上	阴去	阳平	阳上	阳去	阴平	阴上	阴去	阳平	阳上	阳去	阴平	阴上	阴去	阳平	阳上	阳去
p																		
pʻ																		
b																		
m																		
f																		
v																		
t																		
tʻ																		
d																		
n				元	软	愿										浓		润
l																		
tɕ	专	转①	转②				桩		壮				忠	肿	种			
tɕʻ	川	喘	串				窗		闯				春	蠢	卤			
dʑ				橡	篆	传③				幢		撞				虫	重⑦	仲
ɕ	宣	选	渲				双		⑤				嵩		舜	旬		
ʑ				全	④	镟										从	吮	顺
ts																		
tsʻ																		
dz																		
s																		
z																		
k	捐	卷	眷				供⑥						弓	迥				
kʻ	圈	犬	劝										穹	恐				
g				拳		倦				狂						群	窘	郡
ŋ																		
h	轩		楦						况				兄		训			
ɦ				园	远	县										匀	允	用
ø	冤		怨										雍	勇	熨			

①变换、转变。②绕圈子。③传记。④□zyø²¹⁴:缓和。⑤□ɕyɔ̃:蹬踢。⑥供养。⑦轻重。

（续前页）

eʔ 阴入	eʔ 阳入	aʔ 阴入	aʔ 阳入	øʔ 阴入	øʔ 阳入	æʔ 阴入	æʔ 阳入	ɔʔ 阴入	ɔʔ 阳入	iɪʔ 阴入	iɪʔ 阳入	iaʔ 阴入	iaʔ 阳入	iæʔ 阴入	iæʔ 阳入	uʔ 阴入	uʔ 阳入	韵／调／声
		百		八				博		笔				憋		卜		p
		拍						粕		匹				撇		扑		pʻ
			白				拔		薄		鼻				别		仆	b
			陌		墨		袜		莫		密				灭		木	m
				弗		发										福		f
					勿		罚										伏	v
		得		搭				笃		的				跌		督		t
		忒		塔				托		踢				铁		秃		tʻ
			特		踏				铎		敌				迭		读	d
					纳				诺		逆		虐		聂			n
			粒		腊				落		立		掠		列		六	l
										织		爵		接				tɕ
										七		雀		切				tɕʻ
											秩		着		捷			dʑ
										些		削		薛				ɕ
											十		弱		舌			ʑ
摘		则		扎				作								镞		ts
拆		测		插				错③								促		tsʻ
			泽						昨									dz
栅		塞		杀				索								速		s
			贼		闸				凿								族	z
		格		①		夹		各		级		脚		结		国		k
		客				克		壳		乞		却		怯		哭		kʻ
							搿②		搁		极				杰			g
			额						鄂									ŋ
黑		赫		喝					鹤	吸				歇		斛		h
					合				学		翼		药		叶			ɦ
		厄		鸭				恶		一		约		谒		屋		∅

①□køʔ：近指代词，义同"这"。②抱持，夹持。③错杂。

（续前页）

声＼韵调	uaʔ 阴入	uaʔ 阳入	uøʔ 阴入	uøʔ 阳入	uæʔ 阴入	uæʔ 阳入	uəʔ 阴入	uəʔ 阳入	uɔʔ 阴入	uɔʔ 阳入	yʔ 阴入	yʔ 阳入	yeʔ 阴入	yeʔ 阳入	yɔʔ 阴入	yɔʔ 阳入	yuʔ 阴入	yuʔ 阳入
p							钵											
pʻ							泼											
b								勃										
m								末										
f																		
v																		
t							掇											
tʻ							脱											
d								夺										
n														月				肉
l																		
tɕ											这				桌		竹	
tɕʻ											出				戳		触	
dʑ												术①				浊		逐
ɕ											戌		雪		缩		叔	
ʑ												述		绝				俗
ts																		
tsʻ			撮			猝												
dz																		
s																		
z																		
k	掴		骨		刮		括		郭				决				橘	
kʻ				曲(弯)			阔		廓				缺		确		曲	
g														剧		倔		局
ŋ																		
h	劐		忽		甩		豁		惟				血				旭	
ɦ		划		兀		滑		活		镬		域				学		育
ø					挖		斡		沃				哕				郁	

①白术：一种药用植物。

（续前页）

m			n			ŋ			əl			韵 调 声
阳平	阳上	阳去	阳平	阳上	阳去	阳平	阳上	阳去	阳平	阳上	阳去	
												p
												pʻ
												b
												m
												f
												v
												t
												tʻ
												d
												n
												l
												tɕ
												tɕʻ
												dʑ
												ɕ
												ʑ
												ts
												tsʻ
												dz
												s
												z
							工 空	汞 孔	贡 空				k
												kʻ
												g
												ŋ
												h
姆	嘸				儿	鱼	五	唔	儿	而	二	ɦ
												∅

六　同音字表

说　明

1．本表以天台县东乡中年人的语音为参照标准。少数采自老年发音人，从现今中青年口中已听不到的音，用小字"旧读"注于字后。

2．字下加双线"＝"的为文读音，加单线"—"的为白读音。文读或白读又有异读的，字下加线后再标数码于右下角以示分别。有些字只有文读音。

3．与区别字义有关的多音字，在其右下角以小字注出词例或字义。词例中的"～"代表本字。

4．下加圆圈"。"的字是：(1)当地自造的俗字，如表示"丛"义的"桊"；(2)与其他字书所收字同形而在当地有独特音、义的俗字，如"坌"；(3)与一般字书形、义无差别而读音特别的字，如"柏"。

5．"□"表示有音义而尚无可写的字，或本字尚未考定。在其后用小字注出意义或词例。

6．为便于表义和进行音韵比较，本表使用了少数异体字或繁体字的字形，如"睭、隻、嶽"等。

7．不合规则的特殊读音，在字的左上角加"＊"，如"＊刜"，按拼合规则1声母只能拼阳调，但唯独"＊刜"字却读为阴平。

8．为检索方便，分韵排目如下(括号内是本书出现的页码)：

ɿ	（30）	a	（31）	o	（31）	ø	（32）	ɛ	（32）	ei	（33）	au	（34）

ɿ　（30）　a　（31）　o　（31）　ø　（32）　ɛ　（32）　ei　（33）　au　（34）
ou　（35）　ɤu　（35）　ɔ̃　（35）　aŋ　（36）　əŋ　（37）　oŋ　（37）　eʔ　（38）
aʔ　（38）　øʔ　（38）　æʔ　（38）　ɔʔ　（39）　i　（39）　iɛ　（40）　ia　（41）
iau　（41）　iɤu　（42）　iaŋ　（42）　iŋ　（43）　iiʔ　（44）　iaʔ　（44）　iæʔ　（44）
u　（44）　ua　（45）　uo　（46）　uø　（46）　uɛ　（46）　uei　（46）　uɔ̃　（47）
uaŋ　（47）　uəŋ　（47）　uʔ　（47）　uaʔ　（47）　uøʔ　（47）　uæʔ　（48）　uəʔ　（48）
uɔʔ　（48）　y　（48）　yø　（49）　yɔ̃　（49）　yoŋ　（49）　yʔ　（50）　yøʔ　（50）
yɔʔ　（50）　yuʔ　（50）　m　（50）　n　（50）　ŋ　（50）　əl

1　ɿ韵

ts	阴平 33	猪知支枝肢资咨姿兹滋孳蓄缁淄辎锱之芝孜赀髭觜
	阴上 325	煮紫纸只_仅姊秭第旨指子籽梓滓止趾址芷
	阴去 55	恣智至致室置志痣制帜□_{盛装}
ts'	阴平 33	雌疵鸱痴嗤眵差_{参～}茨
	阴上 325	鼠此侈耻齿杵褚_姓跐泚佌玼
	阴去 55	翅次厕刺莿束庇
dz	阳平 224	池驰持迟弛

s	阴平 33	梳师筛蛳狮斯厮撕嘶施私尸司伺思丝诗
	阴上 325	死矢屎使史驶始豕
	阴去 55	四泗驷肆赐试伺
z	阳平 224	匙辞词祠时鲥莳瓷糍_{～巴}慈磁鹚锄
	阳上 214	是氏似祀巳士俟市恃饵_{旧读}耳_{木～}而_{旧读}尔_{旧读}咒姒耜俟
	阳去 35	自字饲嗣寺侍渍眥齜牸

	阳上 214	苎雉痔峙纻
	阳去 35	箸稚治

33

p	阴平33	巴芭疤笆
	阴上325	摆把靶跁
	阴去55	拜爸坝霸灞
p'	阴平33	葩
	阴去55	派怕帕
b	阳平224	排俳牌爬琶杷
	阳上214	罢
	阳去35	稗败耙
m	阳平224	埋麻痳
	阳上214	买马码蚂玛
	阳去35	卖迈骂
t	阴去55	带戴~帽
t'	阴平33	他她它拖
	阴去55	太泰汰淘~
d	阳上214	笤汰涮洗
	阳去35	大~夫大~小埭趁次
n	阳平224	拿₂挪
	阳上214	乃奶哪艿
	阳去35	奈那
l	阳去35	赖癞~头濑籁
ts	阴平33	斋渣抓咱
	阴上325	爪
	阴去55	债乍炸诈榨
ts'	阴平33	钗差出~差~别槎叉杈
	阴上325	扯
	阴去55	蔡诧岔汊
dz	阳平224	查茶搽
	阳去35	寨大~
s	阴平33	沙纱砂裟痧
	阴上325	洒傻耍玩~
	阴去55	晒
z	阳平224	豺柴
	阳去35	寨瘵瘦
k	阴平33	皆阶偕街佳枷连~稽喈
	阴上325	解讲~□远指代词,相当于"那"
	阴去55	介界芥尬疥戒诫届庎~橱

k'	阴平33	揩
	阴上325	楷卡
g	阳上214	懈~门:质量不好、销路不好、不顺当等意
ŋ	阳平224	涯崖
	阳去35	外₁
h	阴上325	蟹
ɦ	阳平224	鞋啊
	阳上214	解(姓)也₁
	阳去35	械懈谐旧读啊薤邂
ø	阴平33	挨阿
	阴上325	矮
	阴去55	隘

3 o韵

p	阴平33	波玻巴芭疤笆播
	阴上325	跛把靶簸~~~
	阴去55	霸簸~箕
p'	阴平33	坡颇
	阴上325	叵
	阴去55	怕帕
b	阳平224	爬琶杷菩笆
	阳去35	耙
m	阳平224	魔磨~刀摩蘑麻痳模蟆摹谟馍
	阳上214	马码玛蚂
	阳去35	骂
t	阴上325	朵躲
	阴去55	剁跺
t'	阴上325	妥
	阴去55	唾
d	阳平224	驮陀跎驼酡佗拿取
	阳上214	舵惰堕
n	阳平224	挪哪拿₁挼揉
	阳上214	懦囡女儿,女孩子哪₁
l	阳平224	啰~唆,喽~
	阳上214	虏掳~柴(搂柴禾)哪₂又读裸瘰
ts	阴平33	查姓楂渣遮

	阴上 325	左
	阴去 55	诈榨炸~弹蔗佐吒哪~
ts'	阴平 33	差~别搓蹉磋叉 杈车
	阴上 325	瑳
	阴去 55	锉岔 汊错措厝
dz	阳平 224	茶 查调~蛇又读
s	阴平 33	纱沙砂痧挲莎娑蓑梭唆奢赊
	阴上 325	锁琐舍施~
	阴去 55	赦舍宿~晒
z	阳平 224	蛇矬嵯瘥
	阳上 214	坐挫座社
	阳去 35	射麝咋胙阼
k	阴平 33	家傢加笳袈迦珈嘉枷柴~
	阴上 325	戈假真~
	阴去 55	假放~架驾嫁 稼 价
k'	阴平 33	柯
	阴上 325	可
	阴去 55	坷捚拿
g	阳平 224	□动物因发情而相趴
ŋ	阳平 224	牙芽蚜衙讹
	阳上 214	我 瓦雅旧读
	阳去 35	讶
h	阴平 33	虾鱼~呵~气
ɦ	阳平 224	霞瑕遐
	阳上 214	祸下底下夏姓厦~门
	阳去 35	暇 夏~季
ø	阴平 33	倭踒虾~蟆鸦桠丫~头阿~胶
	阴上 325	哑
	阴去 55	亚挜娅

4 ø韵

p	阴平 33	般搬瘢
	阴去 55	半
p'	阴平 33	潘
	阴去 55	判泮
b	阳平 224	盘槃磐蟠
	阳上 214	伴拌

	阳去 35	叛畔
m	阳平 224	瞒鳗颟蹒
	阳上 214	满
t'	阴平 33	贪
	阴去 55	探
d	阳平 224	潭谭
n	阳上 214	暖
l	阳平 224	婪
ts	阴平 33	簪
ts'	阴平 33	参
	阴上 325	惨
z	阳平 224	蚕

5 E韵

p	阴平 33	班颁扳般扳
	阴上 325	板版坂阪
	阴去 55	扮绊
p'	阴平 33	攀
	阴去 55	盼襻
b	阳平 224	爿片儿;破旧物
	阳去 35	瓣办
m	阳平 224	蛮馒谩蔓玩
	阳上 214	晚~稻买
	阳去 35	曼慢漫幔嫚蔓万 卖
f	阴平 33	帆~船藩番幡翻
	阴上 325	反返
	阴去 55	贩泛畈
v	阳平 224	凡烦矾繁帆~布樊
	阳上 214	范犯晚$_1$~上範
	阳去 35	梵饭万
t	阴平 33	耽丹担~任单~独箪殚
	阴上 325	胆掸疸
	阴去 55	旦担挑~
t'	阴平 33	坍滩摊瘫
	阴上 325	毯坦忐~忑祖
	阴去 55	炭叹
d	阳平 224	谈痰檀坛弹~琴谭昙燀
	阳上 214	淡菼
	阳去 35	但惮蛋弹子~诞啖
n	阳平 224	南男难~易楠喃

<table>
<tr><td></td><td>阳上 214</td><td>奶 乃□_{不馋,不挑食}馁</td></tr>
</table>

	阳上 214	奶 乃□不馋,不挑食 馁
	阳去 35	难患~ 陂软,烂熟
l	阳平 224	蓝篮兰拦栏褴阑谰澜斓镧
	阳上 214	览揽榄缆懒
	阳去 35	烂腐~滥
ts	阴平 33	沾粘
	阴上 325	斩盏攒
	阴去 55	蘸赞
ts'	阴平 33	搀餐孱
	阴上 325	铲刬傪
	阴去 55	忏灿笡孱子 粲璨
dz	阳平 224	惭谗馋残潺
	阳上 214	赚
	阳去 35	暂站绽栈湛~江
s	阴平 33	三杉珊山删膻跚姗芟潺
	阴上 325	伞产散松~ 傘糁闪
	阴去 55	讪疝汕散分~
z	阳平 224	孱潺僝馋~唾(唾液)谗峤
	阳去 35	鏨将旧刀、锄等铁器加钢使更新
k	阴平 33	甘泔柑坩监~牢尴干~支 肝奸竿艰间缄
	阴上 325	感减碱敢橄杆秆擀赶柬拣 简裥
	阴去 55	鉴干骨~间~断监国子~赣 淦
k'	阴平 33	堪刊铅看~守戡龛勘
	阴上 325	坎舰侃砍₁
	阴去 55	勘瞰阚嵌看~见磡
g	阳去 35	□硬挤
ŋ	阳平 224	岩颜癌
	阳上 214	眼
	阳去 35	雁谚唁旧读赝彦
h	阴平 33	蚶鼾憨龛顸
	阴上 325	喊罕□瘕谷
	阴去 55	汉觑熯蒸煮
ɦ	阳平 224	含函酣邯咸衔寒韩闲娴痫
	阳上 214	撼旱限馅菡
	阳去 35	憾陷岸汗焊捍扞悍翰瀚
ɛ	阴平 33	庵谙安鞍鹌
	阴去 55	暗案晏晚、迟黯按

6　ei 韵

p	阴平 33	杯碑悲
	阴去 55	贝辈背~脊
p'	阴平 33	胚坯
	阴去 55	沛配霈辔
b	阳平 224	培陪赔
	阳上 214	倍蓓
	阳去 35	悖背~叛佩珮
m	阳平 224	梅枚玫媒眉嵋湄楣莓禖 霉
	阳上 214	每美浼
	阳去 35	妹昧媚寐煝燃而无焰魅
f	阴去 55	脓不会、不肯、不能
t	阴平 33	堆
	阴上 325	刞拉、拽;吵架
	阴去 55	戴对碓
t'	阴平 33	台~甫,天~胎推
	阴上 325	腿
	阴去 55	态退蜕
d	阳平 224	台讲~抬颓苔
	阳上 214	待怠殆
	阳去 35	代贷袋队兑
n	阳上 214	馁
	阳去 35	内耐
l	阳平 224	来雷擂檑镭螺缧赢
	阳上 214	累积~儡瘰蕾磊垒耒诔
	阳去 35	累劳~勔滚动类泪
ts	阴平 33	灾栽
	阴上 325	宰载年 嘴
	阴去 55	再最醉载~重
ts'	阴平 33	猜崔催
	阴上 325	采彩睬漼璀
	阴去 55	菜翠倅淬焠啐脆毳
dz	阳去 35	坠
s	阴平 33	腮衰摔
	阴上 325	水
	阴去 55	赛碎粹帅率~领
z	阳平 224	才财材裁谁₂随摧
	阳上 214	在罪

阳去35　锐睡瑞芮枘蜹萃悴瘁睿

k　阴平33　该垓赅
　　阴上325　改
　　阴去55　概溉盖丐锯

kʻ　阴平33　开
　　阴上325　凯恺铠闿
　　阴去55　去慨忾

g　阳平224　佢第三人称代词
　　阳去35　隑倚、靠

ŋ　阳平224　呆騃
　　阳上214　骇旧读
　　阳去35　碍艾外₂

h　阴上325　海醢

ɦ　阳平224　孩骸
　　阳上214　亥骇旱又音
　　阳去35　害

∅　阴平33　哀埃唉
　　阴去55　爱暖瑗叆蔼

7　au 韵

p　阴平33　褒包苞胞
　　阴上325　宝保堡饱葆褓鸨
　　阴去55　报豹爆急爆趵

pʻ　阴平33　泡抛脬尿~
　　阴上325　跑
　　阴去55　炮泡灯~,浸~疱

b　阳平224　跑
　　阳上214　鲍抱
　　阳去35　刨暴爆~炸

m　阳平224　毛茅猫髦旄牦锚
　　阳上214　卯昂泖
　　阳去35　冒帽瑁貌耄懋

t　阴平33　刀叨
　　阴上325　祷岛倒颠~
　　阴去55　到倒~水

tʻ　阴平33　叨滔韬弢绦掏
　　阴上325　讨
　　阴去55　套

d　阳平224　桃逃洮咷淘掏陶萄涛焘
　　阳上214　道稻

阳去35　盗导悼蹈

n　阳平224　铙桡挠猱
　　阳上214　脑恼
　　阳去35　闹淖

l　阳平224　劳捞唠痨醪牢
　　阳上214　老栳佬姥
　　阳去35　□耗费、耗损涝

ts　阴平33　遭糟抓旧读
　　阴上325　早枣蚤澡爪找藻
　　阴去55　躁灶罩

tsʻ　阴平33　操造~次
　　阴上325　草炒吵钞
　　阴去55　糙躁

s　阴平33　骚臊捎稍梢艄筲
　　阴上325　嫂扫~除
　　阴去55　溲扫~帚燥哨瘙

z　阳平224　巢曹嘈漕螬蛴~
　　阳上214　皂造建~

k　阴平33　高膏羔糕交茭郊胶教~书皋槔鲛
　　阴上325　稿绞狡铰姣搅搞槁缟杲
　　阴去55　告校~对,上~教~育较觉睡~窖酵诰

kʻ　阴平33　敲
　　阴上325　考烤拷栲
　　阴去55　靠犒铐

g　阳上214　□别扭,不顺当
　　阳去35　峤

ŋ　阳平224　敖熬嗷螯獒鳌翱
　　阳上214　咬
　　阳去35　傲鳌

h　阴平33　蒿薅
　　阴上325　好~坏郝
　　阴去55　好爱~孝

ɦ　阳平224　豪毫濠壕号~叫肴淆
　　阳上214　浩皓颢灏昊镐~京
　　阳去35　号~数效校学~

∅　阴平33　坳凹
　　阴上325　袄懊拗~断,折断媪
　　阴去55　奥懊澳岙拗~斗,提桶

8 ou 韵

p'	阴平 33	颇坡
	阴去 55	破
b	阳平 224	婆
t	阴平 33	多
t'	阴平 33	拖它其~,旧读
d	阳平 224	驼沱跎
	阳去 35	大~小
n	阳去 35	糯
l	阳平 224	罗锣萝箩逻泺骡螺腡
ts	阴去 55	做
k	阴平 33	哥歌锅
	阴去 55	个
k'	阴平 33	轲苛科窠棵颗
	阴去 55	课
ŋ	阳平 224	蛾娥俄峨
	阳去 35	卧饿
h	阴上 325	火伙
	阴去 55	货
ɦ	阳平 224	何河荷和~气禾
	阳去 35	贺和~面
ø	阴平 33	窝蜗涡
	阴去 55	屙粪

9 ɤu 韵

p'	阴上 325	剖
b	阳平 224	抔哀
m	阳平 224	矛牟侔眸谋
	阳上 214	某亩牡$_1$母$_1$拇$_1$有没有
	阳去 35	茂贸
f	阴上 325	否缶
v	阳平 224	浮轻~蜉桴罘涪
	阳上 214	阜负
t	阴平 33	兜篼
	阴上 325	斗星~抖陡
	阴去 55	斗~争
t'	阴平 33	偷
	阴上 325	敨
	阴去 55	透
d	阳平 224	头投
	阳去 35	豆逗痘脰荳窦
n	阳去 35	耨
l	阴平 33	*刏
	阳平 224	楼娄偻耧蝼
	阳上 214	篓搂~抱
	阳去 35	漏陋瘘镂
ts	阴平 33	邹今读陬㑳
	阴上 325	走
	阴去 55	奏皱绉邹旧读
ts'	阴去 55	凑腠辏
dz	阳去 35	骤
s	阴平 33	搜飕馊艘蒐溲醙
	阴上 325	叟嗾薮擞
	阴去 55	嗽瘦漱
z	阳平 224	愁
k	阴平 33	勾沟钩
	阴上 325	狗苟
	阴去 55	够构购媾垢勾~当觏
k'	阴平 33	抠
	阴上 325	口
	阴去 55	叩扣寇蔻
g	阳平 224	佝
ŋ	阳平 214	牛
	阳上 214	耦偶藕
h	阴平 33	齁
	阴上 325	吼
ɦ	阳平 224	侯喉猴瘊
	阳上 214	厚后後
	阳去 35	候
ø	阴平 33	区姓瓯欧讴伛弯曲
	阴上 325	呕殴
	阴去 55	沤怄

10 ɔ 韵

p	阴平 33	邦帮梆
	阴上 325	榜绑搒膀臂~牓
	阴去 55	谤
p'	阴平 33	滂
	阴去 55	胖
b	阳平 224	旁螃庞膀~胱彷庞傍~晚

	阳上 214	棒
	阳去 35	傍 依~
m	阳平 224	忙芒茫邙铓硭龙厖
	阳上 214	莽蟒漭网㟱流~罔惘辋魍
	阳去 35	望 忘
f	阴平 33	方肪芳妨坊钫枋
	阴上 325	仿纺访
	阴去 55	放舫
v	阳平 224	房防亡鲂
	阳上 214	网
	阳去 35	望忘妄
t	阴平 33	当~时,应~挡珰
	阴上 325	党挡说
	阴去 55	当~铺,妥~
t'	阴平 33	汤稥蹚
	阴上 325	倘躺淌傥帑
	阴去 55	烫趟
d	阳平 224	堂螳棠樘镗膛唐糖塘溏螗 郎搪
	阳上 214	荡 放~
	阳去 35	宕荡 动~砀
n	阳平 224	囊
	阳上 214	曩攘
l	阳平 224	郎廊狼螂榔瑯琅跟锒
	阳上 214	朗
	阳去 35	浪茛阆眼
ts	阴平 33	脏 肮~赃庄章樟装奘藏妆
	阴上 325	掌
	阴去 55	葬障瘴嶂
ts'	阴平 33	仓苍疮昌猖菖鲳娼沧舱倡 ~优
	阴去 55	创倡 提~唱
s	阴平 33	桑霜孀伤丧 婚~商墒殇
	阴上 325	嗓爽橾赏磉晌
	阴去 55	丧~失
z	阳平 224	藏 隐~床常尝裳偿嫦徜~ 徉
	阳上 214	上~下
	阳去 35	藏 宝~脏 五~上~面状尚
k	阴平 33	冈岗~峦刚纲钢江缸肛扛 豇

	阴上 325	讲港
	阴去 55	降 下~虹岗站~杠
k'	阴平 33	康糠
	阴上 325	慷
	阴去 55	亢抗炕囥隐藏、收藏
g	阳平 224	□憨傻
	阳上 214	䖸垈畦沟、播种沟及庄稼行列
	阳去 35	□放置
ŋ	阳平 224	昂
ɦ	阳平 224	行~列航杭航降~服颃颉~
	阳上 214	项
	阳去 35	巷笐竹竿
ø	阴平 33	肮

11 aŋ 韵

p	阴平 33	浜绷拉紧
	阴去 55	绷绊住进
p'	阴平 33	烹脝发肿怦砰抨
b	阳平 224	彭膨澎~湖蟛~蜞棚朋鹏
	阳上 214	蚌
	阳去 35	碰鬅
m	阳平 224	盲萌虻氓
	阳上 214	猛
	阳去 35	孟
t	阴上 325	打
l	阳上 214	冷
ts	阴平 33	争睁筝桦权节
	阴去 55	挣□哭出声来
ts'	阴平 33	撑铛
	阴去 55	□发财撑
dz	阳平 224	橙□争夺锃~亮
	阳去 35	硪塞进,钻入
s	阴平 33	生牲笙甥
	阴上 325	省节~
k	阴平 33	更五~庚羹耕粳
	阴上 325	哽耿鲠梗埂
	阴去 55	更~加
k'	阴平 33	坑
g	阳上 214	□"吃"的詈语
ŋ	阳去 35	硬

h	阴平33	亨夯哼
ɦ	阳平224	行~走衡 茎
	阳上214	杏幸荇倖
	阳去35	行操~
ø	阴平33	□轮流、回复樱

12 əŋ韵

p	阴平33	奔崩贲锛
	阴上325	本
	阴去55	畚逩
pʻ	阴平33	喷
b	阳平224	盆朋
	阳去35	笨
m	阳平224	门蚊 闻
	阳去35	闷问扪懑
f	阴平33	分~开芬纷吩
	阴上325	粉
	阴去55	粪奋
v	阳平224	坟焚文纹雯蚊 闻汾棼
	阳上214	愤忿吻刎
	阳去35	份问氛紊璺
t	阴平33	敦墩惇蹲登灯蹬簦
	阴上325	等戥冻盹
	阴去55	顿凳瞪镫嶝磴扽
tʻ	阴平33	吞
	阴去55	褪
d	阳平224	屯豚饨臀腾滕藤疼
	阳上214	囤沌盾
	阳去35	钝遁邓澄
n	阳平224	能薐菠~菜
	阳上214	暖
	阳去35	嫩
l	阳平224	论~语仑伦沦纶抡轮棱
	阳去35	论议~
ts	阴平33	尊樽遵增曾姓赠噌甑
	阴上325	怎撙
tsʻ	阴平33	村参~差
	阴上325	忖
	阴去55	衬寸
s	阴平33	森参人~孙狲苏僧生殡

.	阴上325	损
	阴去55	逊
z	阳平224	存曾~经层岑涔
k	阴平33	跟根更五~耕
	阴上325	梗盖
	阴去55	亘更~加艮
kʻ	阴上325	恳垦啃肯砍₂
g	阳上214	柏
h	阴平33	哼
	阴上325	很
ɦ	阳平224	痕恒横衡
	阳去35	恨
ø	阴平33	恩

13 oŋ韵

pʻ	阴上325	捧
	阴去55	碰
b	阳平224	蓬篷堆灰尘:~尘
	阳去35	菻丛
m	阳平224	盟蒙濛朦曚艨幪
	阳上214	懵蠓
	阳去35	梦
f	阴平33	风疯枫丰沣封葑峰蜂锋烽
	阴去55	讽
v	阳平224	冯逢缝~衣
	阳上214	奉
	阳去35	凤俸缝一条~甮不必
t	阴平33	东冬咚
	阴上325	懂董
	阴去55	冻栋
tʻ	阴平33	通
	阴上325	捅统
	阴去55	痛
d	阳平224	同铜桐筒童瞳僮潼彤佟
	阳上214	桶动
	阳去35	洞胴恫峒侗恸
n	阳平224	农脓浓
l	阳平224	龙笼鸟~聋隆砻咙胧珑栊窿
	阳上214	拢陇垅垄笼~罩

	阳去35	弄
ts	阴平33	宗棕琮淙鬃踪纵~横猣枞 ~阳,地名
	阴上325	总
	阴去55	粽纵放~猣
ts'	阴平33	聪忽葱从~容枞冷杉
s	阴平33	松轻~
	阴上325	怂㧐悚
	阴去55	送讼宋
z	阳平224	丛崇
k	阴平33	公 工 功 躬 供~给恭攻肱
	阴上325	汞巩拱~手
	阴去55	贡 供上~
k'	阴平33	空 ~洞箜
	阴上325	孔 恐
	阴去55	控 空有~
g	阴去35	共
h	阴平33	轰烘薨訇渹
	阴上325	哄~骗
	阴去55	哄起~蕻
ɦ	阳平224	弘宏红 洪鸿虹闳纮
	阳去35	讧内~
ø	阴平33	翁泓嗡
	阴去55	瓮鼌鼻塞

14 e? 韵

h	阴入5	黑

15 a? 韵

p	阴入5	百柏伯□粘贴
p'	阴入5	珀拍迫魄脈
b	阳入23	白帛
m	阳入23	陌麦脉貊
ts	阴入5	摘责隻量词
ts'	阴入5	拆坼破策册
dz	阳入23	泽择宅□控干水份
s	阴入5	栅
k	阴入5	格隔革
k'	阴入5	客喀
ŋ	阳入23	额

h	阴入5	赫吓
ø	阴入5	阿厄扼轭

16 ø? 韵

p	阴入5	不北
m	阳入23	墨默
f	阴入5	弗拂佛仿~绋绂黻芾
v	阳入23	勿物佛~教
t	阴入5	得德□骂答问~
t'	阴入5	忒忑忐
d	阳入23	特
l	阳入23	肋勒粒
ts	阴入5	卒则
ts'	阴入5	猝测侧恻
s	阴入5	瑟率表~蟀塞色涩
z	阳入23	贼什~物
k	阴入5	□近指代词,义同"这"。

17 æ? 韵

p	阴入5	八叭
b	阳入23	拔
m	阳入23	袜
f	阴入5	法发髮
v	阳入23	乏伐筏阀罚
t	阴入5	答~应搭褡妲怛
t'	阴入5	塔榻塌遢搨涂擦獭
d	阳入23	沓踏达
n	阳入23	捺纳衲
l	阳入23	腊蜡镴邋辣瘌~痢头喇
ts	阴入5	眨扎札紮匝□播撒
ts'	阴入5	臿插察擦
s	阴入5	卅霎撒萨杀榳塞进缝里煞
z	阳入23	闸炸油~铡
k	阴入5	甲胛蛤~蜊鸽夹峡颊郏铗 割葛
k'	阴入5	磕恰掐渴克咳刻搕
g	阳入23	狎抱轧辗磨
h	阴入5	喝瞎黑旧读
ɦ	阳入23	合盒盍狭挟~持洽匣狎黠 曷辖核~桃,~实

| ø | 阴入5 | 鸭押压轧揠 |

18　ɔʔ韵

p	阴入5	博赙剥驳
pʻ	阴入5	粕
b	阳入23	薄泊缚雹箔
m	阳入23	莫膜幕寞摸漠
t	阴入5	笃的~班
tʻ	阴入5	托庹柝拓
d	阳入23	铎踱度揣~
n	阳入23	诺
l	阳入23	洛烙落骆酪赂络乐快~
ts	阴入5	作斫砍
tsʻ	阴入5	错~杂龊龌~
dz	阳入23	昨
s	阴入5	索朔□揉搓什~么槊数屡次
z	阳入23	凿勺硕~土昨柞酢作
k	阴入5	各烙阁胳觉知~角桷搁~ 置铬珏
kʻ	阴入5	确壳
g	阳入23	搁~浅
ŋ	阳入23	愕鄂鳄颚鹤岳乐音~嶽
h	阴入5	壑鹤霍藿
ɦ	阳入23	学
ø	阴入5	恶罪~龌~龊

19　i韵

p	阴平33	卑蓖裨
	阴上325	比陛彼俾鄙匕妣
	阴去55	蔽闭臂秘~密,~书泌祕痹 庇壁算毖
pʻ	阴平33	批披丕坏胚砒陂帔
	阴上325	痞否臧~嚭
	阴去55	屁譬脾
b	阳平224	皮疲脾琵枇~杷肥坒层次 鼙毗貔蚍
	阳上214	被婢陛髀
	阳去35	币毙弊算避备篦敝斃
m	阳平224	迷糜弥眉楣湄嵋縻蘼
	阳上214	米靡尾眯
	阳去35	谜味媚袂
f	阴平33	非飞妃菲芳~扉绯霏騑
	阴上325	匪菲~薄榧篚诽斐翡
	阴去55	废肺吠沸费痱~子
v	阳平224	帷维惟唯肥微薇溦腓
	阳上214	尾娓
	阳去35	未味
t	阴平33	低堤羝氐
	阴上325	底坻砥牴骶柢
	阴去55	帝蒂谛
tʻ	阴平33	梯
	阴上325	体
	阴去55	替涕剃嚏屉
d	阳平224	提题蹄啼堤梯黄醍
	阳上214	弟悌娣
	阳去35	第递地棣睇褅缔
n	阳平224	尼泥呢倪疑宜霓睨仪嶷
	阳上214	蚁你拟耳旎
	阳去35	艺呓刈谊义议贰 二腻毅 羿劓
l	阳平224	梨黎藜犁离~别篱璃漓厘 狸丽高~鬹戁骊鹂蠡蜊
	阳上214	礼李里鲤理俚娌妯~鳢澧 醴逦
	阳去35	例厉励丽美~荔利痢吏泪 离~间隶砺俪戾唳詈苙痢
tɕ	阴平33	跻
	阴上325	姐挤济~南
	阴去55	祭际制济挈~肘稷霁
tɕʻ	阴平33	妻凄萋棲~息悽
	阴上325	且
	阴去55	砌
dʑ	阳去35	滞
ɕ	阴平33	西犀栖不安定
	阴上325	洗玺徙屣
	阴去55	世势细婿壻
z	阳平224	齐脐荠蛴~螬
	阳去35	誓逝籍藉狼~剂
k	阴平33	鸡稽饥肌机讥几~平基箕 姬嵇羁奇~数畸饥

	阴上325	己纪年~几~个麂虮
	阴去55	计继寄冀骥记既季繫~鞋带髻蓟
k'	阴平33	溪欺攲
	阴上325	启企~业起杞岂綮绮芑
	阴去55	契器弃气汽
g	阳平224	麒祈圻颀綦耆鳍其棋期祁旗琦崎芪祇淇其祺琪骐蕲
	阳上214	技妓徛站立
	阳去35	忌骑骑乘暨悸
h	阴平33	嘻嬉禧熙希稀醯羲牺曦熹
	阴上325	喜蟢蜘蛛禧
	阴去55	戏系
ɦ	阳平224'	奚兮夷姨怡饴贻沂遗畦蹊徯移迻痍彝胰颐圯
	阳上214	矣已以迤匜苢
	阳去35	系易容~异
∅	阴平33	伊医衣依猗漪
	阴上325	椅倚旖
	阴去55	翳懿意忆亿诣缢瞖殪肆

20　iɛ韵

p	阴平33	边鞭编蝙
	阴上325	贬扁匾
	阴去55	变遍
p'	阴平33	篇偏翩
	阴去55	骗片
b	阳平224	骈胼便~宜
	阳上214	辨辩辫
	阳去35	卞汴便方~弁
m	阳平224	棉绵眠
	阳上214	免勉娩冕缅丏眄沔渑偭
	阳去35	面
t	阴平33	颠巅癫滇掂
	阴上325	点典踮
	阴去55	店
t'	阴平33	天添
	阴上325	忝舔腆殄
	阴去55	掭
d	阳平224	甜田填阗钿钱
	阳上214	簟大晒席

n	阳去35	垫电殿奠佃甸畋淀靛
	阳平224	年言黏拈阎严鲇
	阳上214	染俨碾研妍辇撵撚冉苒
	阳去35	验酽念谚砚甘
l	阳平224	廉镰濂帘奁联怜连莲涟鲢
	阳上214	敛脸
	阳去35	殓练炼恋链潋
tɕ	阴平33	尖歼詹瞻煎笺毡占~卜沾霑鳣邅
	阴上325	剪展辗戬塞搴
	阴去55	占~领战僭箭溅颤荐
tɕ'	阴平33	签佥千迁仟芊阡扦
	阴上325	浅阐
dʑ	阳平224	钱
	阳去35	缠□~头(歪脖子)
ɕ	阴平33	暹纤孅仙鲜新~搧煽先携苫草帘
	阴上325	陕鲜少癣藓燹獮跹
	阴去55	赡扇线霰苫覆盖煽
ʑ	阳平224	潜涎单~于蝉婵禅~宗然燃前蟾~酥髯隽
	阳上214	渐冉践善膳鳝谄剡蟮
	阳去35	贱饯赡膳嬗缮墡羡擅单姓禅~让
k	阴平33	兼肩坚
	阴上325	检睑茧镰镰刀
	阴去55	见剑建
k'	阴平33	谦牵骞搴愆
	阴上325	歉遣缱谴
	阴去55	欠縴
g	阳平224	钳虔乾~坤
	阳上214	俭件键
	阳去35	健腱
h	阴平33	锨掀
	阴上325	险显崄
	阴去55	宪献
ɦ	阳平224	炎盐檐嫌焉延筵贤弦沿谐岩颜蜒
	阳上214	演衍冶也眼岘琰兖
	阳去35	艳焰腌现雁羡诱惑焱滟唁

∅	阴平 33	淹阉崦烟燕姓胭嫣鄢蔫
	阴上 325	掩
	阴去 55	厌堰燕~子宴

21　ia 韵

t	阴平 33	爹嗲
tɕ	阴平 33	嗟
	阴上 325	姐
	阴去 55	借
ɕ	阴上 325	写
	阴去 55	泻卸
z	阳平 224	邪斜
	阳去 35	藉~故谢榭
k	阴平 33	家傢加珈迦笳袈嘉歌旧读
	阴上 325	假真~贾姓
	阴去 55	假放~嫁稼架驾价
g	阳平 224	茄伽
h	阴平 33	虾□~意:惬意、舒服
	阴上 325	下₂
	阴去 55	夏~季下₃
ɦ	阳平 224	耶爷椰霞牙芽蚜衙瑕遐
	阳上 214	也₂雅下₁冶
	阳去 35	暇讶夜
∅	阴平 33	鸦丫~头桠□责骂
	阴上 325	哑野
	阴去 55	亚

22　iau 韵

p	阴平 33	膘标彪镖飚
	阴上 325	表裱
p'	阴平 33	飘漂~流
	阴上 325	漂~白
	阴去 55	票漂~亮剽
b	阳平 224	瓢嫖瞟殍
	阳上 214	鳔
m	阳平 224	苗描瞄
	阳上 214	藐渺秒牝~丹眇
	阳去 35	庙妙谬旧读缪姓
t	阴平 33	刁貂雕凋碉琱

	阴上 325	鸟
	阴去 55	钓吊
t'	阴平 33	挑~担佻桃
	阴上 325	挑~动窕
	阴去 55	跳粜眺
d	阳平 224	条调~查苕迢
	阳去 35	掉调音~
n	阳平 224	饶尧侥
	阳上 214	鸟嬲
	阳去 35	尿绕~线
l	阳平 224	燎聊辽撩寥捞缭僚鹩
	阳上 214	了~结燎火~眉毛蓼瞭~解
	阳去 35	料瞭~望廖姓疗炮
tɕ	阴平 33	焦蕉鹪僬椒朝今~昭招钊
	阴上 325	剿沼池~,~气
	阴去 55	照诏醮
tɕ'	阴平 33	锹超缲~边抄
	阴上 325	悄悄
	阴去 55	俏峭
dʑ	阳平 224	樵瞧潮朝~代
	阳上 214	赵兆肇晁
	阳去 35	召
ɕ	阴平 33	消宵霄硝销逍烧萧箫潇
	阴上 325	小少多~
	阴去 55	笑鞘啸少~年肖生~
z	阳平 224	韶樵谯憔瞧
	阳上 214	绍扰绕围~
	阳去 35	邵嚼消
k	阴平 33	娇浇骄
	阴上 325	矫缴饺校~对茖侥皎
	阴去 55	窖叫徼
k'	阴平 33	跷□掀开
	阴上 325	巧
	阴去 55	窍翘撬
g	阳平 224	乔桥侨荞
	阳上 214	□闹别扭
	阳去 35	轿
h	阴平 33	嚣枵枭
	阴上 325	晓
	阴去 55	傃不要校上~(又读)

ɦ　阳平 224　摇谣窑遥瑶徭姚
　　阳平 35　耀鹞校学~效
ø　阴平 33　夭妖邀腰要~求幺~二三
　　阴上 325　杳舀~水窈窅
　　阴去 55　要重~

23　iɤu 韵

m　阳去 35　谬今读
t　阴平 33　丢
n　阳平 224　牛
　　阳上 214　纽扭
l　阳平 224　流刘浏留榴瘤馏硫琉
　　阳上 214　柳绺
　　阳去 35　溜
tɕ　阴平 33　揪啾周舟州洲
　　阴上 325　酒肘帚
　　阴去 55　昼咒皱绉
tɕʻ　阴平 33　秋抽
　　阴上 325　丑醜
　　阴去 55　臭
dʑ　阳平 224　绸稠囚泅筹俦畴踌仇~恨
　　　　　酬酉遒蝤~蛴
　　阳上 214　纣
　　阳去 35　宙胄酎
ɕ　阴平 33　修羞收
　　阴上 325　手首守
　　阴去 55　秀绣锈兽宿星~狩
ʑ　阳平 224　柔揉蹂燥
　　阳上 214　受绶
　　阳去 35　就袖寿授售岫鹫
k　阴平 33　鸠阄拈~纠~纷赳
　　阴上 325　九久韭灸玖纠~缠
　　阴去 55　救究厩疚
kʻ　阴平 33　丘箍
g　阳平 224　求球仇姓毬逑裘虬
　　阳上 214　臼柏舅咎
　　阳去 35　旧柩
h　阴平 33　休
　　阴上 325　朽
　　阴去 55　嗅溴
ɦ　阳平 224　尤由邮油铀蚰游犹鱿猷

　　阳上 214　有友酉莠牖羑
　　阳去 35　又右宥祐柚釉诱佑囿鼬
ø　阴平 33　忧优攸悠幽麀耰
　　阴去 55　幼

24　iaŋ 韵

n　阳平 224　娘瓤禳瀼穰
　　阳上 214　仰
　　阳去 35　酿让
l　阳平 224　良粮梁樑凉量丈~
　　阳上 214　两魉
　　阳去 35　亮谅辆量数~踉
tɕ　阴平 33　将~来浆张
　　阴上 325　蒋奖桨长生~涨~落
　　阴去 55　仗杖~酱将大~帐胀涨~大
tɕʻ　阴平 33　枪昌~盛
　　阴上 325　抢厂敞氅
　　阴去 55　畅怅伥㲋蹡创怆
dʑ　阳平 224　肠场长~短
　　阳上 214　丈杖仗倚~
ɕ　阴平 33　相互~湘箱厢缃襄镶伤
　　阴上 325　想鲞
　　阴去 55　相~貌
ʑ　阳平 224　墙嫱蔷戕详祥庠翔
　　阳上 214　象像橡襐
　　阳去 35　壤匠让
k　阴平 33　疆僵彊缰姜
　　阴上 325　耩讲
kʻ　阴平 33　羌腔
　　阴上 325　强勉~
g　阳平 224　强~大
　　阳上 214　强倔~
　　阳去 35　弶捕兽器械
h　阴平 33　香乡
　　阴上 325　享饷响蚃飨
　　阴去 55　向
ɦ　阳平 224　羊洋烊佯垟徉杨阳扬炀炀
　　　　　降投~
　　阳去 35　样漾恙
ø　阴平 33　央秧泱泱鸯
　　阴上 325　养痒

25 iŋ 韵

p　阴平 33　彬宾滨槟缤镔兵冰斌邠豳
　　　　　　濒并~州
　阴上 325　禀丙秉饼炳邴眪昺屏蔽
　阴去 55　殡柄并兼~进~裂鬓摈傧摒
p'　阴平 33　拼~命姘笌偋
　阴上 325　品
　阴去 55　聘
b　阳平 224　贫频凭平坪评瓶屏围~苹
　　　　　　萍軿嫔洴
　阳上 214　牝并~且膑
　阳去 35　病
m　阳平 224　闽民明鸣名铭冥螟溟瞑瞑
　　　　　　冪珉旻
　阳上 214　悯敏泯皿愍僶茗酩
　阳去 35　命
t　阴平 33　丁钉~子叮疔
　阴上 325　顶鼎酊
　阴去 55　钉~住订
t'　阴平 33　听~见订厅汀程
　阴上 325　町珽
　阴去 55　听~任
d　阳平 224　亭停婷廷庭蜓霆
　阳上 214　艇挺铤锭梃
　阳去 35　定
n　阳平 224　吟人银仍蝇迎凝宁安~壬
　　　　　　任姓垠狺龈鄞咛
　阳上 214　拧
　阳去 35　赁认佞宁~可凝汤~成冻了
　　　　　　韧佞泞
l　阳平 224　林淋琳霖临灵铃伶零邻蛉
　　　　　　玲瓴令~狐陵凌菱淩绫鲮
　　　　　　龄苓泠聆翎囹羚橳酃鳞磷
　　　　　　麟粼嶙辚
　阳上 214　凛廪~生懔檁领岭
　阳去 35　吝令命~另赁蔺遴
tɕ　阴平 33　津珍榛臻蓁溱真烝蒸精晶
　　　　　　睛贞祯菁箐桢侦征正~月
　　　　　　扰塞住，塞子砧甄

　阴上 325　井整拯枕诊疹袗畛缜积
　阴去 55　正端~进证政浸濅揿晋搢
　　　　　　缙瑨
tɕ'　阴平 33　琛亲青清蜻称~呼蛏郴嗔
　　　　　　瞋侵骏鲭
　阴上 325　寝请侵
　阴去 55　趁秤称~心呢呕吐讖齔
dz　阳平 224　沉陈尘澄橙惩呈程塍
　阳上 214　蕈朕逞
　阳去 35　阵郑剩
ɕ　阴平 33　心深辛新薪身申呻绅伸娠
　　　　　　升声星腥猩胜~任莘
　阳上 325　审婶沈醒省反~哂矧
　阴去 55　渗信讯迅性姓圣胜~利囟
z　阳平 224　寻秦螓神辰晨臣仁乘绳仍
　　　　　　承宸丞情晴城成诚盛~满
　　　　　　任姓壬人任姓仍
　阳上 214　甚葚尽肾忍静忱谌蜃稔荏
　　　　　　饪烬靖婧
　阳去 35　任责~妊纴衽慎刃剩净盛
　　　　　　~大认仞靓任任务
k　阴平 33　今金禁~不住襟巾斤筋兢
　　　　　　京荆旌矜惊鲸泾
　阴上 325　锦紧谨境景憬璟敬颈槿堇
　　　　　　菫警儆刭
　阴去 55　禁~止劲茎径敬竟镜靳迳
k'　阴平 33　钦卿轻倾嵚衾
　阴上 325　顷綮
　阴去 55　庆磬揿謦馨
g　阳平 224　琴禽擒勤擎芩檎芹檠黥勍
　阳上 214　近妗舅母噤瘽痉
　阳去 35　仅竞瑾谨觐殣儆
h　阴平 33　欣兴~旺馨歆忻訢昕
　阴上 325　擤
　阴去 55　衅兴高兴
ɦ　阳平 224　淫寅盈楹嬴赢瀛刑型形邢
　　　　　　硎陉营茎萤莹荧行~走霆
　　　　　　荥
　阳上 214　引颖颍幸饮旧读蚓靷尹悻
　　　　　　郢

	阳去 35	孕脛胫媵
∅	阴平 33	音愔暗瘖阴因姻茵絪氤殷 应~当鹰膺莺婴鹦樱缨英 殷慇湮堙罂莺瑛璎紫
	阴上 325	隐影饮~酒瘿
	阴去 55	荫窨地~子饮~马印映应答 胤滢

26 iɪʔ韵

p	阴入 5	笔毕必逼碧壁璧滗辟复~
pʻ	阴入 5	匹僻辟大~霹劈疋胚癖
b	阳入 23	鼻弼愎
m	阳入 23	蜜密觅宓谧幂汨
t	阴入 5	的目~滴嫡镝
tʻ	阴入 5	踢剔惕倜
d	阳入 23	笛敌狄籴迪荻翟涤
n	阳入 23	昵日匿逆溺
l	阳入 23	立笠栗律力历栃沥率速~ 雳溧慄发砾栎
tɕ	阴入 5	执汁质即鲫稷织屐脊绩炙 只仄炙积迹
tɕʻ	阴入 5	辑缉泣七漆伤赤斥尺~寸 戚吃
dʑ	阳入 23	蛰惊~侄秩直植掷
ɕ	阴入 5	些湿悉膝虱室息熄媳识式 饰惜昔适释锡析些
ʑ	阳入 23	集习袭十什像~拾入疾实 蚀席夕石硕~大寂蓻
k	阴入 5	急级汲给供~吉棘戟击激 芨亟殛
kʻ	阴入 5	诘讫乞隙迄
g	阳入 23	及极笈屐
h	阴入 5	吸疲坏,不好
ɦ	阳入 23	逸弋翼亦译液腑腋易交~ 橄溢镒佚轶奕弈驿腋疫役 邑揖乙一抑益壹悒浥屹
∅	阴入 5	

27 iaʔ韵

n	阳入 23	虐疟惹箬
l	阳入 23	略掠

tɕ	阴入 5	爵嚼爝着~衣酌灼者
tɕ	阴入 5	雀鹊绰
dʑ	阳入 23	着附~
ɕ	阴入 5	削
ʑ	阳入 23	弱若
k	阴入 5	脚
kʻ	阴入 5	却
h	阴入 5	谑
ɦ	阳入 23	药钥跃阅悦越曰粤穴钺樾 戉籥瀹
∅	阴入 5	约

28 iæʔ韵

p	阴入 5	鳖憋瘪弩
pʻ	阴入 5	撇瞥
b	阳入 23	别蹩
m	阳入 23	灭蔑篾
t	阴入 5	跌
tʻ	阴入 5	铁帖贴
d	阳入 23	牒蝶谍迭叠耋经垤堞
n	阳入 23	聂镊业热孽捏蹑涅蘖臬镍 啮
l	阳入 23	猎列烈裂蛚躐鬣捩劣
tɕ	阴入 5	折~断浙节接辄摺哲睫癍 劳
tɕ	阴入 5	妾彻撤切窃
dʑ	阳入 23	捷辙
ɕ	阴入 5	摄薛亵泄绁设屑闪楔燮
ʑ	阳入 23	涉舌折弄~了热截
k	阴入 5	劫孑荚羯揭结洁拮桔~梗 镍~刀(柴刀)
kʻ	阴入 5	怯挈提,拎惬箧锲
g	阳入 23	杰竭桀碣
h	阴入 5	胁歇蝎
ɦ	阳入 23	叶协侠挟~制颉~颉页曳 拽
∅	阴入 5	靥噎谒□躲藏咽哽~

29 u韵

p	阴平 33	逋

	阴上 325	补谱圃
	阴去 55	布怖佈
pʻ	阴平 33	铺~设潜溢出
	阴上 325	普谱浦溥
	阴去 55	铺店~
b	阳平 224	蒲脯葡匍
	阳上 214	部簿
	阳去 35	步捕哺埠孵鲋紺绳束埠
m	阳平 224	模~型
	阳上 214	母₂拇₂牡₂姆姥天~山
	阳去 35	慕墓募暮
f	阴平 33	夫敷孚俘肤趺鈇跗柎孵郛荸稃麸廊
	阴上 325	府俯腑敷斧簠俌甫抚拊
	阴去 55	付咐赋傅赴讣富副
v	阳平 224	符洊苻无毋巫诬浮~起来芜扶蚨芙
	阳上 214	辅父釜腐武鹉舞侮妇负忨庑
	阳去 35	附腐~败埗驸赙
t	阴平 33	都~城
	阴上 325	堵赌肚猪~觌
	阴去 55	妒蠹
tʻ	阴上 325	土吐~痰
	阴去 55	兔菟吐呕~唾馋~（唾液）
d	阳平 224	图徒屠途涂塗茶
	阳上 325	杜肚腹
	阳去 35	度渡镀
n	阳平 224	奴孥驽
	阳上 214	努弩
	阳去 35	怒
l	阳平 224	卢庐炉泸鸬颅芦垆鲈胪舻轳纑胪
	阳上 214	鲁橹卤房掳鲥
	阳去 35	路露鹭潞璐辂
ts	阴平 33	租猪
	阴上 325	组祖阻俎煮
tsʻ	阴平 33	粗初
	阴上 325	楚础
	阴去 55	醋措~置

s	阴平 33	苏稣酥疏疏远蔬梳甦
	阴上 325	所鼠 数动词
	阴去 55	素诉塑溯嗉疏注~数名词
z	阳平 224	锄徂殂雏
	阳去 35	助
k	阴平 33	锅姑辜蛄沽箍孤觚
	阴上 325	果裹古估~计股鼓贾商~牯羖瞽蛊汩馃
	阴去 55	过故固顾雇锢
kʻ	阴平 33	枯骷刳
	阴上 325	苦
	阴去 55	库裤
h	阴平 33	呼戽滹
	阴上 325	虎琥浒
	阴去 55	戽
ɦ	阳平 224	吾梧浯鼯胡湖蝴糊葫醐猢煳鹕壶瓠弧狐乎吴蜈浮~水(游泳)
	阳上 214	五伍午户沪忤仵舞捂扈怙祜
	阳去 35	误悟互护务雾晤瓠腐豆~戊鹜鹜婺
Ø	阴平 33	污乌呜圬
	阴上 325	坞
	阴去 55	恶可~

30 ua 韵

k	阴平 33	瓜乖
	阴上 325	拐寡剐
	阴去 55	怪挂卦罣
kʻ	阴平 33	夸姱誇
	阴上 325	垮蒯
	阴去 55	跨胯快筷
h	阴平 33	花
	阴去 55	化
ɦ	阳平 224	华中~铧骅桦哗怀槐淮
	阳上 214	瓦
	阳去 35	华姓话坏画划~船
Ø	阴平 33	娃蛙洼歪娲

31　uo 韵

ts	阴平 33	髽
k	阴平 33	瓜 蜗旧读 娲旧读
	阴上 325	寡 剐
	阴去 55	挂 卦
kʻ	阴平 33	夸 姱 誇
	阴去 55	跨 胯
h	阴平 33	花
	阴去 55	化
ɦ	阳平 224	华中~ 铧 骅 桦 哗
	阳去 35	华姓 画 话
Ø	阴平 33	蛙

32　uø 韵

t	阴平 33	端 耑
	阴上 325	短
	阴去 55	断决~ 锻 □抛扔,丢弃
tʻ	阴平 33	湍
	阴上 325	疃
	阴去 55	彖
d	阳平 224	团 摶
	阳上 214	断~绝
	阳去 35	段 缎 椴
n	阳上 214	暖
l	阳平 224	鸾 銮 峦 栾 滦
	阳上 214	卵
	阳去 35	乱 恋
ts	阴平 33	钻~研
	阴上 325	纂 缵
	阴去 55	攥 钻金刚~
tsʻ	阴平 33	氽 蹿 撺 镩 踹
	阴去 55	窜 篡 爨
dz	阳上 214	撰
	阳去 35	钻~进去
s	阴平 33	酸 痠 狻
	阴去 55	算 蒜
k	阴平 33	官 倌 棺 观参~ 冠衣~ 鳏 纶~ 巾 莞东~(地名)
	阴上 325	管 馆 琯
	阴去 55	贯 灌 瓘 鹳 罐 观寺~ 冠~军 盥
kʻ	阴平 33	宽 髋
	阴上 325	款 窾
h	阴平 33	欢 讙 貛
	阴去 55	焕
ɦ	阳平 224	桓 洹 狟 完 纨 丸 萑 瓛 汍 芄
	阳上 214	缓 皖 浣
	阳去 35	玩游~ 换 唤 痪 焕 奂 逭 漶
Ø	阴平 33	豌
	阴上 325	碗 宛 婉 腕 琬 菀
	阴去 55	惋 腕 □丢、扔

33　uE 韵

k	阴平 33	关 鳏 乖
	阴去 55	惯
g	阳平 224	□弯曲
	阳上 214	□背、扛
	阳去 35	摼器物提梁 掼摔,扔
h	阴平 33	懁乖巧 嬛 翾
ɦ	阳平 224	玩~耍 顽 还 环 寰 阛 澴 镮 缳 鬟 鹮 鍰
	阳上 214	晚₂ 莞~尔而笑
	阳去 35	幻 患 宦 轘
Ø	阴平 33	弯 湾 剜
	阴上 325	挽 绾 輓

34　uei 韵

k	阴平 33	瑰 圭 闺 规 归 妫
	阴上 325	诡 轨 宄 癸 鬼 佹 晷 傀
	阴去 55	愧 桂 贵 刽 鳜
kʻ	阴平 33	盔 魁 奎 亏 窥 岿 悝 睽 悝 睽
	阴上 325	傀
	阴去 55	块 溃 喟
g	阳平 224	逵 夔 葵 馗
	阳上 214	揆 跪
	阳去 35	匮 馈
h	阴平 33	灰 诙 恢 麾 挥 辉 晖 徽 隳 撝 隳
	阴上 325	贿 悔 毁 煋 海
	阴去 55	晦 秽 讳 卉 喙 荟

ɦ	阳平 224	危桅回迴茴蛔为 作~ 魏韦帏闱违围嵬
	阳上 214	伟苇玮
	阳去 35	汇溃会 开~ 绘荟彗蟪慧 魏纬胃谓渭猬位 为~什么 外彙伪
ø	阴平 33	煨威偎隈葳葳
	阴上 325	委诿猥
	阴去 55	畏喂 ~食 慰蔚尉

35　uɔ̃韵

k	阴平 33	光胱膀 ~洸
	阴上 325	广邝
	阴去 55	桄逛
kʻ	阴平 33	匡框眶筐恇诓
	阴去 55	矿旷况₂圹纩
g	阳平 224	狂
	阳去 35	逛
h	阴平 33	荒慌肓
	阴上 325	恍谎幌晃
	阴去 55	撗况₁
ɦ	阳平 224	黄簧璜蟥潢王皇蝗徨煌隍惶遑篁湟
	阳去 35	旺
ø	阴平 33	汪
	阴上 325	枉往

36　uaŋ韵

| k | 阴上 325 | 梗 |
| ɦ | 阳平 224 | 横 |

37　uəŋ韵

k	阴上 325	衮滚绲鲧
	阴去 55	棍
kʻ	阴平 33	坤昆琨鲲鹍裈髡
	阴上 325	捆阃悃壸
	阴去 55	困睏 睡
g	阳平 224	□蹲
h	阴平 33	昏婚阍惛荤
ɦ	阳平 224	魂馄浑珲

	阳上 214	混 ~沌
	阳去 35	混 ~帐 图溷恩
ø	阴平 33	温瘟
	阴上 325	稳

38　uʔ韵

p	阴入 5	卜
pʻ	阴入 5	扑盖住,扑打朴 ~素仆 ~倒璞
b	阳入 23	醭濮仆 奴~ 曝瀑葡扑 ~克伏 地~(门槛)□禾株□全筑
m	阳入 23	木目苜 ~蓿穆牧沐睦
f	阴入 5	福幅蝠辐腹蝮覆複蝮
v	阳入 23	扶复復馥鰒服伏匐鵬茯栿
t	阴入 5	啄 鸡~ 米笃 ~实督
tʻ	阴入 5	秃
d	阳入 23	独毒读牍渎犊椟
l	阳入 23	六陆鹿辘漉麓簏戮录绿禄碌禄琭逯
ts	阴入 5	镞
tsʻ	阴入 5	促簇蔟蹙蹴
s	阴入 5	束速谡
z	阳入 23	族
k	阴入 5	国谷榖縠
kʻ	阴入 5	酷哭
h	阴入 5	斛槲縠觳
ɦ	阳入 23	核
ø	阴入 5	屋

39　uaʔ韵

k	阴入 5	掴幗虢馘
h	阴入 5	劐 剖裂
ɦ	阳入 23	划 计~

40　uøʔ韵

l	阳入 23	捋 撸取
tsʻ	阴入 5	撮
k	阴入 5	骨
kʻ	阴入 5	窟曲 弯,不直
h	阴入 5	忽惚笏淴

ɦ 阳入23 兀杌鹘

41　uæʔ韵

k	阴入5	刮鸹
h	阴入5	甩
ɦ	阳入23	滑猾
Ø	阴入5	挖乞

42　uəʔ韵

p	阴入5	钵拨
pʻ	阴入5	泼
b	阳入23	钹跋魃勃脖荸 ~荠饽
m	阳入23	末沫抹没殁
t	阴入5	掇裰
tʻ	阴入5	脱突 ~出
d	阳入23	夺突 ~然凸腯
k	阴入5	括
kʻ	阴入5	阔
tsʻ	阴入5	猝
h	阴入5	豁
ɦ	阳入23	活或惑获域旧读
Ø	阴入5	斡

43　uɔʔ韵

k	阴入5	郭崞鹄~的梏
kʻ	阴入5	廓扩喾鞟
h	阴入5	惟害怕
ɦ	阳入23	镬鹄鸿~
Ø	阴入5	握幄渥沃

44　y韵

n	阳平224	鱼渔禺隅愚虞娱危旧读
	阳上214	女语蕊
	阳去35	御遇寓魏驭伪旧读
l	阳平224	驴闾
	阳上214	吕侣郘旅缕膂屡缕褛履
	阳去35	虑滤鑢
tɕ	阴平33	疽诛朱蛛珠硃株铢诸侏絑郑洙茱追佳锥雎诸潴檕
	阴上325	主麈嘴貯
	阴去55	著显~驻注炷蛀铸缀赘醉惴挂瘃
tɕʻ	阴平33	蛆趋痴吹炊刍
	阴上325	取娶处相~
	阴去55	趣脆处~所焌觑
dʑ	阳平224	除滁槌锤□餐(量词)橱厨椎躇
	阳上214	储绪柱署~名渚杼伫
	阳去35	住绌坠
ɕ	阴平33	胥书舒抒纾枢姝须媭鬓繻需枢输虽绥尿睢荽摅樗
	阴上325	暑黍数动词髓水觚
	阴去55	絮庶恕岁税数名词繐祟邃说游~戍
ʑ	阳平224	徐如茹殊儒濡蠕随垂谁₁隋蕤毁
	阳上214	序叙墅汝聚竖乳薯擩
	阳去35	树遂隧穗睡曙澍孺
k	阴平33	居拘驹龟 归车~马炮裾琚
	阴上325	举矩鬼榉莒筥椇踽
	阴去55	据锯倨踞句贵 桂
kʻ	阴平33	区~域驱岖躯祛胠墟
	阴去55	去
g	阳平224	逵渠葵蘧瞿臞氍劬鸲菓馗夔
	阳上214	巨拒距矩苣炬讵秬跪 举
	阳去35	柜具俱惧飓遽醵
h	阴平33	虚嘘吁~叹靴盱
	阴上325	许栩诩鄦毁旧读
	阴去55	酗昫煦
ɦ	阳平224	余于盂竽榆逾渝瑜俞臾腴萸围~回携予我余异舆欤
	阳上214	雨宇禹羽与给~屿予给伛庾瘐窳愈病~
	阳去35	芋喻裕与参~誉预豫位为~什么卫~生棒(西式手杖)慧惠胃谕吁呼~
Ø	阴平33	於~此淤迂纡妪
	阴上325	椅

阴去55　喂~食秽旧读尉~迟(复姓)饫

45　yø 韵

n	阳平224	原源元沅芫鼋
	阳上214	软阮
	阳去35	愿
tɕ	阴平33	专砖颛镌
	阴上325	转~眼
	阴去55	转~圈子
tɕʻ	阴平33	川穿悛痊诠铨荃筌
	阴上325	揣~度喘舛
	阴去55	串钏
dz	阳平224	传~达椽
	阳上214	篆
	阳去35	传~记
ɕ	阴平33	闩栓拴宣喧暄萱揎瑄
	阴上325	选癣
	阴去55	渲
z	阳平224	全泉船旋凯~璇
	阳上214	□缓和
	阳去35	旋~转镟
k	阴平33	捐绢涓娟鹃蠲
	阴上325	卷~动畎
	阴平55	圈猪~眷卷考~桊
kʻ	阴平33	圈圆~
	阴上325	犬
	阴去55	劝券
g	阳平224	瘸权拳鬈踡蜷颧
	阳去35	倦
h	阴平33	轩喧暄萱谖壎
	阴去55	楦绚
ɦ	阳平224	员圆缘椽袁猿辕园圜爰援垣玄悬鸢
	阳上214	远泫铉
	阳去35	院县眩炫瑗媛掾
ø	阴平33	冤渊蜎鸳鸯
	阴去55	怨苑

46　yɔ 韵

tɕ	阴平33	桩
	阴去55	壮戆

tɕ	阴平33	窗
	阴上325	闯
dz	阳平224	幢根部
	阳上214	幢僮~族
	阳去35	撞
ɕ	阴平33	双
	阴去55	□蹱踢
k	阴平33	供~养
g	阳平224	狂诳
h	阴去55	况

47　yoŋ 韵

n	阳平224	浓 茸 戎 绒 狨狗头~(狼)
	阳上214	冗
	阳去35	润
tɕ	阴平33	中当~忠衷盅钟终锺谆肿螽
	阴上325	肿种~类踵准冢
	阴去55	中射~种~树众竣俊浚
tɕʻ	阴平33	冲忡春椿皴充憧衝春
	阴上325	蠢宠
	阴去55	囱铳
dz	阳平224	虫重~复种姓
	阳上214	重轻~
	阳去35	仲
ɕ	阴平33	荀询松~树嵩春旧读淞
	阴上325	笋笥笋隼榫
	阴去55	舜瞬□陡峭
z	阳平224	茸循巡唇纯莼醇淳鹑从戎绒松~毛树(松树)
	阳上214	冗吮
	阳去35	殉顺闰润讼诵颂罿彩虹
k	阴平33	均钧君军弓宫恭₂供~应局
	阴上325	迥炯
kʻ	阴平33	穹芎菌
	阴上325	恐
g	阳平224	群裙琼穷邛蛩
	阳上214	窘
	阳去35	郡共
h	阴平33	熏勋薰兄凶匈胸汹

	阴去 55	训驯□嗊,闻
ɦ	阳平 224	匀云耘荣熊雄融容熔溶蓉榕
	阳上 214	陨允尹
	阳去 35	韵运晕用闰佣
ø	阴平 33	雍庸拥痈邕墉盦
	阴上 325	甬勇涌恿永泳咏
	阴去 55	熨

48　yʔ 韵

tɕ	阴入 5	<u>这</u>
tɕʻ	阴入 5	出绌黜怵
dz	阳入 <u>23</u>	术白~□<u>~掴</u>:耳光
ɕ	阴入 5	戌□搭理恤
z	阳入 <u>23</u>	术算~述秫
g	阳入 <u>23</u>	剧
ɦ	阳入 <u>23</u>	域

49　yəʔ 韵

n	阳入 <u>23</u>	月刖
tɕ	阴入 5	辍
ɕ	阴入 5	雪说刷
z	阳入 <u>23</u>	绝
k	阴入 5	厥孓决诀抉觖镢撅夔蹶蕨谲
kʻ	阴入 5	缺阙确阕
g	阳入 <u>23</u>	掘崛倔撅橛~截,残片
h	阴入 5	血
ø	阴入 5	哕

50　yoʔ 韵

tɕ	阴入 5	捉拙卓焯桌琢涿啄~木鸟辍
tɕʻ	阴入 5	戳
dz	阳入 <u>23</u>	浊濯擢镯
ɕ	阴入 5	缩粟烁铄
ɦ	阳入 <u>23</u>	<u>学</u>

51　yuʔ 韵

n	阳入 <u>23</u>	肉玉狱

tɕ	阴入 5	竹筑祝粥足烛嘱瞩属_{连~}竺
tɕʻ	阴入 5	啜_吃畜_{~牲}触蓄
dz	阳入 <u>23</u>	逐轴妯_{~娌}舳蠋躅
ɕ	阴入 5	叔菽肃夙宿_{住~}蓿_苜<u>~</u>束倏
z	阳入 <u>23</u>	熟肉俗续赎蜀属辱褥缛蓐孰塾淑
k	阴入 5	橘菊鞠掬菊鞫
kʻ	阴入 5	屈曲诎麹
g	阳入 <u>23</u>	局锔侷踘
h	阴入 5	畜_{~牧}蓄旭顼
ɦ	阳入 <u>23</u>	育欲浴鹆鬻遹鹬昱煜毓鬻
ø	阴入 5	郁鬱彧

52　m̩ 韵

ɦ	阳平 224	呒
	阳上 214	<u>母姆亩某姥</u>
	阳去 35	姆_{语气词}雾黄_{~(村名)}

53　n̩ 韵

ɦ	阳平 224	<u>儿</u>_{~子}
ø	变音 51	儿_{小东西,幼仔}

54　ŋ̍ 韵

k	阴平 33	<u>工</u> <u>公</u> <u>功</u> <u>攻</u> 恭₁蚣
	阴去 55	<u>贡</u>
kʻ	阴平 224	空_{~调}
	阴上 325	<u>孔</u>
	阴去 55	控 空_{有~}
ɦ	阳平 224	<u>鱼</u> <u>红</u> <u>吴</u> 蜈弘
	阳上 214	<u>五</u> <u>伍</u>_{数字大写}<u>捂</u> <u>午</u> <u>尔</u>_{第二人称代词}蚁花_{~(蚂蚁)}
	阳去 35	唔_{语气词}
ø	阴平 33	翁

55　əl 韵

ɦ	阳平 224	<u>儿</u>
	阳上 214	<u>而</u> <u>耳</u> <u>饵</u> 迩 <u>尔</u>
	阳去 35	<u>二</u> <u>贰</u>

第二章 天台方言和北京话的语音对应关系

一 声母对应关系

1. 天台方言以 p、pʻ、t、tʻ 为声母的字北京话也分别是 p、pʻ、t、tʻ 声母,如"巴坡德秃"。例外字如"啄"天台白读 tuʔ⁵,北京读 tʂuo³⁵,"鸟"天台白读 tiau³²⁵,北京读 niau²¹⁴。

2. 天台方言 b、d 两个声母在北京话对应同部位的清辅音声母,但按字调平仄分为送气与否:平声字在北京话分别是 pʻ、tʻ 两个声母,如"排图";仄声字在北京话分别是 p、t 两个声母,如"败读"。例外字如"肥"天台白读为 bi²²⁴,北京为 fei³⁵;"孵"天台白读为 bu³⁵,北京为 fu⁵⁵。

3. 天台方言 m 声母的大部分字北京话也是 m 声母,如"明母"。只有少数字在北京话中是零声母,如"玩晚袜网望忘蚊问闻尾味"等。

4. 天台方言 f 声母的全部字,如"夫发方福",和 v 声母的大部分字,如"妇罚房服",在北京话是 f 声母。另有 v 声母的部分字在北京话是零声母:如 ɛ 韵的"万",ɔ̃ 韵的"亡妄望",əŋ 韵的"文纹吻刎",øʔ 韵的"勿物",u 韵的"无毋诬巫武鹉舞侮",i 韵的"唯帷惟维微"等等。

5. 天台方言的 n 声母字在北京话里分成:

(1) n 声母,如"乃奶难男内脑尼娘女暖"。

(2) 零声母:如"疑义宜严仰银业语元月"。

(3) ʐ 声母:如"染饶让人日热软阮"。

另有中古止摄开口三等日母字"耳二贰"等天台读 ni,北京读 ɚ。

6. 天台方言的 l 声母北京话也是 l 声母,如"拉鲁老流"等。

7. 天台方言 tɕ 声母齐齿呼字在北京话中一部分是 tɕ 声母,如"姐尖借接",另一部分是 tʂ 声母,如"制占沼周";撮口呼的 tɕ 声母字除"疽竣俊浚"等字在北京话中仍为 tɕ 声母外,其余都是 tʂ 声母,如"朱专这桌"等等。

8. 天台方言 tɕʻ声母齐齿呼字在北京话中一部分仍是 tɕʻ声母,如"妻千抢切",另一部分是 tʂʻ声母,如"超丑厂趁";撮口呼 tɕʻ声母在北京话中除"蛆趋取娶趣"等为 tɕʻ声母,"脆"为 tsʻ声母外,其余均为 tʂʻ声母,如"吹川窗出"等等。

9. 天台方言 dʐ 声母平声字在北京话中除"钱瞧囚"等为 tɕʻ声母外,其余都是 tʂʻ声母,如"除潮场陈";仄声字在北京话中除"捷"为 tɕ 声母外,其余均为 tʂ 声母,如"柱重逐浊"。

10. 天台方言 ɕ 声母字在北京话中大部分是 ɕ 声母字(如"西消洗屑")和 ʂ 声母字(如"世烧湿设")。"松岁虽绥髓嵩讼缩肃凤祟粟"等古心母字北京话为 s 声母。

11. 天台方言 z 声母在北京话中分成:(1) tɕ 声母,如"渐就集绝";(2) tɕʻ声母,如"齐前秦全";(3) ɕ 声母,如"携邪象席";(4) tʂʻ声母,如"蝉晨成船";(5) ʂ 声母,如"誓受十舌";(6) ʐ 声母,如"然扰仁弱";(7) s 声母,如"随遂隧穗颂诵俗";(8) ts 声母,如"从"字。

12. 天台方言无舌尖后辅音,ts、tsʻ、s 三个声母在北京话中分成 ts、tsʻ、s 和 tʂ、tʂʻ、ʂ 两组,对应如下:

```
    天台              例字              北京
              ┌── 资遭作总 ──────── ts
    ts ───────┤
              └── 知找庄猪 ──────── tʂ
              ┌── 此曹错聪 ──────── tsʻ
    tsʻ ──────┤
              └── 翅吵唱撑 ──────── tʂʻ
              ┌── 思扫锁速 ──────── s
    s ────────┤
              └── 师嫂赏杀 ──────── ʂ
```

dz、z 两个声母的平声字在北京话中一般是 tsʻ、tʂʻ,仄声字在北京话中一般是 ts、tʂ。如:

	天	台	北京
	dz	z	
平声	惭残	词才层	tsʻ
	迟持查	愁豺常	tʂʻ
仄声	泽择昨	字在罪	ts
	雉赚骤	助状凿	tʂ

z 声母还有少数字在北京话是 ʂ 声母(如"上尚")和 ʐ 声母(如"锐瑞")。以 ts、tsʻ、dz、z 为声母的入声字在北京话中以舌尖前辅音声母为多。

13. 天台方言 k、kʻ、h 三个声母在北京话中分别分化成 k 和 tɕ、kʻ和 tɕʻ、h 和 ɕ 六个声母。天台方言 k、kʻ、h 三个声母的齐、撮二呼字在北京话中全部变为 tɕ、tɕʻ、ɕ 声母;合口呼字在北京话中未分化,也是 k、kʻ、h 声母;开口呼字在北京话中大部分也是 k、kʻ、h 声母,只有 a、o、ɛ、au、æʔ 五韵的部分字在北京话中是 tɕ、tɕʻ、ɕ 声母,如天台"介 ka⁵⁵、家 ko³³、减 kɛ³²⁵、夹 kæʔ⁵",北京话分别为 tɕiɛ⁵¹、tɕia⁵⁵、tɕiɛn²¹⁴、tɕia⁵⁵。天台"嵌 kʻɛ⁵⁵"北京为 tɕʻiɛn⁵¹,天台"瞎 hæʔ⁵"北京为 ɕia⁵⁵。

14. 天台方言 g 声母齐撮二呼的平声字在北京话中一般为 tɕ 声母,如"其权";仄声字在北京话中为 tɕ 声母,如"件技";开合二呼字按平仄在北京话中分归 kʻ声母(如"逵狂")和 k 声母(如"搁掼")。例外的是天台齐齿呼平声字"鲸"北京读不送气的 tɕ 声母,撮口呼仄声字"共"北京读 k 声母。

15. 天台方言 ŋ 声母只有开口呼字,在北京话中大部分是零声母字,而且开合齐撮四呼都有:为开口呼的如"艾熬蛾昂",为齐齿呼的如"崖牙岩咬",为合口呼的如"卧我瓦",为撮口呼的如"岳乐音~"。例外的如"呆牛鹤"天台分别为 ŋei²²⁴、ŋɤu²²⁴、ŋoʔ²³,北京分别为 tai⁵⁵、niou³⁵、hɤ⁵¹。

16. 天台方言 ɦ 声母字在北京话中主要分归 h、ɕ、零声母三个声母。开口呼 ɦ 声母字在北京话为 h 声母的如"祸含亥害"等,为 ɕ 声母的如"鞋下校项"等,为零声母的只有"岸肴"等少数字。齐齿呼 ɦ 声母字在北京话全部为齐齿呼零声母字,如"以夜摇药"。合口呼 ɦ 声母字在北京话中为 h 声母的如"胡华划滑",为零声母的如"吾务完违"。撮口呼 ɦ 声母字在北京话中主要为撮口呼零声母字,如"余员匀云韵",还有少数为 ʐ 声母(如"荣容熔溶")、ɕ 声母(如"县眩雄熊")和合口呼零声母(如"围为位")。

17. 天台方言阴调零声母字在北京话中也都是零声母，如"挨暗哀衣"等等。（天台方言阳调零声母已归入 ɦ 声母）

二　韵母对应关系

1. 天台方言的 ts、tsʻ、dz、s、z 由于在北京话中分成舌尖前和舌尖后两套辅音声母，所以天台方言韵母为 ɿ 的字在北京话中也相应地分归 ɿ 和 ʅ 两个韵母，只有"猪煮箸鼠梳"等字在北京话中是 u 韵母。

2. 天台方言的韵母 a 在北京话中分别为：(1)a 韵，大部分为天台白读 o 韵的文读字，如"巴霸爬马拿炸茶沙"；(2)ai 韵，如"摆拜排买带"等；(3)iɛ 韵，如"皆阶介戒鞋"等，多为天台方言 k、ɦ 二声母的 a 韵字；(4)ia 韵，有"崖涯佳"等少量字。

3. 天台方言的 o 韵在北京话中分为：(1)o 韵，如"波魔"；(2)a 韵，如"巴爬耙怕马"；(3)uo 韵，如"朵妥驮挪"；(4)ɤ 韵，如"蔗车蛇可"；(5)ia 韵，如"家假牙下"。

4. 天台方言的 ø、ɛ、iɛ、uø、uɛ、yø 等六个韵母在北京话分合为 an、iɛn、uan、yɛn 等四个韵母，其分合情况如下表：

天台韵母	条件或范围	例字	北京韵母
ø	全部字	盘参潭	an
ɛ	天台 p、pʻ、b 声母	班攀办	
iɛ	天台 tɕ、ɕ、z 声母部分字	展扇蝉然	
	大部分 iɛ 韵字	边篇辨眠	iɛn
ɛ	天台 k、kʻ、ɦ 声母 北京 tɕ、tɕʻ、ɕ 声母	奸铅限	
	天台 ŋ 声母 北京零声母	岩雁眼	
yø	只有一字	县	
	天台 tɕ、tɕʻ、dz 声母全部字，n、z 声母部分字	专川传软船	
uø	全部字	端团卵欢	uan
uɛ	天台除"乖"外的 uɛ 韵字	关惯幻弯	
iɛ	只有一字	癣	yɛn
yø	天台大部分 yø 韵字	元远全宣圈	

5. 天台方言 ei 韵的 p、pʻ、b、m、n（"耐"除外）和 l（"来莱"等除外）等声母字北京话也是 ei 韵，如"杯胚培梅内雷"等。其余一部分在北京话为 ai 韵，如"呆台耐来莱灾菜该爱"；另一部分在北京话为 uei 韵，如"堆退队最崔"；"率~领"等少数字北京话为 uai 韵。

6. 天台方言 au 韵大部分字在北京话也是 au 韵，如"包泡刀高"，部分以 k、kʻ 为声母的字当北京话为 tɕ、tɕʻ 声母时，韵母为 iau，如"交教"。

7. 天台方言 ou 韵以 pʻ、b 溪声母的字北京话是 o 韵，如"颇婆"；以 k、kʻ、ɦ 为声母的字（"锅"除外）北京话是 ɤ 韵母，如"歌科贺"；ŋ 声母字（除"卧"外）北京话是 ɤ 韵零声母字，如"蛾讹"；其余声母字在北京话为 uo 韵母，如"多拖陀罗做货锅窝卧"。"大"字天台白读为 dou³⁵，北京为 ta^{51}。

8. 天台方言 ɤu 韵的绝大部分字在北京话为 ou 韵,如"剖谋头口后"等。此外,"矛茂贸"三字北京为 au 韵;"牛"字天台读 ŋɤu^{224},北京读 niou^{35}。

9. 天台方言 aŋ 韵的少部分字如"浜胮盲蚌"、ɔ 韵的部分字如"帮滂忙汤"、iaŋ 韵的古宕摄开口三等部分字如"瓤让张长仗帐胀昌厂畅怅肠场丈杖商伤嚷壤攘"等,在北京话为 aŋ 韵。

10. 天台方言 ɔ 韵的部分字如"江讲降巷项"、iaŋ 韵中除上条所说归入北京 aŋ 韵以外的其余字如"娘良将枪相墙腔香羊央"等,在北京话为 iaŋ 韵。

11. 天台方言 ɔ 韵的部分字如"庄霜孀爽状装网望亡忘妄"、uɔ 韵的全部字如"光筐逛荒汪王"等等,以及 yɔ 韵除"供"外的字如"桩闯壮幢撞双狂况",在北京话为 uaŋ 韵。"供~养"字天台为 kyɔ^{33},北京为 koŋ^{55}。

12. 天台方言 aŋ 韵的大部分字如"烹朋彭碰萌争睁撑生笙省节~更耕庚耿坑亨衡"等北京话为 əŋ 韵;另有少数字如"硬杏幸行品~"等北京话为 iŋ 韵,"猛"、"打"二字北京话分别为 oŋ、a 韵。

13. 天台方言的 əŋ 韵在北京话中分为:(1)ən 韵,如"奔喷怎森";(2)əŋ 韵,如"崩朋灯疼";(3)uən 韵,如"蚊闻敦屯"。

14. 天台方言的 oŋ 韵中以唇辅音为声母的字北京话为 əŋ 韵,如"蓬捧盟风冯";其他声母的字在北京话中也是 oŋ 韵,如"东董痛同农龙宗聪送丛功 空轰弘翁"等。

15. 天台方言 eʔ 韵只有"黑"字,北京话是 ei 韵。

16. 天台方言 aʔ 韵字在北京话中分归:(1)ai 韵,如"百柏伯拍白麦摘拆宅"等;(2)o 韵,如"迫魄帛陌"等;(3)ɤ 韵,如"责圻拆策册格隔革客额厄扼轭"等;另外"隻"北京为 ʅ 韵;"吓"字北京 hɤ^{51}、ɕia^{51} 两读。

17. 天台方言 øʔ 韵字在北京话分为:(1)u 韵,如"不弗佛仿~拂勿物卒猝"等;(2)ɤ 韵,如"得德忒特勒则测瑟色塞~音"等;(3)o 韵,如"墨默佛~教"等;(4)uai 韵,如"率表~蟀"等。另外,"塞~子、边~"字北京为 ai 韵,"贼"字北京为 ei 韵。

18. 天台方言 æ 韵以 p、b、f、v、t、tʻ、d、n、l、ts、tsʻ、s、z 等为声母的字北京话为 a 韵,如"八拔发乏搭塔达纳腊扎插杀闸";以 k、kʻ、h、ɦ 为声母的字,在北京话声母为 k、kʻ、h 时,韵母为 ɤ,如"割克喝合";在北京话声母为 tɕ、tɕʻ、ɕ 时,韵母为 ia,如"夹掐瞎匣"。æʔ 韵零声母字北京话为 ia 韵零声母,如"鸭押压"。

19. 天台方言 ɒʔ 韵以 p、b、m 为声母的部分字北京话为 o 韵,如"博泊摸"。其余字在北京话分别归入:au 韵,如"雹薄烙凿勺";u 韵,如"缚笃幕朔";uo 韵,如"托铎踱诺洛错昨硕霍";ɤ 韵,如"乐快~各壳颚恶罪~";yɛ 韵,如"觉知~确岳乐音~学";iau 韵,如"角"。

20. 天台方言 i 韵大部分字北京话也是 i 韵,如"比批皮迷"等等。f 声母的 i 韵字在北京话是 ei 韵,如"飞非"等;v 声母的 i 韵字如"帷唯微"和 m 声母的"尾",北京话为零声母 uei 韵;还有部分 tɕ、dz、ɕ、z 声母的 i 韵字北京话声母是 tʂ、ʂ,韵母是 ʅ,如"制滞世誓"。"姐且携"等字北京话为 iɛ 韵。

21. 天台方言的 ia 韵字一部分在北京话为 iɛ 韵,如"爹借写茄爷";另一部分是 o 韵来的文读 ia 韵字北京亦为 ia 韵,如"家假夏亚"等等。

22．天台方言 iau 韵以 n、tɕ、tɕʻ、dz、ɕ、z 为声母的部分字，如"饶昭超赵烧绍"，在北京话中声母为 z、tʂ、tʂʻ、ʂ 等，韵母为 au。其余字在北京话中韵母也是 iau，如"标刁焦娇"等等。

23．天台方言 iʏu 韵的大部分字北京话为 iou 韵，如"丢扭刘揪"；以 tɕ、tɕʻ、dz、ɕ、z 等为声母的部分字在北京话中声母为 tʂ、tʂʻ、ʂ、z，韵母为 ou，如"周抽绸收柔"。

24．天台方言 iŋ 韵的大部分字在北京话中分为 in、iŋ 两韵：为 in 韵的如"宾拼贫民"，为 iŋ 韵的如"兵平明"。此外，dz 声母的全部字，tɕ、tɕʻ、ɕ、z、n 声母的部分字，在北京话声母为 tʂ、tʂʻ、ʂ、z，韵母为 ən 或 əŋ：为 ən 的如"陈真申神人"，为 əŋ 韵的如"呈征秤升绳仍"。"寻"字天台读 ziŋ²²⁴，北京读 ɕyn³⁵。

25．天台方言 iiʔ 韵大部分字北京话为 i 韵，如"笔匹鼻密滴踢敌逆立"等等。dz 声母字（除"蛰"外）如"值侄掷"、n 声母的"日"字和 tɕ、tɕʻ、ɕ、z 声母部分字如"汁尺湿十"，在北京话中声母为 tʂ、tʂʻ、z、ʂ，韵母为 ʅ。"律率速~"二字北京为 y 韵，"些"字北京为 iɛ 韵，"蛰"字北京为 ɤ 韵。

26．天台方言 iaʔ 韵的"掠略虐瘧爵雀鹊削却跃阅约"等字在北京话中为 yɛ 韵，"酌着~衣弱若绰"等字北京话为 uo 韵，"者惹"等字北京话为 ɤ 韵，"脚药钥"等字北京话为 iau 韵。

27．天台方言 iæʔ 韵大部分字北京话为 iɛ 韵，如"憋灭跌列接叶"等等。tɕ、tɕʻ、ɕ、z 声母的部分字如"折彻设舌"，以及 n 声母的"热"字，在北京话中声母分别为 tʂ、tʂʻ、ʂ、z，韵母为 ɤ。"侠"字天台读 ɦiæʔ²³，北京读 ɕia³⁵。

28．天台方言 u 韵字北京话也是 u 韵，如"补普慕夫父堵土杜奴卢租粗苏助姑枯图胡乌"等。只有"过"字北京是 uo 韵。

29．天台方言 ua 韵字多为 uo 韵来的文读字，如"瓜夸花华蛙"等等，在北京话中也是 ua 韵；另有"拐怪蒯快筷歪怀槐淮坏"等字北京话为 uai 韵。

30．天台方言 uo 韵字"瓜 寡 剐 卦 挂 夸 跨 化 花 华 画 话 蛙"等北京话均为 ua 韵，"蜗"字北京亦为 uo 韵。

31．天台方言 uei 韵多数字在北京话中也是 uei 韵，如"规亏逵灰回威"，只有"块会~计脍"等少数字北京话为 uai 韵。

32．天台方言 uaŋ 韵只有"梗"、"横"二字，北京为 əŋ 韵。

33．天台方言 uəŋ 韵字在北京话中均是 uən 韵，如"棍昆昏馄温"等等。

34．天台方言 uʔ 韵大部分字北京话是 u 韵，如"卜扑仆木福服督秃"等等；只有"六"字和做数目大写的"陆"字北京为 iou 韵，"绿"字北京为 y 韵。

35．天台方言 uaʔ 韵的"捆虢帼鹹"等字北京话为 uo 韵，"划计~"字北京话为 ua 韵。

36．天台方言 uøʔ 韵的"粒"字北京话为 i 韵，"捋撮"二字北京话为 uo 韵，"骨忽惚笏淴窟"等字北京为 u 韵，"曲弯~"字北京为 y 韵。"捋"北京又读 ly²¹⁴。

37．天台方言 uæʔ 韵的"刮鸹滑猾挖"等字北京话为 ua 韵，"甩"字北京为 uai 韵。

38．天台方言 uɒʔ 韵的"钵泼勃"北京为 o 韵，ɔuʔ 韵的"郭廓镬沃"北京是 uo 韵；uɒʔ 韵的"突凸"，ɔuʔ 韵的"鹄梏"，北京为 u 韵；ɔuʔ 韵的"跋魃"北京为 a 韵。"没"字北京 mo⁵¹、mei³⁵ 两读。

39．天台方言 y 韵的一部分字北京话也是 y 韵，如"愚驴疽蛆须"等；另一部分字北京话为

uei 韵，如"蕊追吹槌水"等等。y 韵中以 tɕ、tɕʻ、dz、ɕ、z 为声母的部分字，北京话声母为 tʂ、tʂʻ、ʂ 时，韵母为 u，如"朱处除书树"。"椅"字天台为 y 韵，北京为 i 韵。

40．天台方言 yoŋ 韵中以 k、kʻ、g、h、ɦ 为声母的部分字，北京话声母为 tɕ、tɕʻ、ɕ 时，韵母也是 yoŋ，如"迥窘穷兄熊"；天台方言零声母 yoŋ 韵字北京话也是零声母 yoŋ 韵，如"庸勇"；其余字北京话一部分为 yn 韵，如"君军竣荀均群熏云熨"；另一部分为 oŋ 韵，如"浓中充虫松从弓恐共"；还有一部分是 uən 韵，如"润准笋春舜顺"。

41．天台方言 yʔ 韵的"剧恤域戌"等字北京话是 y 韵；以 tɕ、dz、z 等为声母的"出术白~术算~秫"在北京话声母分别为 tʂ、tʂʻ、ʂ，韵母为 u；"这"天台读 tɕyʔ⁵，北京读 tʂɤʔ⁵¹。

42．天台方言 yəʔ 韵的大部分字北京话为 yɛ 韵，如"月绝雪厥谲缺掘血悦哕"，"辍说"两字北京为 uo 韵。

43．天台方言 yoʔ 韵字在北京话中多数是 uo 韵，如"拙卓桌琢啄捉戳浊镯濯缩"等，"粟"字北京为 u 韵。

44．天台方言 yuʔ 韵以 n（"肉"字除外）、k、kʻ、g、h、ɦ、ø 为声母的字北京话为 y 韵，如"玉橘屈局旭育郁"；以 tɕ、tɕʻ、dz、ɕ、z 为声母的字（"啜轴熟"三字除外）在北京话中为 u 韵，如"竹触逐叔属"。"肉轴熟"三字北京话是 ou 韵，"啜"字天台读 tɕʻyuʔ⁵，北京读 tʂʻuo⁵¹。

45．天台方言的 əl 韵字均为文读字，对应北京的零声母卷舌韵母字，如"儿而耳饵二贰"等。

三　声调对应关系

1．天台方言的阴平，北京话也是阴平。

2．天台方言的阳平，北京话也是阳平。

3．天台方言的全部阴上字，以及阳上中声母为 m、n、l、ŋ 的字如"马乃鲁瓦"，加上阳上中 ɦ 声母的齐、合、撮三呼的字（"户、沪"等除外）如"也缓远"，在北京话中都是上声。

4．天台方言阳上中以 b、d、g、dz、dʑ、z、ʑ 等为声母的字，如"罢杜件雉绐是受"等，在北京话中读去声。天台方言 v 声母阳上字在北京话中一部分读上声，如"抚腐武吻"等，另一部分在北京话中读去声，如"范犯愤妇"等。

5．天台方言的阴去字和阳去字，北京话全部读去声。如"盖抗汉"（天台阴去）、"共岸站"（天台阳去）。

6．天台方言的阴入字在北京话四声中都有。在北京话读阴平的如"八鸭黑秃"，读阳平的如"急竹职福"，读上声的如"笔匹曲脚"，读去声的如"却妾设测"。

7．天台方言阳入中以 m、n、l、ŋ 为声母的字北京话读去声，如"麦纳六岳"。而以 b、d、g、v、dz、ʑ、dʑ、z 等为声母的字北京话一般读阳平，如"白读局服直食宅贼"等；但也有读去声的，如"瀑剧勿入"等等。ɦ 声母的阳入字在开合二呼的，北京话读阳平，如"合活"；在齐撮二呼的，北京话读去声，如"药育"。

天台方言与北京话声调的对应关系同中古汉语声调与现代北京话声调的对应关系很相近，如下表（此表仅表示具有规律性的对应关系，不包括不能进入此表的例外字）：

天台＼北京	阴 平	阳 平	上 声	去 声
阴　平	诗梯天边			
阳　平		时题田骈		
阴　上			使体点扁	
阳　上			马乃也抚	罢杜愤妇
阴　去				盖抗汉变
阳　去				共岸电站
阴　入	八鸭黑秃	急竹职福	笔匹曲脚	却妾设测
阳　入		白读合话		麦纳瀑育

第三章　天台方言两字组连读变调及相关启示

连读变调属于韵律表现的范畴。每个汉字都有基本字调。相对于变调而言,基本字调通常称为本调。发生变调的情况主要有两种:一种是在合成词、固定短语和一些准固定短语中,由于结构紧凑,意义较为明确固定,又经常使用,前后字调互相影响,结果其中部分字(也可能是所有字)失去本调改读为变调。这种变调是一种静态的模式化变调,规则明显,便于描写。另一种是在话语中,语言静态单位(字和字组)临时构成新组合所产生的变调,这时的变调要取决于临时组合的具体情况,往往要受语法关系及其他韵律因素(如语调、轻重疾徐)的影响。这是一种动态的、难以模式化的变调,缺乏明显的规则,不便描写清楚。后一种变调的研究固然很重要,但前一种变调具有基本性。后者的研究必须建立在前者研究成果的基础上。就前者而言,二字组的连调规则比多字组的连调规则更具有基本性。本文仅就天台方言二字词进行描写,然后对相关的问题作一些分析推断。

一　二字组连读变调情况

天台话有阴平、阳平、阴上、阳上、阴去、阳去、阴入、阳入共 8 个基本调类,两两组合可产生 64 种连调字组。连读时这些字组有少数前后字均变调,有的只变一字(首字),有的二字均不变调。为贯彻描写原则,无论变调与否下文均列实例。但不变者少列,变者多列。为简明起见,下文把进入字组的字调用数码代替,代码关系如下:

代码	1	2	3	4	5	6	7	8
调类	阴平	阳平	阴上	阳上	阴去	阳去	阴入	阳入
调值	33	224	325	214	55	35	5	23

在表示字调组合类时,前后并列二数代表前后二字字调。如 1 1 即阴平+阴平,1 2 即阴平+阳平。余者类推。方括号内数码表示调值,如[33+33]表示前后两字调值均为 33。某字所对应调值数码上下叠加者,上层数码指本调调值,下层数码表示变调调值,仅有一种数码者即连读后仍读本调。如$[\frac{33}{55}+\frac{224}{22}]$表示前字调值由 33 变为 55,后字调值由 224 变为 22;$[\frac{114}{44}+325]$表示前字调值由 224 变为 44,后字调值在连读中仍不变,为 325。

(一)首字阴平

1 1 〔33+33〕 二字均不变

　　青天 tɕiŋ tʻiɛ　　　天台 tʻiɛ tʻei　　　高低 kau ti　　　当心 tɔ ɕiŋ　　　家生① ko saŋ

　　溪滩 kʻi tʻɛ

1 2 〔$\frac{33}{55}$+$\frac{224}{22}$〕 前字 33 变为 55,后字 224 变为 22

---

① 家生:工具。

清明 tɕʻiŋ miŋ　　亲人 tɕʻiŋ niŋ　　清查 tɕʻiŋ dzo　　聪明 tsʻoŋ miŋ　　山头 sE dɤu
方圆 fɔ ɦyø　　山门 sE məŋ　　番薯 fE zʅ　　光明 kuɔ miŋ　　夫人 fu niŋ
桑田 sɔ diE　　花红① huo ɦŋ

1 3 〔33+325〕 二字均不变

溪水 kʻi ɕy　　蛮好 mE hau　　相打 ɕiaŋ taŋ　　宾馆 piŋ kuø　　开火 kʻei hou
清爽 tɕʻiŋ sɔ

1 4 〔$\frac{33}{22}$ + $\frac{214}{334}$〕 前字33变为22,后字214变为334

方丈 fɔ dziaŋ　　轻重 kʻiŋ dzyoŋ　　端午 tuø ɦŋ　　香皂 hiaŋ zau　　分秒 fəŋ miau
心里 ɕiŋ li　　都市 tu zʅ　　苏武 su vu　　规矩 kuei gy　　编撰 piE dzuø
初犯 tsʻu vE　　花蚁② huo ɦŋ

1 5 〔33+55〕 二字均不变

青菜 tɕʻiŋ tsʻei　　霜降 sɔ kɔ　　中意 tɕyoŋ i　　高兴 kau hiŋ　　天架③ tʻiE ko
商店 sɔ tiE　　冬至 toŋ tsʅ

1 6 〔33+35〕 二字均不变

天亮 tʻiE niaŋ　　天上 tʻiE zɔ　　帮助 pɔ zu　　多事 tou zʅ　　机械 ki ɦa
羹豆④ kaŋ dɤu　　猪料⑤ tsʅ liau　　骚健⑥ sau giE

1 7 〔33+5〕 二字均不变

山脚 sE kiaʔ　　天黑 tʻiE heʔ　　猪血 tsʅ hyəʔ　　班级 pE kiɪʔ　　刀壳⑦ tau kʻɔʔ
高速 kau suʔ　　铅笔 kʻE piɪʔ　　天色 tʻiE səʔ　　兵卒 piŋ tsøʔ　　三八 sE pæʔ
西北 ɕi pøʔ　　东北 toŋ pøʔ

1 8 〔$\frac{33}{22}$ + 23〕 前字33变为22,后字不变

阴历 iŋ liɪʔ　　猪肉 tsʅ nyuʔ　　分别 fəŋ biæʔ　　杉木 sE muʔ　　刊物 kʻE vøʔ
清白 tɕʻiŋ baʔ　　工业 kŋ niæʔ　　生活 saŋ ɦuəʔ　　奸猾 kE ɦuæʔ　　专业 tɕyø niæʔ
欢乐 huø løʔ　　舒服 ɕy vuʔ　　恩泽 əŋ dzaʔ　　京剧 kiŋ gyʔ　　中学 tɕyoŋ ɦɔʔ
风俗 foŋ zyuʔ

(二)首字阳平

2 1 〔$\frac{224}{33}$ + 33〕 前字224变为33,后字不变

明天 miŋ tʻiE　　炉灰 lu huei　　阳光 ɦiaŋ kuɔ　　皮包 bi pau　　房间 vɔ kE
良心 liaŋ ɕiŋ　　人家 niŋ ko　　尼姑 ni ku　　填充 diE tɕyoŋ　　骑车 gi tsʻo
爬山 bo sE　　乾坤 giE kʻuəŋ

2 2 〔$\frac{224}{35}$ + $\frac{224}{22}$〕 前字224变为35,后字224变为22

人民 niŋ miŋ　　银行 niŋ ɦɔ　　阳台 ɦiaŋ dei　　人头 niŋ dɤu　　皮鞋 bi ɦa

---

① 花红：一种沙果。
② 花蚁：蚂蚁。
③ 天架：天气、天色。
④ 羹豆：豇豆的一种,嫩荚可作蔬菜食用。
⑤ 猪料：猪食。
⑥ 骚健：健朗、硬朗(指老人)。
⑦ 刀壳：刀鞘。

团圆 duø ɦyø   眉毛 mi mau   齐全 zi zyø   调查 diau dzo   洋头① ɦiaŋ dɤu
怀疑 ɦua ni   平时 biŋ zʅ

2 3 〔$\frac{224}{44}$ + 325〕前字224变为44,后字不变

人手 niŋ ɕiɤu   人口 niŋ kʻɤu   苕帚 diau tɕiɤu   莲子 liɛ tsʅ   棉籽 miɛ tsʅ
财主 zei tɕy   旗杆 gi kɛ   潮水 dziau ɕy   长短 dziaŋ tuø   游泳 ɦiɤu ɦyoŋ
良好 liaŋ hau   平反 biŋ fɛ

2 4 〔$\frac{224}{44}$ + $\frac{214}{334}$〕前字224变为44,后字214变为334

劳动 lau doŋ   肥桶② bi doŋ   骑马 gi mo   条件 diau giɛ   囚犯 dziɤu vɛ
肠道 dziaŋ dau   流动 liɤu doŋ   棉被 miɛ bi   牛马 ŋɤu mo   岩下③ ŋɛ ɦo
盐卤④ ɦiɛ lu   平淡 biŋ dɛ   圆眼⑤ ɦyø ŋɛ   传染 dzyø niɛ

2 5 〔$\frac{224}{44}$ + 55〕前字224变为44,后字不变

盘算 bø suø   咸菜 ɦiɛ tsʻei   蛇蜕 zo tʻei   迟到 dzʅ tau   群众 gyoŋ tɕyoŋ
洋货 ɦiaŋ hou   穷富 gyoŋ fu   强劲 giaŋ kiŋ   脐带 zi ta   皮带 bi ta
前世 ziɛ ɕi   奇怪 gi kua   饶恕 niau ɕy   详细 ziaŋ ɕi   篷布⑥ boŋ pu
盆地 bəŋ di

2 6 〔$\frac{224}{33}$ + 35〕前字224变为33,后字不变

田岸⑦ diɛ ɦɛ   名字 miŋ zʅ   人事 niŋ zʅ   梨树 li zy   前面 ziɛ miɛ
朝代 dziau dei   窑洞 ɦiau doŋ   仇恨 dziɤu ɦəŋ   邮电 ɦiɤu diɛ   长大⑧ dziaŋ dou
强盗 giaŋ dau   饶命 niau miŋ   还愿 ɦuɛ nyø   原旧 nyø giɤu   随便 zy biɛ
谈话 dɛ ɦuo

2 7 〔$\frac{224}{44}$ + 5〕前字224变为44,后字不变

人客 niŋ kʻaʔ   皮革 bi kaʔ   常识 zo ɕiɪʔ   民国 miŋ kuʔ   遗失 ɦi ɕiɪʔ
牙刷 ŋo ɕyaʔ   留级 liɤu kiɪʔ   乘法 ziŋ fæʔ   团结 dø kiæʔ   传说 dzyø ɕyaʔ
逢七 voŋ tɕiɪʔ   难得 nɛ tøʔ

2 8 〔$\frac{224}{44}$ + 23〕前字224变为44,后字不变

明白 miŋ baʔ   阳历 ɦiaŋ liɪʔ   忙月 mo nyæʔ   劳碌 lau luʔ   邮局 ɦiɤu gyuʔ
肥肉 bi nyuʔ   肥勺⑨ bi zoʔ   饭粒 ve løʔ   粮食 liaŋ ziɪʔ   传达 dzyø dæʔ
权力 gyø liɪʔ   除夕 dzy ziɪʔ   条直⑩ diau dziɪʔ   逢十 voŋ ziɪʔ   劳力 lau liɪʔ
重叠 dzyoŋ diæʔ

(三)首字阴上

前字一律由325变为32,后字一律不变

---

① 洋头:村名,天台县东乡三合镇所在地。
② 肥桶:粪桶。
③ 岩下:村名,在东乡坦头镇附近。
④ 盐卤:卤水。
⑤ 圆眼:桂圆。
⑥ 篷布:帆布。
⑦ 田岸:田埂。
⑧ 长大:个子高。
⑨ 肥勺:粪勺。
⑩ 条直:爽快;清楚。

3　1　$\left[\frac{325}{32}+33\right]$

比方 pi fɔ̃　　本身 pəŋ ɕiŋ　　小生 ɕiau saŋ　　滚汤 kuəŋ tʻɔ̃　　水缸 ɕy kɔ̃

眼睛 ŋɛ tɕiŋ　　打工 taŋ kŋ　　粉丝 fəŋ sᴢ̩　　等车 təŋ tsʻo　　嘴巴 tɕy po

点心 tiɛ ɕiŋ　　陕西 ɕiɛ ɕi　　整间 tɕiŋ kɛ　　饼干 piŋ kɛ　　笋尖 ɕyoŋ tɕiɛ

点灯 tiɛ təŋ

3　2　$\left[\frac{325}{32}+224\right]$

本人 pəŋ niŋ　　小人 ɕiau niŋ　　党员 tɔ̃ ɦyø　　本钿① pəŋ diɛ　　打人 taŋ niŋ

锁匙 so zᴢ̩　　可怜 kʻo liɛ　　海豚 hei dəŋ　　检查 kiɛ dzo　　手头 ɕiɤu dɤu

酒瓶 tɕiɤu biŋ　　狗皮 kɤu bi　　馆员 kuø ɦyø　　整齐 tɕiŋ zi　　审题 ɕiŋ di

讲台 kɔ̃ dei

3　3　$\left[\frac{325}{32}+325\right]$

水鬼 ɕy ky　　选举 ɕyø ky　　火种 hou tɕyoŋ　　饺饼② kiau piŋ　　海狗 hei kɤu

草饼③ tsʻau piŋ　　剪股④ tɕiɛ ku　　检举 kiɛ ky　　保险 pau hie　　倒水⑤ tau ɕy

斗胆 tɤu tɛ　　早产 tsau tsʻɛ　　水井 ɕy tɕiŋ　　海口 hei kʻɤu　　苦胆 kʻu tɛ

3　4　$\left[\frac{325}{32}+214\right]$

水桶 ɕy doŋ　　子女 tsᴢ̩ ny　　滚动 kuəŋ doŋ　　感动 kɛ doŋ　　海马 hei mo

减免 kɛ miɛ　　改善 kei ʑiɛ　　表演 piau ɦiɛ　　首脑 ɕiɤu nau　　小满 ɕiau mø

稳赚 uəŋ dzɛ　　海米 hei mi　　祖父 tsu vu　　古老 ku lau　　典礼 tiɛ li

3　5　$\left[\frac{325}{32}+55\right]$

绑架 pɔ̃ ko　　水库 ɕy kʻu　　小旦 ɕiau tɛ　　水碓⑥ ɕy tei　　小气 ɕiau kʻi

比赛 pi sei　　紫菜 tsᴢ̩ tsʻei　　解放 ka fɔ̃　　散碎⑦ sɛ sei　　反对 fɛ tei

海豹 hei pau　　哄骗 hoŋ pʻiɛ　　短拄⑧ tuø tɕy　　管制 kuø tɕi　　好意 hau i

口信 kʻɤu ɕiŋ

3　6　$\left[\frac{325}{32}+35\right]$

写字 ɕia zᴢ̩　　本事 pəŋ zᴢ̩　　讲话 kɔ̃ ɦuo　　水磨 ɕy mou　　等号 təŋ ɦau

此地 tsʻᴢ̩ di　　姊妹 tsᴢ̩ mei　　产量 tsʻɛ liaŋ　　胆量 tɛ liaŋ　　感冒 kɛ mau

跑步 pʻau bu　　洗面 ɕi miɛ　　喜事 hi zᴢ̩　　想念 ɕiaŋ niɛ

3　7　$\left[\frac{325}{32}+5\right]$

手脚 ɕiɤu kiaʔ　　本国 pəŋ kuʔ　　组织 tsu tɕiɪʔ　　请客 tɕiŋ kʻaʔ　　体贴 tʻi tʻiæʔ

打铁 taŋ tʻiæʔ　　打的⑨ taŋ tiɪʔ　　煮粥 tsᴢ̩ tɕyuʔ　　跛脚 pa kiaʔ　　可惜 kʻo ɕiɪʔ

---

① 本钿:本钱。
② 饺饼:一种风味食品,用米粉或麦粉做成的煎饼卷上各种熟菜做成。
③ 草饼:一种农家灰肥原料,把地表草连土带根削成饼状晒干,用以烧灰。
④ 剪股:剪刀的一片。
⑤ 倒水:落水或投水。
⑥ 水碓:水力舂米器械。
⑦ 散碎:零碎。
⑧ 短拄:挑担时的辅助性工具,行走时用以分担主肩上的重量,歇息时拄地支起担子以便休息。
⑨ 打的:叫出租汽车。

板壁 pE piiʔ　减法 kE fæʔ　好疲① hau hiiʔ　损失 səŋ ɕiiʔ　扁虱② piE ɕiiʔ
品质 p'iŋ tɕiiʔ

3　8　$\left[\frac{325}{32}+23\right]$

手镯 ɕiɤu dʑyoʔ　小麦 ɕiau maʔ　洗浴 ɕi ɦyuʔ　子侄 tsɿ dʑiiʔ　宝石 pau ʑiiʔ
坦白 t'E baʔ　草木 ts'au muʔ　口舌 k'ɤu ʑiæʔ　爽直③ sɔ dʑiiʔ　省力 saŋ liiʔ
体罚 t'i væʔ　扁食④ piE ʑiiʔ　企业 k'i niæʔ　挺拔 t'iŋ bæʔ　整觞⑤ tɕiŋ gæʔ
水闸 ɕy zæʔ

(四)首字阳上

前字一律由214变为21,后字一律不变

4　1　$\left[\frac{214}{21}+33\right]$

脑筋 nau kiŋ　老倌⑥ lau kuø　尾巴 mi po　牡丹 miau tE　满清 mø tɕiŋ
眼睛 ŋE tɕiŋ　冷风 laŋ foŋ　父亲 vu tɕiŋ　武功 vu koŋ　舞厅 vu t'iŋ
舞姿 ɦu tsɿ　负心 vu ɕiŋ　秒针 miau tɕiŋ　女工 ny koŋ　女方 ny fɔ
犯关⑦ vE kuE

4　2　$\left[\frac{214}{21}+224\right]$

旅游 ly ɦiɤu　老人 lau niŋ　码头 mo dɤu　奶瓶 na biŋ　赚头 dzE dɤu
犯人 vE niŋ　美容 mei ɦyoŋ　后头 ɦɤu dɤu　纣王 dziɤu ɦuɔ　市场 zɿ dziaŋ
部门 bu məŋ　舞台 vu dei　缓和 ɦuø ɦou　动情 doŋ ziŋ　晚年 vE niE

4　3　$\left[\frac{214}{21}+325\right]$

冷水 laŋ ɕy　稻杆 dau kE　奶水 na ɕy　舵手 do ɕiɤu　藕粉 ŋɤu fəŋ
免检 miE kiE　部长 bu tɕiaŋ　女子 ny tsɿ　允许 ɦyoŋ hy　杜甫 du fu
户口 ɦu k'ɤu　腐朽 fu ɦiɤu　买酒 ma tɕiɤu　美好 mei hau　淡水 dE ɕy
老虎 lau hu

4　4　$\left[\frac{214}{21}+214\right]$

伴侣 bø ly　妇女 vu ny　舞女 ɦu ny　母女 nɤu ny　道理 dau li
稻桶 dau doŋ　懒惰 lE do　卵子⑧ lø tsɿ　晚稻 mE dau　上下 zɔ ɦo
项羽 ɦɔ ɦy　以后 ɦi ɦɤu　舞伴 ɦu bø　有限 ɦiɤu ɦiE　撼动 ɦE doŋ
罪犯 zei vE

4　5　$\left[\frac{214}{21}+55\right]$

女性 ny ɕiŋ　鲁迅 lu ɕiŋ　买票 ma p'iau　免费 miE fi　免税 miE ɕy
研究 niE kiɤu　女婿 ny ɕi　重要 dzyoŋ iau　重担 dzyoŋ tE　老四 lau sɿ

---

① 好疲:好坏,好歹。
② 扁虱:臭虫。
③ 爽直:直爽,干脆。
④ 扁食:馄饨。
⑤ 整觞:一大抱。
⑥ 老倌:丈夫。
⑦ 犯关:碰壁。
⑧ 卵子:睾丸。

暖气 nø kʻi	瓦片 ŋo pʻiɛ	父辈 vu pei	累计 lei ki	在世 zei ɕi
滚壮① kuəŋ tɕyɔ̄				

4　6　〔$\frac{214}{21}$＋35〕

买卖 ma ma	女队 ny dei	社会 zo ɦuei	座位 zo ɦuei	晚上 vɛ zɔ̄
眼泪 ŋɛ li	冷饭 laŋ vɛ	蚌埠 baŋ bu	愤怒 vəŋ nu	奉命 voŋ miŋ
以上 ɦi zɔ̄	勉励 miɛ li	下面 ɦo miɛ	尽量 ziŋ liaŋ	忍耐 ziŋ nei
部份 bu vəŋ				

4　7　〔$\frac{214}{21}$＋5〕

冷粥 laŋ tɕyuʔ	稻作 dau tsoʔ	犯法 vɛ fæʔ	美国 mei kuʔ	待客 dei kaʔ
老屋 lau uʔ	幸福 ɦiaŋ fuʔ	了结 liau kiæʔ	储蓄 dʑy hyuʔ	柱脚 dʑy kiaʔ
窘迫 gyoŋ paʔ	肚搭② du tæʔ	老八 lau pæʔ	眼色 ŋɛ søʔ	马甲 mo kæʔ

4　8　〔$\frac{214}{21}$＋23〕

冷热 laŋ niæʔ	老实 lau ziiʔ	稻麦 dau maʔ	满月 mø nyɔʔ	市日 zๅ niiʔ
每日 mei niiʔ	待业 dei niæʔ	厚薄 ɦyu bɔʔ	猛烈 maŋ liæʔ	敏捷 miŋ dziæʔ
尽力 ziŋ liiʔ	侮辱 vu zyuʔ	惰落 do lɔʔ	老贼 lau zɔʔ	买药 ma ɦiaʔ
市集 zๅ ziiʔ				

(五)首字阴去

前字一律由 55 变为 33,只有 5　2 这组后字由 224 变为 334,其余各组后字一律不变

5　1　〔$\frac{55}{33}$＋33〕

放心 fɔ ɕiŋ	众生③ tɕyoŋ saŋ	做工 tsou kŋ	送终 soŋ tɕyoŋ	秤花④ tɕʻiŋ huo
幼师 iɤu sๅ	秘书 pi ɕy	战争 tɕiɛ tsaŋ	戏箱 hi ɕiaŋ	趁心 tɕʻiŋ ɕiŋ
信心 ɕiŋ ɕiŋ	绣花 ɕiɤu huo	教师 kau sๅ	教区 kau kʻy	判官 pø kuø
贯穿 kuø kɕʻyø				

5　2　〔$\frac{55}{33}$＋$\frac{224}{334}$〕

看牛⑤ kʻɛ ŋɤu	跳台 tʻiau dei	做人 tsou niŋ	酱油 tɕiaŋ ɦiɤu	店堂 tiɛ dɔ̄
戏文 hi vəŋ	戏台 hi dei	窍门 kʻiau məŋ	兽皮 ɕiɤu bi	幼年 iɤu niɛ
判词 pø zๅ	证明 tɕiŋ miŋ	爱人 ei niŋ	透明 tʻɤu miŋ	救亡 kiɤu vɔ̄
细绳 ɕi ziŋ				

5　3　〔$\frac{55}{33}$＋325〕

政府 tɕiŋ fu	跳水 tʻiau ɕy	照讲 tɕiau kɔ̄	废纸 fi tsๅ	气管 kʻi kyø
跳蚤 tʻiau tsau	汽水 kʻi ɕy	信纸 ɕiŋ tsๅ	见解 kiɛ ka	见鬼 kiɛ ky
幼小 iɤu ɕiau	熨斗 yoŋ dɤu	训诂 hyoŋ ku	判处 pø tɕʻy	照管 tɕiau kuø
到底 tau ti				

---

① 滚壮:胖圆了。
② 肚搭:兜肚。
③ 众生:畜牲,牲口。
④ 秤花:秤星。
⑤ 看牛:放牛。

5 4 〔$\frac{55}{33}$ + 214〕

跳舞 t'iau ɦu 棍棒 kuəŋ bɔ 种稻 tɕyoŋ dau 界限 ka ɦE 战士 tɕiE zɿ
制造 tɕi zau 敬重 kiŋ dzyoŋ 教导 kau dau 教父 kau vu 判罪 p'ø zei
介绍 ka ziau 进士 tɕiŋ zɿ 进犯 tɕiŋ vE 惯犯 kuE vE 倒叙 tau zy
粪桶 fəŋ doŋ

5 5 〔$\frac{55}{33}$ + 55〕

芥菜 ka ts'ei 过世 ku ɕi 过去 ku k'y 放假 fɔ ko 腥气 ɕiŋ k'i
照片 tɕiau p'iE 做戏 tsou hi 细致 ɕi tsɿ 世界 ɕi ka 肺泡 fi p'au
店铺 tiE p'u 记性 ki ɕiŋ 臭气 tɕiɣu k'i 告诉 kau su 劝架 k'yø ko
送信 soŋ ɕiŋ

5 6 〔$\frac{55}{33}$ + 35〕

故事 ku zɿ 做事 tsou zɿ 贩运 fE ɦyoŋ 店面 tiE miE 器械 k'i ɦa
见面 kiE miE 宴会 iE ɦuei 训话 hyoŋ ɦuo 怨恨 yø ɦəŋ 粪便 fəŋ biE
教授 kau ziɣu 教练 kau liE 四面 sɿ miE 试验 sɿ niE 借用 tɕia ɦyoŋ
借助 tɕia zu

5 7 〔$\frac{55}{33}$ + 5〕

课桌 k'ou tɕyɔʔ 做作 tsou tsɔʔ 爱国 ei kuʔ 做法 tsou fæʔ 褙□① pei paʔ
告发 kau fæʔ 信壳 ɕiŋ k'ɔʔ 觉虱② kau ɕiɪʔ 寄宿 ki ɕyuʔ 季节 ki tɕiæʔ
契约 k'i iaʔ 气压 k'i æʔ 戏法 hi fæʔ 建设 kiE ɕiæʔ 做客 tsou kaʔ
正确 tɕiŋ k'ɔʔ

5 8 〔$\frac{55}{33}$ + 23〕

汉族 hE zuʔ 种麦 tɕyoŋ maʔ 放学 fɔ ɦɔʔ 放毒 fɔ duʔ 细篾 ɕi miæʔ
教育 kau ɦyuʔ 敬服 kiŋ fuʔ 敬业 kiŋ niæʔ 劲拔 kiŋ bæʔ 跨越 k'uo ɦiaʔ
判别 p'ø biæʔ 借读 tɕia duʔ 戒律 ka liɪʔ 芥末 ka muæʔ 做贼 tsou zøʔ
矿业 k'uɔ niæʔ

（六）首字阳去

前字一律由 35 变为 33,只有 6　2 组的后字由 224 变为 33,6　4 组的后字由 214 变为 334,其余后字一律不变

6 1 〔$\frac{35}{33}$ + 33〕

电灯 diE təŋ 饭锹③ vE tɕiau 治安 dzɿ ʔE 夏天 ɦo t'iE 汗衫 ɦE sE
慢车 mE ts'o 冒充 mau tɕyoŋ 饭厅 vE t'iŋ 电机 diE ki 篦机④ bi ki
滥施⑤ lE sɿ 望山⑥ mɔ sE 飓风 gy foŋ 大山 dou sE 大仙 da ɕiE

---

① 褙□:pei^{55}paʔ^5,袼褙。
② 觉虱:臭虫。
③ 饭锹:锅铲。
④ 篦机:篦子。
⑤ 滥施:下流,下作。
⑥ 望山:看护山林。

拉尿① la ɕy

6 2 〔$\frac{35}{33}$ + $\frac{224}{33}$〕

事情 zɿ ziŋ	病人 biŋ niŋ	病房 biŋ vɔ̄	病床 biŋ zɔ̄	蛋黄 dᴇ ɦuɔ̄
冒牌 mau ba	勐盘② lei bø	类型 lei ɦiŋ	大人 dou niŋ	大门 dou məŋ
和泥 ɦou ni	烂泥 lᴇ ni	上头 zɔ̄ dɤu	二黄 ni ɦuɔ̄	地盘 di bø
耐烦 nei vᴇ				

6 3 〔$\frac{35}{33}$ + 325〕

自己 zɿ ki	望水③ mɔ̄ ɕy	饭碗 vᴇ uø	面粉 miᴇ fəŋ	稗草 ba tsau
败子 ba tsɿ	大水 dou ɕy	耙齿 bo tsʮ	站点 dzᴇ tiᴇ	代表 dei piau
队长 dei tɕiaŋ	冒险 mau hiᴇ	面嘴④ miᴇ tɕy	办厂 bᴇ tɕiaŋ	具体 gy tʼi
面子 miᴇ tsɿ				

6 4 〔$\frac{35}{33}$ + 334〕

面桶⑤ miᴇ doŋ	慢待 mᴇ dei	冒犯 mau vᴇ	洞眼 doŋ ŋᴇ	类似 lei zɿ
地下 di ɦo	地道 di dau	调动 diau doŋ	电动 diᴇ doŋ	饭桶 vᴇ doŋ
避雨 bi ɦy	慢件 mᴇ giᴇ	饿肚 ŋou du	问罪 vəŋ zei	调演 diau ɦiᴇ
大旱 da ɦᴇ				

6 5 〔$\frac{35}{33}$ + 55〕

大蒜 da suø	饭菜 vᴇ tsʼei	电扇 diᴇ ɕiᴇ	和计⑥ ɦou ki	病故 biŋ ku
事故 zɿ ku	叛变 bø piᴇ	夏季 ɦo ki	站岗 dzᴇ kɔ̄	慢性 mᴇ ɕiŋ
夏至 ɦo tsɿ	廿四 niᴇ sʮ	卧铺 ŋou pʼu	自救 zɿ kiɤu	万岁 vᴇ ɕy
地震 di tɕiŋ				

6 6 〔$\frac{35}{33}$ + 35〕

大路 dou lu	电话 diᴇ ɦuo	电视 diᴇ zɿ	豆面⑦ dɤu miᴇ	上面 zɔ̄ miᴇ
代办 dei bᴇ	办事 bᴇ zɿ	浪漫 lɔ̄ mᴇ	漫画 mᴇ ɦuo	避难 bi nᴇ
顺利 zyoŋ li	掏地⑧ dau di	地面 di miᴇ	患难 ɦuᴇ nᴇ	

6 7 〔$\frac{35}{33}$ + 5〕

事迹 zɿ tɕiɪʔ	办法 bᴇ fæʔ	蛋壳 dᴇ kɔʔ	万一 vᴇ iɪʔ	冒失 mau ɕiɪʔ
自觉 zɿ kɔʔ	柜桌⑨ gy tɕyɔʔ	自杀 zɿ sæʔ	地质 di tɕiɪʔ	第八 di pæʔ
第一 di iɪʔ	调拨 diau puəʔ	电压 diᴇ æʔ	廿七 niᴇ tɕiɪʔ	县级 ɦyø kiɪʔ
大吉 da kiɪʔ				

6 8 〔$\frac{35}{33}$ + 23〕

---

① 拉尿:撒尿。天台话中表示"解手"的"拉"读阳去。"尿"只有〔ɕy³³〕一音,不读〔niau〕音。
② 勐盘:轮子。
③ 望水:看护稻田的水。
④ 面嘴:脸色,气色。
⑤ 面桶:脸盆儿。
⑥ 和计:全部。
⑦ 豆面:粉丝。
⑧ 掏地:挖地。
⑨ 柜桌:三屉办公桌。

大<u>学</u> da ɦɔʔ 病历 biŋ liɪʔ 办<u>学</u> bᴇ ɦɔʔ 站立 dzᴇ liɪʔ 蛋白 dᴇ baʔ

事实 zɿ ziɪʔ 自习 zɿ ziɪʔ 练习 liᴇ ziɪʔ 地狱 di nyuʔ 地域 di ɦyuʔ

第六 di luʔ 第十 di ziɪʔ 调集 diau ziɪʔ 定律 diŋ liɪʔ 事物 zɿ vøʔ

便捷 biᴇ dʑiæʔ

(七)首字阴入

前字一律由 5 变为 1,后字一律不变

7 1 〔$\frac{5}{1}$+33〕

国<u>家</u> kuʔ kia 国清① kuʔ tɕiŋ 笔尖② piɪʔ tɕiᴇ 恶心 ɔʔ ɕiŋ 决心 kyøʔ ɕiŋ

浙江 tɕiæʔ kɔ̄ 北京 pøʔ kiŋ 北方 pøʔ fɔ̄ 一生 iɪʔ saŋ 刮风 kuæʔ foŋ

必须 piɪʔ ɕy 结婚 kiæʔ huŋ 铁丝 t'iæʔ sɿ 铁心 t'iæʔ ɕiŋ 菊花 kyuʔ huo

竹山 tɕyuʔ sᴇ

7 2 〔$\frac{5}{1}$+224〕

国民 kuʔ miŋ 骨头 kuøʔ dɤu 各人 kɔʔ niŋ 黑人 heʔ niŋ 血红 hyæʔ ɦoŋ

斫柴③ tsɔʔ za 剥皮 pɔʔ bi 出题 tɕ'yʔ di 铁拳 t'iæʔ gyø 吉祥 kiɪʔ ziaŋ

鲫鱼 tɕiɪʔ ɦŋ 竹篮 tɕyuʔ lᴇ 摘茶 tsaʔ dzo 刷牙 ɕyæʔ ŋo 足球 tɕyuʔ giɤu

屈原 k'yuʔ nyø

7 3 〔$\frac{5}{1}$+325〕

国手 kuʔ ɕiɤu 笔杆 piɪʔ kᴇ 竹笋 tɕyuʔ ɕyoŋ 结果 kiæʔ ku 鸭子④ æʔ tsɿ

节省 tɕiæʔ saŋ 乞讨 k'iɪʔ t'au 搭嘴 tæʔ tɕy 握手 uɔʔ ɕiɤu 缩小 ɕyɔʔ ɕiau

缺少 k'yæʔ ɕiau 篾扫⑤ miæʔ sau 北斗 pøʔ tɤu 虱蚋⑥ ɕiɪʔ ki 削草⑦ ɕiaʔ ts'au

挈⑧ 水 k'iæʔ ɕy

7 4 〔$\frac{5}{1}$+214〕

国舅 kuʔ giɤu 失礼 ɕiɪʔ li 织网 tɕiɪʔ mɔ̄ 铁棒 t'iæʔ bɔ̄ 法理 fæʔ li

粟米 ɕyɔʔ mi 脚桶⑨ kiaʔ doŋ 瞎眼 hæʔ ŋᴇ 眨眼 kæʔ ŋᴇ 哲理 tɕiæʔ li

接待 tɕiæʔ dei 足蟮⑩ tɕyuʔ ziᴇ 脊柱 tɕiɪʔ dzy 的士⑪ tiɪʔ zɿ 织苎⑫ tɕiɪʔ dzɿ

7 5 〔$\frac{5}{1}$+55〕

国际 kuʔ tɕi 国税 kuʔ ɕy 各个 kɔʔ kou 笔记 piɪʔ ki 客气 k'aʔ k'i

索性 sɔʔ ɕiŋ 百货 paʔ hou 尺寸 tɕ'iɪʔ ts'əŋ 撤退 tɕiæʔ t'ei 铁片 t'iæʔ p'iᴇ

切菜 tɕ'iæʔ ts'ei 福气 fuʔ k'i 咳嗽 k'æʔ sɤu 合算 kæʔ suo 捉对⑬ tɕyʔ tei

---

① 国清:"国清寺"的简称。
② 笔尖:除与普通话"笔尖"同义外,另有"很尖锐"的形容词义项。
③ 斫柴:砍柴。
④ 鸭子:鸭蛋。
⑤ 篾扫:赶牲口用的竹子枝条。
⑥ 虱蚋:虮子。
⑦ 削草:锄草。
⑧ 挈:拎、提。
⑨ 脚桶:脚盆儿。
⑩ 足蟮:蚯蚓,"足"〔tɕyuʔ⁵〕可能系"蛐"〔k'yuʔ〕的讹变音。
⑪ 的士:出租汽车(英 taxi)。
⑫ 织苎:把苎麻纤维织成线。
⑬ 捉对:选配对手。

各去① kɔʔ kʼei

7 6 〔$\frac{5}{1}$+35〕

国外₁ kuʔ ŋa   格外₂ kaʔ ŋei   各样② kɔʔ ɦiaŋ   百样③ paʔ ɦiaŋ   出事 tɕʼyʔ zๅ

黑夜 heʔ ɦia   铁硬 tʼiæʔ ŋaŋ   吉利 kiเʔ li   质地 tɕiเʔ di   扩大 kʼuɔʔ da

说话 ɕyɔʔ ɦua   忽视 huɔʔ zๅ   霍乱 hɔʔ luø   吃饭 tɕʼyuʔ vɛ   触电 tɕʼyuʔ diɛ

北站 pøʔ dzɛ

7 7 〔$\frac{5}{1}$+5〕

国格 kuʔ kaʔ   骨骼 kuøʔ kaʔ   各国 kɔʔ kuʔ   煞夹④ sæʔ kæʔ   捉觉⑤ tɕyɔʔ kɔʔ

隔壁 kaʔ piเʔ   作恶 tsɔʔ ɔʔ   叔伯 ɕyuʔ paʔ   出国 tɕʼyʔ kuʔ   不法 pøʔ fæʔ

作法 tsɔʔ fæʔ   各色⑥ kɔʔ søʔ   剥削 pɔʔ ɕiaʔ   撇脚⑦ pʼiæʔ kiaʔ   接触 tɕiæʔ tɕʼyuʔ

作□⑧ tsɔʔ tɕiเʔ

7 8 〔$\frac{5}{1}$+23〕

作业 tsɔʔ niæʔ   作孽 tsɔʔ niæʔ   积极 tɕiเʔ giเʔ   出入 tɕʼyʔ ziเʔ   雪白 ɕyæʔ baʔ

法律 fæʔ li   角落 kɔʔ lɔʔ   捉拾⑨ tɕyɔʔ ziเʔ   确实 kʼɔʔ ziเʔ   适合 ɕiเʔ ɦæʔ

节日 tɕiæʔ niเʔ   笔直 piเʔ dziเʔ   削麦⑩ ɕiaʔ maʔ   复习 fuʔ ziเʔ   节目 tɕiæʔ muʔ

杀敌 sæʔ diเʔ

（八）首字阳入

前字一律由23变为21，后字一律不变

8 1 〔$\frac{23}{21}$+33〕

核心 ɦæʔ ɕiŋ   木桩 muʔ tɕyɔ̄   岳飞 ŋɔʔ fi   白天 baʔ tʼiɛ   蜜蜂 miเʔ foŋ

热天 niæʔ tʼiɛ   陌生 maʔ saŋ   药膏 ɦiaʔ kau   学生 ɦɔʔ saŋ   读书 duʔ ɕy

热心 niæʔ ɕiŋ   白金 baʔ kiŋ   十三 ziเʔ sɛ   日光 niเʔ kuɔ̄   月光 nyæʔ kuɔ̄

薄冰 bɔʔ piŋ

8 2 〔$\frac{23}{21}$+224〕

白云 baʔ ɦyoŋ   鼻头⑪ biเʔ dɣu   日头 niเʔ dɣu   别人 biæʔ niŋ   拔河 bæʔ ɦou

学堂 ɦɔʔ dɔ̄   越南 ɦiaʔ nɛ   十全 ziเʔ zyø   熟人 zyuʔ niŋ   牧场 muʔ dziaŋ

药瓶 ɦiaʔ biŋ   蜜糖 niเʔ dɔ̄   麦皮 maʔ bi   麦田 maʔ diɛ   目前 muʔ ziɛ

骆驼 lɔʔ dou

8 3 〔$\frac{23}{21}$+325〕

---

① 各去:各处。
② 各样:各种;不同。
③ 百样:形形色色;无论什么。
④ 煞夹:厉害;了不起。
⑤ 捉觉:乖觉,识相。
⑥ 各色:不同。
⑦ 撇脚:跛足。
⑧ 作□tɕiเʔ⁵:侧身,歪转。□tɕiเʔ?,疑是"侧"的古音残留,《广韵》"侧"阻力切,庄职开三入曾,拟音tʃiăk,音义均含。
⑨ 捉拾:收拾,整理。
⑩ 削麦:给麦地锄草。
⑪ 鼻头:鼻子。

日本 niɪʔ pəŋ　　日子 niɪʔ tsๅ　　入党 ziɪʔ tɔ̃　　麦杆 maʔ kɛ　　勃嘴① buaʔ tɕy

着火 dziaʔ hou　　拔草 bæʔ tsʻau　　落水 lɔʔ ɕy　　历史 liɪʔ sๅ　　渤海 buaʔ hei

木板 muʔ pɛ　　局长 gyuʔ tɕiaŋ　　直爽 dʑiɪʔ sɔ̃　　镬底② ɦuɔʔ ti　　麦饼③ maʔ piŋ

浊水 dzyɔʔ ɕy

8　4　$\left[\dfrac{23}{21}+214\right]$

落雨 lɔʔ ɦy　　落肚 lɔʔ du　　木耳 muʔ zๅ　　薄被 bɔʔ bi　　踏道④ dæʔ dau

白米 baʔ mi　　秩序 dʑiɪʔ zy　　实在 ziɪʔ zei　　烈士 liæʔ zๅ　　虐待 niæʔ dei

落市⑤ lɔʔ zๅ　　白蚁 baʔ ɦiŋ　　局部 gyuʔ bu　　轧米 gæʔ mi　　合理 ɦæʔ li

月里⑥ nyəʔ li

8　5　$\left[\dfrac{23}{21}+55\right]$

白做 baʔ tsou　　别个⑦ biæʔ kou　　佛教 vøʔ kau　　立正 liɪʔ tɕiŋ　　习惯 ziɪʔ kuɛ

实际 ziɪʔ tɕi　　敌对 diɪʔ tei　　叶片 ɦiæʔ pʻiɛ　　绝对 zyəʔ tei　　瀑布 buʔ pu

合意 ɦæʔ i　　抹布 muəʔ pu　　踏碓⑧ dæʔ tei　　热痱⑨ niæʔ fi　　捷报 dziæʔ pau

入世 ziɪʔ ɕi

8　6　$\left[\dfrac{23}{21}+35\right]$

服务 vuʔ vu　　植树 dziɪʔ zy　　学样⑩ ɦɔʔ ɦiaŋ　　学校 ɦɔʔ ɦau　　学院 ɦɔʔ ɦyø

癞痢 læʔ li　　业务 niæʔ vu　　月亮 nyəʔ liaŋ　　特地 døʔ di　　活命 ɦuaʔ miŋ

热饭 niæʔ ve　　落地 lɔʔ di　　及第 giʔ di　　入住 ziɪʔ dzy　　合用 ɦæʔ ɦyoŋ

月利 nyəʔ li

8　7　$\left[\dfrac{23}{21}+5\right]$

合作 ɦæʔ tsɔʔ　　杰出 giæʔ tɕʻyʔ　　狭窄 ɦæʔ tsæʔ　　额角 ŋaʔ kɔʔ　　蜡烛 læʔ tɕyuʔ

烙铁 lɔʔ tʻiæʔ　　墨迹 møʔ tɕiɪʔ　　目的 muʔ tiɪʔ　　日脚⑪ niɪʔ kiaʔ　　麦壳 maʔ kɔʔ

落雪⑫ lɔʔ ɕyəʔ　　及格 giʔ kaʔ　　熟悉 zyuʔ ɕiɪʔ　　十八 ziɪʔ pæʔ　　□掴⑬ dzyʔ kuaʔ

墨黑 møʔ heʔ

8　8　$\left[\dfrac{23}{21}+23\right]$

学习 ɦɔʔ ziɪʔ　　学历 ɦɔʔ liɪʔ　　白日 baʔ niɪʔ　　特别 døʔ biæʔ　　木勺 muʔ zɔʔ

腊肉 læʔ nyuʔ　　白鹤 baʔ ɦɔʔ　　极力 giɪʔ li　　烈属 liæʔ zyuʔ　　密植 miɪʔ dziɪʔ

叶脉 ɦiæʔ maʔ　　列席 liæʔ ziɪʔ　　合力 ɦæʔ li　　落力⑭ lɔʔ liɪʔ　　默读 møʔ duʔ

日历 niɪʔ li

---

① 勃嘴:吵架。
② 镬底:锅底。
③ 麦饼:面粉做的薄饼。
④ 踏道:台阶,楼梯或坡道上的层级。
⑤ 落市:赶集。
⑥ 月里:月子里。
⑦ 别个:别人,他人。
⑧ 踏碓:以脚踏杵柄为动力的舂米器械。
⑨ 热痱:痱子。
⑩ 学样:模仿。
⑪ 日脚:日子,生活。
⑫ 落雪:下雪。
⑬ □dzyʔ23掴:耳光。
⑭ 落力:下力气,使劲儿。

二　概括和分析

现将天台方言64种两字组连读变调情况汇总为下表(组合调值外加括号表示该组二字均未变调值)：

前字调＼后字调	1 阴平 33	2 阳平 224	3 阴上 325	4 阳上 214	5 阴去 55	6 阳去 35	7 阴入 5	8 阳入 23
1 阴平 33	(33 33)	55 22	(33 325)	22 334	(33 55)	(33 35)	(33 5)	22 23
2 阳平 224	33 33	35 22	44 325	44 334	44 55	33 35	44 5	44 23
3 阴上 325	32 33	32 224	32 325	32 214	32 55	32 35	32 5	32 23
4 阳上 214	21 33	21 224	21 325	21 214	21 55	21 35	21 5	21 23
5 阴去 55	33 33	33 334	33 325	33 214	33 55	33 35	33 5	33 23
6 阳去 35	33 33	33 33	33 325	33 214	33 55	33 35	33 5	33 23
7 阴入 5	1 33	1 224	1 325	1 214	1 55	1 35	1 5	1 23
8 阳入 23	21 33	21 224	21 325	21 214	21 55	21 35	21 5	21 23

上述天台话64种二字连调字组中,二字均不变的5组,二字均变的6组,仅变首字的53组,仅变末字的没有。现将各字变与不变的情况与首字关系列表显示如下：

首字调类	二字均不变组数	二字均变组数	仅变前字组数
阴平	5	2	1
阳平	0	2	6
阴上	0	0	8
阳上	0	0	8
阴去	0	1	7
阳去	0	1	7
阴入	0	0	8
阳入	0	0	8
合计	5	6	53

根据上节描写和此表数据分析,我们可以得出以下结论：

1. 就总体情况而言,天台话的二字组连读变调,后字起决定作用,后字影响前字,使前字变调,前字所起作用不明显。这一点与上海话、苏州话正好相反。在上海话被称为广用式连读变调的组合中,无论二字、三字、四字组的变调,都是首字起决定作用,仅凭首字就能推测出整个字组的调型,首字以后各字的声调被首字的调型覆盖,以致已能够用首字调类代码概括出1X、5X、6X、7X、8X等5种基本的连调模式(许宝华、汤珍珠1988)。苏州话的情况与上海话相似,被称为紧式变调的每个连调单位(字组)的声调都可以当作一个整体来看待,其调型"跟单字调有令人惊讶的相似之处",以致"从类型上完全可以分别归入七个单字调"。(汪平1996)也就是说有7个连调模式,而这7个连调模式的决定者也是首字,"非首字其实就跟北京话的轻声相似"。(汪平1996)天台话连读变调不仅不取决于首字而取决于后字,而且根本不能像上海、苏州两地方言似的归纳出5个和7个连调模式。

2. 尽管天台话归纳不出如上海话、苏州话那样的以首字调型决定字组连调模式的几种简单类型,但是连读变调的起因是减少拗口,实现语音和谐,这一规律在天台话连读变调中依然在起作用,只不过其结果与上海话、苏州话不同。上海话、苏州话是以突出首字个性、削弱非首字个性达到和谐的目标,天台话是在保障后字个性的前提下,主要通过以下两条达到和谐效果:(1)减少连调后的调型曲折,(2)减少前后两字的音高差别并尽量使前后字调值相近或相衔。如果前后二字均为平调,没有曲折拗口感,就不必变调。这正是有些字组不变调的原因。

3. 在64种二字连调组中,后字不变的占了58种,这充分表现出天台话连调字组中的后字重要。在天台话语流中,后字必须而且普遍读得充足饱满,大多数后字不仅声韵清晰、调型完整,而且声音强度和发音时长也超过前字,而前字往往被有意无意读得稍短弱一些。其结果造成的情况就是:如果后字调值高度超过首字,那就不变;如果首字是降升调,那就截去上升部分;如果首字调值高于后字,那就使它降到适当高度(如14组、18组)或干脆降到最低,如首字阴入各组)。至于首字阳入各组,由于阳入是个升调,浊入又是强音,因此由23变为21,使之变成降弱调,也就相对增强了后字。这种以削弱首字来达到语音和谐的方式,可以称之为"后重策略"。

4. 据以上分析,我们可按实现语音和谐的方式或策略把天台话二字组连调归为以下4种类型:A. 维持平调,B. 减少曲折,C. 前后近接,D. 实现后重。下表是把64种连调组归入这4类的结果:

连调类型	A. 维持平调型	B. 减少曲折型	C. 前后近接型	D. 实现后重型
字 组 代 码	11、21 51、61 62、65 67	12、22 23、24 25、26 27、28 31、32 33、34 35、36 37、38 41、42 43、44 45、46 47、48	13、16 18、52 53、63 64、68 66	14、15 17、54 55、56 57、58 71、72 73、74 75、76 77、78 81、82 83、84 85、86 87、88

三 相关的启示

关于北京话双音节词后字读轻声的来源问题,目前有两种说法:一种是赵杰的外来说,认为来自"满语京语",即前北京旗人模拟满语韵律说的满式汉语形成了一种"重轻"式词语韵律

(赵杰 1996);另一种是日本学者平山久雄的"固有说",他把吴语、晋语、赣语的连读变调中的"前重后轻"韵律模式与北京话轻声词加以比较,认为轻声是汉语祖语前重后轻韵律格式的残留(平山久雄 1992)。二者意见正好相反,学界目前对之未加评断。天台话的二字组连读变调普遍存在的后重特征或许会为我们进一步思考这一问题获得一些启示。

我们知道,我们的祖先创造语言是一音一名、一名一物相对应的。后来创制汉字,就用一字对一音一名。早期汉语少双音词,轻音问题无从产生。双音组合当然不是现代才有,古代也有,不论看作词还是词组,总之与今日的二字连调组合近似。问题是古代的双音组合是否存在前重后轻的韵律模式?这本来不是一个问题。现代新生的大量双音词,多数是"轻重"或"中重"格式。固然,"重轻"或"中轻"格式的双音词无论北京话或方言中也都有,但大多是一些极其常用的词。由于常用,后字弱读也能传递信息,就逐渐成了有固定轻声的"轻声词"。有些这类词的后字意义也虚化类化成词缀了。与南方方言比,只不过北京话中此类词特多而已。就是说,轻声作为一种语音现象,应该是后起的。但是,平山久雄说的似乎不只是轻声词,而是"前重后轻"的汉语韵律形式。如果撇开"轻声词"这一术语,那么平山久雄说的其实就是连调字组。吴语其他方言,如前述的上海话、苏州话现在存在"前重后轻"的连调模式,这固然是事实,但这种连调模式是现代的韵律状态。这两处地点的方言是演变得最快的吴语方言,它们显然不能代表吴语祖语,更不能代表汉语祖语。如果说只有保留古代特征较多的吴语地点方言才更接近于"祖语"的话,天台话无疑比上海话、苏州话更具有这一资格。然而,天台话二字组连读变调后重模式的普遍存在显然并不支持平山久雄的论点。这是我们研究天台话连读变调所获得的一点启示。

参考文献

[1]许宝华、汤珍珠.上海市区方言志[M].上海:上海教育出版社.1988.

[2]汪 平.苏州方言语音研究[M].武汉:华中理工大学出版社.1996.

[3]赵 杰.北京话的满语底层和"轻音""儿化"探源[M].北京:燕山出版社.1996.

[4]平山久雄.从历时观点论吴语变调和北京话轻声的关系[J].中国语文.1992(4).

[5]叶 军.汉语语句韵律的语法功能[M].上海:华东师范大学出版社.2001.

第四章　天台方言的变音

变音是汉语部分方言中一种比较特殊的语音—语法现象。它通过对单音词以及多音词末尾音节的声调或韵母的变化,表示一定的语法意义和风格色彩。北方方言的获嘉话、粤方言的广州话和台山话、吴方言的崇明话、鄞县话、绍兴话、宁波话、温岭话和温州话都有这种现象。有的已有较为系统的研究报告发表。从已发表的报告看,各地变音的构成规律和语法功能不尽一致,研究者中对这类现象的称呼也不一致,有的称为"特殊变调",有的称为"韵母变化"。本文采用李荣先生的称呼,叫"变音"。

一　变音的构成及其表现

和温岭等方言的情况一样,天台方言的本音和变音之间的变化方式有两种:一种是单纯的调值改变,表现在舒声音节上,另一种是调值和韵母同时改变,表现在入声音节上。变音有两个调类:全降变音和中降变音。全降变音的调值是51,中降变音的调值是31。本音是平声(包括阴平、阳平)和去声(包括阴去、阳去)的,变音是全降变音;本音是上声(包括阴上、阳上)和入声(包括阴入、阳入)的,变音是中降变音。如表:

本音	平声		仄声					
	舒声						入声	
	平声		去声		上声		入声	
	阴平	阳平	阴去	阳去	阴上	阳上	阴入	阳入
	33	224	55	35	325	214	5	23
变音	全降变音 51				中降变音 31		(入声变舒声)	

入声字变音时,韵母变成了舒声。天台方言18个入声韵母,其中 eʔ、uəʔ、yʔ 三韵尚未发现变音词例,其余 15 个韵母变成了 14 个舒声韵母。其中 aʔ 变成 aŋ,øʔ 和 uøʔ 变成 oŋ,æʔ 变成 ɛ,ɔʔ 变成 ɔ̄,iiʔ 变成 iŋ,iaʔ 变成 iaŋ,iæʔ 变成 iɛ,uʔ 变成 oŋ 或 ŋ,uaʔ 变成 uaŋ,uæʔ 变成 uɛ,uɔʔ 变成 uɔ̄,yøʔ 变成 yø,yɔʔ 变成 yɔ̄,yuʔ 变成 yoŋ。有的原来不同韵的,变音后就同韵了。

下面举一些变音的例子。每韵先标韵母,然后举例。入声韵还标明本音的韵母。如 aʔ→aŋ 表示本音是 aʔ 韵母,变音是 aŋ 韵母。变音和连读变调的标调法,以调形线记在比较线的左右相区别。如"小猪"ɕiau$_{32}^{325}$ tsʅ$_{151}^{33}$,表示"小"字是阴上调,本调 325 调,连读变调是 32 调;"猪"字是阴平调 33,变音是全降调 51。入声字的变音,先记本音的声韵调,后记变音的声韵调,中间加"→"号相连。如"箭竹"tɕiE$_{33}^{55}$ tɕyuʔ^5→ tɕyoŋ$_{31}$,表示"竹"的本音是 tɕyuʔ^5,变音是 tɕyoŋ$_{31}$。字下加黑点,表示该字有变音和本音两种读法。不标调号表示轻音。本音不明或不读的,以及根据上文本音已明的,则只记变音。

ɿ　　小猪 ɕiau$_{32}^{325}$ ts$_{151}^{33}$　　士象棋子的"士"z$_{131}^{214}$　　酱豆豉大酱 tɕian$_{33}^{55}$ dɤu$_{33}^{35}$ z$_{131}^{35}$　　草子紫云英 ts'au$_{32}^{325}$ ts$_{131}^{325}$　　电视 diE$_{33}^{35}$ z$_{151}^{35}$

a　　妖姐姐 da$_{51}^{35}$　　蟹 ha$_{31}^{325}$　　小皮鞋 ɕiau$_{32}^{325}$ bi$_{33}^{224}$ ɦia$_{51}^{224}$

o　　梭 so$_{51}^{33}$　　脚踏车 kia?$_{1}^{5}$ dæ?$_{21}^{23}$ ts'o$_{51}^{33}$　　囡女儿 no$_{31}^{214}$　　公社 kŋ$_{33}$ zo$_{31}^{214}$

ø　　盘碟子 bø$_{51}^{224}$　　蚕 zø$_{51}^{224}$　　小满节气名 ɕiau$_{32}^{325}$ mø$_{31}^{214}$

E　　的笃班越剧戏班 tiI?$_{1}^{5}$ to?$_{1}^{5}$ pE$_{51}^{33}$　　后门山 ɦiɤu$_{21}^{214}$ mən$_{33}^{224}$ sE$_{51}^{33}$　　玻璃弹 bo$_{33}$ li$_{33}^{224}$ dE$_{51}^{35}$　　矮脚晚一种晚稻 a$_{32}^{325}$ kia?$_{1}^{5}$ mE$_{31}^{214}$

ei　　妹 mei$_{51}^{35}$　　金瓜栽南瓜秧 kiŋ$_{33}$ kuo$_{33}$ tsei$_{51}^{33}$　　小队 ɕiau$_{32}^{325}$ dei$_{51}^{35}$

au　　裁纸刀 zei$_{33}^{224}$ ts$_{132}^{325}$ tau$_{51}^{33}$　　枣 tsau$_{31}^{325}$　　踏道台阶 dæ?$_{21}^{23}$ dau$_{51}^{214}$　　早稻 tsau$_{32}^{325}$ dau$_{31}^{214}$

ou　　婆对祖母辈女性的尊称 bou$_{51}^{224}$　　蛾 ŋou$_{51}^{224}$　　鹅 ŋou$_{51}^{224}$　　鸟窠 tiau$_{32}^{325}$ k'ou$_{51}^{33}$

ɤu　　小偷 ɕiau$_{32}^{325}$ t'ɤu$_{51}^{33}$　　小牛 ɕiau$_{32}^{325}$ ŋɤu$_{51}^{224}$　　布帐钩 pu$_{55}^{55}$ tɕian$_{33}^{55}$ kɤu$_{51}^{33}$　　菜头萝卜 ts'ei$_{33}^{55}$ dɤu$_{51}^{224}$

ɔ　　小汤称呼姓汤的年轻人 ɕiau$_{32}^{325}$ t'ɔ$_{51}^{33}$　　小缸 ɕiau$_{32}^{325}$ kɔ$_{51}^{33}$　　共产党 gyoŋ$_{33}^{35}$ sE$_{32}^{325}$ tɔ$_{31}^{325}$

aŋ　　橙 dzaŋ$_{51}^{224}$　　杏 ɦiaŋ$_{31}^{214}$　　后生小伙子 ɦiɤu$_{21}^{214}$ saŋ$_{51}^{33}$

əŋ　　甏瓦盆儿 tsəŋ$_{51}^{33}$　　水门后门 ɕy$_{32}^{325}$ məŋ$_{51}^{224}$　　小乌狲对男孩的谑称 ɕiau$_{32}^{325}$ u$_{33}$ səŋ$_{51}^{33}$

oŋ　　蜜蜂 miI?$_{21}^{23}$ foŋ$_{51}^{33}$　　鸟笼 tiau$_{32}^{325}$ loŋ$_{51}^{224}$　　竹筒 tɕyu?$_{1}^{5}$ doŋ$_{51}^{224}$　　镬篷一种隆起的锅盖 ɦuo?$_{21}^{23}$ boŋ$_{51}^{224}$

i　　皮表皮 bi$_{51}^{224}$　　辫髻 biE$_{21}^{214}$ ki$_{51}^{55}$　　筲箕一种淘米用的竹器 sau$_{33}$ ki$_{51}^{33}$　　蚵蟆衣车前子 o$_{33}$ mo$_{33}^{224}$ i$_{51}^{33}$

iE　　香烟 hiaŋ$_{33}$ iE$_{51}^{33}$　　堂前正厅 dɔ$_{51}^{224}$ ziE$_{51}^{224}$　　小丘田小块儿的水田 ɕiau$_{32}^{325}$ k'iɤu$_{33}$ diE$_{51}^{224}$

ia　　茄 gia$_{51}^{224}$　　辣茄辣椒 læ?$_{21}^{23}$ gia$_{51}^{224}$　　写写 ɕia$_{323}^{325}$ ɕia$_{31}^{325}$

iau　　瓢小勺子 biau$_{51}^{224}$　　鸟 tiau$_{31}^{325}$　　小赵 ɕiau$_{32}^{325}$ dziau$_{51}^{214}$　　饺饺子 kiau$_{31}^{325}$

iɤu　　斑鸠 pE$_{33}$ kiɤu$_{51}^{33}$　　小丑 ɕiau$_{32}^{325}$ tɕ'iɤu$_{31}^{325}$　　韭韭菜 kiɤu$_{31}^{325}$　　乒乓球 p'iŋ$_{33}$/t'iŋ$_{33}$ p'aŋ$_{33}$ giɤu$_{51}^{224}$　　柯阄抓阄儿 k'o$_{33}^{55}$ kiɤu$_{51}^{33}$　　啤酒 bi$_{33}^{224}$ tɕiɤu$_{51}^{325}$

iaŋ　　姑娘姑妈 ku$_{33}$ niaŋ$_{51}^{224}$　　姑丈姑父 ku$_{33}$ dzia$_{51}^{214}$　　阿香人名 a?$_{1}^{5}$ hiaŋ$_{51}^{33}$

iŋ　　菜心 ts'ei$_{33}^{55}$ ɕiŋ$_{51}^{33}$　　中央心正中间 tɕyoŋ$_{33}$ niaŋ$_{33}$ ɕiŋ$_{33}$　　小人孩子 ɕiau$_{32}^{325}$ niŋ$_{51}^{224}$　　倚人立人旁(亻)gi$_{21}^{214}$ niŋ$_{51}^{224}$　　扰塞子、楔子 tɕiŋ$_{51}^{33}$

u　　簿本子 bu$_{31}^{214}$　　热水壶 niæ?$_{21}^{23}$ ɕy$_{32}^{325}$ ɦu$_{51}^{224}$　　厕所 ts'$_{133}^{55}$ su$_{31}^{325}$　　小路 ɕiau$_{32}^{325}$ lu$_{51}^{35}$

uø　　小碗 ɕiau$_{32}^{325}$ uø$_{31}^{325}$　　小卵对男孩的戏称 ɕiau$_{32}^{325}$ luø$_{51}^{214}$　　橡皮管 zian$_{21}^{214}$ bi$_{33}^{224}$ kuø$_{31}^{325}$

uo　　黄金瓜甜瓜 ɦuo$_{33}^{224}$ kiŋ$_{33}$ kuo$_{51}^{33}$　　柴爿花杜鹃花 za$_{33}^{224}$ bE$_{33}^{224}$ huo$_{51}^{33}$

uE　　坑湾地名 k'aŋ$_{33}$ uE$_{51}^{33}$　　铁环 t'iæ?$_{1}^{5}$ ɦuE$_{51}^{224}$

uei 草木灰 tsʻau³²⁵₃₂ muʔ²³₂₁ huei³³₅₁

uaŋ 带横村名 ta⁵⁵₃₃ ɦuaŋ²²⁴₅₁　小糖梗小甘蔗 ɕiau³²⁵₃₂ dɔ̄²²⁴₃₃ kuaŋ³²⁵₃₁

uəŋ 捉魂叫魂儿 tɕyɔ̄ʔ⁵₁ ɦuəŋ²²⁴₅₁　黄昏 ɦuɔ̄²²⁴₃₃ huəŋ³³₅₁

uɔ̄ 鸡子黄 ki³³₃₃ tsɿ³²⁵₃₂ ɦuɔ̄²²⁴₅₁　志广人名 tsɿ⁵⁵₃₃ kuɔ̄³²⁵₃₁　弹簧 dE²²⁴₃₃ ɦuɔ̄²²⁴₅₁

y 铁锤 tʻiæʔ⁵₁ dʑy²²⁴₅₁　草驴母驴 tsʻau³²⁵₃₂ ly²²⁴₅₁　眼泪水 ŋE²¹⁴₂₁ li³⁵₃₃ ɕy³²⁵₃₁　小鬼 ɕiau³²⁵₃₂ ky³²⁵₃₁

yø 圈圆圈儿 kʻyø³³₃₃　小船 ɕiau³²⁵₃₂ ʑyø²²⁴₅₁　反犬犬犹儿旁(犭)fE³²⁵₃₂ kʻyø³²⁵₃₁

yɔ̄ 性命髀命根子 ɕiŋ⁵⁵₃₃ miŋ³⁵₃₃ dʑyɔ̄²²⁴₅₁　小窗 ɕiau³²⁵₃₂ tɕʻyɔ̄³³₅₁　双加双每双 ɕyɔ̄³³₃₃ ko³³₃₃ ɕyɔ̄³⁵₅₁

yoŋ 小酒盅 ɕiau³²⁵₃₂ tɕivu³²⁵₃₂ tɕyoŋ³³₅₁　虫 dʑyoŋ²²⁴₅₁

aʔ→aŋ 伯父亲 paʔ⁵₁→paŋ₃₁　雪白 ɕyəʔ⁵₁ baʔ²³₂₁→baŋ₃₁

øʔ→oŋ 蟋蟀 ɕiɪʔ⁵₁ søʔ⁵₁→soŋ₃₁→ɕyoŋ₃₁①　乌秃秃黑灰色 u³³₃₃ tʻøʔ⁵₁ tʻøʔ⁵₁→tʻoŋ₃₁

æʔ→E 鸭 æʔ⁵₁→E₃₁　香烟盒 hiaŋ³³₃₃ iE³³₃₃ ɦæʔ²³₂₁→ɦE₃₁　黑头发 heʔ⁵₁ dɤu²²⁴₃₃ fæʔ⁵₁→fE₃₁

ɔʔ→ɔ̄ 信壳信封 ɕiŋ³⁵₃₃ kʻɔʔ⁵₁→kʻɔ̄₃₁

iɪʔ→iŋ 二尺二尺镂的简称 ni³⁵₃₃ tɕʻiɪʔ⁵₁→tɕʻiŋ₃₁　两隔壁 liaŋ²¹⁴₂₁ kaʔ⁵₁ piɪʔ⁵₁→piŋ₃₁

iaʔ→iaŋ 雀 tɕia ʔ⁵₁→tɕiaŋ₃₁②　毛雀麻雀、麻将 mau²²⁴₃₃ tɕiaŋ₃₁

iæʔ→iE 豆荚 dɤu³⁵₃₃ kiæʔ⁵₁→kiE₃₁　小蝴蝶 ɕiau³²⁵₃₂ ɦu²²⁴₃₃ diæʔ²³₂₁→diE₃₁

uʔ→ŋ 矮屋矮小的房子 a³²⁵₃₂ uʔ⁵₁→ŋ₃₁　小人国戏称矮人或小孩儿 ɕiau³²⁵₃₂ niŋ²²⁴₃₃ kuʔ⁵₁→kŋ₃₁

uaʔ→uaŋ 划加划每一划 ɦuaʔ²³₂₁ ko³³₃₃ huaŋ₃₁

uøʔ→oŋ 撮加撮每一撮 tsʻuøʔ⁵₁ ko³³₃₃ tsʻoŋ

uæʔ→uE 浆糊刮 ɕiaŋ⁵⁵₃₃ ɦu²²⁴₃₃ kuæʔ⁵₁→kuE₃₁

uɔʔ→uɔ̄ 外镬灶台上靠外边的锅 ŋa³⁵₃₅ huɔʔ²³₂₁→ɦuɔ̄₃₁

yəʔ→yø 月月"月亮"的儿语 nyəʔ²³₂₁ nyø₃₁　白雪雪 baʔ²³₂₁ ɕyəʔ⁵₁ ɕyø₃₁

yɔʔ→yɔ̄ 头两桌一两桌(酒席)dɤu²²⁴₃₃ liaŋ²¹⁴₂₁ tɕyɔʔ⁵₁→tɕyɔ̄₃₁　粟 ɕyɔʔ⁵₁→ɕyɔ̄₃₁

戳印章 tɕʻyɔʔ⁵₁→tɕʻyɔ̄₃₁

yuʔ→yoŋ 橘 kyuʔ⁵₁→kyoŋ₃₁　叔 ɕyuʔ⁵₁→ɕyoŋ₃₁

m̩ 姆妈妈、母亲 ɦm̩₃₁/ʔm̩₅₁　大姆大娘 dou³⁵₃₃ ɦm̩₃₁/dou³⁵₃₃ ʔm̩₅₁

n̩ 小儿 ɕiau³²⁵₃₂ ɦn̩²²⁴₅₁　儿幼小的禽畜或细小的物件 ʔn̩₅₁

ŋ̩ 鱼 ɦŋ̩²²⁴₅₁　公对祖父辈男子的尊称 kŋ̩₅₁

由以上的例子可以看出,变音的两种调型的调值和本音的八个调类的调值都不相同。又由于

---

① "蟋蟀"的"蟀"字变为 soŋ₃₁后,声母 s 受"蟋"字声母的同化,变为 ɕ,韵母受声母 ɕ 的影响又添出介音,成了 ɕyoŋ₃₁。
② "雀"字天台方言白读仍为不送气的 tɕiaŋ₃₁,并只有变音,文读为送气的 tɕʻiaʔ⁵。与李荣先生《温岭方言的变音》注⑫所述略同。

变音都出现于单字词和多字词的末字中,绝不会出现于多音词的开头或中间音节,所以天台方言的变音是很容易识别的。

二 变音的语法功能

天台方言的变音主要发生在名词、动词、形容词、量词和个别结构助词上。其中尤以名词为多。不同词类的变音,其出现的环境和表示的意义也不同。

一 名词的变音,大都有指小、表爱或表示亲切的意味。

1. 有许多单音节名词,单用时和前面加"大"字时读本音,前面加上"小"字时则读变音。如:

人 niŋ²²⁴	大人 dou₃₅³³ niŋ²²⁴	小人 ɕiau³²⁵₃₂ niŋ₅₁
树 ʑy³⁵	大树 dou³⁵₃₃ ʑy³⁵	小树 ɕiau³²⁵₃₂ ʑy₅₁
缸 kɔ³³	大缸 dou³⁵₃₃ kɔ³³	小缸 ɕiau³²⁵₃₂ kɔ₅₁
儿 fiŋ²²⁴	大儿 dou³⁵₃₃ fiŋ²²⁴	小儿 ɕiau³²⁵₃₂ fiŋ₅₁
剪 tɕiɛ³²⁵	大剪 dou³⁵₃₃ tɕiɛ³²⁵	小剪 ɕiau³²⁵₃₂ tɕiɛ₃₁
鬼 ky³²⁵	大鬼 dou³⁵₃₃ ky³²⁵	小鬼 ɕiau³²⁵₃₂ ky₃₁
老爷_{菩萨} lau²¹⁴₂₁ fiia²²⁴	大老爷 dou³⁵₃₃ lau²¹⁴₂₁ fiia²²⁴	小老爷 ɕiau³²⁵₃₂ lau²¹⁴₂₁ fiia₅₁

有时单音节名词前面加的是"大"、"小"以外的其他字,其中指称"矮"、"细"、"小"、"薄"、"雌弱"等事物的复合词的末尾字也变音,如下右列词:

屋 uʔ⁵	老屋 lau²¹⁴₂₁ uʔ⁵	矮屋 a³²⁵₃₂ ŋ₃₁
椅 y³²⁵	太师椅 t'a⁵⁵₃₃ sɿ³³ y³²⁵	矮椅 a³²⁵₃₂ y₃₂
竹 tɕyuʔ⁵	毛竹 mau²²⁴₃₃ tɕyuʔ⁵	箭竹_{一种细竹子} tɕiɛ⁵⁵₃₃ tɕyoŋ₃₁
车 ts'o³³	汽车 k'i⁵⁵₃₃ ts'o³³	坐车_{婴儿车} zo²¹⁴₂₁ ts'o₅₁
板 pɛ³²⁵	棺材板 kuø³³ zei²²⁴₃₃ pɛ³²⁵	薄板 bɔ²³₂₁ pɛ₃₁
鸡 ki³³	雄鸡 fiyoŋ²²⁴₃₃ ki³³	草鸡_{母鸡} ts'au³²⁵₃₂ ki₅₁

有些单音节名词,单用时读变音(如下左列),前有修饰成分的复合词则读本音(如下右列)。这大概是单音节的称呼经常活跃在口头语言中之故:

桃 dau²²⁴₅₁	水蜜桃 ɕy³²⁵₃₂ miiʔ²³₂₁ dau²²⁴
猫 mau²²⁴₅₁	狸猫 li²²⁴₃₃ mau²²⁴
饼 piŋ³²⁵₃₁	麦饼 maʔ²³₂₁ piŋ³²⁵
枣 tsau³²⁵₃₁	蜜枣 miiʔ²³₂₁ tsau³²⁵

2. 亲属之间的称谓,一般都用变音,带有亲切意味。除已在前面举过的例子外,再举一些常见的:

爱_{哥哥} ei₅₁	弟 di₃₁
姐 tɕia₅₁	嫂 sau³²⁵₃₁
娘_{奶奶} niaŋ₅₁	爷_{爷爷} fiia₅₁

婶 ɕiŋ$_{31}$ 娘舅 niaŋ$_{33}^{224}$ giɣu$_{31}^{214}$

娘妗 niaŋ$_{33}^{224}$ giŋ$_{31}$ 姊丈 tsɿ$_{32}^{325}$ dʑiaŋ$_{31}^{214}$

舅公_{舅爷} giɣu$_{21}^{214}$ kŋ$_{51}^{33}$ 太公_{曾祖父} t'a$_{33}^{55}$ kŋ$_{51}^{33}$

太婆_{曾祖母} t'a$_{33}^{55}$ bou$_{51}^{224}$ 外公 ŋa$_{33}^{35}$ kŋ$_{51}^{33}$

外婆 ŋa$_{33}^{35}$ bou$_{51}^{224}$ 娘姨_{姨妈} niaŋ$_{33}^{224}$ ɦi$_{51}^{224}$

小娘姨_{小姨子} ɕiau$_{32}^{325}$ niaŋ$_{33}^{224}$ ɦi$_{51}^{224}$ 老丈人 lau$_{21}^{214}$ dʑiaŋ$_{21}^{214}$ niŋ$_{51}^{224}$

老丈母 lau$_{21}^{214}$ dʑiaŋ$_{21}^{214}$ ɦm$_{51}^{31}$ 老继爷_{干爹} lau$_{21}^{214}$ ki$_{33}^{55}$ ɦia$_{51}^{224}$

老继娘_{干妈} lau$_{21}^{214}$ ki$_{33}^{55}$ niaŋ$_{51}^{224}$

但是，"大伯"的"伯"仍读本音[pa$ʔ^5$]，大概是为了和表示"父亲"的变音的"伯"[paŋ$_{31}$]有所区别的缘故。此外，"兄弟"、"姊妹"、"儿囡_{儿女}"等统称也都仍读本音。

3. 常见的姓氏前冠以"老"、"小"等字作称谓时，往往读变音。如：

老赵/李/许 lau$_{21}^{214}$ dʑiau$_{31}^{214}$/li$_{31}^{214}$/hy$_{31}^{325}$

小孙/周/王 ɕiau$_{32}^{325}$ səŋ$_{51}^{33}$/tɕiɣu$_{51}^{33}$/ɦuoŋ$_{51}^{224}$

初次见面互相介绍时，一般用本音单说姓氏，以表庄重。但朋友之间单称其姓氏则常用变音。显然，姓氏的变音也带有亲切色彩。不过并非所有的姓氏都有变音。

在日常生活中，人的名字的末字常读变音。特别是单称人名的末字时则非用变音不可。有些历史人物和文学作品中的人物，姓名的末字也读变音。如：

罗隐 lou$_{33}^{224}$ iŋ$_{31}^{325}$ 孙行者 səŋ$_{33}^{33}$ ɦaŋ$_{33}^{224}$ tɕia$ʔ^5$ → tɕiaŋ$_{31}$

济颠 tɕi$_{33}^{55}$ tiE$_{51}^{33}$ 许仙 hy$_{32}^{325}$ ɕiE$_{51}^{33}$

4. 有些时地名词、山水名词只有变音的形式：

基日_{今天} ki^{33} niɿʔ$_{21}^{23}$ → niŋ$_{31}$ 昨日_{昨天} zoʔ$_{21}^{23}$ niɿʔ$_{21}^{23}$ → niŋ$_{31}$

枯星_{早晨} k'u^{33} ɕiŋ$_{51}^{33}$ 昼前_{上午} tɕiɣu$_{33}^{55}$ ziE$_{51}^{55}$

晏届_{下午} E$_{33}^{55}$ ka$_{51}^{55}$ 晚头_{晚上} mE$_{32}^{325}$ dɣu$_{51}^{224}$

旧年_{去年} giɣu$_{33}^{35}$ niE$_{51}^{224}$ 下年_{明年} ɦo$_{21}^{214}$ niE$_{51}^{224}$

坛头_{镇名} dE$_{33}^{224}$ dɣu$_{51}^{224}$ 明公_{村名} miŋ$_{33}^{224}$ kŋ$_{51}^{33}$

灵溪_{村名} liŋ$_{33}^{224}$ ki$_{51}^{33}$ 岩下_{村名} ŋE$_{33}^{224}$ ɦo$_{51}^{214}$

下坑_{小河名} ɦo$_{21}^{214}$ k'aŋ$_{51}^{33}$ 华鼎_{天台山主峰} ɦuo$_{33}^{224}$ tiŋ$_{51}^{325}$

宁波 niŋ$_{33}^{224}$ po$_{51}^{33}$ 海游_{三门县政府所在镇} hei$_{32}^{325}$ ɦiɣu$_{51}^{224}$

表示地点的指示代词末字一般用中降变音，不用全降变音，因而较为短弱，类似轻声：

吤堆_{这儿} kø$ʔ^5$ tE$_{31}$ 解那儿 ka$_{32}^{325}$ tE$_{31}$

吤边_{这边} kø$ʔ^5$ piE$_{31}$ 解边_{那边} ka$_{32}^{325}$ piE$_{31}$

吤面_{这面} kø$ʔ^5$ miE$_{31}$ 解面_{那面} ka$_{32}^{325}$ miE$_{31}$

5. 名词末尾带"头"字的，有的"头"读变音，有的读本音，分几种情况。一种是"头"字表示"事物的顶端、末梢或剩余部分"的意思，一般读变音：

脑头_{顶端} nau$_{21}^{214}$ dɣu$_{51}^{224}$ 稻头_{稻穗} dau$_{21}^{214}$ dɣu$_{51}$

树头_{树墩子} zy$_{33}^{35}$ dɣu$_{51}$ 脚盋头_{膝盖} kia$ʔ_1^5$ k'uei$_{33}^{33}$ dɣu$_{51}$

角落头角落 kɔʔ₁⁵ lɔʔ²³₂₁ dɤu₅₁　　　　　粉笔头 fəŋ³²⁵₃₂ piɪʔ₁⁵ dɤu₅₁

香烟蒂头烟头儿 hiaŋ³³ iɛ³³ ti₃₃⁵⁵ dɤu₅₁

但是,"山头"、"犁头"的"头"却读由本音变成的轻音,不读变音。

另一种带"头"的词表示"独自"、"整个"的意思,也读变音。这种"头"带有后缀的性质:

独个头独自、单个 duʔ²³₂₁ kou₃₃⁵⁵ dɤu₅₁

独张头整张的 duʔ²³₂₁ tɕiaŋ³³ dɤu₅₁

独块/角头整张的一元/一角钱 duʔ²³₂₁ kʰuei₃₃⁵⁵/kɔʔ₁⁵ dɤu₅₁

十块头整张的十元钱 ziɪʔ²³₂₁ kʰuei₃₃⁵⁵ dɤu₅₁

还有一种名词后缀的"头",在北京话中是读轻声并儿化的,但天台方言中却读本音,不读变音。如:

石头 ziɪʔ²³₂₁ dɤu²²⁴　　　　不读 ziɪʔ²³₂₁ dɤu₅₁

枕头 tɕiŋ³²⁵₃₂ dɤu²²⁴　　　　不读 tɕiŋ³²⁵₃₂ dɤu₅₁

但是这类词前如果加上"小"字时,末尾的"头"又读变音了。

6.部分名词的变音有区别词义的作用。如:

嘴 { tɕy³²⁵:人和动物的嘴巴
　　{ tɕy₃₁:壶、瓶等器物的口儿

糖 { dɔ̄²²⁴:指白糖、红糖
　　{ dɔ̄₅₁:糖果

塘 { dɔ̄²²⁴:池塘
　　{ dɔ̄₅₁:在地里挖的供点播或施肥用的小坑

汤 { tʰɔ̄³³:热水,如:面汤洗脸水、滚汤开水
　　{ tʰɔ̄₅₁:菜汤

糕 { kau³³:年糕
　　{ kau₅₁:一种用米粉做成的烘干的条状食品

老倌 { lau²¹⁴₂₁ kuø³³:丈夫
　　　{ lau²¹⁴₂₁ kuø₅₁:老头儿

此外,还有一个名词"呜哇婴儿"〔u³³ ua₅₁³³〕是由象声词末字变音后构成。

二　动词的变音,在单音节动词的重叠式中较为常见。重叠式动词末字变音表示该动作是"尝试性的"、"随便的"、"游戏性的",或者是对该行为的一种轻松的讽刺。如:

徛徛站一站 gi²¹⁴₂₁ gi₃₁　　　　坐坐 zo²²⁴₂₁ zo₃₁

走走 tsɤu³²⁵₃₂ tsɤu₃₁　　　　搞搞 kau³²⁵₃₂ kau₃₁

踱踱蹓蹓跶跶 dɔʔ²³₂₁ dɔ̄₃₁　　　讲讲 kɔ̄³²⁵₃₂ kɔ̄₃₁

忖忖想想 tsʼən³²⁵₃₂ tsʼən₃₁　　　踏踏踩着玩儿 dæʔ²³₂₁ dɛ₃₁

吃吃 tɕʼyuʔ₁⁵ tɕyoŋ₃₁(末字变音有讽刺意味,用本音则只表示行为的短暂或尝试性)

搭搭甩着玩儿 huæʔ₁⁵ huɛ₃₁

此外有的单音节动词的本音和变音有区别词性的作用。如"扰"〔tɕiŋ³³〕是"塞住"的意思,

变音"扰"[tɕiŋ⁵¹]是"塞子、楔子"的意思。还有的动词的变音形式作为词末语素和前面的名词一起构成复合名词。如上面举过的"浆糊刮"。还有"耳朵挖"[ni²¹⁴₂₁ to³²⁵₃₂ uæʔ⁵→uE⁵¹]。不过这样的例子不多。

三　形容词的变音，主要发生在重叠式中。形容词的重叠式表示对该性状的强调。变音的重叠式，则更带有描摹性和亲切感。

1．"AA个"式。这个"个"字类似普通话的结构助词"地"。但普通话的"地"有时可以省略，天台方言这个"个"却不能省，词尾的性质更强。因此这种重叠式的变音就在末尾的"个"上：

好好个 hau³²⁵₃₂ hau³²⁵₃₂ kou⁵⁵　　　慢慢个 mE³⁵₃₃ mE³⁵₃₃ kou⁵¹

轻轻个 kʰiŋ³³ kʰiŋ³³ kou⁵¹　　　小小个 ɕiau³²⁵₃₂ ɕiau³²⁵₃₂ kou⁵¹

短短个 tuø³²⁵₃₂ tuø³²⁵₃₂ kou⁵¹　　　浅浅个 tɕʰiE³²⁵₃₂ tɕʰiE³²⁵₃₂ kou⁵¹

2．"ABB"式。变音在第二个B上：

红冬冬 ɦiŋ²²⁴₃₃ toŋ³³ toŋ⁵¹　　　热乎乎 niæʔ²³₂₁ hu³³　　hu⁵¹

香喷喷 hiaŋ³³ pʰəŋ³³ pʰəŋ⁵¹　　　甜蜜蜜 diE²²⁴₃₃ miɪʔ²³₂₁ miɪʔ²³→miŋ³¹

滚囷囷滚圆 guʔ²³₂₁① luø²²⁴₃₃ luø⁵¹　　　薄□□很薄 bɔʔ²³₂₁ hE³³ hE⁵¹

硬啄啄硬梆梆 ŋaŋ³⁵₃₃ tuʔ⁵ toŋ³¹　　　㡧花花软乎乎 nE³⁵₃₃ hua³³ hua⁵¹

3．"AABB"式。有的末字有变音和本音两种读法，本音显得较为庄重，变音显得较为活泼：

干干净净 kE³³ kE³³ ziŋ³⁵₃₃ ziŋ⁵¹　　　端端正正 tuø³³ tuø³³ tɕiŋ⁵⁵ tɕiŋ⁵¹

慢慢吞吞 mE³⁵₃₃ mE³⁵₃₃ tʰəŋ³³ tʰəŋ³³　　　整整齐齐 tɕiŋ³²⁵₃₂ tɕiŋ³²⁵₃₂ ziʔ²²⁴ zi⁵¹

花花绿绿 huo³³ huo³³ luʔ⁵₁ loŋ³¹　　　漂漂亮亮 pʰiau⁵⁵₃₃ pʰiau⁵⁵₃₃ liaŋ³⁵₃₃ liaŋ³⁵

4．其他：

滑光光溜溜或空无所有 ɦuæʔ²³₂₁ kuɔ̃³³₅₁

滑直金光"滑光"的强调式 ɦuæʔ²³₂₁ dziɪʔ²³₂₁ kiŋ³³ kuɔ̃³³₅₁

弗上弗落不上不下、不三不四 føʔ⁵₁ zɔ̃²¹⁴₂₁ føʔ⁵₁ lɔʔ²³→lɔ̃³¹

5．有的单音节形容词的变音是名词：

白蛋白 ba²³→baŋ³¹　　　黄蛋黄 ɦuɔ̃²²⁴　　　圆丸子 ɦyø²²⁴₅₁

有的单音节形容词作为词素和前面的名词构成复合名词，也是用变音的方式：

六月早一种早稻 luʔ²³₂₁ nyə²³₂₁ tsau³²⁵₃₁

矮脚晚一种晚稻 a³²⁵₃₁ kiaʔ⁵ mE²¹⁴₃₁

蕃莳干地瓜干儿 fE³³ z̩²²⁴₃₃ kE³³

实际上"白"、"黄"、"圆"这三个单音词可看作由"鸡子白"、"鸡子黄"、"糯米圆"等省略而成的，因为在这三个复合词中末字均读变音。

四　数词和量词用以表示事物的确数时都读本音，不读变音。在表示约数时往往读变音，如：

---

① "滚"音[kuəŋ³²⁵]，[guʔ²³]这一音疑是由[kuəŋ³²⁵]讹变而成的。

五六个 ɦŋ²¹⁴₂₁ luʔ²³₂₁ kou⁵⁵₅₁　　十把株 ziɿʔ²³₂₁ po³²⁵₃₂ tɕy³³₅₁　（"把"相当于北京话表约数的"来"）

两三本 liaŋ²¹⁴₂₁ sE³³ pəŋ³²⁵₃₁　　百把隻 paʔ⁵₂₁ po³²⁵₃₂ tsaʔ⁵→tsaŋ₃₁

廿把斤 niE³⁵₃₃ po³²⁵₃₂ kiŋ³³₅₁　　四五日 s₁³³₅₅ ɦŋ²¹⁴₂₁ niɿʔ²³→niŋ₃₁

千把块 tɕiE³³₂₁ po³²⁵₃₂ kʻuei⁵⁵₅₁　　五六十份⁽ᶠ⁾ ɦŋ²¹⁴₂₁ luʔ²³₂₁ ziɿʔ²³ vəŋ³⁵₅₁

十三四 ziɿʔ²³₂₁ sE³³ s₁⁵⁵₅₁　　头两百⁻⁽一二百⁾ dɤu²²⁴₃₃ liaŋ²¹⁴₂₁ paʔ⁵→paŋ₃₁

两三千 liaŋ²¹⁴₂₁ sE³³ tɕiE³³₅₁

这种表示约数的变音,一般都是在比较活泼轻松的语言环境中说的。如果在比较郑重严肃的语言环境中,也往往不说变音,只说本音。

量词的变音通常在重叠格式中,重叠有两种格式。一种是"A 加 A"式,它表示"每一 A"、"一 A 又一 A"等语法意义。第二个"A"常说变音:

条加条 diau²²⁴₃₃ ko³³ diau⁵₁　　瓶加瓶 biŋ²²⁴₃₃ ko³³ biŋ₅₁

件加件 giE²¹⁴₂₁ ko³³ giE₃₁　　隻加隻 tsaʔ⁵₁ ko³³ tsaŋ₃₁

间加间 kE³³ ko³³ kE₅₁　　碗加碗 uø³²⁵₃₂ ko³³ uø₃₁

斤加斤 kiŋ³³ ko³³ kiŋ₅₁　　丘加丘⁽每块⁾⁽田⁾ kʻiɤu³³ ko³³ kʻiɤu₅₁

另一种是"A 打 A"式。它表示的意义有时和"A 加 A"接近。所以,一部分"A 加 A"也可说成"A 打 A"。但是"A 打 A"式另有一种意义是"论 A(的)"、"成 A(的)",这一意义是"A 加 A"式所不具备的。如"老酒是瓶打瓶个,香烟是盒打盒个",意思就是:"黄酒是成瓶(或论瓶)的,香烟是成盒(或论盒)的"。这种格式说本音和变音都可以,说变音显得比较轻松随便些。

三　变音的来历及其儿化性质

关于吴语中变音的来历,郑张尚芳(1980)、徐通锵(1985,1996)、方松熹(1988)等先生的论著中已经作了充分的论析,认为吴语的变音是儿化音的残留。本人从中获益匪浅。天台方言作为吴语的一支,其变音也应该是来源于儿化。徐通锵先生指出,吴语中的儿化音处于消退阶段,是一种行进中的变化。由于演变速度有慢有快,不同地点方言中儿化的残存成分有多寡或显隐之别。从天台方言中变音词数量多、分布广、使用频率高和有能产性等情况看,变音在天台不仅尚未消退,而且正处于发展阶段。[①] 据此或者可以说,天台方言的变音就是儿化。天台方言变音的演进阶段与特征表现与李荣先生(1978)所揭示的温岭方言的变音比较接近,区别在于天台方言的变音是两个降调,而温岭方言的变音是一个升调,一个降调。

天台方言变音的调型对于揭示变音的来历和儿化性质很有启示作用。为了说明问题,我们从天台方言"儿"字的变音说起。

"儿"字在现在天台方言口语中有 3 个白读音,表现如下表:

---

① 天台方言的变音似乎仍方兴未艾。笔者在近几年的实地调查中印象颇深。有些新词在外地不儿化,进入天台话却必须变音,"酒、白酒、老酒"等旧词至今未读变音,而"啤酒"、"电视"等新词却是必读变音的词。这说明变音作为一种语音—语法现象,至今仍有生命力。

	读音	调类	调型	调值	出现条件	意义和色彩
本音	ɦin^{224}	阳平	低平升	224	单用或在"儿囡"、"大儿"等复合词中	仅有"儿子"的基本义,无附加色彩
变音 1	ɦin_{51}	小称变调	全降	51	在"小儿"、"独个儿_{独生子}"等复合词中。组合不自由	除"儿子"的基本义外,附加表爱色彩
变音 2	ʔn_{51}	小称变调	全降	51	多在"狗儿_{幼犬}"、"瓶儿_{小瓶}"、"金瓜儿_{小南瓜}"等儿尾词中。"儿"自成音节,组合自由。在一定语境中亦可单用	意为"幼崽儿"、"形体极小者",多表喜爱色彩和亲切意味

上表中"变音 1"是"本音"的小称变调,"变音 2"是"变音 1"的小称变调,即"小称的小称"。

在天台方言中普通事物的小称词有两种构成方式,一种是"名词 + 儿_{变音 2}",构成儿尾词,另一种是名词直接变音,构成变音词。变音词是儿尾词的进一步发展,其实就是儿化词:

名词(本音)	儿尾词(名词 + 儿_{变音 2})	变音词(儿化词)
人 niŋ^{224}	人儿 $\text{niŋ}^{224}_{33}\ \text{ʔn}_{51}$	人 niŋ_{51}
猫 mau^{224}	猫儿 $\text{mau}^{224}_{33}\ \text{ʔn}_{51}$	猫 mau_{51}
桶 doŋ^{214}	桶儿 $\text{doŋ}^{214}_{21}\ \text{ʔn}_{51}$	桶 doŋ_{31}
橘 kyuʔ^{5}	橘儿 $\text{kyuʔ}^{5}\ \text{ʔn}_{51}$	橘 kyoŋ_{31}

上列"猫、人、桶、橘"4 个名词本音的调类不同、调型各异,但构成变音词时,都变成了降调(有全降和中降 2 种)。而在相对应的"儿尾词"中,作为儿尾成分的"儿_{变音 2}"也是降调。尽管天台方言中没有像方松熹(1988)文中所列出的众多的"n"化韵作为儿尾词和变音词的联系纽带,但从天台方言儿尾词和变音词调型上的相似,以及入声韵的变音是鼻尾韵或鼻化韵等情形,也可看出变音词与儿尾词的联系。我们可以据此推断,变音来源于儿尾。或许可以说,儿尾词在快说时脱落了儿尾的音质成分,保留了"儿_{变音 2}"的降调性质,两个音节合而为一,就成了变音词。至于天台方言在历史演变中是否曾出现过一个现在已消失了的"n"尾词阶段,目前尚难断定。但入声音节变音后成为带后鼻音韵尾或鼻化元音的舒声音节,这本身也透露出一丝"n"化的信息。或者换句话说,入声字变音的鼻韵尾或鼻化音正是一种"n"化的残迹。至于天台方言的"儿"读前鼻音而入声变音却多为后鼻音韵尾,则可能是因当地韵母系统中无前鼻音韵尾,儿化成分 n 受后鼻音韵尾的类推而变成的结果。如果把温州方言的"儿尾词"(郑张尚芳 1980)视为吴语的"前儿化"状态,把义乌方言的"n"化词(方松熹 1988)视为典型的"儿化"状态,那么似乎可以把天台方言的变音词视为"后儿化"阶段,三地的状态恰成一个系列。但不管怎样看,天台方言的变音具有儿化性质,这是无疑义的。

四　变音的轻松语体性质

从前面的叙述可以看出,天台方言的变音作为构词手段的作用并不明显,通过变音改变词性或词义所造成的词也并不很多。至于指小的作用,一般也并不是单纯依靠变音来实现的,往往要靠词首的"小"、"矮"等修饰性语素的参与,才能实现。而"桃"、"猫"、"饼"、"枣"等单音名词在口语中只用变音,则是由于表示亲切意味的需要形成的习惯。姓氏、人名、称谓、地名、山水名和时间词中的变音,也是为了表示亲切的感情色彩而形成的。单音动词重叠式的变音,带有轻松诙谐的意味。形容词的重叠式的变音,可以突出描摹性,于是也显出一种亲切轻松的意味。而且,无论什么词,凡是可以本音、变音两说的,说变音总带有轻松亲切的感情色彩。从变音使用的场合看,它总是在日常口语中出现,读书时很少使用。由此可以看出:天台方言的变音,不仅是一种语音—语法现象,而且带有口语风格的性质。

变音的语体风格的性质,在下面的儿歌和谜语中表现得更加明显:

儿歌《雀啊雀》:

雀啊雀,	tɕiaŋ₃₁ aʔ₃⁵ tɕiaŋ₃₁,
走路的笃响,	tsɤu³²⁵₃₂ lu³⁵ tiɪʔ₁⁵ toʔ₁⁵ hiaŋ₃₁³²⁵,
丝线买一两,	sɿ³³ ɕiɛ³³ ma²¹⁴ iɪʔ₁⁵ liaŋ₃₁²¹⁴,
鞋面买一丈,	ɦia³⁵³³ miɛ³⁵ ma²¹⁴ iɪʔ₁⁵ dʑiaŋ₃₁²¹⁴,
做双花头鞋,	tsou⁵⁵ ɕyɔ̄ huo³³ dɤu³⁵₃₅ ɦia,
望姊丈,	mɔ̄³⁵₃₃ tsɿ₁₃₂³²⁵ dʑiaŋ₃₁²¹⁴,
姊丈嬾在家,	tsɿ₁₃₂³²⁵ dʑiaŋ₃₁²¹⁴ vəŋ²²⁴ zei²¹⁴ ko³³,
大路开白花,	dou³⁵₃₅ lu³⁵ kʻei³³ baʔ₂ɪ²³ huo³³,
小路脉丫杈。	ɕiau³²⁵₃₂ lu₃₁³⁵ pʻaʔ₁⁵ o³³ tsʻo³³。

谜语:

娘,破碎碎,	niaŋ₅₁²²⁴,pʻou⁵⁵₃₃ sei⁵⁵₃₃ sei₅₁,
生个儿,白皑皑。	saŋ³³ kou ɦiɴ₅₁²²⁴,baʔ₁⁵ ei₃₃²²⁴ ei₅₁。(谜底:花生)

上面儿歌的前半首(一至六句)和谜语就是用变音押韵的,读起来感到非常轻松和谐、亲切有趣。值得注意的是:1. 儿歌中"的笃响"的"响","一两"、"一丈"的"两"和"丈"平时是只说本音,不说变音的,这里为了韵脚和谐以及表现轻松风趣,临时用了变音;2. 日常说话中"娘"的变音是"奶奶"的意思,本音才是"妈妈"的意思,"儿"单用表示"儿子"的意思平时也是说本音的,这里却用"娘"的变音来表示"妈妈",用"儿"的变音来表示"儿子",显然也是为了表现亲切的语气和诙谐的风格而临时使用的。由此可见,语体风格本身就可以决定变音的使用与否。在一定意义上甚至可以说,天台方言的变音,就其本质来说,就是一种轻松语体的风格性音变,其中具有的某些语法意义,只是由轻松活泼的语体风格所派生出来的结果。

参考文献

[1]李　荣.温岭方言的变音[J].中国语文.1978(2).

[2]陈锡梧.台山方言特殊变调初探[J].中国语文.1966(1).

[3]贺　巍.获嘉方言韵母变化的功用举例[J].中国语文.1965(4).

[4]郑张尚芳.温州方言儿尾词的语音变化(一)[J].方言.1980(4).

[5]徐通锵.宁波方言"鸭"[ε]类词和儿化的残迹[J].中国语文.1985(3).

[6]徐通锵.历史语言学[M].北京:商务印书馆.1996.

[7]方松熹.浙江义乌方言里的"儿"化韵.吴语论丛[C].上海:上海教育出版社.1988.

第五章　天台方言语音的内部差异

天台方言语音的内部差异,主要有以下三个方面的表现:一、文白异读;二、地区差异;三、新老派差异。现分述如下。

一　文白异读

文白异读是指历史上由于读书人模仿官话音读而形成的读书音与土音的同字异音。严格地说,文白异读应当指某个字即便由不会说普通话的人说出,也有文读和白读两种音,这两种音或者在同一个词中,或者不在同一词中。如"工"字不论在任何词中都有 $[\text{kŋ}^{33}]$ 和 $[\text{koŋ}^{33}]$ 两读,前者为白读音,后者为文读音,当地人都认为是天台口音,并无异见;而"肥"字只在表示肉类(主要是猪肉)含脂肪多时读 $[\text{bi}^{224}]$,而在"肥料""减肥"等由普通话传入的词中读 $[\text{vi}^{224}]$,当地人也认为都是天台口音,并无异见。由于推普工作的影响,当地已形成两种普通话:一种是只在课堂上和正式会议中才使用的不很标准的普通话(地方普通话),另一种是只有播音员才能说的较为标准的普通话。这两种话中大多字音都与天台土音不同,但这种由语音系统不同而造成的字音差异不是文白异读。因为没有人认为地方普通话或标准普通话是天台口音。举个例说:天台东乡有个镇名"坛头",当地人都称为 $[\text{dɛ}^{224}_{33}\ \text{dɤu}^{224}_{51}]$,当地广播站和电视台的播音中以标准音读成 $[\text{t'an}^{35}\ \text{t'ou}^{35}]$,但当地人并不认可这一音读,不仅不照办,反而加以嘲笑①。这样的语音差异就不算文白异读。不过,由于文读音本就来自官话体系,使用在较正式的场合,它在地方普通话中也经常被使用就不足为怪,因此要在文读音和地方普通话读音之间划清界限也不容易。本处所能择取的也只有一个时间久暂的相对标准:即一个有异于白读的音,倘若形成时间较久,即便在地方普通话中也使用,就算文读音;倘若确属在推普中新近形成,即使不是标准音,也不能算文读音。如"鱼",白读 $[\text{ɦŋ}^{224}]$,文读 $[\text{ny}^{224}]$,另外还有一读 $[\text{ɦy}^{224}]$,介于土音和文读音之间,应当视为地方普通话的读音,而不是文读音。

文白异读涉及韵母的字多,涉及声母的字次之。涉及声调的字几乎没有。就是说,即便发生文白异读,声调仍然不变。

(一)声母的文白异读

声母发生文白异读,其白读声母多为古声母的残留。主要有:

A、白读声母为上古重唇音的残留

1.肥:中古奉母微韵平声符非切。今天台白读 bi^{224},如:肥肉 $[\text{bi}^{224}_{33}\ \text{nyuʔ}^{23}]$。文读₁为 vi^{224}:肥料 $[\text{vi}^{224}_{33}\ \text{liau}^{35}]$、减肥 $[\text{kɛ}^{325}_{32}\ \text{vi}]$。但近些年又由文读₁进一步发展出文读₂ vei^{224},韵母

---

① 此镇名俗讹为"坦头",按标准音读为 $[\text{t'an}^{214}_{21}\ \text{t'ou}^{35}]$,当地人更不认可。

更近于北京音,声母仍维持浊音。

2. 紺紨:二字中古皆奉母遇韵去声,今天台白读 bu³⁵(阳去)。如:柴紨[za²²⁴₃₃ bu³⁵](捆柴用的简易绳束)、稻杆紺[dau²¹⁴₂₁ kE³²⁵₃₂ bu³⁵](稻草拧成的简易绳束)、土鮒鱼[tʼu³²⁵₃₂ bu³⁵₃₃ ɦŋ²²⁴₅₁](一种常伏于浅水沙底上的小鱼)。折合成读书音,这两个字应读[vu³⁵]。不过因其在书面语中不常用,所以其文读音不流行。

3. 孵:中古敷母虞韵平声芳无切。今天台白读 bu³⁵(阳去):孵小鸡[bu³⁵₃₃ ɕiau³²⁵₃₂ ki³³₅₁]、赖孵鸡[la³⁵₃₃ bu³⁵₃₃ ki³³₅₁](孵蛋的或带小鸡的母鸡,也指表现出孵蛋要求的母鸡,北方俗称"老抱子")。文读音 vu³⁵。"孵小鸡"的"孵"可读文读音,但"赖孵鸡"一词因只用于口语中,其中的"孵"字未见文读音。

4. 网[mɔ̃²²⁴](阳上)、忘望[mɔ̃³⁵](阳去),中古皆微母,"网"为阳韵,"忘望"为漾韵。词例如:织网[tɕiɪʔ⁵₁ mɔ̃²¹⁴]、忘记[mɔ̃³⁵₃₃ ki⁵⁵]、望山[mɔ̃³⁵₃₃ sE³³](看护山林)。文读音声母为 v,韵母和声调同白读。但"希望"、"愿望"、"绝望"之类"新词"的"望"一般只读文读音。

5. 晚:中古微母阮韵无远切,平声,今天台白读 mE²¹⁴:晚稻[mE²¹⁴₂₁ dau²¹⁴]、晚米[mE²¹⁴₂₁ mi²¹⁴](晚稻的米)、晚头[mE²¹⁴₂₁ dɣu²²⁴₅₁](晚上)。文读音 vE²¹⁴。北方话词"晚上"的"晚"只有文读音。"万"字中古微母愿韵无贩切,去声,今天台白读 mE³⁵(阳去),文读为 vE³⁵(阳去)。

6. 蚊闻:中古微母文韵无分切,平声。今天台音白读 məŋ²²⁴,文读 vəŋ²²⁴,皆阳平。白读文读可体现不同词语来源:白读音多为本地词,如"蚊虫"[məŋ²²⁴₃₅ dzyoŋ²²⁴₂₂](蚊子)、"闻闻"[məŋ²²⁴·məŋ](单音动词重叠式,"嗅一嗅"之意);文读音用于从北方话来的"新词":"蚊子"[vəŋ²²⁴·tsɿ]、"新闻"[ɕiŋ³³₅₅ vəŋ²²⁴₂₂],以及由文言来的成语,如"闻所未闻"[vəŋ²²⁴ su³²⁵₃₂ vi³⁵ vəŋ²²⁴]。问:中古微母问韵亡运切,去声,今天台白读 məŋ³⁵,文读 vəŋ³⁵,皆阳去。分布情况类似"蚊闻",如"问尔"[məŋ³⁵ ɦŋ²¹⁴](问你)、"学问"[ɦɔʔ²³₂₁ vəŋ³⁵]。

7. 尾:中古微母尾韵无匪切,上声。今天台白读 mi²¹⁴,文读 vi²¹⁴或 vei²¹⁴(均阳上)。如"尾巴"[mi²¹⁴₂₁ po³³/vi²¹⁴₂₁ po³³/vei²¹⁴₂₁ po³³]。但文言词语只用文读,如"尾大不掉"[vi²¹⁴ da³⁵ pø²ʔ⁵ diau³⁵]。

8. 呒无:两字实为一词,"没有"之意。"无"为本字,后因文白读分化,造出俗字"呒"。无,中古微母武夫切,平声,上古为明母。今天台改用"呒"[ɦm²²⁴]标写其明母痕迹的白读音,如"呒夹煞"[ɦm²²⁴₃₃ kæʔ⁵₁ sæʔ⁵](没出息),用文读的"无"[vu²²⁴]记写来自普通话的"新词",如"无私"[vu²²⁴₃₃ sɿ³³]。但旧词中凡写成"无"的也均读 vu²²⁴,如"无常"[vu²²⁴₃₃₄ zɔ̃²²⁴₂₂]。

9. 雾:中古微母遇韵亡遇切。此字当地有 3 读:①白读₁ɦm³⁵(阳去),仅保存于村名"黄雾"[ɦuɔ̃²²⁴₃₃ ɦm³⁵]中;②白读₂ɦu³⁵(阳去),指云雾,如"雾露"[ɦu³⁵₃₃ lu³⁵](雾气和露水的合称);③文读音 vu³⁵(阳去),用于新词:云雾茶[ɦyoŋ²²⁴₃₃ vu³⁵₃₃ dzo²²⁴₃₃₄](当地茶叶代表性品种)。

B、白读音为中古疑母舌根辅音的残迹

1. 玩:中古疑母换韵五换切,去声。今天台白读音 mE²²⁴(阳平):玩玩[mE²²⁴·mE](玩玩儿)。白读的 m 母当由原疑母的 ŋ 变来。文读音 ɦuɵ³⁵(阳去):玩耍[ɦuɵ³⁵₃₃ sa⁵⁵]一词中的"玩"只有文读音。

2. 牛:中古疑母尤韵语求切,平声。今天台白读 ŋɣu²²⁴(阳平),文读音 niɣu²²⁴(阳平)。

鱼：中古疑母鱼韵语居切，平声。今天台白读为 $ɦŋ^{224}$，文读为 ny^{224}，皆阳平。如：鲫鱼 $[tɕɪʔ^5_1 ɦŋ^{224}]$／$[tɕiʔ^5_1 ny^{224}]$。

3．岩：中古疑母五衔切；颜：中古疑母五姦切，皆平声。今天台白读 $ŋɛ^{224}$（阳平），文读 $ɦiɛ^{224}$。眼：中古疑母五限切，上声。今天台白读 $ŋɛ^{214}$（阳上），文读 $[ɦiɛ^{214}]$。如眼睛 $[ŋɛ^{214}_{21} tɕiŋ^{33}]$／$[ɦiɛ^{214}_{21} tɕiŋ^{33}]$，但土俗词"眼乌珠"、"白眼"的"眼"只用白读。

4．外：中古疑母泰韵五会切，去声。今天台白读 $ŋa^{35}$（阳去）：外公 $[ŋa^{35}_{33} koŋ^{51}]$、外婆 $[ŋa^{35}_{33} bou^{51}]$、外甥 $[ŋa^{35}_{33} saŋ^{33}]$。文读$_1$ 为 $[ŋei^{35}]$，系韵母置换。文读$_2$ 为 $[ɦuei^{35}]$，则疑母的 ŋ 已脱落，仅存阳调的喉音性质。

C、白读音为中古日母的残迹

1．人：中古日母真韵如邻切；任$_{姓}$：中古日母侵韵如林切。均平声。"人"为最基本的核心词，"任"（平声）为姓氏字，语音最不易变，今天台白读声母均为鼻音 n，音 $niŋ^{224}$（阳平）。文读为 $ziŋ^{224}$（阳平）。"人"的另一读书音为 $ləŋ^{224}$，系"地方普通话"读音，不属文读音。与"人"同音的"仁"由于长期使用文读音 $ziŋ^{224}$，其白读音已听不到。

认：中古日母震韵而振切；任$_{责任、任何}$：中古日母沁韵汝鸩切。皆去声。天台今白读 $niŋ^{35}$，文读 $ziŋ^{35}$，皆阳去：认识 $[niŋ^{35}_{33} ɕiʔ^5／ziŋ^{35}_{33} ɕiʔ^5]$、任何 $[niŋ^{35}_{33} ɦou^{224}_{33}／ziŋ^{35}_{33} ɦou^{224}_{33}]$。但单音的"认"多用白读，如"认勿出" $[niŋ^{224}_{35} fəʔ^5_1 tɕʻyuʔ^5]$，"认为""责任、任务"之类"新词"中的"认、任"则只用文读。

仍：中古日母蒸韵如乘切，平声。今天台文读白读均如"人"字：仍旧 $[niŋ^{224}_{33} ɡiɤu^{35}／ziŋ^{224}_{33} ɡiɤu^{35}]$。

2．热：中古日母薛韵如列切，入声。今天台白读 $niæʔ^{23}$，文读 $ziæʔ^{23}$，皆阳去。日常生活的口语用词多白读：天价热 $[tʻiɛ^{33} ko^{55} niæʔ^{23}]$（天气热）、热痱 $[niæʔ^{23}_{21} fi^{55}]$（痱子）、闹热 $[nau^{35}_{33} niæʔ^{23}]$（热闹）。书面语词文白两用：热爱 $[niæʔ^{23}_{21} ei^{55}]$／$[ziæʔ^{23}_{21} ei^{55}]$、热烈 $[niæʔ^{23}_{21} liæʔ^{23}／ziæʔ^{23}_{21} liæʔ^{23}]$。

3．肉：中古日母屋韵如六切，入声。因极常用之故，至今天台无论单字词还是合成词仍多用白读音 $nyuʔ^{23}$（阳入）：吃肉 $[tɕʻyuʔ^5_1 nyuʔ^{23}]$、牛肉 $[ŋɤu^{224}_{33} nyuʔ^{23}]$、肉麻 $[nyuʔ^{23}_{21} mo^{224}]$、心肝肉 $[ɕiŋ^{33} kɛ^{33} nyuʔ^{23}]$（宝贝）。只有口语中不常用的书面语词有文读音：肉搏 $[zyuʔ^{23}_{21} poʔ^5]$。

4．耳：中古日母止韵而止切，上声。今天台白读有 ni^{214} 和 $z̩^{214}$ 两读，前者声母来自中古日母 $[nz̩]$ 中的鼻音 n，后者来自其中的擦音 z。文读为 $əl^{214}$。白读和文读均阳上。白读两音分布于不同词中，文读不论何词均一样：耳朵 $[ni^{214}_{21} to^{325}／əl^{214}_{21} to^{325}]$、木耳 $[muʔ^{23}_{21} z̩^{214}／muʔ^{23}_{21} əl^{214}]$。

5．而：中古日母之韵如之切，平声。今天台白读 $z̩^{214}$，文读 $əl^{214}$，均阳上：而且 $[z̩^{214}·tɕʻi／əl^{214}_{35}·tɕʻi]$。但单独使用的"而"一般用文读，如"一而再，再而三" $[iʔ^5 əl^{214}_{21} tsei^{55}, tsei^{55} əl^{214}_{21} sɛ^{33}]$，"然而" $[ziɛ^{224}·əl]$、"反而" $[fɛ^{325}·əl]$ 等等复音词后缀"而"，也多用文读，且弱化成轻声。

尔：中古音日母纸韵儿氏切，上声。作文言代词用时旧读 $z̩^{214}$，新读 $əl^{214}$，现在的老年人尚有记忆，反映了文读对白读的取代。

6．二贰：中古音日母至韵而至切，去声。今天台音白读 ni^{35}，文读 $əl$，均阳去。

7. 儿:中古音日母支韵汝移切,平声。今天台音白读 $ɦin^{224}$(阳平,儿子),变音有 $ɦin_{51}$、$ʔn_{51}$ 两种(参见本书第四章《天台方言的变音》)。文读音为 $əl^{224}$(阳平),作词缀时为弱化音·əl。

(二)韵母的文白异读

韵母发生文白异读,主要由于韵母音值与官话韵母相差过大,或在读书时实在难以将就,或在与持官话的人交际时显得实在太土,不得不做些调整。调整的结果,有的与官话韵母颇近,有的仍有一定差距。发生文白异读的韵母较多,有的较成系统,有的仅只个别字。因已有"同音字表"显示,下面择主要韵类以白读音为本位简述大概。

1. a 韵:天台话 a 韵本音字主要来自中古蟹摄开口二等皆佳二韵。本音字并不多,倒是由其他韵(主要是 o 韵)来的文读音占了多半。但即便本音字,也非普遍发生文读音,只有少数几个常用字,如"买卖乃奶外"等,读 a 韵与官话相差过明显,才发生文读。但这几个字北京话为 ai 或 uai 韵,而天台音系中又没有这两个韵,不得已求其次,"买卖乃奶"的文读韵成了 ɛ 韵。"外"字白读音有 $ŋa^{35}$ 和 $ŋei^{35}$ 两个,后一音大概是早期的文读音,现已普及到口语词"外头""外面"中,成了白读₂,但由于带 ŋ 声母,用于读书仍觉太土,于是改为更近于官话的文读音 $ɦuei^{35}$。另外一字"戴",只在"戴帽"一词中用白读音 $[ta^{55}]$,其他词中(包括地名、姓氏)均已用文读音 tei^{55}。

2. o 韵:天台话 o 韵本音字主要来自中古假摄开口二三等和合口二等字的麻韵,这些字北京话已读为 a、ia 或 ua 韵,而天台仍维持 o 的音值,听感上相差太远,恰好天台话也有这三个韵,于是就分别按等呼归入了三韵:

假摄开口二等文读归 a 韵的如:巴芭疤笆把靶霸怕帕爬琶杷耙麻马码玛蚂骂等等;

假摄开口二等文读归 ia 韵的声母为见组、晓匣和影母,如:家加嘉芽虾霞鸦桠等等;

来自合口二等的 o 韵字只有一个"瓦"字,这个字白读 $[ŋo^{214}]$,估计是失落韵头 u 的结果,文读后又补上韵头,成了 $ɦua^{214}$。

3. ø 韵:天台话 ø 韵本音字主要来自山摄合口一等的帮组字和咸摄开口一等的透定母字和精清从母字。尽管这些字的音读与北京话相差不少,但都极少发生文读音。只有"般谭"二字有文读音,归入 ɛ 韵:般 $[pø^{33}/pɛ^{33}]$,文读音主要用于"这般、一般"等词中;谭 $[dø^{224}/dɛ^{224}]$,只作姓氏用字。

4. ɛ 韵:天台话 ɛ 韵的本音字主要来自咸摄开口一等的覃谈二韵和二等的咸衔二韵。字数较多,但发生文读的字不多,原因之一是这些字北京话为 an 韵,天台却并无 an 韵或接近 an 韵的韵母可寄托;二是 ɛ 韵在当地人听感上颇近于 an,有可通约性。因此只有"岩颜眼"3 字发生了文读,而这 3 字均为疑母字。白读音仍为 ŋ 母,文读结果是去掉 ŋ 母加上韵头,成了 $ɦiɛ^{224}$(岩颜)和 $ɦiɛ^{214}$(眼)。

5. aŋ 韵:天台话和北京话都有 aŋ 韵,但分布的字出入较大。天台话的 aŋ 韵本音字主要来自梗摄开口二等庚耕韵字,北京大多在 əŋ 韵,少数在 iŋ 韵。无论 əŋ 韵与 iŋ 韵都与 aŋ 韵差得远,尽管天台话亦有 əŋ、iŋ 二韵,但却并不取用为 aŋ 韵的文读音韵母,所以大多与北京话不合的 aŋ 韵字,如绷烹彭鬃萌猛孟打冷争挣生省庚耿坑硬亨杏等等,至今仍为 aŋ 韵。只有少数几字有 əŋ 或 iŋ 韵的文读。列表如下:

汉字	朋	耕	更	行走	衡	幸
古韵	曾开一登	梗开二耕	梗开二庚	梗开二庚	梗开二庚	梗开二耕
白读	baŋ²²⁴	kaŋ³³	kaŋ³³、kaŋ⁵⁵	ɦaŋ²²⁴	ɦaŋ²²⁴	ɦaŋ²¹⁴
文读	bəŋ²²⁴	kəŋ³³	kəŋ³³、kəŋ⁵⁵	ɦiŋ²²⁴	ɦəŋ²²⁴	ɦiŋ²¹⁴

6.i 韵:天台话 i 韵字来源颇多,多数与北京话 i 韵相合,故尽管声母或有不一致之处,仍可容忍。只是少数字北京话在 ei 韵的,发生了文读音:来自明母脂韵武悲切的"眉楣湄嵋",白读为 mi²²⁴(阳平),文读为 mei²²⁴(阳平);来自明母至韵弥二切的"媚",白读 mi³⁵(阳去),文读 mei³⁵(阳去);来自微母尾韵无菲切的"尾"白读 mi²¹⁴(阳上),文读 vi²¹⁴/vei²¹⁴(阳上);微母未韵无沸切的"味",白读 mi³⁵(阳去),文读 vi³⁵(阳去)。此外还有"肥耳二贰"等字,已如上述。这些字文读音的共同特点是声母韵母都变得与白读不同。文读韵母有的与北京话相同了,而声母仍未脱离天台话系统,所以听起来仍是天台话。来母至韵力遂切的"泪",白读 li³⁵(阳去),文读 lei³⁵(阳去)。文读音仅调值不同于京音,北方人就较易听懂了。章母祭韵征例切的"制"白读 tɕi⁵⁵(阴去),文读 tsʅ⁵⁵(阴去);匣母霁韵胡计切的"系关系"白读 ɦi³⁵(阳去),文读 hi⁵⁵(阴去),文读音已相当接近北方话了。

7.y 韵:天台话 y 韵字,很多来自遇摄合口三等的鱼虞二韵,这些字北京话分读 u、y 二韵,尽管天台话的 y 韵和北京话的 u 韵有距离,但天台话中大多都没有发生文读。如"书舒暑黍庶恕署处"等字,天台话仍坚持着 y 韵,只有"数"等个别字韵母改为文读的 u。另一部分来自止摄合口三等的支脂二韵和蟹摄合口三等祭韵、四等霁韵,其中精知照三组字发生文读,其规则是把 y 改为 ei,同时发生声母由舌面到舌尖的转换。如:

汉字	白读	文读
嘴	tɕy³²⁵	tsei³²⁵
脆	tɕʻy⁵⁵	tsʻei⁵⁵
随垂谁	ʑy²²⁴	zei²²⁴
睡	ʑy³⁵	zei²²⁴
追	tɕy³³	tsei³³
醉	tɕy⁵⁵	tsei⁵⁵
吹	tɕʻy³³	tsʻei³³(新)
水	ɕy³²⁵	sei³²⁵
岁税	ɕy⁵⁵	sei⁵⁵

其中见组字和喻母字发生文读时,规则是把韵母 y 改为 uei:

汉字	白读	文读
龟归	ky³³	kuei³³
诡鬼轨	ky³²⁵	kuei³²⁵
跪	gy²¹⁴	guei²¹⁴
伪魏	ny³⁵	ɦuei³⁵
贵桂	ky⁵⁵	kuei⁵⁵

逵葵馗夔	gy²²⁴	guei²²⁴
柜	gy³⁵	guei³⁵
位卫胃慧惠为为什么	ɦy³⁵	ɦuei³⁵
喂	y⁵⁵	uei⁵⁵

8. 天台话的鼻辅音韵母字,因与官话音相差悬殊,所以普遍发生文读。

(1)m 韵字,"母姆亩某姥"文读为 ɦm²¹⁴,白读为 mɣu²¹⁴;

(2)ŋ 韵字,一种来自见组声母、匣母和影母,文读是加一韵腹 o,使 ŋ 韵成为 oŋ 韵,便与官话相近。如:

汉字	白读	文读
工公功攻恭蚣	kŋ³³	koŋ³³
贡	kŋ⁵⁵	koŋ⁵⁵
空~气	k'ŋ³³	k'oŋ³³
孔	k'ŋ³²⁵	k'oŋ³²⁵
空有~控	k'ŋ⁵⁵	k'oŋ⁵⁵
吴弘红	ɦŋ²²⁴	ɦoŋ²²⁴
翁	ŋ˩³³	oŋ³³

另一种是来自疑母,文读时把 ŋ 韵变成 u 韵或其他近于官话的音:

汉字	白读	文读
五伍午捂	ɦŋ²¹⁴	ɦu²¹⁴
尔第二人称代词	ɦŋ²¹⁴	əl²¹⁴
蚁	ɦŋ²¹⁴	ni²¹⁴

(3)n 韵字,"儿"[ɦn²²⁴]为白读,[əl²²⁴]的文读,已如前述。

二 地区差异

天台方言的语音,从整体上看,内部有较强的一致性。这种一致性使"天台口音"的特征很鲜明,在一群说吴语的不同地点方言的人中,很容易通过话音把天台人识别出来。在县境的边缘地带,因受邻县口音的影响,固然有一些与天台音系不一致的发音特征,但多呈零星状态,且人数与全县相比属于少数,故不能影响天台音系的整体性。不过在天台县内也有区域性的语音差异。按当地人的通常说法,有东乡、西乡、城关三种口音之别,他们可以根据这种差别判定说话人来自三片中的哪一片。但经我的调查,觉得这种差别多不涉及音质音位。有的是同一意义的称说法的差异(同义异词),有的是同一词语的不同读音(同词异读)。这些并非语音的地域差异。真正称得上语音特征上的地区差异的,有少数几个韵母和个别声调的调值。

(一)韵母差异

1.ia 韵:东乡有些 ia 韵字,城关和西乡说成 i 韵。如:

| 字 | 东乡 | 城关及西乡 | 词例 | 东乡 | 城关及西乡 |
| 夜 | ɦia³⁵ | ɦi³⁵ | 夜饭晚饭 | ɦia³⁵₃₃ vɐ³⁵ | ɦi³⁵₃₃ vɐ³⁵ |

爷	$\hbar ia^{224}$	$\hbar i^{224}$	老爷祖父	$lau^{214} \hbar ia^{51}$	$lau^{214} \hbar i_{51}$
写	εia^{325}	εi^{325}	写字	$\varepsilon ia^{325}_{32} z\gamma^{35}$	$\varepsilon i^{325}_{32} z\gamma^{35}$
谢	zia^{35}	zi^{35}	多谢	$tou^{33} zia^{35}$	$to^{33} zi^{35}$
姐	$t\varepsilon ia^{325}$	$t\varepsilon i^{325}$	表姐	$piau^{325}_{32} t\varepsilon ia^{31}$	$piau^{325}_{32} t\varepsilon i^{31}$
借	$t\varepsilon ia^{55}$	$t\varepsilon i^{55}$	借用	$t\varepsilon ia^{55}_{33} \hbar yon^{35}$	$t\varepsilon i^{55}_{33} \hbar you^{35}$

这些字不多，但均为常用字，使用频率高，因此 ia 韵字成为东乡口音的一个特征。但并非所有东乡的 ia 韵城关和西乡都变为 i 韵，两处同发 ia 韵的字不少。如本音字"爹斜茄"等以及由 o 韵文读的 ia 韵字"家假下夏哑"等等。

2. aŋ、iaŋ、uaŋ 三韵：此三韵为东乡所有，是东乡韵母特色之一，西乡和城关对应于此三韵的韵母分别为鼻化音 ã、iã、uã。前两韵字较多，后一韵只有 2 字：

东乡	例　　字	城关及西乡
aŋ	绷烹彭蚌甏碰盲猛孟打冷争挣撑橙生甥牲省更耿坑硬亨 行~走杏樱	ã
iaŋ	娘仰酿良两亮将张蒋浆酱枪昌抢畅肠场丈相想墙象壤疆 羌强弶香享向羊样央养	iã
uaŋ	梗横	uã

在我的心目中，天台的这些字的韵尾一直是封闭的，与北京话所对应的韵母一样。但是 2000 年到天台调查，当地政府送我一册新出版的《天台县志》，其中《方言》一编所描述的上面三个韵母，是鼻化音。后来打听到此编撰稿人为西乡人，我以为这可能是西乡特点。但后来在城里发现年轻人都把 aŋ、iaŋ、uaŋ 发成 ã、iã、uã，我又以为鼻化音是新派特点。直到后来在 3 个代表地点调查了 4 个人，才确定了这是地区差异。情况如下：

发音人	年龄	住　　地	代表地域	发音情况
胡发权	51	坛头、泳溪	东乡	aŋ iaŋ uaŋ
陈中鑫	72	城关	城关	
蔡达文	78	街头霞山	西乡	ã iã uã
何树云	71	街头渐崦		

3. ou、uo、o 三韵：天台这三个韵母字来自果摄开口一等的歌韵和果摄合口一等的戈韵（另部分 o 韵字来自麻韵，先不论）。东乡、西乡和城关三片这三个韵母字读音分布有异。总的来看，三片共同为 ou 韵的字不少，如：多罗锣笒骡螺胹个河何禾和货蛾俄鹅饿等等；三片共同为 o 韵的也不少，如：驮挪哪左佐搓我波婆魔啰裸坐座锁蓑梭倭等等。但"歌锅科火"等少数字东乡为 ou 韵，城关为 o 韵，西乡则在 ou 和 o 之音游移。看起来似乎这几个字演变成 o 韵是其终点，城关最快，西乡次之，东乡最慢。

(二)声调差异

天台话的声调系统，包括调类和调值，各片基本相同，并无明显不同。但是 2001 年 11 月 21 日上午我在西乡街头中学调查，发现一位 29 岁的发音合作人叶永志老师把上声字都读成中降调 31。天台话的阴上为 325，阳上为 214，均为降升调。自从进入调查工作以来从未见这样读上声为降调的，这使我感到非常奇怪。为了验证这一发现的可靠性，当天下午我又到该校再次调查,校方派的发音合作人是 27 岁的语文老师陈佩阳(女)。她读的上声调与上午叶永志老师读的完全一样。但对于这种变化,他(她)们自己并不觉得有异。我当时判定天台西乡的上声字在青年一代中已经改变调型和调值。但是从何时开始变的呢? 调查中有一位 50 多岁的语文老师在旁听,我叫他读上声字听听,发现他的上声字调在降升调和中降调之间游移不定。可能现在 50 多岁一代的西乡人是天台西乡上声字调变化的起点。

为了进一步验证这一变化,后来我又特地到县境西北的白鹤镇去了一趟,找了一些小学生读上声字,他们读的也是降调调型。白鹤属于大西乡范围。看来县境西北部的上声字调也已发生变化。

尽管这一变化属于新起变化,但因在东乡和城关均无此变化,仅在西乡发生,故我把它视为地区差异。这一变化看来还在发展。现在姑记于此,以待将来作进一步观察。

三 新老派差异

语音的地区差异和新老派差异有一定联系。城关作为一个地区,其语音既可代表区域,又可代表新派。在城关地区新近发生的语音变化,往往被当成时尚语音加以扩散。扩散者可能是不自觉的,只是一种无意识的模仿,而其结果就使一些语音特征扩布到周边。天台的东乡,在语音变化追随城关方面,比西乡要迟钝一些。但是有些变化已经在缓慢地发生。

新老派语音差异,使人能够感觉到的主要有以下几种现象:

1. au > ɐʊ 、iau > iɐʊ

au 韵和 iau 韵是老派读法,至今天台东西乡人均仍如此。发音时开口度较大,然后急速收拢口形,闭合较完整。但目前天台县城青年人读 au 韵如"包宝报泡"等等字,iau 韵如"标表漂苗"等等字,开口度普遍不很大,收口又不很完全,其韵近于 ɐʊ、iɐʊ。2000 年我在天台县城调查时发现这一变化。72 岁的陈中鑫读出的是老派音,女青年张双云和朱琳读出的是新派音。而后者没有感到 ɐʊ、iɐʊ 的发音不自然。看来在县城青年中这一变化已完成,何时开始传向乡间,有待观察。

2. iɛ > iɪ

天台话的 iɛ 韵字,对应北京话部分 an 韵字,部分 iɛn 韵字,字数较多,如展扇蝉然边篇辨眠等等。这些字的韵母在城关青年人口中已变为很明显的 iɪ。其特征是开口度变小,后响不明显。如不仔细分辨,已接近 i 韵。

如:线 ɕiɛ^{55} > ɕiɪ^{55} ≈ 细 ɕi^{55}
　　变 piɛ^{55} > piɪ^{55} ≈ 闭 pi^{55}
　　电 diɛ^{35} > diɪ^{35} ≈ 地 di^{35}
　　连 liɛ^{224} > liɪ^{224} ≈ 梨 li^{224}

这一变化正在向周边各乡传播。我是 2000 年在县城宾馆青年工作人员口中察觉这一变化的,当时特地找了一些词录了读音。2001 年到东乡的苍山中学和西乡的街头中学调查,从青年发音合作人口中听到的 iɛ 韵字的韵母是 ie,既不是老派的 iɛ,也不是县城新派的 iɪ。这一现象仍在发展,有待观察。

3. iæʔ > ieʔ 、iɪʔ > ieʔ

在天台的一些青年人的话语中,似乎在发生着一种开口度的中和现象:开口度大的变小、开口度小的变大。现在在新派青年人口中,已难听到典型的 iæʔ 韵和 iɪʔ 韵,开口度一小一大的结果,两个原来不同韵的字变成了同韵字:

老派韵母　　　　新派韵母　　　　老派韵母

iæʔ ————————→ ieʔ ←———————— iɪ

例字： 别鳖灭列烈裂泄哲彻折浙舌设热杰孽　｜　立笠粒集习袭执计湿十拾急级泣及吸
篾铁节切截屑结洁接猎叶　　　　　　　　　｜　鼻必劈密日力七识式译

这样的趋势发展起来,会不会发生韵母合并,或产生一个新韵母？这是一个有趣的现象。

以上只是带有倾向性和普遍性的新老派差异。其他新老派差异现象还有一些。不过比较零散,没有上面这三种现象所表现出的规律性。

语法编

第六章　天台方言和北京话语法的比较研究[①]

天台方言的语音面貌,已如本书《语音编》所述。其中保存古代语音风貌较多的性质是十分明显的。语法是语言系统中最为稳固的部分。天台方言语法的"存古"性质表现在两个方面:一是保存了中古甚至上古汉语的一些语法成分和语法规则,二是残存着一些古越语的语法成分和语法规则。前者可以印证天台方言与整体吴语同样的对于中原古汉语的渊源关系,后者难以从中原古汉语语法中得到印证,可推定为古越语在现代天台方言中的"底层成分"。综合起来看,天台方言应该是北来的中原古汉语与当地土著的古越语融合的结果。吴语的性质也应当作如是观。有鉴于天台方言语法中"存古"的成分较多,它在吴语史研究和汉藏语言比较研究中的价值也更高,为了引起方言史学者和汉藏语言比较研究者对天台方言语法独特性的认识和关注,故而本文作为《语法编》的首篇,是把天台方言语法和北京话语法作比较研究。但本章不是关于天台方言和北京话语法的全面的比较研究,而是选取天台方言中与北京话语法差异最为明显的若干项目进行比较,以彰显天台方言语法研究的意义和价值。其中部分内容与后面几章容有重复。

一　指示代词的语音交替形式

天台方言的指示代词分指名代词和指形代词两套。

(一)指名代词的语音交替

指名代词分近指和远指。其基本形式是用韵母及声调的语音交替构成的:近指用"吤"[køʔ⁵],远指用"解"[ka³²⁵]。在基本形式后面可以加上不同的语缀、量词、数量组合、量名组合,以明确所指目标,以适应各种表达之需。

1. **指名代词＋语缀**,可以构成各种不同含义的代称,以表示地点、时间等等具体含义:

	近　指	远　指
表地点	吤堆这儿、这里 køʔ⁵·tɛ	解堆那里 ka³²⁵·tɛ
表地带/行列	吤埭这一带/一趟 køʔ⁵·da	解埭那一带/一趟 ka³²⁵·da
表时间	吤□这时 køʔ⁵·tɕaʔ	解□那时 ka³²⁵·tɕaʔ
表种类	吤种这种 køʔ⁵·tɕyoŋ	解种那种 ka³²⁵·tɕyoŋ
表性状	吤样这样 køʔ⁵·ɦiaŋ	解样那样 ka³²⁵·ɦiaŋ
表虚数	吤些这些 køʔ⁵·ɕiɿʔ[②]	解些那些 ka³²⁵·ɕiɿʔ

[①] 本章内容曾以《天台话的几种语法现象》为题发表于《方言》1999 年第 4 期。收入本书时作了一些修改,又删除了与本书另一章内容相同的一节,并定为本题。

[②] "些"本为舒声字,因弱读而促化成入声。

这里称近指/远指成分后面的单位为"语缀"而不称之为"词",是因为这些单位尽管都有一定的词汇意义,但有的已不能脱离其前的指代成分而单用,而且它们在语音上也都有弱化、轻读、失去本调等特征。因此上列各例的"语缀"均未标示调值。

2. **指名代词加数量名组合**,是现代汉语常见的名词性短语;而指名代词加数量组合、指名代词加量名组合、指名代词加量词组合,可以看作指名代词加数量名组合的省略形式;当量词前不出现数词时,实际上是隐含着一个数词"一"。这些情况,天台方言同北京话是对应的:

<table>
<tr><td></td><td></td><td colspan="2">近　指</td><td>远　指</td></tr>
<tr><td>(1)</td><td>指代 + 数量名</td><td>吤拉个人这几个人</td><td></td><td>解三本书那三本书</td></tr>
<tr><td></td><td></td><td>kø$ʔ^5$·la$ʔ$·kou niŋ^{224}</td><td></td><td>ka^{325}sᴇ^{33}pəŋ$^{325}_{32}$ɕy^{33}</td></tr>
<tr><td>(2)</td><td>指代 + 数量</td><td>吤拉个这几个 kø$ʔ^5$·la$ʔ$·kou</td><td></td><td>解拉本那几本 ka^{325}·la$ʔ$ pəŋ$_{32}$</td></tr>
<tr><td>(3)</td><td>指代 + 量名</td><td>吤个人这个人 kø$ʔ^5$·kou niŋ^{224}</td><td></td><td>解本书那本书 ka^{325}pəŋ$^{325}_{32}$ɕy^{33}</td></tr>
<tr><td>(4)</td><td>指代 + 量</td><td>吤个这个 kø$ʔ^5$·kou</td><td></td><td>解本那本 ka^{325}pəŋ$^{325}_{32}$</td></tr>
</table>

不同之处在于:在北京话口语中,"这""那"在后接量词或数量组合时常说成"这一""那一"的合音形式 tʂei^{51}、nei^{51},而天台方言中仅有"解^{325}一"的合音形式 kei^{325},没有"吤一"的合音形式。

根据吕叔湘(1955)的考证,现代汉语北方话的指示代词"这""那"分别起源于"者"和"若"。但是,尽管"若"和"者"的上古音可以构拟为 *tiag 和 *niag,我们却不便断定上古汉语的近指和远指是用声母辅音交替的手段构成的,因为上古汉语指示代词的典型形式是"此"和"彼",二者分别为支部清母和歌部帮母,并无语音上的关联和近似;"者"和"若"只是近代"这"和"那"的源头而并不就是上古近远指代的对偶形式。很显然,无论从语音上还是从构成手段上看,天台方言的近远指代形式 kø$ʔ^5$ 和 ka^{325}同上古汉语的"此"和"彼"、"者"和"若"以及近代汉语的"这"和"那"都没有同源关系。现代天台方言里尽管也有"这"[tɕy$ʔ^5$]"那"[na^{35}]两个词,但只是书面语词,只在读书和学说普通话时才用到,它们来自官话系统。天台方言口语中指代只用 kø$ʔ^5$ 和 ka^{325}。kø$ʔ^5$ 和 ka^{325}作为根深蒂固的基本指代形式,很可能是古越语底层成分在现代天台方言中的残存形式。吴语其他方言点的同类单位亦可作如是观。

(二)指形代词的语音交替

指形代词用在形容词前,指称事物性状在大小、高低、长短、轻重、好坏、美丑……等等方面的程度。有直指的"格"[ka$ʔ^5$]和夸指的"介"[ka^{55}]两种形式,分别与北京话的"这么/那么"的语意相近:

<table>
<tr><td></td><td colspan="2">天　台　话</td><td>北　京　话</td></tr>
<tr><td>直　指</td><td colspan="2">格大/长/重/好/漂亮……
ka$ʔ^5$ dou^{35}/dziaŋ^{214}/xau^{325}/p'iau$^{55}_{33}$ liaŋ^{55}</td><td>这么大/长/重/好/漂亮……</td></tr>
<tr><td>夸　指</td><td colspan="2">介大/长/重/好/漂亮……
ka^{55} dou^{35}/dziaŋ^{224}/dʐyoŋ^{214}/xau^{325}/p'iau$^{55}_{33}$ liaŋ^{55}</td><td>那么大/长/重/好/漂亮……</td></tr>
</table>

这里所谓"直指",意为"直接指称性状"。比如当用手势比画事物的长短、粗细时，就说"格长" [kaʔ⁵ dziaŋ²²⁴]、"格大"[kaʔ⁵ dou³⁵]。所谓"夸指"，意为"夸张地指称"，说话时其意不在表述事物的实际性状，而在传达由于事物性状程度出乎寻常或超出所料而引起的惊叹、嫌恶之类体会和情感，带有夸张意味。如：

吘碗饭介满格，我吃勿□个这碗饭那么满哪，我吃不了的。

køʔ⁵ uø²¹⁴₂₁ vɛ³⁵ ka⁵⁵ mø²¹⁴·kaʔ, ɦɔ²¹⁴ tɕʻyu⁵·føʔ gau²²⁴·kou。

值得注意的是：(1)在天台方言中，"直指"和"夸指"的语法意义的分别，也是用语音交替为手段，交替形式是音节韵母元音的促～舒（－aʔ⁵～－a⁵⁵）；(2)在天台方言中，直指、夸指的形式区分是严格的——直指只能用kaʔ⁵，夸指只能用ka⁵⁵，而在北京话中，直指、夸指并不分别与"这么""那么"对应，"这么"和"那么"各兼有直指和夸指两种功能，夸指的功能用语调来实现。

二　表领属和表修饰的形式区分

在北京话中，名词性偏正短语的两个成分之间如果有助词的话，这个助词一般用"的"，读为·tə(轻声)。在20世纪二三十年代的书面语中，曾经试图用不同的结构助词把名词性偏正短语的领属关系和修饰关系加以区分：领属关系用助词"底"，修饰关系用助词"的"。但是这一实验未能成功。其中主要原因是在北京话中表示这两种关系的助词在语音上完全同一，并无区分，如仅在书面上强为分别，则徒滋纷扰。不过，领属关系和修饰关系是不同性质的语义关系，助词语音形式上的同一并不能掩盖性质上的差异。为了方便，我们在此称表领属关系的"的"为"的₁"，称表修饰关系的"的"为"的₂"。

在天台方言中，相当于北京话的"的₁"和"的₂"的结构助词在语音上也有同一现象，都用□·koʔ：

A. 表领属：

我□小人_{我的孩子} ɦɔ²¹⁴·koʔ ɕiau²¹⁴₂₁ niŋ²²⁴₅₁

老师□书_{老师的书} lau²¹⁴₂₁ sʅ³³·koʔ ɕy³³

中国□香港_{中国的香港} tɕʻyoŋ³³ kuʔ⁵·koʔ hiaŋ³³ kɔ³²⁵

B. 表修饰：

红□被头_{红的被子} ɦoŋ²²⁴·koʔ bi²¹⁴₂₁ dɤu²²⁴

天亮□车票_{明天的车票} tʻiɛ³³ niaŋ³⁵·koʔ tsʻo³³ pʻiau⁵⁵

我拉个做□生活_{我们做的活儿} ɦɔ²¹⁴·laʔ·kou tsou⁵⁵₃₃·koʔ saŋ³³ ɦuəʔ²³

但是，上述A、B两组koʔ的语音同一现象是弱化的结果。如果转换成强调式，两组的koʔ便呈现出分化现象：

A组　·koʔ → kou⁵⁵

我□小人_{我的小孩} ɦɔ²¹⁴·koʔ ɕiau²¹⁴₂₁ niŋ²²⁴₅₁

⇒小人是我个_{小孩是我的} ɕiau²¹⁴₂₁ niŋ²²⁴₅₁ zʅ²¹⁴₁₂₁ ɦɔ²¹⁴ kou⁵⁵。

老师□书_{老师的书} lau²¹⁴₂₁ sʅ³³·koʔ ɕy³³

⇒书是老师个_{书是老师的} ɕy³³ zʅ²¹⁴₁₂₁ lau²¹⁴₂₁ sʅ³³ kou⁵⁵。

中国□香港中国的香港 tɕyoŋ³³ kuʔ⁵·koʔ hiaŋ³³ kɔ³²⁵

　　　　⇒香港是中国个香港是中国的 hiaŋ³³ kɔ³²⁵ zɿ²¹⁴₂₁ tɕyoŋ³³ kuʔ⁵ kou⁵⁵。

　　　B 组　　·koʔ → ·kaʔ

红□被头红的被子 ɦoŋ²²⁴·koʔ bi²¹⁴₂₁ dɣu²²⁴

　　　　⇒被头是红□被子是红的 bi²¹⁴₂₁ dɣu²²⁴ zɿ²¹⁴₂₁ ɦoŋ²²⁴·kaʔ。

天亮□车票明天的车票 t'iᴇ³³ niaŋ³⁵·koʔ ts'o³³ p'iau⁵⁵

　　　　⇒车票是天亮□车票是明天的 ts'o³³ p'iau⁵⁵ zɿ²¹⁴₂₁ t'iᴇ³³ niaŋ³⁵·kaʔ。

我拉个做□生活我们做的活 ɦɔ²¹⁴·laʔ·kou tsou⁵⁵·koʔ saŋ³³ ɦuɐʔ²³

　　　⇒生活是我拉个做□活儿是我们做的 saŋ³³ ɦuɐʔ²³ zɿ²¹⁴₂₁ ɦɔ²¹⁴·laʔ·kou tsou⁵⁵·kaʔ。

　　A 组的 kou⁵⁵ 与天台方言的量词"个"同音,具有同源关系。量词"个"兼用为表领属关系的结构助词,在吴语中较普遍。但 B 组的·kaʔ 不能换读成 kou⁵⁵,可见 B 组的·koʔ～·kaʔ 与 A 组的·koʔ～kou⁵⁵ 似乎并不平行。为了区分二者,可以把 A 组的·koʔ～kou⁵⁵ 写为"个",B 组的·koʔ～kaʔ⁵⁵ 写为"格"。钱乃荣(1992,P1012)认为二者实际上是同一个词,似乎尚可商榷。

三　动词体貌

　　天台方言的动词体貌(aspect)比较复杂,这里仅选择其中几项进行比较。

　　1. 进行体:用□阿₁^①+V (lei²¹⁴·aʔ+V)构成。如:

　　　　佢□阿₁吃饭他在吃饭 gei²²⁴ lei²¹⁴·aʔ tɕyuʔ⁵₁ vᴇ³⁵。

　　　　佢□阿₁瞓觉他在睡觉 gei²²⁴ lei²¹⁴·aʔ k'uɐŋ⁵⁵₃₃ kau⁵⁵。

句中的□[lei²¹⁴]相当于北京话的"在"。"阿₁"[aʔ]是一个语助成分,读轻声,似乎没有实际意义,但我估计可能是 ka³²⁵·tᴇ(那儿)的一个弱化形式。如果比照上海话:

　　　　伊辣海瞓他在睡觉 ɦi¹³ lɐʔ¹³ hᴇ⁵⁵ k'uɐŋ³⁵。

　　　　伊瞓辣海他睡在那儿 ɦi¹³ k'uɐŋ³⁵ lɐʔ¹³ hᴇ⁵⁵。

"辣海"放在动词前表示进行体,放在动词后表示存在,尽管有时不能对应使用(钱乃荣 1992)。正因为"辣海"相当于"在那儿",才有可能置于动词后表示存在。天台方言的 lei²¹⁴·aʔ 相当于上海话的"辣海",不过在天台方言动词的**存在体**中,通常只用·ləʔ ka³²⁵·tᴇ,而不用 lei²¹⁴·aʔ:

　　　进行体:佢□阿₁瞓觉他在睡觉 gei²²⁴ lei²¹⁴·aʔ kuɐŋ⁵⁵₃₃ kau⁵⁵。

　　　存在体:佢瞓□解埒他睡在那儿 gei²²⁴ k'uɐŋ⁵⁵·ləʔ ka³²⁵·tᴇ。

后一句中的□·ləʔ 是 lei²¹⁴ 的弱化形式,通常拟写成音近的"勒"。

　　2. 完成体:表示动作的完成。有两种构成方式,表示的语法意义略有不同,一种可称为"一般完成体",表示在另一动作开始之前某一动作已经完成。其模式是 V₁+阿₂[aʔ]+V₂:

　　吃阿₂走呃吃了走吧 tɕyuʔ⁵·aʔ tsɣu³²⁵ æʔ。

　　吃阿₂瞓,瞓阿₂吃吃吃了睡,睡了吃 tɕyuʔ⁵·aʔ k'uɐŋ⁵⁵,k'uɐŋ⁵⁵·aʔ tɕyuʔ⁵。

---

　　① 天台方言中作为语法成分的"阿"有多种语法意义。本文用"阿₁"表示进行体意义,"阿₂"表示完成体意义,"阿₃"表示在动词和句末疑问副词间起联接作用的语助词,"阿₄"表示"阿₂"和"阿₃"的叠合形式,兼表完成体意义和联接意义。

如果 V₁ 有宾语,宾语置于"阿₂"之后:

　　吃阿₂饭拔走_{吃了饭就走} tɕ'yuʔ⁵·aʔ vɛ³⁵ bæʔ²³ tsʏu³²⁵。

另一种可称为"完成变化体",强调地表示在说话之前某一动作已经完成,并且实现了一种状体的变化。其模式是 V + 阿₂ + 了[lau²¹⁴]:

　　佢吃阿₂了,我还嬼吃_{他吃完了,我还没吃} gei²²⁴ tɕ'yuʔ⁵·aʔ lau²¹⁴,ɦɔ²¹⁴ ɦua²²⁴₂₂ vəŋ²²⁴ tɕ'yuʔ⁵。

"了"的天台东乡音为 lau²¹⁴/·lau 或·ləʔ,西乡音为 iau²¹⁴,水南音为 liau₃₁,县城音为·ləʔ。·ləʔ是 lau²¹⁴/liau₃₁的弱化形式,通常也写作"勒":

　　天晏阿₂勒,好归家勒_{天黑了,好回家了} t'iɛ³³ ɛ⁵⁵·aʔ·ləʔ,hau³²⁵ kʏ³³ ko³³·ləʔ。

"天晏阿₂勒",既有"阿₂"又有"勒",表示"天晏"(天黑)已经完成,且实现了由"亮"到"黑"的变化。"好归家勒","归家"后无"阿₂"有"勒",表示"归家"行为尚未完成,但将实现一种状体变化。如果"归家"行为已完成,就须在其后加"阿₂"。如:

　　放假阿₂了,学生都归家阿₂了 fɔ⁵⁵₃₃ ko³²⁵·aʔ·lau,ɦɔʔ²³₃₁ saŋ³³ tuʔ kʏ³³ ko³³·aʔ·lau。

这个句子在北京话中说成"放假了,学生都回家了。"天台方言的两个语法成分"阿₂"和"了",对应北京话中的一个"了"[·lə]。但北京话实际上存在两个"了":动词后的体貌成分"了₁"和句末的语气助词"了₂"。它们正好分别对应天台方言的"阿₂"和"了":

北 京	天 台
这本书我看了₁三天	吤本书我相阿₂三日 køʔ⁵·pəŋ ɕy³³ ɦɔ²¹⁴ ɕiaŋ⁵⁵·aʔ sɛ³³ niɪʔ²³。
这本书我看了₁三天了₂	吤本书我相阿₂三日了 køʔ⁵·pəŋ ɕy³³ ɦɔ²¹⁴ ɕiaŋ⁵⁵·aʔ sɛ³³ niɪʔ²³·lau。

3. 短暂体和尝试体

在北京话中,持续性自主动词重叠,可以构成动作短暂的语法意义,有时兼有一种尝试性意味(马庆株 1992)。尝试性动作一般比较短暂,但短暂性动作不一定都有尝试性。动词重叠是否带有尝试性,要根据言语情境来推断。如"出去走走,看看",如果指散步、浏览,就不带尝试意味;如果说"穿上走走,看鞋紧不紧",就带有尝试性意味。因此,动词重叠形式实际上是短暂体,而非尝试体。这些情况,天台方言与北京话是相同的。

真正的动词尝试体,在北京话中用动词重叠形式加"看"构成。在天台方言中,与北京话动词"看"(去声)对应的是动词"相"① [ɕiaŋ⁵⁵],于是天台方言的尝试体也就是在动词重叠形式后加上这个"相"构成,与北京话的"VV 看"具有对应性:

问问相_{问问看} məŋ³⁵·məŋ ɕiaŋ⁵⁵　　　　吃吃相_{吃吃看} tɕ'yuʔ⁵·tɕ'yuʔ ɕiaŋ⁵⁵

讲讲相_{说说看} kɔ³²⁵·kɔ ɕiaŋ⁵⁵　　　　读读相_{读读看} duʔ²³·duʔ ɕiaŋ⁵⁵

写写相_{写写看} ɕia³²⁵·ɕia ɕiaŋ⁵⁵　　　　走走相_{走走看} tsʏu³²⁵·tsʏu ɕiaŋ⁵⁵

讨论讨论相_{讨论讨论看} t'au³²⁵₃₂ ləŋ³⁵·t'au·ləŋ ɕiaŋ⁵⁵

活动活动相_{活动活动看} ɦuəʔ²³₃₁ doŋ²¹⁴·ɦuəʔ·doŋ ɕiaŋ⁵⁵

---

　　① 天台方言口语中"看"[kʻɛ³³]只有阴平一读,表示"照看、放牧"意,如"看牛、看羊、看鸡"。北京话去声"看"的词义在天台方言由阴去的"相"承担。

四 语序问题

天台方言和北京话的基本语序还是比较一致的,这里只提出两种情况加以讨论。

(一)句法中谓词和修饰语次序的顺逆问题

北京话中作为基本语序的"修饰语＋中心语"这一顺修饰结构,在天台方言中也是一种普遍常见的结构。如:蛮好很好[mɛ³³ hau³²⁵]、弗疲不坏[føʔ⁵ hiɪʔ⁵]、好好个讲好好说[hau³²⁵ hau³²⁵ kou⁵⁵₅₁ kɔ³²⁵]、慢慢个走慢慢走[mɛ³⁵ mɛ³⁵ kou⁵⁵₅₁ tsʻɤu³²⁵]。与这种顺修饰结构相对的逆修饰结构,天台方言中也有,但仅限于以下两种固定的语义结构类型:

1.V＋**数量**＋凑。这里的"量"可以是名量或动量。量词前的数词"一"通常省略。"凑"[tsʻɤu⁵⁵]相当北京话的"再",表示动作的延续或频次的增添。如:

吃碗凑再吃一碗 tɕʻyuʔ⁵ uø³²⁵₃₂ tsʻɤu⁵⁵　　　　买三斤凑再买三斤 ma²¹⁴ sɛ³³·kiŋ tsʻɤu⁵⁵

等拉日凑再等几天 təŋ³²⁵·laʔ·niɪʔ tsʻɤu⁵⁵　　　坐记凑再坐一会儿 zo²¹⁴·ki tsʻɤu⁵⁵

去埭凑再去一趟 kei⁵⁵·da tsʻɤu⁵⁵　　　　　问声凑再问一声 məŋ³⁵·ɕiŋ tsʻɤu⁵⁵

天台方言中的这个后置成分"凑",在吴语有的地点方言中是"添"。

2.V＋**起**,表示某动作在另一动作之前进行。"起"在这里的意义同"先"。如:

尔走起,我拔就来你先走,我就来 ɦiŋ²¹⁴ tsɤu³²⁵ kʻi³²⁵,ɦɔ²¹⁴ bæʔ²³ lei²²⁴。

让佢眠起,我等记眠让他先睡,我等会儿睡 niaŋ³⁵ gei²²⁴ kʻuəŋ⁵⁵ kʻi³²⁵,ɦɔ²¹⁴ təŋ³²⁵·ki kʻuəŋ⁵⁵。

(二)偏正式复合词中修饰性语素的位置问题

天台方言中偏正式复合词的修饰性语素和中心语素的位置,基本上同北京话一致。不一致的只有:

1. 少数带性别标记的畜禽名词。这类名词在不少南方方言中都有的较普遍的性别标记语素后置现象,天台方言中也有,但似乎较其他南方方言要少些。常见的有"鸡娘[ki³³ niaŋ²²⁴₂₂]、猪娘[tsɿ³³ niaŋ²²⁴₂₂]、牛娘[ŋɤu²²⁴₃₅ niaŋ²²⁴₂₂]、狗娘[kɤu³²⁵₃₂ niaŋ²²⁴]"等少数几种母禽、母畜名称。同"鸡娘"同义并行的有"草鸡[tsʻau³²⁵₃₂ ki³³₃₃]"一词,同"鸡娘"、"草鸡"相对的不是"鸡公"而是"雄鸡[ɦyoŋ²²⁴₃₃ ki³³]",同"猪娘"相对的是"骚猪公猪[sau³³ tsɿ³³]"。这几个雄性动物名词的语素次序又与北京话一致了。

2. 非性别标记的修饰性语素后置。这类复合词更为少见,仅有以下几例:

a.修饰性语素是分类性的:人客[niŋ²²⁴₄₄ kaʔ⁵](客人)

b.修饰性语素是形容性的:米碎[mi³²⁵ sei⁵⁵](碎米)　菜干[tsʻei⁵⁵₃₃ kɛ³³₅₁](干菜)

c.修饰性语素是比喻性的:豹狗[pau⁵⁵₃₃ kɤu³²⁵₃₁](豹子)、蚕蚁[zɔ²²⁴₃₃ ni³⁵](蚁蚕、幼蚕)

上述几例中,"人客"一词并非南方方言独有,东北方言中也有,不过把"人客"读为 zɿ̩ən³⁵tɕiɛ²¹⁴而已。"米碎"一词固然为天台方言所独有,但北方话中的"饼干",东北方言中的"苞米破(子)"

"苞米糙(子)"等词中的"干""破""糙"也是后置的修饰性成分①。另外,北方话中"熊猫""星球""脸蛋""脑袋""脑瓜""石钟乳"等词,与上述天台方言中"豹狗""蚕蚁"等词在结构类型和构词理据上也是一致的(戴昭铭,1982)。还有"羊羔、牛犊、马驹、猪仔儿"等词,其后置的修饰成分表示"幼小"义,它们也都出自北方话。

自从 20 世纪 70 年代以后日本学者桥本万太郎从语法构造特点方面研究亚洲语言的地理类型以来,语序的地域性问题比以往引起了更多的关注。1993 年,美国华盛顿大学亚洲语言文学系余蔼芹(Anne Y. Hashimoto)教授出版了她的新著《汉语方言语法比较研究》,其第 1 章以"语序:中心语 + 修饰语"为题,认为"一般地说,普通话和方言的修饰语在中心词之前,但在南方方言里普遍存在'中心语 + 修饰语'的语序,具体表现在两种逆序现象上:一是句法层面上的'动词 + 副词'结构……二是构词层面上的'中心语素 + 修饰语素'的复合词结构。"(陈满华1996)但据笔者的观察和上文的分析,南方方言中的逆序修饰现象似乎并未达到如余蔼芹教授所言的"普遍存在"的程度。南北方言间修饰语和中心语顺序的差异程度及其性质,似乎已被不适当地夸大了。

五　疑问句

1. **特指问句**:天台方言的特指问句句式与北京话基本相同,只是疑问代词或短语的构成和读音比较特殊。如:

	北京话	天台方言
问人	谁、哪位、什么人	啥人东乡话[zE^{35}/za^{35} $niŋ^{224}$]/哪个 西乡、城关话[no^{214}/lo^{214} kou^{55}]
问物	什么	啥物[za^{35} ɦm$_{35}$]/啥个西乡、城关话[$zo^{35}_{33}ko^{55}$]
问地点	哪里、哪儿	哪去东乡话[no^{214}_{33} k'ei^{55}]/哪埭[no^{214}·tE]
问数目	多少	多少[tou^{33}ɕiau^{325}]
问数量	多重/大/粗/高	喥重/大/粗/长[zau^{35} dzyoŋ^{214}/dou^{35}/ts'u^{33}/dziaŋ^{224}]
问时间	什么时间、啥时候	喥倡zau^{35}tɕiaŋ^{55}
问原因	为什么	为啥物东乡话[ɦy^{35}za^{55}ɦm$_{35}$]/为啥个西乡、城关话[ɦy^{35}zo$^{35}_{33}$ ko^{55}]

2. **是非问句**②。天台方言是非问句的基本格式是 V + **阿** + **疑问副词**。表是非问的句末疑问副词有两个:一个是表示直接否定的"弗"[føʔ^5],相当于北京话的"不";另一个是表示"未曾"义的"嬒"[vəŋ^{224}],相当于北京话的否定副词"没(有)"或文言的"未""未曾""未尝"。根据

---

① "苞米破(子)",一种饲料,把玉米在石磨中压破而成。苞米糙(子),一种成品粮食,把玉米粒去皮压成碎块状,再筛去粉末及胚珠(俗称脐子)而成。东北称小石块儿叫"碴"[tʂ'a^{35}]。"糙"与"碴"为同源同音俗字。
② 在天台方言中,像北京话"V 不 V"这样的"反复问"虽不是绝对没有,但却不多见,一般省略后一 V。故本文统称为"是非问"。

句中"阿"的语法功能,可把天台方言的是非问句分成 A、B 两类:A 类句中的"阿"在 V 和疑问副词起联接作用,记作"阿₃",B 类句中的"阿"兼有"阿₂"加"阿₃"的作用,记作"阿₄"。

A 类:V + 阿₃ + 弗[fø$ʔ^5$]/嬲[vəŋ^{224}]式,例如:

(1)尔晓勒阿₃弗你知道吗 ɦiŋ^{214} hiau^{325}·lə$ʔ$·a$ʔ$ fø$ʔ^5$?

(2)尔去阿₃弗你去吗 ɦiŋ^{214} kʻei^{55}·a$ʔ$ fø$ʔ^5$?

(3)佢拉个新书有阿₃弗? 佰他们有新书吗? 没有 gei^{224}·la$ʔ$·kou ɕiŋ^{33} ɕy^{33} ɦiɤu^{214}·a$ʔ$ fø$ʔ^5$? mɤu$^{334}_{31}$。

句(3)的"弗"也可以用疑问语气词"哦"[·væ$ʔ$],这个"哦"[·væ$ʔ$]实际上是"弗"的弱化形式。在询问身份、需要和可能的是非问句中,这个"弗"已彻底弱化,一般只用"哦"[·væ$ʔ$]而不用"弗",但在作否定式回答时,则须还原,用否定词回答:

(4)尔是学生阿₃哦? 勿是你是学生吗? 不是 ɦiŋ^{214}·zɿ ɦɔ$ʔ^{23}_{21}$·a$ʔ$·væ$ʔ$? fø$ʔ^5_3$ zɿ^{214}。

(5)尔钞票要阿₃哦? 你要钱吗 ɦiŋ^{214} tsʻau$^{325}_{32}$ pʻiau^{55} iau^{55}·a$ʔ$·væ$ʔ$? 猾不用 voŋ^{35}/弗要不要 fø$ʔ^5$ iau^{55}。

(6)盅酒吃勒□阿₃哦? 吃弗□这杯酒喝得了吗? 喝不了·tɕyoŋ tɕiɤu^{325} tɕʻyu$ʔ^5$·lə$ʔ$ gau^{224}·a$ʔ$·væ$ʔ$? tɕʻyu$ʔ^5$·fø$ʔ$ gau^{224}。

句(5)和句(6)的"哦"也可以用"弗"。据此亦可见天台方言是非问句语气词"哦"来源于否定副词"弗"。这与北方话是非问句语气词"吗"来源于否定副词"无"具有平行发展的性质。不同之点在于:北方话演变得快,现代口语中只说"能喝一杯酒吗",而不再说"能饮一杯无"了。

从句(6)的答句可以看出,否定副词"弗"在此句是非问句中是对可能补语□gau^{224}[1] 的否定,不是对谓语动词"吃"的否定。这里再举二例同类句式:

(7)尔走勒快阿₃哦(弗)你走得快吗 ɦiŋ^{214} tsɤu^{325}·lə$ʔ$ kʻua^{55}·a$ʔ$·væ$ʔ$(·fø$ʔ$)?

(8)佢担勒动阿₃哦(弗)他挑得动吗 gei^{224} tE^{33}·lə$ʔ$ doŋ^{214}·a$ʔ$·væ$ʔ$(·fø$ʔ$)?

如果这一句式要表示对进行或经历的疑问,则动词用进行体或经历体,句末否定副词用"嬲":

(9)乃太公还□阿₁做阿₃嬲你太爷爷还在干吗 na$^{214}_{21}$ tʻa$^{55}_{33}$ kŋ$^{33}_{51}$·ɦua lei^{214}·a$ʔ$ tsou^{55}·a$ʔ$·vəŋ?

(10)佢□阿₁瞓阿₃嬲他在睡觉吗 gei^{224} lei^{214}·a$ʔ$ kʻuəŋ^{55}·a$ʔ$·vəŋ?

(11)搭乃姆讲过阿₃嬲跟你妈说过了吗 tæ$ʔ^5_1$ na$^{35}_{35}$ ʔm$_{51}$ kɔ^{325}·ku·a$ʔ$·vəŋ?

(12)尔天台山去过阿₃嬲? 石梁望过阿₃嬲你去过天台山吗? 见过石梁吗 ɦiŋ^{214} tʻiE^{33} tʻei^{33} sE^{33}·kʻei^{55}·ku·a$ʔ$·vəŋ? ʑi$ʔ^{23}_{21}$ liaŋ$^{224}_{51}$ mɔ^{35}·ku·a$ʔ$·vəŋ?

B 类:V + 阿₄ + 嬲[vəŋ^{224}][2] 式,例如:

(1)客走阿₄嬲客人走了吗 kʻa$ʔ^5$ tsɤu^{325}·a$ʔ$·vəŋ?

(2)佢女客讨阿₄嬲他媳妇娶了吗 gei^{224} ny$^{214}_{21}$ kʻa$ʔ^5$ tʻau^{325}·a$ʔ$·vəŋ?

从句(1)(2)的意思看,"嬲"是对动词完成变化体的否定。如前所述,天台方言动词完成变化体

---

① 天台方言的□gau^{224}词汇义为"了结、脱离",多作补语,相当于北京话"吃掉、去掉"的"掉"。
② 嬲[vəŋ^{224}]在句末通常弱读,失去本调。

的模式是“V + 阿$_2$ + 了[lau]”,因此,如果要把句(1)(2)中“完成变化”的语意强调出来,就得说成:

(3)客走阿$_2$ 了阿$_3$ 嬒客人走了吗 k‘aʔ^{5} ts‘ɤu^{325}·aʔ ·lau ·aʔ ·vəŋ?

(4)佢女客讨阿$_2$ 了阿$_3$ 嬒他娶媳妇了吗 gei^{224} ny$^{214}_{21}$ k‘aʔ^{5} t‘au^{325}·aʔ lau^{214}·aʔ ·vəŋ?

句(1)(2)是句(7)(8)的省略式。语流较快时,省略式更为常见。由此可知“阿$_4$”是由“阿$_2$”和“阿$_3$”叠合而成的单位,兼具体貌和关联两种功能。

关于天台方言是非问句中关联语助词“阿$_3$”的来源问题,我们可以从中古汉语反复问句式“V 也无”得到一点启发。这种反复问句由肯定加否定形式构成,而其否定部分的谓词通常省略不说,在肯定部分和否定部分之间有一个“也”字相连。如:

和尚还在也无?(《祖堂集》卷四:《丹霞和尚》)

将饭与阇梨吃底人还有眼也无?(同上)

马有角,你还见也无。(同上书:《药山和尚》)

我们认为,天台方言是非问句中的关联语助词“阿$_3$”与上列 3 句中的“也”是同源的。这不仅从它在同类句式中的相同位置可以得到印证,而且从语音上也可以得到印证。在当代天台方言中,副词“也”有 3 个读音。在书面语“你去,我也去”句中的“也”,读 ɦia^{214}或 ɦiᴇ^{214},这是文读音;这一句意,口语中说成“ɦŋ^{214}kei^{55},ɦɔ^{214}·ɦaʔ kei^{55}”,其中的·ɦaʔ,实际上正是“也”的又一音读。这个·ɦaʔ 与天台方言是非问句中的那个关联语助词“阿$_3$”音近,只是稍带浊喉擦音,语法意义不同。本文是非问句的“阿”不写作“也”,是为了模拟口语读音并避免与“也”的文读音或北京音混淆。

3. **选择问句**:天台方言的选择问的基本式是“(是)A,还是 B”。其中 A、B 可同为 NP 或同为 VP,但需分别指称两种情况。这是与北京话一致的。但天台方言中还有一种由基本式演变而来的省略式,其格式为“(是)A 阿 B”。这个句式中的“阿”与上述是非问句中的“阿$_3$”功能相近,姑且也记作“阿$_3$”:

基本式	省略式
(1)佢是北京人还是上海人?	佢北京人阿$_3$ 上海人?
gei^{224}·zɿ pøʔ$^{5}_{1}$ kiŋ^{33} niŋ$^{224}_{22}$·ɦua ·zɿ zɔ̃$^{214}_{33}$ hei$^{325}_{32}$ niŋ$^{224}_{51}$?	gei^{224} pøʔ$^{5}_{1}$ kiŋ^{33} niŋ$^{224}_{22}$·aʔ zɔ̃$^{214}_{33}$ hei$^{325}_{32}$ niŋ$^{224}_{51}$?
(2)吤只是鸡还是鸭?	吤是鸡阿$_3$ 鸭?
køʔ^{5}·tsaʔ ·zɿ ki^{33}·ɦua ·zɿ æʔ^{5}?	køʔ^{5}·zɿ ki^{33}·aʔ æʔ^{5}?
(3)吤些有三斤还是四斤?	吤些有三斤阿$_3$ 四斤?
køʔ^{5}·ɕiɪʔ ɦiɤu$^{214}_{21}$ sᴇ^{33} kiŋ$^{33}_{21}$·ɦua ·zɿ sɿ^{55} kiŋ$^{33}_{21}$?	køʔ^{5}·ɕiɪʔ ɦiɤu$^{214}_{21}$ sᴇ^{33} kiŋ$^{33}_{21}$·aʔ sɿ^{55} kiŋ$^{33}_{21}$?
(4)尔吃饭还是吃面?	尔吃饭阿$_3$ 吃面?
ɦŋ^{214} tɕ‘yuʔ$^{5}_{1}$ vᴇ^{35}·ɦua ·zɿ tɕ‘yuʔ$^{5}_{1}$ miᴇ^{35}?	ɦŋ^{214} tɕyuʔ$^{5}_{1}$ vᴇ^{35}·aʔ tɕ‘yuʔ$^{5}_{1}$ miᴇ^{35}?
(5)是乃爸好还是乃姆好?	(是)乃爸好阿$_3$ 乃姆好?
zɿ na$^{214}_{24}$ pa$_{51}$ hau^{325} · ɦua · zɿ na$^{214}_{35}$ ʔm$_{51}$ hau^{325}?	na$^{214}_{24}$ pa$_{51}$ hau^{325}·aʔ na$^{214}_{35}$ ʔm$_{51}$ hau^{325}?

北京话的选择问在口语中也有省略式,省略式一般是把"是"和"还是"删除,使两个供选择的NP或VP直接搭拢,而不用"阿₃"相连。这是北京话与天台方言不一致之处。但如果NP过于简短,如上面句(2),在北京话中就得说成"这是只鸡呀鸭呀?"在天台方言中,"鸡阿₃鸭"的"阿₃"是连接词,而北京话中"鸡呀鸭呀"的"呀"是语气词。

六　双宾结构

北京话的双宾结构,通常是 V+O$_间$+O$_直$ 式。天台方言的双宾结构,O$_间$ 和 O$_直$ 有两个不同的位置,因此有两种双宾格式:

A式　V+O$_间$+O$_直$:拨佢(一)本书$_{给他一本书}$ pø?⁵gei²²⁴(·iɪ?)pəŋ³²⁵₃₂ɕy³³

B式　V+O$_直$+O$_间$:拨本书佢$_{给他一本书}$ pø?⁵pəŋ³²⁵₃₂ɕy³³gei²²⁴

A式与北京话次序相同,B式的 O$_直$ 和 O$_间$ 次序与北京话相反。那么,在说话中选择A式或B式的决定条件是什么呢?我们发现,主要是宾语的长度。当两种宾语都比较简短时,无论取A式或B式,O$_间$ 和 O$_直$ 与 V 的距离都不大,听者容易领会说话人的意思,因而如上面"给他一本书"的意思,在天台方言中就有两种句式并用。不过,在上面天台方言的例句中,A式的 O$_直$ 前可以有"一",B式的 O$_直$ 前一般不出现"一"。这表明B式有使 O$_直$ 更为简短的需要。这种需要构成一种选择条件:如果 O$_间$ 简短而 O$_直$ 冗长,则取A式。因而像下面这个句子就不可能用B式而只能用A式:

乃娘拨阿小人一百块压岁钿$_{你奶奶给了小孩儿一百元压岁钱}$。

na³⁵₂₁₄ niaŋ²²⁴₅₁pø?⁵·a? ɕiau³²⁵₃₂niŋ²²⁴₅₁ iɪ⁵₁pa?⁵·kʼuei æ?⁵₁ɕy⁵⁵₃₃diɛ²²⁴₃₃₄。

这一选择条件之所以成立,是因为 O$_间$ 作为承载"给予对象"的语义单位,是表现动作目标的,如果远离动词,V 和 O$_间$ 的语义联系就削弱了,使得"动作目标"的信息过于滞后出现,结构上也有一种不紧凑感。为了弥补这些缺憾,当需要用B式的次序时,天台方言就在 O$_间$ 前再重复一次 V,于是有C式:

C式　V+O$_直$+V+O$_间$:

乃娘拨阿一百块压岁钿拨小人。

na³⁵₂₁₄niaŋ²²⁴₅₁pø?⁵·a? iɪ⁵₁pa?⁵·kʼuei æ?⁵₁ɕy⁵⁵₃₃diɛ²²⁴₃₃₄ pø?⁵₁ɕiau³²⁵₃₂niŋ²²⁴₅₁。

即便当 O$_直$ 较简短时,现在也经常使用C式:

我拨本书拨尔$_{我给你一本书}$ ɦɔ²¹⁴pø?⁵·pəŋ ɕy³³·pø? ɦŋ²¹⁴。

在天台方言的双宾语结构类型中,A式已成为使用频率较高的强式结构,其次是C式。B式的地位已趋于式微,且多限于 O$_间$ 和 O$_直$ 都较简短的日常语句中。

余蔼芹在她1993年出版的著作中认为至今"南方方言基本上用B式"(据陈满华1996),这一断言不符合当前天台方言的实际状况,也不符合钱乃荣(1992,P1048—1049)对当代吴语实地调查后所作的描述。笔者统计了钱氏在当年赵元任调查过的33个地点记录的表示"我给你一本书"的当代说法,结果是:仅用A式的6处,A、B二式兼用的20处,A、C二式兼用的2

处,A、B、C 三式兼用的 3 处,用其余句式的 2 处①,没有一个地方纯用 B 式。在二式或三式兼用的地方,A 式一般都已成为首选格式。A 式双宾语句在当代吴语中的主导地位,是北方话影响的结果。

七 其 他

(一)量词的定指作用和处置式

同吴语其他方言点一样,天台方言中量词加于名词前有定指作用,而不加量词的名词往往表示不定指:

不　定	有　定
客来了有客人来了 k'a?⁵ lei²²⁴·lau。	个客走阿₂了那客人走了·ko? k'a?⁵ tsɤu³²⁵·a?·lau。
脚踏车有勒用有自行车骑 kia?¹⁵ dæ?²³₂₁ ts'o³³₅₁ ɦiɤu²¹⁴·lə? ɦyoŋ³⁵。	只脚踏车倒阿₂了这台自行车坏了·tsa? kia?¹⁵ dæ?²³₂₁ ts'o³³₅₁ tau³²⁵·a?·lau。

量词前加虚指数词"拉"[·la?](<两),也有定指作用:

拉个客走阿₂嬭那几个客人走了吗 la?₂·kou k'a?⁵ tsɤu³²⁵·a?·vəŋ?
不过所谓定指作用都须在特定语境(现场)中才能实现,因此这种用法也可以看作量词前省略了指示代词。

实指数量不能表示有定,不能说"*三个客走阿₂了"[*sɛ³³·kou k'a?⁵ tsɤu³²⁵·a?·lau],而要说"解三个客走阿₂了"那三位客人走了[ka³²⁵ sɛ³³·kou k'a?⁵ tsɤu³²⁵·a?·lau]。

天台方言中与北京话表示处置意义的介词"把"相对应的语法单位是"搭"[tæ?⁵]。由于被处置的对象都是有定的,天台方言就把相应的量词(或虚指的数词"拉"[·la?]加量词)置于受事宾语前表示处置。如:

搭张桌揩记欸把桌子擦一下呀 tæ?¹⁵ tɕiaŋ³³ tɕyo?⁵ k'a³³·ki ?ɛ₃₁!
我搭拉件衣裳洗阿拔走我把这几件衣服洗了就走 ɦo²¹⁴ tæ?¹⁵·la? giɛ²¹⁴₂₁ i³³₅₅ zɔ²²⁴₂₂ ɕi³²⁵·a? bæ?²³ tsɤu³²⁵。

(二)差比结构

天台方言的差比结构用"A+是+B+ADJ"的格式表示。其中 A 和 B 表示两个比较对象,可以同为 NP 或 VP,ADJ 表示比较项目,通常用性质形容词。北京话的差比结构是"A+比+B+ADJ"。两地的差比结构形式上近似,但语义指向并不同:北京话的 ADJ 是描述 A 的,天台方言的 ADJ 是描述 B 的:

① 这 2 处为黄岩、余姚。黄岩除用 A 式外,还用"我书拨本你"的说法,余姚则仅用"我书则依一本"一式。

北京：小王比小李高(＝小王高)

天台：小王是小李长[ɕiau³²⁵₃₂ ɦuɔ²²⁴·zɿ ɕiau³²⁵₃₂ li²¹⁴₃₁ dʑiaŋ²²⁴]（＝小李高）

北京：躺着比坐着舒服(＝躺着舒服)

天台：倒阿是坐阿好过[tau³²⁵·aʔ zɿ zo²¹⁴·aʔ hau³²⁵₃₂ ku⁵⁵]（＝坐着舒服）

如果要表达"小王比小李高"的意思，天台方言就得说成"小李是小王长"[ɕiau³²⁵₃₂ li²¹⁴₃₁·zɿ ɕiau³²⁵ ɦuɔ²²⁴dʑiaŋ²²⁴]。如果要表达"躺着比坐着舒服"的意思，天台方言就得说成"坐阿是倒阿好过"[zo²¹⁴·aʔ·zɿ tau³²⁵·aʔ hau³²⁵₃₁ku⁵⁵]。

在动词谓语句中用补语表示比较结果，北京话"他比我跑得快"的意思，用天台方言说就是"我逃勒是佢快"[ɦɔ²¹⁴ dau²²⁴·ləʔ zɿ gei²²⁴ kʻua⁵⁵]。二者补语的语义指向也是不一致的。

参考文献

[1]吕叔湘.汉语语法论文集[C].北京:科学出版社.1955.

[2]袁家骅.汉语方言概要(第二版)[M].北京:文字改革出版社.1983.

[3]赵元任.现代吴语的研究[M].北京:科学出版社.1956.

[4]钱乃荣.当代吴语的研究[M].上海:上海教育出版社.1992.

[5]陈满华.《汉语方言语法比较研究》评介[J].国外语言学.1996(1).

[6]马庆株.汉语动词和动词性结构[M].北京:北京语言学院出版社.1992.

[7]戴昭铭.一种特殊结构的名词[J].复旦学报.1982(6).

第七章　天台方言的代词

一　人称代词

(一)基本人称:指第一、二、三人称的单、复数形式。

天台方言的人称代词系统如下表:

数 人称	单数	复数	
		完全式	省略式
第一人称	我[ɦɔ²¹⁴]	我拉个[ɦɔ²¹⁴·laʔ·kou]	我拉[ɦɔ²¹⁴·laʔ]
第二人称	尔[ɦŋ²¹⁴]	尔拉个[ɦŋ²¹⁴·laʔ·kou]	尔拉[ɦŋ²¹⁴·laʔ]
第三人称	佢[gei²²⁴]	佢拉个[gei²²⁴·laʔ·kou]	佢拉[gei²²⁴·laʔ]

需要说明的几点是:

1. 天台方言单数第一、二人称代词"我""尔"仍保留着明显的中古阳上调的特征,而单数第三人称代词至今仍读阳平,与第一、第二人称代词的阳上调有明显的区别。吴语有的次方言中,来源于"其"的第三人称代词的阳平声调受了第一、二人称的感染,也读成阳上了,但天台方言至今未有这种迹象。

2. "佢"是一个俗字,它在中古以后许多文献中曾被写成"渠",但作代词的"渠"也是一个借音字。其本字,今人认为就是上古表领有的三身代词"其"。我们不取"渠"和"其"的字形,主要是由于在读音上"渠"[gy²²⁴]、"其"[gi²²⁴]与第三人称代词的[gei²²⁴]尽管声母、声调一致,但韵母差异明显,难以产生同一感。另外"渠""其"都另有字义,借其字形则易致理解上的困扰。"佢"字虽僻,但作为第三人称代词的标记形式却是独一无二的,不致有误会的可能。

3. "佢"的所指,不仅包括人的两性,并且包括人以外的动物、植物和非生物。就是说,它相当于北京话书面语"他、她、它"三个词的加合。

4. 人称代词复数完全式中的"拉个"来源于"两个",其省略式中的"拉"即来源于"两"。在拙文《天台话的几种语法现象》和《历史音变和吴方言人称代词复数形式的来历》①中对此均已有论述,兹不赘述。

5. 天台方言另有一个第一人称复数的代词形式"我等"[ɦɔ²¹⁴·təŋ]。与"我拉个/我拉"相比,不同之处在于:"我等"有强调包括对方在内的意思,类似北京话的"咱们";而"我拉个/我拉"一般只指相对于"尔拉个/尔拉"或"佢拉个/佢拉"的自己一方的同伙,不一定包括听话的对方。如:

①我等走,嫑□理佢我们走,不要理他! ɦɔ²¹⁴·təŋ tsɣu³²⁵, hiau⁵⁵ ɕyʔ⁵ gei²²⁴₂₂!

---

① 两文分别刊载于《方言》1999 年第 4 期和《中国语文》2000 年第 3 期(已收入本书)。

②姆啊快渧来,佢拉个要打我拉个_{妈呀快来,他们要打我们}! ʔm⁵¹ma kʻua⁵⁵·ti lei²²⁴, gei²²⁴·laʔ·kou iau⁵⁵₃₃ taŋ³²⁵ ɦɔ²¹⁴·laʔ·kou!

句①的"我等"包括听话一方,句②的"我拉个"不包括听话一方。但是正像北京话的"我们"可以代替"咱们"使用,而"咱们"不能代替"我们"一样,天台方言的"我拉个/我拉"也往往可以指包括听话的对方在内的"大家":

③票买好了,我拉三人天亮_{明天}随队—起走 pʻiau⁵⁵ ma³²⁵ hau³²⁵·lau,ɦɔ²¹⁴·laʔ sɛ³³niŋ²²⁴ tʻiɛ³³niaŋ⁵⁵ ʑy²²⁴₃₃ dei²²⁴ tsɤu³²⁵。

单数第二、三人称的代词"尔""佢"均不能后加"等"构成复数。

6.天台方言人称代词没有敬称形式

(二)其他人称:指除了基本人称以外的指称人的代词。

1.大家人①[da³⁵₃₃ kõ³³ niŋ⁵¹₅₁]:全称代词,义同北京话的"大家",指代一定范围的全体人。这里的"范围",可以包括说话人,也可以不包括说话人。如:

④大家人坐好,开会了 da³⁵₃₃ kõ³³ niŋ⁵¹₅₁ zo²¹⁴ hau²¹⁴,kʻei³³ ɦuei³⁵·lau。(不包括说话人)

⑤大家人都望尔转来_{大家盼你回来} da³⁵₃₃ kõ³³ niŋ⁵¹₅₁ tuʔ⁵ mɔ̃³⁵ ɦŋ²¹⁴ tɕɤø³²⁵·ləʔ。(包括说话人)

有时,"大家人"也可指较抽象的"集体""全体":

⑥公社个土地是大家人个 kŋ³³ zo²¹⁴₃₁·koʔ tuʔ³²⁵ di³⁵·ʐ̩ da³⁵₃₃ kõ³³ niŋ²²⁴·kou。

天台方言中没有"大伙儿"、"大家伙儿"等词。

2.别个[biæʔ²³₂₁ kou⁵⁵]/别人[biæʔ²³₂₁ niŋ²²⁴]:另称代词,义同北京话"人家"、"别人"和上海话的"别人家",泛指另外的人:

⑦嫑拨别个相着_{别给人家看见}! hiau⁵⁵ pøʔ⁵ biæʔ²³₂₁ kou⁵⁵ ɕiaŋ⁵⁵ diaʔ²³!

句中的"别个"也可换成"别人"。但"别个"也可以用来指说话人自己,多带有嗔怪意味,这正像北京话的"人家"、"别人"和上海话的"别人家"也可以用来指说话人自己一样。如:

⑧别个孬过,尔嫑来绕_{人家不舒服,你别来缠}! biæʔ²³₂₁ kou⁵⁵ fau₅₁ ku⁵⁵,ɦŋ²¹⁴ hiau⁵⁵·ləʔ niau³⁵!

3.自己[ʐ̩²²⁴₃₃ ki³²⁵]:反身代词,意义和用法均与北京话的"自己"、上海话的"自家"一样。但天台话中无"自家"一词。

自[ʐ̩²²⁴]:也是一个反身代词,与"自己"性质相同,但带有文言意味,很少独立使用,多用在合成词和固定短语中,如(来自书面文言的不录):

合成词:自留山 自来水笔_{钢笔} 自来火_{火柴} 自鸣钟_{能报时的钟}

固定短语:自讲自听_{自言自语} 自顾自 将心比自 自吃自做_{自食其力}

4.各人[kəʔ⁵₁ niŋ²²⁴]/各个[kəʔ⁵₁ kou⁵⁵]:分称代词,相当于北京话的"各自",用以称代某一范围内的每一个人。如:

⑨各人记牢自己个号头 kəʔ⁵₁ niŋ²²⁴ ki⁵⁵ lau²²⁴ ʐ̩²¹⁴₃₃ ki³²⁵·koʔ ɦau³⁵ dɤu²²⁴。

普通话的"各个"有"逐个"的意思,天台话的"各个"有时更偏重于遍指"每个",接近于"众人"、"大家":

---

① "大家人"的"家"的韵母受后字"人"声母的同化而成为鼻化音。

⑩我特地来讲拨_给各个听 ɦɿ²¹⁴ dø²₂ᵢ²³ di³⁵ lei²²⁴ ko̍³²⁵ puə²⁵ ko²⁵ kou⁵⁵ t'iŋ³³。

"各人"和"各个"在通常情况下可以互换。但口语中一般不用"各自",用"各自"时带有文腔。

二 亲主代词"乃"

"乃"[na²¹⁴]的意义是"你的/你们的",后接亲属称谓名词,表示对方与某人的某种亲属关系。"亲主"一词是本人杜撰,是对"物主"一词的仿拟。之所以叫"亲主"不称"物主",是因为"乃"后只能接亲属称谓,而不能接普通名词。

天台方言表领有的结构助词是"个"[ko²]。结构助词"个"[ko²]是由量词"个"[kou⁵⁵]弱化、促化和语法化后形成的。领有关系的结构式是 N₁ + 个[ko²] + N₂(N₁ 可以是名词或人称代词)。当 N₁ 是第二人称代词时,就与"乃 + N₂"构成同义格式。

北京话	天 台 话	
	A 式	B 式
你(的)母亲／妈妈	乃姆 na²¹⁴₃₃ ²m₅₁	尔个姆 ɦŋ²¹⁴·ko² ²m₅₁
你(的)舅舅	乃娘舅 na²¹⁴₃₃ niaŋ²²⁴₃₃ giɣu²¹⁴₃₁	尔个娘舅 ɦŋ²¹⁴·ko² niaŋ²²⁴₃₃ giɣu²¹⁴₃₁

"乃"后面可承接的亲属称谓名词很多,几乎包括所有亲属,如:

乃伯_{你爸爸} na²¹⁴₃₃ paŋ³¹　乃爷_{你爷爷} na²¹⁴₃₃ ɦia²²⁴₅₁　乃娘_{你奶奶} na²¹⁴₃₃ niaŋ₅₁²²⁴

乃叔_{你叔叔} na²¹⁴₃₃ ɕyu²⁵　乃婶_{你婶子} na²¹⁴₃₃ ɕiŋ³²⁵₃₁　乃娘姨_{你姨妈} na²¹⁴₃₃ niaŋ²²⁴₃₃ ɦi₅₁²²⁴

乃太公_{你太爷爷} na²¹⁴₃₃ t'a⁵⁵₃₃ kŋ³³₅₁　乃太婆_{你太奶奶} na²¹⁴₃₃ t'a⁵⁵₃₃ bou₅₁²²⁴　乃妖_{你姐姐} na²¹⁴₃₃ da³⁵₅₁

乃弟_{你弟弟} na²¹⁴₃₃ di²¹⁴₃₁

这些 A 式组合中的"乃"也都可以换成"尔个"构成 B 式。但是两种格式还是有差别的:在感情色彩上,A 式显得比较自然随便,B 式显得比较正式严肃;在语用上,B 式有强调与第一、三人称领有关系的对立的意味儿,A 式无此强调的意味儿。另外,"乃"本身即是"你的/你们的"的意思,其词内已包含了领有关系的语法意义在内,故不能再加结构助词"个"[ko²]。如不能说"乃个爷",只能说"乃爷"。

"乃"的这一用法,是古代汉语语法在天台话存留的痕迹。然而现代天台话在保留和继承古代汉语"乃"的这一用法的同时,又衍生出了新的用法。有两种衍生用法:

第一种:在"乃 + 亲属称谓"的结构前再赘上单数第二人称代词"尔"[ɦŋ²¹⁴],意思并未变化,而且可与带结构助词"个"[ko²]的表领有结构构成平行形式:

乃伯_{你爸爸} na²¹⁴₃₃ pa²⁵→paŋ₃₁ = 尔乃伯 ɦŋ²¹⁴₃₃ na²¹⁴₃₃ pa²⁵→paŋ₃₁ = 尔个伯

乃姆_{你妈妈} na²¹⁴₃₃ ²m₅₁ = 尔乃姆 ɦŋ²¹⁴₃₃ na²¹⁴₃₃ ²m₅₁ = 尔个姆

乃妖_{你姐姐} na²¹⁴₃₃ da³⁵₅₁ = 尔乃妖 ɦŋ²¹⁴₃₃ na²¹⁴₃₃ da³⁵₅₁ = 尔个妖

一些常用的亲属称谓,在作第二人称领有的表述时,常有这种衍生的叠架表述法。这种用法开头的"尔"是个羡余成分。

第二种:在"乃 + 亲属称谓"的结构前加上"佢"[gei²²⁴]表示单数第三人称的领有关系。如:

佢乃伯他/她的父亲 gei$_{33}^{224}$ na$_{33}^{214}$ paʔ^5→paŋ$_{31}$ ＝佢个伯 gei^{224}·koʔ paʔ^5→paŋ$_{31}$

佢乃姆他/她的母亲 gei$_{33}^{224}$ na$_{33}^{214}$ ʔm$_{51}$ ＝佢个姆 gei^{224}·koʔ ʔm$_{51}$

佢乃冷饭舅他的内弟 gei$_{33}^{224}$ na$_{33}^{214}$ laŋ$_{21}^{214}$ vɛ$_{33}^{35}$ giɤu$_{31}^{214}$ ＝佢个冷饭舅 gei$_{33}^{224}$koʔ laŋ$_{21}^{214}$ vɛ$_{33}^{35}$ giɤu$_{31}^{214}$

第二种是由第一种的"不正确类推"产生的。在这两种衍生用法中,"乃"在语法结构中的位置都与结构助词"个"[·koʔ]对应,但是"乃"并不是结构助词,因为"乃"的这一用法不能类推到其他结构中去。如:

北京话	天台话说法	不能类推的天台话"乃"字用法
我的母亲	我姆/我个姆	＊我乃姆
我的父亲	我伯/我个伯	＊我乃伯
你的朋友	尔个朋友	＊尔乃朋友
你的钢笔	尔个钢笔	＊尔乃钢笔
他的活计	佢个生活	＊佢乃生活
他的钱	佢个钞票	＊佢乃钞票
你们的姐姐	尔拉个个妶	＊尔拉个乃妶
他们的房子	佢拉个个屋	＊佢拉个乃屋

可见:1. 第一人称的领有关系结构中不能用"乃"替换"个";2. 即便是第二、三人称,当代词为单数时,表示对亲属以外事物的领有也只能用"个"而不能用"乃";3. 代词为第二、三人称复数时,无论被领有者是亲属还是其他事物,均不能用"乃"。这说明"乃≠个"。

三　指示代词

天台方言的指示代词可分为两大类:指代事物的指名代词和指代性状的指形代词。

(一)指名代词

指名代词的基本形式是近指的"吓"[køʔ^5]和远指的"解"[ka^{325}],在语义上分别对应于北京话的"这"和"那";在语音上,北京的"这"和"那"现在已看不出什么联系,天台的"吓"[køʔ^5]和"解"[ka^{325}]则是一对明显的语音交替形式。近指的"吓"[køʔ^5]可能起源于个体量词和结构助词"个(箇)"。远指的"解"[ka^{325}]的起源已不大容易考察。仅从目前的共时状态看,天台方言近指和远指的语法意义的表示,确实是由韵母和声调的差异造成的。这种差异是很典型的语音交替。在城关地区,"解"在部分字词前变读为"改"[kei^{325}],可能系"解"与"一"的合音。

在用法上,和北京话"这""那"相似的是,"吓"和"解"都可以与一些常用名词组合构成指称。如:

⑪吓人真赠见过这人真没见过 køʔ^5 niŋ^{214} tɕiŋ^{33} vəŋ^{224} kiɛ^{55}·ku!

⑫解年尔来过一埭那年你来过一次 ka^{325} niɛ$_{22}^{224}$ ɦŋ^{214} lei^{224}·ku iɪ^5 da^{35}。

⑬解瓶有吓瓶好那瓶不如这瓶好 ka^{325} biŋ$_{51}^{224}$ mɤu^{224} køʔ^5 biŋ$_{51}^{224}$ hau^{325}。

但是,在与名词实现组合的可能性方面,"吓"、"解"似乎稍弱于"这"、"那"。就是说,在语言使用中,"这/那＋名词"的使用频率要高于"吓/解＋名词"。在北京话中许多"这/那＋名词"的意

思,用天台话说时往往在指示代词和名词之间加一个量词。"吽/解"与名词的组合常受限制,与量词的组合却几乎不受限制。如:

组合可能\量词 指示代词	个	隻	本	支	爿	件	张	盏	把	间	斤	担	桶	袋	碗	日	月	头	边
吽	+	+	+	+	+	+	+	+	+	+	+	+	+	+	+	+	+	+	+
解	+	+	+	+	+	+	+	+	+	+	+	+	+	+	+	+	+	+	+

表中"桶、袋、碗、日、月"是普通名词兼为量词,即"准量词",(其实上面的句⑫⑬也可以看作此类"准量词"),而"头、边"已不表示计量单位,而表示一种抽象概念"地带"。正因为"吽/解"与量词之间具有极强的亲和力,当某些表示类型性概念的准量词经常与"吽/解"共现后,就形成了有固定意义的复合型指代词。常用的复合型指示代词有:

意义	近 指	远 指
指地点	吽埭这儿、这里 $kø?^5$ t_{E31}	解埭那儿、那里 ka^{325} t_{E31}
指地带/行列	吽塚这一带/一趟 $kø?^5$·da	解塚那一带/一趟 ka^{325}·da
指时间	吽□这时、现在 $kø?^5$·tɕiaʔ	解□那时、当时 ka^{325}·tɕiaʔ
指范围	吽边这边 $kø?^5$·piɛ	解边那边 ka^{325}·piɛ
指种类₁	吽种这种 $kø?^5$·tɕyoŋ①	解种那种 ka^{325}·tɕyoŋ
指种类₂	吽档这种 $kø?^5$·tɔ̃	解档那种 ka^{325}·tɔ̃
指性状	吽样这样 $kø?^5$·ɦiaŋ	解样那样 ka^{325}·ɦiaŋ
指不定数量	吽些这些 $kø?^5$·ɕiɪʔ	解些那些 ka^{325}·ɕiɪʔ
指少量₁	吽渧这点儿 $kø?^5$·ti	解渧那点儿 ka^{325}·ti
指少量₂	吽眼这点儿 $kø?^5$·ŋɛ	解眼那点儿 ka^{325}·ŋɛ

在这些复合型指示代词中,基本形式"吽/解"后的语素一般已失去本调,读为轻声,其语义也有些虚泛化,类似一个词缀了。

复合型指示代词在功能上的特点,就是它是一个自由程度极强的、能独立使用的名词性单位,可以出现在主语、宾语、定语的位置上代替名词。如:

⑭吽埭是哪埭这儿是哪儿 $kø?^5$ t_{E31} z_{l21}^{214} no^{214} t_{E31}?

⑮我弗要吽档,要解档 $ɦɔ^{214}$ $fø?^5$·iau^{55} $kø?^5$·tɔ̃, iau^{55} ka^{325}·tɔ̃。

⑯吽眼钞票忒少这点钱太少 $kø?^5$·ŋɛ ts'au$_{32}^{325}$ p'iau^{55} t'ø?^{5} ɕiau^{325}。

但是,指示代词基本形式"吽/解"就缺乏这样的独立性和自由度,它们很少单独作一个句子成分,尤其是主语和宾语。在这个意义上可以说,复合型的指示代词才是真正的指示代词,"吽"、"解"倒像一个有指示作用的助词。

"埭",《集韵》入声盍韵德盍切,义为"地之区所",即今"地方、地点"之意。"德盍切"折合成天台话音为 tæʔ^5,按变音(小称变调)的规则,正好读 t_{E31}②。在天台话中"埭"[t_{E31}]仍是一个非常活跃的语言单位,除了作指示代词和疑问代词的语缀构成"吽埭这里、解埭那里、哪埭"以外,

---

① "种"在这一词中除读 tɕyoŋ 外,也常变读成 tsoŋ。
② 参见本书第四章《天台方言的变音》。

还可以单独用在名词、动词、介词后,词义也由"地之区所"扩大为泛指事物之"所在"。

A. 名词人称代词+埝,表示名词所指事物的近旁或所在:

⑰到乃姆埝去到你妈那儿去 tau$_{11}^{55}$ na$_{33}^{214}$ ʔm$_{51}$ tE$_{31}$ kei^{55}!

⑱到娘埝来到奶奶这儿来 tau$_{11}^{55}$ nian$_{51}^{224}$ tE$_{31}$ lei^{224}!

⑲东乡埝人讲话有淋各式个东乡一带人说话有点儿特别 toŋ^{33} hiaŋ^{33} tE$_{31}$ niŋ^{224} kɔ̃$_{32}^{325}$ ɦuo^{35} ɦiɤu^{214}·ti kɔʔ$_{1}^{5}$ ɕiɪʔ^{5}·ko。

⑳锁匙拔在本书边勒埝喏钥匙就在那本书的旁边儿哪 so^{325} z$_{1}^{224}$ bæʔ$_{\underline{23}}$ lei^{214} pəŋ^{325} ɕy^{33} piE$_{51}$·lǝʔ tE^{31} no$_{31}$!

㉑尔埝是我埝好我这儿比你那儿好 ɦŋ^{214} tE$_{31}$ z$_{21}^{214}$ ɦɔ^{214} tE$_{31}$ hau^{325}。

B. 动词+埝或介词+埝,表示行为动作的起迄点或顺沿地带:

㉒哪日有空到埝来哪天有空到这儿来 ki^{33} niŋ$_{31}$ ɦiɤu^{214} kŋ^{55} tau$_{11}^{55}$ tE$_{31}$ lei^{224}。

㉓梗刺戳埝嚩拔出来有根刺扎在这儿没拔出来 kuaŋ^{325} tsʔ^{55} tɕyɔʔ^{5} tE$_{31}$ vəŋ^{224} bæʔ$_{\underline{23}}$ tɕyʔ^{5} lei^{224}。

㉔等记有军队摸埝过等会儿有军队从这儿经过 təŋ^{325}·ki ɦiɤu$_{21}^{214}$ kyoŋ^{33} kei^{35} dei^{35} mɔʔ^{5} tE$_{31}$ ku^{55}。

从上面句⑰到句㉔看,"埝"对应北京话的"这儿"或"那儿",似乎它单独有指示代词的功能。在一定语境中"埝"确实如此。如:

㉕埝,埝,埝,相着也嚩这儿,这儿,这儿,看见了吗 tE$_{31}$,tE$_{31}$,tE$_{31}$,ɕiaŋ^{55} dʑiaʔ$_{\underline{21}}^{23}$·ɦa vəŋ^{224}?

此句的"埝"虽然相当于北京话的指示代词"这儿",但实际上这仍然属于语境中的省略:"埝"前省了表指示的"吓"[køʔ^{5}]。正因为是省略,所以可以再恢复,"埝"前加上"吓",意思不变。对⑱—㉕句中的"埝",也可以看作它们的前面省了一个"吓"或"解",句中的"埝"本身并无指示功能,更不是指示代词。另外,指示代词的基本形式是有复合构词功能的,"埝"也不具备这一功能。因此,本文不把"埝"视为代词,而把它的复合形式"吓埝、解埝"和"哪埝"分别视为指示代词和疑问代词。

(二)指形代词

"指形代词"不直接代替形容词,而是放在形容词前指称该形容词所表示的事物性状在大小、高低、长短、好坏、美丑、香臭……等等方面表现出来的程度。可分为直指和夸指两类。

1. 直指:直接指称性状,不作修饰夸张。有"格"、"格子"、"解子"三个。

1)格[kaʔ^{5}]:直指代词的基本形式,意为"这么"。"格"[kaʔ^{5}]一般不单独使用①,只与形容词组成"格A"的格式。比如用手势比画事物的长短、大小时,就是"格长、格大"[kaʔ^{5} dʑiaŋ^{224}、kaʔ^{5} dou^{35}]。在句法功能上,"格A"为形容词性,可充当主语、谓语、定语、补语等成分。

㉖格红忒红,淡滞好这红么太红,淡点儿好 kaʔ^{5} ɦŋ^{224} tʰøʔ^{5} ɦŋ^{224},dE^{214}·ti hau^{325}。

㉗小人格大了小孩儿这么大了 ɕiau^{325} niŋ$_{51}^{224}$ kaʔ^{5} dou^{35}·lau。

㉘格难相难看个衣裳我弗要 kaʔ^{5} nE^{224} ɕiaŋ^{55}·kɔʔ i^{33} zɔ$_{22}^{224}$ ɦɔ^{214} føʔ^{5} iau^{55}。

㉙吓人变勒格歪,嚩忖着这人变得这么坏,想不到 køʔ^{5} niŋ^{224} piE^{55}·lǝʔ kaʔ^{5} ua^{33},vəŋ^{224} tsʰəŋ^{325} dʑiaʔ$_{\underline{21}}^{23}$!

---

① "格"[kaʔ^{5}]用作连词表示复句间的推断性关联时,可以独用,但又是另一种词性了,应当别论。

2)格子[kaʔ⁵·tsɿ]:直指代词的复合形式,指代某种性状、样子。按其词形推断,"格子"应当是"格样子"的简缩形式。但现在"格样子"已不常说,"格子"已成型,意义就是"这样、这么、这么样"。与"格"不同的是,由于"格子"一词本身的语素"子"已有"性状、样子"的意思,所以无须再加上形容词即可独立使用:

㉚格子拔好_{这样就好} kaʔ⁵·tsɿ bæʔ²³ hau³²⁵。

㉛拔格子,拔格子_{就这样,就这样} bæʔ²³ kaʔ⁵·tsɿ,bæʔ²³ kaʔ⁵·tsɿ!

㉜格子个东西呒告用_{这样的东西没什么用} kaʔ⁵·tsɿ koʔ toŋ³³ ɕi³³ ɦm²²⁴₃₃ kau₃₃ ɦyoŋ³⁵。

㉝格子眍睡比较舒服 kaʔ⁵·tsɿ k'uəŋ⁵⁵ pi³²⁵₃₂ kau₃₃⁵⁵ ɕy³³ vuʔ²³。

3)解子[kaʔ³²⁵·tsɿ]:与"格子"[kaʔ⁵·tsɿ]相对,意为"那样、那么、那么样"。这一词也是个复合形式。与"格子"的来源类似,"解子"是由远指代词"解"加上"样子"后在缩合过程中脱落了"样"形成的。在指代功能上,"解子"也是直指。但"格子"用得较经常,而"解子"只是在强调"不是这样,而是那样"时才使用。如:

㉞嫑格子装,解子装装相_{不要这样搞,那样搞搞看} hiau⁵⁵ kaʔ⁵·tsɿ tsõ³³,kaʔ³²⁵·tsɿ tsõ³³ tsɔ ɕiaŋ⁵⁵。

2.夸指:即"夸张地指称"。用夸指代词时用意不在表述事物的实际性状,而在表达由于事物性状程度超过预料或出乎寻常所引发的情感,有夸张、惊叹或嫌恶意味。

夸指代词有"介"、"介子"两个。

1)介[ka⁵⁵]:夸指代词的基本形式,意为"这么、那么"。在语用功能上,"介"[ka⁵⁵]与"格"[kaʔ⁵]的区别不在于远近,而在于夸指和直指的对立。二者在语法分布上也无差别:凡是能与"格"[kaʔ⁵]组合的形容词,"介"也能与之组合,而且凡是"格A"能出现的地方,都可用"介A"替换。用"介A"还是用"格 A",区别只在于言语使用者主观上夸张意味的有无。如上文中例句㉖至㉙中的"格"均可以用"介"替换,替换后增加的仅是情感、语气和意味。正是由于这一点,天台话的"格"、"介"与北京话的"这么"、"那么"并不存在对应关系。例如:

㉟格会!介会略! kaʔ⁵ ɦuei³⁵! ka⁵⁵ ɦuei³⁵·ka!
这是一句夸奖儿童能干的话。"会"的意义即"能干"。第一句用平直的语调说,用"格",第二句用夸张、鼓励的语调说,用"介"。这两句的意思用北京话说,得说成"这么能干! 这么能干啊!"两句都用"这么",第二句不用"那么",是因为是当面说现场情形。至于第二句的夸张意味,北京话是用提升音高和放慢语速来实现的。

但是并不是天台的"介"与北京的"那么"绝无对应的可能。如:

㊱吓路介远略,我走勿动了 køʔ⁵ lu³⁵ ka⁵⁵ ɦyø²¹⁴·ka,ɦɔ²¹⁴ tsʏu³²⁵ vøʔ doŋ²¹⁴·lau。
这句话北京话可说成"这路那么远啊,我走不动了"。天台"介"与北京"那么"又对应上了。

2)介子[ka⁵⁵·tsɿ]:夸指代词的复合形式。"介子"可能系由"介样子"节缩而来,因此仍保留着"这/那样、这/那么样、这/那(种)样子"的语义。但与直指的"格子"不同的仍然是,说"介子"时带有夸张意味。如:

㊲介子长大个后生,还弗中意_{那么高大的小伙子,还不满意}! ka⁵⁵·tsɿ dziaŋ²²⁴₃₃ dou³⁵·koʔ ɦyu²¹⁴ saŋ₅₁³³,ɦua²²⁴ føʔ⁵ tɕyoŋ³³ i⁵⁵!

㊳介子难装个_{这样不行的} ka⁵⁵·tsɿ nɛ²²⁴ tsõ³³·ko!
㊲和㊳两句的"介子"也可换成"格子",只是用"格子"的句子语调平淡一些,缺少由夸张造成的

言外之意。

值得注意的是天台话中直指和夸指的语法意义的差别也是用语音交替的手段表现的。

四　疑问代词

天台方言的疑问代词多为复合词,有的复合成分音变后本字已难考,有的一个字有几种读音。下面按问话的目标分类叙述。

(一)问人:北京话最基本的形式是"谁",其代替形式"哪位"是敬称,用"什么人"则略欠敬意。天台话中问人的疑问代词没有这种敬重与否的分别。最通行的有以下两个,但由于是区域性差异词,实际上在一定区域主要通行的只是其中一个:

1. 啥人:读 za^{35} niŋ^{224} 或 zɛ^{35} niŋ^{224}。此词主要通行于东乡。

2. 哪个:"哪"可以读 lo^{214} 或 no^{214},"个"可以读 kou^{55} 或 ko^{55},两两交互组合,"哪个"一词就有 4 种读音。但此词主要通行于城关和西乡,以读 lo^{214} ko^{55} 或 no^{214} ko^{55} 者为多。东乡此词用得较少,用时的读音为 no^{214} kou^{55}。

问人疑问代词的用法相当于一个名词,与北京话"谁"一样。

(二)问物:北京话的"什么",天台话有两个对应词,也是地域上的分别:

1. 啥嗨:读 za$^{35}_{33}$ fim^{35},此词东乡人使用。"嗨"音 fim^{35},其本字应该是"物",还带有重唇特征,只是已失落了韵母和入声调,声调类化为阳去。"啥物"与近代汉语的"甚物"实为一词。

2. 啥个:读 zo$^{35}_{33}$ ko^{55},此词为城关、西乡两片人使用。

在用法上这两个词与北京话的"什么"没什么区别。

(三)问事情:北京话问事情通常用"做什么""干什么"之类词组,天台话也是用这样的构造原理,但已缩合变形,需要分析还原:

1. 咋嗨:读 tsa^{33} fim^{35}。此词东乡使用。很显然,这是"做"[tsou^{55}]加上问物代词"啥嗨"[za$^{35}_{33}$ fim$_{35}$]构成的词组"做啥嗨"的合音词。其中"咋"[tsa^{33}]来自"做啥"[tsou^{55} za^{35}]。

2. 咋个:读 tso^{33} ko^{55}。此词城关和西乡使用。其来历与东乡的"咋嗨"[tsa^{33} fim^{35}]一样,也是"做"[tsou^{55}]加上问物代词"啥个"[zo$^{35}_{33}$ ko^{55}]构成词组"做啥个"后缩合而成。"咋"字在这个词中韵母为 o,显然是城关、西乡的"啥个"一词中"啥"的读音 zo 的留存所致。

事情往往是行为或现象的原因,所以问事情的词也可以用来问原因:

㊷尔到埞咋嗨/咋个欤你到这儿做什么(有什么事)fiŋ^{214} tau^{55} tɛ$_{31}$ tsa^{33} fim^{35} / tso^{33} ko^{55} ·ɛ? (问事情)

㊸佢拉个咋嗨/咋个勃嘴?他们为什么吵架 gei^{224} ·laʔ ·kou tsa^{33} fim^{35} / tso^{33} ko^{55} buəʔ$^{23}_{22}$ tɕy^{325}? (问原因)

(四)问方式:

1. 咋[tsa^{325}]北京话问方式用"怎么"或"咋"[tsa^{214}]。"咋"是由"怎么"缩合而来,所以在口语中常用。天台话口语中问方式只用"咋"[tsa^{325}],没有"怎么"一词,"怎么"是来自普通话的说法。

㊹吤字咋读读? 读把(＝拨我)听听这字怎么念,念给我听听 køʔ^5 zɿ^{35} tsa^{325} duʔ^{23} duʔ$^{23}_{21}$,duʔ^{23} po$_{31}$t'iŋ^{55} ·tiŋ。(问方式)

2. 咋样[tsa^{325} ɦiaŋ^{35}]这是一个复合形式。在问方式时,用法与“咋”相同。句㊶中的“咋”换成“咋样”,句子也能成立,句意未变。

(五)问地点,相当于北京话中的“哪里、哪儿”,在天台话中有两个词:

1. 哪埲[no^{214} tᴇ$_{31}$]:

㊷哪埲有公用电话哪儿有公用电话 no^{214} tᴇ$_{31}$ ɦiɤu$_{21}^{214}$ kŋ^{33} ɦyoŋ$_{33}^{35}$ diᴇ$_{33}^{35}$ ɦuo^{35}?

㊸我顶帽在哪埲我的帽子在哪儿 ɦɔ^{214} tiŋ$_{32}^{325}$ mau^{35} lei^{214} no^{214} tᴇ$_{31}$?

2. 哪去/哪块[no$_{33}^{214}$ k'ei^{55}/no$_{33}^{214}$ k'uei^{55}]:

这两个形式实际上是同一个词,“哪块”应是较古的正体,“哪去”是“哪块”的变异形式。“块”在现代北方话中仍能表示地点、范围,“这块儿、那块儿、哪块儿”就相当于“这里、那里、哪里”。天台“块”音 k'uei^{55},“去”音 k'ei^{55},区别只在介音 u 的有无,因而“哪块”[no$_{33}^{214}$ k'uei^{55}]说快了就成了“哪去”[no$_{33}^{214}$ k'ei^{55}]。“哪去”的“去”只是个借音字,与“来去”的“去”并无意义上的联系。目前变体“哪去”已成常体,“哪块”已不大听得到了。熟人见面打招呼往往问去处,于是经常听到的的一句话是:

㊹尔到哪去去欸 ɦŋ^{214}·tau no$_{33}^{214}$ k'ei^{55} k'ei^{55} ᴇ$_{31}$?

本来,“哪块”是理据很明白的一个词,变成“哪去”后,理据已模糊。人们说到听到“哪去去”时,只知道它表示“哪里去”的意思,也觉得“哪去去”的两个“去”相连有些怪,但多数人已说不出所以然了。

(六)问数量:

1. 多少[tou^{33} ɕiau^{325}]和“唣”[zau^{35}/ʑiau^{35}]

“多少”作为问数量的疑问代词,在各地汉语方言中普遍使用,天台话中“多少”的用法与各地相比并无特别之处,兹不赘述。比较特殊的是“唣”。

“唣”是个借音字,在天台有 zau^{35}、ʑiau^{35}两音,前一音通行于东乡,后一音通行于西乡和城关。“唣”的意义与表示疑问的“多少”相当,这使人疑心到“唣”是由“多少”两个字音缩合成一个音节后再经声母浊化、声调类化为阳去后形成的。在用法上,“唣”与“多少”也有些相似可比之处,如问重量,既可问“多少重”[tou^{33} ɕiau^{325} dʑyoŋ^{214}],也可以问“唣重”[zau^{35}/ʑiau^{35} dʑyoŋ^{214}]。但是不同之处在于,“多少”可以独立使用,“唣”却从不单独用于发问,一定要与其他语素或词结合起来才能发问。其合成单位和主要用法是(以下行文“唣”的读音仅标东乡音):

1)“唣些”[zau^{35} ɕiɪʔ^{5}]、“唣抲”[zau^{35} k'o^{55}]和“唣渧”[zau^{35} ti$_{51}$]:这三个词的意义和用法都等同于“多少”,都可自由运用,还可以互相替换。例如:

唣些人工　唣些岁数　唣抲日脚日子　唣抲功夫　唣渧成本　唣渧酒量

在一定语境中,这三个疑问代词也可单独用来发问。相对而言,“唣渧”所针对的数量要小些。

2)“唣”与表示度量的形容词组合成为询问特定种类度量的疑问代词,常用的如:

唣重[zau^{35} dʑyoŋ^{214}] 问重量。

唣大[zau^{35} dou^{35}] 问年龄或体积大小。

嘲长[zau³⁵ dʑiaŋ²²⁴]问人的身高、一般直立事物的高度① 和时间的久远程度。

嘲远[zau³⁵ ɦuø²¹⁴]问路程。

嘲有② [zau³⁵ ɦiɣu²¹⁴]问富有的程度。

但是,"嘲"不能与量词直接组合。如不能说*嘲斤、*嘲隻、*嘲埭。

3)"嘲"与表示时间的"倡"组成"嘲倡"[zau³⁵ tɕiaŋ⁵⁵]用于问时间。"倡"[tɕiaŋ⁵⁵]也是个借音字,本字尚待考,意义为时间、功夫③。"现在什么时间了"这样一句问话,天台话说:

㊺吽□·tɕiaʔ嘲倡了 køʔ⁵·tɕiaʔ zau³⁵ tɕiaŋ⁵⁵·lau?

但是问"多长时间"也说"嘲倡"。如:

㊻尔到垍嘲倡了你到这儿多长时间了 ɦŋ²¹⁴ tau⁵⁵ tɛ³¹ zau³⁵ tɕiaŋ⁵⁵·lau?

不过只有较短的时间才能问"嘲倡",超过半天的时间一般不这样发问,而要用"多长时间"、"几日/几个月日/几年"之类词语发问。

2.几[ki³²⁵]:作为问数量的疑问代词,"几"在天台话中的用法与北京话大同小异。不同之处在于,北京话的"几"通常针对估计是十以下的数量发问。所以"上海到北京有几里?"在北京话中除非是故意这样说,不然这个"几"就用得欠妥当;但天台话中无论数量大小都可问"几",这句话就没人感到不妥。在北京"几岁了"只能问小孩儿,而在天台无论对小孩儿、成人、老人都可用"几岁了"来询问年龄。

(七)问原因

天台方言问原因的代词有以下几种形式。

1.咋[tsa³²⁵]:相当于北京话的"怎"、"怎么"、"为什么":

㊼人咋冇阿了人怎么没有了 niŋ²²⁴ tsa³²⁵ mɣu³³⁴ aʔ⁵·lau?

㊽铜锣咋会响咯锣为什么会响呢 doŋ³⁵₃₅ lou²²⁴₂₂ tsa³²⁵·ɦuøʔ ɦiaŋ³²⁵·kaʔ?

㊾天咋弗落雨呐天怎么不下雨呢 t'iɛ³³ tsa³²⁵ føʔ⁵ lɔʔ²³₂₁ ɦy²¹⁴·nɛ?

2.为啥姆[ɦy³⁵₃₃ za³⁵₃₃ ɦm³⁵]/为啥个[ɦy³⁵₃₃ zo³⁵₃₃ ko⁵⁵]

上文说过,"啥姆"和"啥个"是天台方言内部同一个词的地域变体,意义都是"什么"。所以,"为啥姆"和"为啥个"就等于"为什么"。它们与"咋"的区别,主要是在句中位置较自由,而"咋"只能在谓词前出现。比如句㊾中的"咋",不能移至句首,说*咋天弗落雨呐。如果移至句尾说"天弗落雨呐,咋"勉强可成立,"咋"也只能视为一个追补成分。但"为啥姆/为啥个"在句中、句首、句尾出现,均能成立且均属正常,其间区别只在于语用的需要。

3.咋装法[tsa³²⁵₃₃ tsõ³³ fæʔ⁵→fɛ₃₁] "装"在天台话中是个泛义动词,相当于普通话中的"搞""弄"。说"咋装法"等于说"怎么搞的"。"法"读本音或变音的都有。

㊿吽屋里咋装法介乱七八糟 køʔ⁵ u₃₃ li²¹⁴ tsa³²⁵₃₃ tsõ³¹ fɛ₃₃ ka⁵⁵ luø³⁵₃₃ tɕiɪʔ⁵ pæʔ⁵₁ tsau³³?

4.咋姆[tsa³³ ɦm³⁵]/咋个[tso³³ ko⁵]

这两个词主要是用来问事情的,已如前述。但也可以用来问原因。如句㊾和㊿中的"咋"和"咋装法"换成"咋姆"或"咋个",意思仍未变。再如:

① "一般直立事物"指树、庄稼、柱子、旗杆等,不包括山。
② "有"在天台话中可用为表"富有""富足"意义的形容词。
③ 不仅[tɕiaŋ⁵⁵]这个音表示时间,它的变音、促化音也表示时间。如"一倡"[iɪʔ⁵₁ tɕiaŋ₅₁]即"一会儿";[tei⁵⁵·tɕiaʔ]意为"刚才",[køʔ⁵·tɕiaʔ]、[ka³²⁵·tɕiaʔ]分别意为"这时"、"那时"。

(51)吋事干咋呣介弗勒□gau^{224}这事情怎么这样没完没了 køʔ^{5} zɿ$^{35}_{33}$ kE^{55} tsa^{33} ɦm^{35} ka^{55} føʔ$^{5}_{1}$·ləʔ gau^{224}?

(52)解边咋个介响那边为什么这么响 ka^{325}·piE tso^{33} ko^{55} ka^{55} hiaŋ^{325}?

五　其他代词

1. 有总[ɦiɤu^{214}·tsoŋ]:不定指代词,相当于"有的"或"某种"。

(53)有总人是花天萝有的人是花舌子 ɦiɤu^{214} tsoŋ$^{325}_{32}$ niŋ^{224} zɿ$^{214}_{21}$ huo^{33} tʻiE$^{33}_{55}$ lou$^{224}_{22}$。

2. 有可[ɦiɤu^{214}·kʻo]:不定指代词,相当于"有些"。

(54)吋条街有可屋要拆这条街有些房子要拆 køʔ^{5} diau^{224} ka^{33} ɦiɤu^{214}·kʻo uʔ^{5} iau$^{55}_{11}$ tsʻaʔ^{5}。

3. 另外个[liŋ$^{35}_{33}$ nei^{35}·ko]:另指代词,指一定范围外的人或事,相当于"另(外)、其他(的)"。

(55)钞票园另外个只袋勒钱放在另一个口袋里 tsʻau^{325} pʻiau^{55} kʻɔ̃^{55} liŋ$^{55}_{33}$ ŋei^{35}·ko tsaʔ^{5} dei^{35}·ləʔ。

4. 和计[ɦou$^{35}_{33}$ ki^{55}/ɦuə$^{35}_{33}$ ki^{55}]:全指代词,意为"全部"、"一切"。后一音 ɦuə^{35}是讹变音。天台人也说"全部"、"一切",但那是官话来源的词。本地土生的全指代词只有"和计"。

(56)人和计都来了 niŋ^{224} ɦou$^{35}_{33}$ ki^{55} tuʔ^{5} lei^{224}·lau。

(58)钞票和计用光了 tsʻau$^{325}_{32}$ pʻau^{55} ɦou$^{35}_{33}$ ki^{55} ɦyoŋ^{35} kuɔ̃^{33}·lau。

5. 凭啥呣[biŋ^{224} za$^{35}_{33}$·ɦm]:任指代词,相当于"任何",表示不论什么。

(58)身架疲猛,凭啥呣都𬈭做阿了身体太差,什么都干不了啦 ɕiŋ^{53} ko^{55} hiɪʔ^{5} maŋ$^{214}_{31}$, biŋ^{224} za$^{35}_{33}$·ɦm tuʔ$^{5}_{1}$ fei^{55} tsou^{55}·aʔ·lau。

本章所述的代词的用法都是基本用法。有些类代词,如人称代词和疑问代词,还有泛指、虚指、任指、不定指等灵活用法,均未述及。特此说明。

参考文献

[1]许宝华、汤珍珠主编.《上海市区方言志》[M].上海:上海教育出版社.1986.
[2]陈忠敏、潘悟云.论吴语的人称代词[A].
潘悟云、陶寰.吴语的指代词[A].
钱乃荣.北部吴语的代词系统[A].
石汝杰.苏州方言的代词系统[A].
以上4篇论文均见于李如龙、张双庆主编《代词》[C].广州:暨南大学出版社.1999.

第八章 天台方言的否定词和否定表达方式

"否定"是各种语言和方言共有的语法意义。在语言使用中,对现实或情意的否定性表达是普遍需要、普遍存在的,但在不同的语言和方言之间,表达否定意义的语法单位(否定词)和语法规则(表达方式)则往往不尽相同。天台话作为吴方言的一支,其否定词和否定表达方式既具有吴方言的共性,同时又表现出明显的地点特色。

一 否定词的构成类型

天台话的否定词有 3 种构成类型:

(一)单纯词:弗[føʔ⁵]/勿[vøʔ²³]、没[muəʔ²³]、呒[ɦm²²⁴]/无[vu²²⁴]。这是否定词的基本形式,以下两种类型均在这一基本形式上构成。

(二)缩合(合音)词:单纯的否定词同某些常用的动词、助动词或时间副词连用既久、组合固定后,进一步缩合成一个音节,就形成了缩合词。有"㑆[fiau⁵⁵/hiau⁵⁵]、甮[voŋ²²⁴]、孬[fau₃₂]、燴[vəŋ²²⁴]、燴[fei⁵⁵]、冇[mɣu³³⁴]"等 6 个。

(三)复合词:由单纯或缩合的否定词再加其他词复合而成。有"呒此[ɦm²²⁴ʦˈ121]、没告[muəʔ²³kau⁵⁵]/呒告[ɦm²²⁴kau⁵⁵]、没勒[muəʔ²³·ləʔ]/呒勒[ɦm²²⁴·ləʔ]、弗勒[føʔ⁵·ləʔ]、呒胆[ɦm²²⁴tɛ³²⁵]、弗该[føʔ⁵kei³³]、㑆去[hiau⁵⁵kˈei⁵⁵]、冇对[mɣu³³⁴tei⁵⁵]"等 8 个。我们把这些复合单位视为词而不视为词组,原因是它们结构紧密而固定,其意义和用法相当于某个动词或助动词的否定形式。

二 否定词的意义和用法

(一)单纯的否定词

1. 弗[føʔ⁵]/勿[vøʔ²³]:否定副词。在天台话中,它们是同一个词的两个自由变体,意义和用法都相当于北京话的否定副词"不"。本文之所以用两个字来标写,是因为尽管它们是自由变体,但在话语中以清辅音声母的"弗"[føʔ⁵]为基本的、通常的形式,"勿"[vøʔ²³]为非基本的、变化的形式;"弗"[føʔ⁵]不受其后续词音节起首辅音的限制,"勿"[vøʔ²³]则只出现在后续词为浊声母音节之前。但即便其后续词为浊声母音节,否定词用"弗"[føʔ⁵]亦无妨。而单独回答问题时,则只用"弗"[føʔ⁵]而不用"勿"[vøʔ²³]。故以下述及这一对否定副词时,除特别需要外,均以"弗"[føʔ⁵]的形式出现,以仿其音。

"弗"[føʔ⁵]的通常用法有:

1）用在动词、形容词（或词组）前表示直接否定：

弗来 føʔ⁵ lei²²⁴ 　　　　　　　　　　　弗大 føʔ⁵ dou³⁵

弗吃 føʔ⁵ tɕʻyuʔ⁵ 　　　　　　　　　　弗疲不坏 føʔ⁵ hiɪʔ⁵

弗讲不说 føʔ⁵ kɔ³²⁵ 　　　　　　　　　弗歪赖不脏 føʔ⁵₁ ua³³ la³⁵

弗上弗落不三不四 føʔ⁵₁ zɔ²²⁴₂₁ føʔ⁵₁ lɔ²³ 　　　吃弗饱 tɕʻyuʔ⁵ føʔ⁵₁ pau³²⁵

弗吃饱做勿动不吃饱干不动 føʔ⁵ tɕʻyuʔ⁵ pau³²⁵ tsou⁵⁵ vøʔ²³₂₁ doŋ²¹⁴

2）用在句末表示疑问，其作用相当于北京话的是非问和反复问，但否定词前一般须用
"也"[ɦa]与句中被作为发问目标的谓词相连。如：

北京话说法

①尔去也弗 ɦŋ²¹⁴ kʻei⁵⁵·ɦa·fø? 　　　你去吗/你去不去

②佢逃勒快也弗 gei²²⁴ dau²²⁴·ləʔ kʻua⁵⁵·ɦa·fø? 　他跑得快吗/他跑得快不快/

他跑得快跑不快

这一类句式，北京话中也有把"不"置于句末的说法，格式是"SV 不""SV 得 C 不"，它们实
际上是反复问句式的省略说法。对于上述①②两句天台话句式，也可以作如是观。当对这样
的问句句意作直接否定的回答时，一般有如下 3 种：

	Ⅰ	Ⅱ	Ⅲ
回答句①	弗[føʔ⁵]	弗，弗去[føʔ⁵，føʔ⁵ kei⁵⁵]	我弗去[ɦŋ²¹⁴ føʔ⁵ kei⁵⁵]
回答句②	弗[føʔ⁵]	弗，弗快[føʔ⁵，føʔ⁵ kʻua⁵⁵]	Ⅲ′佢逃勒弗快[gei²²⁴ dau²²⁴·ləʔ føʔ⁵ kʻua⁵⁵]
			Ⅲ″佢逃弗快[gei²²⁴ dau²²⁴ føʔ⁵ kʻua⁵⁵]

Ⅰ式最简约，但意思却不是最明确的，Ⅱ、Ⅲ式对于句①的回答应该说是明确的。但由于"逃勒
快"（跑得快）是个歧义结构，对句②回答用Ⅱ式仍会有歧意，必须落实到Ⅲ′式或Ⅲ″式，所否定
的意义才明确：Ⅲ′是结果式否定，Ⅲ″是可能式否定。

2. 没[muəʔ²³]：是个兼类词，兼为副词和动词，与北京话中兼为副词和动词的"没（有）"大
致相当。

作为副词，"没"[muəʔ²³]后接谓词（动词和形容词）或谓词性词组。在语义上，"没 muəʔ²³
+ 动词"是对动词所指行为或状态已经发生的否定，意义接近于"未曾"，如：

没来 muəʔ²³ lei²²⁴ 　没去 muəʔ²³ kei⁵⁵ 　没讲好 muəʔ²³ kɔ³²⁵ hau³²⁵

没讨女客没娶过媳妇 muəʔ²³ tʻau³²⁵·ku ny²¹⁴₂₁ kʻaʔ⁵

"没 muəʔ²³ + 形容词"，其中的形容词限于表示状态可变化意义的形容词：

病没好 biŋ³⁵ muəʔ²³ hau³²⁵ 　天没亮 tʻiɛ³³ muəʔ²³ liaŋ³⁵

衣裳没燥衣服没干 i³³₅₅ zɔ²²⁴₂₂ muəʔ²³ sau⁵⁵

天还没冷煞夹天还没冷透 tie³³ ɦua²²⁴ muəʔ²³ laŋ²¹⁴ sæʔ⁵₁ kæʔ⁵

如果形容词不具有状态可变化的意义，就不能用"没"[muəʔ²³]否定，如通常不说 *没早、*没晏
晚、*没漂亮、*没难相难看，只说"弗早、弗晏、弗漂亮、弗难相"。但这类形容词如果加上情状成
分"过"、"起来"之类，就使形容词所指性状具有了变化态，其前又可用"没"[muəʔ²³]来否定了：

③上班没早过，归家没晏晚过 zɔ³²⁵₂₁ pɛ³³ muəʔ²³ tsau³²⁵ ku⁵⁵，ky³³ ko³³ muəʔ²³ ɛ⁵⁵·ku。

④介那么打扮也没漂亮起来 ka⁵⁵ taŋ³²⁵₃₂ pɛ⁵⁵ ɦia²¹⁴ muəʔ²³ p'au⁵⁵₃₃ liaŋ³⁵·k'əʔ lei²²⁴。

作为动词，"没"[muəʔ²³]是动词"有"的否定形式。主要意义和用法有：

1)"没[muəʔ²³]+名词"，否定领有、具有，如：

没儿囡儿女 muəʔ²³ ɦiŋ²²⁴₄₄ no²¹⁴　　没钞票 muəʔ²³ ts'au³²⁵₃₂ p'iau⁵⁵　　没功夫 muəʔ²³ kŋ³³ fu³³

没办法 muəʔ²³ bɛ³⁵₃₃ fæʔ⁵　　　　没意思 muəʔ²³ i⁵⁵₃₃ sɿ³³₅₅　　　　没道理 muəʔ²³ dau²¹⁴₂₁ li²¹⁴

2)"没[muəʔ²³]+名词"，否定名词所指事物的存在。如：

基日今天没风 ki³³ niŋ³¹ muəʔ²³ foŋ³³　　　　屋里没人 u₃₃① li²¹⁴ muəʔ²³ niŋ²²⁴

天上没星 t'iɛ³³ zɔ̃⁵⁵ muəʔ²³ ɕiŋ³³　　　　田里没水 diɛ²²⁴·ləʔ muəʔ²³ ɕy³²⁵

3)"没[muəʔ²³]+名词+动词"，名词的语义角色为：

a)名词是后面动词的施事：　没人来过 muəʔ²³ niŋ²²⁴ lei²²⁴·ku

b)名词是后面动词的受事：　没饭吃 muəʔ²³ vɛ³⁵ tɕ'yuʔ⁵₁

　　　　　　　　　　　没钞票用 muəʔ²³ ts'au³²⁵₃₂ p'iau⁵⁵ ɦyoŋ³⁵

如果 b)式中的名词提到"没"[muəʔ²³]前，构成强调式，这时"没"[muəʔ²³]后需加助词"勒"：

没饭吃 muəʔ²³ vɛ³⁵ tɕ'yuʔ⁵ ⇒ 饭(也)没勒吃 vɛ³⁵(·ɦia)muəʔ²³·ləʔ tɕ'yuʔ⁵

没钞票用 muəʔ²³ ts'au³²⁵₃₂ p'iau⁵⁵ ɦyoŋ³⁵ ⇒ 钞票(也)没勒用 ts'au³²⁵₃₂ p'iau⁵⁵(·ɦia)muəʔ²³·ləʔ ɦyoŋ³⁵

在比较句中，用"没[muəʔ²³]+N+A"格式表示"不及、不如……"的意思。

⑤我没尔(岁)大我没你(年岁)大 ɦo²¹⁴ muəʔ²³ ɦŋ²¹⁴(ɕy⁵⁵) dou³⁵。

⑥吤囡人样没解囡好这个女孩儿模样不如那个女孩儿好 køʔ⁵₁ no₃₁ niŋ²²⁴₃₃ ɦiaŋ³⁵ muəʔ²³ ka³²⁵

　　no₃₁ hau³²⁵。

在一定语境中，比较对象不言自明，可以省略：

⑦旧年没介冷去年没这么冷 giɣu³⁵₃₃ niɛ₃₁ muəʔ²³ ka⁵⁵ laŋ²¹⁴。

3."吙"[ɦm²²⁴]/"无"[vu²²⁴]：也是否定动词。从来源上看，"吙"[ɦm²²⁴]应当是古代汉语的否定动词"无"在现代天台方言中的留存形式；而"无"[vu²²⁴]则是从北方官话进入天台话的书面语词成分。二者同源不同音，是由口语和书面语的分化造成。在用法上，在北方官话中"无－"由于组合能力强，已演变成一个类前缀。这种"无－"严格地说不是天台话土语成分，天台人用文读腔读为[vu²²⁴]。至于"吙"[ɦm²²⁴]，虽为否定动词，但由于天台口语中另外还有上文已述及的"没"[muəʔ²³]和下文将要述及的"冇"[mɣu²²⁴]，它们的常用性大大缩小了"吙"[ɦm²²⁴]的使用范围，因而使得"吙"[ɦm²²⁴]在现代天台话中很不常用。它既不单用，用于构词成分所构成的词也不多。以下几个带"吙"[ɦm²²⁴]的词语均具有固定短语性质：

吙力 [ɦm²²⁴₃₃ liʔ²³]：羸弱；贫瘠。

吙办法 [ɦm²²⁴₃₃ bɛ³⁵₃₃ fæʔ⁵]：无可奈何，不可救药。

吙牙人 [ɦm²²⁴₃₃ ŋo²²⁴₃₅ niŋ²²⁴₂₂]：牙齿已脱落的老人。

---

① "屋"字本音读 uʔ⁵，仅在"屋里"一词中变读为 u₃₃。

呒夹煞 [ɦim$_{33}^{224}$ kæʔ$_1^5$ sæʔ^5]:没出息,完蛋。

呒头苍蝇 [ɦim$_{22}^{224}$ dɤu$_{22}^{224}$ tsʻɔ$_{55}^{33}$ niŋ$_{22}^{224}$]:喻指缺乏主见而胡乱行事者。

另外,由"呒"加上其他成分还可以构成的复合型否定词,见下文。

(二)缩合的否定词

"缩合"是指两个紧密相连的词(字)由于在口语中经常快说之故脱落部分音素而节缩成了一个音节。这个音节一般是由前字的声母加后字的韵母和声调合成,类似反切,因此也可称为合音词。为了体现一个音节一个汉字的原则,人们在书写时也往往把原来的两个汉字拼合成一个字(如北京话的"甭")。吴语中此类单位比北方话多,天台话中此类单位比其他吴语次方言又略多。

1. 嬡:由"弗(勿)"和"要"两个词(字)缩合而成。有[fiau^{55}]和[hiau^{55}]两个读音。后一音大概系由前一音讹变而来。① 但两种读音所表示的意义已略有分化。

"嬡"主要有两种意义和用法:

1)表示"不需要"某事物,该事物名词置于"嬡"之前或之后均可。

⑧我嬡伞,有雨衣 ɦɔ^{214} fiau^{55} sE^{325}, ɦyou^{214} ɦy$_{21}^{214}$ i^{33}。

⑨伞嬡咦,有雨衣得咦_{伞不需要了,有雨衣就可以了} sE^{325} fiau$_{51}^{55}$·lE, ɦyou^{214} ɦy$_{21}^{214}$ i^{33} tE ʔ^5·lE。

⑩要红个,白个嬡_{要红的,不要白的} iau$_{33}^{55}$ ɦŋ^{224}·køʔ, ba^{23} køʔ fiau$_{31}^{55}$。

在对话中,指称事物的名词可省略。如果连施事一并省略,"嬡"还可单独回答问题:

⑪介多钞票,我嬡_{这么多钱,我不要} ka^{55} tou^{33} tsʻau$_{32}^{325}$ pʻiau^{33}, ɦɔ^{214} fiau$_{31}^{55}$。

⑫要带钞票哦?(答)嬡 iau$_{33}^{55}$ ta^{55} tsʻau$_{32}^{325}$ pʻiau^{55}·væʔ ? fiau$_{31}^{55}$。

2)后接动词,表示制止或不愿做某事:

⑬深山冷岙尔嬡进去_{深山冷谷你不要进去} ɕiŋ^{33} sE^{33} laŋ$_{21}^{214}$ au^{55} ɦŋ^{214} fiau$_{31}^{55}$ tɕiŋ^{55}·kə。

⑭吤肉介肥_{这肉那么肥},我嬡吃 køʔ^5 nyuʔ$\underline{^{23}}$ ka^{55} bi^{224}, ɦɔ^{214} fiau$_{31}^{55}$ tɕʻyuʔ$_1^5$。

"嬡"读[hiau^{55}]时,一般只出现于 2)的语境中。上述两句中的[fiau^{55}]均可换读为[hiau^{55}]。另如:

⑮羮篮缠,嬡□佢刁妇_{别理她} kaŋ^{33} lE$_{33}^{224}$ dziE^{35}, hiau^{55} ɕyʔ^5·gei!

2. 甭[voŋ^{35}]:由"勿"[voʔ$\underline{^{23}}$]和"用"[ɦyoŋ^{35}]两个词(字)缩合而成。后接名词或动词,表示其所指的事物或行为之不必要。"勿"[voʔ$\underline{^{23}}$]和"用"[ɦyoŋ^{35}]不是非缩合不可的,缩合与否一般由节律决定。如:

⑯耕田勿用牛,点灯勿用油② kaŋ$_{55}^{33}$ diE$_{22}^{224}$ voʔ$\underline{_{21}^{23}}$ ɦyoŋ^{35} ŋɤu^{224}, tiE^{325} təŋ^{33} voʔ$\underline{_{21}^{23}}$ ɦyoŋ^{35} ɦiɤu^{224}。

上面句中的两个"勿用"也可换为缩合的"甭"[voŋ^{35}],只是节律略欠舒缓。但是下面的句中一般就用缩合形式:

⑰我甭介多钞票_{我不需要那么多钱} ɦɔ^{214} voŋ^{35} ka^{55} tou^{33} tsʻau$_{32}^{325}$ pʻiau^{55}。

---

① 在《天台县志》(1995 年汉语大词典出版社出版)中,把否定词音[hiau^{55}]判为"休"和"要"的合音。但由于"休"并不是天台话中的否定词,笔者觉得缺乏来源上的依据,故未敢苟同。

② 这是 20 世纪 50 年代初流行的关于未来美好生活的宣传用语。

不过在特别强调"不必要"时,也可把句中的"甮"换成"勿用"。

在后接动词时,"甮"和"勿用"也有这样的语气差别:

⑱天亮尔甮来勒明天你不必来了 tʻiɛ³³ niaŋ³⁵ fiŋ²¹⁴ voŋ³⁵ lei²²⁴·ləʔ。

⑱′天亮尔勿用来勒(意同上句) tiɛ³³ niaŋ⁵⁵ fiŋ²¹⁴ vøʔ²³₂₁ fiyoŋ³⁵ lei²²⁴·ləʔ。

"甮"前用副词"好",也能强调"不必要":

⑲尔好甮搭佢讲介多好话你实在不必为他说那么多好话 fiŋ²¹⁴ hau³²⁵₃₂ voŋ³⁵·tæʔ gei²²⁴ kɔ̄³²⁵ ka⁵⁵ tou³³ hau³²⁵₃₂ fiuo³⁵。

3.孬[fau₃₂]:否定副词,后接动词,表示:

a.不能/不可以 V,指从道义、道理、情由上的"不可为";

b.不便/难以 V,指从难度、可容忍度、可接受程度上的"难为"。

因此,常有同形歧义的"孬 V":

⑳吤钞票孬用咯 køʔ⁵ tsʻau³²⁵₃₂ pʻiau⁵⁵ fau₃₂ fiyoŋ³⁵·koʔ!

㉑吤桌酒孬吃咯 køʔ⁵ tɕyɔ⁵₁ tɕiɤu³²⁵ fau₃₂ tɕʻyuʔ⁵·koʔ!

这两句话均可作 a、b 两义的理解,但在具体语境中,听者是可明确其含意的。句⑳如指"公款不可私用"即为 a 义,如指钱币破损过度难以花出去,即为 b 义。句㉑如指吃了这酒席会有麻烦,即为 a 义,如指酒席质量过差,即为 b 义。

天台话中还有一个由形容词变来的否定副词"难"[nɛ²²⁴],意义和用法同"孬",但"孬"没有语音分化,"难"已按上述 a、b 二义分化为[nɛ²²⁴]和[nɛ₃₃]二音,前一音为本音,后一音为变读音。句⑳和㉑中各自隐含的歧义,均可分别用"难"的两个读音加以替换。另如:

孬相[fau³²⁵₃₂ ɕiaŋ³³]:a.难相不可/不该看[nɛ²²⁴ ɕiaŋ³³]

b.难相难看、不漂亮[nɛ₃₃ ɕiaŋ³³]

孬讲[fau³²⁵₃₂ kɔ̄³²⁵]:a.难讲别说、不可说[nɛ²²⁴ kɔ̄³²⁵]

b.难讲难说、说不出口[nɛ₃₃ kɔ̄³²⁵]

孬听[fau³²⁵₃₂ tʻiŋ³³]:a.难听不该听、不要听[nɛ²²⁴ tʻiŋ⁵⁵]

b.难听不好听、刺耳[nɛ₃₃ tʻiŋ⁵⁵]

具有 a、b 两义并能对应两种"难 V"形式的"孬 V"结构,其中的 V 一般都是自主动词。非自主动词极少能与"孬"组合。而且这极少数非自主动词与"孬"的组合只同 b 义的"难 V"对应,具有形容词性质:

㉒广东话孬懂/难懂猛广东话不好懂/难懂得很 kuɔ̄³²⁵₃₂ toŋ³³ fiuo³⁵ fau₃₂ toŋ³²⁵/nɛ₃₃ toŋ³²⁵·maŋ。

㉓日脚忒孬过/难过唻生活太艰难了。niɪʔ²³₂₁ kiaʔ⁵ tʻøʔ⁵ fau₃₂ ku⁵⁵/nɛ₃₃ ku⁵⁵·lɛ。·

由于个别非自主动词也可以在特定的语境中具有自主性,此时"孬 V"也可表示 a 义并有"难[nɛ²²⁴]V"的对应形式:

㉔尔还有小人,孬死/难死格你还有小孩,不能死啊 fiŋ²¹⁴ fiua²²⁴₂₂ fiɤu²¹⁴₂₁ ɕiau³²⁵₃₂ niŋ₅₁, fau₃₂ sʅ³²⁵/nɛ²²⁴ sʅ³²⁵·kaʔ!

以上情况也表明,a、b 两类"难 V"结构只有 a 类中的"难"已由形容词的"难""语法化"为副词,

b 类中的"难"尽管变了读音，仍未脱离形容词性。

4. 嫸[vən²²⁴]：由"勿"[vø²³]和"曾"[zən²²⁴]两个词(字)缩合而成，后接动词或形容词，否定动作、行为或性状变化的已然性，表示"未曾 VP"。

㉕清明还嫸到，小鬼呀呀叫① tɕ'iŋ³³ miŋ²²⁴₂₂ ɦua²²⁴₂₂ vən²²⁴ tau⁵⁵，ɕiau³²⁵₃₂ ky³²⁵₃₁ ia³³ ia³³ kiau⁵⁵。

㉖病嫸好拔就出院也了 biŋ³⁵ vən²²⁴ hau³²⁵ bæʔ²³ tɕ'yʔ⁵₁ ɦyø³⁵·ɦa·lau。

嫸[vən²²⁴]的这一用法与上述副词"没"[muəʔ²³]相近。但"嫸"[vən²²⁴]还可用在句末，询问已然与否，作未然回答时仍用"嫸VP"，简略的回答可以省去 V，只用"嫸"：

问 句	未然回答(否定)	已然回答(肯定)
㉗ 伲女客讨过也嫸他媳妇儿娶了没有？	还嫸讨还没娶	讨过格娶过的
gei²²⁴ ny²¹₂₁ k'aʔ⁵ t'au³²⁵ ku⁵⁵·ɦa·vən？	ɦua²²⁴₂₂ vən²²⁴ t'au³²⁵。	t'au³²⁵·ku·kaʔ。
㉘ 昼饭吃过也嫸午饭吃过了吗？	嫸没(吃)	吃过唻吃过了
tɕiɣu³³ vɛ³⁵ tɕ'yʔ⁵·ku·ɦa·vən。	vən²²⁴	tɕ'yʔ⁵·ku·lɛ。
㉙ 天亮也嫸天亮了吗？	嫸(亮)还没亮	天大白亮也勒大天亮了
t'iɛ liaŋ²²⁴·ɦa·vən。	vən²²⁴(liaŋ²²⁴)。	t'iɛ³³ dou³⁵₃₃ ba²³ liaŋ³⁵·ɦa·leʔ。

这个句末的"嫸"进一步弱化，就成了句末疑问语气助词"哦"[væʔ]。句㉗㉘和㉙末尾的"嫸"均可换为"哦"[væʔ]，可证"哦"[væʔ]来源于句末的"嫸"。

5. "嬒"[fei⁵⁵]：由"弗"[fø⁵]和动词或助动词"会"[ɦuei³⁵]缩合而成，语法作用相当于一个否定副词，后接动词，组成"嬒VP"结构，表示对"将然"的否定，有"不会、不肯、不可能"3 种意义。如果没有语境，"嬒VP"这个结构究竟是"不会 VP"，还是"不肯 VP"或"不可能 VP"，就很难断定。只有在特定的语境中才能准确达意：

㉚吤生活我嫸学过，嬒做略这活计我没学过，不会做 køʔ⁵ saŋ³³ ɦuə²³ ɦɔ²¹⁴ vən²²⁴ fɔʔ²³·ku，fei⁵⁵ tsou⁵⁵·ko。

㉛吤眼工钿伲嬒做略这一点儿工钱他不肯干的 køʔ⁵ ŋɛ³¹ kŋ³³ diɛ²²⁴ gei²²⁴ fei⁵⁵ tsou⁵⁵·ko。

㉝吤辰光嫸来，嬒来了嗬这个时候没来，不可能来了吧 køʔ⁵ ziŋ²²⁴₂₂ kuɔ̃³³ vən²²⁴ lei²²⁴，fei⁵⁵ lei²²⁴·lau·ɦo。

如果"嬒VP"中的 VP 是形容词性的，则是表示性状可变的词或词组。

㉞医生讲乃爷吤毛病嬒好了医生说你爷爷的病不能好了 i³³ saŋ³³ kɔ̃³²⁵ na₃₃ ɦia⁵¹·ko mau²²⁴ biŋ³⁵ fei⁵⁵ hau³²⁵·lau。

㉟岩头嬒硬过钢铁岩石不可能比钢铁坚硬 ŋɛ²²⁴₂₂·dɣu fei⁵⁵ ŋaŋ³⁵·ku kɔ̃³³ t'iæʔ⁵。

6. 冇[mɣu³³⁴]：由"没"[muəʔ²³]和"有"[ɦiɣu²¹⁴]两个词(字)缩合而成的动词，后接名词或名词性词组，否定其所指事物的存在或被领有、具有。这是一个使用频率非常高的词，很多可以与"有"相接的词都可以与"冇"[mɣu³³⁴]相接：

有 N：有人/田/柴/钞票/汽车/电灯/功夫/问题/意思/感情

---

① 这是当地的谣谚。"小鬼"指儿童，"呀呀叫"指孩子们用春季易抽剥的灌木枝条皮做成喇叭或叫子乱吹。后面还有两句：清明过头，小鬼看牛(放牛)。

　　　　冇 N：冇人／田／柴／钞票／汽车／电灯／功夫／问题／意思／感情

但是少数固定组合并已有引申义(转义)的"有 N"，则并无相对应的"冇 N"，如"有力"[ɦiɤu²¹⁴₂₁ liɪʔ²³]的意思不是"有力气"①，而是"营养充足"或(土壤)"肥力大"的意思，它的反义形式不是 *冇力，而是"呒力"[ɦm²²⁴₄₄ liɪʔ²³]。

　　"冇 N"的强调格式是"N 冇也了"：

　　　　㊱人冇也了 人没(有)了，也可婉指"人死了" niŋ²²⁴ mɤu³³⁴·ɦia·lau。

　　　　㊲钞票冇也了 钱没了 tsʻau³²⁵₃₂ pʻiau⁵⁵ mɤu³³⁴·ɦia·lau。

如果作周遍性强调，其格式为"一 CN 也冇"，或"一 CN 都冇也了"，C 为量词(Classifier)的缩写。如：

　　　　㊳改面 那边一个人也冇 kei³²⁵·miɛ iɪʔ⁵₁ kou⁵⁵ niŋ²²⁴₃₃·ɦia mɤu³³⁴。

　　　　㊴山上一株树也冇 sɛ³³ zõ iɪʔ⁵₁ tɕy³³ ʑy⁵⁵·ɦia mɤu³³⁴。

　　　　㊵穷勒得一间屋也冇 gyoŋ²²⁴·ləʔ iɪʔ⁵₁ kɛ³³ uʔ⁵·ɦiaʔ mɤu³³⁴。

　　　　㊶肚瞎 肚子饿 勒一淀气力都冇也了 du²¹⁴ hæʔ⁵·ləʔ iɪʔ⁵₁ tiₛ₁ kʻiₛₛ³₃ liɪʔ²³·tuʔ mɤu³³⁴·ɦia
　　　　·lau。

(三)复合的否定词

　　"复合的否定词"由两个词(字)合成，其中前一词(字)多为上述第一类"单纯的否定词"(仅有个别是缩合词)；后一词(字)并无否定意义，仅表示或实或虚的某种意义，其中有的本字本义已难考。由于两个词(字)组合紧固，常在一起使用，故把它们看作一个词。与"缩合"不同的是，两个词(字)的读音、书写均界线分明，并不拼合。

　　1. 呒此[ɦm²²⁴₂₂ tsʻₗ₁₃₂]：否定性助动词，后接行为动词，从原因或条件上否定该动词所指行为的可行性，义近"不能 V、没法 V"。如：

　　　　㊷梗绳忒细，呒此用 这根绳太细，不能用 kuaŋ³²⁵₃₂ ʑiŋ²²⁴ tʻɵʔ⁵ ɕi⁵⁵，ɦm²²⁴₂₂ tsʻₗ₁₃₂ ɦyoŋ³⁵。②

　　　　㊸件衣裳介碎，呒此著也了 这件衣服那么破，没法穿了 giɛ²²⁴₂₁ i³³·zõ ka⁵⁵ sei⁵⁵，ɦm²²⁴₂₂ tsʻₗ₁₃₂
　　　　tɕiaʔ⁵·ɦia·lau。

　　　　㊹东西囥 藏 起来，我呒此捕 toŋ³³ ɕi³³ kɔ̃·kʻə·ləʔ，ɦo²²⁴ ɦm²²⁴₂₂tsʻₗ₁₃₂ bu³⁵。

句㊷是从绳子的牢固程度说不能用。句㊸是从衣服的破烂程度说不能穿，句㊹是从东西被藏的深度说没法找，都是从原因和条件方面说行为的不可行。使行为可行的原因和条件是无穷多的，但可行与否还有主观性。因此能同"呒此"结合的动词很多，但一般为自主动词。如：

　　呒此吃　呒此做　呒此讲　呒此种　呒此逃　呒此问　呒此造　呒此出　呒此进

由于"不能 V"和"不可 V"的意思相近，前者表示由客观上的制约而致的"不能"，后者表示因这一制约而来的"不许可"。二者在认知上只有细微差别，因此在表达上，"呒此 V"也可以表达"不可 V"之意。同一形式，有时表达"不能 V"，有时表达"不可 V"，准确含意由语境决定。如"呒此种"：

㊺冬至过也了，小麦吭此种个冬至过了，小麦不能种了 toŋ³³ tsๅ⁵⁵ ku⁵⁵·ɦaʔ·lau，ɕiau³²⁵₃₂ maʔ²³ ɦim²²⁴₂₂ ts'ๅ₃₂ tɕyoŋ⁵⁵·koʔ。

这句话如果仅是一般地讲述小麦播种时节的下限，就是前一义；如果是有人要在冬至后种小麦而试图劝止，就是后一义。此外如常用的词组"吭此去"[ɦim²²⁴₂₂ts'ๅ₃₂kei⁵⁵]有"无处可去"和"不能去"两义；"吭此动"[ɦim²²⁴ts'ๅ₃₂doŋ²¹⁴]有"动弹不了"和"动弹不得"两义，都属此类。

2．没告[muəʔ²³ kau⁵⁵]/吭告[ɦim²²⁴ kau⁵⁵]：这两个形式是同一个词的变体，前者城关镇一带人说，后者乡下（主要是东乡）人说。它也是否定性助动词，后接行为动词，从主体所处的状态上否定有行为的前提。比如"做"[tsou⁵⁵]，前提是有事才能做，假如状态是无事，就说"没告做"[muəʔ²³₅₅ kau⁵⁵₃₃ tsou⁵⁵]或"吭告做"[ɦim²²⁴₂₂ kau⁵⁵₃₃ tsou⁵⁵]。如：

㊻我屋里没钞票，书也吭告读勒我家没钱，书也没法念了 ɦɔ²¹⁴ u₃₃ li²¹⁴ muəʔ²³ ts'au³²⁵₃₂ p'iau⁵⁵，ɕy³³ ɦaʔ ɦim²²⁴₂₂ kau⁵⁵₃₃ duʔ²³·ləʔ。

"没告V"这一结构中的V前隐含着一个表示任指意义的受事，这个受事成分不必显现，若显现了就不合天台话语法。如：

| 没告V | 没告吃_{没饭吃} | 没告讲_{没话说} | 没告著_{没衣服穿} | 没告写_{没什么可写} |
| 没告OV | *没告饭吃 | *没告话讲 | *没告衣裳着 | *没告啥物写 |

但若去掉上面加＊号的短语中的O，则又合乎天台话语法了：

没OV　　没饭吃　　没话讲　　没衣裳着　　没啥物①（好）写

"没/吭告用"[mø²³/ɦim²²⁴₂₂ kau⁵⁵₃₃ ɦyoŋ³⁵]是固定短语，意思是：

1)没有用处、派不上用场。如：

㊼晴天著穿蓑衣，没告用。ziŋ²²⁴₂₂ t'iɛ³³ tɕiaʔ⁵ so³³ i³³，muəʔ²³ kau⁵⁵₃₃ ɦyoŋ³⁵。

2)没本事，无能。如：

㊽生活㑚做，生意㑚做，介吭告用格干活儿不会，做生意不行，这么无能啊 saŋ³³ ɦuəʔ²³ fei⁵⁵ tsou⁵⁵，saŋ³³ i⁵⁵ fei⁵⁵ tsou⁵⁵，ka⁵⁵ ɦim²²⁴₂₂ kau⁵⁵₃₃ ɦyoŋ³⁵·kaʔ。

3)没价值、不中用。

㊾把刀都是缺，没告用也了这把刀满是缺口儿，没什么用了 po²¹⁴₂₁ tau³³ tuʔ⁵·zๅ k'yəʔ⁵，muəʔ²³ kau⁵⁵₃₃ ɦyoŋ³⁵·ɦaʔ·lau。

"没/吭告动"[muəʔ²³/ɦim²²⁴₂₂ kau⁵⁵₃₃ doŋ²²⁴]也是个固定短语，意为"毫无办法，无可奈何"：

㊿要地震凭啥人都吭告动要地震谁也没办法 iau³³ di³⁵ tɕiŋ⁵⁵ biŋ²²⁴₂₂ za³⁵ niŋ²²⁴₂₂ tuʔ⁵ ɦim²²⁴₂₂ kau⁵⁵₃₃ doŋ²²⁴。

另外，"没告"[muəʔ²³ kau⁵⁵]或"吭告"[ɦim²²⁴ kau⁵⁵]单独使用（后面不接动词）还有"没问题、没关系、不要紧"的意思。

51佢弗来也没告他不来也不要紧 gei²²⁴ føʔ⁵ lei²²⁴ ɦa²¹⁴ muəʔ²³ kau⁵⁵。

52吭告唻，我㑚搭别人讲格没问题，我不会跟人说的 ɦim²²⁴₂₂ kau⁵⁵·lɛ，ɦɔ²¹⁴ fei⁵⁵ tæʔ⁵ biɛ²³₂₁ niŋ²²⁴ kɔ̄³²⁵·kaʔ。

---

① "啥物"音[za³⁵₃₃ ɦim³⁵]，意为"什么（东西）"。

3. 没勒[muə?$^{23}_{-}$·lə?]/呒勒[ɦm$^{224}_{22}$·lə?]：否定性助动词。两个词意义和用法相同，似乎也是同一个词的两个变体。"勒"类似西南官话中的结构助词"得"[te^{11}]。"没勒"[muə?$^{23}_{-}$·lə?]/呒勒[ɦm$^{224}_{22}$·lə?] + V 相当于西南官话的"没得[me^{44} te^{11}] + V"，与北京话的"没有 O 可 V"意思相同，指由于动词所指行为的受事不存在，因而行为无从发生。比如"没勒吃"[muə?$^{23}_{-}$·lə? tɕ'yu?^{5}]或"呒勒吃"[ɦm$^{224}_{22}$·lə? tɕ'yu?^{5}]就是"没什么可吃"的意思。前述的"没告/呒告 + V"（下文简称 A 式）也有"没有 O 可 V"的意思，与本条的"没勒/无勒 + V"（下文简称 B 式）的结构意义基本相同。但两式仍有差别，主要在于：

1）B 式比 A 式语意更重。比如要说眼前没什么可吃，就说"没告/呒告吃"，要说穷得没东西吃，就用"没勒/呒勒吃"。

㊾（A 式）请尔拉来，也没<u>告</u>吃，吃餐便饭_{请你们来，没啥可吃的，吃顿便饭} tɕ'iŋ^{325} ɦŋ^{214}·la?
lei^{224}，ɦia^{214} muə?$^{23}_{-}$ kau$^{55}_{33}$ tɕ'yu?^{5}，tɕ'yu?$^5_1$·tsε biε$^{35}_{33}$ vε^{35}。

㊿（B 式）解时佢屋里小人多，呒勒吃呒勒著，可怜勒猛_{那时他们家小孩儿多，没吃没穿，可怜得很}
ka^{325} zɿ$^{224}_{22}$ gei^{224} u$_3$ li$_{33}$ ɕiau$^{325}_{32}$ niŋ$^{224}_{51}$ tou^{33}，ɦm$^{224}_{22}$·lə? tɕ'yu?^{5} ɦm$^{224}_{22}$·lə? tɕia?^{5}，
k'o$^{325}_{32}$ liε^{224}·lə? maŋ^{214}。

2）A 式中的 O 一般只能隐含，若显现于 V 前则不合语法（例见前）；B 式中的 O 不但可显现于 V 前，还可显现于否定词前以示强调，如：

没勒做_{没活儿干} muə?$^{23}_{-}$·lə? tsou^{55}

↓

没勒生活做_{没活儿干}
muə?$^{23}_{-}$·lə? saŋ^{33} ɦuə?$^{23}_{-}$ tsou^{55}

↓

生活（也）没勒做_{活儿也没干的}
saŋ^{33} ɦuə?$^{23}_{-}$（ɦa?） muə?$^{23}_{-}$·lə? tsou^{55}

没勒卖_{没（某物）卖} muə?$^{23}_{-}$·lə? ma^{35}

↓

没勒酱油卖_{没酱油卖}
muə?$^{23}_{-}$·lə? tɕiaŋ$^{55}_{22}$ ɦiɤu^{214} ma^{35}

↓

酱油（都）没勒卖_{酱油都没有卖的}
tɕiaŋ$^{55}_{33}$ ɦiɤu$^{214}_{33}$（tu?$^5_1$） muə?$^{23}_{-}$·lə? ma^{35}。

4．弗勒[fø?$^5_1$·lə?]：否定性助动词，后接谓词，表示由于某种原因所致而"不得 V"或"V 不成"。"弗勒"[fø?$^5_1$·lə?]后可接的动词包括及物的和不及物的，后接的形容词一般是表示状态变化的形容词。如：

弗勒[fø?$^5_1$·lə?] + Vt	弗勒[fø?$^5_1$·lə?] + Vi	弗勒[fø?$^5_1$·lə?] + Adj
弗勒吃_{吃不成}	弗勒睏_{睡不成觉}	弗勒饱_{饱不了(肚)}
fø?$^5_1$·lə? tɕ'yu?^{5}	fø?$^5_1$·lə? k'uaŋ^{55}	fø?$^5_1$·lə? pau^{325}
弗勒做_{做不成}	弗勒坐_{坐不成}	弗勒快_{快不起来}
fø?$^5_1$·lə? tsou^{55}	fø?$^5_1$·lə? zo^{214}	fø?$^5_1$·lə? k'ua^{55}
弗勒种_{种不成}	弗勒动_{动弹不得}	弗勒满_{没能(装)满}
fø?$^5_1$·lə? tɕyoŋ^{55}	fø?$^5_1$·lə? doŋ^{214}	fø?$^5_1$·lə? mø^{214}
弗勒喂_{喂(养)不成}	弗勒嬉_{玩儿不成}	弗勒心过_{没能舒服}
fø?$^5_1$·lə? y^{55}	fø?$^5_1$·lə? hi^{33}	fø?$^5_1$·lə? ɕiŋ^{33} ku^{55}

"弗勒 Vt"结构中的受事，不能出现在 Vt 之后，只能出现在整个结构之前：所以不能说＊弗勒

吃饭、*弗勒做生活做活儿等等,只能说"饭弗勒吃、生活弗勒做"等等,其中"饭、生活……"之类在整个结构中是受事主语。在"弗勒 Vi"结构中,Vi 可能有非受事宾语,如"睏觉"[kʻuəŋ₃₃⁵⁵ kau⁵⁵]的"觉"、"坐飞机"[zo₂₁²¹⁴ fi³³ ki³³]中的"飞机"等等,这些非受事宾语一般也不出现在动词之后,而是经常出现在"弗勒 Vi"之前,说成"觉弗勒睏"、"飞机弗勒坐"等等。这种置于整个结构前的名词性成分,充当的是一种"话题主语"的角色。

"弗勒□"[fø?₁⁵·lə? gau²²⁴]是个固定短语,意思是"不得了",一般在表示惊叹时用。其中的"□"[gau²²⁴]有"了结、完成"之意,本字待考。

5. 冇胆[ɦm₂₂²²⁴ tE³²⁵]:这两个字的组合似乎是自由短语,因为它的反义形式是"有胆"[ɦiɤu₂₁²¹⁴ tE³²⁵]。在北京话中,"有胆""没胆"更像短语,因为可扩展成"有多大胆""没这个胆"。但在天台话中,"有胆"[ɦiɤu₂₁²¹⁴ tE³²⁵]和"冇胆"[ɦm₂₂²²⁴ tE³²⁵]都不能作这样的扩展,它们结构紧密而牢固,更像一个词。天台土话中本来没有"敢"和"不敢"之类单位(现在偶尔能听到的是从北方话传入的),只有与它们分别对应的同义的"有胆"[ɦiɤu₂₁²¹⁴ tE³²⁵]和"冇胆"[ɦm₂₂²²⁴ tE³²⁵]。因此可以把"有胆"和"冇胆"看作一对表示"肯定—否定"意义的助动词。它们后接动词性单位,分别表示"敢 V"和"不敢 V"。如:

⑤我有胆吃鳗,冇胆吃蛇_{我敢吃鳗鱼,不敢吃蛇} ɦo²¹⁴ ɦiɤu₂₁²¹⁴ tE³²⁵ tɕʻyu?₁⁵ mø²²⁴, ɦm₂₂²²⁴ tE³²⁵ tɕʻyu?₁⁵ zo²²⁴。

由于"敢"和"不敢"不仅表示意志,而且是指较强烈的意志,因此它们通常只接自主动词。在规则上,凡是自主动词都能同"有胆""冇胆"结合共现,至于在语言使用中结合共现的频繁与否,只是使用频率问题,与组合能力不相干。如"相"[ɕiaŋ⁵⁵]相当于北京话的"看",使用频率很高,与"有胆""冇胆"结合共现就很普通:

⑤恐怖片尔有胆相,我冇胆相 koŋ₃₂³²⁵ pu₃₃⁵⁵ pʻiE³³ ɦŋ²¹⁴ ɦiɤu₂₁²¹⁴ tE³²⁵ ɕiaŋ⁵⁵, ɦo²¹⁴ ɦm₂₂²²⁴ tE³²⁵ ɕiaŋ⁵⁵。

这类动词很多,不一一举例。

至于非自主动词,其中个别的词所指的行为有一定程度的可控性,也可以同表示意志的"敢/不敢"组合。比如"怒"是非自主动词(马庆株1992),而成语有"敢怒而不敢言","言"是文言词,与白话对应的是"说","说"是自主动词(马庆株1992),"言"亦应如是。"言""怒"均可与"敢/不敢"组合,可见"怒"也有一些自主性。天台话中与北京话"怒"对应的词是"气"[ki⁵⁵],它也可以同"有胆/冇胆"组合。如:

⑤搭佢吤档人,尔有胆气,我冇胆气_{同他这种人,你敢生气,我不敢生气} tæ?₁⁵ gei²²⁴ kø?₁⁵ tõ₂₂⁵⁵ niŋ₂₁²²⁴, ɦŋ²¹⁴ ɦiɤu₂₁²¹⁴ tE³²⁵ kʻi⁵⁵, ɦo²¹⁴ ɦm₂₂²²⁴ tE³²⁵ kʻi⁵⁵。

6. 弗该[fø?₁⁵ kei³³]:否定性助动词,意为"不该",后接动词和形容词。动词无论自主性与非自主性,均可与"弗该"结合。形容词限于表示性状程度可变意义的词,词前一般加"介"[ka⁵⁵,这么、那么(样)]以指示其程度。如:

弗该 + 自主动词　　　　弗该 + 非自主动词　　　　弗该 + 介 + 形容词

弗该讲[fø?₁⁵ kei³³ kõ]　　弗该死[fø?₁⁵ kei³³ sᴊ³²⁵]　　弗该介亮[fø?₁⁵ kei³³ ka⁵⁵ liaŋ⁵⁵]

弗该相看[～～ɕiaŋ⁵⁵]　　弗该有[～～ɦiɤu²¹⁴]　　弗该介壮胖[～～ka⁵⁵ tɕyõ⁵⁵]

弗该做[～～tsou⁵⁵]　　　　弗该冇[～～mɣu³³⁴]　　　　弗该介瘵瘦[～～ka⁵⁵ za³⁵]

弗该吃[～～tɕʼyuʔ⁵]　　　　弗该跌[～～tiæʔ⁵]　　　　弗该介穷[～～ka⁵⁵ gyoŋ³⁵]

弗该嫁[～～ko⁵⁵]　　　　弗该惟怕[～～huɔʔ⁵]　　　　弗该介慢[～～ka⁵⁵ mɛ³⁵]

弗该问[～～məŋ³⁵]　　　　弗该坍[～～tʼɛ³³]　　　　弗该介歪赖脏[～～ka⁵⁵ ua³³ la⁵⁵]

弗该介绍[～～ka₂₂⁵⁵ ʑiau²¹⁴]　　弗该相着看见[～～ɕiaŋ⁵⁵ dʑiaʔ₂₁²³]　　弗该介瘪死死蔫巴[～～ka⁵⁵ piæʔ⁵s₁³²⁵s₁³²⁵]

弗该表扬[～～piau₃₂³²⁵ ɦiaŋ²²⁴]　　弗该碰着遇见[～～baŋ dʑiaʔ²³]　　弗该介煞夹厉害[～～ka⁵⁵ sæ₁⁵kæʔ⁵]

"弗该V"结构中的V的宾语,不论是否受事的,若需要时既可出现于V后,也可出现于"弗该"前,但是不能置于"弗该"和V之间:

弗该讲　　　弗该讲闲话　　　闲话弗该讲　　　*弗该闲话讲

弗该冇　　　弗该冇老倌丈夫　　老倌弗该冇　　　*弗该老倌冇

前述的"没勒"和"弗勒"同V之间可以出现宾语,这是"弗该V"与它们的不同之处。但并不是所有"弗该V"后的宾语都可能提到"弗该"前,有以下3种情况:

1)动词含有给予义,其宾语提前后会引起语意含混或分歧:

弗该嫁　　弗该嫁人/老倌丈夫　　*人弗该嫁　　*老倌弗该嫁

但是如果"嫁"的宾语是"囡"[no₃₁],"嫁"在这里失去了给予义,"囡"在这里是被处置者而不是被给予者,又可以提前了:

弗该嫁吤囡不该嫁这个女儿 føʔ⁵ kei³³ ko₃₃⁵⁵ køʔ⁵ no₃₁

吤囡弗该嫁这个女儿不该出嫁 køʔ⁵ no₃₁ føʔ⁵ kei³³ ko⁵⁵

2)动词含有相互义,宾语提前会被误解为施动:

弗该碰着老虎 føʔ⁵ kei³³ baŋ³⁵ dʑiaʔ₂₁²³ lau₂₁²¹⁴ hu³²⁵

*老虎弗该碰着 lau₂₁²²⁴ hu³²⁵ føʔ⁵ kei³³ baŋ³⁵ dʑiaʔ₂₁²³

3)双宾语动词的指人宾语提前会被误解为施动:

问老师吤个问题 məŋ³⁵ lau₂₁²¹⁴ s₁³³ køʔ⁵ kou vəŋ₃₃³⁵ di₅₁²²⁴

吤个问题问老师 køʔ⁵ kou vəŋ₃₃³⁵ di₅₁²²⁴ məŋ³⁵ lau₂₁²¹⁴ s₁³³

? 老师问吤个问题 lau₃₂³²⁵ s₁³³ məŋ³⁵ køʔ⁵ kou vəŋ₃₃³⁵ di₅₁²²⁴

7. 㑺去[hiau⁵⁵ kʼei⁵⁵]:否定性动词,与动词"要"意义相反。由北方话传入天台的"不要"[pəʔ⁵ iau⁵⁵]一词只在书面语中出现,天台口语中只有与之同义的这个"㑺去"。这个词用于表示对事物的不需要或拒绝接受。事物名词一般置于否定词"㑺去"之前:

㊳问:尔要粥还是要饭 ɦŋ²¹⁴ iau⁵⁵ tɕyuʔ⁵ ɦua z₁ iau⁵⁵ vɛ³⁵?

答:我要碗粥,饭㑺去 ɦɔ²¹⁴ iau⁵⁵ uø₃₂³²⁵ tɕyuʔ⁵, vɛ³⁵ hiau⁵⁵ kʼei⁵⁵。

值得注意的是,在问句中,名词"粥"和"饭"都在"要"之后,在答句中,"粥"仍在表示肯定意思的分句中的"要"之后,在表示否定意思的分句中,"饭"却被置于"㑺去"之前。上面这个答句中的肯定句也可说成"粥要碗"[tɕyuʔ5 iau⁵⁵ uø₃₂³²⁵],但否定句很少说"㑺去饭"。总之,表示不需要的事物的名词,一般不置于"㑺去"之后,即便是较长的名词性短语也是如此。

另外,"㑺去"还可单独使用表示不需要:

㊴问:鸡子要也勿鸡蛋要吗 ki³³ ts₁³²⁵ iau⁵⁵·ɦa·vøʔ?

答:嬡去不要 hiau⁵⁵ kei⁵⁵。

8. 冇对[mɤu³³⁴ tei⁵⁵]:否定动词,表示"没有",否定人或事物的存在。被否定的人或事物的名词置于"冇对"之前作主语,不置于其后作宾语。如:

⑩学生都冇对也了,逃光也了_学生都没有了,跑光了_ ɦoʔ²³₂₁ saŋ³³ tuʔ mɤu³³⁴ tei⁵⁵·ɦaʔ·lau, dau²²⁴ kuɔ̃³³·ɦaʔ·lau。

⑪把剪冇对也了,寻勿着_剪子没了,找不到_ poʔ³²⁵₃₂ tɕiɛ³²⁵ mɤu³³⁴ tei⁵⁵·ɦaʔ·lau, ziŋ²²⁴·vøʔ dʑiaʔ²³。

⑫只狗在也,只猫冇对_狗在那儿,猫不在_ tsaʔ⁵₁ kɤu³²⁵ zei²¹⁴·ɦaʔ, tsʼaʔ⁵₁ mau⁵¹ mɤu³³⁴ tei⁵⁵。

"冇对"和"冇"都表示"没有""不存在"。二者主要区别在于:1."冇"还表示"不具有""不领有"的意思,被否定的事物名词置于"冇"后,"冇对"没有这个意义和用法;2.表示"不存在"意义时,"冇对"比"冇"更具强调意味。

三 比较分析

上节描述了天台话全部的否定词。不算变体,计有单纯的 3 个,缩合的 6 个,复合的 8 个,共是 17 个。看起来似乎形式纷繁,数量众多,但是基本的否定词就是 3 个单纯形式。缩合的和复合的否定词,都是单纯否定词拼合或加合了其他音义成素而成的"化合物"。这些"化合物",在其他方言(包括北京话)中也有,只是没有天台话多。缩合(合音)的否定词,在北京话中只有一个"甭"。复合的否定形式,在北京话语法研究中一般被作为词组对待。但是天台话否定词的复合形式,由于大多结合紧密,不便当作词组拆分。

尽管各方言之间否定的概念(观念)大体差不多少,但由于表现形式和数量的差异,致使互相之间难有一一对应关系。此外天台话否定词近义形式间的差异也很细致微妙。上节描写中已对天台话和北京话部分否定词间的差异作了一些对比,对天台话近义否定词间的差异也作了少量分析。下面再试作进一步的比较分析。

(一)天台话和北京话否定词的比较分析

1. 表示直接否定

天台话用"弗"[føʔ⁵]/"勿"[vøʔ²³],北京话用"不"和"非"。

天台土话中没有"不",北京的"不"天台读为[pøʔ⁵],只在文语中使用。北京话否定副词"不"的意义和用法,在口语中一般由"弗/勿"承担,在语句中基本对应。如下表:

地点	否定词	可与否定词组合的词举例											
天台	弗/勿	来	去	做	坐	走	讲	好	疲	对	是	应当	能够	识相
北京	不	来	去	做	坐	走	说	好	坏	对	是	应当	能	知趣儿

但是,北京话中"不"已经成为一个组合能力较强的类前缀,如"不法/不道德/不人道/不规则/不带音/不织布/不动产"等等,这类作为类前缀语素的用法"弗/勿"没有,而且不可把北京话词语中的"不-"改写为"弗/勿-"。

北京话中还有一个由文言沿用下来的否定形式"非",它的本义是"不对""不是",这个意义天台话中只能用词组"弗是""勿是""弗对"之类词组表示。独立的"非"现代北京话已不常用。至于类前缀性质的"非-",在天台话中亦无对应形式。

2.表示不存在或不具有

天台用"没"[muə?^{23}]、"冇"[mɤu^{334}]、"呒"[ɦm^{224}],北京用"没"[mei^{35}]、"没有"[mei^{35} jou^{214}]、"无"[wu^{35}],都是动词。意义对应,组合规则不完全对应。

1)北京话的"没"和"没有"在"Ne+N 和 N+Ne+了"的组合中,分布一致,可以替换,Ne用"没"或"没有",意义与合法性不会发生变化。天台的"冇"在这方面与北京的"没""没有"相近。但天台的"没"只有 Ne+N 一种组合,没有"N+Ne+了"式。

2)在作周遍性强调时,两地方言共同的格式是"一+C+N+也/都+Ne"。这个位于句末的 Ne ,可用北京话的"没有"和天台话的"冇",但是北京话的"没"[mei^{35}]和天台话的"没"[muə?^{23}]都不能用:

北 京 话　　　　　　天 台 话
A　兜儿里一分钱都/也没有　　A　袋勒一分洋钿都/也冇
B　*兜儿里一分钱都没　　　　B　*袋勒一分洋钿都/也没

然而,当在句末加上语气助词"了"时,北京话的 B 句又能成立了,但与北京话"了"相当的天台话的语气助词"也了",只能加在天台话 A 句末,不能加在 B 句末使之成立。

3.表示"不可为"和"难为"

天台话的"孬"[fau$_{32}$]、难[nɐ^{224}]、呒此[ɦm^{224} tsʻ$_{121}$]和北京话的"不能""不可(以)",既可表示"不可为",又可表示"难为"。但双方并不全面对应。主要情况有:

1)就组合能力而言,"孬"结合面几乎遍及所有自主动词,"不能"与"不可(以)"也大体与之类似,但就组合单位表示的意义而言,在天台话中几乎所有的"孬 V"都兼含"不可为"和"难为"两种意思,而在北京话中只有少部分"不能 V"和"不可(以)V"才兼含这两种意思,大部分"不能 V"和"不可(以)V"只有"不可为"的意思,而把"难为"这层意思由"不好 V"来表达。

2)北京话的"不能"还有一层意思是"不可能",这层意思天台话的"孬""难""呒此"都没有。因此,北京话的"不能"还可与很多非自主动词结合,如"不能懂/丢/败/病/死/锈/灭/炸/误/漏/掉/沉……"等等。北京话的这层意思,天台话用"尲V"来表现。

3)天台话的"难""呒此"所能组合的词,多系单音节的常用口语词,结合面比天台话的"孬"、北京话的"不能"、"不可(以)"都窄得多。

4.表示对行为前提的否定

天台话用"没告V/呒告V"和"没勒 V/呒勒 V"来否定行为前提——受事的存在。而指称这个动词的受事的名词却不能显现。但在北京话中,却必须显现这个受事,用"没OV"的格式来表现。

5.表示对行为或状态达成的否定

天台话用"弗勒 VP"表示对行为或状态的达成,北京话一般"V+可能补语"的格式表示这一意思:

天台:弗勒上　弗勒滚水开　　弗勒走　弗勒关　弗勒逃　弗勒亮　　弗勒慢

北京:上不去 (水)开不了 走不成 关不上 跑不走 亮不起来 慢不下去

(二)天台话否定词的内部差异

天台话否定词数量既多,为了表情达意的精确,同义或近义否定词意义和用法上的差异必然表现细微。这里只择要分析若干组对以示其大概。

1."弗"[føʔ⁵]／"勿"[vøʔ²³]和"没"[muəʔ²³]:"弗/勿"是副词,"没"兼为副词和动词。它们都可后接动词和形容词。区别在于"弗/勿"是对其后动词和形容词所表示的行为、性状的直接否定,相当于北京话的"不VP",而"没"用作副词时,否定的是其后动词和形容词所指行为和性状的已然性,相当于北京话的"未曾VP"。

2.否定副词"没"[muəʔ²³]和"嬱"[vəŋ²²⁴]:二者后接谓词,都表示对行为或状态已然性的否定,义同"未曾VP"。差别在于"没VP"意在表示将然而未然,而"嬱VP"意仅止于未尝然,至于将然与否不在虑中。比如说"人没来"[niŋ²²⁴ muəʔ²³ lei²²⁴],意思是这个人可能以后会到来;说"人嬱来"[niŋ²²⁴ vəŋ²²⁴ lei²²⁴],这个人也许以后会来,但说话人只想说那人此前他没来过或未到,至于以后来否,说者并不在意。

另外,在用法上,"嬱"可置于句末发问,如:

人走也嬱人走了吗 niŋ²²⁴ tsɤu³²⁵ ·ɦa vəŋ²²⁴?

但"没"不能这样用,不能说*人走也没。

3.否定动词"没"[muəʔ²³]、"冇"[mɤu³³⁴]和"呒"[ɦm²²⁴]:3个词的意义都是否定事物的存在或被领有、具有。区别在于:

1) 在风格上,"呒"具有古旧色彩,"冇"具有口头轻松色彩,"没"具有新鲜文化色彩。这种说法不仅参照了词语本身的历史,而且有它们在现代天台话中的使用情况为据。

2) 组合规则的表现"冇"最为全面。天台话表现不存在、不被领有或具有的规则,有 ① Ne+N, ② N+Ne+也了, ③ 一+C+N+也/都+Ne(±也了)。"冇"在这3条规则中都通用,"没"和"呒"通常只有第①式,少有第②式和第③式。构成第①式的使用频率,"没"比"冇"更高,"呒"的使用频率最低,且只表现在一些固定组合中。

3) 在构成以"Ne+N+V"为规则的连动式和兼语式时,"没"最常用,其次是"冇",最不常用的是"呒"。

	没+N+V	冇+N+V	呒+N+V
连动式	没糖吃/没水喝/没路走/没笔写	冇钞票用/冇生意做/冇话讲	——
兼语式	没人教/没人去/没哪个来	冇人讲/冇啥人听讲	呒人教

"呒人教"是个较古老的固定形式,现在通常说成"没人教",意为"缺乏教养"。

4) 在比较句中表示"不如"时,规则是"S+Ne+N₁(±N₂)+A"(参见本文例句⑤、⑥、⑦),Ne通常也是用"没",其次用"冇",而"呒"未见有用例。

4."嫒"[fiau⁵⁵/hiau⁵⁵]和"甮[voŋ²²⁴]在后接动词时,都可以表示对行为的劝止。区别在于,用"嫒"着重于说话人主观意愿想劝止,近似北京话的"别V"(例句⑬、⑮),"甮"着重于强调表示客观致使之"不必",类似北京话的"没必要V"(例句⑱、⑲)。正因为有此主客观之倾向,所以"嫒"可用于表示说话人的"不愿"(例句⑭),这时的"嫒"就不能换用"甮"。而例句⑬中的"嬝"换了"臽",全句就由主观的叮嘱变成表示客观上的"用不着 V"了。例句⑲的"臽"如换了"嬝",句意也由强调"不必"变成了对说话人情绪倾向的传递。

5）"吭此"和"弗勒"后接动词,都表示该动词所指行为之不能实现。区别在于"吭此 V"侧重于表示客观条件致使的"不可 V"(例句㊷至㊺),"弗勒 V"则意在表现客观所致之"不得 V"。因此,如果说:

河豚有毒,吭此吃！ɦou²²⁴ dəŋ²²⁴₂₁ ɦiɤu²¹⁴ duʔ²³, ɦm²²⁴ tsʮ³²⁵₁₃₂ tɕyuʔ⁵！

就是一句劝阻的话,如果说成:

河豚有毒,弗勒吃也了！ɦou²²⁴ dəŋ²²⁴₂₁ ɦiɤu²¹⁴ duʔ²³, føʔ⁵₁·ləʔ tɕyuʔ⁵·ɦa ·lau！

就成了表示想吃而吃不到嘴的无可奈何的话了。

参考文献

[1]戴昭铭.天台话和北京话的语音对应关系[A].吴语论丛[C].上海:上海教育出版社.1988. 256－263.

[2]戴昭铭.天台话的几种语法现象[J].方言.1999,(4).249－258.

[3]马庆株.自主动词和非自主动词[A].汉语动词和动词性结构[C].北京:北京语言学院出版社.1992.13－46.

[4]钱乃荣.上海话语法[M].上海:上海人民出版社.1997.165－168.

[5]徐烈炯,邵敬敏.上海方言语法研究[M].上海:华东师范大学出版社.1998.135－152.

第九章 天台方言动词的体貌

体貌(aspect)或称"情状"、"体"、"态",指的是一定语法形式所标记的动词所指的动作行为的活动状态,是众多语言普遍存在的语法范畴。由于"体"(aspect)和"时"(tense)在概念和表现方式方面常有一些难以分解、不易说清的问题,有时人们就把二者合为"时态"或"体时态"(as-pectual-tense)。但是汉语动词的"时"作为一种语法范畴,不仅其形式表现不够完备系统,而且在实际的言语使用中也缺少定规,描述起来相当困难;而动词"体貌"(aspect)的表现则比"时"的表现充分完备得多。普通话和方言莫不如此。本文在着重描述天台话动词的体貌表现时,也附带涉及一些"时"的内容。由于汉语部分形容词具有动词的某些性质,也能构成类似于动词体貌的格式,故也一并在此讨论。

天台话动词体貌,除普泛体使用动词零形式外,有以下几种构成手段:(1)前加助动词,(2)后加助词、量词、趋向动词或指示代词,(3)重叠。有的体貌类型兼用其中两种手段,构成复合体貌。本章按照语法意义把天台话动词体貌分为十二种,逐一加以描述。

一 普泛体(general aspect)

"普泛体"即动词的"零形式"——V^O。这种体貌通常表示一种普遍而恒常的关系或现象,这种关系或现象通常无实质性的动作行为,故与时间、状态无关,通常不需添加表示时间、状态的语法形式。使用普泛体的动词类别和语境主要有:

㈠关系动词"是、像、姓、属"等:

①佢是乃姆她是你妈 gei^{224} z_{121}^{214} na_{35}^{214} m_{51}。

②尔蛮像乃姆咯你很像你妈妈的 $fiŋ^{214}$ mE^{55} $ziaŋ^{214}$ na_{35}^{214} m_{51}·$koʔ$。

③尔姓王,三划王个王;我姓黄,草头黄你姓王,我姓黄 $fiŋ^{214}$ $çiŋ^{55}$ $fiuɔ^{224}$,sE^{33} $fiuaʔ^{23}$ $fiuɔ^{224}$·$koʔ$ $fiuɔ^{224}$,$fiŋ^{214}$ $çiŋ^{55}$ $fiuɔ^{224}$,$ts'au_{32}^{325}$ $dɤu_{334}^{224}$ $fiuɔ^{224}$。

④ 我拉三人只我属虎,佢拉属龙咯我们三个只有我属虎,他俩属龙的 $fiɔ^{214}$·$laʔ$ sE^{33} $niŋ^{224}$ $tçiɿʔ^5$ $fiɔ^{214}$ $zyuʔ_{21}^{23}$ hu^{325},gei^{224}·$laʔ$ $zyuʔ_{21}^{23}$·$loŋ^{224}$·$koʔ$。

㈡存在动词,指表示存在、位置的"在、□lei^{214}"等动词。"在"音[zei^{214}],□lei^{214}是"在"[zei^{214}]的语音变体,二者可以互换,但口语中以□lei^{214}为常用:

⑤ 乃儿在哪去呃? /□lei^{214}北京你儿子在哪儿啊? /在北京 na_{33}^{214} fin^{224} zei^{214} no_{35}^{214} kei·$aʔ$ /lei^{214} $pø?_1^5$ $kiŋ^{33}$。

⑥ 北京□lei^{214}北边,广州□lei^{214}南边北京在北边儿,广州在南边儿 $pø?_1^5$ $kiŋ^{33}$ lei^{214} $pø?^5$·piE,$kuɔ̃_{32}^{325}$ $tçiɤu^{33}$ lei^{214} nE^{224}·piE。

天台话的这个□lei^{214}同上海话表示存在义的动词"辣"有明显的同源关系。

㈢表示"有无"意义的动词"有、无、没、冇"等：

⑦ 镬勒有粥锅里有粥 ɦuɒʔ$^{23}_{1}$·ləʔ ɦiɤu^{214} tɕyuʔ^5。

⑧ 无事弗不登三宝殿 vu$^{224}_{33}$ zɿ^{35} føʔ^5 təŋ^{33} sε^{33} pau$^{325}_{32}$ diε^{35}。

⑨ 缸勒里水有也冇？/没水。kɒ̃^{33}·ləʔ ɕy^{325} ɦiɤu^{214}·ɦa mɤu$^{224}_{32}$？/møʔ$^{23}_1$ ɕy^{325}。

㈣动作行为动词用于表示祈使和意愿意义时：

⑩ 尔走呃，我弗走你走吧，我不走 ɦɿ^{214} tsɤu^{325}·aʔ，ɦɔ^{214} føʔ^5 tsɤu^{325}。

⑪ 姆呃，我肚瞎，我要吃妈呀，我饿，我要吃 ʔm^{51}·aʔ，ɦɔ^{214} du^{214} hæʔ^5，ɦɔ^{214} iau$^{55}_{31}$ tɕyuʔ^5。

㈤动作行为动词用于表示普遍真理和广泛现象时：

⑫ 生小人总要肚痛生孩子难免要肚子疼 saŋ^{33} ɕiau$^{325}_{32}$ niŋ^{224} tsoŋ^{325} iau$^{55}_{31}$ du^{214} toŋ^{55}。

㈥动词后有可能补语或结果补语时：

⑬ 梗鱼逃弗□gau^{224}了这条鱼跑不掉了 kuaŋ$^{325}_{32}$ ɦŋ^{224} dau^{224} føʔ^5 gau^{224}·lau。

⑭ 件衣裳做勒大猛，呒此着也了这件衣服做得太大，没法穿了 giε$^{214}_{21}$ iɿ$^{33}_{55}$ zɔ̃ tsou^{55}·ləʔ dou^{35}·maŋ，ɦm$^{224}_{33}$ tsɿ$^{325}_{132}$ tɕiaʔ^5·ɦaʔ·lau。

这里说在以上㈠至㈤等情况中动词用零形式，只是就一般情况而言，并不是说这些动词只能用零形式。在某些特殊语境中，由于表意的需要，一些平常不加体貌成分的动词也可加上体貌成分。比如第㈠种情况的"关系动词"，在特殊情况下也可加上"阿"[aʔ]（类似北京话的"了₁"）构成实现体；或者加上"落去"[lɔʔ$^{23}_1$·kəʔ]（类似北京话的"下去₃"）构成继续体。再如表示存在的第㈡类动词"在"或□lei^{214}，加上表示实现意义的"阿"，比不加"阿"的形式具有一种对已然存在的强调意味。比如句⑥可以转换成：

⑮ 北京□iei^{214}阿北边，广州□lei^{214}阿南边。

再如第㈢种，由于现实中的从无到有或从有到无都可以看作一种过程，因而表示"有无"意义的动词后也可以加"阿"[aʔ]，强调过程的实现或完成（见例句㊄、㊅）。

二 将行体(volitive aspect)

"将行体"的构成格式是"要+V"。这个"要"[iau^{55}]是助动词，表示其后续动词所指的动作、行为、变化或现象将要发生。"要"本是动词，但作为体貌成分的"要"通常失去本调，只读轻声。

⑯ 佢个囡要读大学了他的女儿要上大学了 gei^{224}·koʔ no^{51}·iau duʔ$^{23}_{2T}$ da$^{35}_{33}$ ɦɔʔ$^{23}_1$·lau。

⑰ 佢女客要生小人了他老婆要生孩子了 gei$^{224}_{33}$ ny$^{214}_{21}$ kaʔ^5·iau saŋ^{33} ɕiau$^{325}_{32}$ niŋ$^{224}_{51}$·lau。

⑱ 天要落雨下雨了 t'iε^{33}·iau lɔʔ$^{23}_{2T}$ ɦy^{214}·lau。

⑲ 只猪要死了这头猪要死了 tsaʔ^5 tsɿ^{33}·iau sɿ^{214}·lau。

⑳ 只气球要炸了 tsaʔ$^5_1$ k'i$^{55}_{33}$ giɤu$^{224}_{334}$·iau tsɔ^{55}·lau。

动词将行体表示动作、行为或现象将要发生，无论是自主动词还是非自主动词、持续动词还是短暂(瞬间)动词均有将行体，如上面⑯—⑳句。关系动词一般没有将行体，因此可以说"尔你要做厂长了"，却不可说 *尔要是厂长了。但这一规则也不是绝对的，如"姓、属"就是可以

变化的关系,在一定语境中亦可用将行体:

㉑ 户口搭和身份证代给尔办好了,天亮明天尔拔就要姓赵了 ɦu²⁴₂₁ kʻʏu³²⁵ tæʔ⁵ ɕiŋ³³ vəŋ³⁵ tɕiŋ⁵⁵ dei³⁵ ɦŋ²¹⁴ bɛ³⁵ ɦau³²⁵·lau,tʻiɛ³³ niaŋ³⁵ ɦŋ²¹⁴ bæʔ²³·iau ɕiŋ⁵⁵ dziau²¹⁴·lau。

㉒ 过拉日此地要属市区了过儿大这里要属市区了 ku⁵⁵·laʔ·niɪʔ tsʻ₁³²⁵ di³⁵·iau ʐyuʔ²³ z̩²¹⁴₁₂₁ kʻy³³·lau。

存在动词一般没有将行体。但"有无"动词可用将行体,表示"有无"现象的将会发生:

㉓ 西藏快要有铁路了 ɕi³³ z̃³⁵ kʻua⁵⁵·iau ɦiʏu²¹⁴ tʻiæʔ⁵₁ lu³⁵·lau。

㉔ 水库勒鱼快要冇也了水库里鱼快要没了 ɕy³²⁵₃₂ kʻu⁵⁵·ləʔ ɦŋ²²⁴ kʻua⁵⁵·iau mʏu²²⁴ ɦa·lau。

"将行"的"将"是个时间范畴,以说话人说话当时为参照点,其后发生的事无论在多遥远的未来,都属"将行"。如:

㉕ 再过七年北京要办奥运了 tsei⁵⁵ ku⁵⁵ tɕiɪʔ⁵₁·niɛ pøʔ⁵₁ kiŋ³³·iau bɛ³⁵ au⁵⁵₃₃ ɦyoŋ³⁵·lau。

㉖ 一万年以后地球原旧要转 iɪʔ⁵₁ vɛ³⁵·niɛ ɦiʏ²¹⁴ ɦʏu²¹⁴ di³⁵₃₃ giʏu²²⁴₃₃₄ nyø²²⁴₃₃ giʏu³⁵·iau tɕøyø⁵⁵

但是也可以说话前某一时间为参照点,这就是"过去的将行":

㉗ 昨日佢扣要出门,客来了昨天他正要出门,客人来了 zɔʔ²³ niŋ³¹ gei²²⁴ kʻʏu³³₅₁·iau tɕy̆ʔ⁵₁ məŋ²²⁴,kʻaʔ⁵ lei²²⁴·lau。

三 起始体(inchoative aspect)

起始体的构成格式是"V+起来[·kʻəʔ ·ləʔ]"。表示动作、行为、变化和状态的开始并且有所继续。作为体貌成分的"起来"[·kʻəʔ ·ləʔ]是由动词"起来"虚化而成的。动词"起来"[kʻi³²⁵·lei/kʻi³²⁵·ləʔ]本有升高义,引申为起床、站起或坐起,这个"起来"可记为"起来₁"。如:

㉘ 飞机起来₁了 fi³³ ki³³ kʻi³²⁵·ləʔ·lau。

㉙ 天亮了,好起来₁了 tʻiɛ³³ liaŋ³⁵·lau,hau³²⁵₃₂ kʻi³²⁵·ləʔ·lau。

㉚ 吋小人赖地勒尬起来₁这孩子赖在地上不肯起来 køʔ⁵ ɕiau³²⁵₃₂ niŋ²²⁴₅₁ la³⁵ di³⁵·ləʔ fei⁵⁵ kʻi³²⁵·ləʔ。

"起来"如果置于动词后,表示动作向上,这时读为·kʻəʔ·ləʔ,这个"起来"表示动作趋向,可记为"起来₂"。

㉛ 尔荷站起来₂ ɦŋ²¹⁴ gi²¹⁴ kʻəʔ·ləʔ!

㉜ 旗杆竖起来₂了 gi²²⁴₃₃ kɛ³³ zy²¹⁴·kʻəʔ·ləʔ·lau。

"起来₂"的意义进一步虚化,用法泛化,置于动词或形容词后,并不表示动作"向上"的方向,只表示动作、行为、状态的开始并继续貌,就成了体貌成分。这个"起来"可记为"起来₃"。只有"起来₃"才是起始体的语法标记:

㉝ 钞票末赶紧囥起来钱嘛快藏起来 tsʻau³²⁵₃₂ pʻiau⁵⁵·məʔ kɛ³²⁵₃₂ kiŋ³²⁵ kʻɔ̃⁵⁵·kʻəʔ·ləʔ!

㉞ 雨都落下起来₃了 ɦy²¹⁴·tuʔ lɔʔ²³·kʻəʔ·ləʔ·lau。

㉟ 解那边打起来₃了 ka³²⁵·piɛ taŋ³²⁵·kʻəʔ·ləʔ·lau。

㊱ 电灯亮起来₃了 diɛ³⁵₃₃ dəŋ³³ liaŋ³⁵·kʻəʔ·ləʔ·lau。

㊲ 生活计忙起来₃了 saŋ³³ ɦuəʔ²³ m̃²²⁴·kʻəʔ·ləʔ·lau。

如果谓语是个动宾结构,宾语一般插在"起来₃"两字之间。

㊳ 大家人都做起生活来₃了大家都开始干活儿了 da_{33}^{35} $k\tilde{o}^{33}$ nin_{51} tu^5 $tsou^{55}$·kəʔ san^{33} ɦuəʔ^{23}·lə?·lau。

由于动作起始后就成为一种"状态",因而起始体可用来表示一种虚拟的状态:

㊴ 相相难相,吃起来₃蛮香格看着难看,吃起来很香的 ɕian^{55}·ɕian nE_{33}^{35} ɕian^{55},$tɕˑyuʔ^5$·kəʔ·ləʔ mE^{33} $hian^{33}$·ka?。

这句中的"吃起来",只是处于设想中,所以称为虚拟状态。

"起始体"表示动作、行为和状态变化的开始,因而它不用于不表示变化的关系动词、处所动词和有无动词。但天台话的"有"除了是"无、冇没有"的反义外,还有一个引申义是"富、有钱",用于这个意义的"有"实际已成为形容词,因而可以用起始体:

㊵ 佢屋里做生意有起来了他家做生意富起来了 gei^{224} u_{33} li^{325} $tsou_{33}^{55}$ san^{33} i^{55} ɦiɤu^{214}·kˑ?·ləʔ·lau。

四 进行体(durative aspect)

"进行体"的构成格式是"lei^{214} $aʔ^5$ + V"。动词前的体貌标记 lei^{214} $aʔ^5$ 与上海话进行体的标记 $laʔ$、$laʔlaʔ$、$laʔhE$ 相对应,有同源性质。lei^{214}来源于表示存在的动词"在"zei^{214}①,$aʔ^5$来源于表示处所的指示代词"解埭"$[ka^{325}$ $tE_{31}]$(意为"那儿")。说 zei^{214} ka^{325} tE_{31} 或 lei^{214} ka^{325} tE_{31} 都等于北京话的"在那儿"。lei^{214}是"在"zei^{214}的变体,但口语中 lei^{214} 的使用频率远远高于 zei^{214}。由于 zei^{214} ka^{325} tE_{31} 或 lei^{214} ka^{325} tE_{31} 经常置于动词前,与其后的动词共同组成一个紧密的短语,表示"在那儿 V"的意思,说快了就变成了 ·lei·a? V,其中 V 前的 ·lei·a? 读音轻弱,两个音节失去了本来的调值,界限也几乎消失,好像一个音节,这样的 ·lei·a? 就成了一个表示动作行为正在持续进行的体貌标记了。这个体貌意义北京话用副词"在"表示。天台话的 ·lei·a? V 和北京话的"在 V"有对应性:

北京:在 V	在吃饭	在睡觉	在说话	在玩儿	在干活儿
天台:·lei·a?V	·lei·a? 吃饭	·lei·a? 睏觉	·lei·a? 讲话	·lei·a? 嬉	·lei·a? 做生活

如果要强调当时正在进行,北京话在"在"前加副词"正",天台话与北京话"正"对应的是副词"扣":

北京话　　　　　天台话

他正在看电视　　佢扣 ·lei·a? 相电视 gei^{214} $k ˑ ɤu_{51}^{55}$·lei·a? ɕian_{33}^{55} diE_{33}^{35} zl^{35}

我正在想你　　　我扣 ·lei·a? 念尔　$ŋɔ^{214}$ $kˑɤu_{51}^{55}$·lei·a? niE^{35}·ŋ

猫正在捉老鼠　　猫扣 lei a? 柯老鼠　mau_{51} $kˑɤu_{51}^{55}$·lei·a? $kˑo^{55}$ lau_{21}^{214} $tsˑl^{325}$

但是这个"在"和"扣"都不属于体貌标记。

---

① 参见钱乃荣著《上海话语法》第207页,上海人民出版社,1997年。

进行体 lei aʔ V 中的 V 一般用可持续性的动作动词和心理动词,不能用关系动词、存在动词、有无动词和短暂动词。

五　继续体(continuative aspect)

继续体的构成格式是"V+落去[lɔʔ²³·kʼəʔ]"。"去"的单字本音是 kʼei⁵⁵,在"落去"一词中弱化并促化为 ·kʼəʔ。天台话的"落去"在意义和用法上都相当于北京话的"下去"。北京话的"下去"可析为 3 个"形类"(form class):作独立动词的"下去₁"、"作趋向补语的"下去₂"和作体貌(情状)标记的"下去₃"。天台话的"落去"也是这样:

	北京话	天台话

V₁: 你下去吧,我不下去　　　尔落去,我弗落去 ȵ²¹⁴ lɔʔ²³·kʼəʔ,ɦɔ²¹⁴ føʔ⁵ lɔʔ²³·kʼəʔ。

V₂: 球滚下去了　　　只球勯落去了 tsaʔ⁵ giɤu⁵¹ lei³⁵ lɔʔ²³·kʼəʔ·lau。

V₃: 让他说下去!　　　凭佢讲落去 biŋ²²⁴ gei²²⁴ kɔ̃³²⁵ lɔʔ²³·kʼəʔ!

只有 V₃ 这行的"下去"和"落去"才是继续体的标记成分,表示动作行为的继续进行。

可后加"落去"[lɔʔ²³·kʼəʔ]的动词,一般是可持续性动词,主要是动作行为动词:

㊶ 尔望前面一直走落去拔_就到勒_{你往前面一直走下去就到了} ȵ²¹⁴ mɔ³⁵ ziɛ²²⁴ miɛ³⁵ iɪʔ⁵ dziɪ²³ tsɤu³²⁵ lɔʔ²³·kʼəʔ bæʔ²³ tau⁵⁵·ləʔ。

㊷ 再住落去没意思了 tsei⁵⁵ dzy³⁵ lɔʔ²³·kʼəʔ møʔ²³ i³³ sɿ³³·lau。

㊸ 听落去,多听记,拔_就懂了_{听下去,多听会儿,就懂了} tʼiŋ⁵⁵ lɔʔ²³·kʼəʔ,tou³³ tʼiŋ⁵⁵ ki,bæʔ²³ toŋ³²⁵·ləʔ。

㊹ 快淅挖起来,再睏落去要迟到了_{快爬起来,再躺下去要迟到了} kʼua⁵⁵·ti uæʔ⁵·kʼəʔ·ləʔ,tsei⁵⁵ kʼuəŋ⁵⁵ lɔʔ²³·kʼəʔ·iau dzɿ²²⁴ tau⁵⁵·ləʔ。

有的形容词后加"落去"可表示状态的继续保持和进一步发展:

㊻ 电灯暗落去了 diɛ³⁵ təŋ³³ ɛ⁵⁵ lɔʔ²³·kʼəʔ·lau。

㊼ 病人日加日瘦落去了_{病人一天天消瘦下去了} biŋ³³ ȵiŋ²²⁴ ȵiɪʔ²³ ko³³ ȵiɪʔ²³ za³⁵ lɔʔ²³·kʼəʔ·lau。

能加"落去"的形容词,一般带有消极、收敛意味,所以"暗"的反义词"亮"、"瘦"的反义词"壮_胖"都不加"落去",这样的词若要表示性状的继续发展,须加"起来"[·kəʔ ·ləʔ]。

㊽ 天亮起来了 tiɛ³³ liaŋ³⁵·kʼəʔ·ləʔ·lau。　　　但*天亮落去了

㊾ 只猪壮_胖起来了 tsaʔ⁵ tsɿ³³ tɕyɔ⁵⁵·kʼəʔ·ləʔ·lau。　　　但*只猪壮_胖落去了

㊿ 生意兴起来了 saŋ³³ i⁵⁵ hiŋ⁵⁵·kʼəʔ·ləʔ·lau。　　　但*生意兴落去了

六　存续体(completed aspect)

存续体的构成格式是"V+解埗[ka³²⁵ tɛ³¹]",表示动作行为所造成的状态的延续。"解埗"[ka³²⁵ tɛ³¹]是表示地点的远指代词,相当于北京话的"那儿、那里"。可构成存续体的动词一般是持续性动词,动词和"解埗"之间有时可以出现一个"勒"[·ləʔ]:

(51) 电视机开(勒)解埭电视机开在那儿 diᴇ$^{35}_{33}$ zɿ$^{35}_{33}$ ki$^{33}_{51}$ k'ei^{33}(·ləʔ)ka$^{325}_{32}$ tᴇ$_{31}$。

(52) 吖呆大徛(勒)解埭动也弗动那傻子站在那儿一动也不动 køʔ^{5} ŋei$^{224}_{33}$ dou$^{35}_{51}$ gi^{214}(·ləʔ) ka$^{325}_{32}$ tᴇ$_{31}$ doŋ^{214}·ɦa føʔ^{5} doŋ^{214}。

(53) 日头介高了还睏(勒)解埭太阳那么高了还睡在那儿 niɪʔ$^{23}_{21}$ dɤu^{224} ka^{55} kau^{33}·ləʔ ɦua^{224} k'uəŋ^{55} (·ləʔ) ka$^{325}_{32}$ tᴇ$_{31}$。

(54) 照片挂(勒)解埭，相着也嬒照片挂在那儿，看见了吗 tɕiau$^{55}_{33}$ p'iᴇ^{55} kuo^{55}(·ləʔ) ka$^{325}_{32}$ tᴇ$_{31}$，ɕiaŋ^{55} ·dʑiaʔ ·ɦa ·vəŋ?

上列(51)—(54)句中“(勒)解埭”[(·ləʔ) ka$^{325}_{32}$ tᴇ$_{31}$]在语义上相当于北京话的“在那儿”。既然“解埭”相当于北京话的“那儿”，其前的“勒”就正相当于北京话的“在”。这个“勒”的出现与否跟语速、语气有关：在快速的一般语气中不出现，在慢速的强调语气中出现。不出现是一种脱落现象。实际上，在上列几句小字注出的北京话中，“在那儿”的“在”在快速语流中也是经常脱落的。

在上文已经说明：进行体的标记 lei^{214}·aʔ 来源于“lei^{214}解埭”，而“lei^{214}解埭”又源于“在解埭”，lei^{214}的语义和语源都是“在”[zei^{214}]，“lei^{214}解埭”的意思本也是“在那儿”。由此可推出“(勒)解埭”与“lei^{214}·aʔ”也具有同源变体关系。区别在于：作体貌标记时，“lei^{214}·aʔ”在动词前，“(勒)解埭”在动词后；“lei^{214}”不可省略，而“(勒)”经常脱落。从上述例句可以看出，天台话存续体的体貌标记是由表示实义的处所代词“语法化”而成的，介词“勒”的可隐可现显示出这一语法化过程尚未完成。而在下列句中，“解埭”的处所义更虚，“勒”已不必出现，语法化的程度就更深了：

(55) 钞票赚解埭总有用场格钱挣在那儿总有用处的 ts'au$^{325}_{32}$ p'iau^{55} dzᴇ^{214} ka$^{325}_{32}$ tᴇ$_{31}$ tsoŋ^{325} ɦiɤu^{214} ɦyoŋ$^{35}_{33}$ dʑiaŋ$^{224}_{334}$·kaʔ。

(56) 广告登解埭，凭啥人都晓勒了广告登在那儿，谁都知道了 kuɔ̃$^{325}_{32}$ kau^{55} təŋ^{33} ka$^{325}_{32}$ tᴇ$_{31}$，biŋ^{224} za^{35}·niŋ tuʔ^{5} hiau^{325}·ləʔ ·lau。

(57) 善事积解埭总会有好报格善行积在那儿总有好报的 ʑiᴇ$^{214}_{21}$ zɿ^{35} tɕiɪʔ^{5} ka$^{325}_{32}$ tᴇ$_{31}$ tsoŋ^{325}·ɦuəʔ ɦiɤu^{214} hau$^{325}_{32}$ pau^{55}·kaʔ。

(58) 铁路造解埭，火车拔就来了铁路修上火车就来了 t'iæʔ$^{5}_{1}$ lu^{35} zau^{214} ka$^{325}_{32}$ tᴇ$_{31}$，·hou ts'o^{33}·bæʔ lei^{224}·lau。

比较起来，北京话的“在那儿”意义要实一些，尚未变成体貌标记。而天台动词后的“解埭”已初步变成了体貌标记。

七　实现体(perfect aspect)

实现体的构成格式是“V＋阿”，表示动作行为所构成的状态已经实现，成为事实。V 后的“阿”与北京话的“了$_1$”相当，一般读轻声[·aʔ]。实现体格式后一般接数量短语表示所实现的内容：

(59) 电视机开阿三个钟头 diᴇ$^{35}_{33}$ zɿ$^{35}_{33}$ ki$^{33}_{51}$·k'ei ·aʔ sᴇ^{33}·kou tɕyoŋ$^{33}_{55}$·dɤu。(表示处于“开”状态

的"三个钟头"已经实现）

⑩ 我吃阿三碗饭 ɦɔ²¹⁴ tɕ'yuʔ⁵·aʔ sE³³ uøʔ³²⁵₃₂ vE³⁵。（表示"吃三碗饭"一事已经实现）

⑪ 我是吃阿饭来格 我是吃了饭来的啊 ɦɔ²¹⁴ zɿ²¹⁴₁₂₁ tɕ'yuʔ⁵·aʔ vE³⁵ lei²²⁴·kaʔ。（表示"来"前"吃饭"一事已成事实）

⑫ 吃阿瞓，瞓阿吃，坐吃山空，呒夹煞 吃了睡，睡了吃，坐吃山空，没出息 tɕ'yuʔ⁵·aʔ k'uəŋ⁵⁵，k'uəŋ⁵⁵·aʔ tɕ'yuʔ⁵，zoʔ²¹₂₁ tɕ'yuʔ⁵ sE³³ k'ŋ³³，ɦim²²⁴₃₃·kæʔ sæʔ⁵！

⑪和⑫句是两个动词连用（连动），后一动作行为开始在前一动作行为实现之后，故前一动词后用"阿"。这样的"连动"也可表示"将来实现"，即未来实现一种行为后就做另一行为：

⑬ 做阿功课再去嬉 做了功课再去玩儿 tsou⁵⁵·aʔ kŋ³³ k'ou⁵⁵ tsei⁵⁵·kəʔ hi³³！

由于实现体表示动作行为的实现，因而只用表示动作行为的动词。关系动词、存在动词不用实现体。只要是表示行为的，短暂动词也可用实现体：

⑭ 只灯泡闪阿三闪，拔弗亮了 这灯泡闪了三下就不亮了 tsaʔ⁵₁ təŋ³³ p'au⁵⁵ ɕiæʔ⁵·aʔ sE³³ ɕiæʔ⁵，bæʔ²³₂₃ føʔ⁵ liaŋ³⁵·lau。

具有性状意义的形容词加上实现体标记"阿"，可以表示所指性状已经实现：

⑮ 基日比昨日冷，都冷阿三日还弗转暖 今天比昨天冷，都冷了三天还不转暖 ki³³ niŋ₃₁ pi³²⁵ zɔʔ²³₂₁ niŋ₃₁ laŋ²¹⁴，tuʔ⁵ laŋ²¹⁴·aʔ sE³³ niiʔ ɦua²²⁴ føʔ⁵ tɕyøʔ³²⁵₃₂ nəŋ²²⁴。

此句有两个形容词"冷"，前一"冷"仅作一般述谓，后一"冷"加"阿"再加"三日"表示"冷"这一性状已实现的量度。

有无动词表示从无到有或从有到无的实现，可用实现体：

⑯ 佢肚勒有阿七个月日，还 lei²¹⁴·aʔ 做 她有了七个月的身孕，还在干活 gei²²⁴ du²¹⁴·ləʔ ɦiɣu²¹⁴·aʔ tɕ'iiʔ⁵·kou nyəʔ²³₂₁ niiʔ²³₂₃，ɦua²²⁴ lei²¹⁴·aʔ tsou⁵⁵。

⑰ 只猪冇阿两日，亦转勒了 这猪没了两天，又回来了 tsaʔ⁵₁ tsɿ³³ mɣu²²⁴₃₃₄ aʔ⁵ liaŋ²¹⁴ niiʔ²³₂₃，ɦii²³₂₃ tɕyø³²⁵·ləʔ·lau。

北京话的实现体标记是"了₁"，天台话则是"阿"[·aʔ]，二者形式差异甚大，显然不具同源性。那么天台话的这个[·aʔ]是怎么来的呢？我们推测可能来自古代汉语的句尾助词"也"。"也"的中古音韵地位是假开三上喻以母马韵，拟音为 *ɦia。现代天台话"也"的单字音仍为 ɦia²¹⁴。"也"作副词时白读脱落韵头 -i-，成了 ɦa²¹⁴，句尾语助词"也"也读 ɦa（轻声）。如：

⑱ 月亮走，我也走 nyəʔ²³₂₁ liaŋ³⁵ tsɣu³²⁵，ɦɔ²¹⁴ ɦa²²⁴₂₂ tsɣu³²⁵。

⑲ 走也 越剧人物出场表演行路时的台词 tsɣu³²⁵·ɦa！

"也"[ɦa]"与"阿"[aʔ]的区别在于浊—清和舒—促。句尾语助词"也"[ɦa]变为动词体貌标记"阿"[·aʔ]，实现了清化和促化。清化和促化的原因是体貌标记作为动词的附缀成分是一个弱读音节之故，就是说，体貌成分"阿"[·aʔ]是"也"[ɦa²¹⁴]弱化的结果。即便⑱句，在快说时其中副词"也"也不免常发成[·aʔ]。

天台话中也有用"勒"[·ləʔ]作实现体标记的，是北方话影响的结果。

八　完成体（terminative aspect）

完成体的构成格式是"V＋阿＋了"，表示动作行为到说话时已经完成。其中"V＋阿"属于上节所述的"实现体"部分,末尾的"了"强调事情的完结。"了"这个字在天台话中只在"了结"[liau²¹⁴ kiæʔ⁵]、"了解"[liau²¹⁴ ka³²⁵]等词中以及作句末助词文读时才读 liau²¹⁴,在白读时句末的"了"已失去韵头,读为 lau²¹⁴,西乡平桥一带失去声母辅音读为 iau²¹⁴。本文记东乡常见的弱读音·lau。这个"了"[·lau]相当于北京话的"了₂"。在北京话中,当句中谓语动词后不带宾语、补语等成分时,实现体的标记"了₁"和完成体标记"了₂"就合为一个"了"[lə],但在天台话中,"阿"(也)和"了"却不能重合。如北京话"客走了",天台话说:

⑦⁰ 客走也了 kaʔ⁵ tsɤu³²⁵·ɦa·lau。

北京话"纽约的世贸大厦被炸了"说成天台话就成了:

⑦¹ 纽约个世贸大厦被炸阿了 niɤu³²⁵₃₂ iaʔ⁵·koʔ ɕi⁵⁵₃₃ mɤu³⁵₃₃ da³⁵₃₃ sa⁵⁵ bi²²⁴₂₁ tso⁵⁵·aʔ·lau。

如果句中有宾语、补语,形式又比较简短(一般为一个字音),宾、补语同动词结合紧密,或是个离合词,则在宾、补语后加"阿了":

⑦² 外头落雨阿了 外面下雨了 ŋa³⁵₃₃ dɤu²²⁴₃₃₄ lɔʔ²³₂₁ ɦy²¹⁴·aʔ·lau。

⑦³ 我都毕业阿了 我都毕(了)业了 ɦo²¹⁴ tuʔ⁵ piɪ⁵₁ niæʔ²³·aʔ·lau。

⑦⁴ 人都走光阿了 人都走光了 niŋ²²⁴ tuʔ⁵ tsɤu³²⁵ kuɔ̃³³·aʔ·lau。

但如果宾语、补语长于一个字音,与动词结合不紧密,这时就把宾语、补语置于"阿"和"了"之间:

⑦⁵ 吓本书读阿三日了 这本书读了三天了 køʔ⁵ pəŋ³²⁵₃₂ ɕy³³ duʔ²³·aʔ sɛ³³ niɪʔ²³·lau。

⑦⁶ 电视机开阿三个钟头了 diɛ³⁵₃₃ zɿ³⁵₃₃ ki³³₅₁ kʼei³³·aʔ sɛ³³·kou tɕyoŋ⁵⁵₃₃ dɤu²²⁴₂₂·lau。

⑦⁵句不是说书已读完,而是说"读了三天"的事已完结,同理,⑦⁶句不是说电视机已开完,而是"开着三个钟头"的状况已完成。又如:

⑦⁷ 巴以两国都打阿几十年了 po³³ ɦi²¹⁴ liaŋ²¹⁴ kuʔ⁵ tuʔ⁵ taŋ³²⁵·aʔ ki³²⁵₃₂ ʑiɪʔ²³₂₁ niɛ²²⁴·lau。

如果句中动词既有补语又有宾语,一般把"阿"置于补语和宾语之间:

⑦⁸ 佢已经写好阿三本书了 他已经写成三本书了 gei²²⁴ ɦi²¹⁴₂₁ kiŋ³³ ɕia³²⁵ hau³²⁵·aʔ sɛ³³ pəŋ ɕy³³·lau。

⑦⁹ 日本人杀死阿天晓勒多少中国人嗬 日本人杀死了天知道多少中国人啊 niɪʔ²³₂₁ pəŋ³²⁵₃₂ niŋ²²⁴ sæʔ⁵ sɿ³²⁵·aʔ tʼiɛ³³ hiau³²⁵·ləʔ tou³³ ɕiau³²⁵ tɕyoŋ³³ kuʔ⁵₁ niŋ²²⁴·ɦo!

在否定句中,"V 阿了"前一般用否定词"猕"[fei⁵⁵],表示对某种可能情况的否定。

⑧⁰ 佢拉个猕来阿了 他们不会来了 gei²²⁴·laʔ·kou fei⁵⁵ lei²²⁴·aʔ·lau。

⑧¹ 天猕晴阿了 天不可能晴了 tʼiɛ³³ fei⁵⁵ ʑiŋ²²⁴·aʔ·lau。

⑧² 话也猕讲阿了 话也不会说了 ɦuo³⁵·ɦa fei⁵⁵ kɔ̃³²⁵·aʔ·lau。

此类句中动词所指的动作行为既然未曾发生,当然也就无所谓完成,但是"猕V 阿了"表示的是"整个事件不可能"的完成,故"V 阿了"末尾的"了"是不能省略的。

有些动词、形容词后加上起始体标记"起来"或继续体标记"落去",具有动态变化意味。在这种起始体或继续体后再加"阿了",构成复合体貌,表示状态变化的完成:

⑧³ 佢屋里发起来阿了 他们家发财了 gei²²⁴ u₃₃ li³²⁵ fæʔ⁵·kʼəʔ·lə·aʔ·lau。

⑧⁴ 解份人家败落去阿了 那户人家破落了 ka³²⁵·vəŋ niŋ²²⁴₃₃ ko³³ ba³⁵ lɔʔ²³₂₁·kə·aʔ·lau。

㉘ 只猪壮起来阿了这头猪胖起来了 tsaʔ₁²⁵ tsๅ³³ tɕyɔ̃⁵⁵ ·kəʔ ·lə ·aʔ ·lau。

㉙ 只牛瘦落去阿了这头牛瘦下去了 tsaʔ₁²⁵ ŋɤu²²⁴ za³⁵ lɔʔ₂₁²³ ·kəʔ ·aʔ ·lau。

关系动词、存在动词一般不能用完成体。有无动词可以用完成体，表示事物已经存在和不复存在：

㉗ 钞票有也了钱够了 tsʼau₃₂³²⁵ pʼiau⁵⁵ ɦiɤu²¹⁴ ·ɦa ·lau。

㉘ 有钞票也了没钱了 mɤu²²⁴ tsʼau₃₂³²⁵ pʼiau⁵⁵ ·ɦa ·lau。

九　略微体（unstressed aspect）

略微体的构成格式是"V＋记"。"记"在天台话中是个动量词，意义相当于北京话动量词"下"。北京话说"打一下/两下/三下……"，天台话则说"打一记/两记/三记……"。本人在一篇论文中(2001)曾经分析过北京话的"一下"，认为"一下"可分为作为动量短语的"一下₁"和作为略微体标记的"一下₂"。在这一点上天台话的"一记"与之类似。只不过作略微体标记时北京话"一下"的"一"不可省，天台话"记"前却不能出现"一"，而且"记"也失去了阴去55的调值，只发轻声[·ki]。

"V 记"表示动作行为的轻微，有"略微做一做(某种动作行为)"的意思。"略微"包括动量的微少和时量的短暂，同时在说话者方面传递出一种较重叠式 VV 更为轻婉的语气。动量、时量是可受动作主体控制的因素，因此略微体一般只用自主动词：

㉙ 尔等记，我拔来你等一下，我就来 ɦŋ²¹⁴ təŋ³²⁵ ·ki，ɦɔ²¹⁴ bæʔ₂¹²³ lei²²⁴。

㉑ 尔都随队装记呃，嬠倚阿弗动你都帮助弄一下呀，别站着不动 ɦŋ²¹⁴ tuʔ²⁵ zɣ³³²²⁴ dei³⁵ tsɔ̃³³ ·ki ·aʔ，hiau⁵⁵ gi²¹⁴ ·aʔ føʔ²⁵ doŋ²¹⁴。

㉒ 尔去望记乃爸转来也嬠你去看一下你爸回来没有 ɦŋ²¹⁴ ·kəʔ mɔ̃³⁵ ·ki na₃₃²¹⁴ paŋ₅₁ tɕyø³²⁵ ·ləʔ ·ɦa vəŋ²²⁴。

㉓ 吃力猛，休息记累得很，休息一下 tɕʼyuʔ₁²⁵ liiʔ₂₁²³ ·maŋ，hiɤu³³ ɕiiʔ²⁵ ·ki。

"V 记"的"记"尽管已经是一个体貌成分，但是若从传统语法的角度分析，既然在北京话中"一下₂"可以看作其前动词谓语的补语，那么天台话的"记"亦复如是。因此，"V 记"后不能再加补语性质的成分。"V 记凑"是个常见的格式，意思是"再 V 一下"，这个"凑"[tsʼɣu⁵⁵]其实是个后置状语，试比较：

V 记凑：	等记凑等一下	坐记凑再坐会儿	望记凑再看一下	倒记凑再躺会儿
	təŋ³²⁵·ki tsʼɣu⁵⁵	zo²¹⁴·ki tsʼɣu⁵⁵	mɔ̃³⁵·ki tsʼɣu⁵⁵	tau³²⁵·ki tsʼɣu⁵⁵
V 渧凑：	佗渧凑再拿点儿	买渧凑再买点儿	讨渧凑再要点儿	摘渧凑再摘点儿
	do²²⁴·ti tsʼɣu⁵⁵	ma²¹⁴·ti tsʼɣu⁵⁵	tʼau⁵⁵·ti tsʼɣu⁵⁵	tsaʔ²⁵·ti tsʼɣu⁵⁵

"渧"[·ti]相当于北京话的"点儿"，"V 渧凑"和"V 记凑"区别之处在于："渧"是个宾语性成分，"记"带有补语性。但在这两个格式中，"凑"都相当于北京话的"再"，故应视为后置状语。

但"V 记"后面可以有宾语：

㉓ 犕记小人抱一下孩子 gæʔ₂²³·ki ɕiau₃₂³²⁵ niŋ₅₁²²⁴！

⑭ 烧记外镬,里镬朆烧了烧一下外锅,里锅不用烧了 ɕiau³³·ki ŋa³⁵₃₃ ɦuoʔ²³₂₁, li³²⁵₃₂ ɦuoʔ²³ voŋ³⁵ ɕiau³³·lau。

⑮ □au³³记乃舅公牵记乃太公叫一下你舅爷爷扶一下你太爷爷 au³³·ki na²¹⁴₃₃ giɤu²¹⁴₂₁ kŋ³³₅₁ kʻiɛ³³·ki na²¹⁴₃₃ tʻa⁵⁵₃₃ kŋ³³₅₁!

十 经历体(experienced aspect)

经历体的构成格式是"V+过[·ku]",表示某种行为或变化曾经发生,但并未继续到现在。除了发音上的差别外,天台话经历体与北京话经历体的构成格式和语法意义基本相同。

大部分表示动作、行为、变化的动词都可用经历体:

⑯ 我小个辰光看过牛、斫过柴、种过田我小时候放过牛、砍过柴、种过田 ɦɔ²¹⁴ ɕiau³²⁵·koʔ ʑiŋ²²⁴₃₃ kuɔ̃³³ kɛ³³·ku ŋɤu²²⁴、tsoʔ⁵·ku za²²⁴、tɕyoŋ⁵⁵·ku diɛ²²⁴。

⑰ 昨夜落过雨 zoʔ²³₂₁ ɦia³⁵ loʔ²³·ku ɦy²¹⁴。

⑱ 佢老丈人到过朝鲜,搭美国人打过仗他岳父到过朝鲜,同美国人打过仗 gei²²⁴ lau²¹⁴₂₁ dzaŋ²¹⁴₂₁ niŋ²²⁴ tau⁵⁵·ku dziau²²⁴₃₃ ɕiɛ³²⁵,tæʔ⁵₁ mei²¹⁴₂₁ kuʔ₁ niŋ²²⁴ taŋ³²⁵·ku tɕiaŋ⁵⁵。

⑲ 吤栋桥倒落去过哈拉部汽车,死过三十多个人这座桥上掉下过好几辆汽车,死过30多人 køʔ⁵·toŋ giau²²⁴ tau³²⁵ loʔ²³₂₁·kəʔ·ku haʔ⁵·la buʔ⁵ kʻi³³ tsʻo³³,sๅ³²⁵·ku sɛ³³ ʑiɿʔ²³ tou·kou niŋ²²⁴。

⑩ 吤桩事体我仔细忖过格,孬做格这件事儿我仔细想过的,不能做的 køʔ⁵·tɕyɔ zๅ³⁵₁₃₃ tʻi³²⁵ ɦɔ²¹⁴ tsๅ³²⁵₁₃₂ ɕi⁵⁵ tsʻəŋ³²⁵·ku·kaʔ,fau₃₁ tsou⁵⁵·kaʔ。

⑪ 我走过个桥都比尔拉个走过路还多我走过的桥都比你们走过的路还多 ɦɔ²¹⁴ tsɤu³²⁵·ku·ko giau²²⁴ tuʔ⁵ pi³²⁵ ɦŋ²¹⁴·laʔ·kou tsɤu³²⁵·ku·ko lu³⁵ ɦua²²⁴ tou³³。

在⑪句中,两个"V过"充当的是定语角色,全句表示一种虚拟的情况。

关系动词一般不用经历体,只有"姓"在一定语境中可构成经历体:

⑫ 吤个小人五年到过三份人家,姓过三个姓这孩子五年中到过三户人家,姓过三个姓 køʔ⁵·kou ɕiau³²⁵₃₂ niŋ²²⁴ ɦŋ²¹⁴·niɛ tau⁵⁵·ku sɛ³³·vəŋ niŋ²²⁴₃₃ ko³³,ɕiŋ⁵⁵·ku sɛ³³·kou ɕiŋ³³。

在有无动词中,表示"没有"的"冇"一般不用经历体"冇过",但"有过"却是个常见形式:

⑬ 杭州过去也有过老虎,所以有"虎跑泉" ɦɔ̃²²⁴₃₃ tɕiɤu³³ kuɔ⁵⁵ kʻy⁵⁵ ɦia²¹⁴ ɦiɤu²¹⁴·ku lau²¹⁴₂₁ hu³²⁵,su³²⁵₃₂ ɦii²¹⁴ ɦiɤu²¹⁴ hu³²⁵ bau³⁵ ʑyø²²⁴。

⑭ 村塘口原来有过一株大绒毛树,现在斫□gau²²⁴也了村口原先有一株大松树,现在被砍掉了 tsʻəŋ³³ dɔ̃²²⁴₃₃ kʻɤu³²⁵ nyø²²⁴·lei ɦiɤu²¹⁴ iิʔ⁵ tɕy³³ dou⁵⁵₃₃ zyoŋ²²⁴ mau²²⁴ zy³⁵,ɦiɛ³⁵₃₃ zei²¹⁴ tsoʔ⁵ gau²²⁴·ɦia·lau。

正因为经历体表示曾经发生过的事,倘若否定有过此事,就用否定副词"朆"表示"不曾有过",而不用"弗/勿"来否定:

⑮ 英国我朆去过 iŋ³³ kuʔ⁵ ɦɔ²¹⁴ vəŋ²²⁴ kei⁵⁵·ku。

存在动词"在"[zei²¹⁴]或"□lei²¹⁴"加上表示指代地点的"埭"[tɛ₃₁](近指)或"阿"[aʔ⁵](远指),再加经历体标记,可表示"曾经存在":

⑩ 吓个人在埭过个,后头弗知哪去去了_{这个人是曾经在这儿过,后来不知到哪去了} køʔ⁵·kou niŋ²²⁴ zei²¹⁴ tɛ₃₁·ku ·kou,ɦʮu²¹⁴₂₁ dʮu²²⁴ føʔ₁⁵ tsɿ³³ no²¹⁴₃₃ kʻei⁵⁵ kʻei⁵⁵·lau。

有些形容词加上经历体标记,可表示曾经有过的性状:

⑩ 吓岩头□lei²¹⁴阿过格,后头炸阿了_{那岩石曾经在那儿过,后来被炸掉了} køʔ⁵ ŋɛ²²⁴₃₅ dʮu²²⁴₂₂ lei²¹⁴ aʔ⁵ ·ku ·kaʔ,ɦʮu²¹⁴₂₁ dʮu²²⁴ tso⁵⁵·aʔ·lau。

⑩ 吓个女人早年也漂亮过格_{这个女人早先也漂亮过的} køʔ⁵·kou ny²¹⁴·niŋ tsau³²⁵₃₂ niɛ²²⁴₅₁ ɦia²¹⁴ pʻiau⁵⁵₃₃ liaŋ³⁵·ku·kaʔ。

⑩ 吓小人张面嘴拔_就嬲干净过_{这孩子一张脸就从没干净过} køʔ⁵ ɕiau³²⁵₃₂ niŋ²²⁴₅₁·tɕiaŋ miɛ³⁵₃₃ tɕy³²⁵ bæʔ²³₂₁ vəŋ²²⁴ kɛ³³ ziŋ³⁵·ku。

在动词形容词后的"过"有时不是经历体标记。有两种情况:一种是在连动式"V₁过V₂"中,V₁后的"过"表示所指行为实现后再有V₂的行为:

⑩ 读过小学读中学,读过中学读大学,读过大学拔_就工作 duʔ²³·ku ɕiau³²⁵₃₂ ɦɔʔ²³ duʔ²³₂₁ tɕyoŋ³³ ɦɔʔ²³,duʔ²³₂₁·ku tɕyoŋ³³ ɦɔʔ²³ duʔ²³₂₁ da³⁵₃₃ ɦɔʔ²³,duʔ²³·ku da³⁵ ɦɔʔ²³ bæʔ²³₂₁ kŋ³³ tsɔʔ⁵。

此句的3个"过",也可换成实现体的标记aʔ,句意基本一样。

另一种是在差比句中,形容词后的"过"表示相比之下的结果:

⑩ 吓把刀快过解把_{这把刀比那把快} køʔ⁵·po tau⁵ kʻua⁵⁵·ku ka³²⁵·po。

天台话说"甲A过乙",北京话说"甲比乙A"。

上海话表示经历的体貌可分为近经历体、经历体、长经历体三种,体标记则有"个"[gəʔ]、"过"[ku]、"歇"[ɕiʔ]、"过歇"[ku ɕiʔ]、"歇过"[ɕiʔ ku]等(钱乃荣1997),天台话远没有这样细致的分别,要简单得多,所有经历意义都用一个标记"过"[·ku]。

十一　短暂重复体(reduplicate aspect)

短暂重复就是通常所说的"重叠",构成格式是"V+V"。所谓"短暂"是指动作行为具有短时性、临时性、非正式性,"重复"指动词形式的叠加,而动作本身不一定循环反复。第九节讲的"略微体""V+记"也有动作短暂的意思,但二者仍略有差别:"V+V"的"短暂"侧重于指动作行为的随便、临时、非正式,其行为过程不一定真的非常短暂。如:

⑩ 尔讲讲经过,我拉听听你说说经过_{我们听听} ɦŋ²¹⁴ kɔ̃³²⁵·kɔ̃ kiŋ³³ ku⁵⁵,ɦɔ²¹⁴·laʔ tʻiŋ⁵⁵·tʻiŋ。

相比之下,"V+记"的动作行为比"V+V"更为短暂。以动词"等"为例:

⑩ 甲:尔等等,我拔_就来了_{你等等,我就来了} ɦŋ²¹⁴ təŋ³²⁵·təŋ,ɦɔ²¹⁴ bæʔ²³ lei²²⁴·lau。

乙:我弗等,我要走了_{我不等,我要走了} ɦɔ²¹⁴ føʔ⁵ təŋ³²⁵,ɦɔ²¹⁴·iau tʮu³²⁵·lau。

甲:□au³³尔等记等记尔弗等,尔等记,我两分钟拔来_{叫你等一下等一下你不等,你等一下,我两分钟就来} au³³·ɦŋ təŋ³²⁵·ki təŋ³²⁵·ki ɦŋ²¹⁴ føʔ⁵ təŋ³²⁵,ɦŋ²¹⁴ təŋ³²⁵·ki,ɦɔ²¹⁴ liaŋ²¹⁴₂₁ fəŋ³³ tɕyoŋ³³ bæʔ²³ lei²²⁴。

在此段对话开始时甲叫乙"等等",见乙不肯等,甲就改说成叫乙"等记"。可见"等记"比"等等"更能表示时间之短。

在短暂重复体中的动词一般须是表示动作、行为的自主动词：

⑭ 吃吃瓜子，读读报纸，批批条子 吃吃瓜子儿，看看报纸，批批条子 tɕʼyuʔ⁵·tɕʼyuʔ kuo³³ tsʅ³²⁵，duʔ²³·duʔ pau₃₃⁵⁵ tsʅ³²⁵，pʼi³³·pʼi diau²²⁴ tsʅ³²⁵。

⑮ 扫扫地伏头，养猪大如牛；扫扫地伏脚，养猪七八百① sau³²⁵·sau di₃₃³⁵ buʔ²³₂₁ dɤu²²⁴，iaŋ³²⁵₃₂ tsʅ³³ dou₃₃³⁵ zy₂₂²²⁴ ŋɤu²²⁴，sau³²⁵·sau di₃₃³⁵ buʔ²³₂₁ kia⁵，iaŋ³²⁵₃₂ tsʅ³³，tɕʼiiʔ₁⁵ pæʔ⁵ paʔ⁵。

⑯ 研究研究，烟酒烟酒 niE₂₁²¹⁴ kiɤu⁵⁵ niE₂₁²¹⁴·kiɤu，iE³³ tɕiɤu³²⁵ iE³³ tɕiɤu³²⁵。

⑰ 我拉是要警告警告尔 我们是要警告警告你 ɦo²¹⁴·laʔ zʅ₂₁²¹⁴·iau kiŋ³²⁵₃₂ kau⁵⁵ kiŋ³²⁵₃₂·kau ɦŋ²¹⁴。

"研究""警告"两词的词义本身虽具有郑重的色彩，但由于句中表示的仍不是正式的"研究"和"警告"，所以用重叠形式。

部分形容词作"使动"意义用时，其所指行为具有自主性，故也可重叠构成"短暂重复体"：

⑱ 亮亮电筒，照记吖埭 亮亮电筒，照一下这里 liaŋ³⁵·liaŋ diE³⁵ doŋ₅₁²²⁴，tɕiau⁵⁵·ki køʔ⁵ tE₃₁。

⑲ 尔也好漂亮漂亮了 你也该漂亮漂亮了 ɦŋ²¹⁴ ɦia²¹⁴ hau₃₂³²⁵ pʼiau³³ liaŋ³⁵·pʼiau·liaŋ·lau。

⑳ 大家人都轻松轻松 大家都轻松轻松 da₃₃³⁵ ko³³ niŋ₅₁²²⁴ tuʔ⁵ kʼiŋ³³ soŋ³³·kʼiŋ·soŋ。

⑲句和⑳句中没有宾语，使动的对象即主语所指的"尔"和"大家人"。

关系动词、非自主动词、存在动词、有无动词一般没有短暂重复体。心理动词可以用短暂重复体：

㉑ 我忖忖拔亦弗想去了 我想想就又不想去了 ɦo²¹⁴ tsʼəŋ³²⁵·tsʼəŋ bæʔ²³₂₁ ɦiiʔ²³₂₁ føʔ⁵ ɕiaŋ³²⁵ kʼei⁵⁵·lau。

㉒ 关心关心老百姓 kuE³³ ɕiŋ³³·kuE·ɕiŋ lau₂₁²¹⁴ paʔ₁⁵ ɕiŋ⁵⁵。

十二　尝试体（tentative aspect）

尝试体的语法标记是"相"[ɕiaŋ⁵⁵]，加在动词和动词性短语之后，表示动作行为的尝试性。天台话的"相"[ɕiaŋ⁵⁵]同北京话的"看"[kʼan⁵¹]、上海话的"看"[kʼø³⁴]是对应单位，既可独用为动词，又可作动词尝试体的标记。天台话动词的短暂重复体和略微体也可用来表示尝试性行为，但若要强调动作行为只是尝试性的，那就一定要加上"相"，可见"相"是尝试体的专门标记。

尝试体一般只用于自主动词。但一般不用光杆动词直接与"相"组合，而是把"相"加在其他体貌之后，形成一种复合体貌。其常见构成格式有：

㈠ VV＋相。即在短暂重复体后加"相"，成为一个复合体貌。

㉓ 让我吃吃相，好吃也弗 让我吃吃看，好吃不 niaŋ₃₃³⁵ ɦo²¹⁴ tɕʼyuʔ⁵·tɕʼyuʔ ɕiaŋ⁵⁵，hau₃₂³²⁵ tɕʼyuʔ⁵·ɦia·føʔ？

㉔ 听听相，听着了也赠 听听看，听到了吗 tiŋ⁵⁵·tiŋ ɕiaŋ⁵⁵，tiŋ⁵⁵ dziaʔ²³₂₁·lau·ɦia·vəŋ？

㈡ V＋记[·ki]＋相。即在略微体后再加尝试体标记，成为复合体貌。

㉕尔挈记相，有几斤 你提一下看，有几斤 ɦŋ²¹⁴ kʼiæʔ⁵·ki ɕiaŋ⁵⁵，ɦiɤu²¹⁴ ki³²⁵ kiŋ³³？

---

　　① 这是旧时一首乞讨歌中的4句。乞讨时，乞丐站在门口手持一笤帚状的道具作打扫状，同时唱此歌诀。"地伏"即门槛，"地伏头"、"地伏脚"分别指门槛的上下边。

⑫ 问记解边个老倌相，摸哪边走对问一下那边的老头儿看，往哪边走对 məŋ³⁵·ki ka³²⁵·piɛ·koʔ lau²¹⁴ kuøʔ⁵¹ ɕiaŋ⁵⁵，moʔ²³ no²¹⁴·piɛ tsɤu³²⁵ tei⁵⁵。

（三）V+起来［·kˈəʔ·ləʔ］/落去［·loʔ·kəʔ］+相。即在起始体或继续体后再加尝试体标记，成为复合体貌。

⑫ 尔拉个逃起来相，哪个逃勒快你们跑起来看，谁跑得快 ɦŋ²¹⁴·laʔ·kou dau²²⁴·kˈəʔ·ləʔ ɕiaŋ⁵⁵，no²¹⁴·kou dau²²⁴·ləʔ kˈua⁵⁵。

⑫ 好做孬做，做起来相好不好干，干起来看 hau³²⁵ tsou⁵⁵ fau⁵¹ tsou⁵⁵，tsou⁵⁵·kˈəʔ·ləʔ ɕiaŋ⁵⁵。

⑫ 吤工作我弗大中意猛，只好做落去相了这工作我不大喜欢，只好干下去看吧 køʔ⁵ kŋ³³ tsɔʔ⁵ ɦo²¹⁴ føʔ⁵·dou tɕyoŋ³³ i⁵⁵·maŋ，tɕiɪʔ⁵ hau³²⁵ tsou⁵⁵·lɔʔ·kˈəʔ ɕiaŋ⁵⁵·lau。

在动词尝试体句中，如有宾语或补语，不能置于"相"之后，一定置于"相"之前。就是说，"相"只在句末出现。句末的"相"有时可读轻声。读轻声的不强调尝试，读本调的强调尝试：

⑬ 吤把刀弗快，用用解 把相这把刀不快，用用那把看 køʔ⁵·po tau³³ føʔ⁵ kˈua⁵⁵，ɦyoŋ³⁵·ɦyoŋ ka³²⁵·po ɕiaŋ⁵⁵。

⑬ 弗知有人也弗，敲敲门相不知有人没有，敲敲门看 føʔ⁵ tsʅ³³ ɦiɤu²¹⁴ niŋ²²⁴·ɦa føʔ⁵，kˈau³³·kˈau məŋ²²⁴ ɕiaŋ⁵⁵。

⑬ 吤本书弗大好卖，□gõ³⁵埉卖拉日相这本书不大好卖，放这儿卖几天看 køʔ⁵·pəŋ ɕy³³ føʔ⁵·dou hau³²⁵ ma³⁵，gõ³⁵ tɛ₃₁ ma³⁵·laʔ·niɪ ɕiaŋ⁵⁵。

⑬ 把刀璧快渧相(你把)这把刀璧快点儿看 po³²⁵ tau³³ bi³⁵ kˈua⁵⁵·ti ɕiaŋ⁵⁵。

上面已把天台话动词体貌作了一个初步描述。鉴于"体"和"貌"区分的原则和界限都不易确定，本文未加区分。另外，本文所讨论的动词体貌限于谓语动词，谓语以外的其他成分的动词未予考察，特此说明。

参考文献

［1］钱乃荣.上海话语法［M］.上海：上海人民出版社.1997.

［2］戴昭铭.现代汉语动词略微体及其相关的问题［A］.《语言学问题集刊》(第一辑)［C］.长春：吉林人民出版社.2001.

［3］杨国文.汉语态制中"复合态"的生成［J］.中国语文.2001,(5).

第十章　历史音变和吴方言人称代词复数形式的来历

一　问题的由来

20 世纪 20 年代末,赵元任以《现代吴语的研究》开创了现代汉语方言学描写研究的规范,数十年来,中国方言学研究成果卓异。但描写型研究只述其然而不论其所以然,不能对方言现状的来历作出推测和解释。吴方言区各地语音尽管有较强的一致性,但内部差异也不小。代词由于使用频率高,极易发生语流音变。语流音变通过空间上的扩散和时间上的绵延,就会形成历史音变。由于这种音变是一种"离散式音变",缺乏连续式音变的规律性(徐通锵,1991),因此方言调查者收集到的同一词项在不同地点的对应变异形式,往往参差不齐、五花八门。当把各地的变异形式用本地的同音汉字标写后,更会形成一种令人眼花缭乱的奇观。当我们面对《现代吴语的研究》中的"第五表"(词汇对照表),常不免发生这样的困惑:作为第一人称代词复数形式,上海的"伲""我伲"、嘉兴的"五牙"、宁波的"阿辣"、金华的"我良"、永康的"我乱依"等等歧异形式是否有可能源自更早的一个共同形式呢? 作为第二人称代词复数形式,苏州的"唔笃""倷笃"、黄岩的"唔推"、衢县的"你队"是平行发展的形式吗? 上海的"夷赖"、绍兴的"爷落"、温州的"其来"、温州的"谷(阿)良"、永康的"沟乱依"皆表示"他们",倘若来源相同,其间语音差异何以如此之大,又是如何造成的呢? 还有,同为人称代词复数的标记成分,为什么会有"－辣""－俚""－伲""－落""－笃""－推""－队""－班"等等不同形式呢? 这类问题的解答,只好仰仗于历史语言学的方法了。

20 世纪 80 年代初在上海复旦大学召开的第一次吴语学术会议上,谢自立的论文《苏州方言的代词》把苏南吴语的人称复数"形尾"归纳为 4 套不同的系统:一套用"家 ɛko",一套用"哩 li",一套用[n]或[l]跟[a]组成的音节,还有一套是用舌尖塞音[t]跟入声韵母组成的音节。该文还从历史音变角度推测苏州的第一人称复数形式"伲"是"我哩"的合音形式,第二人称复数形式"唔笃"的"唔"是由其单数形式"倷"[nɛ]加复数形尾"笃"时"倷"的韵母脱落而变成的声化韵 n。文中指出:"吴语中除'家'以外的复数形尾的来源都还有待于进一步考索。"

谢氏所言的"考索"在 20 世纪 90 年代出版的《当代吴语研究》(钱乃荣,1992)和《上海话语法》(钱乃荣,1997)二书中获得了新进展。钱氏提出"主音"说,指出吴语的第一、二、三人称代词的主音分别是[ŋ]、[n]、[g],这一提法为考出那些因弱化、脱落或合音而严重变形的人称代词当代形式的原型提供了有价值的线索。据此钱氏把金华的和周浦的第一人称代词单数的[ʔa]和[ɦiu]判为由[ŋa]变来,把苏沪嘉小片上的第三人称代词单数的"夷[ɦi]""伊[ʔi]"看作由声母[dʑ]退化而来,而[dʑ]又是[g]的腭化形式,于是"阿＜我"、"夷/伊＜渠/佢＜其"这样的音变系列就成为可信的解释。

但是谢氏和钱氏的分析判断也有可商之点。在谢氏分出的"4 套系统"中,第 2 套"哩 li"和第 3 套 na/la 分为两套似乎很难成立。因为正如钱氏(1997)指出,在吴语中表示复数的[n][l]是"互通"的。但是钱氏(1997)一方面说"伊拉"的"拉"是表示类集的后缀,另一方面又说"伊拉"由[gina]变来,莫非[na]与[la]既是变体关系又有源流关系吗?另外,钱氏(1992)把吴语人称代词复数形式的构成方式分成两种:一种是单数形式加词尾(本文称为词缀),二是韵母的屈折变化。然而据我们分析,屈折变化之说有些可疑。尤其重要的是,不论谢、钱均未能论及这些吴语人称代词复数成分众多当代形式的更为古老的形式,使人未免感到意有不足。

二 —拉<两个:天台方言的启示

笔者家乡浙江省天台县位于浙东丘陵地带,交通比较闭塞,其语言受外界影响较少,个性比较鲜明,古代的成分保留较多。其人称代词复数的基本形式是在人称代词单数后加"拉个"[·laʔ·kou]。如下表:

	第一人称	第二人称	第三人称
单　数	我[ɦɔ²¹⁴]	尔[ɦŋ²¹⁴]	佢[gei²²⁴]
复　数	我拉个[ɦɔ²¹⁴·laʔ·kou]	尔拉个[ɦŋ²¹⁴·laʔ·kou]	佢拉个[gei²²⁴·laʔ·kou]

作为人称代词复数意义的承载形式"—拉个"[·laʔ·kou]是两个弱读音节。其中"个"[·kou]已经失去阴去 55 的本调,但声韵尚全。"拉"[·laʔ]是个拟音字,其本字我们推断应该是"两"[liaŋ²¹⁴]。就是说,"—拉个"的"拉"[·laʔ]是由"两"[liaŋ²¹⁴]经历了失落声调和韵头 i 并变 ŋ 尾为 ʔ 尾后形成的弱化音节。就是说,—拉个<两个。

"—拉个"虽然来源于"两个",但意义和用法已不同于"两个"。在意义上,"两个"的"两"通常实指,等于"二",而"拉"[·laʔ]通常虚指"多数",这个"多数"可以是"二",也可以是大于二的"几"。在用法上,"两个"通常放在表人名词前面表示数量的限定,一般不放在表人名词的后面,而"拉个"既可放在表人名词前表示指称有定、数量不定,也可放在表人名词(包括专名)后面表示"××等人"的意思:

拉个小人呐? ·laʔ·kou ɕiau³²⁵₃₂ niŋ₅₁·neʔ? (孩子们呢?)

娘舅搭娘舅姆拉个带走辣。niaŋ²²⁴₄₄ giɤu²¹⁴₃₁·tæʔ niaŋ²²⁴₄₄ giɤu²¹⁴₃₁ʔm₅₁·laʔ·kou ta⁵⁵ tsɤu³²⁵·læʔ。(舅舅和舅妈他们带走了。)

小刚拉个来过了。ɕiau³²⁵₃₂ kɔ³³₅₁·laʔ·kou lei²²⁴·ku·lau。(小刚他们来过了。)
"拉"[·laʔ]的这种虚指多数的用法,还可以在"个"以外的量词上得到印证:

a. 拉＋个体量词

吖拉隻牛 køʔ⁵·laʔ·tsaʔ ŋɤu²²⁴(这几头牛)

解拉梗鱼 ka³²⁵·laʔ·kuaŋ ɦŋ²²⁴(那几条鱼)

种拉丘田 tɕyoŋ⁵⁵·laʔ·kʼiɤu diɛ²²⁴(种几块田)

有拉张钞票 ɦiɤu²¹⁴·laʔ·tɕiaŋ tsʼau³²⁵₃₂ pʼiau⁵⁵(有几张钱)

买拉本书 ma²¹⁴·laʔ·pəŋ ɕy³³(买几本书)

b. 拉＋准量词

过拉日再讲 ku^{55}·laʔ ·niɪʔ tsei^{55} kɔ̃^{325}(过几天再说)

大拉岁呒告 dou^{35}·laʔ ·ɕy ɦm$_{33}$kau^{55}(大几岁不要紧)

挈拉桶水 k'iæʔ^{5}·laʔ ·doŋ ɕy^{325}(拎几桶水)

c.拉+动量词

望拉埭亲眷 mɔ̃^{35}·laʔ ·da tɕ'iŋ^{33}kyø^{55}(看几趟亲戚)

甩拉记篾扫 xuæʔ^{5}·laʔ ·ki miæʔ$^{23}_{\underline{21}}$ sau^{325}(甩几下竹鞭)

生拉场毛病 saŋ^{33}·laʔ ·dʑiaŋ mau$^{224}_{22}$ biŋ^{35}(生几次病)

根据上述“拉”加“个”等量词组合的用法来看,“拉个”[·laʔ·kou]加在人代词单数形式后面共同构成人称代词复数形式时,还没有虚化成词缀。

但是,值得强调的是,我们注意到:天台方言人称代词复数意义的承载形式“拉个”[·laʔ·kou]的末尾音节“个”[·kou]的地位已经很不稳固。在语流速度稍快时,它经常被忽略不说,以致天台方言的人称代词复数形式除了“我拉个我们、尔拉个你们、佢拉个他们”之外,还有脱落了“个”的省略式“我拉”[ɦɔ^{214}kaʔ]我们、“尔拉”[ɦŋ^{214}laʔ]你们、“佢拉”[gei^{224}laʔ]他们。在天台人的话语中,人称代词复数形式中的“个”的有无有较强的随意性,完全取决于话语速度和说话人的喜好和习惯。我们把带“个”的繁复形式称为A式,把脱落了“个”的省略形式称为B式。A式和B式的语法功能并无差别,是两套平行的语法单位。不过从发展趋势看,B式的使用频率正在增高,地位正在加强,似乎是一组较有前途的形式。如果说在A式中的“-拉个”还有较实的数量意味(尽管已是虚指)的话,那么在B式中的“-拉”就已经基本上完成了虚化(语法化)过程,是一个类似于北方话的“-们”的词缀了。准此的话,我们不妨把B式中的“-拉”称为“天台话拉缀”。“天台话拉缀”应是经历了这样的音变形成的:

两个[liaŋ^{214}kou^{55}] >两个[·liaŋ ·kou]>拉个[·laʔ·kou]>拉[·laʔ]

由此我们得到一点启示:吴语其他地方不少带[la/na]音缀的人称代词复数形式,是否也经历过类似天台话的历史音变呢?

三　对吴语中人称代词复数形式的分类

为了较全面地考察吴语中人称代词复数形式的来历,我们试把钱乃荣(1992,P973—974)所记录的当代吴语的33个代表地点的人称代词复数形式作为分析对象。分析方法是按照表示复数意义的词缀的类型特征加以归类,凡词缀类型特征相同或相近的归为同类。同一地点中的不同词缀类型则分归在不同表中。得出的分类表如下①:

---

① 说明:表中的方言点简称与钱著同,但排列次序有变动,数字序号为本文所加。各序号与相应方言点简称所指地点为:1金(金坛)、2童(丹阳后巷童家桥)、3靖(靖江)、4杭(杭州)、5丹(丹阳)、6宜(宜兴)、7溧(溧阳)、8江(江阴)、9常(常州)、10锡(无锡)、11熟(常熟)、12昆(昆山)、13苏(苏州)、14霜(宝山霜草墩)、15罗(宝山罗店)、16周(南汇周浦)、17上(上海)、18松(松江)、19黎(吴江黎里)、20盛(吴江盛泽)、21嘉(嘉兴)、22双(湖州双林)、23绍(绍兴)、24诸(诸暨王家井)、25崇(嵊县崇仁)、27太(嵊县太平)、27余(余姚)、28宁(宁波)、29黄(黄岩)、30温(温州)、31衢(衢州)、32华(金华)、33永(永康)。人称代词标音中的调值数码均照钱著标于音节右下方。

类型	代号	方言点	特征	第一人称复数	第二人称复数	第三人称复数
-们类	1	金	-m-	我们 ŋ$_{21}$məŋ$_{23}$	你们 ȵiz$_{21}$məŋ$_{23}$	他们 tʻɑ$_{32}$məŋ$_{31}$
	2	童		我们 ŋʌɣ$_{31}$məŋ$_{23}$	内们 nei$_{31}$məŋ$_{23}$	他们 tʻɒ$_{55}$məŋ$_{31}$
	3	靖		我们 ŋʌɣ$_{22}$məŋ$_{44}$	你们 ȵij$_{22}$məŋ$_{44}$	他们$_{43}$məŋ$_{33}$
	4	杭		我们 ʔŋou$_{55}$mən$_{31}$	你们 ʔȵi$_{55}$mən$_{31}$	他们 tʻɑ$_{32}$mən$_{23}$
-侪类	5	丹	-dz-	我侪 ŋʌɣ$_{22}$dʑiz$_{44}$	你侪 n$_{22}$dʑiz$_{22}$	他侪 tʻa$_{41}$dʑiz$_{21}$
-家类	6	宜	-k-	我家 ŋu$_{24}$ko$_{33}$	你家 ȵij$_{24}$ko$_{33}$	他家 tʻa$_{55}$ko$_{55}$
	7	溧		伢 ʔŋo$_{52}$	绕 ʔȵio$_{52}$	他家 tʻo$_{33}$ko$_{52}$
	8	江		我家 ʔŋəɣ$_{52}$kɑ$_{33}$	你家 ȵij$_{52}$kɑ$_{33}$	他家 tʻa$_{55}$kɑ$_{31}$
	9	常		我家 ʔŋʌɯ$_{34}$ko$_{44}$	你家 ȵij$_{34}$kɑ$_{44}$	□家 dɑ$_{21}$ko$_{34}$

[表二]

类型	代号	方言点	特征	第一人称复数	第二人称复数	第三人称复数
-拉类	10	锡	-li	我哩 ŋʌɣ$_{24}$li$_{31}$	你哩 ȵi$_{24}$li$_{31}$	舵哩 dʌɣ$_{24}$li$_{31}$
	11	熟	-li	我俚 ŋɯʔ$_2$li$_{51}$		
	12	昆		我里 ŋəu$_{22}$li$_{44}$		
	16	周	-la	阿拉(少) ʔɑʔ$_{31}$lɑ$_{44}$	倻 nɑ$_{113}$	舷拉 gəʔ$_2$lɑ$_{23}$ 夷拉 ʔis$_{55}$lɑ$_{31}$
	17	上	-la	阿拉 ʔəʔ$_{31}$lʌ$_{44}$	倻 nʌ$_{113}$	夷拉 ɦi$_{22}$lʌ$_{44}$
	18	松			拾拉 zəʔ$_2$lɑ$_{34}$	夷拉 ɦi$_{24}$lɑ$_{21}$
	19	黎				伊拉 ʔij$_{55}$lɒ$_{31}$
	20	盛	-l-	吾里 ɦu$_{23}$lij$_{33}$		伊拉 ʔij$_{44}$lɑ$_{44}$
	21	嘉		伢 ŋɑ$_{223}$	倻 nɑ$_{223}$	伊拉 ʔis$_{55}$lɑ$_{31}$
	22	双		伢 ʔŋɑ$_{53}$	倻 ʔnɑ$_{53}$	自茄 zʅ$_{21}$dʑiɑ$_{34}$
	23	绍	缩合	伢 ŋa$_{22}$	倻 na$_{31}$ 倻落 na$_{22}$loʔ$_5$ 倻辣 na$_{22}$lʌʔ$_5$	耶 ɦia$_{113}$ 耶落 ɦia$_{22}$loʔ$_5$ 耶辣 ɦia$_{22}$lʌʔ$_5$
	24	诸		伢 ŋʌ$_{233}$	□ ȵiʌ$_{233}$	茄 dʑiʌ$_{233}$
	25	崇		伢 ŋɑ$_{22}$	倻 nɑ$_{22}$	耶 ɦiɑ$_{312}$
	26	太				耶 ɦiɑ$_{312}$
	27	余	-lʌʔ	盒辣 ɦɐʔ$_2$lʌʔ$_5$ 阿拉 ʔəʔ$_{31}$lʌ$_{44}$	纳 nɐʔ$_{23}$	舷辣 gɐʔ$_2$lʌʔ$_5$
	28	宁		阿辣 ʔəʔ$_{31}$lɐʔ$_5$ 象辣 ziɑ̃$_{22}$lɐʔ$_5$		及辣 dʑiɿʔ$_2$lɐʔ$_5$
	30	温	-le(来)	吾来 ɦŋ$_{23}$le$_4$	你来 ȵi$_{23}$le$_4$	佢来 gi$_{52}$le$_{21}$
	31	衢	-lʌʔ	我辣 ʔŋu$_{55}$lʌʔ$_2$	你辣 ʔȵi$_{55}$lʌʔ$_2$	佢辣 gi$_{32}$lʌʔ$_5$
	32	华	-lʌŋ (郎)	阿郎 ʔɑ$_{54}$lʌŋ$_{24}$ 自郎 ɕzij$_{22}$lʌŋ$_{55}$	侬郎 ʔnoŋ$_{54}$lʌŋ$_{24}$	佢郎 geʔ$_{31}$lʌŋ$_{44}$
	33	永	虚化 不彻底	我勒人 ŋoə$_{32}$lə$_2$noŋ$_{54}$	嗯勒人 n$_{32}$lə$_2$noŋ$_{54}$	佢勒人 gə$_{21}$lə$_2$loŋ$_{22}$

类型	代号	方言点	特征	第一人称复数	第二人称复数	第三人称复数
	12	昆			嗯呐 ɦin$_{23}$nəʔ$_4$	
	13	苏		伲 ɲij$_{31}$		
-伲类	14	霜		我伲 ɦin$_{22}$ɲi$_{25}$	嗯呐 ɦin$_{22}$nəʔ$_4$	
	15	罗	-ɲ-	我伲 ɦŋ$_{22}$ɲi$_{52}$	嗯呐 ɦin$_{22}$nʌʔ$_4$	
	16	周	-n-	伲 ɲi$_{113}$		
	18	松		五倻 ɦɲ$_{22}$nɑ$_{23}$	拾倻 zəʔ$_2$nɑ$_{34}$	
	19	黎			嗯倻 ɦin$_{23}$nɒ$_{33}$	
-倻类	20	盛			嗯倻 ɦin$_{23}$nɑ$_{33}$	
	28	宁			象纳 ʑiã$_{22}$nnʀʔ$_5$ 嗯呐 ɦin$_{22}$nʀʔ$_5$	

类型	代号	方言点	特征	第一人称复数	第二人称复数	第三人称复数
	11	熟			□笃 nɛ̃ɲ$_{22}$toʔ$_4$	佢笃 gE$_{24}$toʔ$_{31}$
	12	昆			嗯得 ɦin$_{23}$dəʔ$_4$	夷特 ɦii$_{23}$dəʔ$_4$
	13	苏			嗯笃 ɦin$_{24}$toʔ$_2$	嗯笃 ʔn$_{55}$toʔ$_2$ 俚笃 ʔlij$_{55}$təʔ$_2$
-笃类	14	霜	-t-			伊搭 ʔi$_{55}$tʌʔ$_{31}$
	15	罗			嗯搭 ɦin$_{22}$tʌʔ$_4$ 依搭 noŋ$_{22}$tʌʔ$_4$	伊搭 ʔi$_{55}$tʌʔ$_3$
	19	黎		吾堆 ɦiŋ$_{22}$tE$_{51}$		
	29	黄	-t'-	我推 ʔŋo$_{22}$t'e$_{51}$	嗯推 ɦin$_{22}$t'e$_{51}$	佢推 ge$_{22}$t'e$_{51}$
	31	衢	-d-	我□ ʔŋu$_{55}$dʌʔ$_2$	你□ ʔɲi$_{55}$dʌʔ$_2$	佢□ gi$_{22}$dʌʔ$_5$

四 对上节分类表的进一步分析

上节的表一包括"－们"、"－侪""－家"三个类型的人称代词复数。其地理分布正好包括受官话影响最大的太湖片"毗陵小片"的 8 个点和杭州 1 市。其中"－们"类 4 处从构成上看已基本"北方化",不必细论。"5 丹"的"－侪"与古代汉语表示同类意义的"侪"同字,至于二者是否同源,还要待考。

从"6 宜"到"9 常"的"－家"类中,"7 溧"的"伢 ʔŋo₅₂"(我们)和"绕 ʔn̠io₅₂"(你们)可以看作分别是由"我 ŋʌɯ₂₂₄＋家 ko₅₂"和"你 n̠iz₂₂₄＋家 ko₅₂"的缩合。此点由尚未缩合的"他家 t'o₅₅ko₅₅"(他们)可以作推断印证。就是说,"7 溧"的"伢"(我们)和"绕"(你们)分别曾有过"我家"和"你家"的形式,同"他家"(他们)的构成方式一致。可惜赵元任(1928)的词汇表中独缺溧阳第一、二人称代词的记载,现在无法推断在当时是否已经发生缩合。

本节分析的重点在于表二和表三,一方面因为这两个表占了吴语 33 个代表点的大部分,另一方面因为这两个表所显示的词形最为复杂多样。在分析之前在总体上应当说明两点:

1. 正如钱乃荣(1992)所说,在吴语少数地方有 n、l 相混的现象。所以表二的"－拉类"和表三的"－伲类""－郳类"严格地说应同属一类,本文总称为"－拉/伲"类。但是一方面吴语中 l－、n－虽有相混现象,但大多并非自由。尤其是作为人称代词复数形式的声母,一般已固化在其中之一上。从两表显示,固化为 l－的为多数。而且在占少数的"－伲/郳类"中,第三人称的一个也没有。这种情形更说明"－拉"类和"－伲/郳"类词缀同源。上文分列为两表,仅是为了分析方便。其实合为一表亦可。

2. 吴语第一、二、三人称代词单数的原初形式分别是"我""尔""其",它们的"主音"分别为 [ŋ]、[n]、[g](钱乃荣,1992),但由于历史音变,有些地方"我"的主音[ŋ－]已退化为[ɦ－]或[a],用来标音的汉字也有"我""吾""五""阿"等多个;"尔"在不少地方已失落韵母,成为一个自成音节的鼻辅音,被写成"嗯";"其"的主音[g]在不少地方已退化为[dʑ]、[ɦi]或[ʔi],用"辂""佢"及"茄""夷""伊"等多个汉字标写。本文着重分析表示复数意义的词缀成分,对双音节人称代词复数形式的第一音节读音及其标写字,除十分必要外,不作分析。

本节最主要的推断为:吴语各地人称代词表复数意义的"－拉/伲"类词缀与"天台话拉缀"相同,都来源于"两"。至于各地复数人称代词的不同写法及其纷繁的读音都是因"两"在各地的语音变化的不同而形成的。变化程度有小有大。我们先从变化最小的开始,次及变化较大者,然后到变化最大者。这里把它们分为四个级次叙述。

第一级次:－勒人、－郎

我们把表二末尾的"33 永"和"32 华"看作是变化最小的两处。如上述,天台方言人称代词复数的词缀形成过程是"两个[lian²¹⁴kou⁵⁵]＞拉个[·laʔ·kou]＞拉[·laʔ]",那么"33 永"的"－勒人"在变化阶段上相当于天台的"－拉个",区别在于末音节的实语素一处为"人"一处为"个"。尽管"勒[lə]"比"拉[laʔ]"离"两"更远,但"－勒人"却比"－拉"多一个音节,所以视为变化小者。"32 华"的人称代词复数形式尽管也无第三音节,但其第二音节的"－郎[lʌŋ]"比"－

拉[laʔ]"无疑更接近于原始的"两"。在赵元任(1928)调查时,"32 华"的这个音节就读为[liaŋ],他以"良"字和"国罗"的 liang 标写其音,这一极为宝贵的记载不仅说明经过半个多世纪金华的人称代词复数词缀已实现了"良＞郎"[liaŋ＞lʌŋ]的变化,而且使"郎＜良＜两"这一变化系列得以建立。"良"是其中关键的一环。

第二级次:-辣、-拉、-俩、-纳、-呐[nɐʔ]

我们把这几个词缀看作第二级次变化,是出于这样的考虑:作为原始形式的"两 liaŋ",其中古音韵地位是宕开三上养来,高本汉(1940)拟音为[ljiaŋ]。与今音无大别,吴语中表示人称代词复数意义的"-两"倘若发生音变,韵尾[-ŋ]的变化(脱落或变为-ʔ)应该发生在韵腹[-a-]的变化之前。因此表二中的"-拉类"和表三中的"-俩类",凡韵母元音为[ʌ、a、ɑ、ɐ]者,(除有[-ŋ]尾者外),不论其有无[-ʔ]尾,都归为这一级次。它们的共同特点是韵头元音脱落。属于这一级次的,有 31 衢(一、二、三称)、28 宁和 27 余(均一、三称)、23 绍(二、三称)、21 嘉(三称)、20 盛(二、三称)、19 黎(二、三称)、18 松(一、二、三称)、17 上和 16 周(均一、三称)等。假如以"-两"作为演化的起点,尽管这一级次人称代词复数语音演变的细节已不可拟测,但可推测其音变模式大致应是:

我们:我两(个)＞我拉(个)＞我拉＞盒辣＞阿拉

　　*ŋalian(kɑ)＞*ŋalaʔ(kɑ)＞*ŋʁlaʔ＞*ʔaʁʔlɐʔ＞ʔɐʔlʌ

你们:尔两(个)＞你两(个)＞你辣(如 31 衢)

　　*n̩zilian(kɑ)＞*n̩iliā(kɑ)＞ʔn̩ilʌʔ

他们:其两(个)＞瓣辣(个)＞佢辣＞及辣＞夷拉/伊拉

　　*gilian(kɑ)＞*gəʔlɑ(kɑ)＞*gilʌʔ＞*dziiʔlɐʔ＞ɦilʌ/ʔilɑ

第三级次:-来[le]、-呐[nə]、-哩(俚里)[li]、-伲[n̩i/n̩ji]

这一级次的共同特点是词缀弱化程度更深,韵母元音高化或央化。但韵母元音来源不尽相同。其中"-来"[le](30 温)和"-呐"[nəʔ](14 霜,二称)可以看作第二级次韵母元音的进一步弱化,但"-哩(俚里)"[li/lij]、"伲"[n̩i]等词缀中的[-i/-ji]似应视为"两"[liaŋ/n̩iaŋ]① 的韵尾、韵腹一齐脱落仅留韵头的结果。具有-i/-ji 音读的地点均在吴语北片的"苏沪嘉小片":有 10 锡(一、二、三称)和 11 熟、12 昆、14 霜、15 罗、20 盛(均一称)。

第四级次:缩合的"伢、俩、茄、耶、纳[nɐʔ]"、□n̩iʌ"和脱落首音节后的"伲"

"缩合"是指把人称代词复数的两个音节拼缩为一个音节,有点类似"反切",因此它与上述 13 苏、16 周脱落第一音节的情况不同。拼缩的过程例如:

23 绍:我 ŋo + 两 liaŋ ——构成——＞我两 ŋo liaŋ＞*ŋolia＞*ŋola＞*ŋoa＞ŋa(伢)我们

25 崇:我 ŋʁ + 两 liaŋ ——构成——＞我两 ŋʁ liaŋ＞*ŋʁlia＞*ŋʁlɑ＞*ŋʁɑ＞ŋa(伢)我们

21 嘉:俙 ne + 两 liaŋ ——构成——＞俙两 ne liaŋ＞*neliā＞*nela＞*nea＞nɑ(俩)你们

27 余:侬 nuŋ + 两 liaŋ ——构成——＞侬两 nuŋ liaŋ＞*nuŋliɐʔ＞*nulɐʔ＞*nuɐʔ＞nɐʔ(纳)你们

24 诸:其 dziᶻ + 两 liaŋ ——构成——＞其两 dziᶻ liaŋ＞*dʑiliā＞*dʑilʌ＞dʑiʌ(茄)他们

---

① "两"在吴语中有的地方有 n̩iaŋ 音,这一音读正是"伲"这一写法的来历。类如"亮"在宁波方言一般读 liā,但在"天亮""天亮头""天亮饭"等词中读 n̩iā,见汤珍珠、陈忠敏、吴新贤编的《宁波方言词典》,江苏教育出版社 1997 年出版。

25 崇：夷 ɦiᶻ + 两 liaŋ $\xrightarrow{\text{构成}}$ 夷两 ɦiᶻ liaŋ＞ *ɦilia＞ *ɦila＞ɦia(耶)他们

余不一一。赵元任(1928)记的 23 绍表示"我们"的"国罗"音是 ngaalaq[ŋalaʔ]，到钱乃荣(1992)调查时已变为 ŋa(伢)，缩合成为一个新形式。这种缩合过程有的地方仍在进行中。据胡明扬(1992)，海盐的第一人称代词复数有"我拉"[ɦoʔla]和"伖"[ua]两式，后式更多地用作修饰语。后式显系前式的缩合。不过即便缩合，并不一定遍及各人称。如"27 余"只有二称缩合，"21 嘉"第三称不缩合。至少就目前看，缩合代词复数分布不齐，也有离散性。

至于 13 苏和 16 周两处的"伲"似乎不是一般的"缩合"形式，而应该是"我伲"脱落了"我"后的剩余形式，其中似乎存在这样的变化过程：

13 苏：我 + 两 $\xrightarrow{\text{构成}}$ ŋɜu ȵiaŋ＞ŋɜu ȵi＞ȵji(伲)

16 周：吾 + 两 $\xrightarrow{\text{构成}}$ ɦu ȵiaŋ＞ɦu ȵi＞ȵi(伲)

不然就无法解释为何相邻成片的其他地方都是"我伲"或"我哩/我俚/我里"，唯独这两处只是个"伲"。另外从"16 周"表示"我们"的另一形式"阿拉"(少)也可以看出："伲"的同值单位是"拉"，"伲"前肯定丢失了一个相当于"阿"(我)的"吾"[ɦu]。

五　笃类＜等：天台等地方言的另一启示

现在我们来分析表四。表四这些代词复数词缀(第二音节)有"－笃、得、－特、－搭、－堆、－推、－□dʌʔ"等，我们统称为"笃类"代词。它们的共同特征是声母为舌尖前塞音。这类辅音声母不可能由"－们"类的双唇音 m－变来，也不可能由"－家"类的 k－和"－拉／－伲"类的 l－/n－变来。那么它们的来历究竟是什么呢？

天台方言第一人称代词复数形式除了前述的"我拉个"和"我拉"外，还有一种相当于普通话包括式"咱们"的"我等"[ɦo²¹⁴·təŋ]①。"等"用于表示侪辈，上古汉语就有"我等""尔等""彼等""公等"之类用法。天台的这个"－等"与古代汉语的"－等"音义如此一致，显然有相承关系。吴语其他地方众多"笃类"词缀的声母辅音与"等"相同或相近，不同之处仅在于"等"的声母为不送气清塞音，吴语中少数地点的此类词缀为送气清塞音或浊塞音。这一情况给了我们一点启示：它们可能同源。

其实汉语方言中以舌尖塞辅音声母的音节为词缀构成人称代词复数形式，不仅吴方言中有，北方方言、客家方言和粤方言中也有。列表举例如下：②

---

① 天台方言中没有听到第二、三人称的 *尔等[ɦn²¹⁴·təŋ]、*佢等[gei²²⁴·təŋ]。
② 表中北方方言 5 处资料据黄伯荣(1996)。

[表五]

方言区点		第一人称 单数	第一人称 复数	第二人称 单数	第二人称 复数	第三人称 单数	第三人称 复数	复数意义的体现形式	说 明
北方方言	河北武安	俺、咱 我	俺都、咱都	侬 你	侬都	□niɤ^{41} 他	□niɤ^{41}都 他都	－都 tou^3	没有"我都""你都"两种复数形式
	河南获嘉	俺 咱 我	俺·都 咱·都	恁 你	恁·都	昂 他	昂·都	－都	"我""你""他"均无加"都"的复数形式
	河南安阳	俺、咱 俺兜、咱兜		您	您兜	他 □nie$_{42}$	他兜 □nie^{42}兜	－兜	□nie$_{42}$是别称,类似普通话"人家","您"不是敬称
	山西临猗	我 ŋuo^{53}	我得 ŋuo24tei2 我的 ŋuo24ti2	你 ȵi^{53}	你得 ȵi24tei2 你的 ȵi24ti2	他 t'a^{53}	他得 t'a^{24}tei2 他的 t'a24ti2	－得 tei2 －的 ti2	"我、你、他"加上"得"或"的"构成复数时需变调,"的"不是结构助词
	山西运城	我 ŋuo^{43}	我的 ŋuo22ti2 咱 tɕia22ti2	你 ni^{43}	你的 ȵi22ti2	他 t'a^{21}	他的 t'a22ti2	－的 ti2	"的 ti2"不是结构助词
客家方言		𠊎 ŋai^{11}	𠊎等 ŋai^{11}ten^{44} 𠊎等人 ŋai^{11}tən^{44} ȵin^{11} 𠊎兜 ŋai^{11}teu^{44}	你 ȵi^{11}	你等 ȵi^{11}ten^{44} 你等人 ȵi^{11}tən^{44} ȵin^{11} 你兜 ȵi^{11}teu^{44}	佢 ki^{11}	佢等 ki^{11}ten^{44} 佢等人 ki^{11}tən^{44} ȵin^{11} 佢兜 ki^{11}teu^{44}	－等 ten^{44} －等人 ten^{44}ȵin^{11} －兜 teu^{44}	"等"和"－等人"尚未虚化,"－兜"已虚化
粤方言		我 ŋɔ^{13}	我哋 ŋɔ^{13}tei22	你 nei^{13}	你哋 nei^{13}tei22	佢 k'æy^{13}	佢哋 k'æy^{13}tei22	－哋 tei22	

上表列出的方言区点散布在中国南北的广大区域中,各地用来标写复数意义的汉字有同有异。如果不计字形差别,它们的共同点都是 t－声母。河北武安方言的研究者孟蓬生在其论文中曾"疑心"武安话表示复数意义的语尾"都"[tou]是由古代汉语的"等"字发展而来的(黄伯荣1996)。客家方言中"－等人/－等/－兜"三种同义变体表明孟的"疑心"作为一种推断可以成立。不仅如此,我们还可以从历史音变角度确认上表中各种表示复数意义的形式都来源于"等"。它们可以排成一个演化系列:

区点	客家	安阳	获嘉	武安	粤	临猗	运城
读音	ten ȵin>ten	> teu	>	tou	> tei	> tei	> ti > ti
标写字	等人→ 等	兜→	兜→	都 →	哋 →	得 →	的→的

客家方言的"等人/等"保留古代的形式最为完备,可能与他们"宁卖祖宗田,不忘祖宗言"的保守语言观念有关。

吴方言中的"－笃类"词缀形式更为纷繁,不仅韵母元音有 ʌ、ɔ、o、ɛ、e、ə 等多种,韵尾有有无喉塞音之别,声母又有清与浊、送气与否的不同。但它们都可以推设为古代的"等"在不同方言区片的现代变体。至于这些"等"的变体在众多地方的韵母促化、个别地方声母浊化或送气化,则可能是对语义虚化、音读弱化的一种功能性的补偿——促化、浊化和送气化都有助于音节的清晰化,而清晰化则有助于其所负载的语法意义得到较好的保留和传达。

六 余 论

1. 钱著(1992)所收列的人称代词复数形式较为齐备,其中少数由于形态特别,难以归类或难以分析,因此上文没有提及。比如 2 童的"能兴"(你们),如果"能"相当于"你",那么"兴"似乎应是"些人"的缩合,但因无更多的同类例子,难以断定。又如 22 双的"娘伢(我们)、娘 俹 (你们)、娘茄(你们)"与当地的"伢(我们)、俹(你们)、自茄(他们)"构成两套平行系列,"伢、俹、茄"我们已推断为缩合形式,"娘"的身份和来历则难以分析判断。还有 26 太的"□va$_{22}$"(我们)和"嗯 fin$_{22}$"(你们)同时也有单数意义,可能是个缩合形式,但源形式是哪两个字,也难断定。这些形式均未入表,只好阙疑。另外,28 宁的"象辣"(我们)和"象纳"(你们)、18 松的"拾拉/拾俹"(你们),如果"-辣、-纳、-拉、-俹"为表示复数的词缀,"拾"可能来源于音近的"自",但是"象"的性质和来历是什么呢? 这一问题也未解决。

2. 表二中 23 绍,第二人称复数有"俹/俹落/俹辣"三个变体,第三人称复数有"耶/耶落/耶辣"三个变体。有意思的是,既然"俹"和"耶"是缩合形式,就已经包含了复数意义,为什么还要加上表复数意义的"-落/-辣"呢? 大概是缩合形式产生后,信息有所衰减,人们觉得单音节形式不足以强调复数,于是又加上表复数的"-落/-辣"。这很像北方话的"俺"来源于"我们"、"您"来源于"你们",后来又产生了"俺们"、"您们"来表示复数。

3. 钱乃荣(1992,P717)把吴语人称代词复数形式与单数形式的关系分成两种,第一种是用加词尾(按即词缀)形式构成复数,第二种是由韵母形态屈折变化构成复数。他举了不少例子,并认为有的地点变化规则清楚,有的不清楚。规则最清楚的是比较偏僻的乡村和小镇,如以下两处:

王家井:我 ŋɯ$_{233}$→伢 ŋA$_{233}$(我们) 你 n̠iz$_{233}$→n̠iA$_{233}$(你们) 其 dʑiz$_{233}$→dʑiA$_{233}$(他们)

崇 仁:我 ŋɤ$_{22}$→牙 ŋA$_{23}$(我们) 侬 ŋuŋ$_{22}$→na$_{22}$(你们) 夷 ɦi$_{312}$→耶 ɦiɑ$_{312}$(他们)

其余地方"不规则"的表现是不如这两地三种人称齐全配套,但作为"屈折变化"例子的复数形式与单数形式的主要差别都在于韵母元音变化。这些例子均是本文所判定的人称代词单数形式加-拉/-俹类词缀后的缩合形式。据此我们认为,所谓"屈折变化"仅是少数地方人称代词单数加词缀后由于历史音变成了缩合音节才在语音上构成了与单数形式的对比,并非在单复数构成上本来普遍存在屈折变化的规则。这种变化同印欧语中在共时系统中用屈折变化构成语法意义对立的原理仍有区别。因此是否有必要在吴语人称代词复数构成类型上另立一种"形态变化"类型,似乎尚可商榷。

参考文献

[1]徐通锵.历史语言学[M].北京:商务印书馆.1991.

[2]赵元任.现代吴语的研究[M].北京:科学出版社.1956.

[3]谢自立.苏州方言的代词[A].吴语论丛[C].上海:上海教育出版社.1988.

[4]钱乃荣.当代吴语研究[M].上海:上海教育出版社.1992.

[5]钱乃荣.上海话语法[M].上海:上海人民出版社.1997.

[6]黄伯荣.汉语方言语法类编[C].青岛:青岛出版社.1996.

[7]袁家骅.汉语方言概要(第二版)[M].北京:文字改革出版社.1983.

[8]戴昭铭.天台话的几种语法现象[J].方言.1999,(4).

[9]高本汉.中国音韵学研究[M].赵元任、罗常培、李方桂合译.北京:商务印书馆.1994年.

[10]胡明扬.海盐方言志[M].杭州:浙江人民出版社.1992.

第十一章　弱化、促化、虚化和语法化

弱化(reduce)是一种普遍存在的语流音变现象。当一个语言单位在语流中经常处于非重读音节的地位时，会逐渐失去部分本有的语音特征，如音强减弱、音高降低、音质含混化、发音部位中央化①等。有的弱化音的进一步发展会导致部分音位的脱落或辅音音类的异化。弱化不仅是共时变化，积久的弱化会形成历史音变。弱化也不仅仅是语音变化，它往往与词义的虚化和新语法单位(语缀或虚词)的形成——语法化(grammaticalize)过程相伴随，成为一种语音—词汇(语义)—语法的综合演变。在汉语方言研究中，当需要记录一种已经语法化了的单位时，常常借用当地的一个同音字或近音字来代表。如果一个同源单位在不同地区平行发展后的读音不同，或读音虽同而记录所用的假借字因人而异，就会因形式的歧异纷繁而使人困惑。这或许正是综合性的方言研究成果不多的原因之一。

北方方言由于入声消失，伴随语音弱化产生的语法化单位虽然也有语音短促的特征，但通常只以"轻声"视之。轻声不是基本调类，只是一种变读，在特别必要(比如唱歌或唱戏)时甚至可以还原成本音。吴方言由于基本调类中有以喉塞音[-ʔ]收尾的入声，语法化单位即便原是舒声，有的也会演变成入声。这就是本文所说的"促化"(glottlization)。促化现象遍及吴方言各地的次方言中，在天台话中似乎更多些。本文按语法单位的类型分组举例，略述吴方言中促化与语法化关系的大概。

一　词　缀

(一)从实词"阿"到前缀"阿"

"阿"本为舒声字，古韵在歌部。《广韵》乌何切，平声影母。《说文》："大陵也，一曰曲阜也。从阜，可声。""大陵"即大土山；"曲阜"即山阜的弯曲处。这个意义的字现代标准音为[ɤ⁵⁵]，一般以为此音带有古韵痕迹，但据汪荣宝《歌戈鱼虞模古读考》，读为[a⁵⁵]倒更像古音。但无论古今读什么，这个"阿"都是舒声，实词。

"阿"字很早就被借作模拟声口的象声词(叹词)和名词前缀。《集韵·歌韵》："阿，慢应。"明陆容《菽园杂记》卷五："诸司官御前承旨，皆曰'阿'，其声引长。"清翟灏《通俗编·语辞》："阿，音倭，应辞……应之速曰'唯'，缓曰'阿'。"至于姓、名、排行次第和亲属称谓前冠以"阿"用作口头称呼，自汉代至今，各地都很普遍。翟灏对此有精到的解释："盖'阿'者发语辞，语未出口，自然有此一音。古人以'谁'为'阿谁'，亦犹此也。"作象声词和名词前缀的"阿"并无实义，只是对上述实义的"阿"字的假借。但既然同用一字，可见当时发音相同，且都是舒声。现代各地汉语方

---

① 本文用"中央化"统称元音发音部位从高、低向"中"部变化的"中化"和从前后部位向"央"部变化的"央化"。"中化"的例子如北京话"来"[lai³⁵]弱读音为[·lɛ]，"豆腐"的"腐"[fu²¹⁴]弱读音为[·fo]；央化的例子如北京话"哥哥"的第2字由[kɤ⁵⁵]变为[·kə]。有些字音中化和央化同时发生，如北京话"完结"义的"了"[liau²¹⁴]变成助词"了"[·lə]。

言,即便在有入声的南方方言中,前缀"阿"仍为舒声:

(表一)

地　　点	北京	广州	东莞	梅县	娄底	南昌	厦门	漳平	海口	西宁	南宁（平话）
"阿-"的读音	a	a	a	a	ɔ	ŋa	a	a	an/am	a	a
"阿-"的调类	阴平	阴去	去声	阴平	阴平	阴平	阴平	阴平	阳去	阴平	阴去
"阿-"的调值	55	33	32	44	44	42	55	24	33	44	55

但在吴方言中,前缀"阿"读为促声的就比较普遍了(表中"阿-"的读音只录单字调,不计连读变调,且略去字音开头的紧喉标记[ʔ-]):

(表二)

地点	上　　海①			苏州②	宁波	金华	崇明	常州	无锡	嘉兴	天台	黄岩	杭州
"阿-"的读音	aʔ	ɑʔ	ɑ	aʔ	ɐʔ	əʔ	æʔ/ɑʔ	ɑʔ	ɑʔ	ʌʔ	aʔ	ɐʔ	ɐʔ
"阿-"的调类	阴入	阴入	阴平	阴入	阴入	阴入	阴入	阴入	阴入	阴入	阴入	阴入	阴入
"阿-"的调值	55	55	53	43	55	4	5	53	4	4	5	4	5

在钱乃荣《当代吴语研究》的 33 个取样点中录有"阿飞"一词的共 22 处,其中前缀"阿"读入声的有 20 处,读舒声的仅 2 处(丹阳、永康)。

　　除了前缀"阿"以外,在上海、苏州、无锡、常州等北部吴语中,"阿"还经常用作疑问语助词,其基本格式是"阿 VP",其语法功能是突出疑问焦点。这个"阿"也只读入声。

　　在其他方言中都仍保持着舒声音的"阿",在吴方言中却普遍地改变了固有的舒声地位,加入了入声行列,成为一个地道的入声字。这种情况令人觉得似乎吴语中存在一种使虚语素或虚词促化的语音演变机制。

(二)从数词"两"到后缀"辣/呐(纳)",从助词"等"到后缀"笃/得/搭"

　　这里的"后缀"指人称代词复数的标记。我曾在两篇论文(1999,2000)中论及吴方言中人称代词复数形式的来历。在后一篇文章中,我把钱乃荣(1992)从 33 个地点中收集到的形式纷繁的人称代词复数形式加以综合整理,去除以"们/家"为后缀的 9 处,把其余 24 处的后缀分为"拉/伲"类和"笃"类两组,认为"拉/伲"类后缀来源于"两","笃"类后缀来源于"等"。该文分类

---

　　① 上海的"阿-"有 3 种音,分布于不同词中。[aʔ55]在"阿哥、阿妹、阿嫂、阿飞……"等词中,用例最多;[ɑʔ55]在"阿拉、阿爷货、阿末名"等少数词中("阿拉"的"阿"其实不是前缀);[ɑ53]在"阿姨、阿婆、阿舅"等少数几个词中。参见许宝华、陶寰(1997)。
　　② 苏州话的"阿姨"一词的"阿"则为舒声,见汪平(1996)。

是从后缀用字的声母着眼的。如果从韵母是否促化的角度着眼，就不能用"拉/伲"作代表字。现在把用"拉、伲、俪"等舒声字作后缀的再剔除，钱著中所录以入声字作后缀的复数人称代词可分以下两类：

A类，以"辣、落、呐、纳"等入声字音为后缀，如：

（表三）

方言点	第一人称复数	第二人称复数	第三人称复数
绍兴		俪落 na$_{22}$lo$?_5$ 俪辣 na$_{22}$lʌ$?_5$	耶落 ɦia$_{22}$ lo$?_5$ 耶辣 ɦia$_{22}$lʌ$?_5$
余姚	盒辣 ɦɐ$?_2$lɐ$?_5$ 阿拉 $?$ɐ$?_3$lʌ$?_{44}$	纳 nɐ$?_{23}$	舝辣 gə$?_2$lɐ$?_5$
宁波	阿辣 $?$ɐ$?_3$lɐ$?_5$ 象辣 ziã$_{22}$lɐ$?_5$	象纳 ziã$_{22}$nnɐ$?_5$ 嗯呐 ɦn$_{22}$nɐ$?_5$	及辣 dziɪ$?_2$lɐ$?_5$
衢州	我辣 $?$ŋu$_{55}$lʌ$?_2$	你辣 $?$ɲi$_{55}$lʌ$?_2$	佢辣 gi$_{32}$lʌ$?_5$
昆山		嗯呐 ɦn$_{23}$nə$?_4$	
宝山霜草墩		嗯呐 ɦn$_{23}$nə$?_4$	
宝山罗店		嗯呐 ɦn$_{23}$nə$?_4$	

B类，以"笃、得、特、搭"等入声字音为后缀，如：

（表四）

方言点	第一人称复数	第二人称复数	第三人称复数
常熟		□笃 nɛ̃ɲ$_{22}$to$?_4$	佢笃 gɛ$_{24}$to$?_{31}$
昆山		嗯得 ɦɲ$_{23}$tə$?_4$	夷特 ɦi$_{23}$də$?_4$
苏州		嗯笃 ɦɲ$_{24}$to$?_2$	嗯笃 $?$n$_{55}$to$?_2$ 俚笃 $?$lij$_{55}$to$?_2$
宝山霜草墩			伊搭 $?$i$_{55}$tʌ$?_{31}$
宝山罗店		嗯搭 ɦn$_{22}$tʌ$?_4$ 依搭 noŋ$_{22}$tʌ$?_4$	伊搭 $?$i$_{55}$tʌ$?_3$
衢州	我□ $?$ŋu$_{55}$dʌ$?_2$	你□ $?$ɲi$_{55}$dʌ$?_2$	佢□ gi$_{22}$dʌ$?_5$

有的方言点兼有 A、B 两类后缀，分为两表只是归类上的需要。

从表数目的"两"到 A 类后缀，有一个虚化过程，又有一个从可独立运用的数词到粘着性后缀的演变过程。至于 B 类后缀的来源"等"，虽原为助词，其意义也比复数标记实在一些。当然，虚化的后缀不一定都促化。就是在同一县内，也有促化与否的分别，呈现出内部差异。比如上海的"阿拉我们"和"伊拉他们"两词中的"拉"，就有舒促两读，前一词的"拉"以读促声为多，后一词的"拉"以读舒声为多(许宝华、汤珍珠 1988)。然而倘若同一后缀有舒促两读的变体，读促音的肯定是后起音。钱乃荣(1997)曾述及约 150 年前 J. Edkihs 所记录的上海话中第一人称复数为"阿拉"[ɑ$?$lɑ]，"拉"为舒声，而钱氏所记当代上海话"阿拉"的"拉"已有舒促两读。这更能说明促音的后起性及发展趋势。另外,有的地点方言的记录中人称代词复数形式虽然写成"拉",口语中却不一定读舒声。在笔者家乡天台,"我拉我们"、"尔拉你们"、"佢拉他们"三个词的"拉"的读音只有一种[laʔ],这表明在天台这个词缀的促化已经完成。

二 量词和结构助词"个"

"个"是个常用量词,《广韵》古贺切,见母去声,在现代北京话中单字音仍为[k]母去声,在语流中处于非重读位置时多读弱化音[·kə],舒声。但在吴方言中却多读为入声,这也是促化的结果:

(表五)

上海	宁波	金华	杭州	崇明	苏州	萧山	天台
gəʔ^{13}	goʔ^{12}	kəʔ^4	kɐʔ$_3$/kɔʔ$_4$	goʔ^2	kəʔ$^{\underline{43}}$	kəʔ^4/koʔ^4	koʔ

表五中标于音节右上角的调值是当地入声的标准调值,在语流中弱读时,调值常模糊不清,成为一个短弱的促声。有意思的是,在天台方言中,"一个(独个)""两个""三个"等数量组合后加名词(通常只加"人")时,"个"一般读短弱的[·koʔ];但后面不加"人"时,又读成舒声的[kou^{55}]了。钱乃荣(1992)说在他调查的 33 个地点中,"个"多读入声作"葛[kəʔ$_5$]"或"舸[gəʔ$_5$]",这是符合实际的。"个"的这一促化音,也普遍地出现在与近/远指代词构成的"指量组合"中。在赵元任《现代吴语的研究》一书中,也多用入声字"葛"为标记。

吴方言中相当于北京话的结构助词"的",是由量词"个"虚化其计量单位的意义后形成。这个"个"已然是虚词,通常也读为短弱的入声,出现于偏正短语的定语和中心词之间。如果去掉中心词,成为"个"字短语,就相当于北京话的"的"字短语。北京话的"的"还可以作语气助词,表示肯定,吴方言的"个"也有这一功能。以天台话为例:

偏正短语　1)定语表领有:我个儿我的儿子 ɦɔ^{214}·koʔ ɦn^{224}

老张个书老张的书 lau$^{214}_{21}$ tɕiaŋ$^{33}_{51}$·koʔ ɕy^{33}

2)定语表修饰:红个花红的花 ɦoŋ^{224}·koʔ huo^{33}

卖菜个老倌卖菜的老头儿 ma$^{35}_{33}$ tsʻei^{55}·koʔ kau$^{214}_{21}$ kuø$^{33}_{51}$

"个"字短语　我个我的 ɦɔ^{214}·koʔ　　老张个老张的 lau$^{214}_{21}$ tɕiaŋ$^{33}_{51}$·koʔ

红个红的 ɦoŋ^{224}·koʔ　　卖菜个卖菜的 ma$^{35}_{33}$ tsʻei^{55}·koʔ

表肯定语气　a.天亮会落雨个明天会下雨的 tʻiɐ^{33} niaŋ^{35}·ʋʔ lɔ$^{23}_{21}$ ɦy^{214}·koʔ。

b.本书是我个这本书是我的 pəŋ$^{325}_{32}$ ɕy^{33}·zl̩ ɦɔ^{214}·koʔ。

c.眠床是旧年做个床是去年做的 miɛ$^{224}_{35}$ zɔ̃$^{224}_{22}$·zl̩ giɤu$^{35}_{33}$ niɛ$^{224}_{51}$ tsou$^{55}_{33}$·koʔ。

在表肯定语气时,天台方言中还有一种有趣的现象:如果强调"本来如此"、"本该如此"的意思时,句末的"个"就不读短弱的促声·koʔ,而须恢复为单字本音[kou^{55}](阴去)。如上列 3 句句末的"个"[·koʔ]改读[kou^{55}],a 句就成了"明天本来就该下雨的嘛"的意思,b 句就成了"这本书本来就是我的"的意思,c 句就成了"床本来就是去年做的嘛"的意思了。这一规则性现象正说明"个"的促声是由舒声弱化而来的。

三 介 词

(一)从动词"在"到介词"辣/勒"

"在"本是动词,表示"存在"义,可以独用。《论语·八佾》:"祭如在,祭神如神在。"《论语·里仁》:"父母在,不远游,游必有方。"亦表示"居(处)于"义,后接处所宾语,仍是动词。《论语·泰伯》:"不在其位,不谋其政。"又表示"决定于、取决于"义,后接原因宾语。《论语·颜渊》:"死生有命,富贵在天。"又引申为名词义的"所在"(处所)。《陶渊明集·饮酒》:"衰荣无定在,彼此更共之。"这些"在"都是实词。

"在"很早就开始用作介词,表示处所时间等。如《论语·述而》:"子在齐闻《韶》,三月不知肉味。"其实"在"的动词用法和介词用法关系很近,界限也不大好划。上古由于有"於"表示动作行为的时间、处所,"在"的介词用例远少于动词用例。后来口语中"於"用得越来越少,"在"的介词用法普遍化。在现代"在"的介词频度远远高于动词频度了。

汉语的介词是前置词,单音的介词在节律上多不能独立,具有后向粘附性。使用频度既高,语音就极易弱化。"在"字《广韵》昨宰切,蟹摄开口一等从母海韵,上声。今北京话单字音 $[tsai^{51}]$,古今均为舒声。北方话介词"在"弱读音声韵尚全,声调有时可能含混。东北方言中表处所的介词"在"有声母塞化并保留上声特征的土音。"在家""在炕上"的"在"常说成 $[tai^{214}]$。吴方言中介词"在"语音弱化后有两个特征性结果:一是声母边音化成 $[l^-]$,二是韵母促化成 $[^-V\mathrm{ʔ}]$(V 表示 vowel"元音")。这两个特征在吴语区各地不一定同时兼有。在天台方言中相当于北京话介词"在"的介词的通常读为 $[lei^{214}]$,仅有前一个特征;但若说快了也会成 $[lə\mathrm{ʔ}_3]$,就兼具两个特征了。而上海、苏州等地多已兼具两个特征;于是就用当地的入声同音字"辣"或"勒"来代替了[①]。关于"在"的促化过程,钱乃荣(1997)说:

> (空间介词)"辣辣"前面一个"辣"来自"在",声母 $[z]$ 音变为 $[l]$,早期读作"来 $[lei]$",至今上海还有人把"辣辣"读成"来"或"来辣",后来促音化写作"垃拉 $[le\mathrm{ʔ}\ lɑ]$"或"拉 $[lɑ]$"(见 Macgoman,1862)。

这段话中"早期读作'来 $[lei]$'"(按:相当于现在天台话的读音)根据的是钱著所列参考文献中 John Macogoman 于 1896 年写的《A Collection of Phrases in the Shanghai Dialect》一书的记录。当时"在"的读音已经边音化,尚未促化。100 年过去,促化过程已基本完成,语法化的结果是连字形都只能借用了。

(二)从动词"把"到介词"拨"

"把",《广韵》博下切,假摄开口二等帮母马韵,上声。动词"把"本义为"握、执"。《史记·周本纪》:"周公旦把大钺,毕公把小钺,以夹武王。"至今普通话"手把手"一语中的"把"仍为本义。但"把"字后来逐渐引申出动词"给予"的意义。《京本通俗小说·拗相公》:"轿夫只许你两个。……却要把四个人的夫钱。"句中的"把"即"付给"义。这个意义的"把",现代吴方言中普遍说成

[①] 上海(钱乃荣 1997)用"辣"$[lA\mathrm{ʔ}_{12}]$,苏州(汪平 1997)用"辣"$[lə\mathrm{ʔ}^{23}]$ 和"勒"$[lə\mathrm{ʔ}^{23}]$。其他各地大同小异(钱乃荣 1992)。

"拨"。如天台话：

拨佢一百块钞票给他一百元钱 pø?[5] gei[224] iɪ?[5]1 pa?[5] kʻuei[55]11 tsʻau[325]32 pʻiau[55]。

这个"拨"词义并未虚化，仍为动词，但语音已经促化。据钱乃荣(1992)记录的 33 处"给"义动词，用入声字"拨"的 20 处，仍用舒声字"把"的仅 4 处(均在与江淮方言接近处)。

"把"字另有虚化为表示被动意义的介词用法，起源也比较早：

彩胜斗华灯，平把东风吹却。(宋辛弃疾词《好事近》)

这明明是天赐我两个横财，不取了他的，倒把别人取了去。"(元无名氏杂剧《杀狗劝夫》)

表示被动意义的介词，现代吴方言中普遍用"拨"，少数用"不"、"八"。这个"拨"及其同源的"不"、"八"都来自上述表被动义的"把"，"拨、不、八"都是借音字。其间的共同特点是阴入调。至于调值和韵腹元音是什么，已经不重要。故下表(据钱乃荣 1992)① 中列出的记音略去了调值：

(表六)

地点	上海	宁波	苏州	杭州	溧阳	江阴	常州	无锡	常熟	昆山	松江	嘉兴	绍兴	黄岩	罗店	天台	湖州双林
借字	拨	拨	拨	拨 不	拨	八	拨	拨	拨	拨	拨	不	拨	拨	拨	拨	拨
读音	pə? pɐ?	piɪ? pɐ?	pə?	pɐ? pə?	pə?	pɑ?	pə?	pə?	pɛ?	pə?	pə?	pə?	pə?	pɐ?	pə?	pø?	pə?

北京话的"给"既是动词，又可用为表被动的介词，语音并无不同。吴方言的"把"由表"给予"义的动词到虚化为介词"把"，再到介词"拨"(包括"不"、"八"等)，语音则由舒声变成了入声，"拨"已经完全语法化为一个被动标记了。

(三)从动词"代"到介词"搭/脱/得"等等

在钱乃荣《当代吴语研究》(P1051)中，表被动义的介词还有 4 处值得提出研究，即诸暨用的"得"[tɐ?]，嵊县崇仁用的"得"[tɛ?]，嵊县太平用的"带"[tɑ]，衢州用的"等"[tən]。这 4 处的共同特点是声母用舌尖前塞音，不同之处是 2 处"得"为入声，另 2 处的"带"[tɑ]和"等"[tən]是舒声。如果考虑到"等"[tən]的韵尾[n]可能系由例句"等我"被我[tənŋu]的[ŋ]声母逆同化而来，那么"得"同"带"、"等"的主要区别只在音节末尾促音的有无。它们的同源性质已很明显。那么它们的词源何在呢？

我们认为来源于动词"代"。

"代"，《广韵》徒耐切，蟹摄开口一等定母代韵去声。古韵在之部。今北京音[tai[51]]仍为去声。本为实义动词，义为"替代"。《说文·人部》："代，更也。"段注："凡以此易彼谓之代。"《书·多方》："乃惟成汤，克尔以多方，简代夏作民主。"《世说新语·容止》："魏武将见匈奴使，自以形陋不足雄远国，使崔季珪代。""代"的"替代"义至今仍保留且活跃在南方方言口语中，也活跃在书面语中。因为常用，"代"自然很快虚化为介词，表示"替、给"的语法义，引入被替者。如天台

---

① 在钱乃荣(1992)的记录中，江阴表被动义的介词，单字记为"把[pa[45]]"(P1003)，例句中记为"八[pɑ?]"(P1051)；杭州的单字记为"拨[pɐ?[5]]"，例句中记为"不[pə?]"。

话：

尔做勿来，我代尔做 $\text{fin}^{214}\ \text{tsou}^{55}\ \text{fo?}^5_1\ \text{lei}^{224}$，$\text{fio}^{214}\ \text{dei}^{35}_{33}\ \text{fin}^{214}_{22}\ \text{tsou}^{55}$。

这句话北京通常说成"你不会做，我替你做"。现代北方话"替""代"同义通用，口语中"替"多于"代"，而吴方言口语中用"代"不用"替"，用"替"时带有官话色彩。介词在语流中通常非重读，"代"在吴方言中常用的结果，终于弱化并促化成"搭"。上面这句天台话后半句"我代尔做"，快说时也可说成"我搭[tæ?]尔做。"①　表示"替、给"义的这个介词"搭"，吴方言各地的读音和借字不尽相同。还有一地多音多字的，上海话中就有"脱"$[\text{t'ə?}^5]$、"得"$[\text{tə?}^5]$、"搭"$[\text{ta?}^5]$等 3 种变体(许宝华、陶寰，1997，P338)。

然而在吴方言有的地方，动词"代"演变到表"替、给"义的介词"搭/脱/得"等(下文概称为"搭"类介词)后，仍未停止其语义演变。语义的变化来自用法的变化。"搭"类介词既有"替、给"义，北京话的"给"可以逐渐演化出处置、被动等语法意义，吴方言的"搭"类介词也如此。演变过程大致是：

(表七)

步骤	句法义	句式	吴方言	北京话
(1)	给　替	甲给乙 V 了 O	张三搭李四做勒衣裳	张三给李四做了衣服
(2a)	处置(好)	甲把乙的 OVA 了	张三搭李四个衣裳做好勒	张三把李的衣服做好了
(2b)	处置(坏)		张三搭李四个衣裳做坏脱勒	张三把李四的衣服做坏了
(3)	被动	(乙的)O 被甲 VA 了	衣裳搭张三做坏脱勒	衣服被张三做坏了

需要指出的是：1. 从步骤(1)到步骤(2a)和(2b)，吴方言的介词"搭"已从"给、替"义派生出处置；2. 从(2b)到(3)，吴方言中的介词"搭"语义有明显的异化，然而同用一字，这从吴方言语法变化过程来看是合理的，但在北京话中却不能说* 衣服把张三做坏了。

如果上述分析合理，那么本节开头所说诸暨等 4 处以舌尖前塞音声母为特征的表被动义的介词的来历就基本清楚了：它们均属于"搭"类介词，来源于动词"代"。

此外，吴方言中还有一个介词"搭"，语法意义相当于"对、跟、同"。如天台话的"我搭尔讲"$[\text{fio}^{214}\text{tæ?}^5_1\text{fin}^{214}\text{ko}^{325}]$意为"我对你说"。这个"搭"②　很明显是由去声字"对"的语音弱化、促化而来，不必赘言。

四　体貌标记

(一)从动词"了"到体貌标记"勒/辣"

现代汉语普通话助词"了"有"了$_1$""了$_2$"之分。"了$_1$"指表示动作变化"完成"意义的时态助词(完成体标记)。"了$_2$"既是句末语气助词，又有"过去完成"的语法义，确定情况变化已经发生，语法作用类似文言的"矣"。"了$_1$""了$_2$"的分化是在现代白话中发生的，其实二者共同来

---

① 在宁波话中，这个"搭[tæ?⁵]"甚至弱化到可和其后的单数人称代词缩合成一个音节，参见汤珍珠、陈忠敏、吴新贤，1997，P305。

② 这个"搭"，有关上海话的论著多用借字"脱"。许宝华、汤珍珠(1988)二位先生说："'脱'[t'ə?⁵]/[tɐ?⁵]在语流中有时读作[tə?⁵]/[tɐ?⁵]。"后二音声母不送气，更像"搭"。

源于"了结"义的动词"了"[liau²¹⁴]。与普通话这两个助词"了"[·lə]相当的语法成分,在吴方言各地的记录中大多用"勒",少数用"辣"。助词"勒/辣"与普通话助词"了"[·lə]是同源的,吴方言记录中改换字形的原因是在现代吴方言中这两个助词的语音多已促化,与入声字"勒[ləʔ]/辣[lɐʔ]"音近。这一促化过程至少已经发生了100年,而且至今仍未最后完成。许宝华和汤珍珠(1988,P441)二位先生指出,现代"在老派的这一类用例中句尾的'辣'往往读作舒声[lɑ₂₃],在记录上海话的早期著作中,这个音节写作'拉',可见促声化是后来的发展"。大概二位先生的著作旨在描写,故未指明助词"拉/勒/辣"的来源。如果证之于天台话,它们来源于动词"了"的痕迹更明显。在天台话中,相当于普通话"了₁"的助词已弱化成"阿"[·aʔ],但相当于普通话"了₂"的助词在东乡仍读为[lau],虽位于句末,弱读后有时仍带有上声的"降升"或"半上"的调型特征,可推知[lau]音是动词"了"(当地此字与普通话同音)的读音脱落韵头的剩余形式。有意思的是,就在天台县内,句尾语气助词"了₂"也出现不同层次的音变结果,成为内部的地区产差异:

地点	洪畴(东乡)	水南(城郊)	平桥(西乡)	城关
读音	lau²¹⁴	liau₃₁	iau₃₁	ləʔ₂₁

这种差异成为当地人递相非笑的话头之一。2001年秋我到天台作调查,城里人告诉我水南话很奇特。水南是离县城仅5公里的村镇,我特地去了一趟,结果是除了这个"了₂"的发音以外,并无异样之感。城里人取笑水南人和东乡洪畴人的发音,大概是因为觉得自己的[ləʔ]更接近普通话。这有一定道理。但他们不知道自己的发音比普通话多了一个喉塞尾,更不知道水南人和洪畴人"了₂"的发音更近于古音。

(二)从行为动词"来"[lei²²⁴]、"去"[kʼei⁵⁵]到趋向标记"来"[·ləʔ]、"去"[·kʼəʔ]

"来"、"去"如果在句中表示施事的位移行为,是行为动词。在天台话中,作行为动词的"来"、"去"必须读本音:

①客来了客人来了 kʼaʔ⁵ lei²²⁴ lau₂₁。
②客去也了客人走了 kʼaʔ⁵ kʼei⁵⁵ ɦia₂₂ lau₂₁。

如果句中另有谓语动词表示施事的主要动作行为,"来""去"仅放在谓语动词前后表示动作行为附带的趋向,这时"来""去"就降格为一个类似于形式动词的趋向标记。在天台话中,它们往往被弱化并促化成"来"[·ləʔ]、"去"[·kʼəʔ]:

③我来做还是尔去做 ɦɔ²¹⁴·ləʔ tsou⁵⁵ ɦua²²⁴₂₂ z₁²¹⁴₂₁ ɦŋ²¹⁴·kʼəʔ tsou⁵⁵?
④我帮忙来了 ɦɔ²¹⁴ pɔ³³ mɔ̄³³·ləʔ lau₂₁。
⑤佢他落市赶集去了 gei²²⁴ ləʔ²³₂₁ z₁²¹⁴·kʼəʔ lau₂₁。
⑥毛病疾病要慢慢个地来医 mau³³₂₂ biŋ³⁵ iau₂₂ mE³⁵₃₃ mE³⁵₃₃ kou³³₅₁·ləʔ i³³。
⑦书要用心思去读 ɕy³³ iau₂₂ ɦyoŋ³⁵₃₃ ɕiŋ³³ s₁³³·kʼəʔ duʔ²³。

③—⑦句的"来"、"去"一般不能复原为本音[lei²²⁴][kʼei⁵⁵],那样会显得非常不自然。需要说明一点:④、⑤两句的主要动词"帮忙""落市"前还可以分别再加一个"来"[·ləʔ]"去"[·kʼəʔ],构成"来 VP 来"、"去 VP 去"的格式,意思基本不变。这种情况也与普通话相同。另外,⑥、⑦

两句"来[·lə?]"、"去"[·k'ə?]的趋向意义也已虚化到几乎没有了,它们仅仅起一种把表示方式态度的状语与主要动词连接起来的作用,就更不能读本音了。

与上述情况类似的是,天台话中以"来""去"作后字的二字词中,前一字都读本音,第二字却弱读成促音:

上来 zɔ̃²¹⁴·lə?　　落去下去 lɔʔ²³·k'ə?　　进来 tɕiŋ⁵⁵·lə?　　出去 tɕ'yʔ⁵·k'ə?

进去 tɕiŋ⁵⁵·kə?　　出来 tɕ'yʔ⁵·lə?　　上去 zɔ̃²¹⁴·kə?　　落来下来 lɔʔ²³·lə?

过去① ku⁵⁵·kə?　　过来 ku⁵⁵·lə?　　转回去 tɕ'yø³²⁵·kə?　　转回来 tɕ'yø³²⁵·lə?

起来 k'i³²⁵·lə?

以上动词二字中间如果嵌入名词,如"上山来"、"落下山去""进屋里来""出国去"等等,其"来""去"仍读促音。但有意思的是,二字中间如果嵌入"勒得"[lə?²³]和"勿"[vø?²³/fø?⁵]表示可能与否时,"来""去"又都恢复本音了:

　　上勒来上得来 zɔ̃²¹⁴ lə?²³ lei²²⁴　　　　进勿去进不去 tɕiŋ⁵⁵ fø?⁵₁ k'ei⁵⁵

其余的可以类推。

还有,"起来"[k'i³²⁵·lə?]一词还有表示另一动词动作趋向以及作为动词"起始体"标记两种用法,这时"起"[ki³²⁵]会进一步弱化成促音[·kə?](戴昭铭 2002)。

此节所述的"来"、"去"作趋向标记的促化情况,似乎在吴方言其他地点次方言的记录中尚未见到。

另外,在天台话中,方位名词"里"如果与其他名词(包括方位名词)组成复合词时,如"里面、里向里面、里壁内壁、里外、月里月子、屋里、城里"等等,其中的里都读本音[li³²⁵]。但如果在句中作其他名词的后置成分,表示"在…中"、"在…上"的意义时,就又常弱化成促音[·lə?],这个[·lə?]通常借用"勒"字标写:

　　水勒有鱼 ɕy³²⁵·lə? ɦiɤu²¹⁴₂₁ ɦŋ²²⁴。

　　眠床勒有人床上有人 miɛ²²⁴₃₅ zɔ̃²²⁴₂₂·lə? ɦiɤu²¹⁴ niŋ²²⁴。

"里"的这种促化音在吴方言区其他次方言中似乎也少见。

五　余　论

1. 从以上大量材料可以得出这样一种看法:在其他方言中,舒声实词通过语义虚化、语音弱化而通向语法化的途径,在吴方言中则增加了一个促化步骤。促化即便不是唯一的步骤(因为还有不少语法化的单位并未促化),却是一个比较普遍起作用的规则。促化作为一种手段,似乎是一种把语法化效应以语音形式加以固化的机制。

2. 弱化、促化、虚化、语法化四种变化中,弱化似乎是必要条件,促化是最终结果,而虚化和语法化则是伴随在从弱化到促化的整个过程之中。但促化不是弱化的唯一结果,语法化也并不以促化为前提。

3. 在吴方言不同的次方言中,甚至在一个县内促化的范围也可能有较大差异。某类单位

---

① 这个"过去"是动词。表示"从前"意义的时间名词"过去"读 ku⁵⁵₃₃ k'y⁵⁵。

在此地促化的,在彼地不一定促化。比如据大西博子(1999),在萧山方言中,连疑问代词"何"和单数第二人称代词"你"也促化(这在其他县市中似乎少见),而"你"的促化音[nəʔ]/[noʔ]多在萧山东片,南片则普遍为[ŋ]。这是促化音的不平衡扩散现象。这种不平衡性并不影响关于促化是吴方言语音—语法演变的独特规律的认定。

4. 吴方言中的弱化音为什么要变成促化音?可能有两条原因:一是**整化**的需要。整化就是系统化。"语音系统中某些凌乱不成系统的语音成分,在音变过程中有可能和音值相近的语音成分合并,整化成一个系组。"(王福堂,1999)以喉塞音收尾的入声是吴方言语音系统中普遍存在的基本调类。弱化后凌乱不整的音节样式不加上一个塞尾归为入声似乎散漫无统,人们在发音中不自觉地就通过类推给它们加上了一个喉塞尾。如果听到宁波人说"苹果带[ta⁴⁴]皮吃"后又听天台人说"苹果搭[tæʔ]皮吃",外方言区人可能会觉得天台人说话"一不小心就促化"了,其实对当地人而言只是实行了一次调类的调整。二是**强化**的需要。弱化后的开尾音性能和地位均不稳定,极易被相邻音节吞并成为缩合词;同时弱化音传递语义信息的功能也减弱。促化(声门化)后使之成为一个闭音节,提高了发音强度和清晰度,增强了语义传输的效能,也就强化了新生语法单位的地位和作用。从这个意义上说,促化其实是一种"反弱化",是语言演变中对于语音—语义退化的一种功能性补偿。

方言是与民族语言血肉相联的组成部分,现代方言是古代汉语在不同地域的演变结果。古今一脉相承,普通话和方言有隔有通。本文是力求把"普(京)—方—古"三者作综合研究的一种尝试,诚望方家不吝赐正。

参考文献

〔1〕赵元任.现代吴语的研究[M].北京:科学出版社.1956.

〔2〕钱乃荣.当代吴语研究[M].上海:上海教育出版社.1992.

〔3〕钱乃荣.上海话语法[M].上海:上海人民出版社.1997.

〔4〕汪　平.苏州方言语言研究[M].武汉:华中理工大学出版社.1996.

〔5〕许宝华、汤珍珠.上海市区方言志[M].上海:上海教育出版社.1992.

〔6〕许宝华、陶寰.上海方言词典[M].南京:江苏教育出版社.1997.

〔7〕汤珍珠、陈忠敏、吴新贤.宁波方言词典[M].南京:江苏教育出版社.1997.

〔8〕张惠英.崇明方言词典[M].南京:江苏教育出版社.1993.

〔9〕曹志耘.金华方言词典[M].南京:江苏教育出版社.1996.

〔10〕王福堂.汉语方言语音的演变和层次[M].北京:语文出版社.1999.

〔11〕张振兴.漳平方言研究[M].北京:中国社会科学出版社.1992.

〔12〕大西博子.萧山方言研究.(日本)好文出版社.1999.

〔13〕戴昭铭.天台话的几种语法现象.方言.1999,(4).

〔14〕戴昭铭.历史音变和吴方言人称代词复数形式的来历.中国语文.2000,(3).

〔15〕戴昭铭.天台方言初探[M].北京:中国社会科学出版社.2002.

词汇编

说　明

1. 本编第十三至十七章主要收录汉民族共同语中没有的天台方言词，以及虽与共同语同形，但词义或用法有差别的词，也酌收少量形(字)义与共同语词相同的基本词，如"犁、锄头"之类。

2. 词条的结构一般为"词目—标音—释义"。等义词一般不重复释义，仅列出词目并标音，然后用"＝"表示其意义等于某词。对意义有密切关联的，于释义后加"参见某条"字样，或加"⇒"标示，后列参见条目。

3. 词目中字下的"。"表示：①该字音义系当地比较特别的俗音俗义，如："扁"在一般词中皆读清声母[p-]，仅在"扁担"一词中读浊声母[b-]，"芦"[lu_{51}^{224}]在当地指称高粱，或非本字；②该字确系本字，不过当地该词中已形成固定的变读音，如：毛雀。

4. 词目字下的"〜"表示该字实非本字，系权用当地的同音字或近音字，如：锄头翁。

5. 词目字下加"."表示：①该字的注音中有变音，本音和变音之间用"→"相连，如"老客 lau_{21}^{214} $k'a\text{?}^5 {\to} k'a\eta_{31}$"；②本音和变音之间用"〜"相连，表示两音均可读，如"大痴 $dou_{33}^{35} tɕ'y^{33} {\sim} tɕ'y^{51}$"；③该字在当地有异读，异读音用"／"隔开，如"外人 $\eta a_{33}^{35}/\eta ei_{33}^{35} nin_{334}^{224}$"。

6. 词目中加圆括号的字，表示此字出现与否词义并无差别，如：煻灰(堆)。

7. 释文中圆括号中的注音字系用汉语拼音方案注的普通话读音，意在从多音多义字中确定音义。如："耙(bà)"指一种碎土平田的牛拉的农具，也指碎土平田的动作行为(耙田)；"耙(pá)子"，则是指人手持用的钉齿耙。

8. 释文中的符号"〜"表示代替本条词目。不论这词目有几个字，都用一个"〜"代替。

9. 入声字的小称变音为舒声，标音时在本音和变音之间用"→"连接。如：粟 $ɕyɔ\text{?}^5 {\to} ɕyɔ̃_{31}$。有的字在一定的意义上只用变音，就不标本音，如"核"字表示"果核儿"义时只用变音，就注为 $ɦu_{51}$。

10. 词目中的斜杠"／"表示：①其前后词为等义词，如"烂泥田／烂田；②前后加点的字可替换，构成不同的词，如：划猪／牛栏畎，表示包含"划猪栏畎"和"划牛栏畎"两个词。其标音亦在相应处用"／"隔开。

11. 少数词语既有语词义，又有行业意义，为显示意义间的联系，有时一并释出。

第十二章 天台方言词汇概说

一 天台方言词汇的组成来源

天台话中使用的词汇,主要由三大部分组成:第一部分是与民族共同语共有的词汇,第二部分是与吴方言共有的词汇,第三部分是天台方言中自有的、在民族共同语和天台以外的吴方言地区都不通行的词汇。

第一部分又可分为两类:第一类是民族共同语的基本词汇,如:人、手、田、地、山、水、鸡、鸭、稻、麦、车、刀、笔、纸、话、走、写、红、黄、黑、白等等,这些词语历史悠久、生命力和构词能力强,至今仍是天台方言词汇的核心成分;第二类是用这些基本词汇造成的后起词,这些词多数从民族共同语书面语进入天台话,已经成为常用词语,如:国家、工人、农民、学生、机器、电灯、电话、手表、道理、思想、质量、劳动、秋收、建筑、开始、结束、满意、紧张、漂亮等等。这两类词除发音外,意义和用法并无特别之点,不是严格意义的天台方言词汇,本书一般不收录。但为了显示天台方言核心词与民族共同语词汇的渊源关系,酌收少量第一类基本词。

第二部分尽管说是与吴方言其他地区所共有,但不一定在所有吴语地区都一样通行。吴语地跨江浙,上古分吴、越两地,其语言本来就存在分歧,虽长期发展融合,但词汇上的地域差别仍然存在。因此所谓"共有",也只是大致共有而已。可分为两种情况:一种是不仅与天台所处的台州片各县市共有,而且与台州片以外的其他各片所共有。比如吴语中计日的时间词用"日"不用"天","昨日、今日、后日、日里(勒)白天、日日每天"等词就具有吴方言的共同性,尽管这个"日"在少数地方也有用"朝"或"天"的,如"今朝今天"(上海)、"后天"(金华),但仍不能取消"日"在吴方言的共同性。又如称"活计"为"生活",也是吴方言的共有现象。另一种是主要在台州片通行,是天台话与台州各地所共有。如与"男孩儿"一词对应的,上海、苏州、余姚、嘉兴、绍兴一带都是"男小人",杭州是"男伢儿",而天台及周边台州各县则是"细佬、小细佬、细佬头"。然而词汇的分布呈弥漫性扩散状,台州片共有的词难保其他地方一定不说。这里的区分也只具有相对性。当然,所谓"共有",也仅限于语素义和书写形式,各地读音仍有差异。这部分词是天台方言词汇的基干,但并不最能表现天台方言词汇的特色。

第三部分是只在天台县境内自生自用的词,如称哥哥为"爱"[ei$_{51}$],姐姐为"妖"[da$_{51}$]、妻子为"女客"[ny$_{21}^{214}$ k'a$ʔ^5$],妇女为"女客人"[ny$_{21}^{214}$ k'a$ʔ_1^5$ niŋ^{224}],老年女人为"老变人"[lau$_{21}^{214}$ luø$_{33}^{224}$ niŋ$_{51}^{224}$];又如称台阶为"踏道"[dæʔ$_{21}^{23}$ dau^{214}],肮脏为"歪赖"[ua^{33} la^{35}],没出息叫"吭夹煞"[ɦm$_{33}^{224}$ kæʔ$_1^5$ sæʔ^5],撒娇叫"鹊"[tɕia$ʔ^5$],骂人坏透了说"烂滴脓"[lɛ$_{33}^{35}$ tiɪʔ$_1^5$ noŋ^{224}]等等。这些词语最适合用天台口音来说。用其他地方的口音说出,则给人以"不像"的感觉。它们最能体现天台方言词汇的特色。

二 天台方言词汇的特点

从总体来看,天台方言词汇有以下几个方面特点:

(一)从词语结构看,天台方言词有两个特点:

1. 构词后缀少,尤其是后缀"－子"极少用,因此用附缀法构成的词少,单语素的单音节词较多。

北方汉语在近现代产生的构词后缀"－子",是使词语结构双音化或多音化的一个重要手段。带"－子"的词比不带"－子"的词显然更具现代色彩。就是在吴语中的上海话、宁波话中,也有很多带"－子"的词。如上海:台子(桌子)、票子、脑子、鞋子、粽子、珠子、杏子、枣子、橘子、明年(子)、前年(子)、老早子、学生子、老底子等等;宁波:包子、饺子、馅子、皮子、栗子、梗子、房子、椽子、裙子、袖头子、纽子、電子、蚶子、蛏子、蝦子、今年子、旧年子、明年子、前年子等等。但天台话中,表达上述概念的词都不加"－子",倘若加"－子",则不像天台话的词,更像官话语词。下面是天台话和北京话表达同一概念的对应词:

天台话	北京话	天台话	北京话
桌 tɕyɔʔ⁵	桌子	稻 dau²¹⁴	稻子
椅 ʔy³²⁵	椅子	麦 maʔ²³	麦子
凳 təŋ⁵⁵	凳子	豆 dɤu³⁵	豆子
盘 bø²²⁴₅₁	盘子	叶 ɦiæʔ²³	叶子
盒 ɦæʔ²³→ɦᴇ₃₁	盒子	竹 tɕyuʔ⁵	竹子
镜 kiŋ⁵⁵	镜子	橘 kyuʔ⁵	橘子
篮 lᴇ²²⁴/lᴇ₅₁	篮子	茄 gia₅₁	茄子
袋 dei³⁵	袋子	梨 li²²⁴/li₅₁	梨子
勺 zɔʔ²³	勺子	桃 dau²²⁴/dau₅₁	桃子
车 tsʻo³³	车子	种 tɕyoŋ³²⁵	种子
钩 kɤu³³/kɤu₅₁	钩子	剪 tɕiᴇ³²⁵	剪子
被 bi²¹⁴	被子	屋 uʔ⁵	屋子、房子
裤 kʻu⁵⁵	裤子	棒 bɔ̃²¹⁴	棒子
鞋 ɦia²²⁴	鞋子	棍 kuəŋ⁵⁵	棍子
袜 mæʔ²³	袜子	窗 tɕʻyɔ̃³³	窗子
裙 gyoŋ²²⁴	裙子	席 ziɪʔ²³	席子
带 ta⁵⁵	带子	扇 ɕiᴇ⁵⁵	扇子
刷 ɕyæʔ⁵	刷子	雹 bɔʔ²³	雹子
儿 ɦin²²⁴	儿子	鸭 æʔ⁵	鸭子
杯 pei³³/pei₅₁	杯子	虫 dzyoŋ²²⁴	虫子

上述天台话词语所对应的北京话词语,倘若去掉"－子",不是不能说,而是只在特定的语境中才说。天台话只是在任何情况下都不加"－子",加上"－子"用天台口音来说,也不像本地话。

另一些天台话单音节词,所对应的北京话双音词,有的用与天台话词语不同的词根语素加

"－子",有的是重叠,或者是换一个语素重叠,或者是加一个类名,或者是用另外两个语素合成,总之通常不用单音节:

天台话	北京话	天台话	北京话
薄 bu$_{31}^{214}$	本子	妹 me$_{51}^{35}$	妹妹
囡 no$_{51}$	女儿	弟 di$_{31}^{214}$	弟弟
闪 ɕiæʔ^5	闪电	婆 bou$_{51}$/孃 niaŋ$_{51}$	奶奶
汤 t'o$\bar{}^{33}$	热水	公 kŋ$_{51}$/爷 ɦia$_{51}$	爷爷
韭 kiɤu$_{31}^{325}$	韭菜	眼 ŋE^{214}	眼睛
粉 fəŋ^{325}	面粉	客 k'aʔ^5	客人
文 vəŋ^{224}	文静,儒雅		

天台方言也有后一语素为"－子"的双音词,但这些"－子"都读本音,有实义,它们并不是后缀:

鸡子 ki^{33}tsʅ^{325}:鸡蛋　　　　鸭子 æʔ$_1^5$ tsʅ^{325}:鸭蛋

石子 ziɿʔ$_{2ɿ}^{23}$ tsʅ^{325}:石块儿、碎石、卵石、石头子儿

天台话中只有"面子、范子(样子)"等少量词带后缀"－子",但这种"－子"并不读轻声。

2. 天台话中有几种在北京话和其他方言中少见的后缀。

(1)AA 个。AA 是单音节形容词重叠形式。单音形容词重叠必加"个"才能使用,可见这个"个"不是助词。它不表计量单位,因此也不是量词。"AA 个"的意思是"AA 的样子","个"具有虚泛的词汇义,又是个粘着成分,因此它是个构词后缀。

"个"有两种调值,读 kou$_{51}$(全降变音)有喜爱意味儿,有的也读 kou^{55}(阴去),则表示仅可容忍而已。常见的词如:

好好个　慢慢个　轻轻个　淡淡个　酸酸个　冷冷个　暖暖个　小小个　啵软啵个

甜甜个　厚厚个　细细个　白白个　咸咸个　短短个　乖乖个　浅浅个

形容词重叠加上词缀"－个",表示的语法意义是其所指的性状达到某种程度感。如"慢慢个走"不是越慢越好,而是不要太快,慢得恰到好处。因此,其中大多数 A 用中性或具有积极意义的形容词,所指给人一种可爱感。如皮肤白一般认为好,"白白个"就更好。但"乌黑"尽管不太好,"乌乌个"则表示黑得还不算难看。

(2)××相。×× 一般是动宾结构的词或词组(有的后一×表示施事)。"相"表示"样子",但不单用,具有粘附性,其作用是使其前的××词化,因此是个后缀,不是独立的词。"××相"结构的词多为贬义词。如:

喜人相[hi$_{32}^{325}$ niŋ$_{33}^{224}$ ɕiaŋ^{55}]　讨人喜欢的样子,可爱貌

惟人相[huoʔ$_1^5$ niŋ$_{33}^{224}$ ɕiaŋ^{55}]　吓人的样子

吃人相[tɕ'yuʔ$_1^5$ niŋ$_{33}^{224}$ ɕiaŋ^{55}]　像要吃人的样子

讨饭相[t'au$_{32}^{325}$ vE$_{33}^{35}$ ɕiaŋ^{55}]　穷相,要饭的货

落壳相[loʔ$_1^5$ k'ɔʔ$_1^5$ ɕiaŋ^{55}]　像强盗的样子。落壳,强盗

剥皮相[pɔʔ$_1^5$ bi$_{33}^{224}$ ɕiaŋ^{55}]　詈词,像待宰的牲畜的样子

牢槽相[lau$_{33}^{224}$ zau$_{334}^{224}$ ɕiaŋ^{55}]　馋嘴样子,贪吃的样子

呒夹煞相[ɦĩ$^{224}_{33}$ kæʔ$^5_1$ sæʔ$^5_1$ ɕiaŋ^{55}]　没出息的样子,不可救药的样子

死人相[sʅ$^{325}_{32}$ niŋ$^{224}_{33}$ ɕiaŋ^{55}]　像死人一样(不动或不活跃)

(3)××动。××是重叠的两个单音的动词或名词。如为动词重叠,加上后缀"-动"表示不断地×的样子:

抖抖动[tɤu$^{325}_{32}$ tɤu$_{32}$ doŋ^{214}]　不断发抖的样子

荡荡动[dɔ̃$^{35}_{33}$ dɔ̃$^{35}_{33}$ doŋ^{214}]　不停晃荡的样子

摇摇动[ɦiau$^{224}_{33}$ ɦiau$^{224}_{33}$ doŋ^{214}]　不停摇动的样子

弹弹动[dɛ$^{224}_{33}$ dɛ$^{224}_{33}$ doŋ^{214}]　不停发颤的样子

疲疲动[fɛ$^{55}_{33}$ fɛ$^{55}_{33}$ doŋ^{214}]　胃里食物翻动,像要呕吐的样子

愀愀动[tɕiɤu^{33} tɕiɤu^{33} doŋ^{214}]　有点恶心,像要呕吐的样子

顿顿动[təŋ$^{55}_{33}$ təŋ$^{55}_{33}$ doŋ^{214}]　形容赌气而走时脚步的声响

耸耸动[ɕyoŋ$^{325}_{33}$ maŋ$^{224}_{33}$ doŋ^{214}]　肥胖而肉体颤动的样子

如果××是名词重叠,则"××动"表示"像×"一样的动作或性状:

蜂蜂动[foŋ^{33} foŋ^{33} doŋ^{214}]　蜂涌一般

龙龙动[loŋ$^{224}_{33}$ loŋ$^{224}_{33}$ doŋ^{214}]　像要打架的样子,蠢蠢欲动

绵绵动[miɛ$^{224}_{33}$ miɛ$^{224}_{33}$ doŋ^{214}]　摇摇欲坠的样子

盲盲动[maŋ$^{224}_{33}$ maŋ$^{224}_{33}$ doŋ^{214}]　视力模糊的样子

上述词语尽管都指某种样子,但词性却是形容词,不是名词。

(二)天台话中有一些词语字面上与北京话相同,但理性意义较为特殊。如:

字词	天台话音义	北京话音义
歪	ua^{33}。专指人的品质恶劣、心肠歹毒、居心叵测等。	wai^{55}。①物体倾斜;②不讲理。
逃	dau^{224}。①跑,一般的跑(区别于"走"),如在运动场上的跑;②偷跑,逃走。	t'au^{35}。逃跑,偷跑。
滚	kuəŋ^{325}。(水)沸腾:水～了、～汤(开水)。	kuən^{214}。物体翻旋移动,滚动。
睏	k'uəŋ^{55}。睡觉。	k'uən^{51}。困倦,欲睡。
倒	tau^{325}。①躺卧:坐阿是倒阿好过(躺着比坐着舒服);②毁坏:脚踏车～阿了(自行车坏了);③跳下或失足坠落:～水(跳水自杀)、～落去(掉下去)。	tau^{214}。①直立的物体颓坏坍塌:山～了、房子要～了、庄稼被风刮～了;②横躺:自行车～了(指横躺在地上,不是指坏了)。
各	kɔʔ^5。其他、另外:～村人(外村人)、～国人(外国人)、～式(特别)、吤人忒～式(这个人太与众不同)。	kɤ^{51}。①每(遍指):～国(每个国家)、～得其所;②各自:～做～的。

装	tsɔ̃³³。泛义动词,相当于北京话的"弄、办、搞":～淂钞票来(弄点儿钱来)、～～干净(弄弄干净)、～饿心呃(搞得好苦啊)。	tʂuaŋ⁵⁵。动作动词。①盛入、塞进:～袋子、～饱肚子;②扮、演:～慈禧太后、～花旦;③假做:～像、～的。	
捉	tɕyɔʔ⁵。捡拾:～柴(捡柴)、～屙(捡粪)、～稻头(捡稻穗)。	tʂuo⁵⁵。①逮住、抓捕:猫～老鼠、有吏夜～人;②握、拿:～笔、～刀(文言说法)。	
屋	uʔ⁵。房子:起～(建房)、卖～(卖房子)、老～(旧房子)、新～(新房子)。	u⁵⁵。房间:两～一厅。	
盏	tsE³²⁵。小碗:茶～、灯～(油灯盛油的碗状容器)。	tʂan²¹⁴。量词,多用于灯:一～电灯。(名词义"小碗"今已少用)。	
地	di³⁵。①旱地,不能蓄水的庄稼地,区别于水田。②地上:落～(此义与北京同)。	ti⁵¹。①田地:试验～。(旱田＝旱地);②地上:落～。	
桶	doŋ²¹⁴。盆状和筒状盛器的统称:面～(脸盆)、脚～(洗脚盆)、水～(与北京同)。(天台瓦盆则专称"甄")。	tʻoŋ²¹⁴。圆筒形或方筒形的盛器(不包括盆状物):水～、油～。	
扣	kʻɤu⁵⁵₅₁。副词。①恰、正:～好(正好);②刚刚:佢～来过(他刚来过)。	kʻou⁵¹。①动词,义较多,兹略;②名词,扣子、环扣。	
猛	maŋ²¹⁴。①形容词,猛烈(与北京同,但使用范围窄,只限于指性情);②副词,相当于"很",但只作补语:好勒～(好得很)、重(勒)～(重得很,太重,"勒"有时可省)。	məŋ²¹⁴。形容词。①强烈冲撞的样子:动作太～、～一下子;②勇武:～将;③(速度)快:～升～降。	
凑	tsʻɤu⁵⁵。①副词,再,表示动作延续或数量增添,只作补语:等记～(再等一下)、吃淂～(再吃一点儿)、问声～(再问一声);②动词,与北京义近。	tsʻou⁵¹。动词。①拼凑:～钱;②赶趁:～热闹;③接近:～近。	

(三)天台话中通行一些词语的古老意义。这些词在北京话或其他方言中有的已成历史词,有的仅以语素义方式保留在词语中,但在天台话中仍是基本词。如:

啜[tɕyuʔ⁵]①吃、食:～饭[tɕyuʔ¹₅ vE³⁵]、～粥[tɕyuʔ¹₅ tɕyuʔ⁵]、～桃[tɕyuʔ¹₅ dau²²⁴₅₁]、～粽[tɕyuʔ¹₅ tsoŋ³³](吃粽子,转指拜年);②喝、饮:～茶[tɕyuʔ¹₅ dzo²²⁴]、～酒[tɕyuʔ¹₅ tɕiɤu³²⁵];③吸:～香烟[tɕyuʔ¹₅ hiaŋ³³ iɤ³³];④挨、受:～柴[tɕyuʔ¹₅ za²²⁴](指挨打)、～勿落[tɕyuʔ¹₅ fəʔ⁵ lɔʔ²³](受不了)。凡普通话"吃"的意义范围,天台话都可用"啜"。天台人通常也用"吃"字来代替"啜",只是觉得"吃"[tɕyuʔ⁵]这个音在天台有些特殊。实际上写成"吃"是俗讹,习非成是。"吃",《广韵》术部见母,居乞切,折合成天台音应为[kʻiiʔ⁵],而非[tɕyuʔ⁵]。"啜",《广韵》月部昌母,昌悦切,与[tɕyuʔ⁵]音略合。"吃"字的本义是口吃(嗑巴),而不是动词义的"食"。上古汉语与"食"同义的动词正是"啜"。《礼记·檀弓下》:孔子曰:"啜菽饮水尽其欢,斯之谓孝。"《墨子·节用中》:"饮于土塯,啜于土形。"两句"啜"、"饮"对举,表示吃、喝。后来"啜"也可表示"饮":唐·韩愈《送穷文》:"子饭一盂,子啜一觞。"宋·陆游《睡乡》:"有酒君勿啜,入肠作戈矛。"《说文》口部：“啜，尝也。”《尔雅·释言》：“茹也”，《广雅·释诂二》：“食也”。盖“啜”本以“品尝”之义与“食”相别，后来逐渐混而不别。“食”的古代用法在今粤语中保存着，“啜”的古代用法在今天台话中保存着。在普通话中，“啜”仅以“抽噎”的语素义保存在书面语词“啜泣”中。而残留古义的“啜茗”（喝茶）实际已成古董了。但天台话中“啜”可以说是使用频率最高的词。①

乌[u³³]　黑色。“乌”本指乌鸦（天台今仍称乌鸦为“老乌”[lau²¹⁴ u⁵¹]），后转指黑色，此义多存于合成词中，如：～黾、～云、～贼。北京话不单用。天台话仍单用，如：吤人生勒～（这个人长得黑）、颜色～猛（颜色太暗）。

相[ɕiaŋ⁵⁵]　此字读去声时古代有“看”义，此义今仅存于“相面、相亲”等词语中，在天台话中“看”只有阴平一读，义为看护、照看，如：～牛（放牛）。凡北京话“观看”的看，天台话均用“相”，如：～着（看见）、～～（看看）、～戏（看戏）、～记（看一下）、～好了（看好了）。北京话转成尝试义的助词“看”，天台话也用“相”：装装～（做做看）、吃吃～（吃吃看）、挈挈～（提提看）。

佗[do²²⁴]　《说文解字》：“负何也。”《广韵》徒河切。戴侗《六书故》：“背负曰佗。”《汉书·赵充国传》：“以一马自佗负三十日食。”后俗作“驼、驮”。此字今天台话义转为“拿、取”：～淀钞票来（拿点儿钱来）、～来～去（拿来拿去）、尔～勒动，我～勿动（你拿得动，我拿不动）。又引申为“抱持”义：～记小人（抱一下小孩儿）、月里呜哇呒此～（谚语，月子里的婴儿不能抱）。

掇[tuə⁵]　端持、端取（动词）。《广韵》丁括切。本义为拾取。《诗·芣苢》：“采采芣苢，薄言掇之。”毛传：“掇，拾也。”后引申为搬取。宋杨万里《火阁午睡起负暄》诗：“觉来一阵寒无奈，自掇胡床负太阳。”今天台话义承此：吃饭～牢碗（吃饭端住碗）、尔去～张凳来（你去端个凳子来）、～面汤（端洗脸水）、～尿壶（端尿壶）。天台话不用动词“端”，凡“端持、端取”义均用“掇”。

代[dei³⁵]　代替、替换，古代汉语“李代桃僵”中的动词“代”的意义，现代北京话得说成“代替，替换”，“代”不单用。但天台话中今仍单用：我～尔（我换你）、支笔～拨尔（这支笔换给你）。

箸[dzɿ³⁵]　筷子。北京话此词已不用，字仅存于文言词语中。天台话无“筷子”一词，凡用“筷、筷子”的语域均用“箸”：捉～（拿筷子）、洗～（洗筷子）、～笼（筷篓）。

甄[tsəŋ³³⁵¹]　陶盆。《周礼·考工记·陶人》：“陶人为甄，实二鬴，厚半寸，唇寸，七穿。”此字今仅用于命名化学器皿，如“曲颈甄”。但天台不用“盆”一词，木盆称“桶”，陶盆均称“甄”，底部无孔。

滥[lɛ³⁵]　本义为水过多、溢出、泛滥。现“泛滥、滥竽充数”等词仍存其义及引申义，但不单用。天台话单用，仍保留“水多”义，如：吤路～猛（这路太泞）；“～田”指常年有水难以排干的田。引申为潮湿：猗身～阿了（身上湿了）、衣裳～阿勿勒燥（衣服湿在那儿难得干）。

燥[sau⁵⁵]　干燥。天台话单用：件衣裳晒晒～（这件衣服晒干它）、天价～猛（天气太干了）。北京话只用于合成词中：干～、～热、烦～。

㬠[nɛ³⁵]　柔软。《汉语大字典》皮部引《集韵·勘部》：“奴绀切，柔革。”释义为“揉皮革”。非是。“柔革”当谓革之柔软者。盖革有软硬，软者为㬠。引申为抽象的属性“柔软”义。天台话“软”和“㬠”各有所指。“软”指条形物能随意屈曲者之性质，如柳枝、面条、保险丝、细铁丝之类；“㬠”指物体如膏腴的柔软性质，如：只皮球～猛，尬跳个（这皮球太软，不会跳的）。又指瓜

　　① 本处作此考述，只是为了说明“啜”的音义来源，并非要把天台已经习非成是的写法“吃”恢复为“啜”。既然普通话的“吃”用于进食义也是俗讹的结果，天台话也可以用“吃”。本书词句举例中该用“啜”处也都从俗用为“吃”。

果或食物熟软可口的性质：吤只桃～(这个桃子软乎)、肉㽎得扣好(肉烂得正好)、饭忒～(饭太软)。此词北京话不用。

上述这些词语在当今天台日常语言生活中使用频率极高。它们的性质极像生物中的"活化石"，可以称之为"语言活化石"。

(四)天台话中有很多词语虽常用但不知如何书写其字或其中有的字，需要通过一定的考证才能找到"本字"。有的找到本字，原来是一个常用字。如：

侧[tɕiɪʔ^{5}]：意为倾斜、侧歪。如："隻杯侧[tɕiɪʔ^{5}]转来"，即"把杯子倾斜过来"。"斜着"叫"作侧"[tsɔʔ$^{5}_{1}$ tɕiɪʔ^{5}]，转过身子叫做"转侧"[tɕyø$^{325}_{32}$ tɕiɪʔ]。"作侧"、"转侧"二词虽常用，但因"侧面"一词也是常用词，而其中的"侧"却读[ts'øʔ^{5}]，一般想不到"侧"还有[tɕiɪʔ^{5}]音。其实[tɕiɪʔ^{5}]音是个古音。《广韵》阻力切，入声职部庄母，职韵。折合天台音系即为 tɕiɪʔ^{5}。"侧"[tɕiɪʔ^{5}]的歪斜义也很古老。《诗·小雅·宾之初筵》："侧弁之俄，屡舞傞傞。"郑笺："侧，倾也。""侧弁"指醉中歪戴帽子之状。"辗转反侧"也有转身之义，只是躺着转身而已，与站着转身的"转侧"略异实同。或者"转侧"一词即由"辗转反侧"凝缩而来的呢。

拔[bæʔ^{23}]＜便[biᴇ^{35}]：天台话"拔"[bæʔ^{23}]是个常用副词，意义和用法都等于北京话的副词"就"，但"就"是个北方话词语，天台口语中不用。如：尔等记，我拔来(你等一下，我就来)。这个副词同常用动词"拔"同音，词源却不应当相同，因为由动词的"拔"虚化不成副词"就"的意义。那么副词"拔"的本字是什么字呢？我用自己《弱化、促化、虚化和语法化》一文(即本书第十一章)所述的规律推测，它应当是"便"字。"便"本为实词，有方便义。由"方便"很容易引申出副词"即、就"的意义，只要把它放在动词前即可以了。《史记·项羽本纪》的"少年欲立婴便为王"，句中的"便"既可解为"方便"，也可解为"就"，透出"便"由动词转化为副词的消息。稍后副词义即成为常用义。《三国志·魏志·王粲传》："善属文，举笔便成，无所改定，时人常以为宿构。"《警世通言》卷一《俞伯牙摔琴谢知音》："离此不远，地名马安山集贤村，便是荒居。"这个副词"便"，用当今天台话说出来就是"拔"。可见"便"是"拔"的本字。

挈[k'iæʔ^{5}]　意为提，拎。如：手勒挈梗鱼(手里拎着一条鱼)。天台话无"提、拎"二词，只用"挈"。合成词"挈篮"[k'iæʔ$^{5}_{1}$ lᴇ$^{224}_{51}$]指带竹梁的提蓝。提有举高之义，当地农民使牛时命令牛抬腿就说："挈！挈！挈！"此字在现代汉语书面语中仍常用。但有"挈带"义，合成词有"挈眷"，成语有"扶老挈幼"，鲁迅有诗句："挈妇将雏鬓有丝"。

但是很多词语的本字即便考出来，也极为罕用，有的甚至已经是死字。但这些字所表示的词在天台话中却不偏僻。这给天台话的记录和民间口头文学作品的收集整理造成一定困难：如果不用它，无法模拟实际；如果用它，不仅字库中难觅，就是造出来印出来，一般人也不认识。如：

㾊[iᴇ$_{31}$]　①疮痂；②鳞状物。第②义当系第①义之引申。《集韵·琰韵》："㾊，疡痂也。"於琰切。方成珪考正："《类篇》疡作疮。"所考甚是。明冯梦龙《山歌·捉奸》："六月里好天光，勿怕掀个冻疮㾊。"

㾖[za^{35}]　瘦。《玉篇·疒部》："㾖，瘦也。"《广韵》士佳切，平声崇母；又士懈切，去声崇母。天台音承后一音读为阳去。天台话中无"瘦"一词，表达"瘦"义的只用"㾖"：吤人介㾖这人那么瘦[køʔ^{5} niŋ^{224} ka^{55} za^{35}]。合成词有"㾖夹夹"[za$^{35}_{33}$ kæʔ$^{5}_{1}$ kæʔ^{5}]，指精瘦的样子。

疲[fɛ⁵⁵]　恶心欲吐。《玉篇·疒部》:"疲,吐疲也。"《广韵·愿韵》去声芳万切:"疲,吐疲。"《集韵·愿韵》去声方愿切:"疲,心恶病。"《字汇·疒部》:"疲,心恶吐疾也。"清·范寅《越谚》:"心疲,恶心欲吐。"各部字书一直收录,但文献中却少见书证,仅存活于方言口语中。今天台话中仍为常用词:我肚勒疲起来。另有合成词"疲疲动"已见前述。

遭[bɛ²²⁴]　①迈步。例:只脚遭出去(这条腿迈出去)。抬腿迈一下叫"遭脚"[bɛ²²⁴₃₃ kiaʔ⁵]。②跨越。天台话单腿跨越叫"遭",双腿跳起叫"蹤"[tsoŋ⁵⁵](阴去)。如果两人面对一条小沟,大个子一脚跨过去了,小个子说:"尔遭勒过,我遭勿过,我蹤过去。"(你能迈过去,我迈不过去,我跳过去。)天台旧俗认为女人不得跨越男人用的扁担,否则男人要倒霉,若见某女不经意将跨过地上的扁担,就禁止道:"扁担呒此遭个!(扁担不能跨的!)《汉语大词典》"遭"字下引《广韵》音注"白衔切"。又引明·冯梦龙《山歌》眉批"遭音爿"与天台音颇合。唯《广韵》释义为"步渡水"与天台话意义不同。天台话"遭"并无渡水之意。

煠[zæʔ²³]　水煮。如:煠鸡子、煠粽、煠芋、煠猪头。炊具有"铜煠"。《广韵》洽韵士洽切:"汤煠。"即谓在热水中煮。字又作"渫"。其实不仅"汤煠",油煮也叫"煠"。北京话今作"炸",音 zhá(阳平),尤指油炸,如炸油条、炸果子。长时间水煮东北话叫"烀":烀粽子、烀土豆、烀地瓜。但天台既不用"烀",也不用"炸",只用"煠"。

囥　[kʰɔ̃⁵⁵]　收藏、藏匿(物品)、存放。如:钞票囥哪垟(钱藏在哪儿)?谷囥仓勒(稻谷存放在仓里)。《集韵》宕韵去声口浪切:"藏也。"天台话不用"藏",只用"囥"。

馓[sæʔ⁵]　垫支不平稳物品的下脚使平稳。《广韵》盍韵入声私盍切:"起也。"清·翟灏《通俗编·直语补证》:"馓,扱,起也,即今以木支物字也。"北京话说"垫起来"。天台话垫底、盛装说"垫",支起叫"馓"。当地流行一智力算题:一百个馒头一百个客,大人双双落,小人对半脉,剩半个馒头馓桌脚。问多少大人多少小人?("双双落"即每人两个,"对半脉"即每人半个,"馓桌脚"即塞桌腿儿。)

像这样可以考出本字的只是一部分。另外有一些已难以考明,只能存疑。

(五)从造词手段看,天台话中有许多词语用比喻手段取义,语义表现力特强,给人以形象生动、感情色彩浓重的印象。如一些特征称谓词:

洞里狗[doŋ³⁵₃₃ li²¹⁴₂₁ kɤu³²⁵]　喻指在家里或小范围内凶狠蛮横而出门却胆小怕事没大用处的人

剃头椅[tʰi⁵⁵₃₃ dɤu²²⁴₃₃ y³²⁵]　喻指圆滑机巧、无原则无立场、又任人宰割的人

稿荐筒[kau³²⁵₃₂ tɕiɛ⁵⁵₃₃ doŋ²²⁴₃₃₄]　卷成筒状的稻草床垫,多立在墙边,比喻极其木笨迟钝的人

白纸扇客[baʔ⁵₃ tsˌ³²⁵₁₃₂ ɕiʔ³³₃₃ kʰaʔ⁵]　不事劳作整日游玩的青少年(取义于戏曲中多持一白纸扇上场的花花公子的形象)

乌青蟹黑[u³³ tɕiŋ³³ ha³²⁵₃₂ he³²⁵]　乌,乌鸦。颜色青黑难看,像乌鸦或螃蟹的颜色,多指人的皮肤

倒水赖[tau³²⁵₃₂ ɕy³²⁵₃₂ la³⁵]　死缠赖打的人,像故意投水却诬赖他人一样(倒水:投水)

另有一些形容词或副词,用 ABB 格式造成,也极为生动形象,富有语义表现力。如:

瘪死死[piæʔ⁵₁ sˌ³²⁵₁₃₂ sˌ³²⁵]　形容性情不活跃或蔫头搭脑、没精打采的样子

硬翘翘[ŋaŋ³⁵₃₃ kʰiau⁵⁵₃₃ kʰiau⁵⁵]　硬撅撅不服贴的样子。形容物品性状指其不适当地翘起,

形容人的性格指其桀骜难驯

　　滥掴掴[lɛ³⁵₃₃ kuaʔ⁵₁ kuaʔ⁵]　形容泥泞难行的样子。滥,水多。掴掴,指走在泥泞中发出的声响

　　刺戳戳[tsʻ̩⁵⁵₃₃ tɕʻyɔʔ⁵₁ tɕʻyɔʔ⁵]　形容强烈的刺痒感

　　四方方[sη⁵⁵₃₃ fɔ⁻³³ fɔ⁻³³]　极其方正的样子

　　木笨笨[muʔ²³₂₁ bəŋ³⁵₃₃ bəŋ³⁵]　形容十分呆笨的样子

　　热醉醉[niæʔ²³₂₁ tɕy⁵⁵₃₃ tɕy⁵⁵]　发烧头昏的样子

　　凉阴阴[liaŋ²²⁴₃₃ iŋ³³ iŋ³³]　阴凉舒适可人的样子

　　凶讻讻[hyoŋ³³ ŋɔ²²⁴₃₃ ŋɔ²²⁴₃₅]　气势汹汹的样子

　　吕叔湘主编《现代汉语八百词》附录收 ABB 式形容词甚多。天台方言此类词在构造类型上并无特别之处,但相比之下在语义域分布和构词成分上仍有些特别。尤其是 BB 部分土俗成分较多,分辨之精细,着眼之独特,令人称奇。仅以"黄"这一语素为词根 A 的,就有 8 个,列举如下:

　　黄脆脆略黄貌　　黄火火老黄色　　黄□□[ha³³ ha⁵⁵]杂有黄色　　黄几几红黄色

　　黄皮皮面色枯黄　　黄等等略带黄色　　黄拉拉熟黄色　　　　黄虩虩[aŋ³³ aŋ³³₅₁]杏黄可爱貌

其他如"油趱趱[zæʔ²³]油腻貌　死鼻鼻呆板貌　青滴滴果青貌　青耀耀亮青色　青杳杳水青吓人　乌丑丑黑得难看"等等,共有 110 余例,不能尽列。

　　(六)天台方言词汇有内部差异。有两种差异值得提出。一是词汇内容分布域不均衡。天台县面积仅 1420 平方公里,是个中等县,人口 50 余万,均为汉族。但词汇内容与生产的关系密切。北部多山,与竹木、药材、禽兽有关的词汇多;中部及东南是平缓盆地,与农业、渔业有关的词汇多;县城为工商文教集中地,文化、科技类新词多,土语词只限于生活习俗领域,不少乡村、山区使用的土词(尤其是名物词)城里人并不知道。

　　二是称说法的差异。同样一个事物或一个意思,县内各地竟有不同称说方式。这种情况当地人自己也颇以为怪,且又递相非笑。其实有的只是字音的异读。下面择取几个差异明显的词列表分地显示其差异。(表中 6 区划分按照历史传统,不按现行政区。+ 号表示有此词,不计统计数之多寡,- 号表示没有)①

词义	字、音	东乡	西乡	白鹤	北山	南山	城关及城郊
父亲	伯[pa⁵]	+	+	+	+	+	+
	伯[paŋ₃₁]	+	+	+	+	－	+
	阿伯[aʔ⁵₁ pa⁵]	－	+	－	－	+	+
	阿爸[aʔ⁵₁ pa₅₁]	+	－	－	－	－	+
	爹[tia⁵⁵]	+	－	+	－	－	－
	爸爸[pa⁵⁵·pa]	－	－	－	－	－	+

　　① 资料据本人 2002 年 5 月在天台中学的问卷调查,参与答卷者为高中一年级学生 35 人,原籍分布于全县各地,所选内容为自己家乡说法。这里是归纳的结果。

词义	字、音	东乡	西乡	白鹤	北山	南山	城关及城郊
母亲	姆[ʔm$_{51}$]	+	+	+	+	+	−
	姆妈[ʔm^{55}·ma]	+	+	+	+	+	+
	嬷[mo$_{51}$]	+	+	−	−	−	+
	姆嬷[ʔm^{55}·mo]	−	+	−	−	−	−
姐姐	妖[da$_{51}$]	+	+	+	+	+	+
	姐[tɕia$_{31}$]	+					
哥哥	爱[ei$_{51}$]	+	+	+	+	+	+
	哥[kou$_{51}$]	+	+	+	+	+	+
	阿哥[aʔ$^{5}_{1}$ kou$_{51}$]	+	−	−	−	−	−
祖父	爷[ɦia$_{51}$]	+					
	爷[ɦi$_{51}$]		+				+
	老爷[lau$^{325}_{32}$ ɦi$_{51}$]	+	+	+	+	+	+
	阿爷[aʔ$^{5}_{1}$ ɦi$_{51}$]		+				
谁	甚人[zɛ^{35} niŋ^{224}]	+					
	啥人[za^{35} niŋ^{224}]	+	−	−	−	−	−
	哪个(人)[no^{214} kou^{55}(niŋ^{224})]	+	+	+	−	+	+
	啰个(人)[lo^{214} kou^{55}(niŋ^{224})]	+	+	+	+	+	+
	阿人[ɦa^{35} niŋ$^{224}_{51}$]	+					
玉米	六谷[luʔ$^{23}_{21}$ kuʔ^{5}]	+	+	+	−	−	+
	包芦[pau$^{33}_{55}$ lu$^{224}_{22}$]	+	−	−	−	−	+
	腰芦[lau$^{33}_{55}$·lu]	−	+	−	−	−	−
	谷灯笼[kuʔ$^{5}_{1}$ təŋ$^{33}_{55}$·loŋ]	−	−	−	+	+	+
	肚芦[du$^{214}_{21}$ lu^{224}]	−	−	−	−	+	−

三　天台方言词汇的研究价值

天台方言词汇中保留古代成分较多的性质在语言研究中有独特的价值。

1. 可以印证古代汉语词汇的意义和用法,看到某些古代词语在现代方言中强大的生命力。

语言系统中词汇演变得最快,这是就整体而言。从局部的地域看,总有一些古老的成分保留在方言中,活跃在口语中,表现出经久不息的生命力。任凭民族共同语中怎样汰旧更新,替换词语,都难以把方言中依旧活跃在口头上的古老词语换掉。越是偏僻闭塞的地点方言,这种情况就越明显。天台方言中依旧活跃着的基本词,与古代汉语某些词汇的意义和用法表现出惊人的一致。如:

晏[ɛ^{55}](阴去),晚、迟的意思。《广韵》乌涧切,又乌肝切,去声影母。《论语·子路》:冉子退朝,子曰:"何晏也?"孔子这句话用天台话说,就是:"为啥个介晏啊?"[ɦy^{35} zo$^{35}_{33}$ ko^{33} ka^{55} ɛ^{55}

ɦiaʔ]天台话"晏"、"迟"、"晚"是同义词,而"晏"使用频率最高。"迟"、"晚"是后起词。"迟"还可以单用,"晚"则只用在"晚头晚上"、"晚稻"等合成词中。但"迟"尽管可单用,上面那句话如用"迟"替换"晏",说成"为啥个介迟啊",则完全不像天台话了。"晏"的使用频率高,还由于以它为语素构成了许多常用的合成词和熟语。如:晏届下午[ɛ$_{33}^{55}$ ka$_{51}^{55}$]、挂晏傍晚[kuo$_{33}^{55}$ ɛ^{55}]、起早落晏起早贪晚[ki$_{32}^{325}$ tsau$_{32}^{325}$ lɔʔ$_{2l}^{23}$ ɛ^{55}]、早早晏晏[tsau$_{32}^{325}$ tsau$_{32}^{325}$ ɛ$_{33}^{55}$ ɛ^{55}],还有由"晏届"再派生出的"半晏届半下午"、"晏届根近黄昏时"、"晏届凉半下午后的凉爽时段"、"晏届头泛称下午"等。"晏"及其所衍生出的这个小族群覆盖了大部分"迟、晚"类义域,"迟、晚"无论如何难以与"晏"竞争。"晏"的生命力表现不仅是古代汉语词语生命力的表现,也是汉语生命力的表现。像这样的词天台方言中有很多,前面已有所论列。兹不赘述。

2. 可以凭借天台方言中的古老词语作文字考据的材料。

现代编纂的工具书,由于书证不足,即便审慎从事,巧妇难为无米之炊,也难免失察致误。然而方言中的古老词语,具有"活化石"的性质和作用,倘使用得当,可以用来弥补工具书中因例证的缺乏所造成的考释的缺憾。现用一例说明此点。

"桙"字天台音[tsaŋ^{33}],《汉语大字典》卷二1253页"桙"字下引《广韵》谓为"楚耕切",折合今音为 chēng,但此字天台音同"斗争"之"争",声母不送气。该词典又引《玉篇·木部》"桙,木束也",径释为"木束",无用例,仅在其隶体下注云字形出自"武威简·服₁传五九"。盖此字古书极难见,故无例可引。但天台话中此词极常用,指树干周围枝杈枯落或被删砍后留下的短茬,既用单称"桙",也用复合词"树桙"。木材上削平桙茬后留下节痕也叫"桙"。因"桙"在主干上呈突出状,故当地称脚踝骨为"脚桙"。《广韵》注音声母送气,不知何所本,与天台今音不合。按天台话折合成普通话音当读为 zhēng。又《汉语大字典》所引《玉篇》"木束"当系"木朿"之误。《说文》:"朿,木芒也,象形,读若刺。"徐锴系传:"从木形,左右象刺生之形也。"《汉语大字典》卷二1153页"朿"下列甲文、金文,为"木"之左右呈刺突状,刺突正是字义所本。《说文》段注:"朿,今字作刺,刺行而朿废矣。"盖"朿"与"刺"系古今字。然则今"刺"字后起之动词"刺戳"义为"朿"所无。"桙"字天台话即指树枝枯落或删砍后留下的短茬,《玉篇》"桙"字下所释当为"木朿"才对,解为"木朿",才能与《说文》中"朿,木芒也"的条文相合。而"木束"于义却难晓,折为今义当略近于"树捆",即"成束之木",今天台话"桙"并无此义。据此可知"木束"当系"木朿"之误,盖形近而致。

3. 有便于了解天台的民情习俗和地方文化风貌。

方言中的词汇记录着地方的历史文化、民情风俗,不仅为语言研究者所重视,而且为历代史志编纂者所重视。天台县悠久的历史、深厚的文化底蕴,不仅保存在历史文献和民间传说中,也保存在反映民众生产生活、风俗习惯的方言词汇中。然而现存天台地方史志种类既少,而其中所收录的天台方言词汇又极为简略,不足以反映天台县悠久深厚的历史文化。至今没有一部收罗较为齐全的天台方言词汇的书面资料,这不能不说是一件憾事。本书收载的词汇专题,力求词目齐全、内容详备。农森牧渔类词语(第十五章)收录1000余条,数量之多、内容之丰富,颇可反映一个古老农业县份的特点。其常用词语如"镵刀柴刀"[kiæʔ$_1^5$ tau^{33}]、砂镵[so^{33} kiɛ$_{31}$]、大篓大箉箩[dou$_{33}^{35}$ da^{214}]、"土鲋鱼"一种常伏在浅水沙底上的小鱼[tu$_{32}^{325}$ bu$_{33}^{35}$ ɦŋ$_{51}$]、柴紨柴草拧成的捆扎带[za$_{33}^{224}$ bu^{35}]等等,依然在使用着古音、古字和古义。亲属称谓词语(第十六章)近

300 条,亲属关系分辨之细,可见以血缘宗亲为纽带的宗法社会制度在现代当地社会生活中依然存在的影响。亲属称谓以外的一般称谓词语(第十七章),也有约 600 条。许多旧称沿用至今,如"绍兴师爷、报事明、国师、牢监禁子"等等。有的特征称谓由文学艺术中的专名变来,如称妖冶女子为"貂婵",称不明切身利害关系的人为"白袍"(指薛仁贵),称莽汉为"牛皋",称对女方的爱情暗示懵懂不知者为"木头梁兄",则反映出民众中传统文化底蕴的深厚。特征称谓中用隐喻法造出的词,如"缸里鳖、生头牛、薄皮觉虱、乌狲精、清水鳗、葛藤株、半桶屙、柴垫头"等等,则颇能看出当地民情的机巧风趣。而称贪睡不醒的人为"陈抟",称牲畜为"众生",又与当地的宗教传统有关。这些词语是深入了解当地民俗文化的绝好线索。

第十三章　天文气象类词语

天　t'iɛ³³　天,老天爷:～落雨了|～上、老～、～仙

天上老倌　t'iɛ³³ zɔ̃³⁵₃₃ lau²¹⁴₂₁ kuø³³₅₁　老天,老天爷

天外　t'iɛ³³ ŋei³⁵　太空

下半天　ɦɔ²¹⁴₂₁ pø⁵⁵₃₃ t'iɛ³³₅₁　俗指南半球或西半球

日头　niɪʔ²³₂₁ dɤu²²⁴　太阳:～上山太阳升起、～落山太阳下山,天黑、日头下太阳底下

日头光　niɪʔ²³₂₁ dɤu²²⁴₃₃ kuɔ̃³³₅₅　淡弱的阳光

日头影　niɪʔ²³₂₁ dɤu²²⁴₃₃ iŋ³²⁵　影子,特指阳光受遮挡而成的影子

日头气　niɪʔ²³₂₁ dɤu²²⁴₃₃ k'i⁵⁵　地表受日照形成的热气

摘日头　tsaʔ⁵₁ niɪʔ²³₂₁ dɤu⁵¹₃₃　晒太阳取暖

晒日头　so³³₅₅ niɪʔ²³₂₁ dɤu²²⁴　曝晒于烈日中

晒日头干　so⁵⁵₃₃ niɪʔ²³₂₁ dɤu²²⁴₃₃ kɛ³³₅₁　"晒日头"的戏称,夸张被"晒干了"之意

红霞　ɦŋ²²⁴₃₅ ɦɔ²²⁴　彩霞

日头送山　niɪʔ²³₂₁ dɤu²²⁴₃₃ soŋ⁵⁵₃₃ sɛ³³　久雨后傍晚太阳突然露面即下山(是转晴的预兆)

日头半天高　niɪʔ²³₂₁ dɤu²²⁴₃₃ pø⁵⁵₃₃ t'iɛ³³ kao³³　太阳很高,指时间已过了早晨

日头落檐阶　niɪʔ²³₂₁ dɤu²²⁴₂₂ lɔʔ⁵₁ ɦiɛ²²⁴₃₃ ka³³₅₅　天井中的日影移过了阶沿,是表示时间的一种习惯
　　性说法,一般指半下午

日头斜西　niɪʔ²³₂₁ dɤu²²⁴₂₂ zia²²⁴₃₃ ɕi³³　太阳偏西(指午后两三点钟)

暗阴　ɛ⁵⁵₃₃ iŋ³³　黄昏

阴凉下　iŋ³³ liaŋ²²⁴₃₃ ɦɔ²¹⁴　背阴处

印心凉　iŋ⁵⁵₃₃ ɕiŋ³³₅₅ liaŋ²²⁴₂₂　烈日和暑气影响不到的阴凉处

撑日头　ts'aŋ⁵⁵₃₃ niɪʔ²³₂₁ dɤu²²⁴　太阳出来

撑大日头　ts'aŋ³³₅₅ dou³⁵₃₃ niɪʔ²³₂₁ dɤu²²⁴　晴好的天气

黄胖日头　ɦuɔ̃²²⁴₃₃ pɔ̃⁵⁵₃₃ niɪʔ²³₂₁ dɤu⁵¹₃₃　冬季里热力不足的太阳

大日头　dou³⁵₃₃ niɪʔ²³₂₁ dɤu²²⁴　阳光充足的晴天

云里日头　ɦyoŋ²²⁴₃₃ li²¹⁴₂₁ niɪʔ²³₂₁ dɤu²²⁴　夏日从云缝中露出的强烈阳光,往往使人难以忍受:
　　〈俗〉～,老继娘后娘拳头

大水黄　dou³⁵₃₃ ɕy²¹⁴₂₁ ɦuɔ̃　傍晚西天的黄色霞彩,往往是洪涝的预兆

日食　niɪʔ²³₂₁ ziɪʔ²³₂₁　日食

月食　nyəʔ²³₂₁ ziɪʔ²³₂₁　月食

天狗拖月亮　t'iɛ³³ kɤu³²⁵₃₁ t'a³³ nyəʔ²³₂₁ liaŋ²²⁴　月食的俗称

月亮　nyəʔ²³₂₂ liaŋ³⁵　月亮

月亮佛　nyə²³₂₂ liaŋ³⁵₃₃ vøʔ²³　①对月亮的敬称;②儿语称月亮

月亮汪　nyə²³₂₁ liaŋ³⁵₃₃ uɔ⁵¹₅₁　淡弱的月光

月亮晕　nyəʔ²³₂₂₁ liaŋ³⁵₃₃ ɦyoŋ³⁵　月亮周围的光晕,有大晕、小晕两种,是有雨的前兆,大晕预示3
　　日内有雨,小晕预示雨在眼前

大晕　dou³⁵₃₃ ɦyoŋ³⁵　⇒月亮晕

小晕　ɕiau³²⁵₃₂ ɦyoŋ³⁵　⇒月亮晕

星　ɕiŋ³³　星,天星:一粒～,几粒天～

天星　tiɛ³³ ɕiŋ³³　星,星星(统称)

天上星　tiɛ³³ zɔ̃³⁵₃₃ ɕiŋ³³　＝天星

扫帚星　sau³²⁵₃₂ tɕiɤu³²⁵₃₂ ɕiŋ³³　彗星

长尾巴星　dziaŋ²²⁴₃₃ mi²¹₂₁ po³³ ɕiŋ³³　彗星

流星　liɤu²²⁴₃₃ ɕiŋ³³　流星

黄昏晓　ɦuɔ̃²²⁴₃₃ kʰuəŋ³³ hiau³²⁵　长庚星,傍晚出现于西天的金星

天亮晓　tʰiɛ³³ niaŋ³⁵₃₃ hiau³²⁵　启明星,金星

长夜娘　dziaŋ²²⁴₃₃ ɦia³⁵₃₃ niaŋ³³⁴　整夜悬于空中的一颗亮星

走星　tsɤu³²⁵₃₂ ɕiŋ³³　移动很快的星(或许是高空飞机或人造卫星)

河路　ɦou²²⁴₃₃ lu³⁵　银河,通常指夏夜星空中的银河

夏路　ɦɔ³⁵₃₃ lu³⁵　夏夜星空的银河

天价　tʰiɛ³³ ko⁵⁵　天气:～好、～疲坏、不好、好～、疲～、落雨～、落雪～

天价好疲　tʰiɛ³³ ko⁵⁵₃₃ hau³²⁵₃₂ hiɛʔ⁵　天气好坏

燥天价　sau⁵⁵₃₃ tʰiɛ³³ ko⁵⁵　晴朗天气

滥天价　lɛ³⁵₃₃ tʰiɛ³³ ko⁵⁵　阴雨天气

天价燥滥　tʰiɛ³³ ko⁵⁵₃₃ sau⁵⁵₃₃ lɛ³⁵　晴雨天气的总称:勿管～,生活总要做

燥风天价　sau⁵⁵₃₃ foŋ³³ tʰiɛ³³ ko⁵⁵　干燥刮风的天气

打风天价　taŋ³²⁵₃₂ foŋ³³ tʰiɛ³³ ko⁵⁵　(多指农历十月下旬)刮大风的天气

胀黄暖天　tɕiaŋ⁵⁵₃₃ ɦuɔ̃²²⁴₃₃ nəŋ²¹⁴₂₁ tʰiɛ³³　潮湿闷热的天气

雾露罩天　ɦu³⁵₃₃ lu³⁵₃₃ tsau⁵⁵₃₃ tʰiɛ³³　浓雾天气

毛将天　mau²²⁴₃₃ tɕiaŋ³¹ tʰiɛ⁵¹　阴雨连绵天气的戏称。毛将,即麻将,因雨不能干农活儿,只能
　　打麻将,故称

起风　kʰi³²⁵₃₂ foŋ³³　开始刮风

打风　taŋ³²⁵₃₂ foŋ³³　刮风

龙卷风　loŋ²²⁴₃₃ kyø³²⁵₃₂ foŋ³³　龙卷风

龙旋风　loŋ²²⁴₃₃ zyø³⁵₃₃ foŋ³³　田龙飙

鬼头风　ky³²⁵₃₂ dɤu²²⁴₃₃ foŋ³³　①极其怪异迅猛的灾风;②喻指鬼鬼祟祟的言行

阣头风　ɦm²²⁴₃₃ dɤu²²⁴₃₃ foŋ⁵¹　不知来由的灾风

发龙风　$fæʔ^5_1 loŋ^{224}_{33} foŋ^{33}$　①刮台风的旧称;②喻指人的反常行为

阴风　$iŋ^{33} foŋ^{33}$　令人悚惧的怪风:刮～

燥风　$sau^{55}_{33} foŋ^{33}$　干燥的风(多为隆冬的西北风):打～

滥风　$lɛ^{35}_{33} foŋ^{33}$　温暖湿润的风(多为春季的东南风):刮～

放风婆　$fɔ^{55}_{33} foŋ^{33}_{55} bou^{224}_{22}$　对风神的一种戏称

风毛　$foŋ^{33} mau^{224}_{51}$　微风,一级以下的弱风:东～、西～

断风刹影　$duø^{214}_{21} foŋ^{33} sæʔ^5_1 iŋ^{325}$　(闷热难熬的)无风状态

大风大雨　$dou^{35}_{33} foŋ^{33} dou^{33} ɦy^{214}$　狂风暴雨

上河风　$zɔ̃^{214}_{21} ɦou^{224}_{33} foŋ^{33}$　雷雨前或雷雨中的大风,有危害性

上河云　$zɔ̃^{214}_{21} ɦou^{35}_{35} ɦyoŋ^{224}_{22}$　(要下雷雨的)积雨云

台风　$dei^{224}_{33} foŋ^{33}$　台风

云　$ɦyoŋ^{224}$　云,云彩,云朵,云块儿

云头　$ɦyoŋ^{224}_{35} dɤu^{224}_{22}$　①乌云云层;②移动的云层的前头部分

上云　$zɔ̃^{214}_{21} ɦyoŋ^{224}$　(天空)出现云块:天～了,要落雨了

天上云　$t'iɛ^{33} zɔ̃^{35}_{33} ɦyoŋ^{224}_{33}$　天空中的云块儿

大浪云　$da^{35}_{33} lɔ̃^{35}_{35} ɦyoŋ^{224}_{33}$　台风天气的雨云:〈谚〉昼前～,晏界_{下午}晒煞人(意谓夏季上午如受台风影响出现"大浪云",天气凉快,但下午往往反而会烈日灼人)

雾　$ɦu^{35}$　雾

雾露　$ɦu^{35}_{33} lu^{35}$　雾的俗称。有雾必有露,但"雾露"一词多偏指雾

雾露水　$ɦu^{35}_{33} lu^{35}_{33} ɕy^{325}$　雾气凝结下滴的水珠

起雾　$k'i^{325}_{32} ɦu^{35}$　某一范围出现雾气

发雾　$fæʔ^5_1 ɦu^{35}$　空气中出现浓雾,能见度变低的气象

露水　$lu^{35}_{33} ɕy^{325}$　露水,露珠

露水滥　$lu^{35}_{33} ɕy^{325}_{32} lɛ^{35}$　清晨时百物沾露的潮湿现象

露水润　$lu^{35}_{33} ɕy^{325}_{32} nyoŋ^{35}$　=露水滥

山气　$sɛ^{33} k'i^{55}$　烈日炙烤下山坡草木中形成的热气

雷电　$lei^{224}_{33} diɛ^{35}$　雷电,电闪雷鸣现象的总称

响雷　$hiaŋ^{325}_{32} lei^{224}$　①雷鸣;②特指炸响的迅雷

响雷电　$hiaŋ^{325}_{32} lei^{224}_{33} diɛ^{35}$　电闪雷鸣

燥天雷　$sau^{33}_{33} t'iɛ^{33} lei^{224}_{22}$　①晴天霹雳;②不下雨的空雷,喻指说话不算数的人

打雷　$taŋ^{325}_{32} lei^{224}$　打雷,雷鸣:～了,要落雨了

响闷雷　$hiaŋ^{325}_{32} məŋ^{35}_{33} lei^{224}$　低空炸响的沉闷雷声

闷地雷　$məŋ^{35}_{33} di^{35}_{33} lei^{224}$　低空中突然响起沉闷的雷声

连珠雷　$liɛ^{224}_{33} tɕy^{33}_{35} lei^{224}_{22}$　连绵不断的雷声

龙闪　$loŋ^{224} ɕiæʔ^5_1$　电闪

行雨龙王　ɦiaŋ²²⁴₃₃ ɦy²¹⁴₂₁ loŋ²²⁴₃₃ ɦuɔ³³　雨神,主宰雨水的龙王,戏称与下雨同时来到的人

雨　ɦy²¹⁴　雨,雨水:落～下雨,大～,小～,～花毛

大雨　dou³⁵₃₃ ɦy²¹⁴　大雨,暴雨:落～下大雨|～倒竹筒样(雨大到像从竹筒中倒泻下来一样,指
　　瓢泼大雨)

大雨滴　dou³⁵₃₃ ɦy²¹⁴₂₁ tiɿʔ⁵　很大的雨点

□大雨　dzyʔ²³₂₁ dou³⁵₃₃ ɦy²¹⁴　遭暴雨淋击:佢解次～以后拔就生毛病阿了他那次遭暴雨淋后就有病了

小雨　ɕiau³²⁵₃₂ ɦy²¹⁴₃₁　小雨:落～

雨花　ɦy²¹⁴₂₁ huo³³₅₁　细雨:落～

雨毛　ɦy²¹⁴₂₁ mau²²⁴₅₁　毛毛细雨:落～

雨花毛　ɦy²¹⁴₂₁ huo³³₃₃ mau²²⁴₅₁　极言雨花之细小:落～

雨毛花　ɦy²¹⁴₂₁ mau³³₃₃ huo³³₅₁　=雨毛花:落～

毛毛雨　mau²²⁴₃₃ mau²²⁴₃₃ ɦy²¹⁴₃₁　细密如毛的小雨

松花雨　zioŋ³³₃₃ huo³³ ɦy²¹⁴　带有松花粉的春雨

长雨　dziaŋ²²⁴₃₃ ɦy²¹⁴　天数多的连绵雨:落～

眼泪水　ŋE²¹⁴₂₁ li³⁵₃₃ ɕy³²⁵₃₁　眼泪,常喻指微不足道的一点儿雨

瓦檐头水　ŋo²¹⁴₂₁ ɦiE²²⁴₃₃ dɤu²²⁴₃₃ ɕy³²⁵　①屋顶瓦沟流下的雨水;②借指可在屋檐口形成水流的中
　　等雨量

阵雨　dʑiŋ³⁵₃₃ ɦy²¹⁴₃₃₄　①有间歇的雨;②雷雨

时雨　zɿ²²⁴₃₃ ɦy²¹⁴₃₃₄　①雨季时节的雨;②连绵不停的小雨

过雨　ku⁵⁵ ɦy²¹⁴　下过一场雨(指作物已受到滋润)

过塥　ku⁵⁵₃₃ ka²ʔ⁵　干旱后下的雨渗入到了塥泥之下。塥,塥泥,隔在土壤和地板之间的一层泥
　　土

山水走　sE³³ ɕy³²⁵ tsɤu³²⁵　原来干涸的山沟在雨后开始流水的现象

雨门　ɦy²¹⁴₂₁ məŋ²²⁴　远处的帘幕状的雨头,多带移动势头

西北洪　ɕi³³ pøʔ⁵₁ ɦiŋ³⁵₃₃　暴雨成灾的气象,因雷雨多来自西北,故称

大浪天　da³⁵₃₃ lɔ̃³⁵₃₃ t'iE³³₅₁　台风引起的阵雨天气

大浪雨　da³⁵₃₃ lɔ̃³⁵₃₃ ɦy²¹⁴　台风引起的阵雨

潮雨　dziau²²⁴₃₃ ɦy²¹⁴　=大浪雨

早饭潮　tsau³²⁴₃₂ vE³⁵₃₃ dziau²²⁴₃₃₄　早饭时分降落的台风前兆阵雨

昼饭潮　tɕɕɤu⁵⁵₃₃ vE³⁵₃₃ dziau²²⁴₃₃₄　午饭时分降落的台风前兆阵雨

夜饭潮　ɦia³⁵₃₃ vE³⁵₃₃ dziau²²⁴₃₃₄　晚饭时分降落的台风前兆阵雨

早潮　tsau³²⁵₃₂ dziau²²⁴　早上下的潮雨

夜潮　ɦia³⁵₃₃ dziau²²⁴₃₃₄　傍晚或夜里下的潮雨,又称晏潮

潮头　dziau²²⁴₃₅ dɤu²²⁴₂₂　潮雨的势头

潮头捉准　dziau²²⁴₃₃ dɤu²²⁴₃₃ tɕɕøʔ⁵₁ tɕyoŋ³²⁵　在一日三餐时比较准时地下潮雨,被认为是台风正

面袭击的前兆

蜃　zyoŋ³⁵　霓虹,彩虹,虹

蜃尿　zyoŋ³⁵₃₃ ɕy³³　彩虹出现时下的小雨

拉蜃尿　la³⁵₃₃ zyoŋ³⁵₃₃ ɕy³³　彩虹出现时的降雨

上河　zɔ̃²¹⁴₂₁ ɦou²²⁴　雷雨:落～下雷雨

上河雨　zɔ̃²¹⁴₂₁ ɦou²²⁴₃₃ ɦy²¹⁴₃₃₄　雷阵雨

大上河　dou³⁵₃₃ zɔ̃²¹⁴₂₁ ɦou²²⁴　伴随狂风迅雷的大暴雨:落～下大暴雨

斗风上河　tɤu⁵⁵₃₃ foŋ³³ zɔ̃²¹⁴₂₁ ɦou²²⁴　雷雨雨头对面有逆风迎过去才能移过来的降雨现象

东角上河　toŋ³³ kɔʔ⁵₁ zɔ̃²¹⁴₂₁ ɦou²²⁴　东南方向的雷雨(一般不会向西北移过来):〈俗〉～,自来
　　老婆(喻指不请自来的罕见现象)

上河闷　zɔ̃²¹⁴₂₁ ɦou²²⁴₃₃ məŋ³⁵　雷雨前夕的天气闷热现象

上河罩　zɔ̃²¹⁴₂₁ ɦou²²⁴₃₃ tsau⁵⁵　夏季早晨出现的闷热雾罩,是午后有雷雨的前兆

上河拉　zɔ̃²¹⁴₂₁ ɦou²²⁴₃₃ la³⁵　雷雨已过仍继续下着阵雨的现象

上河闸　zɔ̃²¹⁴₂₁ ɦou²²⁴₃₃ zæʔ²³　阵雨后期突发电闪雷鸣变成雷雨,预示天气将要转晴

上河作大浪　zɔ̃²¹⁴₂₁ ɦou²²⁴ tsɔʔ⁵₁ da³⁵₃₃ lɔ̃³⁵　雷雨天气突然转变为台风降水天气

上河大　zɔ̃²¹⁴₂₁ ɦou²²⁴₃₃ da³⁵　霓虹出现后的一种天气,既非雷雨天,又不同于受台风影响的天气

十八个大上河　ziɪʔ²³₂₁ pæʔ⁵₁·kou dou³⁵₃₃ zɔ̃²¹⁴₂₁ ɦou²²⁴　连续或总共发生十八次大雷雨,指暴雨成
　　灾的天气

大水　dou³⁵₃₃ ɕy³²⁵　大水,洪水:做～

做大水　tsou⁵⁵₃₃ dou³⁵₃₃ ɕy³²⁵　发大水,闹洪水

蓬接蓬　boŋ²²⁴₃₃ tɕiæʔ⁵₁ boŋ²²⁴　一声接一场地(下雨)。蓬,量词,阵雨的"场"、"阵"

端午水　tuø³³ ɦŋ²¹⁴₃₃ ɕy³²⁵　端午前后发生的暴雨或洪水

七月半水　tɕiɪʔ⁵₁ nyəʔ²³₂₁ pɔ̃⁵⁵₃₃ ɕy³²⁵　农历七月十五前后发生的暴雨或洪水

八月十六水　pæʔ⁵₁ nyəʔ²³₂₁ ziɪʔ²³₂₁ lu²³₂₁ ɕy³²⁵　中秋前后发生的暴雨或洪水

满大水　mø²¹⁴₂₁ dou³⁵₃₃ ɕy³²⁵　发洪水

大水满两港　dou³⁵₃₃ ɕy³²⁵₃₂ mø²¹⁴₂₁ liaŋ²¹⁴ kɔ³²⁵　洪水漫溢河岸

满坑峡　mø²¹⁴₂₁ k'aŋ³³ kæʔ⁵　洪水漫溢沟渠岸边

冷雨　laŋ²¹⁴₂₁ ɦy²¹⁴　冻雨,令人感到寒冷的雨

冷东风　laŋ²¹⁴₂₁ toŋ³³ foŋ³³　润湿而寒冷的雨前东风

东风过更　toŋ³³ foŋ³³ ku⁵⁵₃₃ kaŋ³³　农谚,意为东南风刮到半夜就会下雨

冷冷落落　laŋ²¹⁴₂₁ laŋ²¹⁴₂₁ lɔʔ²³₂₁ lɔʔ²³　春寒多雨、寒冷与雨水互为因果的现象

梅雨　mei²²⁴₃₃ ɦy²¹⁴　黄梅雨,春末夏初多雨季节的雨,此时黄梅成熟,故名:～天,～天价

谷雨梅　kuʔ⁵₁ ɦy²¹⁴₂₁ mei²²⁴　谷雨时节的梅雨。谷雨的第三天下雨,往往是梅雨的开端,这场雨
　　被称为"梅娘"

梅娘　mei²²⁴₃₃ niaŋ²²⁴₂₂　参见上条

立夏梅　liɪʔ²³₂₁ ɦo³⁵₃₃ mei²²⁴₃₃₄　立夏时节的梅雨

187

小满梅　ɕiau³²⁵₃₂ mø²¹⁴₂₁ mei²²⁴　小满时节的梅雨

芒种梅　mõ²²⁴₃₃ tɕyoŋ⁵⁵₃₃ mei²²⁴₃₃₄　芒种时节的梅雨

雄梅　ɦyoŋ²²⁴₃₅ mei²²⁴₂₂　梅雨多在从谷雨到芒种的节令时发生,如在节日初即下雨,梅雨期多不长,称为"雄梅";如在节日的第三天下雨,梅雨期往往较长,称为"雌梅"

雌梅　tsʻʅ³³ mei²²⁴₃₃₄　见上条

夏至滥　ɦio³⁵₃₅ tsʅ³⁵₁₃₃ nE³⁵　农谚,夏至节第三天下雨,意味夏至后半个月内多雨。滥,湿软

夏至硬　ɦio³⁵₃₅ tsʅ³⁵₁₃₃ ŋaŋ³⁵　农谚,夏至节第三天无雨,预示将有旱情。硬,意谓土地干硬。参见上条

磨刀雨　mo²²⁴₃₃ tau³³ ɦy²¹⁴₃₃₄　阴历5月13日下的雨。传说此日为关公的诞辰或忌日,旧俗以沾水磨刀方式祈雨,故名

风刺雨　foŋ³³ tsʻʅ³⁵₁₃₃ ɦy²¹⁴₃₃₄　大风把雨水刮进屋内

霜降梅　sõ³³ ko⁵⁵₃₃ mei²²⁴₃₃₄　霜降节的第三天下雨,预示半月内将多雨,以其类似梅雨而名,亦作"霜降霉"

起九　kʻi³²⁵₃₂ kiɤu³²⁵　数九,冬至后每九天为隆冬的一个阶段:冬至~

滥冬　lE³⁵₃₃ toŋ³³　多雨少晴的冬季

燥冬　sau⁵⁵₃₃ toŋ³³　多晴少雨的冬季

独日晴　duʔ²³₂₁ niɿʔ²³₂₁ ʑiŋ²²⁴　阴雨连绵中仅有的一个晴天

作雪　tsɔʔ⁵₁ ɕyəʔ⁵　冬季连续数日气温升高,是降雪的前兆:〈谚〉地上作热,天上~

落雪　lɔʔ²³₂₁ ɕyəʔ⁵　下雪

雪迭雪　ɕyəʔ⁵₁ duəʔ²³₂₁ ɕyəʔ⁵　一场又一场地连续下雪

雨夹雪　ɦy²¹⁴₂₁ kæʔ⁵₁ ɕyəʔ⁵　雨雪交加

燥雪　sau⁵⁵₃₃ ɕyəʔ⁵　降落后不立即融化的冬雪

滥雪　lE³⁵₃₃ ɕyəʔ⁵　降落后立即融化的春雪:〈谚〉冬雪囥,春雪□ ɕyõ⁵⁵

雪花　ɕyəʔ⁵₁ huo³³₅₁　雪花,雪片

雪虮　ɕyəʔ⁵₁ ki³²⁵　很细小的雪花

雪□子　ɕyəʔ⁵₁ dzaʔ²³₂₁ tsʅ³²⁵　雪霰:落~下雪霰

冬雪　toŋ³³ ɕyəʔ⁵　隆冬时节下的雪

春雪　tɕʻyoŋ³³ ɕyəʔ⁵　清明前下的雪

烊雪　ɦiaŋ³³ ɕyəʔ⁵　化雪、积雪融化

落霜　lɔʔ²³₂₁ sõ³³　下霜,出现霜冻

打霜　taŋ³²⁵₃₂ sõ³³　=落霜

三霜　sE³³ sõ³³　连续三天出现霜冻(往往预示天气转暖或转坏)

三个霜　sE³³·kou sõ³³　=三霜

垟下霜　ɦiaŋ²¹⁴₃₃ ɦiɔ²¹⁴₂₁ sõ³³　山下平坦地带出现的霜冻

暗霜　E⁵⁵₃₃ sõ³³　不易发现的霜冻

霜水　sɔ̃³³ ɕy³²⁵　由凝霜融化的露水（对作物有害）

开天眼　kei³³ tʻiɛ³³ ŋE²¹⁴　下雪天太阳偶尔从云缝露出（往往预示还有雪）

天开眼　tʻiɛ³³ kʻiei³³ ŋE²¹⁴　＝开天眼

山头雪　sE³³ dɤu²²⁴ ɕyə²⁵ 33　①降落在地势较高的山区的雪；②山峰上的积雪

雪水　ɕyə²⁵ 1 ɕy³²⁵　积雪融化产生的水

冰　piŋ³³　冰

轧冰　gæʔ²³ 21 piŋ³³　①结冰；②冰冻天气：～时节

薄冰　bɔʔ²³ 21 piŋ³³　水的表面凝结成的易碎的冰

冰釉　piŋ³³ ɦiɤu³⁵　冰水凝结如釉（是较严重的冰冻）

霜冰硬齿　sɔ̃³³ piŋ³³ ŋaŋ³⁵ 33 tsʻ1³²⁵　霜冰凝结坚硬如齿（指冰冻严重）

连底冻　liɛ²²⁴ 33 ti³²⁵ 32 toŋ⁵⁵　从水面到水底凝成厚冰（往往成为严重的冻害）

间里轧冰　kE³³ li³²⁵ gæʔ²³ 21 piŋ³³　室内的水结成冰（是严重的冻害气象）

开冻　kʻei³³ toŋ⁵⁵　冰雪开始融化，冻害缓解

嬌开冻　vəŋ²²⁴ kʻei³³ toŋ⁵⁵　冰雪持久不融化（是最严重的冻害气象）

滴水滴冻　tiɪʔ⁵ 1 ɕy³²⁵ 32 tiɪʔ⁵ 1 toŋ⁵⁵　滴水成冰（是最严重的冻害气象）

冰锥　piŋ³³ tɕy³³　瓦上积雪融化后垂挂于檐边的锥状冰条：挂～

牙齿□　ŋo²²⁴ 33 tsʻ1³²⁵ 32 giŋ³⁵　地上或路面湿处如尖齿状的冰

冰水　piŋ³³ ɕy³²⁵　冰冻融化后形成的水

龙雹　loŋ²²⁴ 33 bɔʔ²³ 21　雹子，冰雹：落～下冰雹

落弗歇　lɔʔ²³ 21 fø²⁵ 1 ɦiæʔ⁵　不停地下（雨）

落雨夹浆　lɔʔ²³ 21 ɦy²¹⁴ kæʔ⁵ 1 tɕiaŋ³³　雨水过量的天气

翻黄倒浆　fE³³ ɦuɔ̃²²⁴ 33 tau³²⁵ 32 tɕiaŋ³³　洪水翻腾

洪水猛涨　ɦiŋ²²⁴ 33 ɕy³²⁵ 32 maŋ²¹⁴ 21 tɕiaŋ⁵⁵　洪水狂啸

大水猛涨　dou³⁵ ɕy³²⁵ 32 maŋ²¹⁴ 21 tɕiaŋ⁵⁵　⇒洪水猛涨（多为少儿语）

溜洪　liɤu³⁵ 33 ɦŋ³⁵　山体滑坡

出□　tɕʻy²ʔ⁵ 1 ʑyoŋ³⁵　发生泥石流

水荒　ɕy³²⁵ 32 huɔ̃³³　因水灾而致荒歉

旱荒　ɦE²¹⁴ 21 huɔ̃³³　因干旱而致的荒歉

沙□　so³³ kuəŋ⁵⁵　沙尘暴

落土　lɔʔ²³ 21 tʻu³²⁵　受沙尘暴影响的扬尘（天气）

晒煞　so⁵⁵ sæʔ⁵　旱死，晒死

晴煞　ʑiŋ²²⁴ sæʔ⁵　久晴无雨

旱煞　ɦE²¹⁴ sæʔ⁵　旱情严重

落煞　lɔʔ²³ 21 sæʔ⁵　淫雨成灾

黑乌倒暗　heʔ⁵ 1 u³³ tau³²⁵ 32 E⁵⁵　狂风暴雨的昏天黑地

暴冷　bau$^{35}_{33}$ laŋ^{214}　(天气)突然大幅度降温变冷

暴热　bau$^{35}_{33}$ niæʔ^{23}　(天气)大幅度升温变热

暴暖　bau$^{35}_{33}$ nəŋ^{214}　(天气)突然变暖

暴冷暴热　bau$^{35}_{33}$ laŋ$^{214}_{21}$ bau$^{35}_{33}$ niæʔ^{23}　(天气)忽冷忽热

转暖　tɕyø$^{325}_{32}$ nəŋ^{214}　(天气)变得暖和;进入暖和季节

转凉　tɕyø$^{325}_{32}$ liaŋ^{224}　(天气)变得凉爽或冷凉,多指入秋或初冬

转冷　tɕyø$^{325}_{32}$ laŋ^{214}　(天气)变冷;进入寒冷季节

起冷　kʻi$^{325}_{32}$ laŋ^{214}　开始进入寒冷季节

冷天时节　laŋ$^{214}_{21}$ tʻiɛ^{33} zɹ^{224} tɕiæʔ^{5}　寒冷季节,冬季

冷空气　laŋ$^{214}_{21}$ kʻŋ^{33} kʻi^{55}　北方来的寒流(新词)

秋风转　tɕiɤu^{33} foŋ^{33} tɕyø^{325}　秋气转凉

种田寒　tɕyoŋ$^{55}_{33}$ diɛ$^{224}_{33}$ ɦɛ^{224}　插秧(早稻秧或单季稻秧)季节中出现的较冷天气

割麦寒　kæʔ$^{5}_{1}$ maʔ$^{5}_{1}$ ɦɛ^{224}　割麦子季节出现的较冷天气

热天价　niæʔ$^{23}_{21}$ tʻiɛ^{33} ko^{55}　热天,炎热天气,炎热季节

夏天暑道　ɦo$^{55}_{33}$ tʻiɛ^{33} ɕy$^{325}_{32}$ dau^{214}　夏季,暑天

六月夏天　luʔ$^{23}_{21}$ nyəʔ$^{23}_{21}$ ɦo$^{35}_{33}$ tʻiɛ^{33}　盛夏酷暑

三伏天　sɛ^{33} vuʔ$^{23}_{21}$ tʻiɛ^{33}　夏至后每十天为一盛暑的阶段,依次称头伏、二伏、三伏,三伏天为最
　　热阶段

热天时节　niæʔ$^{23}_{21}$ tʻiɛ^{33} zɹ$^{224}_{33}$ tɕiæʔ^{5}　酷暑季节

暖天价　nəŋ$^{214}_{21}$ tʻiɛ^{33} ko^{55}　①暖和天气;②夏季的热天

六月六　luʔ$^{23}_{21}$ nyəʔ$^{23}_{21}$ luʔ^{23}　农历六月初六,通常认为这天最为炎热:〈谚〉要热～,要饱蕃苕熟

六月火□　luʔ$^{23}_{21}$ nyəʔ$^{23}_{21}$ hou$^{325}_{32}$ duəʔ^{23}　盛夏暑如临火盆。火□duəʔ^{23},火盆

八月乌　pæʔ$^{5}_{1}$ nyəʔ$^{23}_{21}$ u^{33}　农历八月里连续十天以上的阴天或阴雨天。乌,黑,昏暗

八月白　pæʔ$^{5}_{1}$ nyəʔ$^{23}_{21}$ paʔ^{23}→baŋ$_{31}$　农历八月里连续半个月以上的晴天(旱象的表征)

十月乌　ziiʔ$^{23}_{21}$ nyəʔ$^{23}_{21}$ u$^{33}_{51}$　农历十月里连续多天阴沉少日的气象

三八九月　sɛ^{33} pæʔ$^{5}_{1}$ kiɤu$^{325}_{32}$ nyəʔ^{23}　农历三月和八九月间,指天气易变时节

十月小阳春　ziiʔ^{23} nyəʔ$^{23}_{21}$ ɕiau$^{325}_{32}$ ɦiaŋ$^{224}_{33}$ tɕyoŋ^{33}　农历十月里的冷天转暖现象

十月还一夏　ziiʔ^{23} nyəʔ^{23} ɦuɛ$^{224}_{33}$ iiʔ$^{5}_{1}$ ɦo^{35}　农历十月里突然出现的较热天气

乌风寒　u$^{33}_{22}$ foŋ$^{33}_{55}$ ŋɛ^{224}　深冬时节的寒冷阴沉天气("寒"读为 ŋɛ^{224}系语流音变顺同化造成)

热溻溻　niæʔ$^{23}_{21}$ tʻæʔ$^{5}_{1}$ tʻæʔ^{5}　炎热难熬

热糊糊　niæ$^{23}_{21}$ ɦu$^{224}_{33}$ ɦu$^{224}_{51}$　天气闷热令人发昏

暖烘烘　nəŋ$^{214}_{21}$ hoŋ^{33} hoŋ^{33}　暖融融

凉阴阴　liaŋ$^{224}_{33}$ iŋ^{33} iŋ^{33}　(气温)偏凉且有些寒意

凉阴阴　liaŋ$^{224}_{33}$ iŋ^{33} iŋ$^{33}_{51}$　凉爽宜人

阴派派　iŋ^{33} pʻa$^{55}_{33}$ pʻa^{55}　天气阴暗

阴滞滞　iŋ³³ dzʅ³⁵₃₃ dzʅ³⁵　天气阴沉要下雨的样子

乌阴阴　u³³ iŋ³³ iŋ³³　天气阴沉光线昏暗的样子

亮排排　liaŋ³⁵₃₃ ba²²⁴₃₃ ba²²⁴₅₁　阴暗天空中出现阳光,云彩被照亮的样子

冷唰唰　laŋ²¹⁴₂₁ ɕyəʔ⁵₁ ɕyəʔ⁵　冷嗖嗖

冷意意　laŋ²¹⁴₂₁ i⁵⁵₃₃ i⁵⁵₅₁　冷得令人缩手缩脖的

冷冻冻　laŋ²¹⁴₂₁ toŋ⁵⁵₃₃ toŋ⁵⁵　冷得令人有受冻感

夹摸黢黑　kæʔ⁵₁ mɔʔ²³₂₁ tɕyʔ⁵₁ heʔ⁵　漆黑一片

第十四章　节令时间类词语

庚申甲子　kaŋ³³ ɕiŋ³³ kæʔ⁵ ts̩³²⁵　①天干地支的统称；②亦作"庚申八字"，义同"年庚"

阴历　iŋ³³ liɪʔ²³　阴历，农历，旧历

阳历　ɦiaŋ³³ liɪʔ²³　阳历，公历，西历，新历

过年　ku⁵⁵ niɛ²²⁴　①春节，阴历新年；②欢度春节

阳历过年　ɦiaŋ²²⁴ liɪʔ²³ ku⁵⁵ niɛ⁵¹　元旦，阳历新年

月节　nyəʔ²³ tɕiæʔ⁵　节日，多指传统节日：牢槽人、望月节馋人盼过节

月节头　nyəʔ²³ tɕiæʔ⁵ dɤu²²⁴　过节时

时节　z̩¹³³ tɕiæʔ　时候：忙月～、日本乱① ～、国民党～、解～那时、当～当时

时辰　z̩¹³⁵ ʑiŋ₂₂　①干支纪时法的时段，相当于两小时：一个～、半个～、～正某时辰的正中时、～中某时辰的正中时、上半个～、下半个～；②指某一特定时刻：～到唻、～嬲到

辰光　ʑiŋ²²⁴ kuɔ̃₃₁　时间，(某)时刻，时(中老年人用)：吤～这时，解～那时，～弗早了，好归家了
时间不早了，好回家了

日子　niɪʔ²³ ts̩³²⁵　特定的办事日期，多指办喜事的日期：择～（传统方式的确定婚期）

日子时辰　niɪʔ²³ ts̩₃₂ z̩¹³⁵ ʑiŋ₂₂²²⁴　特定的日期和时刻

日子脚　niɪʔ²³ ts̩₃₂³²⁵ kiaʔ⁵　时间，时光

日脚　niɪʔ²³ kiaʔ⁵　①时间：还有多少～过年？②生活：过～、～好过

长天日子　dʑiaŋ²²⁴ t'iɛ³³ niɪʔ²³ ts̩³²⁵　白昼时间长的季节（夏天）

短天日子　tuø³²⁵ t'iɛ³³ niɪʔ²³ ts̩³²⁵　白昼时间短的季节（多指冬天）

年头　niɛ³⁵ dɤu²²　年份，年代

换日　ɦuø³⁵ niɪʔ²³　日后，改日，以后

转日/转拉日②　tɕyø³²⁵ niɪʔ²³/tɕyø³²⁵ laʔ niɪʔ²³　＝换日

基年③　ki⁵⁵ niɛ²²⁴　今年

下年　ɦɔ²¹⁴ niɛ⁵¹　下一年，明年

后年　ɦɤu²¹⁴ niɛ²²⁴　后年，明年的下一年

大后年　dou³⁵ ɦɤu²¹⁴ niɛ²²⁴　大后年，后年的下一年

换年/转拉年/下拉年　ɦuø³⁵ niɛ²²/tɕyø³²⁵ laʔ niɛ²²⁴/ɦɔ²¹⁴ laʔ niɛ²²⁴　过几年，以后若干年

上年　z̩õ³³³⁵ niɛ⁵¹　去年

前年　ʑiɛ²²⁴ niɛ²²　前年

---

① 日本乱：二战时日本侵华战争的俗称。
② "转拉日"的"拉"[laʔ]系由"两"[liaŋ²¹⁴]字音变而来，下文"转拉年"、"下拉年"的"拉"同此。
③ "基年"的"基"[ki³²]系由"今"[kiŋ³³]字音变而来，下文"基日"的"基"同此。

大前年　dou³⁵₃₃ ʑiɛ²²⁴₃₃ niɛ²²⁴₂₂　大前年，前年的上一年

大大前年　dou³⁵₃₃ dou³⁵ ʑiɛ²²⁴ niɛ²²⁴₂₂　大前年的上一年

吤月　køʔ⁵ nyəʔ²³₂₁　本月，这个月

上个月　zɔ̃³⁵ kou⁵⁵₃₃ nyəʔ²³——nyø³¹　上个月，上一月

下个月　ɦo²¹⁴₂₁ kou⁵⁵₃₃ nyəʔ²³　下个月，下一月

吤日　køʔ⁵ niɿʔ²³₂₁　这天、那天

解日　ka³²⁵ niɿʔ²³₂₁　那天，另一天

基日　ni³³ niɿʔ²³——niŋ³¹　今天

昨日　zɔʔ²³₂₁ niɿʔ²³——niŋ³¹　昨天：～晏届昨天下午，～日昼昨天中午

前日　ʑiɛ²²⁴ niɿʔ²³₂₁　前天

大前日　dou³⁵₃₃ ʑiɛ²²⁴₃₃₄ niɿʔ²³₂₁　大前天，前天的上一天

大大前日　dou³⁵ dou³⁵ ʑiɛ²²⁴ niɿʔ²³₂₁　大前天的上一天

天亮①　tʰiɛ³³ niaŋ³⁵　明天：～枯星明早，～晚头明晚

后日　ɦɤu²¹⁴ niɿʔ²³₂₁　后天，明天的下一天

大后日　dou³⁵ ɦɤu²¹⁴₂₁ niɿʔ²³　大后天，后天的下一天

昨夜②　zɔʔ²³₂₁ ɦia³⁵　昨晚

枯星　kʰu³³ ɕiŋ³³₅₁　早晨，早上：一个～一个早晨、昨日～、天亮～

枯星早　kʰu³³ ɕiŋ³³ tsau 325　清晨（早饭前一段时间）：一个～一个早上

枯星头　kʰu³³ ɕiŋ³³ dɤu²²⁴₂₂　早晨，早上（泛称或任指）

昼前　tɕiɤu⁵⁵₃₃ ʑiɛ²²⁴₅₁　上午：半～半上午、整～整个上午、一个～一个上午

昼前头　tɕiɤu³³ ʑiɛ²²⁴₃₅ dɤu²²⁴₂₂　上午

日中心　niɿʔ²³₂₁ tɕyoŋ³³ ɕiŋ³³　正午时分

日昼　niɿʔ²³₂₁ tɕiɤu⁵⁵／ni₂₁ tɕiɤu⁵⁵　中午：一个～一个中午、当头～正午时

日昼头　ni₂₁ tɕiɤu⁵⁵₃₃ dɤu²²⁴₃₃₄　正午

昼了　tɕiɤu⁵⁵₃₃ liau²¹⁴／tɕiɤu⁵⁵₃₃ liau³¹　下午

晏届　ɛ⁵⁵₃₃ ka⁵⁵₅₁　下午：昨日～昨天下午、天亮～明天下午、半～半下午时、整～整个下午

半晏届　pø⁵⁵₃₃ ɛ⁵⁵₃₃ ka⁵⁵　半下午

晏届根　ɛ⁵⁵₃₃ ka⁵⁵₃₃ kəŋ³³₅₁　下午的尽头儿，接近黄昏时刻

晏届凉　ɛ⁵⁵₃₃ ka⁵⁵₃₃ liaŋ²²⁴₅₁　半下午以后较凉爽的时段

晏届头　ɛ⁵⁵₃₃ ka⁵⁵₃₃ dɤu²²⁴₅₁　下午（泛称或任指）

黄昏头③　ɦuɔ̃²²⁴₃₃ kʰuəŋ³³ dɤu²²⁴　黄昏，傍晚

---

① "天亮"一词在城关一带已音变为[tei³³ niaŋ³⁵]。"亮"字单字音为[liaŋ³⁵]，仅在表示"明天"的"天亮"一词中音[niaŋ³⁵]。
② "夜"在各时间词中本乡音为[ɦia³⁵]，城关音为[ɦi³⁵]。
③ "黄昏头"的"昏"的声母本为[h-]，在此词中异化为[kʰ-]。

夜头　ɦia³⁵₃₃ dɤu²²⁴　夜晚时分

晚头①　məʔ₁ dɤu⁵¹₂₂₄　晚上

晚头夜　məʔ₁ dɤu²²⁴₃₃ ɦia³⁵　晚上

日勒②　niɻʔ²³₂₁·ləʔ　白天

夜勒　ɦia³⁵·ləʔ　夜里,夜晚

吢伐　køʔ⁵ væʔ²³₂₁　最近,现在

吢□　køʔ⁵·tɕiaʔ～tɕiaŋ₃₁　这时,此时

解伐　ka³²⁵ væʔ²³₂₁　那时,早些时候

解□　ka³²⁵·tɕiaʔ～tɕiaŋ₃₁　那时,当时

解节　ka³²⁵ tɕiE₃₁　那时,当时

早□　tsau³²⁵₃₂ tɕiaŋ⁵¹　早先,以前

两□时　liaŋ²¹⁴₂₁ tɕiaŋ₃₃ zɿ⁵¹₂₂₄　①有时:吢埭～有野猪出来;②有可能:天亮～会落雨

一□　iɻʔ⁵₁ tɕiaŋ⁵¹　①一会儿:～拔转来一会儿就回来;②一时:～忖弗出一时想不起

耗□　hau⁵⁵ tɕiaŋ⁵⁵　好久,好多时间

唛□　zau³⁵ tɕiaŋ⁵⁵/ziau³⁵ tɕiaŋ⁵⁵　①什么时间,何时:尔～转来回来;

等□　təŋ³²⁵₃₂ tɕiaŋ₃₁　等一会儿:尔～,我拔就来

停□　diŋ²²⁴ tɕiaŋ₃₁　等一会儿:～弗定天会晴

慢□　mE³⁵ tɕiaŋ₃₁　等一会儿:尔快渧去,～佢走阿了

晏顷　E⁵⁵ kʼəŋ₃₁　等一会儿,晚一会儿:快渧逃,～落雨了

几时　ki³²⁵ zɿ²²⁴　什么时候,何时

望头　mɔ̃³⁵₃₃ dɤu⁵¹₂₂₄　起初,起先,开始时

望头先　mɔ̃³⁵₃₃ dɤu²²⁴₃₃ ɕiE⁵¹₃₃　=望头

望头起　mɔ̃³⁵₃₃ dɤu²²⁴₃₃ kʼi³²⁵　=望头

一落头　iɻʔ⁵₁ ləʔ²³₂₁ dɤu⁵¹₂₂₄　=望头

头前　dɤu²²⁴₃₃₄ ziE²²⁴₂₂　过去

□□　gE₃₁ sæʔ⁵　过去,早先,原先

□□　nɔ̃₃₃ zɿ²¹⁴　如今,现在

以早　ɦi²¹⁴₂₁ tsau³²⁵　以前

转套　tɕyø³²⁵₃₂ tʼau⁵¹₅₅　下次,以后

转拉套　tɕyø³²⁵·laʔ tʼau　以后,日后

下拉套　ɦo²¹⁴·laʔ·tʼau　=转拉套

春刚　tɕʰyoŋ³³ kɔ̃⁵¹　春天,春季

———————————

① "晚头"的"晚"本音为[mE²¹⁴],促化为[məʔ₁]。
② "日勒"和下文的"夜勒"的"勒"的音[ləʔ]是"里"[li³²⁵]弱化而来。

春刚头　tɕʿyoŋ³³ kɔ̃³³ dɤu²²⁴₂₂　春季时节

夏勒①　ɦo³⁵·ləʔ　夏天,夏季

秋勒　tɕiɤu³³·ləʔ　秋天,秋季

冬勒　toŋ³³·ləʔ　冬天,冬季

冬场　toŋ³³·dziaŋ　＝冬勒

一年四季②　iiʔ⁵₁ niɛ²²⁴₃₃ sɿ⁵⁵₃₃ ky⁵⁵　长年,整年

四季八节　sɿ⁵⁵₁ ky⁵⁵₃₃ pæʔ⁵₁ tɕiæʔ⁵　＝一年四季

三时八节　sɛ⁵⁵₅₅ zɿ²²⁴₂₂ pæʔ⁵₁ tɕiæʔ⁵　平时,经常

捉时捉节　tɕyɔʔ⁵₁ zɿ²²⁴₃₃ tɕyɔʔ⁵₁ tɕiæʔ⁵　按时,定时,不失时机(地)

夏天时节　ɦo³⁵₃₃ tʿiɛ³³ zɿ²²⁴₃₃ tɕiæʔ⁵　夏季

冷天时节　laŋ²¹⁴₂₁ tʿiɛ³³ zɿ²²⁴₃₃ tɕiæʔ⁵　冬季

年初　niɛ²²⁴₃₃ tsʿu³³　年初

年尾　niɛ²²⁴₃₃ mi²¹⁴₃₁　年末,年终

年底　niɛ²²⁴₃₃ ti³²⁵　年底

年里　niɛ²²⁴₃₃ li³²⁵　①本年年内;②年初时指上年年内

年外　niɛ²²⁴₃₃ ŋa³⁵　年末时指下一年

出年　tɕʿyʔ⁵₁ niɛ²²⁴　(到)明年

年关　niɛ²²⁴₃₃ kuɛ³³₅₁　年底,这一年内

夏关　ɦo³⁵₃₃ kuɛ³³₅₁　夏季

上半年　zɔ̃³⁵₃₃ pø⁵⁵₃₃ niɛ²²⁴~niɛ⁵¹　上半年

下半年　ɦo²¹⁴₂₁ pø⁵⁵₃₃ niɛ²²⁴~niɛ⁵¹　下半年

一年出头　iiʔ⁵₁ niɛ²²⁴₃₃ tɕʿyʔ⁵₁ dɤu²²⁴　一年到头,长年累月

长年月刻　dziaŋ²²⁴₃₃ niɛ²²⁴₃₃ nyəʔ²³₂₁ kʿæʔ⁵　＝一年出头

年庚　niɛ²²⁴₃₃ kaŋ³³　出生的年、月、日、时(用天干地支表示)

年庚八字　niɛ²²⁴₃₃ kaŋ³³ pæʔ⁵₁ zɿ³⁵　＝年庚

大年　dou³⁵₃₃ niɛ²²⁴　果木类作物轮到丰收的一年

小年　ɕiau³²⁵₃₂ niɛ²²⁴　果木类作物轮到歉收的一年

大小年　dou³⁵₃₃ ɕiau³²⁵₃₂ niɛ⁵¹　统称果木类作物的丰歉年份

哈拉年③　haʔ⁵ laʔ⁵₁ niɛ²²⁴　好几年,多年

月初　nyəʔ²³₂₁ tsʿu³³₅₁　月初

月底　nyəʔ²³₂₁ ti³²⁵　月底

月半　nyəʔ²³₂₁ pø⁵⁵　农历每月的第十五日

_____

① "夏勒"以及下文"秋勒"、"冬勒"的"勒"[ləʔ]是由"里"[li³²⁵]弱化而来。
② "四季"的"季"在天台话口语中已被讹读成[ky⁵⁵],下文同。
③ "哈拉年"的"哈拉"系由"好两"二字音变而来。

年把　niɛ²²⁴₃₃ po³²⁵₃₁　大约一年时间

头两年　dɣu²²⁴₃₃ liaŋ²¹⁴₂₁ niɛ²²⁴₅₁　大约一至二年时间

个把月　kou⁵⁵₃₃ po³²⁵₃₂ nyəʔ²³₂₁~nyø₃₁　大约一个月时间

个把月日　kou⁵⁵₃₃ po³²⁵₃₂ nyəʔ²³₂₁ niⁱŋ²³₂₁~niŋ₃₁　＝个把月

上半月　zɔ̃³⁵₃₃ pø⁵⁵₃₃ nyəʔ²³　农历每月初一到十五这半个月

下半月　ɦɔ²¹⁴₂₁ pø⁵⁵₃₃ nyəʔ²³　农历每月第十六日以后的半个月

初头　tsʻu³³ dɣu²²⁴₅₁　月初,上旬

月尾　nyəʔ²³₂₁ mi²¹⁴　月底

十几　ʑiⁱŋ²³₂₁ ki³²⁵　农历每月中旬

廿几　niɛ³⁵₃₃ ki³²⁵　农历每月下旬

初一十五　tsʻu³³ iⁱʔ⁵₁ ʑiⁱŋ²³₂₁ ɦŋ²¹⁴　农历每月初一日及十五日,旧俗在这两天例行拜菩萨:~庙门开,牛头马面两边排

初一　tsʻu³³ iⁱʔ⁵　①每月第一日;②特指正月初一过年这一天

三十日　sɛ³³ ʑiⁱʔ²³₂₁ niⁱʔ²³　①每月的最后一天;②特指农历除夕这天

十四夜　ʑiⁱʔ²³₂₁ sʅ⁵⁵ ɦia³⁵　元宵节①:~走百步—一种求吉利的风俗

上灯　zɔ̃²¹⁴₂₁ təŋ³³　挂灯笼(庆元宵的习俗):十四夜~

落灯　lɔʔ²³₂₁ təŋ³³　取下灯笼。当地风俗,正月十八日吃过扁食,响过爆竹,把灯笼取下

正月成头　tɕiŋ³³ nyəʔ²³₂₁ ʑiŋ³⁵₃₅ dɣu²²⁴₂₂　正月的上半个月

正月头　tɕiŋ³³ nyəʔ²³₂₁ dɣu²²⁴　农历正月期间

二月二　ni³⁵₃₃ nyəʔ²³₂₁ ni³⁵　农历二月初二,为当地的吉日,这天进行送婚期日子或订亲:~火煨粽②

三月三　sɛ³³ nyəʔ²³₂₁ sɛ⁵¹　农历三月初三日,为善男信女例行拜佛日

清明日　tɕʻiŋ³³ miŋ²²⁴₃₃ niⁱʔ²³　清明节,传统习俗这天祭祖上坟

驻夏　tɕy⁵⁵₃₃ ɦo³⁵　立夏节

立夏脚根　liʔ²³₂₁ ɦo³⁵₃₃ kiaʔ⁵₁ kəŋ⁵¹₅₁　立夏节前后

端午　tuø³³ ɦŋ²¹⁴　端午节,农历五月初五

六月六　luʔ²³₂₁ nyəʔ²³₂₁ luʔ²³　农历六月初六,当地传统节日之一:〈谚〉~,狗洗浴

五月十三　ɦŋ²¹⁴ nyəʔ²³ ʑiⁱʔ²³₂₁ sɛ³³　农历五月十三日,民俗为关老爷(关羽)磨刀节

七月三十夜　tɕʻiⁱʔ⁵₁ nyəʔ²³₂₁ sɛ³³ ʑiⁱʔ²³₂₁ ɦia³⁵　农历七月三十日夜,民俗以为地藏王菩萨诞辰,于天井地上遍插燃香,组成吉祥图案以祈福

七月七　tɕʻiⁱʔ⁵₁ nyəʔ²³₂₁ tɕʻiⁱʔ⁵　农历七月初七日,传统的"牛郎织女节"

七月半　tɕʻiⁱʔ⁵₁ nyəʔ²³₂₁ pø⁵⁵　农历七月十五日(东乡有的在十三日)祭祖先的节日

八月初三　pæʔ⁵₁ nyəʔ²³₂₁ tsʻu³³ sɛ³³₅₁　农历八月初三日,习俗以为灶王爷生日,此日祭请灶神,吃

---

① 天台风俗,正月十四为元宵节日。
② 火煨粽:把粽子埋在热灶灰里烤了吃。

麦饼筒

八月十六　pæʔ⁵₁ nyəʔ²³₂₁ ʑiɪʔ²³₂₁ luʔ²³　农历八月十六日,当地的中秋节

交秋　kau³³ tɕʻiɤu³³　立秋日

重阳　dʑyoŋ³⁵ ɦiaŋ²²⁴₂₂　重阳节,农历九月初九,当地民俗吃糕皴(糯米粉蒸糕)

重阳日　dʑyoŋ³⁵₃₃ ɦiaŋ²²⁴₃₃ niɪʔ²³　＝重阳

交冬　kau³³ toŋ³³　立冬

十月廿四　ʑiɪʔ²³₂₁ nyəʔ²³₂₁ niɛ³⁵₃₃ sl̩⁵⁵　农历十月二十四日,民俗以为风神(当地称"打风老爷")诞生日,秋风猛烈,转入冬季

冬至　toŋ³³ tsl̩⁵⁵　二十四节气之一,当地民俗为祭祖的节日:～日、～节

冬至节　toŋ³³ tsl̩⁵⁵₃₃ tɕiæʔ⁵　⇒冬至

冬至脚根　toŋ³³ tsl̩⁵⁵₃₃ kia⁵₁ kəŋ³³₅₁　冬至前后

立春　liɪʔ²³₂₁ tɕʻyoŋ³³　立春,二十四节气之一

交春　kau³³ tɕʻyoŋ³³　立春,民俗此日在家门口用樟木块点燃薰烟驱邪

年里春　niɛ²²⁴₃₃ li²¹⁴₂₁ tɕʻyoŋ³³　在春节前的立春日

十二忙月　ʑiɪʔ²³₂₁ ni³⁵ mɔ̃²²⁴₃₃ nyəʔ²³　农历十二月忙于办过年事务,故称忙月

廿四掸尘　niɛ³⁵₃₃ sl̩⁵⁵₃₃ tɛ³²⁵₃₂ dʑiŋ²²⁴　农历十二月二十四日,打扫卫生以迎新春的习俗

三十夜晚头　sɛ³³ ʑiɪʔ²³₂₁ ɦia³⁵₃₃ meʔ₁ dɤu⁵¹₅₁　除夕夜

一市　iɪʔ⁵₁ zl̩²¹⁴　五天时间,天台以五天为一个集市期:～功夫五天

几市　ki³²⁵ zl̩²¹⁴　几个集市日,即几个五天,计算天数的一种方法

市日　zl̩²¹⁴₂₁ niɪʔ²³　集市日,每五天为一个集市日,各市集所定日期不一,但多为农历的逢五、逢十,小月即最后一天(二十九日)为市日:坛头～、街头～(逢二、七)、坪头潭～(逢一、六)、白鹤殿～(逢三、八)、垟头～(逢四、九)、枫树殿～(逢五、十)、横头戴(即洪畴镇)～(逢五、十)

县市　ɦyʉ³⁵₃₃ zl̩²¹⁴　①县城集市;②县城集市日

县市日　ɦyʉ³⁵₃₃ zl̩²¹⁴₂₁ niɪʔ²³　县城集市日(天台县逢五、逢十为县市日)

坛头市①　dɛ²²⁴₃₃ dɤu²²⁴₃₃ zl̩²¹⁴　①坛头镇市集;②坛头镇市日(农历每月逢二、逢七)

空日　kʻŋ̍⁵⁵₃₃ niɪʔ²³　非集市日

空日头　kʻŋ̍⁵⁵₃₃ niɪʔ²³₂₁ dɤu²²⁴　＝空日

足月　tɕyuʔ⁵₁ nyəʔ⁵　够三十天的月份

够月　kɤu⁵⁵₃₃ nyəʔ⁵　＝足月

大月份　dou³³₃₃ nyəʔ²³₂₁ vəŋ³⁵　农历三十天为一个月的月份,公历三十一天为一个月的月份

小月份　ɕiau³²⁵₃₂ nyəʔ²³₂₁ vəŋ³⁵　农历二十九天为一个月的月份,公历二月和以三十天为一个月的月份

---

①　"坛头"的"坛"音 dɛ²²⁴,当地多俗写为音[tʻɛ³²⁵]的"坦",非是。

忙月头　mɔ̃²²⁴₃₃ nyəʔ²³₂₁ dɤu²²⁴　农忙季节

忙月　mɔ̃²²⁴₃₃ nyəʔ²³　＝忙月头

毛岁　mau²²⁴₃₃ ɕy⁵⁵　虚岁,按年头计算的岁数

足岁　tɕyu⁵₁ ɕy⁵⁵　实岁,周岁,按周年计算的岁数

对周　tei⁵⁵₃₃ tɕɿyu³³₅₁　①周年:两年～两整年;②周岁,特指一周岁:吖小人扣～这小孩刚一周岁

长长岁　dʑiaŋ²²⁴₃₃ dʑiaŋ²²⁴₃₃ ɕy⁵⁵　生日大,即正月、二月出生者的岁数

短短岁　tuø³²⁵₃₂ tuø³²⁵₃₂ ɕy⁵⁵　生日小,即十二月或年末出生者的岁数

两头相占　liaŋ²¹⁴₂₁ dɤu²²⁴₃₃ ɕiaŋ³³ tɕiɛ³³　按年头算时间或岁数(虚年或虚岁)

匝　tsæʔ⁵　同生肖的十二年周期,相差一匝即同生肖差十二岁,余可类推

世　ɕi⁵⁵　①三十年;②生世、世代、辈子:一～一辈子,生生～～世世代代

生世　saŋ³³ ɕi⁵⁵　一辈子,一生:一～、半～、大半～

六十年传　luʔ²³₂₁ ziɿʔ²³₂₁ niɛ²²⁴₃₃ dʑyø³⁵　六十年周期相替,指岁月漫长

前朝后汉　ziɛ²²⁴₃₃ dʑiau²²⁴₃₃ ɦɤu²¹⁴₂₁ hɛ⁵⁵　历史朝代,指悠久的历史或遥远的年代

日　niɿʔ²³　①时间单位词,二十四小时的周期,相当于北京话时间单位"天"①:每～每天、十把～十来天、好几～好几天、许多～好多天、个把月～一个来月、三～两头经常不断;②白天:～勒白天、上半～上午、下半～下午;③(某种)日子、日期:市～有集市的日子、清明～、冬至～

日脚　niɿʔ²³₂₁ kia⁵　①时间单位词,相当于"日①":多少～多少天、～长天数多、蛮多～很多天,好长时间、好些～好多天;②生活:～好过生活好、～难过生活困难

日日　niɿʔ²³₂₁ niɿʔ²³　天天

日加日　niɿʔ²³₂₁ ko³³ niɿʔ²³　天天(如此):～落雨、～晴

整日　tɕiŋ³²⁵₃₂ niɿʔ²³　整天,全天:～弗勒歇整天不得休息

整夜　tɕiŋ³²⁵₃₂ ɦia³⁵　整个夜晚

成日白头　ziŋ²²⁴₃₃ niɿʔ²³₂₁ baʔ²³₂₁ dɤu²²⁴　经常,总是

长大八夜　dʑiaŋ²²⁴₃₃ dou³⁵₃₃ pæʔ⁵ ɦia³⁵　通宵,长夜,整晚

早早晏晏　tsau³²⁵₃₂ tsau³²⁵₃₂ ɛ⁵⁵₃₃ ɛ⁵⁵　①或早或晚,一早一晚:吖渧零碎生活甭整日做,～拔好做略这点儿活不必整天干,一早一晚就能干的;②早早晚晚,迟早

日出夜归　niɿʔ²³₂₁ tɕʻyʔ⁵₁ ɦia³⁵₃₃ ky³³　早出晚归

起早落晏　ki³²⁵₃₂ tsau³²⁵₃₂ lɔʔ²³₂₁ ɛ⁵⁵　很早起来,很晚才回家,指辛苦劳作

当届/当更　tɔ̃³³ ka⁵⁵/tɔ̃³³ kaŋ⁵⁵　当时

当届时　tɔ̃³³ ka⁵⁵₃₃ zɿ²²⁴₅₁　＝当届

当□　tɔ̃³³ tɕiaŋ₅₁　＝当届

望头起　mɔ̃³⁵₃₃ dɤu²²⁴₃₃ kʻi³²⁵　起初,当初

好□　hau₅₅ tɕiaŋ₅₅　好久:～嬲见了好久没见了

---

① 天台话中不用"天"表示时间单位。

好记　hau₅₅ ki⁵⁵₅₁　好些时间:佢住埲～唻他在这儿住了很久喔

一记　ii?⁵₁ ki⁵⁵₅₁　一些时间,一会儿

一肯　ii?⁵₁ kən₅₁　一点儿时间

大白　da₂₁₄ ba?²³　拂晓

斓斑黑　lɛ²²⁴₃₃ pɛ³³ he?⁵　夜色斑斓时,夜幕初降时

两头黑　lian²¹⁴₂₁ dɤu²²⁴₃₃ he?⁵　天未亮和天黑后

三更天　sɛ³³ kaŋ³³ t'iɛ³³₅₁　半夜时分,传统干支纪时法的子时,相当于二十三点至一点之间

五更天　ɦŋ²¹⁴₂₁ kaŋ³³ t'iɛ³³₅₁　传统干支纪时法的寅时,相当于凌晨三点至五点之间

过更　ku⁵⁵₃₃ kaŋ³³　三更后的时间,即通常说的半夜后

半夜三更　pø⁵⁵₃₃ ɦia³⁵₃₃ sɛ³³ kaŋ³³　半夜

半夜子　pø⁵⁵₃₃ ɦia³⁵₃₃ tsɿ³²⁵　半夜。子,指"子时"

挂晏　kuo⁵⁵₃₃ ɛ⁵⁵　天刚黑时。挂,指(时间)交接

挂日昼　kuo⁵⁵₃₃ niɪ?²³₂₁ tɕiɤu⁵⁵　中午时分

挂三厨　kuo⁵⁵₃₃ sɛ³³₅₅ dzy²²⁴₂₂　早、午、晚三餐吃饭时

鸡啼丑　ki³³ di²²⁴₃₃ tiɤu³²⁵　公鸡初叫时分。丑,丑时,公鸡啼晓的初次约在丑时,即凌晨两、三
　　点钟

寅卯弗通光　ɦiŋ²¹⁴₃₃ mau²¹⁴₃₃ fø?⁵ toŋ³³ kuɔ³³　干支纪时法的寅卯交替时分,约五点不到的拂晓
　　前。弗通光,光亮未到达

起早　ki³²⁵₃₂ tsau³²⁵　清早:天亮～拔动身明天清早就动身

早饭辰　tsau³²⁵₃₂ vɛ³⁵₃₃ ziŋ²²⁴₃₃₄　干支纪时法的辰时,即五点到七点之间。此时为农家吃早饭时,
　　故称为～

日头衔山　niɪ?²³₂₁ dɤu²²⁴₃₃ ɦɛ²²⁴₃₃ sɛ³³　早晨太阳刚从东山后露面时分

日头当中　niɪ?²³₂₁ dɤu²²⁴₃₃ tɔ³³ tɕyoŋ³³　太阳在中空的正午时分

午时辰　ɦŋ²¹⁴₂₁ zɿ¹³⁵₃₅ ziŋ²²⁴₂₂　正午时分

日头落檐阶　niɪ?²³₂₁ dɤu²²⁴₃₃ lɔ?²³₂₁ ɛ³³ ka³³₅₁　天井中的日影移下台阶时分,一般指半上午或半下午
　　时

日头斜西　niɪ?²³₂₁ dɤu²²⁴₃₃ zia²²⁴₃₃ ɕi³³　太阳偏西,指正午以后

日头落山　niɪ?²³₂₁ dɤu²²⁴₃₃ lɔ?²³₂₁ sɛ³³　太阳下山,指傍晚时

落山酉　lɔ?²³₂₁ sɛ ɦiɤu²¹⁴　干支纪时法的酉时,太阳落山时,约下午五点至七点之间

黄昏戌　ɦuɔ̃²²⁴₃₃ k'uən³³ ɕy?⁵　干支纪时法的戌时,黄昏时分,约晚间七点至九点之间

长远　dʑian²²⁴₃₃ ɦyø²²⁴　好长时间

长远八长　dʑian²²⁴₃₃ ɦyø²²⁴₂₂ pæ?⁵₁ dʑian²²⁴　极言时间之长久

日久夜长　niɪ?²³₂₁ kiɤu³²⁵₃₂ ɦia³⁵₃₃ dʑian²²⁴₃₃₄　天长日久,星转斗移

长长　dʑian²²⁴₃₃ dʑian²²⁴₅₁　常常,经常

向来　hian⁵⁵₃₃ lei²²⁴₂₂　一向,向来,从来

从前　zyoŋ$_{35}^{224}$ ziE$_{22}^{224}$　从前

老早　lau$_{21}^{214}$ tsau^{325}　早(就)、早(已经):人～来齐了

好早　hau$_{32}^{325}$ tsau^{325}　很早时,很久之前:～时节

老底子　lau$_{21}^{214}$ ti$_{32}^{325}$ tsʅ^{325}　以前,原本当初

本底子　pən$_{32}^{325}$ ti$_{32}^{325}$ tsʅ^{325}　＝老底子

闲长时　ɦiE$_{35}^{224}$ dʑiaŋ$_{22}^{224}$ zʅ$_{22}^{224}$　平时,经常

一眼眏　iɪʔ$_1^5$ ŋE$_{21}^{214}$ kæʔ^5　一眨眼功夫,转眼之时

一个糊头旋　iɪʔ$_1^5$ kou ɦiu$_{33}^{224}$ dɤu$_{33}^{224}$ zyø^{35}　一会儿功夫,转眼之间

慢慢时　mE$_{33}^{35}$ mE$_{33}^{35}$ zʅ$_{51}^{224}$　慢慢来,嘱人耐心等待之语

大套　da$_{33}^{35}$ tʻau^{55}　来日方长,慢慢来

大记　da^{35}·ki　等一会儿

当□时　tɔ̃$_{33}^{35}$ tɕiaŋ$_{33}$ zʅ$_{51}^{224}$　当时

当年初　tɔ̃$_{33}^{35}$ niE$_{33}^{224}$ tsʻu$_{51}^{33}$　当初

到□时　tau$_{33}^{55}$ nɔ̃$_{33}$ zʅ$_{214}$　到现在,到如今

打□　taʔ$_1^5$ nɔ̃$_{214}$　等到现在(多用于否定句中):(问)尔钞票还有哦?(答)～? 早用光了!

起头　keʔ$_1^5$ dɤu$_{51}^{224}$　开始时,当初

落脚　lɔʔ$_{2\underline{1}}^{23}$ kiaʔ^5→kiaŋ$_{31}$　末了,最后,最终

即刻　dʑiɪʔ$_{2\underline{1}}^{23}$ kʻæʔ^5　马上,立即

一时三刻　iɪʔ$_1^5$ zʅ$_{33}^{224}$ sE^{33} kʻæʔ^5　意外时刻(多指死亡之类突发事件)

望　mɔ̃$_{31}$　时间还要很久:等小人小孩儿大起来,～唻!

迷唻　mi^{35}·lE　还要很长时间(才会…)

望迷唻　mɔ̃^{35} mi^{35}·lE　＝迷唻(语气更重)

捉早　tɕyɔʔ$_1^5$ tsau^{325}　趁早,趁(天色)尚早

捉亮　tɕyɔʔ$_1^5$ liaŋ^{35}　趁亮,趁天未黑

泼着声消　pʻuəʔ^5 dʑiæʔ$_{2\underline{1}}^{23}$ ɕiŋ^{33} ɕiau^{33}　霎时,刹那

红光赤日　ɦŋ$_{33}^{224}$ kuɔ̃^{33} tɕʻiɪʔ$_1^5$ niɪʔ$_{\underline{21}}^{23}$　太阳高升,时已近午(多用于指责贪睡偷懒者)

鸡啼唻　ki^{33} di^{224}·lE　天快亮了

鸡叫唻　ki^{33} kiau^{55}·lE　＝鸡啼唻

天亮唻　tʻiE^{33} liaŋ^{35}·lE　天亮了

天黑唻　tʻiE^{33} heʔ^5·lE　天晚了

天晏唻　tʻiE^{33} E^{55}·lE　天要黑了

晏唻　E^{55}·lE　＝天晏唻

月亮夜　nyəʔ$_{\underline{21}}^{23}$ liaŋ$_{33}^{35}$ ɦia^{35}　月夜

第十五章　农牧林渔类词语

一　田　地

田　diε^{224}　①水田:稻～、茭笋～、秧～;②在稻田里轮作的旱地作物的所在:麦～、芋～、菜～、洋芋～

田　diε_{51}^{224}　作某些复合词末尾成分时的读音:旱稻～、草子～(种紫云英的田)

地　di^{35}　旱地,不能蓄水的地块:麦～、豆～、番蒔～、洋芋～、六谷～玉米地

田地　diε_{33}^{224} di^{35}　水田和旱地的统称:打土豪,分～;种～

田垟　diε_{35}^{224} ɦiaŋ$_{22}^{224}$　田地,泛指田野、户外:～生活农活儿、做～干农活儿、～头尾田间、耕地

烂田　lε_{33}^{35} diε_{33}^{224}　长年稀烂、无法排干积水的田

燥田　sau$_{33}^{55}$ diε_{334}^{224}　①没有蓄水的、干燥的田;②种植旱地作物的田

燥头田　sau$_{33}^{55}$ dɤu$_{35}^{224}$ diε_{22}^{224}　土质差且易漏水的、干燥的田

冷水田　laŋ$_{21}^{214}$ ɕy$_{32}^{325}$ diε^{224}　水温过低的田(因田内有小股山泉涌出,使田水难以保温)

滥水田　lε_{33}^{35} ɕy$_{32}^{325}$ diε^{224}　①(因地势过低或常有村内生活废水流入)长年不干、只能种稻的田;②冷水田

板田　pε_{32}^{325} diε^{224}　①土质很差的田;②暂时抛荒的田

硬板田　ŋaŋ$_{33}^{35}$ pε_{32}^{325} diε^{224}　土壤板结的田

荒板田　hu$\tilde{o}^{33}$ pε_{32}^{325} diε^{224}　撂荒板结的田,也称荒田

山脚田　sε^{33} kia$ʔ_1^5$ diε^{224}　位于山脚、紧靠山边的田

屋脚田　u$ʔ_1^5$ kia$ʔ_1^5$ diε^{224}　在房屋旁边的田

屋基田　u$ʔ_1^5$ kia$ʔ_{55}^{33}$ diε_{22}^{224}　预备作房屋地基的田

祀产田　z$ɿ_{33}^{35}$ sε_{32}^{325} diε^{224}　宗族共有田,族内各户轮流耕种,由耕种户承担祭祖、上坟等宗族事务的支出

绿肥田　lu$ʔ_{2ㄒ}^{23}$ vi$_{35}^{224}$ diε_{22}^{224}　种植绿肥作物(多为紫云英)的田

口粮田　kʼɤu$_{32}^{325}$ liaŋ$_{35}^{224}$ diε_{22}^{224}　公社解体时承包给农户种口粮的田地

子孙田　z$ɿ_{132}^{325}$ səŋ$_{33}^{33}$ diε^{224}　1984年冬当地农村把已承包到农户的田的经营权略加变动,调整部分包给男性未婚青年,作为婚后添丁的口粮田,农民称为～

秧田　iaŋ$_{55}^{33}$ diε_{22}^{224}　培植稻秧的田:～坂秧田畦

秧田沟　iaŋ^{33} diε_{33}^{224} kɤu$_{51}^{33}$　秧田畦间的水沟

口粮地　kɤu$_{32}^{325}$ liaŋ$_{33}^{224}$ di^{35}　＝口粮田

岩板地　ŋε_{44}^{224} pε_{32}^{325} di^{35}　土壤层欠厚、下有岩石的旱地

沙地　so³³ di³⁵　多沙的旱地

溪滩地　kʼi³³ tʼɛ³³ di³⁵　位于溪边的旱地

地墩　di³⁵₃₃ dəŋ⁵¹₅₁　面积极小的一块地

地墩卵子　di³⁵₃₃ dəŋ³³ luø²¹⁴₂₁ tsɿ²¹⁴　极言地块儿之小，指微不足道的小块儿地

石头子结　ziɻʔ²³₂₁ dɤu²²⁴₃₃ tsɿ²¹⁴₁₂₁ kiæʔ⁵　小石头很多的土地

糯泥结　nou³⁵₃₃ ni²²⁴₃₃ kiæʔ⁵　黏性很强的土地

砂蒲岩地　so³³ bu²²⁴₃₃ ŋɛ²²⁴₃₃ di³⁵　生紫砂岩的土地

月亮晒杀　nyəʔ²³₂₁ liaŋ³⁵₃₃ so⁵⁵₃₃ sæʔ⁵　土层单薄、土质贫瘠，甚至月亮都能晒死其上的庄稼，指极劣的土地

缸釉泥地　kɔ̃³³ ɦiɤu³⁵₃₃ ni²²⁴₃₃ di³⁵　带有缸釉泥的土地。缸釉泥，一种制造缸釉的原料

生产地　saŋ³³ sɛ³²⁵₃₂ di³⁵　新近开垦出的土地，生地

熟地　ʑyuʔ²³₂₁ di³⁵　已耕种多年的土地

荒地　huɔ̃³³ di³⁵　①未种作物的熟地；②从未垦种过的生地

硗确地　kʼiau³³ kʼyəʔ⁵₁ di³⁵　坚硬瘠薄的土地

山头地　sɛ³³ dɤu²²⁴₃₃ di³⁵　山顶上或半山坡上的地

爿　bɛ²²⁴　量词，指平面状的一片，多用于指地、天及平面状的晾晒用具：一～地、解那～天、两～箦晾晒粮食的竹席

大爿地　dou³⁵₃₃ bɛ²²⁴₃₃ di³⁵　面积较大的一块旱地

小爿地　ɕiau³²⁵₃₂ bɛ²²⁴₃₃ di²²⁴₅₁　面积很小的一块旱地

田横头　diɛ²²⁴₃₃ ɦuaŋ³⁵₃₃ dɤu²²⁴₂₂　与犁田方向垂直的田的两头

田角头　diɛ²²⁴₃₃ kɔʔ⁵₁ dɤu²²⁴　田块儿四隅犁耙所不及之处：做～手持农具整治田角

田中央　diɛ²²⁴₃₃ tɕyoŋ³³ niaŋ³³₅₁　田块儿的中心部位

田里壁　diɛ²²⁴₃₃ li²¹⁴₂₁ piɻʔ⁵　田的最里边

田岸　diɛ²²⁴₃₃ ɦɛ³⁵　田埂

田硬岸　diɛ²²⁴₃₃ ŋaŋ³⁵₃₃ ɦɛ³⁵　田埂外侧质地较硬的一面

田岸毛　diɛ²²⁴₃₃ ɦɛ³⁵₃₃ mau²²⁴₃₃₄　一种通常生长于田埂内侧的细草

畯　tɕyoŋ⁵⁵　在秧田或稻田里堆起的小垅，多用作界线或其他标记：捧～用手或农具做畯

嶙　liŋ²¹⁴₃₁　畦：秧田～、西瓜～、藤芽～育番薯种苗的畦

丘　kʼiɤu³³　量词，水田的块儿，一块儿连片的水田叫一丘（田）

高丘田　kau³³ kʼiɤu³³₅₅ diɛ²²⁴₂₂　地势特别高的田

大丘田　dou³⁵₃₃ kʼiɤu³³₅₅ diɛ²²⁴₂₂　面积较大的田

小丘田　ɕiau³²⁵₃₂ kʼiɤu³³ diɛ²²⁴　面积很小的田

独丘田　duʔ²³₂₁ kʼiɤu³³ diɛ²²⁴₅₁　孤独无邻的一块田

进水丘　tɕiŋ⁵⁵₃₃ ɕy³²⁵₃₂ kʼiɤu³³　离水源最近、灌溉时首先进水的田

过水丘　ku⁵⁵₃₃ ɕy³²⁵₃₂ kʼiɤu³³　灌溉时各家用水必经的田

水缺　çy$_{32}^{325}$ k'yə$?^5$　田埂上用以制约蓄水量的缺口:做～

水缺头　çy$_{32}^{325}$ k'yə$?_1^5$ dɤu^{224}　水缺所在之处

水缺石　çy$_{32}^{325}$ k'yə$?^5$ ziɪ$?^{23}$　埋在水缺头的石块,可防止田水被人放干

畎　go᷉^{214}　俗字。①用锄头划开地表土层以供播种或施肥的小沟:划～;②量词,农作物的
　　行列:横～、直～、一～麦、两～番薯;③田里的排水沟:起～、挈～、栅～

朗　lo᷉^{214}　稀,稀疏,作物的行距或株距大

朗畎　lo᷉$_{21}^{214}$ go᷉^{214}　较大的行距

大朗畎　dou$_{33}^{35}$ lo᷉$_{21}^{214}$ go᷉^{214}　特别大的行距,每行预留套种一行之用,又称独畎

密畎　miɪ$_{21}^{23}$ go᷉^{214}　较小的行距,每两行预留套种一行之用,又称双畎

小朗畎　çiau$_{32}^{325}$ lo᷉$_{21}^{214}$ go᷉$_{31}^{214}$　介于"密畎"和"大朗畎"之间的行距

塘　do᷉^{224}　水塘,蓄水池:扦～作坝泛指修水利工程

塘　do᷉$_{51}^{224}$　①地面的小坑;②特指用锄头挖成用于播种或施肥的小坑:掏～挖坑

墩　təŋ$_{51}^{33}$　小土台儿,用于栽种瓜果类作物:金瓜～、匏～、掇～连土带苗移植

金瓜墩　kiŋ^{33} kuo^{33} təŋ$_{51}^{33}$　栽南瓜的小土台儿

匏墩　bu$_{33}^{224}$ təŋ$_{51}^{33}$　栽匏瓜的小土台儿

泥蒲　ni$_{35}^{224}$ bu$_{22}^{224}$　耕田所翻起的大块泥团:劈～、敲～

田水　diɛ$_{44}^{224}$ çy^{325}　稻田里的水

邋遢水　læ$?_{21}^{23}$ t'æ$?_{21}^{23}$ çy^{325}　很浅的一点点田水

打阔臀掴水　taŋ$_{32}^{325}$ k'uə$?_1^5$ dəŋ$_{33}^{224}$ kua$?^5$ çy^{325}　仅有能使人滑倒那样一点儿田水(打阔臀掴:打
　　屁股,这里指摔成仰八叉)

平脚桦水　biŋ$_{33}^{224}$ kia$?_1^5$ tsaŋ^{33} çy^{325}　齐脚踝深的水

明瓦塘　miŋ$_{33}^{224}$ ŋo$_{21}^{214}$ do᷉$_{51}^{224}$　秧田畦因不平而出现的砚池形积水

二　农　具

家生/家生伙/家伙　ko^{33} saŋ^{33}/ko^{33} saŋ^{33} hou^{325}/ko^{33} hou^{325}　泛称农具或工具

犁　li^{224}　犁,犁杖

犁头　li$_{35}^{224}$ dɤu$_{22}^{224}$　犁铧:生铁～

耙　bo^{35}　耙(bà)。①牛拉的碎土平田的农具,耙齿有铁、木两种;②用耙耙田地:～田

操耙　ts'au^{33} bo^{35}　一种人力拉动的木耙,用来在溪滩上耙起筑坝用的石子

耙　bo$_{51}^{224}$　耙(pá)子,手用农具,耙头齿形,用来挖土、整地或起沟:两齿～、四齿～、钉～

狗屙耙　kɤu$_{32}^{325}$ ou$_{33}^{55}$ bo$_{33}^{224}$　拾狗粪用的小耙(pá)子

锄头　zɿ$_{35}^{224}$ dɤu$_{22}^{224}$　挖土、松土、除草农具:～板

锄头杆　zɿ$_{33}^{224}$ dɤu$_{33}^{224}$ kɛ^{325}　锄杆,有的地方叫锄头杆

锄头扰　zɿ$_{33}^{224}$ dɤu$_{33}^{224}$ tçiŋ^{33}　安装锄头杆的木楔子

咬扰　ŋau$_{32}^{325}$ tçiŋ^{33}　一种楔座,有凹口可以咬住锄板以便加配楔子

锄头板　z̩₃₃²²⁴ dɣu₃₃²²⁴ pE³²⁵　锄头的平板状部分

锄头翁　z̩₃₃²²⁴ dɣu₃₃²²⁴ ʔŋ₅₅　锄头铁件与木杆的连接端

锄头角　z̩₃₃²²⁴ dɣu₃₃²²⁴ kɔʔ⁵　新锄头刃口的两只尖角

挂锄　tɕy₅₅³³ z̩₁₂₂²²⁴　镘头，开荒、挖硬土用的农具，类似鹤嘴镐，但刃口扁厚，其柄可兼作挂杖用

阔板/阔板锄头　kʼuə₁²⁵ pE³²⁵/kʼuə₁²⁵ pE₃₂³²⁵ z̩₁₃₅²²⁴ dɣu₂₂²²⁴　一种刃口较为宽平的锄具

草刨　tsʼau₃₂³²⁵ bau³⁵　一种可刮除杂草的锄具，刃口比阔板锄头大且短

三角锄　sE³³ kɔʔ₁⁵ z̩₅₁²²⁴　用于溪滩挖砂石的一种锄头，锄板下尖上宽如倒三角形

沙耙　so³³ bo³⁵　专用于耙沙子的一种平口阔板耙子

草削锄头　tsʼau₃₂³²⁵ ɕiaʔ₁⁵ z̩₁₃₅²²⁴ dɣu₂₂²²⁴　一种小型锄具，兼有草刨和锄头的特点，又称草削［- ɕiaŋ₃₁］

锄头株　z̩₁₃₃²²⁴ dɣu₃₃²²⁴ tɕy₅₁³³　已经用旧、刃板短小的锄头

扁齿　piE₃₂³²⁵ tsʼ̩³²⁵　刃头为两根扁平齿条状农具，多用来挖块根或给作物根株旁松土

耙株　bo³⁵ tɕy₅₁³³　齿头短小的旧耙（pá）子

两齿　liaŋ₂₁²¹⁴ tsʼ̩³²⁵　一种挖土农具，形似双齿耙，但齿条为粗锥形，又称双齿、大双齿、大两齿

铁铮　tʼiæʔ₁⁵ tsaŋ³³　刃口为四根尖齿的翻地农具，重5至12斤不等，也叫四齿

小铁铮　ɕiau₃₂³²⁵ tʼiæʔ₁⁵ tsaŋ₅₁³³　新近改制的一种铁铮，较为轻小

勤　giŋ²²⁴　锄、耙类农具的柄和头之间的角度小，使用时需大弯腰

懒　lE²¹⁴　锄、耙类农具的柄和头之间的角度大，使用时不需大弯腰

扁担　biE₃₂³²⁵ tE⁵⁵　挑担用具，径扁，略呈弧形，木制或竹制：杉树～、竹～

小扁担　ɕiau₃₂³²⁵ biE₃₂³²⁵ tE₅₁⁵⁵　挑轻担用的小型扁担

桑叶扁担　sõ³³ ɦiæʔ₂₁²³ piE₃₂³²⁵ tE⁵⁵　桑木做的扁担

翘担　kʼiau₃₃⁵⁵ tE⁵⁵　向上翘起、弯度较大的扁担

平担　biŋ₃₃²²⁴ tE⁵⁵　直平而无弯度的扁担。因其承重时向下弯，又叫拖担

两头弯　liaŋ₂₁²¹⁴ dɣu₃₃²²⁴ uE₅₁³³　两头燥制成上勾形状的竹扁担

短拄　tuø₂₁³²⁵ tɕy⁵⁵　挑担或抬扛的辅助性用具，为竹木削制成的齐肩高的短棒，上端略带凹叉。挑担（或扛木头、竹子）时，从另一肩膀上向斜后下方伸过去搭上担子以减轻主肩上的重量，中途作短暂休息时可取下支住担子，路滑时还可用作拄杖

接短拄　tɕiæʔ₁⁵ tuø₃₂³²⁵ tɕy⁵⁵　用短拄协助挑担的方式：～担使用竹柱的担子

短拄丫门　tuø₃₂³²⁵ tɕy₃₃⁵⁵ o³³ məŋ₅₁²²⁴　短拄上端用以支起担子的凹叉

短拄槁　tuø₃₂³²⁵ tɕy₃₃⁵⁵ kau³²⁵　①短拄下段较粗大的一端；②短拄

柴杠　za₄₄²²⁴ kõ⁵⁵　担柴用的杠子

柴担　za₄₄²²⁴ tE⁵⁵　担柴用的硬木扁担

竹杠　tɕyuʔ₁⁵ kõ⁵⁵　毛竹做的长杠子，多用来担稻草

竹枪　tɕyuʔ₁⁵ tɕiaŋ₅₁³³　毛竹做的短杠子，两端削尖，多用来担柴草，又叫竹杠枪

扁杠　piE₃₂³²⁵ kõ⁵⁵　硬松木做的扁径杠子，形如扁担而粗大，抬重物时用

短杠　tuø$_{32}^{325}$ kɔ̃^{55}　粗短的木杠,多人抬原木或石料时用

春杠　tɕʻyoŋ^{33} kɔ̃^{55}　一种两端呈锥形的担柴杠子

咬春担　ŋau$_{21}^{214}$ tɕʻyoŋ^{33} tE^{55}　一种担柴用具,中段为扁担形状,各约三分之一杠长的两端削成
　　方锥状,且略微向上弯,挑担时因弹力作用可减轻沉重感,又叫春枪

扛头　kɔ̃^{33} dɣu$_{51}^{224}$　①抬扛一类活儿;②抬扛时的感受:～好也勿?③抬扛时打头的人

担头　tE^{33} dɣu$_{51}^{224}$　因扁担的质量所形成的挑担人感受:桑叶扁担～好勒猛桑木扁担挑起来特别好
　　受

脚箩　kiaʔ$_1^5$ lou^{224}　一种大型箩筐,篾丝编成,致密坚固,上圆下方,主要用于盛装或担运粮食

脚箩碗　kiaʔ$_1^5$ lou$_{35}^{224}$ uø$_{31}^{325}$　小型脚箩

脚箩坤　kiaʔ$_1^5$ lou$_{35}^{224}$ kʻuəŋ$_{51}^{33}$　未系挑担绳的脚箩筐

脚箩笪　kiaʔ$_1^5$ lou$_{44}^{224}$ tsʻE^{55}　脚箩的护掌

粉箩　fəŋ$_{32}^{325}$ lou^{224}　方底圆口的篾编盛具,有大、小两种,又称板箩

担线　tE^{33} ɕiE^{55}　系在箩筐上挑担用的麻绳:打～

脚箩担线　kiaʔ$_1^5$ lou$_{33}^{224}$ tE^{33} ɕiE^{55}　挑脚箩担子的麻绳

笪箩担线　pʻo$_{32}^{325}$ lou$_{33}^{224}$ tE^{33} ɕiE^{55}　挑笪箩担子的麻绳

柴绳　za$_{35}^{224}$ ziŋ$_{22}^{224}$　捆柴的麻绳:打～

柴枷　za$_{33}^{224}$ ko$_{51}^{33}$　系于柴绳一端的扣具,用硬木枝条煣制而成,有丫形、圆形、半圆形、椭圆形、
　　钩形等多种

柴紺　za$_{33}^{224}$ bu^{35}　用荆条或藤条拧成的捆扎带

柴绳杠　za$_{33}^{224}$ ziŋ$_{33}^{224}$ kɔ̃^{55}　柴绳和竹杠的合称

脈柴斧　pʻaʔ$_1^5$ za$_{33}^{224}$ fu^{325}　劈木柴的斧子

镶刀　kiæʔ$_1^5$ tau^{33}　柴刀,刃口直角形,与草刀相对而称,有三七刀、对拗刀、断柴刀等不同类型

柯刀　kʻo^{33} tau^{33}　用来删砍较高的树枝的长柄刀,一般把镶刀安在竹竿上做成

柯刀竹　kʻo^{33} tau^{33} tɕyuʔ^5　砍较高的树枝时安装镶刀头的长竹竿

三七刀　sE^{33} tɕʻiʔ$_1^5$ tau$_{51}^{33}$　一种柴刀,勾刃和直刃的长度之比约为三比七

断柴镶刀　duø$_{33}^{214}$ za$_{33}^{224}$ kiæʔ$_1^5$ tau^{33}　主要用于砍断枝条的柴刀,比普通镶刀略重,勾刃与直刃
　　长度之比约二比六

断柴刀　duø$_{33}^{214}$ za$_{33}^{224}$ tau^{33}　用来砍断较粗树木或劈开木柴的大砍刀,刀头大而重,勾刃很短

茅刀　mau^{224} tau$_{51}^{33}$　割茅草类硬秆草用的刀,勾刃与直刃长度之比约为五比三

草刀　tsʻau$_{32}^{325}$ tau$_{51}^{33}$　割软草用的刀,有勾刃而无直刃

对拗刀　tei$_{33}^{55}$ au$_{32}^{325}$ tau$_{51}^{33}$　勾刃和直刃长度相同的柴刀,割茅柴时使用,适用于砍灌木和小乔
　　木

射刀　zo$_{33}^{35}$ tau^{33}　一种专用刀,刀头呈月牙形,刃口呈弧形,安装在长竹杆上,刀口向外,可射
　　断细树枝,主要用途是收获柏子,也叫柏子刀

柏子刀　gəŋ$_{21}^{214}$ ts$_{121}^{214}$ tau$_{51}^{33}$　＝射刀

藤芽刀　dəŋ$_{33}^{224}$ ŋo$_{33}^{224}$ tau$_{51}^{33}$　一种小农具,用粗铁丝折成弯月形,打磨出刃口,用来割番薯藤苗

镰刀　liɛ$_{33}^{224}$ tau^{33}　镰刀

铰刀　kau$_{32}^{325}$ tau^{33}　铡刀

刀枷　tau^{33} ko$_{51}^{33}$　用绳系在后腰插刀用的木枷,为一镂空的长方形木块儿

锯　kei^{55}　锯(名词)

柴锯　za$_{44}^{224}$ kei^{55}　锯断粗柴用的粗齿锯

大锯　dou$_{33}^{35}$ kei^{55}　把原木锯成大板用的大锯,由两人对拉着使用

段锯　duø$_{33}^{35}$ kei^{55}　截断原木用的大锯,两端翘起,装有横握的短柄,由两人对拉着使用

硬头颈　ŋaŋ$_{33}^{35}$ dɤu$_{33}^{224}$ kiŋ^{325}　锯大板时用以支撑木料的架子

倒板扰　tau$_{32}^{325}$ pɛ$_{32}^{325}$ tɕiŋ$_{51}^{33}$　锯板时固定木料的木楔子

柴垫头　za$_{33}^{224}$ diɛ$_{33}^{35}$ dɤu$_{51}^{224}$　①劈柴用的木垫;②比喻常挨打的人

柴马　za$_{33}^{224}$ mo$_{31}^{214}$　锯柴用的木架

田狗叉　diɛ$_{32}^{224}$ kɤu$_{32}^{325}$ ts'o$_{51}^{33}$　木柄铁叉,叉头尖利,可用于猎杀田狗,今多用作农具

砂镖　so^{33} kiæʔ^{5}→kiɛ$_{31}$　镰刀类农具,刀头半尺余,略弯,刃口锯齿状,刀柄一握长,主要用于
　　割稻麦

钢镖　kɔ^{33} kiæʔ^{5}→kiɛ$_{31}$　一种优质镰刀,刀体用钢料做成

稻桶　tau$_{32}^{325}$ doŋ^{214}　收获水稻时供脱粒用的大木桶("稻桶"的"稻"声母常被清化成[t˗],下
　　条"稻桶簟"的"稻"亦同此)

稻桶簟　tau$_{32}^{325}$ doŋ$_{21}^{214}$ piŋ^{33}　插在稻桶上防止打稻时谷粒外溅用的竹席

打稻机　taŋ$_{32}^{325}$ dau$_{21}^{214}$ ki$_{51}^{33}$　给水稻脱粒用的机械。其中以脚踩为动力的简称"脚踏",以电为
　　动力的简称"电动",以柴油为动力的叫做"柴油机头",只供一人使用的简称"单人",可供
　　二人同时使用的简称"双人"

打稻机桶　taŋ$_{32}^{325}$ dau$_{21}^{214}$ ki^{33} koŋ$_{31}^{214}$　打稻机专用的脱粒桶

打稻机扑　taŋ$_{32}^{325}$ dau$_{21}^{214}$ ki^{33} p'u^{5}　打稻机脱粒时防止谷粒外溅的盖子

稻梯　dau^{214} t'i$_{51}^{33}$　一种横格状装置,放在稻桶里承受拍打使稻粒脱落

枷　ka^{33}　连枷

麦石板　maʔ$_{21}^{23}$ ziʔ$_{21}^{23}$ bɛ^{325}　放在凳子上供打麦用的石板

簟　p'iŋ^{33}　晾晒谷物用的大竹席

簟　diɛ$_{31}^{214}$　＝簟

簟场　piŋ$_{55}^{33}$ dzian$_{22}^{224}$　可铺簟晾晒谷物的场地

簟耙　p'iŋ$_{55}^{33}$ bo$_{22}^{224}$　在簟上翻动所晒粮食的耙子

大筲　dou$_{33}^{35}$ da^{214}　大筐箩

扛筲　kɔ^{33} da^{214}　大型粗筛子,用来筛除刚脱粒的谷物中的秸秆和叶子,由两人抬着使用

麦筲　maʔ$_{21}^{23}$ da^{214}　一种小型粗筛子,由一人端着使用,筛除谷物中较短的杂质

沙筲　so^{33} da$_{31}^{214}$　筛沙子用的铁丝筛子

朗照　lɔ$_{21}^{214}$ tɕiau^{55}　比麦筲更密一级的粗筛子。(朗:稀疏)

朗筛　$lɔ̃_{21}^{214}$ $sʅ^{33}$　比朗照更密一级的筛子

高筛　kau^{33} $sʅ^{33}$　比朗筛密、比米筛疏的筛子

米筛　mi_{21}^{214} $sʅ^{33}$　筛米用的筛子,可除去谷粒和谷壳

粉筛　$fəŋ_{32}^{325}$ $sʅ^{33}$　筛粉用的筛子,密度有多级

糠筛　$k'ɔ̃^{33}$ $sʅ^{33}$　从米、糠混合物中筛出糠粉用的细筛子

筊箩　da_{21}^{214} lou_{51}^{224}　小筐箩,形状像大筊但制作更精致,用来盛装面粉,又称粉筊箩

箩头　lou_{33}^{224} $dɤu_{51}^{224}$　形似筐箩的竹器,较小,无护掌,有柄

筊箩格　da_{21}^{214} lou_{33}^{224} $kaʔ^{55}$　筛面粉时放在筊箩里使筛子在其上滑动的器具,用竹条拼成横格状

筊箩盖　da_{21}^{214} lou_{33}^{224} $kəŋ_{31}$　小粉箩的盖子,又叫小筐箩盖

米背　mi_{21}^{214} pei^{55}　一种圆盘型竹器,直径约 1 米左右,平底浅沿,主要用于晾晒粮食

箆　$liæʔ^{23}$　平板型竹器,供晾晒番薯干儿、萝卜干儿之类用:番干~(见下条)

番干箆　$fɛ^{33}$ $kɛ^{33}$ $liæʔ^{23}$　＝箆。番干,番薯干的省缩,即地瓜干儿

麦磨　$maʔ_{21}^{23}$ mou^{35}　磨,石磨

磨芯　mou_{33}^{35} $ɕiŋ_{51}^{33}$　磨轴

磨孔　mou^{35} $kŋ^{325}$　石磨上片的直孔,即磨眼儿,供所磨物料漏入之用

捣臼　tau_{32}^{325} $giɤu^{214}$　舂米用的石臼

捣杵头　tau_{32}^{325} $ts'ʅ_{32}^{325}$ $dɤu^{224}$　舂米用的石杵

水碓　$ɕy_{32}^{325}$ tei^{55}　水力舂米器械

踏碓　$dæ_{21}^{23}$ tei^{55}　一种人力舂米器械,杵头极重,安装在一个方木长柄上,长柄中部有一木轴固定在一座木架上,人站在木架上踩踏杵柄舂米

水磨　$ɕy_{32}^{325}$ mou^{35}　水力磨面机

风车　$foŋ^{33}$ $ts'o^{33}$　扇车,一种手摇生风搧除瘪谷、麦壳、米糠的器械

掸帚　$tɛ_{32}^{325}$ $tɕiɤu^{325}$　用棕榈丝编成的小帚,用于掸扫面粉,又称棕榈田帚

掸刷　$tɛ$ $ɕyə^?$　用棕榈叶撕成丝状做成的刷子,用于掸扫面粉

水钩担　$ɕy_{32}^{325}$ $kɤu^{33}$ $tɛ^{55}$　挑水扁担,两端有挂水桶的钩子

拗斗　au_{33}^{55} $tɤu^{325}$　一种提水用的小桶,桶边竖起一根直柄,柄顶端向桶心安装半截手提木梁

拗桶　au_{33}^{55} $doŋ^{214}$　抗旱时提水用的木桶,略似拗斗而较大

戽水桶　hu_{33}^{55} $ɕy_{32}^{325}$ $doŋ^{214}$　抗旱时两人提水用的木桶,桶口有横梁,使用时两人提拉着桶绳戽水

水车　$ɕy_{32}^{325}$ $ts'o^{33}$　抗旱提水用的机械,有水力、手摇和脚踏等数种(机动水泵流行后,已少见)

捞笆　lo_{21}^{214} bo^{224}　竹制的搂(lōu)笆,用来搂集松毛(松针)、碎柴和庄稼的碎叶

篮　$lɛ_{51}^{224}$　篮子,筐

芋头篮　fiy_{33}^{35} $dɤu_{33}^{224}$ $lɛ_{22}^{224}$　毛竹篾片编成的篮子,用来盛装饲草、蔬菜和块根等

拗篮　au_{33}^{55} $lɛ_{22}^{224}$　比芋头篮大的一种篮子,可用手臂拗挎在腰臀部承载较重的物品

小篮　φiau^{325}_{32} $lɛ^{224}_{51}$　毛竹篾丝或箭竹篾片编成的篮子,篮身小,孔眼密,做工较细,用来盛装蔬菜及一些精细物品

掅篮　$k'iæʔ^5_1$ $lɛ^{224}$　提梁较高的一种篮子,盛装物品较重时可置于肩头扛行

大掅篮　dou^{35}_{33} $k'iæʔ^5_1$ $lɛ^{224}$　有两只提耳的大篮子,一般用于收获蔬菜和水果

掅夹篮　$k'iæʔ^5_1$ $kæʔ^5_1$ $lɛ^{224}_{51}$　一种长方形的双耳提篮,多用尼龙包装带编成,为近20年出现的新型篮子

朗篮　$lɔ̃^{214}_{21}$ $lɛ^{224}_{51}$　孔眼稀疏的大箩筐,也叫大朗篮

篮坤　$lɛ^{224}_{33}$ $k'uəŋ^{33}_{51}$　篮身,篮子的可盛装部分

篮摵　$lɛ^{224}_{33}$ $guɛ^{35}$　篮柄,篮子的提梁或提耳

田帚　$diɛ^{224}_{33}$ $tɕiɤu^{325}$　一种竹扫帚,用细竹枝做帚头,细竹竿做帚柄,主要用于扫地和粮食,又称笤帚

笤帚　$diau^{224}_{33}$ $tɕiɤu^{325}$　＝田帚

北斗　$pøʔ^5_1$ $tɤu^{325}$　簸箕,细篾制成,主要用于装粮食和簸粮食,又称畚斗

畚斗　$pəŋ^{33}$ $tɤu^{325}$　＝北斗

畚箕　$pəŋ^{55}_{33}$ ki^{33}　竹篾、荆条或铁丝做成的箕状盛装器,有两根齐胸高的弯形竹片交叉成挑梁,主要用于装运厩肥、灰肥、块茎、块根和稻秧等

掅箕　$k'iæʔ^5_1$ ki^{33}_{51}　带提柄、提耳或挑梁的畚箕,一般用篾片或荆条做成,今有用橡皮做的,叫橡皮～

掅畚　$k'iæʔ^5_1$ $pəŋ^{55}$　有弧形提柄的畚斗

牛栏络　$ŋɤu^{224}_{33}$ $lɛ^{224}_{33}$ $lɔʔ^{23}$　挑厩肥用的承载工具,底部为圆形荆盘或方形竹盘,上连竹络夹,络夹可固定厩肥,又可套在扁担上挑起

石络　$ziɿʔ^{23}_{21}$ $lɔʔ^{23}$　挑石头用的承载工具,状如牛栏络,但底盘用硬木条做成,木条上系绳络用以挑担

索箍　$sɔʔ^5_1$ ku^{33}　抬石头用的绳络,用麻绳、粗铁丝或橡胶三角带做成

铅丝索　$k'ɛ^{21}$ $sɿ^{33}_1$ $sɔʔ^5$　用粗铁丝做成的索箍

蟢脚　hi^{325}_{32} $kiaʔ^5$　用麻绳编成的担具,形如蜘蛛(蟢)腿,用来担运或抬运油饼、酒酻和装有粮食的袋子、脚箩等

牛轭　$ŋɤu^{224}_{44}$ $aʔ^5$　套在牛肩上拉犁的器具,即牛鞅

牛挨盘　$ŋɤu^{224}_{33}$ a^{33} $bø^{224}_{51}$　犁辕前端的活档,木质,长约尺余,中间用"千斤"与犁辕垂直相接,可以转动,两端有孔可拴犁绳拉犁

犁绳　li^{224}_{35} $ʑiŋ^{224}_{22}$　拴在牛轭和牛挨盘之间、套上牛拉动犁的绳子

千斤　$tɕ'iɛ^{33}$ $kiŋ^{33}$　连接犁辕和牛挨盘的销轴

牛绳　$ŋɤu^{224}_{35}$ $ʑiŋ^{224}_{22}$　牵牛用的绳子

牛桊　$ŋɤu^{224}_{44}$ $kyø^{55}$　穿在牛鼻子上拴牛绳的小木棍儿、小铁棍儿、绳圈儿或铁环儿

抹壁　$møʔ^5_1$ $piʔ^5$　紧贴犁头后上方的弯形铁壁,功用是把耕起的泥土翻过去

榔槲　$lɔ̃^{224}_{33}$ $t'ɔ̃^{33}$　平秧田畦用的工具,用木条做槲板,带一根长竹柄

秧凳　iaŋ³³ təŋ⁵⁵　拔秧时的坐具,上方为一厚木板,下方连一根粗木锥,将木锥插在秧田里可坐在木板上拔秧

种田棒　tɕyoŋ⁵⁵₃₃ diɛ²²⁴₃₃ bɔ̃²¹⁴　插秧时用来量行距的棍子

种田绳　tɕyoŋ⁵⁵₃₃ diɛ²²⁴₃₅ ʑiŋ²²₂₂　插秧时用来取直行标准线的绳子

稻秆紺　dau²¹⁴₂₁ kɛ³²⁵₃₂ bu³⁵　用稻草拧成或对接而成的简易捆扎带

稻秆绳　dau²¹⁴₂₁ kɛ³²⁵₃₂ ʑiŋ²¹⁴　用稻草搓的绳子

茅草紺　mau²²⁴₃₃ tsʻau³²⁵₃₂ bu³⁵　用茅草拧成的捆扎带,多用来捆草或茅柴

羊桩缉　ɦiaŋ²²⁴₃₃ tɕyõ³³ tɕiɿ?⁵　一种把绳子固定在杠子、扁担、木桩上的拴结法,双扣反向交叉,越拉越紧

活络结　ɦuə?²³₂₁ lɔ?²³₂₁ kiæ?⁵　容易解开的活绳扣儿

猪肉紺结　tsɿ³³ nyu?²³₂₁ bu³³ kiæ?⁵　一种最易打开的绳扣儿,像肉店捆扎零售的肉一样,把绳带绕过被捆扎物和手提的一端后掖入绳下,拉紧所提的一端即成

总把结　tsoŋ³²⁵₃₂ pɔ³²⁵₃₂ kiæ?⁵　把多根绳头挽在一起做的结

箍纑　ku⁵⁵₅₅ lu²²⁴₂₂　在绳子一端结成的固定小环扣儿,捆扎时将绳子另一端穿过环扣儿以便勒紧

活络箍纑　ɦuə?²³₂₁ lɔ?²³₂₁ ku⁵⁵₅₅ lu²²⁴₂₂　带活扣儿的绳套

肥勺　bi²²⁴₄₄ zɔ?²³₂₁　粪勺,给庄稼浇粪肥用的工具

肥勺头　bi²²⁴₄₄ zɔ?²³₂₁ dɤu²¹⁴₅₁　粪勺的勺身部分,也指肥勺

肥勺柄　bi²²⁴₄₄ zɔ?²³₂₁ piŋ⁵⁵　粪勺的握杆儿

肥桶　bi²²⁴₄₄ doŋ²¹⁴₃₃₄　粪桶

肥桶夹　bi²²⁴₄₄ doŋ²¹⁴₂₁ kæ?⁵　粪桶的担梁,多用厚竹片制成

肥桶箍　bi²²⁴₄₄ doŋ²¹⁴₂₁ kʻiɤu³³　粪桶的箍

田圈　diɛ³³₃₃ kʻyø³³　耘田器,主件为一铁圈,圈身带一长钉,固定在竹竿上,使用时在稻行间来回推拉,以耘除杂草

田圈竹　diɛ²²⁴₃₃ kʻyø³³ tɕyu?⁵　耘田器的柄,多用竹竿做成

络麻夹　lɔ?²³₂₁ mo²²⁴₃₃ kæ?⁵　剥络麻皮的夹棍,两根细木棍连在一根细绳上

苎叉　dz̩²¹⁴₂₁ tsʻo³³₅₁　给苎麻脱除外皮的器具,为一个带小木柄的八字胡状的铁片

刀刨　tau³³ bau³⁵　把番薯或萝卜刨成片状或丝状的刀具

包芦钻　pau³³ lu²²⁴₃₃ tsuø⁵⁵　手工给玉米脱粒时使用的铁钻

秧戳　iaŋ³³ tɕʻyɔ?⁵　一种小型铲子,可将秧苗连泥土一起铲起

箆扫　miæ?²³₂₁ sau³²⁵　赶牛用的竹鞭,也叫箆稍细

稻杆毛人　dau²¹⁴₂₁ kɛ³²⁵₃₂ mau²²⁴₃₅ niŋ²²⁴₂₂　稻草人儿

腰身　iau³³ ɕiŋ³³　打绳器具,形如腰身,上宽下窄,上横档有用来穿插摇手的三个孔眼儿

稻秆蓬　dau²¹⁴₂₁ kɛ³²⁵₃₂ boŋ²²⁴　稻草垛,有堆垛在地面和树干上的两种

稻秆挑　dau²¹⁴₂₁ kɛ³²⁵₃₂ tʻiau³³₅₁　堆垛稻草用的长杆铁叉

稻秆苫　dau$_{21}^{214}$ kɛ$_{32}^{325}$ ɕiɛ^{55}　稻草编成的苦帘

地搭　di$_{33}^{35}$ tæʔ^5　夯地工具，硬木制成，形状略似洗衣棒槌

蹾蹾槌　təŋ^{33} təŋ^{33} dʑy$_{51}^{224}$　夯地工具，柱形圆木，周围吊上绳索，众人拉起往下夯

灰北斗　huei^{33} pø$_1^5$ tɤu^{325}　盛灰的簸箕

茅坑　maŋ$_{33}^{224}$ k'aŋ^{33}　厕所，多指旧式的粪坑或粪缸式厕所①

屙缸　ou$_{33}^{55}$ kɔ̃^{33}　粪缸，厕所

屙缸间　ou$_{33}^{55}$ kɔ̃^{33} kɛ$_{51}^{33}$　放置粪缸的小屋

屙缸盖　ou$_{33}^{55}$ kɔ̃^{33} kəŋ^{325}　粪缸的盖子

屙缸槁　ou$_{33}^{55}$ kɔ̃^{33} kau^{325}　粪缸里的木棒，用以搅动粪便使发酵

屙缸酿头　ou$_{33}^{55}$ kɔ̃^{33} niaŋ$_{33}^{35}$ dɤu^{224}　沤在粪缸里的草，也称茅坑酿

茅坑酿　maŋ$_{33}^{224}$ k'aŋ^{33} niaŋ^{35}　＝屙缸酿头

东司间　toŋ^{33} sɿ^{33} kɛ$_{51}^{33}$　厕所

大池　dou$_{33}^{35}$ dzɿ$_{33}^{224}$　贮倒粪便的大池坑，用石板、水泥等砌造而成

甏　baŋ^{35}　瓮。大小不一，按其容量，有五斗～、八斗～、一箩～等差别；按照产地，有蔡家
　　山～、缸窑～等名称

甏头　baŋ$_{33}^{35}$ dɤu$_{33}^{224}$　＝甏

甏头家伙　baŋ$_{33}^{35}$ dɤu$_{33}^{224}$ ko^{33} hou^{325}　缸甏类贮盛用具的统称

彤　tiau^{33}　口小腹大的坛子：酒～、酱油～、绍兴花～、盐菜～、榨菜～

短　tuø$_{31}^{325}$　类似酒彤而口略大的坛子

水糕缸　ɕy$_{32}^{325}$ kau^{33} kɔ̃^{33}　存放年糕的缸

盖闷　kəŋ$_{32}^{325}$ məŋ^{35}　一种陶质的有盖的盛具

豆腐桶　dɤu$_{33}^{35}$ fiu$_{33}^{214}$ doŋ^{214}　做豆腐用的木桶（闲时可用来存粮）

搭壁仓　tæʔ$_1^5$ piɿʔ$_1^5$ ts'ɔ̃　一种小型粮仓，借房屋的板壁作仓壁，另加仓门构成，多建在楼上以防
　　潮

大仓　dou$_{35}^{33}$ ts'ɔ̃　大型粮仓

睏柜　k'uəŋ$_{33}^{55}$ ɡy^{35}　一种床柜兼用式家具，上面作床，床下的柜存放粮食

铁柜　t'iæʔ^5 ɡy^{35}　锌铁皮储粮柜，多用摩托车包装箱改成

蒲鞋　bu$_{35}^{224}$ fia$_{22}^{224}$　用蒲草编成的鞋子，有帮有底

草鞋　ts'au$_{32}^{325}$ fia^{325}　稻草编的鞋，有底有跟儿无帮，用绳子穿在鞋襻上系在脚上

蓑衣　so^{33} i^{33}　农用雨衣，用棕榈丝编成

箬帽　nia$_1^{23}$ʔ/iaŋ$_{32}^{325}$ mau^{35}　箬竹叶和竹篾编成的笠帽（"箬"字在此词中常变读为 iaŋ$_{32}^{325}$）

荐拖　tɕiɛ$_{33}^{55}$ a^{5}ʔ　编制稿荐稻草床垫的工具

草鞋耙　ts'au$_{32}^{325}$ fia$_{33}^{224}$ bo^{35}　打草鞋的一种工具，形似耙头

三 作 物

稻　dau^{214}　稻子,水稻:早～、晚～、糯～、～秆、～头稻穗、～田

麦　maʔ^{23}　①麦子(包括小麦、大麦):～田、～秆;②专指小麦:～饼、～粉、～虾面疙瘩汤

蚕豆　zø$^{224}_{33}$ dɤu^{35}　白花豌豆

川豆　tɕʻyø^{33} dɤu^{35}　蚕豆

细蚕　ɕi$^{55}_{33}$ zø$^{224}_{51}$　紫花豌豆,又称剪豆

羹豆　kaŋ^{33} dɤu^{35}　豇豆,荚长圆,嫩荚做菜吃,又叫蛇豆

芥豆　ka$^{55}_{33}$ dɤu^{35}　＝羹豆("芥"系由"羹"讹音而来)

豇豆　kɔ̃^{33} dɤu^{35}　一种饭豆,形似豇豆而荚短,籽粒成熟后用以煮饭或做豆沙

绿豆　luʔ$^{23}_{21}$ dɤu^{35}　绿豆:～芽、～糕

赤豆　tɕʻiɿʔ$^{5}_{1}$ dɤu^{35}　红豆

米珠豆　mi$^{214}_{21}$ tɕy^{33} dɤu^{35}　一种由美洲引进的菜豆,"米珠"系"美洲"的讹误

白扁豆　baʔ$^{23}_{21}$ piɛ$^{325}_{32}$ dɤu^{35}　一种菜豆,荚扁而呈浅绿色,边缘或呈紫色,嫩荚做菜吃

六谷　luʔ$^{5}_{1}$ kuʔ^{5}　玉米:～嫩嫩玉米穗、～籽、～粉玉米面

包芦　pau$^{33}_{55}$ lu$^{224}_{22}$　玉米:～嫩(嫩玉米)、～种、～秆

腰芦　iau$^{33}_{55}$ lu$^{224}_{22}$　玉米:～嫩(嫩玉米)、～地、～叶

谷灯笼　kuʔ$^{5}_{1}$ təŋ$^{55}_{33}$ loŋ$^{224}_{22}$　＝六谷

珍珠米　tɕiŋ^{33} tɕy^{33} mi$^{325}_{31}$　＝六谷

芦　lu$^{224}_{51}$　高粱

豆　dɤu^{35}　无特殊语境时多指黄豆:～地、～秆、～腐、～饼

六月豆　luʔ$^{23}_{21}$ nyəʔ$^{23}_{21}$ dɤu^{35}　大豆品种,农历六月成熟,又称黄豆

八月豆　pæʔ$^{5}_{1}$ nyəʔ$^{23}_{21}$ dɤu^{35}　大豆品种,农历八月成熟

十月豆　ziɿʔ$^{23}_{21}$ nyəʔ$^{23}_{21}$ dɤu^{35}　大豆品种,农历十月成熟

朗畎豆　lɔ̃$^{214}_{21}$ gɔ̃$^{214}_{21}$ dɤu^{35}　行距较大的黄豆(在已有作物行间或预留套种用的作物行间套播一行黄豆而成)

密畎豆　miɿʔ^{33} gɔ̃$^{214}_{21}$ dɤu^{35}　行距较小的黄豆(在已有作物行间或预留套种用的作物行间套播两行黄豆而成)

荒地豆　huɔ̃^{33} di$^{35}_{33}$ dɤu^{35}　种在空地上的黄豆。此词的"荒地"并非抛荒之地,而是空地。黄豆可与其他作物(如麦子)间种,其他作物收获后即形成豆地,但也可种在前茬作物收获后形成的空地上。后者即所谓～。

番苕　fɛ$^{33}_{55}$ zɿ$^{224}_{22}$　番薯,甘薯:～地、～藤、～干、～糖

荒地番苕　huɔ̃^{33} di$^{35}_{33}$ fɛ$^{33}_{55}$ zɿ$^{224}_{22}$　种在空地的番薯。参见荒地豆

草子　tɕʻau$^{325}_{32}$ tsɿ$^{325}_{31}$　紫云英—种绿肥作物:～田、～花

粟　ɕyɔ^{5}→ɕyɔ̃$_{31}$　谷子。天台只种黏谷子,故其粟仅指黏谷子

鸡爪粟　ki³³ tsau³²⁵ ɕyɔ̃³¹　黏谷子品种之一,谷穗分叉如鸡爪

芋　ɦy³⁵　芋:～田、～头、～芀

芋头　ɦy³⁵ dɤu²²⁴　"芋"的地下茎的主干部分,由种芋发育而成,芋芀生长在其周围

芋芀　ɦy³⁵ na²¹⁴　"芋"的地下茎当年的分枝,围绕芋头生成,可作主食,亦可做菜

洋芋　ɦiaŋ²²⁴ ɦy³⁵　土豆,马铃薯

金瓜　kiŋ³³ kuo³³　南瓜,倭瓜

匏　bu⁵¹　一种菜瓜,类似西葫芦,果实嫩时可食

葫芦　ɦu³⁵ lu²²　葫芦

天萝　t'iɛ³³ lou²²　丝瓜

冬瓜　toŋ³³ kuo³³　冬瓜

黄金瓜　ɦũɔ²²⁴ kiŋ³³ kuo⁵¹　一种甜瓜,果实金黄而有瓣纹,当水果食用

西瓜　ɕi³³ kuo³³　西瓜:～栽西瓜的秧苗、～皮、～籽

苋菜　hɛ³³ ts'ei⁵⁵　苋菜:～叶、～籽

白菜　baʔ²³ ts'ei⁵⁵　白菜:～地、大～

芥菜　ka⁵⁵ ts'ei⁵⁵　一种蔬菜,地下不长块茎,长成后留在地里随时剥取外层叶子食用

萧菜　ɕiau³³ ts'ei⁵⁵　一种蔬菜,用于腌制咸菜

菜头　ts'ei⁵⁵ dɤu²²⁴　(长而白的)萝卜:～英萝卜叶子、拔～

萝卜　lou²²⁴ buʔ²³　(红而长的)萝卜

苏　su³³　紫苏

夏芥　ɦɔ⁵⁵ ka⁵⁵　一种夏季生长的蔬菜,叶子薄而呈波形起伏,叶端呈圆弧形,以其如芥菜般随时剥取外层菜叶供食用,故名

茭笋　kau³³ ɕyoŋ³²⁵　茭白:～叶、～田

空心菜　k'ŋ³³ ɕiŋ³³ ts'ei⁵⁵　空心菜

葱　ts'oŋ³³　①葱,大葱;②毛葱

大蒜　da³⁵ suø⁵⁵　大蒜,蒜

藠头　kiau³²⁵ dɤu²²⁴　藠头,薤。其地下鳞茎用于腌制咸菜

韭　kiɤu³²⁵　韭菜

茄　gia²²⁴　茄子

辣茄　læʔ²³ gia²²⁴　辣椒

灯笼茄　təŋ³³ loŋ²²⁴ gia²²⁴　青椒,大青椒

番茄　fɛ⁵⁵ gia²²　西红柿

黄瓜　ɦũɔ²²⁴ kuo⁵¹　黄瓜

菠稜菜　po³³ nəŋ²²⁴ ts'ei⁵⁵　菠菜

荸荠　buəʔ²³ zi²²⁴　荸荠

秆　kɛ³²⁵　秆,秸秆:稻～、麦～、豆～、茄～

藤　dəŋ²²⁴　藤,蔓儿,某些植物不能直立的茎(包括木本、草本的缠绕茎和攀援茎):番苕～、金瓜～、羹豆～、～椅、～编

叶　ɦiæʔ²³　叶,叶子:菜～、树～、豆～、稻～、芋～、番苕藤～

秧　iaŋ³³　稻秧(专指供移植的稻秧):～田、拔～、洗～

秧　iaŋ³³₅₁　供移植的幼苗,多指瓜果类幼苗:金瓜～、匏～、茄～

栽　tsei³³₅₁　供移植的幼苗(稻秧除外):白菜～、茄～、金瓜～、树～树苗

种　tɕyoŋ³²⁵　①种子:稻～、麦～、豆～、金瓜～、树～;②做种用的果实或块茎:茄～、芋～、蕌头～;③选留作繁殖用的畜禽个体:猪～、鸡～

籽　tsʅ³²⁵　①植物的籽实:金瓜～、茄～;②做种(zhǒng)用的:谷～稻种、洋芋～做种用的马铃薯

娘　niaŋ²²⁴₅₁　果核儿:桃～、梨～、杨梅～

头　dɤu²²⁴₅₁　穗儿:稻～、麦～、捉稻～捡稻穗儿

脑头　nau²¹⁴₂₁ dɤu²²⁴₅₁　①植物的生长端:树～;②顶端:旗杆～、山～、弄堂～

脑　nau²¹⁴　=脑头①:番苕藤～

壳　kʻɔʔ⁵　植物籽实的外壳:麦～、谷～、豆荚～

麦皮　maʔ⁵₁ bi²²⁴　麦麸

皮　bi²²⁴₅₁　①果实的表皮,梨～、削～;②像表皮的东西:豆腐～、奶～

蕊　ny²¹⁴₃₁　瓜果类植物的带幼果的雌花:金瓜～、茄～

络麻　lɔʔ²³₂₁ mo²²⁴　黄麻

苎　dzʅ²¹⁴　苎麻

秧墩　iaŋ³³ təŋ³³₅₁　拔秧后秧田里剩留的一小片秧苗

过夜秧　ku⁵⁵₃₃ ɦia³⁵₃₃ iaŋ³³　前一天拔起未能插完的稻秧

麦把　maʔ²³₂₁ po³²⁵　麦捆

倒头叠　tau³²⁵₃₂ dɤu²²⁴₄₄ diæʔ²³　一种叠捆方式,把柴禾或庄稼根梢归同一方向地摆放

两头叠　liaŋ²¹⁴₂₁ dɤu²²⁴₄₄ diæ²³　一种叠捆方式,把柴禾或庄稼根梢相对地摆放

谷　kuʔ⁵　稻谷:～仓、～壳、～籽稻种

谷□　kuʔ⁵₁ hᴇ³²⁵　瘪谷

水谷　ɕy³²⁵₃₂ kuʔ⁵　脱粒后未经晾晒的稻谷

二传□　ni³⁵₃₃ dzyø²²⁴₃₃ hᴇ³²⁵　半瘪的稻谷

发蘖　fæʔ⁵₁ boŋ³⁵　分蘖,发棵

发三叉头　fæʔ⁵₁ sᴇ³³ tsʻɔ⁵⁵₃₃ dɤu²²⁴₅₁　发出两个枝的分蘖株(连原来的苗株一共是三个枝叉)

拔秆　bæʔ²³₂₁ kᴇ³²⁵　禾本科作物长出硬秆:小麦～了

做肚　tsou⁵⁵₃₃ du²¹⁴　禾本科作物孕穗:稻～了

做稻肚　tsou⁵⁵₃₃ dau²¹⁴₂₁ du²¹⁴₃₁　水稻孕穗

出头　tɕʻyʔ⁵₁ dɤu²²⁴₅₁　抽穗儿:稻～了

伛头　ɤu³³ dɤu²²⁴₅₁　禾穗因成熟而向下弯垂

213

插头　ts'æʔ⁵ dɤu²²⁴　因收获不及时禾穗折断成下插状:稻~了

青秆黄穗　tɕiŋ³³ kE³²⁵ ɦuɔ̃³⁵ zy³⁵　秆叶尚留青绿,穗子已经黄熟,指某些水稻品种生长晚期的特征

眼花　lɔ̃³⁵ huɔ³³　扬花:早稻~了

放散子　fɔ⁵⁵ sE³²⁵ tsๅ³²⁵　稻穗因灌浆开始作散开状

绽谷头　dzE³⁵ kuʔ⁵ dɤu⁵¹　稻穗灌浆后饱满起来

单季稻　tE³³ ky⁵⁵ dau²¹⁴　每年成熟一次的水稻("季"字本音 ki⁵⁵,在"单季""双季"等词中常被讹读成 ky⁵⁵)

双季稻　ɕyɔ̃³³ ky⁵⁵ dau²¹⁴　每年成熟两次的水稻。其中夏季成熟的叫早稻,秋季成熟的叫晚稻

黄谷头　ɦuɔ̃²²⁴ kuʔ⁵ dɤu²²⁴　稻穗尖儿开始成熟变黄:觧那丘片稻~了

黄稻头　ɦuɔ̃²²⁴ dau²¹⁴ dɤu²²⁴　整个稻穗开始成熟变黄:丘这片稻~了,快好割了

豆权　dɤu³⁵ tsʻo⁵¹　收获后连秆带荚捆扎起来的黄豆把,约为两捏,一捧粗细

捏　niæʔ²³　量词。①割柴草或庄稼时单手握满一次的量;②孵出的番薯藤苗 96 株顶 100,算 1 捏,番薯寄生藤苗 48 株顶 50,算 1 捏

把　po³²⁵　量词,指称收割下的麦子,1 把 15 捏至 30 捏不等

绞　kau³²⁵　量词,指收割后绕绞成小把儿的番薯藤,1 绞一般由 1 捏藤绕成

权　tsʻo³³　量词,称说收获下的连秆带荚的黄豆,一权豆约能出一升豆,叫权升豆

桛　poŋ³⁵　名、量词。①指稻麦等禾本植物的植株:发~发棵、一~稻;②簇、丛:柴~、草~、一~柴、两~草稻秆

稻秆撑　dau²¹⁴ kE³²⁵ tsʻaŋ⁵⁵　①撑在地上晾晒的稻草把儿;②贬称站着不动手的人:尔~啊?咋会勿动格?

压山　æʔ⁵ sE³³　作物徒长(因长势过旺而籽实不多)

兴藤　hiŋ³³ dəŋ²²⁴　藤蔓作物徒长,果实歉收

嵌子送终　k'E³³ tsๅ³²⁵ soŋ³³ tɕyoŋ³³　庄稼刚结实却枯萎或凋谢了

入魂　ziɿ²³ ɦuəɿ⁵¹　农作物(包括果木)的籽粒或果实趋于成熟

上家堂　zɔ̃²¹⁴ ko³³ dɔ̃²²⁴　农作物有收获

罢　ba²¹⁴　作物凋零,采收已近晚期

四　农　务

生活　saŋ³³ ɦuəʔ²³　活儿,活计,事务,劳务,工作(多指体力劳动,也包括家务):田垟~、做~(普通话的"生活"天台话说"日脚 niɿʔ²³ kia⁵")

做生活　tsou⁵⁵ saŋ³³ ɦuəʔ²³　干活儿,做活儿,劳动(多指做农活儿)

劳气力生活　lau³⁵ k'i⁵⁵ liɿʔ²³ saŋ³³ ɦuəʔ²³　费力气的活儿,重体力劳动

轻制生活　k'iŋ³³ tɕi⁵⁵ saŋ³³ ɦuəʔ²³　不费力气的活儿,轻体力劳动,也指脑力劳动

重大生活　dzyoŋ²¹⁴₂₁ da³⁵₃₃ saŋ³³ ɦuəʔ²³̲　①重体力活儿;②须消耗大量时间、精力、体力的活儿，如建房、修路之类

地场生活　di³⁵₃₃ dziaŋ²²⁴₃₃ saŋ³³ ɦuəʔ²³̲　旱地里的农活儿

做田垟　tsou⁵⁵₃₃ diɛ²²⁴₃₃ ɦiaŋ²²⁴　（在田地里）干农活儿

犁田　li²²⁴₃₅ diɛ²²⁴　耕田:牛～,马拉车

耙田　bo³⁵₃₃ diɛ²²⁴　用耙(bà)碎土或平整田地

双犁双耙　ɕyɔ̃³³₅₅ li²²⁴₂₂ ɕyɔ̃³³ bo³⁵　耕、耙(bà)各两遍

打田　taŋ³²⁵₃₂ diɛ²²⁴　用拖拉机犁田或耙田

掏　dau²²⁴　①用锄头等农具挖或翻:～地、～田、～秧田;②收获块根或地下茎:～芋、～蕃莳

劈泥蒲̣　pʻiɿʔ⁵₁ ni²²⁴₃₅ bu²²⁴　用锄头把大块儿的泥土劈碎

敲泥蒲̣　kʻau³³ ni²²⁴₃₅ bu²²⁴　把大块儿的田土敲碎

捉稻杆株　tɕyɔʔ⁵₁ dau²²⁴₂₂ kɛ³²⁵₃₂ tɕy⁵¹₃₃　整地时把稻根捡除以便播种

起畎　kʻi³²⁵₃₂ gɔ̃²¹⁴　用四齿耙分畦并开出排水沟

挈畎　kʻiæʔ⁵₁ gɔ̃²¹⁴　用四齿耙提起畦间排水沟的积土

栅畎　saʔ⁵₁ gɔ̃²¹⁴　用四齿耙清理畦间的排水沟

划畎　ɦuaʔ²³₂₁ gɔ̃²¹⁴　在整好的地上用锄头划出播种沟

撮灰　tsʻuøʔ⁵₁ huei³³　把灰肥从畚箕里抓掷到地里(作基肥或追肥)

摊牛栏/猪栏　tʻɛ³³ ŋɤu²²⁴₃₅ lɛ²²⁴₂₂/tsɿ³³₅₅ lɛ²²⁴₂₂　把牛/猪圈的厩肥施放到田地里

摊田　tʻɛ⁵⁵₃₃ diɛ²²⁴　用锄头或四齿耙移动田里的泥土使之细碎平整

剚田　zɛ³⁵₃₃ kiɛ²²⁴　把翻耕或挖掏起来的大块田土锄碎

浸谷籽　tɕiŋ⁵⁵₃₃ kuʔ⁵₁ tsɿ³²⁵　把水稻种子浸泡在水里

□谷籽　dza²³₂₁ kuʔ⁵₁ tsɿ³²⁵　把浸泡过的水稻种子捞出水

孵谷籽　bu³⁵₃₃ kuʔ⁵₁ sɿ³²⁵　给水稻种子催芽

淋谷籽　liŋ²²⁴₃₃ kuʔ⁵₁ tsɿ³²⁵　给催芽中的水稻种子浇水

装秧田　tsɔ̃³³ iaŋ³³ diɛ²²⁴₂₂　做秧田,包括犁、耙、摊、稍、做畦、播种等全过程。装:做、弄

做秧田　tsou⁵⁵₃₃ iaŋ³³₅₅ diɛ²²⁴　＝装秧田

稍秧田　tʻɔ̃³³ iaŋ³³₅₅ diɛ²²⁴₂₂　用"榔稍"把秧田稍平,以便播种

出田　tɕʻyʔ⁵₁ diɛ²²⁴　把经过催芽的水稻种子拿到秧田去播种

伙秧　hou³²⁵₃₂ iaŋ³³　＝出田

谷子出田　kuʔ⁵₁ tsɿ³²⁵ tɕʻyʔ⁵₁ diɛ²²⁴　＝出田

撒谷子　tsæʔ⁵₁ kuʔ⁵₁ tsɿ³²⁵　往秧田畦里播撒谷种

杀秧　sæʔ⁵₁ iaŋ³³　用农药给秧田里的秧苗杀虫

起草子坂　kʻi³²⁵₃₂ tsʻau³²⁵₃₂ tsɿ³²⁵₃₂ pɛ³¹₃₁　用锄头翻挖长有草子紫云英的田

掏草子田　dau²²⁴₃₃ tsʻau³²⁵₃₂ tsɿ³²⁵₃₂ diɛ⁵¹₃₁　＝起草子坂

拔秧　bæʔ³²⁵₃₂ iaŋ³³　从秧田里拔起稻秧苗以备栽插

洗秧　ɕi$^{325}_{32}$ iaŋ^{33}　拔秧时洗掉秧根的泥

作水缺　tsɔʔ$^5_1$ ɕy$^{325}_{32}$ k'yəʔ^5　用泥土填塞水田的出水口以控制稻田出水量

实水缺　ziɿʔ$^{23}_{21}$ ɕy$^{325}_{32}$ k'yəʔ^5　填实水田的出水口以便蓄水

平水缺　biŋ$^{224}_{44}$ ɕy$^{325}_{32}$ k'yəʔ^5　填平水田出水口以保有必需之水

扒水缺　paʔ$^5_1$ ɕy$^{325}_{32}$ k'yəʔ^5　把水田出水口所填土石扒开排水

开水缺　k'ei^{33} ɕy$^{325}_{32}$ k'yəʔ^5　把田埂挖开一个豁使成为排水口

削　ɕiaʔ^5　①锄地,(为某种作物)锄草:～草、～麦、～菜、～豆、～番薯;②削去瓜果的皮:～
梨、～番薯

削草饼　ɕiaʔ$^5_1$ tsau$^{325}_{32}$ piŋ^{325}　用锄头把草地表面挖削成饼状("草饼"晾干后可烧制灰肥)

斫里壁　tsɔʔ$^5_1$ li$^{214}_{21}$ piɿʔ^5　砍去田地里面岸壁的柴草

削田岸　ɕiaʔ$^5_1$ diE$^{224}_{33}$ ɦE^{35}　用锄头锄掉田埂内壁的草

拖田岸脚　t'a^{33} diE$^{224}_{33}$ ɦE$^{35}_{33}$ kiaʔ^5　用四齿耙往田埂边脚拖放一些田泥以便做田岸用

做田岸　tso$^{55}_{33}$ diE$^{224}_{33}$ ɦE^{35}　用四齿耙把田埂内壁贴上田泥以防漏水

刮田岸　kuæʔ$^5_1$ diE$^{224}_{33}$ ɦE^{35}　用草刨、阔板锄头或田圈刮除田埂内壁的细草,也说刮田岸毛

耘田　ɦyoŋ$^{224}_{35}$ diE^{224}　用田圈耘除稻田里的小草

摸草　mɔʔ$^{23}_{21}$ ts'au^{325}　用手在稻田里搅摸除草,也叫摸田草

摸田草　mɔʔ$^{23}_{21}$ diE$^{224}_{44}$ ts'au^{325}　=摸草

望水　mɔ̃$^{35}_{33}$ ɕy^{325}　看护稻田的蓄水

望田水　mɔ̃$^{35}_{33}$ diE$^{224}_{22}$ ɕy^{325}　=望水

望稻　mɔ̃$^{35}_{33}$ dau^{214}　看护稻子

望鸡　mɔ̃$^{35}_{33}$ ki^{33}　看住鸡以免进入田地或晒场

望雀　mɔ̃$^{35}_{33}$ tɕiaʔ^5→tɕiaŋ$_{31}$　看住鸟雀以免糟蹋粮食

搁田　kɔʔ$^5_1$ diE^{224}　水稻生长中期排放掉田水晒田(可促使稻秆强硬,以免后期倒伏)

种单季　tɕyoŋ$^{55}_{33}$ tE^{33} ky^{55}　"种单季稻"的简便说法。"季"字音讹读成 ky^{55},参见"单季稻"

种双季　tɕyoŋ$^{55}_{33}$ ɕyɔ̃^{33} ky^{55}　"种双季稻"的简便说法。"季"字音讹读成 ky^{55},参见"单季稻"

打秧　taŋ$^{325}_{32}$ iaŋ^{33}　把秧捆儿分抛到田里以备插秧

分秧　fəŋ^{33} iaŋ^{33}　插秧时右手从左手所握的秧把儿中分出一株稻的秧苗

开株　kei^{33} tɕy$^{33}_{51}$　一年或一季中首次插秧:今年～还是旧年早_{去年插秧比今年开始得早}

种田　tɕyoŋ$^{55}_{33}$ diE^{224}　插秧

寄秧　ki$^{55}_{33}$ iaŋ$^{33}_{51}$　把晚季杂交水稻秧苗从原秧田移寄在另一备用秧田中,到时再拔起插种

捏手种　niæʔ$^{23}_{21}$ ɕiɣu$^{325}_{32}$ tɕyoŋ^{55}　不拉准绳,仅据田块形状插秧(技术高者方能为此)

绷绳种　paŋ^{33} ziŋ$^{224}_{33}$ tɕyoŋ^{55}　横向拉准绳插秧(以便取直)

凿四方眼　zɔʔ$^{23}_{21}$ sɿ$^{55}_{33}$ fɔ̃^{33} ŋE^{214}　插秧时每四株成方形(易于取直)

包边　pau^{33} piE$^{33}_{51}$　插秧时靠田埂的第一和第二行按田埂走向和标准间距插,以便后期挖排水
沟。仅第一行这样插的叫单～,第一、二行都这样插的叫双～

夹垅种　kæʔ²⁵₁ loŋ²¹⁴₂₁ tɕyoŋ⁵⁵　插秧时按每横行六株插栽

插畈　tsʻæʔ²⁵₁ gɔ²¹⁴　通不到地头或田边的半截子庄稼行列

横直畈　ɦuaŋ²²⁴ dʑiɿʔ²³₂₁ gɔ²¹⁴　植株横竖方向都对齐成方阵的行列

放绵秧　fɔ̃⁵⁵₃₃ miɛ²²⁴₃₃ iaŋ³³　插秧后缓苗期间呈绵垂状的秧

起身秧　kʻi³²⁵₃₂ ɕiŋ³³ iaŋ³³　用于移植的秧苗

杀起身秧　sæʔ²⁵₁ kʻi³²⁵₃₂ ɕiŋ³³ iaŋ³³　给即将移植的秧苗杀虫

杀稻　sæʔ²⁵₁ dau²¹⁴　给水稻杀虫

捧稻□　pʻoŋ³²⁵₃₂ dau²¹⁴₂₁ buʔ²³　水稻发棵后把包边的稻株棒挖起来移向里边一点儿

打柴油　taŋ³²⁵₃₂ za²²⁴₃₅ ɦiɣu²²⁴₂₂　用柴油喷烧田边杂草及隐于其中的蛹虫

杀破口　sæʔ²⁵₁ pʻou⁵⁵₃₃ kʻɣu³²⁵　稻子即将抽穗时杀虫

药老鼠　ɦiaʔ²³₂₁ lau²¹⁴₂₁ tsʻɿ³²⁵　施放鼠药灭鼠

放田水　fɔ̃⁵⁵₃₃ diɛ²²⁴₃₃ ɕy³²⁵　排放掉稻田水（以便收割）

掣稻畈　kʻiæʔ²⁵₁ dau²¹⁴₂₁ gɔ²¹⁴　将收割时，把"包边"的稻株连泥土挖起置于其内侧，使田边形成
　　一条排水沟，以便放干田水。参见"包边"

割稻　kæʔ²⁵₁ dau²¹⁴　收割稻子

打稻　taŋ³²⁵₃₂ dau²¹⁴　给稻子脱粒

筲谷　da²¹⁴₂₁ kuʔ²⁵　用粗筛子筛除刚脱粒的稻谷中的碎秸秆

出水　tɕʻyʔ²⁵₁ ɕy³²⁵　晾晒刚脱粒的稻谷（水谷）

舿稻墩　gæʔ²³₂₁ dau²¹⁴₂₁ təŋ³³　把割倒的稻子抱到一起，码放成一个个墩垛

码稻墩　mo²¹⁴₂₁ dau²¹⁴₂₁ təŋ³³　把割倒的稻子码放成墩垛

料　liau³⁵　①动词，捆扎已脱粒的稻秸或麦秸，方法是取一束稻秸或麦秸勒住被捆物的颈部
　　抽紧，使成上短下长的一个捆把，以便张开捆把的下部使之立在田里晾晒：～稻秆、～麦
　　秆；②复合名词的末尾成分，指用上述捆扎法捆成的捆把：稻秆～、麦秆～；③量词，上述捆
　　扎法捆成秸秆的计量单位：十～稻秆、五～麦秆、几～稻秆、一～稻秆没几斤

撑稻秆　tsʻaŋ³³ dau²¹⁴₂₁ kɛ³²⁵　张开稻秆料的下部使立着晾晒

撑麦秆　tsʻaŋ³³ maʔ²³₂₁ kɛ³²⁵　参见"撑稻秆"

反稻秆　fɛ³²⁵₃₂ dau²¹⁴₂₁ kɛ³²⁵　翻晒稻草

蓬稻秆　boŋ²²⁴₃₃ dau²¹⁴₂₁ kɛ³²⁵　把干稻草堆叠成可越冬防腐的垛（大多悬空垛在树干上，也有垛
　　在地上的）

种麦　tɕyoŋ⁵⁵₃₃ maʔ²³　种麦子

种田麦　tɕyoŋ⁵⁵₃₃ diɛ²²⁴₄₄ maʔ²³　在田里播种大小麦（区别于在地里播麦）

踏麦/划麦　dæʔ²³₂₁ maʔ²³/ɦuaʔ²³₂₁ maʔ²³　"种麦"的另两种说法

喂蚕豆　y⁵⁵₃₃ zø²²⁴₃₃ dɣu³⁵　在麦株间夹播蚕豆种

拌灰　bø²¹⁴₂₁ huei³³　把麦种拌和到做基肥的灰肥里

打脚　taŋ³²⁵₃₂ kiaʔ²⁵　施基肥

清子□　tɕiŋ³³ tsʅ³²⁵₃₂ tuɵ⁵⁵　仅播麦种，不用基肥

滴籽　tiɿʔ⁵₁ tsʅ³²⁵　把粪水滴在麦种上做基肥

削麦　ɕia⁵₁ maʔ²³　给麦地锄草松土。从锄第一遍到第二遍，依次叫"削头遍"、"削二遍"

杀麦　sæʔ⁵₁ maʔ²³　给麦子喷洒农药除虫

壅麦　iŋ⁵⁵₃₃ maʔ²³　给麦子追肥

割麦　kæʔ⁵₁ maʔ²³　收割麦子

打麦　taŋ³²⁵₃₂ maʔ²³　给麦子脱粒

捆麦把　kʰuən³²⁵₃₂ maʔ²³₂₁ po³²⁵　把割倒的麦子捆成把

筊麦　da²¹⁴₂₁ maʔ²³　用麦筊（粗筛子）筛除脱粒后麦子中的碎秸秆

围麦　ɦy²²⁴₃₃ maʔ²³　用米筛类竹器筛除晒干后的麦子中的残次品和废物，使麦子净化

搧麦　ɕiɛ⁵⁵₃₃ maʔ²³　用风车搧除麦壳和碎渣，使麦子净化

晒麦　so⁵⁵₃₃ maʔ²³　用笐或其他晾晒器具晒干麦子

囷麦　kʰɔ⁵⁵₃₃ maʔ²³　把干燥的麦子贮藏在仓里或缸瓮等器具里

磨麦　mou³⁵₃₃ maʔ²³　把麦子磨成面粉

舂麦头　tsʰæʔ⁵₁ maʔ²³₂₁ dɤu²²⁴₅₁　把筛出的尚连麦壳的麦粒放在石臼里舂捣，使麦壳剥落

掏麦株　dau²²⁴₃₃ maʔ²³₂₁ tɕy³³　挖掉麦茬

撬麦株　giau²¹⁴₂₁ maʔ²³₂₁ tɕy³³　＝掏麦株

挑麦杆　tʰiau²¹⁴₂₁ maʔ²³₂₁ kɛ³²⁵　用杈杆挑起干燥的麦秸捆儿递给推垛的人

捣麦碎　tau³²⁵₃₂ maʔ²³₂₁ sei⁵⁵　把大麦放在石臼中舂捣脱皮，使成为可煮食的"麦米"

磨麦虫　mou³⁵₃₃ maʔ²³₂₁ dʑyoŋ²²⁴₅₁　青黄不接时把尚未完全黄熟的小麦脱粒后磨碎以便煮吃（因磨成品中有许多像虫子般的条状物，故名）

练大麦　liɛ³⁵₃₃ dou³⁵₃₃ maʔ²³　用木枷打大麦脱粒

踏粟　dæʔ²³₂₁ ɕyɔʔ⁵→ɕyɔ̃³¹　种粟

选粟　ɕyɵ³²⁵₃₂ ɕyɔʔ⁵→ɕyɔ̃³¹　间除多余的粟苗

练粟　liɛ³⁵₃₃ ɕyɔʔ⁵→ɕyɔ̃³¹　用木枷打粟脱粒

坂播　pɛ³²⁵₃₂ po³³　撒播

撮□　tsʰɵʔ⁵₁ bu²³　点播

开生产　kei³³ saŋ³³ sɛ³²⁵　开荒，垦荒

捉拾　tɕyɔʔ⁵₁ ziɿ²³　收拾、整理：～秧田、～洋芋、～芥菜

捉　tɕyɔʔ⁵　①捡，拾：～柴、～树蒲松塔、～稻头稻穗；②拣选：～种选种、～洋芋种

捉屙　tɕyɔʔ⁵₁ ou⁵⁵　捡粪，拾粪

捉狗屙　tɕyɔʔ⁵₁ kɤu³²⁵₃₂ ou⁵⁵　捡野外的狗粪

斫　tsɔʔ⁵　①砍：～柴、～树、～猪肉；②割：～草、～茅草刺

斫篱柴　tsɔʔ⁵₁ li²²⁴₃₅ za²²⁴　砍取架藤蔓作物的柴棍儿

斫茅草刺　tsɔʔ⁵₁ mau²²⁴₃₃ tsʰau³²⁵₃₂ tsʅ³³　割除茅草和荆棘

刮草　kuæʔ₁⁵ tsʻau³²⁵　（用草刨）刮除场地上的杂草,也说刨草

刨草　bau³⁵₃₃ tsʻau³²⁵　＝刮草

栽　tei³³　栽种,移植：～菜、～茄、～金瓜南瓜、～树

割　kæʔ⁵　割,收割：～草、～藤、～麦、～稻、～豆

拔　bæʔ²³　拔、拔除：～草、～菜、～豆、～麦

扼　aʔ⁵　①拗折、掰断：～断、～柴;②用拗折方式收获：～六谷玉米、～茭笋茭白

扼苞芦嫩　aʔ₁⁵ pau³³ lu³³²²⁴ nən³⁵　掰嫩玉米

剗　lɤu³³　挖,挖取,挖掘：～番薯、～水井、～生产挖荒地,开荒

壅　iŋ⁵⁵　施肥,多指施追肥。①给某作物施肥：～麦、～番薯、～六谷、～洋芋,豆～过了;②施某种肥料：～脚水、～牛栏、～料精、～灰、氨水～光了;③壅+数量,表示施肥数量或遍次：～头遍、～三遍、一丘麦～阿三担脚水一块麦地施了三挑人粪尿

滴脚水　tiɪʔ₁⁵ kiaʔ₁⁵ ɕy³²⁵　（作物幼小时）用粪勺小心地施注人粪尿

撇脚水　pʻiæʔ₁⁵ kiaʔ₁⁵ ɕy³²⁵　把人粪尿用粪勺扬到庄稼地里

撮豆籽　tsʻuøʔ₁⁵ dɤu³⁵₃₃ tsʅ³²⁵　种豆时施放豆种

㞉　uæʔ⁵→uɛ₃₁　在某种作物的行里或株旁隔一定距离夹带播种另一作物：～川豆、～六谷

装藤芽瞵　tsᴐ³³ dən³³²²⁴ ŋo³³²²⁴ liŋ³¹²¹⁴　做培育番薯种苗的畦

孵番薯种　bu³³²²⁴ fɛ³³ zʅ₁³³²²⁴ tɕyoŋ³²⁵　把番薯种从窖里取出埋到"藤芽岭"里育秧

掏番薯□　dau³³²²⁴ fɛ³³ zʅ₁³³²²⁴ ən₃₁　挖地并做成扦插番薯苗的垄

做番薯□　tsou³³²²⁴ fɛ³³ zʅ₁³³²²⁴ ən₃₁　在挖好的地上做出扦插番薯苗的垄

押番薯　æʔ₁⁵ fɛ⁵⁵₃₃ zʅ²²²²⁴　扦插番薯苗

押脤芽　æʔ₁⁵ pʻaʔ₁⁵ ŋo²²⁴　番薯繁衍种植的第一个步骤,把番薯种长出的芽苗掰下扦插在地里

押拐棒藤　æʔ₁⁵ kua³²⁵₃₂ bᴐ²¹⁴₂₁ dən²²⁴　把从番薯种孵出的藤苗剪下扦插在畦里

割孵藤　kæʔ⁵ bu³⁵₂₂₄ dən²²⁴　割剪从番薯种繁育出的藤苗

押寄生　æʔ₁⁵ ki⁵⁵₃₃ saŋ³³₅₁　剪下种薯苗扦插在地畦里,也叫摀寄生

摀寄生　u⁵⁵₅₁ ki⁵⁵₃₃ saŋ³³₅₁　＝押寄生

押朗株　æʔ₁⁵ lᴐ²¹⁴₂₁ tɕy³³₅₁　扦插番薯

反藤孵　fɛ³²⁵₃₂ dən³⁵₂₂₄ bu²²⁴　把繁育番薯种苗的基地挖毁另用

平地扦　biŋ³³²²⁴ di³⁵₃₃ tɕʻiɛ³³₅₁　不做垄,在平地上扦插番薯

顺番薯　zyoŋ³⁵₃₃ fɛ⁵⁵₃₃ zʅ²²²²⁴　给番薯追肥时把开始向四处爬长的藤秧顺向同一方向

反番薯　fɛ³²⁵₃₂ fɛ⁵⁵₃₃ zʅ²²²²⁴　把四向爬长的番薯藤翻成同一方向

刐番薯　tei³²⁵₃₂ fɛ⁵⁵₃₃ zʅ²²²²⁴　把番薯藤扯（或割）掉,也叫刐番薯藤

刐番薯藤　tei³²⁵₃₂ fɛ³³ zʅ₁³⁵²²⁴ dən²²²²⁴　＝刐番薯

割番薯藤　kæʔ₁⁵ fɛ³³ zʅ₁³⁵²²⁴ dən²²²²⁴　（收获前）割掉番薯藤

掏番薯　dau³³²²⁴ fɛ⁵⁵₃₃ zʅ²²²²⁴　收获番薯块根（一般用扁齿挖）

连藤掏　liɪɛ³³²²⁴ dən³⁵₂₂₄ dau²²²²⁴　收获时不先割掉藤就直接挖番薯

搭地掏　tæʔ₁⁵ di₃₃³⁵ dau₃₃₄²²⁴　用两齿或铁铲把收获番薯和翻地(掏地)一次性完成

择番葀　dzaʔ₂₁²³ fE₅₅³³ z̩₂₂²²⁴　收获时从根株上摘取番薯并摸除粘于其上的泥巴

摸番葀　mɔʔ₂₁²³ fE₅₅³³ z̩₂₂²²⁴　＝择番葀

摸泥　mɔ₂₁²³ ni²²⁴　摸除粘在番薯上的泥巴

捉省　tɕyɔʔ₁⁵ saŋ³²⁵　捡拾收获后地里遗落下的零星块根,如:捉洋芋省、捉番薯省

扦番葀省　tɕiE₃₃³³ fE₃₃³³ z̩₃₃²²⁴ saŋ³²⁵　捡拾收获后遗落下的零星番薯

□篮　guE₂₁²¹⁴ lE₅₁²²⁴　正式收获前扛着锄头和篮子挖取少量番薯(或土豆)供临时食用或喂猪

囥洞　kʰɔ̃₃₃⁵⁵ doŋ³⁵　把种薯收藏到窖洞里

落洞　lɔʔ₂₁²³ doŋ³⁵　把种薯入窖洞

切番葀干　tɕiæʔ₁⁵ fE₃₃³³ z̩₃₃²²⁴ kE₅₁³³　把番薯切丝或切片用以晒干

刨番葀干　bau₃₃³⁵ fE₃₃³³ z̩₃₃²²⁴ kE₅₁³³　把番薯用刨具刨成丝或片用以晒干

刨番干脸　bau₃₃³⁵ fE₃₃³³ kE₃₃³³ liE₂₁⁴　把番薯刨成片状

晒番干　so₃₃⁵⁵ fE₃₃³³ kE₅₁³³　把切成片状或丝状的番薯晒干

斫番葀　tsɔʔ₁⁵ fE₅₅³³ z̩₂₂²²⁴　把番薯砍切成块

划粟　ɦuaʔ₂₁²³ ɕyɔʔ₁⁵→ɕyɔ̃₃₁　种粟

系　ki⁵⁵　捆,绑,扎:～柴、～稻秆、～紧、用柴紃～牢

系藤　ki⁵⁵ dəŋ²²⁴　把要出售的番藤苗捆扎成扇形的小把儿

□　guE²¹⁴　扛,背(bēi):～柴、～米、～石头、～动～勿动

□树　guE₂₁²¹⁴ ʐy³⁵　扛树,扛木头

抱　bau²¹⁴　培垅:～芋、～蕃葀

担　tE³³　挑,挑担:～水、～谷、～柴、～勿动、一个和尚～水喫吃

担　tE⁵⁵　①名词,担子,挑子:谷～、柴～、重～、远路呒轻～;②量词,一根扁担和它两头所担
　　之物的组合为一担:两～石头、十～橘

担担　tE³³ tE⁵⁵　挑担,挑担子,挑挑儿(前一"担"为动词,后一"担"为名词)

扛　kɔ̃³³　抬:～岩头、～树、两个和尚～水喫

杠　kɔ̃⁵⁵　杠子:竹～、柴～、咬春～、棺材～

扛杠　kɔ̃³³ kɔ̃⁵⁵　用杠子抬,抬杠子(参见"担担")

把担　po₃₂³²⁵ tE⁵⁵　挑担时把住担子

把扛　po₃₂³²⁵ kɔ̃⁵⁵　抬杠时把住杠子

络勒担　lɔʔ₂₁²³ lə tE³³　用绳子把重物拢起来挑

络勒扛　lɔʔ₂₁²³ lə kɔ̃³³　用绳子把重物拢起来抬

结担线　kiæʔ₁⁵ tE³³ ɕiE⁵⁵　把箩筐上的绳环顶端挽结成小环状,以便挂在扁担上挑或抬

偷结　tʰɤu³³ kiæʔ⁵　一种简易捆扎法,用紃绳勒紧被捆物品后将紃绳两端交叉拧成一把再掖
　　入紃绳之下

四加络　s̩₃₃⁵⁵ ko³³ lɔʔ²³　一种用十字交叉连结式结绳线的普通结绳法

丫叉结　o³³ tsʻo³³ kiæʔ⁵　一种常用结绳法,将绳线两端叠成叉形,再将位于下方的绳线在交叉
　　处绕成一个回环,然后将另一绳端穿入环内,再把两绳拉紧即可

调担　diau³⁵₃₃ tɛ³³　担子轻重适度,挑担时扁担颤动合步,挑担者轻松潇洒的样子。也说调肩

调肩　diau³⁵₃₃ kiɛ³³　＝调担

叉肩　tsʻo³³ kiɛ³³　担子过重,挑行吃力,致使肩头耸起,显得笨拙难看

担顺肩　tɛ³³ ʐyoŋ³⁵₃₃ kiɛ³³₅₁　用右肩挑

担借肩　tɛ³³ tɕi⁵⁵₃₃ kiɛ³³　用左肩挑

盘肩　bøʔ²²⁴₃₃ kiɛ³³₅₁　挑担行走换肩时不放下担子而使扁担从颈后过渡到另一肩上,又称换肩

换肩　ɦuø³⁵₃₃ kiɛ³³₅₁　＝盘肩

独肩犁　duʔ²³₂₁ kiɛ³³ li²²⁴₅₁　不用拄杖、不歇息,用一个肩膀挑到目的地

枪肩　tɕʻiaŋ³³ kiɛ³³₅₁　挑、抬的中途由他人接替一程

啜肩　tɕʻyuʔ⁵₁ kiɛ³³　所挑或抬的物品过重,肩膀难以承受

咬肩　ŋau²¹⁴ kiɛ³³　肩上的扁担、杠子或重物与肩部不合,使肩部有咬痛感

磨肩　mo²²⁴₃₃ kiɛ³³　肩上的扁担、杠子或重物与肩部不合且不合节奏地摇晃,使肩部有磨痛感

落肩　lɔʔ²³₂₁ kiɛ³³　重物上肩,适于挑或扛,多用于否定:孬～(见下条)

孬落肩　fau³₁ lɔʔ²³₂₁ kiɛ³³　重物过于粗大难以上肩

爽肩　sɔ̃³²⁵₂₅ kiɛ³³　挑、抬的重量适度,肩头感觉良好

横担　ɦuaŋ²²⁴₃₃ tɛ³³₅₁　一种挑担法,重物(主要为柴草类)横放,扁担或杠子插在重物中间,挑起
　　来比较轻松

两对甩　liaŋ²¹⁴₂₁ tei⁵⁵₃₃ huæʔ⁵→huɛ₃₁　两人面对面抬着"蟹走"走横步

四人扛　sɿ⁵⁵₃₃ niŋ²²⁴₃₃ kɔ̃³³　四人合抬

三枪□　sɛ³³ tɕʻiaŋ³³ niɛ⁵⁵　两根杠子三人抬(其中一杠端头搭在另一杠上)

八人扛　pæʔ⁵₁ niŋ²²⁴₃₃ kɔ̃³³　八人合抬

绞错肩　kau³²⁵₃₂ tso⁵⁵₃₃ kiɛ³³₅₁　几人合抬时因用肩左右不一致而行步别扭吃力,也叫绞卵肩

绞卵肩　kau³²⁵₃₂ luø²¹⁴₂₁ kiɛ³³₅₁　＝绞错肩

捉脚步　tɕyoʔ⁵₁ kiaʔ⁵₁ bu³⁵　众人抬行时后者步趋前者,以便步调一致

督扗　tuʔ⁵₁ tɕy⁵⁵　众人抬扛时由其中一人掌握起行和歇息时间

合脚步　ɦæʔ²³₂₁ kiaʔ⁵₁ bu³⁵　多人抬物脚步一致

快脚　kʻua⁵⁵₃₃ kiaʔ⁵　众人抬物时一致用快步走

慢脚　mɛ³⁵₃₃ kiaʔ⁵　众人抬物时一致用慢步走

蟹走　ha³²⁵₃₂ tsʐu³²⁵₃₁　众人抬物时取蟹行横步(须在大路上方可)

抱杠　bau²¹⁴₃₃ kɔ̃⁵⁵　众人抬物时一手把持旁人杠子以便步调一致

发牛　fæʔ⁵₁ ŋɤu²²⁴₅₁　五人以上抬重物时,在索箍及重物上用绳和木棍(或钢管)"加发",以便增
　　加人数(用此法可至数十人抬一物)

对头拸　tei⁵⁵₃₃ dɤu²²⁴₃₃ dzaʔ²³　两人先面对面抬起杠下重物,再让其中一人换肩前行

四把夹　s̩$_1^{55}$ po$_{32}^{325}$ kæʔ^5　四捆柴草或庄稼的挑子,每头两捆,柴杠穿夹于捆间

八把夹　pæʔ$_1^5$ po$_{32}^{325}$ kæʔ^5　八捆柴草或庄稼组成的重担,每头四捆,有二百斤以上

脚步□　kiaʔ$_1^5$ bu^{35} ɕyoŋ^{55}　挑、抬之物不很重,脚步轻捷有力

倒头　tau$_{32}^{325}$ dɣu^{224}　柴草或庄稼没有叠匀或杠子插穿不当而致失衡

倒头重　dau$_{32}^{325}$ dɣu$_{33}^{224}$ dʐyoŋ^{214}　担子两头的重量差别过大,不便于挑行

前头阵　ziɛ$_{33}^{224}$ dɣu$_{33}^{224}$ dʑiŋ^{35}　担子的前边一头

后头阵　ɦɣu$_{33}^{224}$ dɣu$_{33}^{224}$ dʑiŋ^{35}　担子的后边一头

前跃　ziɛ$_{33}^{224}$ ɦia?$\underline{^{23}}$　众人抬行时的第一杠

后跃　ɦɣu$_{21}^{224}$ ɦia?$\underline{^{23}}$　众人抬行时的后一杠

头跃　dɣu$_{33}^{224}$ ɦia?$\underline{^{23}}$　众人抬行时第一杠的第一人

落脚跃　lɔʔ$_{21}^{23}$ kiaʔ$_{21}^{23}$ ɦia?$\underline{^{23}}$　众人抬行时后一杠的最后一人

啜着　tɕˈyuʔ$_1^5$ dzia?$\underline{^{23}}$　抬行中重物突然向抬扛人某方滑移(有时会出事故)

卖猪荡　ma$_{33}^{35}$ ts̩^{33} dɔ̃^{35}　一种较为简便的柴杠捆缚穿插法,抬行时摇荡不止,有如抬活猪

打□捆(头)　taŋ$_{32}^{325}$ dzyuʔ$_{21}^{23}$ kuaʔ^5(dɣu$_{51}^{224}$)　扁担因翘度过大或其他原因挑起时突然偏翻打在
　　脸上

倒担　tau$_{32}^{325}$ tɛ^{55}　挑担中途担子突然倒地,多因绳断、没捆好或没穿好杠子

担屙　tɛ^{33} ou^{55}　①挑人粪尿:～格挑粪的,对农民的蔑称;②惯用语,用于否定他人挑得动时以加强
　　语气:尔担勒动？～!

摊豆　tˈɛ^{33} dɣu^{35}　把收获的连秆黄豆摊在晒场上

打豆　taŋ$_{32}^{325}$ dɣu^{35}　用连枷打黄豆

反豆　fɛ$_{32}^{325}$ dɣu^{35}　打豆过程中翻转豆秆

抖秆　tɣu$_{32}^{325}$ kɛ^{325}　在晒场上给黄豆作最后一遍脱粒

独遍煞　du$_{21}^{23}$ piɛ$_{33}^{55}$ sæʔ^5　一遍完成打豆,不反复进行

□　buʔ$\underline{^{23}}$　垒叠:～磡、～石头

□磡　buʔ$_{21}^{23}$ kˈɛ^{55}　用石头垒叠梯田的坎墙

□地磡　buʔ$_{21}^{23}$ di$_{33}^{35}$ kɛ^{55}　=□磡

凶　hyoŋ^{33}　石墙上有一块出面的石头过于突出

枵　hiau^{33}　石墙上有一块出面的石头过于凹进

焗灰(堆)　mei$_{33}^{35}$ huei^{33}(tei^{33})　用草饼、杂草、稻秆株、泥蒲等放在灰酿上,焖烧成灰肥(焗:有
　　烟无焰地燃)

做灰堆　tsou$_{33}^{55}$ huei^{33} tei^{33}　做烧制灰肥的堆:把灰酿放在底部,上面堆晒干的泥蒲、草饼、稻
　　秆株等,再用土封成坟型圆堆(在底部周围点燃灰酿即可"焗灰")

灰酿　huei^{33} niaŋ^{35}　烧灰肥时的引燃物,中间放一捆柴草,周围铺约半尺厚的茅柴或稻草,成
　　一圆形

做灰酿　tsou$_{33}^{55}$ huei^{33} niaŋ^{35}　烧灰肥前在灰堆中心和底部放置柴草作引燃物

捺芋　næ$_{21}^{23}$ ɦy^{35}　把厩肥、绿肥等铺盖在芋田表面,起肥田、保湿和免草荒的作用

押苎　æʔ₁⁵ dzʅ²¹⁴　扦栽苎麻苗

赶脚　kᴇ³²⁵ kiaʔ⁵　给玉米等作物追肥

□茄栽　vəŋ₃₁ gia₃₃²²⁴ tsei₅₁³³　把茄苗假植在一起(待适当时候正式分栽)

打水　taŋ₃₂³²⁵ ɕy³²⁵　(用抽水机)抽水

戽水　hu₃₃⁵⁵ ɕy³²⁵　用水车或戽桶排水或灌溉

车水　tsʻo³³ ɕy³²⁵　用水车排水或灌溉

望(田)水　mɔ̃³⁵(diᴇ₃₃²²⁴)ɕy³²⁵　看护稻田的蓄水

扦水井　tɕʻiᴇ³³ ɕy₃₂³²⁵ tɕiŋ³²⁵　打井,挖井

扦塘　tɕʻiᴇ₅₅³³ dɔ̃²²⁴　挖池塘

作坝　tsɔʔ₁⁵ pa⁵⁵　修筑河坝

扦塘作坝　tɕʻiᴇ₅₅³³ dɔ̃₂₂²²⁴ tsɔʔ₁⁵ pa⁵⁵　挖塘修坝,泛指兴修水利

取水　tɕʻy₃₂³²⁵ ɕy³²⁵　迷信做法,天旱时举行向神佛求雨的仪式

苍山取水　tsʻɔ̃³³ sᴇ³³ tɕʻy₃₂³²⁵ ɕy³²⁵　到当地苍山九龙潭去求雨

上坑水　zɔ₂₁²¹⁴ kaŋ³³ ɕy³²⁵　从粪缸(茅坑)取用人粪尿施肥后的收尾工序:挑来池塘水或沟渠水冲净缸沿儿,并给缸里加补一些水

掏塘　dau₃₃²²⁴ dɔ̃₅₁²²⁴　用锄头挖小坑用以点播或施肥

打塘　taŋ₃₂³²⁵ dɔ̃₅₁²²⁴　＝掏塘

盖塘　kən₃₂ dɔ̃₅₁²²⁴　用土把点播或施肥用的小坑盖上

划猪/牛栏肮　ɦuaʔ₂₁²³ tsʅ³³/ŋɤu₃₃²²⁴ lᴇ₃₃²²⁴ gɔ²¹⁴　用锄头在地里划沟以备施厩肥用

盖猪/牛栏肮　kən₃₂ tsʅ³³/ŋɤu₃₃²²⁴ lᴇ₃₃²²⁴ gɔ²¹⁴　把已施放厩肥的沟盖上土

盖垄　kən₃₂ gɔ²²⁴　把用以播种或施肥的沟盖上土

出沟　tɕʻyʔ₁⁵ kɤu³³　在整地时留出排水沟

打箬帽　taŋ₃₂³²⁵ iaŋ₃₁ mau³⁵　编制笠帽

穿蓑衣　tɕʻyø³³ so³³ i³³　编制蓑衣

扼稿荐　aʔ₁⁵ kau₃₂³²⁵ tɕiᴇ⁵⁵　编制稻草床垫

打夯　taŋ₃₂³²⁵ haŋ³³　打夯

搂柴　lo₃₂³²⁵ za²²⁴　用竹筢搂(lōu)柴禾

搂松毛丝　lo₃₂³²⁵ zyoŋ³³ mau₃₃²²⁴ sʅ³³　用竹筢搂(lōu)取落在地上的松树针叶

关大门　kuᴇ³³ dou₃₃³⁵ məŋ²²⁴　播种或收割结束得最晚

教牛　kau⁵⁵ ŋɤu²²⁴　驯牛,训练牛做活儿

剥络麻　pɔʔ₁⁵ lɔ₂₁²³ mo²²⁴　把割下的络麻(黄麻)打叶后剥取麻皮

打绳　taŋ₃₂³²⁵ zɿŋ²²⁴　扚制绳索

打担线　taŋ₃₂³²⁵ tᴇ³³ ɕiᴇ⁵⁵　扚制挑担的绳子,用三股麻扚合而成

打柴绳　taŋ₃₂³²⁵ za₅²²⁴ zɿŋ₂₂²²⁴　扚制捆柴的绳子,用三股麻扚合而成

搓绳　tsʻo²³ zɿŋ²²⁴　用麻或稻草搓成绳子

搓麻绳　tsʻo³³ mo₃₃²²⁴ zɿŋ²²⁴　用络麻(黄麻)搓绳

搓稻秆绳　ts'o³³ dau²¹⁴ kɛ³²⁵ ʑiŋ²²⁴　用稻草搓绳

燂　dɛ²²⁴　烤炙、熏燎、燥制：～牛栏络夹、～篮摆篮柄

燂锄头杆　dɛ³³²²⁴ zๅ³³²²⁴ dɣu³³²²⁴ kɛ³²⁵　把不够直的木杆烤炙后绑在柱子上使枯槁直挺,成为锄杆儿

燂肥桶夹　dɛ³³²²⁴ bi³³²²⁴ doŋ²¹⁴ kæ²⁵　把毛竹片燥制成粪桶的担梁

燂柴枷　dɛ³³²²⁴ za³³²²⁴ ko⁵¹₃₃　把枝条燥制成柴枷(柴绳的木扣)

棚羹豆　baŋ³³²²⁴ kaŋ³³ dɣ³⁵　在羹豆地插篱柴并绑成架子供藤蔓上爬

五　肥料、农药

料　lau³⁵　肥料的统称：壅～施肥、～精化肥

肥料　vi³³²²⁴ liau³⁵　肥料

化肥　huo³³⁵⁵ vi²²⁴　化肥

绿肥　luʔ²³₂₁ vi²²⁴　绿肥

屙　ou⁵⁵　①粪、大便：牛～、猪～、狗～；②专指人粪：狗啜～、～缸粪缸、厕所

牛屙　ŋɣu³³²²⁴ ou⁵⁵　牛粪

猪屙　tsๅ³³ ou⁵⁵　猪粪

狗屙　kɣu³²⁵₃₂ ou⁵⁵　狗粪：捉捡～

鸡屙　ki³³ ou⁵⁵　鸡粪

尿　ɕy³³　①尿,小便：猪～脬猪膀胱,常被充气后作玩具；②专指人尿：拉～出尿床

脚水　kiaʔ⁵₁ ɕy³²⁵　人粪尿(用作肥料的"脚水",多搀有各种脏水或废水)：壅～施人粪尿、～表、～桶

脚水表　kiaʔ⁵₁ ɕy³²⁵₃₂ piau³²⁵　公社时期生产队用来测量人粪尿质量的仪器

牛栏　ŋɣu³⁵²²⁴ lɛ²²⁴₂₂　①牛圈；②牛厩肥：摊～给庄稼施牛厩肥

猪栏　tsๅ³³⁵⁵ lɛ²²⁴₂₂　①猪圈；②猪厩肥：摊～给庄稼施猪厩肥

脚水牛栏　kiaʔ⁵₁ ɕy³²⁵₃₂ ŋɣu³⁵²²⁴ lɛ²²⁴₂₂　人粪尿、厩肥等农家肥的统称

坑岩　k'aŋ³³₅₅ ŋɛ²²⁴₂₂　人粪尿沉淀物在粪缸底壁形成的结石,取出后捣成粉末可拌种作基肥

灰　huei³³　各种灰肥的总称：稻秆～、麦秆～、泥头～、担～、撮～、煸～

炉灰　lu³³²²⁴ huei³³　灶灰,草木灰

镬灶膛灰　ɦuɒʔ²³₂₁ tsau⁵⁵₃₃ dɔ̃³³²²⁴ huei³³　＝炉灰

泥头灰　ni³³²²⁴ dɣu³³²²⁴ huei³³　用草饼、草泥或泥蒲、稻根等烧制成的灰：拌～(见下条)

拌泥头灰　bø²¹⁴₂₁ ni³³²²⁴ dɣu³³²²⁴ huei³³　把人粪尿搀入泥头灰并拌匀

灰堆　huei³³ tei³³　灰肥的堆

鸡笼灰　ki³³ loŋ³³²²⁴ huei³³₅₁　鸡笼里垫灶灰形成的灰肥

毛兔笼灰　mau³³²²⁴ t'u⁵⁵₃₃ loŋ³³²²⁴ huei³³₅₁　兔笼下垫灶灰形成的灰肥

羊栏灰　ɦiaŋ³³²²⁴ lɛ³³²²⁴ suei³³　羊圈里垫灶灰形成的灰肥

料精　liau$_{33}^{35}$ tɕiŋ^{33}　化肥,常特指尿素:壅～施化肥

尿素　ɕy^{33} su^{55}　尿素

单斤料精　tɛ^{33} kiŋ^{33} liau$_{33}^{35}$ tɕiŋ^{33}　氯化铵的俗称

单斤　tɛ^{33} kiŋ$_{51}^{33}$　"单斤料精"的简称

双斤料精　ɕyõ^{33} kiŋ^{33} liau$_{33}^{35}$ tɕiŋ$_{51}^{33}$　尿素的俗称

双斤　ɕyõ^{33} kiŋ$_{51}^{33}$　"双斤料精"的简称

氨水　ɛ^{33} ɕy$_{31}^{325}$　液态氨肥,主要成分为碳酸氢铵(近已有其固态粉,仍用此称)

氨水料精　ɛ^{33} ɕy$_{32}^{325}$ liau$_{33}^{35}$ tɕiŋ^{33}　即氨水

脚料　kiaʔ$_1^5$ liau^{35}　基肥

落脚料　lɔʔ$_{21}^{23}$ kiaʔ$_1^5$ liau^{35}　=脚料

油饼　ɦiɤu$_{44}^{224}$ piŋ^{325}　榨油(多为菜籽油)所余的渣饼,用作肥料

柏籽饼　gəŋ$_{21}^{214}$ zi$_{32}^{325}$ piŋ^{325}　用乌柏籽榨油所余的渣饼,用作肥料

茶籽饼　dzo$_{44}^{224}$ zi$_{32}^{325}$ piŋ^{325}　用油茶树籽榨油所余的渣饼,用作肥料

豆粉　dɤu$_{33}^{35}$ fəŋ^{325}　黄豆磨成的粉,缺肥料的年代曾用作肥料,现在一般用作饲料

豆株泥　dɤu$_{33}^{35}$ tɕy^{33} ni$_{51}^{224}$　黄豆脱粒剩余的碎秸、泥茬等垃圾,用作肥料

鱼粉　ɦŋ$_{33}^{224}$ fəŋ^{325}　①海杂鱼晒干后粉碎成的肥料;②一种猪饲料

鱼头　ɦŋ$_{35}^{224}$ dɤu$_{22}^{224}$　用渔业加工后的头尾杂碎等下脚料制成的肥料

复合肥　fuʔ$_1^5$ ɦæʔ$_{21}^{23}$ vi$_{51}^{224}$　氮、磷、钾成分混合的化肥

废水　fi$_{33}^{55}$ ɕy$_{31}^{325}$　工业废水(有的可作肥料)

央沟塘泥　iaŋ^{33} kɤu^{33} dɔ̃$_{35}^{224}$ ni$_{22}^{224}$　庭院水沟里的烂泥,甚臭而有肥力

蜎　hiaŋ^{335}　蜎虫,指浮尘子等水稻害虫

杀蜎水　sæʔ$_1^5$ hiaŋ$_{32}^{325}$ ɕy^{325}　灭蜎虫的水剂农药

杀蜎粉　sæʔ$_1^5$ hiaŋ$_{32}^{325}$ fəŋ^{325}　灭蜎虫的粉剂农药

蜎烂　hiaŋ$_{32}^{325}$ lɛ^{35}　水稻受蜎虫之害过重而呈衰败状

马拉松　ma$_{21}^{214}$ la^{33} soŋ^{33}　音译外来词,指一种高效剧毒农药(现已停用)

六　林牧副渔

树　ʑy^{35}　树,一般指乔木:杉～、柏～、枫～、～桩、斫～

柴　za^{224}　①各种灌木的统称:斫～砍柴;②柴禾、烧柴:爿木柴、茅～、硬～

竹　tɕyʔ^5　竹,竹子:毛～、山～、～园、～笋

笋　ɕyoŋ^{325}　笋,竹笋:～尖、～壳、剡～挖笋

松毛树　ʑyoŋ^{33} mau$_{33}^{224}$ ʑy^{35}　松树,特指当地的马尾松[1]

---

①　"松"字单字音读ɕyoŋ^{33},在"松毛、松毛丝、松毛树"等复合词中的浊声母,可能系受其后字声母逆同化的结果。

松毛　ʑyoŋ³³ mau²²⁴₃₃ᵥ　马尾松的树枝或针叶

松毛丝　ʑyoŋ³³ mau²²⁴₃₃ sɿ³³　马尾松的针叶

樟树　tsɔ̃³³ ʐy³⁵　樟树,香樟

香椿树　hiaŋ³³ tɕʻyoŋ³³ ʐy³⁵　香椿,椿:摘~

刺柏　tsʻɿ⁵⁵₁₃₃ paʔ⁵　柏树品种之一,叶子尖硬呈刺状

扁柏　piE³²⁵₃₂ paʔ⁵　柏树品种之一,叶子扁软呈藻状

柏子树　gən²¹⁴₂₁ tsɿ³²⁵₁₃₂ ʐy³⁵　柏树,乌柏树

柴爿姜　za²²⁴₃₃ bE²²⁴₃₃ kiaŋ⁵¹　杜鹃花木,一种小灌木,通常砍作烧柴

柴爿花　za²²⁴₃₃ bE²²⁴₃₃ huo⁵¹　杜鹃花,映山红

枧柴　kiE³²⁵₃₂ tɕiɿʔ⁵　一种小灌木,春季开白花,枝条坚韧,常被用来捆柴、做柴枷,粗的可做锄杆

溪椤　kʻi³³₅₅ lou²²₂₂　树名,即枫杨,多生于溪滩上,儿童于春季喜剥取其枝条皮自制喇叭,称为~叫

狼基　lɔ̃²²⁴₃₃ ki³³　蕨类植物,普通茅柴

大叶狼基　dou³⁵ ɦiæ²³₂₁ lɔ̃²²⁴₃₃ ki³³　蕨类植物的一种,叶子较大,嫩芽可食,叫蕨菜

细叶狼基　ɕi⁵⁵₃₃ ɦiæʔ²³₂₁ lɔ̃²²⁴₃₃ ki³¹　蕨类植物的一种,叶子较小,主要用途作烧柴,也叫狼基头

狼基头　lɔ̃²²⁴₃₃ ki³³ dɤu²²⁴₅₁　细叶狼基

禁山　kiŋ⁵⁵₃₃ sE³³　封山育林

望山　mɔ̃³⁵₃₃ sE³³　①看护山林;②戏称人之已死

开山　kei³³ sE³³　解除对山林的封禁

斫山　tsɔʔ⁵₁ sE³³　砍除竹林里的杂木杂草

斫树　tsɔʔ⁵₁ ʐy³⁵　伐木,砍树

柯削　kʻo³³ ɕiaʔ⁵　清整树林,芟除冗枝、杂树和杂草

柯树蘖　kʻo³³ ʐy³⁵₃₃ hoŋ⁵⁵　删砍树枝

柯竹　kʻo³³ tɕyuʔ⁵→tɕyoŋ³¹　删砍竹枝

桙　tsaŋ³³/tsaŋ⁵¹　枯枝断落或删砍枝条后的残留部分或节痕:~节、树~、竹~

桙节　tsaŋ³³ tɕiæʔ⁵　=桙

茶山　dzo²²⁴₃₃ sE³³　种茶树的山地

茶树　dzo²²⁴₃₃ ʐy³⁵　茶树

茶籽　dzo²²⁴₃₃ tsɿ³²⁵　茶树种子

茶散　dzo²²⁴₃₃ sE³²⁵　茶叶

云雾茶　ɦyoŋ²²⁴₃₃ ɦu³⁵₃₃ dzo³³⁴₂₂₄　天台出产的名茶,产自云雾缭绕的天台山上

高山茶　kau³³ sE³³₅₅ dzo²²⁴₂₂　产自较高的山地上的茶叶,质量较好

手工茶　ɕiɤu³²⁵₃₂ kŋ³³₅₅ dzo²²⁴₂₂　用传统手工法炒制的茶叶

摘茶　tsaʔ⁵₁ dzo²²⁴/dzo⁵¹　采茶

雨前茶　ɦy²¹⁴₂₁ ziE²²⁴₃₅ dzo²²⁴₂₂　谷雨前采摘的茶叶,又称谷雨前茶、雨前

明前茶　miŋ²²⁴₃₃ ziE²²⁴₃₅ dzo²²⁴₂₂　清明前采摘的茶叶

捉茶罢　tɕyɔʔ₁²⁵ dzo₃₃²²⁴ ba²¹⁴　最后一遍采摘的茶叶

梅　mei₅₁²²⁴　①梅树:一株～;②梅树的果实,梅子:一斤～

黄梅　ɦuõ₃₅²²⁴ mei₂₂²²⁴　梅的品种之一,果实颜色略黄

杏梅　ɦiaŋ₂₁²¹⁴ mei₅₁²²⁴　梅的品种之一,果实如杏

秧梅　ia₅₅³³ mei₂₂²²⁴　①杨梅树:种～;②杨梅果儿:摘～

秧梅黑　ia₃₃³³ mei₃₃²²⁴ heʔ⁵　杨梅采摘期主人因怕他人白吃而不与人打招呼的反常表现

望秧梅　mõ₃₃³⁵ ia₅₅³³ mei₂₂²²⁴　看守杨梅

搞厂　kau₃₂³²⁵ tɕia₃₃²⁵　搭建厂棚用来看守庄稼果木

梨　li₅₁²²⁴　①梨树:栽～;②梨子:摘～

桃　dau₅₁²²⁴　①桃树:～花开了;②桃子:一篮～

花红　huo₅₅³³ ɦ₂₂²²⁴　①沙果树;②沙果儿

橘　kyuʔ⁵　①橘树:～山;②橘子:蜜～

橘　kyuʔ⁵→kyoŋ₃₁　①橘子,橘树的果实:摘～、卖～;②橘树:杀～、剪～(见下)

杀橘　sæʔ₁⁵ kyoŋ₃₁　给橘树杀虫

剪橘　tɕiɛ₃₂³²⁵ kyoŋ₃₁　修剪橘树枝

上林　zõ₂₁²¹⁴ li₂₂²²⁴　果树栽植后首次结果

解　ga²¹⁴　锯断、锯开:～树、～板

解柴　ga₂₁²¹⁴ za²²⁴　把树木锯成烧柴

摘松花　tsaʔ₁⁵ zyoŋ₃₃³³ huo³³　采摘松树的花朵(筛取其花粉可做食品辅料)

摘树蒲　tsaʔ₁⁵ zy₃₃³⁵ bu₅₁²²⁴　采摘松果

选树墩　huø₃₂³²⁵ zy₃₃³⁵ də₅₁³³　选伐小树

劁柴株　lɤu³³ za₃₃²²⁴ tɕy³³　挖树桩

劁茅柴株　lɤu³³ mau₃₃²²⁴ za₃₃²²⁴ tɕy₅₁³³　挖取小树和灌木的桩根

劁笋　lɤu³³ ɕyoŋ³²⁵　挖笋

劁草药　lɤu³³ tsʻsu₃₂³²⁵ ɦia ʔ₂³　挖草药

捕草药　bu³⁵ tsau₃₂³²⁵ ɦia ʔ₂³　寻找草药,挖草药

捕蕈　bu₃₃³⁵ zyoŋ³⁵　找蘑菇

捉蕈　tɕyɔʔ₅ zyoŋ³⁵　捡蘑菇

斫毛竹　tsɔʔ₁⁵ mau₄₄²²⁴ tɕyuʔ⁵　砍毛竹

拖毛竹　tʻa³³ mau₄₄²²⁴ tɕyuʔ⁵　把砍倒的毛竹拖下山

硬炭　ŋa₃₃³⁵ tʻɛ⁵⁵　用炭窑烧出的无烟炭

烧硬炭　ɕiau³³ ŋa₃₃³⁵ tʻɛ　把树木用炭窑烧成无烟炭

炭煤　tʻɛ₃₃⁵⁵ mei₅₁³⁵　比硬炭略差的木炭

众生　tɕyoŋ₃₃⁵⁵ sa₃₃³³　牲畜,畜牲,牲口,畜禽

活口众生　ɦuə ʔ₂₁²³ kʻɤu₃₂³²⁵ tɕyoŋ₃₃⁵⁵ sa₃₃³³　＝众生

牛　ŋɤu²²⁴　牛:～出苏州旧俗,给牛头挂上红布条,赶到苏州去卖

骚牛　sau$_{55}^{33}$ ŋɤu$_{22}^{224}$　雄性黄牛

牛娘　ŋɤu$_{35}^{224}$ niaŋ$_{22}^{224}$　母牛:只～起性了

羯牛　kiæ$ʔ_1^5$ ŋɤu^{224}　犍牛(阉过的公牛)

小牛　ɕiau$_{32}^{325}$ ŋɤu$_{51}^{224}$　牛犊,小牛

黄牛　fiũ$_{35}^{224}$ ŋɤu$_{22}^{224}$　黄牛

黄牛蟹　fiũ$_{33}^{224}$ ŋɤu$_{33}^{224}$ ha$_{31}^{325}$　对黄牛的贬称(意谓其力气不如水牛大)

水牛　ɕy$_{32}^{325}$ ŋɤu^{224}　水牛

水牯　ɕy$_{32}^{325}$ ku$_{31}^{325}$　公水牛

水雌　ɕy$_{32}^{325}$ tsʅ$_{51}^{33}$　母水牛

牛儿　ŋɤu$_{33}^{224}$ ʔn$_{51}^{224}$　小牛(尤指初生的小牛)

看牛　kʻE$_{33}^{55}$ ŋɤu$_{334}^{224}$　放牛,牧牛:清明过头,小鬼～①

放山　fɔ̃$_{33}^{55}$ sE^{33}　"看牛"的一种方式,把牛放到山上让它吃草。(一般的"看牛"必须牵着牛绳以防它吃庄稼,"放山"只是不必牵着牛绳,仍须在远处看着)

割牛草　kæ$ʔ_1^5$ ŋɤu$_{33}^{224}$ tsʻau^{325}　割喂牛的草

铰刀　kau$_{32}^{325}$ tau^{33}　铡刀

铰　kau^{325}　用铡刀铡断:～草、～稻秆、～番薯藤

牛草桶　ŋɤu$_{33}^{224}$ tsʻau$_{32}^{325}$ doŋ^{214}　喂牛草的长方形木桶

喂　y^{55}　饲养、喂饲:～牛、～猪、～鸡、～毛兔

牛料　ŋɤu$_{33}^{224}$ liau^{35}　喂牛的精饲料

牛虻　ŋɤu$_{35}^{224}$ maŋ^{55}　牛虻

牛草夹□　ŋɤu$_{33}^{224}$ tsʻau$_{32}^{325}$ kæ$ʔ_1^5$ pi$_{51}$　牛体外寄生虫,小者如米,大者如豆,色灰褐,光滑无翅,长时间叮在牛颈、胁、腹等处的皮上,吸食牛血。北方称为"草爬子"

猪　tsʅ^{33}　猪:～栏间猪圈、～肉、养～

肉猪　nyuʔ$_{21}^{23}$ tsʅ^{33}　肉用猪,阉割后待肥的猪

猪娘　tsʅ$_{55}^{33}$ niaŋ$_{22}^{224}$　母猪

小猪娘　ɕiau$_{32}^{325}$ tsʅ^{33} niaŋ$_{51}^{224}$　小母猪,尚未繁育过的母猪

压猪娘　æ$ʔ_1^5$ tsʅ$_{55}^{33}$ niaŋ$_{22}^{224}$　选留雌性小猪作种母猪饲养

猪娘绽　tsʅ^{33} niaŋ$_{33}^{224}$ dzE^{35}　把繁育过的母猪阉割后再育肥的肉猪

阉猪　iE^{33} tsʅ^{33}　劁猪,割去小公猪的睾丸或小母猪的卵巢以便育肥

阉小猪　iE^{33} ɕiau$_{32}^{325}$ tsʅ$_{51}^{33}$　阉割幼猪(雄性小猪)

阉猪娘　iE^{33} tsʅ$_{55}^{33}$ niaŋ$_{22}^{224}$　阉割母猪,包括雌性肉用猪和不再用来繁育的母猪

壳猪　kʻɔ$ʔ_1^5$ tsʅ^{33}　半大的肉用猪,尚未育肥,身子如一个壳架,北方叫架子猪或壳郎猪

骚猪　sau^{33} tsʅ^{33}/sau^{33} tsʅ$_{51}^{33}$　种公猪

赶猪　kE$_{32}^{325}$ tsʅ^{33}　给母猪配种

赶骚猪个　kE$_{32}^{325}$ sau^{33} tsʅ$_{51}^{33}$ ko　①种公猪的主人,专业配种站种公猪的管理人;②蔑称风骚男人

---

①　清明过头,小鬼看牛:农谚。当地在冬季把耕牛关在圈里饲养,春季过了清明才开始放牧。小鬼,这里指牧童。

踢猪　t'iɿʔ₁⁵ tsɿ³³　赶母猪去养种公猪处配种

起性　k'i³²⁵₃₂ ɕiŋ⁵⁵　牲畜发情

□　go²²⁴　牲畜发情期雌雄相扑趴要求交配:只牛起性了,要~解那隻|隻牛恶勒猛,要~人!

牁猪　k'o⁵⁵₃₃ tsɿ³³　①买猪,特指买猪来养;②逮猪,抓猪

猪水　tsɿ³³ ɕy³²⁵₃₃　猪食:烧~煮猪食

猪水拗斗　tsɿ³³ ɕy³²⁵₃₂ a³³ tɤu³³　盛猪食的拗斗桶

猪水饭锹　tsɿ³³ ɕy³²⁵₃₂ vE³⁵₃₃ tɕiau³³　搅拌猪食的铲子

猪料　tsɿ³³ liau³⁵　喂猪的精饲料

拔猪草　bæʔ²³₂₁ tsɿ³³ ts'au³²⁵　拔猪吃的野草

草缸　ts'au³²⁵₃₂ kɔ̃³³₅₁　酿青贮饲料的缸

草池　ts'au³²⁵₃₂ dzɿ²²⁴₅₁　酿青贮饲料的池子,多为石板砌壁的坑

猪槽　tsɿ³³₅₅ zau²²⁴₂₂　喂猪的石槽

小猪槽　ɕiau³²⁵₃₂ tsɿ³³ zau²²⁴₅₁　喂幼猪的木槽,多为圆形矮桶,中央有立柄

牛栏间　ŋɤu²²⁴₃₃ lE²²⁴₃₃ kE³³₅₁　牛圈

猪栏间　tsɿ³³ lE²²⁴₃₃ kE³³₅₁　猪圈

牛栏栅　ŋɤu²²⁴₃₃ lE²²⁴₃₃ saʔ⁵　牛圈出入口的木栅,多为竖插型

猪栏栅　tsɿ³³ lE²²⁴₃₃ saʔ⁵　猪圈出入口的木栅,多为横插型

垫牛栏　diE³⁵₃₃ ŋɤu³⁵₃₅ lE²²₂₂　用稻草、麦草或青草垫牛圈

垫猪栏　diE³⁵₃₃ tsɿ³³₅₅ lE²²₂₂　用稻草、麦草或青草给猪垫圈

斫猪栏垫　tsɔʔ₁⁵ tsɿ³³ lE²²⁴₃₃ diE³³　割垫猪圈用的青草

羊　ɦiaŋ²²⁴/ɦiaŋ⁵¹　羊,山羊

羊栏　ɦiaŋ²²⁴₃₅ lE²²⁴　羊圈

垫羊栏灰　diE³⁵₃₃ ɦiaŋ²²⁴₃₃ lE²²⁴₃₃ hue³³　给羊圈垫灰

割羊草　kæʔ₁⁵ ɦiaŋ²²⁴₃₃ ts'au³²⁵　割羊吃的草

吊羊　tiau⁵⁵₃₃ ɦiaŋ²²⁴　把拴羊绳的木桩敲入草地使羊固定在一定范围内吃草,免使糟蹋庄稼

桩羊　tɕyɔ̃³³ ɦiaŋ²²⁴₅₁　=吊羊

鸡　ki³³　鸡:养~、牁~抓鸡

鸭　æʔ⁵→E₃₁　鸭,鸭子:看~放鸭子

小鸡　ɕiau³²⁵₃₂ ki³³₅₁　小鸡儿,鸡崽儿

鸭儿　E₃₁ ʔn₅₁　小鸭子,鸭崽子

鸡子　ki³³ tsɿ³²⁵　鸡蛋:探~用手指探摸鸡屁股以判断有无鸡蛋

鸭子　æʔ₁⁵ tsɿ³²⁵　鸭蛋

鸡子黄　ki³³ tsɿ³²⁵₃₂ ɦuɔ̃²²⁴₅₁　鸡蛋黄儿,蛋黄儿

鸡子白　ki³³ tsɿ³²⁵₃₂ baʔ²³→baŋ₃₁　鸡蛋白儿,蛋白儿

雄鸡　ɦyoŋ²²⁴₃₃ ki³³　公鸡

草鸡　ts'au³²⁵₃₂ ki³³₅₁　母鸡,雌鸡

鸡娘　ki$_{55}^{33}$ nian$_{22}^{224}$　母鸡,能孵小鸡的母鸡

赖孵鸡　la$_{33}^{35}$ bu$_{35}^{224}$ ki$_{51}^{33}$　老抱子鸡。春季有些母鸡连续下蛋后会停歇一段时间无蛋,同时产生一种迷狂状态,症状是体温升高,羽毛松散,不肯进食,不停地发出呼唤小鸡的咯咯声,常赖在下蛋窝里不走,要求给蛋孵,故被称为～

雄鸭　ɦyoŋ$_{33}^{224}$ æʔ^{5}→E$_{31}$　公鸭

草鸭　tsʻau$_{32}^{325}$ æʔ$_{1}^{5}$→E$_{31}$　母鸭

鸡笼　ki$_{55}^{33}$ loŋ$_{22}^{224}$　关鸡的笼子,有两种:一种固定在家中,多为方形板制;另一种为篾编圆笼,用来把鸡移放于收获后的田里觅食

毛兔　mau$_{33}^{224}$ tʻu^{55}　兔子,家兔:～毛兔毛

长毛兔　dʑiaŋ$_{33}^{224}$ mau$_{33}^{224}$ tʻu^{55}　一种毛特别长的兔子

毛兔笼　mau$_{33}^{224}$ tʻu$_{33}^{55}$ loŋ$_{51}^{224}$　关养兔子的竹笼

拔毛兔草　bæʔ$_{21}^{23}$ mau$_{33}^{224}$ tʻu$_{33}^{55}$ tsʻau^{325}　拔喂兔子的草

拔毛兔毛　bæʔ$_{21}^{23}$ mau$_{33}^{224}$ tʻu$_{33}^{55}$ mau^{334}　拔兔毛(用梳子梳或用手拔)

办厂　bE$_{33}^{35}$ tɕian^{325}　开办或经营工厂(包括家庭式小作坊)

做厂　tsou$_{33}^{55}$ tɕian^{325}　在工厂做工,多指在当地乡镇集体或个体小工厂做工

做木珠　tsou$_{33}^{55}$ muʔ$_{21}^{23}$ tɕy$_{51}^{33}$　制做木珠产品,如木珠坐垫、木珠靠背之类。木珠产品是当地坦头镇的一种特色产品

做橡胶　tsou$_{33}^{55}$ ziaŋ$_{21}^{214}$ kau^{33}　制做橡胶产品。橡胶品是当地乡镇工业主要厂品之一,主要产品是工业用三角带

做三角带　tsou$_{33}^{55}$ sE^{33} kɔʔ$_{1}^{5}$ ta^{55}　参见"做橡胶"

做筛网　tsou$_{33}^{55}$ sɿ^{33} mɔ̃^{325}　办筛网厂或做筛网类产品。筛网是一种工业用滤网,是当地有代表性的乡镇企业产品,主要产地在平桥镇

割苎　kæʔ$_{1}^{5}$ dzɿ^{214}　收割已长成的苎麻

浸苎　tɕin^{55} dzɿ^{214}　把去叶的苎麻秆浸沤在水中以便剥麻

剥苎　pɔʔ$_{1}^{5}$ dzɿ^{214}　从已沤好的苎麻秆上剥下麻皮

叉苎　tsʻo^{33} dzɿ^{214}　用苎叉叉刮苎麻皮,去除其纤维层外的表皮

积苎　tɕiɿʔ$_{1}^{5}$ dzɿ^{214}　把浸过的苎麻编接成纺网线的丝

网线　mɔ̃$_{21}^{214}$ ɕiE^{55}　用苎丝纺成的鱼网线

线车　ɕiE$_{33}^{55}$ tsʻu^{33}　纺网线的摇车

结网　kiæʔ$_{1}^{5}$ mɔ̃^{214}　编结鱼网。旧时多用苎线,现今多用尼龙线

织网　tɕiɿʔ$_{1}^{5}$ mɔ̃^{214}　＝结网

斫竹　tsɔʔ$_{1}^{5}$ tɕyuʔ$_{1}^{5}$/→tɕyoŋ^{31}　砍竹子,伐竹子

脈篾　pʻaʔ$_{1}^{5}$ miæʔ$_{1}^{23}$　把竹子劈分成篾片或篾丝,供做竹器用

鱼　ɦŋ^{224}　鱼:鲫～、鲤～

鳖　piæʔ^{5}　鳖,甲鱼,团鱼

鱼　ɦŋ$_{51}^{224}$　鱼(某些复合词或词组的末尾成分常读此音):稻田～、枴～、小～

鲫鱼　tɕiɿʔ$_{1}^{5}$ ɦŋ^{224}　鲫鱼

链鱼　liɛ$_{35}^{224}$ ɦŋ$_{22}^{224}$　鲢鱼，草鲢

草鱼　tsʻau$_{32}^{325}$ ɦŋ^{224}　草鱼

鲶　niɛ^{224}　鲶鱼

泥鳅　ni$_{35}^{224}$ tɕiɤu$_{51}^{33}$　泥鳅

鳢槁　li$_{21}^{214}$ kau^{325}　黑鱼，乌鱼，乌鳢

鳗　mø^{224}　鳗鱼

黄蒲鳝　ɦuɔ̃$_{33}^{224}$ bu$_{33}^{224}$ ʑiɛ^{214}　鳝鱼，黄鳝

土鲋鱼　tʻu$_{32}^{325}$ bu$_{33}^{35}$ ɦŋ$_{51}^{224}$　一种生活在溪塘浅水中的小鱼，常静伏在水底沙上

稻田鱼　dau$_{21}^{224}$ diɛ$_{35}^{224}$ ɦŋ^{224}　生活在稻田里的鱼

虾　ho^{33}／ho$^{33}_{51}$　虾：龙～、稻田～

蟹　ha^{325}　蟹，螃蟹：毛～洞蟹洞、～脚、～壳

抲鱼　kʻo^{33} ɦŋ$_{51}^{224}$　捉鱼，抓鱼

箔　bɔʔ^{23}　在河道中用竹竿、树枝等建成的斜形活坝，用以拦截鱼、蟹等水生物以便捕捉

扨罾　au^{55} tsəŋ^{33}　一种方形渔网，用四根竹竿撑开，缚在一根大竹竿上，静置于岸边水中捕鱼，用一根绳子收网

鱼笭　ɦŋ$_{35}^{224}$ lou$_{22}^{224}$　一种篾编鱼篓子，形如半身人塑像

撩斗　liau$_{33}^{224}$ tɤu$_{31}^{325}$　一种渔具，形似网袋，有柄，用来捞舀鱼网中的鱼

戽鱼　hu^{33} ɦŋ^{224}　把塘水、潭水戽干或抽干后抓鱼

作滩　tsɔʔ$_1^5$ tʻɛ$_{51}^{33}$　在溪流浅水处垒叠鹅卵石坎，使鱼随着水流进入布设于下方的篓中

号滩　ɦau$_{33}^{35}$ tʻɛ$_{51}^{33}$　在便于捕鱼的溪滩边设置占场记号以防他人进入捕鱼

排　ba^{224}　竹排，木排，竹筏，木筏，筏子

撑鸬鹚排　tsʻaŋ$_{33}^{55}$ lu$_{33}^{224}$ zı$_{35}^{224}$ ba$_{22}^{224}$　撑着载鸬鹚的筏子，用鸬鹚捕鱼

布鱼澳　pu$_{33}^{55}$ ɦŋ$_{33}^{224}$ au^{55}　一种简易的捕鱼方法，在水沟或稻田水缺口的下方安置鱼篓、畚箕或饭篓之类，使鱼随水流跌入其中

投鱼　dɤu$_{35}^{224}$ ɦŋ^{224}　将毒物投入水中使鱼中毒漂起以便捞取(此法败坏水质)

醉鱼　tɕy$_{33}^{55}$ ɦŋ$_{51}^{224}$　往水中通电或投电瓶放电使鱼昏醉漂起以便捞取

敲鱼　kʻau^{33} ɦŋ$_{51}^{224}$　用大铁锤之类重物敲击岸边岩石，使鱼因受震而昏死漂起(此法较为原始)

戳鳖　tɕʻyɔʔ$_1^5$ piæʔ^5　用一种专用的鱼矛刺取甲鱼

錾鳖　tsɛ$_{33}^{55}$ piæʔ^5　＝戳鳖

毛蟹　mau$_{33}^{224}$ ha^{325}　大闸蟹：～洞

照毛蟹　tɕiau$_{33}^{55}$ mau$_{33}^{224}$ ha^{325}　用松明灯照住并抓捕大闸蟹，初秋黄昏时在溪塘边沿进行

螺蛳　lou$_{33}^{224}$ sı^{33}　螺蛳

田螺　diɛ$_{35}^{224}$ lou$_{22}^{224}$　稻田里的螺蛳

捉螺蛳　tɕyɔʔ$_1^5$ lou$_{35}^{224}$ sı$_{51}^{33}$　捡螺蛳

嗾猎　sɤu$_{32}^{325}$ liæʔ^{23}　嗾使猎狗追赶猎物

赶猎　kɛ$_{32}^{325}$ liæ^{23}　打猎

231

脉野兽　p'aʔ₁²⁵ ia₃₂³²⁵ ɕiɣu⁵⁵　猎狗撕咬野兽

弶　giaŋ³⁵　捕捉鸟兽的机械:老鼠～、野猪～

毛雀　mau₃₃²²⁴ tɕiaŋ₃₁　麻雀

羡　ɦiɛ³⁵　引诱(鸟兽):～雀、～鸟

羡雀　ɦiɛ₃₃³⁵ tɕiaŋ₃₁　诱捕麻雀

羡鸟　ɦiɛ₃₃³⁵ tiau₃₁³²⁵　诱捕鸟类

狗头狨　kɣu₃₂³²⁵ dɣu₃₅²²⁴ nyoŋ₂₂²²⁴　狼

豹狗　pau₃₃⁵⁵ kɣu₃₁³²⁵　豹,豹子

麂　ki₃₁³²⁵　麂子

倒杀弶　tau₃₂³²⁵ sæʔ₁²⁵ giaŋ³⁵　诱捕狼、野猪等猛兽的器械

第十六章　亲属称谓词语

族长　zuʔ$^{23}_{21}$ tɕiaŋ^{325}　同一宗族中辈份最高、年龄最长的男子

家长　ko^{33} tɕiaŋ^{325}　①同宗中年岁最长、威望最高的男子(次于族长)；②学生的父母

当家人　tɔ^{33} ko$^{33}_{55}$ niŋ$^{224}_{22}$　①一家之主；②宗族、村落或组织里的主事者

老人家　lau$^{214}_{21}$ niŋ$^{224}_{33}$ ko$^{33}_{51}$　对陌生年长者的敬称

小当家　ɕiau$^{325}_{32}$ tɔ^{33} ko$^{33}_{51}$　年龄不大而能办大人事的小孩子

亲眷　tɕin^{33} kyø^{55}　亲戚(不包括家眷)：一份户～、望～看亲戚、走～串亲戚、古老～几代延续的亲戚关系、～客有亲戚关系的客人

四亲九眷　sɿ$^{55}_{33}$ tɕin^{33} kiɤu$^{325}_{32}$ kyø^{55}　亲戚或亲族的统称

亲份　tɕin^{33} vəŋ^{35}　同宗的亲族

族世　zuʔ$^{23}_{21}$ ɕi^{55}　血亲宗族

边亲　piɛ^{33} tɕin$^{33}_{51}$　血缘关系较远的亲戚

皮亲　bi$^{224}_{33}$ tɕin$^{33}_{51}$　关系较远的亲戚

堂众　dɔ̃$^{224}_{33}$ tɕyoŋ^{55}　集体、公众

众勒(里)　tɕyoŋ^{55}·lə ʔ　①亲族集体；②堂众，公众，集体

众家　tɕyoŋ^{33} ko$^{33}_{51}$　大家庭，亦称"总家"[tsoŋ$^{325}_{32}$ ko$^{33}_{51}$]

属亲　ʐyuʔ$^{23}_{21}$ tɕin^{33}　沾亲带故，有亲戚关系

亲　tɕin$^{33}_{51}$　后缀，表示娘家同村的亲近关系，以村名置于其前构词：坑边～、安固～、灵溪～

辈份　pei$^{55}_{33}$ vəŋ^{35}　行辈，亲族世系的次第(有时也指非宗族亲友的行辈)：排～按辈份排序、照～论行辈、～高矮辈份的高低

辈辈　pei$^{55}_{33}$ pei^{55}　=行辈：排～排辈份、照～论辈份

辈　pei^{55}　辈份：平～同辈、矮～低辈、兄弟～

上代人　zɔ̃$^{35}_{33}$ dei$^{35}_{33}$ niŋ^{224}　上一代族人

上辈人　zɔ̃$^{35}_{33}$ pei^{55} niŋ$^{224}_{22}$　=上代人

上代　zɔ̃$^{35}_{33}$ dei^{35}　①上一代族人；②先祖

下代　ɦɔ$^{214}_{21}$ dei^{35}　①后一代；②后人，后代

上八代　zɔ̃$^{35}_{33}$ pæʔ$^{5}_{1}$ dei^{35}　泛指先祖(多用为詈骂语)

太太公　t'a$^{55}_{33}$ t'a$^{55}_{55}$ kŋ$^{33}_{51}$　①祖父的祖父及其兄弟；②丈夫祖父的父亲及其兄弟

太太婆　t'a$^{55}_{33}$ t'a$^{55}_{55}$ bou$^{224}_{51}$　①祖母的祖母及姐妹；②丈夫祖父的母亲及其姐妹

太姑婆　t'a$^{55}_{33}$ ku^{33} bou$^{224}_{51}$　①祖父的姑母；②丈夫祖父的姐妹及其同辈女性

太公　t'a$^{55}_{33}$ kŋ$^{33}_{51}$　①祖父的父亲及其兄弟；②丈夫的祖父及其兄弟

太婆　t'a$^{55}_{33}$ bou$^{224}_{51}$　①祖父的母亲及其姐妹；②丈夫的祖母及其姐妹

爷　ɦia_{51}^{224}　①祖父,爷爷;②丈夫的父亲

爷爷　ɦia_{33}^{224} ɦia_{51}^{224}　祖父(童称)

老爷　lau_{21}^{214} ɦi_{51}^{224}　＝爷,(东乡一般不用此称)

孃　niaŋ_{51}^{224}　①祖母,奶奶;②丈夫的母亲

老孃　lau_{21}^{214} niaŋ_{51}^{224}　＝孃,城关一带的称呼

外公　ŋa_{33}^{35} kŋ_{51}^{33}　外祖父,外公,姥爷

外婆　ŋa_{33}^{35} bou_{51}^{224}　外祖母,外婆,姥姥

丈公　dziaŋ_{21}^{214} kŋ_{51}^{33}　①父亲的姑父;②丈夫的姑父

丈婆　dziaŋ_{21}^{214} bou_{51}^{224}　①父亲的姑妈;②丈夫的姑妈

姑婆　ku^{33} bou_{51}^{224}　①祖父的姐妹及同辈女性;②公公的姐妹及同辈女性

舅公　giɤu_{21}^{214} kŋ_{51}^{33}　①父亲的舅父;②丈夫的舅父

妗婆　giŋ_{21}^{214} bou_{51}^{224}　①父亲的舅母;②丈夫的舅母

姨公　ɦi_{33}^{224} kŋ_{51}^{33}　①父亲的姨父;②丈夫的姨父

姨婆　ɦi_{33}^{224} bou_{51}^{224}　①父亲的姨妈;②丈夫的姨妈

大伯公　dou_{33}^{35} paʔ_1^5 kŋ_{51}^{33}　①丈夫的伯父及其同辈兄长;②岳父的哥哥及其同辈兄长

大伯婆　dou_{33}^{35} paʔ_1^5 bou_{51}^{224}　①丈夫的伯母;②岳父的嫂子

叔公　ɕyuʔ_1^5 kŋ_{51}^{33}　①父亲的叔叔及叔弟辈;②丈夫的叔辈男性;③妻子的叔辈

叔婆　ɕyuʔ_1^5 bou_{51}^{224}　①父亲的婶母;②丈夫的婶母;③妻子的婶母

伯　paʔ^5→paŋ_{31}　父亲,爸爸

阿伯　aʔ_1^5 paʔ　父亲,爸爸

爸爸　pa^{55}·pa/阿爸 aʔ_1^5 pa_{51}　父亲,爸爸(新起称呼,流行于城关一带)

姆　ʔm_{51}/ɦm_{31}　母亲,妈妈

姆妈　ʔm^{55}·ma　母亲,妈妈

嫫　mo_{51}　母亲,妈妈(流行于西乡、南山一带)

姆嫫　ʔm^{55}·mo　母亲,妈妈(西乡用)

娘　niaŋ^{224}　母亲(多用于背称他人之母):佢乃～他的母亲

妈 ma^{33}/妈妈 ma_{55}^{33} ma_{22}　母亲,妈妈(新起称呼,流行于城关一带)

老娘　lau_{21}^{214} niaŋ^{224}　①母亲;②指对方母亲,有不甚庄重的意味

娘伯　niaŋ^{224} paŋ_{31}　母亲和父亲的合称,多用于他称:佢～还在阿他父母还在世

大伯　dou_{33}^{35} paʔ^5　①伯父,大伯,大爷;②丈夫的哥哥

大姆　dou_{33}^{35} ʔm_{51}/dou_{33}^{35} ɦm_{31}　①伯母,大娘,大妈;②丈夫的嫂嫂

大伯伯　dou_{33}^{35} paʔ_1^5 pa^5　＝大伯(仅限城关一带)

叔　ɕyuʔ^5/ɕyoŋ_{31}　①叔,叔叔;②丈夫的弟弟

婶　ɕiŋ_{31}^{325}　①婶子,婶婶;②丈夫的弟媳

叔老　ɕyoŋ_{31} lau_{31}^{214}　叔辈(非嫡亲叔辈)

爹　tia₅₁　①叔叔;②丈夫的兄弟;③无兄弟的单丁父亲(罕称,只用于局部地区)

大爹　dou³³₃₃ tia₅₁　①父亲的大弟弟;②丈夫的大弟弟。(用于城关)

小爹　ɕiau³²⁵₃₂ tia₅₁　①父亲的小弟弟;②丈夫的小弟弟。(用于城关)

小婶　ɕiaŋ³²⁵₃₂ ɕiŋ³²⁵₃₁　丈夫的弟媳

大姆小婶　dou³⁵₃₅ ɦm²¹⁴₃₃ ɕiau³²⁵₃₂ ɕiŋ³²⁵₃₁　大娘和婶子的合称

大伯小叔　dou³⁵₃₃ paʔ⁵₁ ɕiau³²⁵₃₂ ɕyuʔ⁵₁→ɕyoŋ₃₁　大爷和叔叔的合称

叔伯姆　ɕyuʔ⁵₁ paʔ⁵₁ ɦm²¹⁴　妯娌:两～妯娌俩

娘舅　niaŋ²²⁴₃₃ giɤu²¹⁴₃₁　舅舅,舅父

娘妗　niaŋ²²⁴₃₃ giŋ²¹⁴₃₁　舅母,舅妈

姑丈　ku³³ dziaŋ²¹⁴₃₁　姑父,姑夫

嫭娘①　ʔŋ⁵⁵ naŋ²²⁴₂₂　①姑妈,姑姑;②丈夫的姐妹

姑娘　ku³³ niaŋ₅₁　＝嫭娘

姑娘嫂　ku³³ niaŋ²²⁴₃₃ sau³²⁵₃₁　姑嫂,小姑和嫂子的合称

娘姨　niaŋ²²⁴₃₃ ɦi²²⁴₅₁　①姨,姨妈,姨母;②对母亲姐妹辈妇女的通称;③妻子的姐妹:大～大姨子、小～小姨子

姨丈　ɦi²²⁴₃₃ dziaŋ²¹⁴₃₁　姨父,姨夫

丈丈　dziaŋ²¹⁴₂₁ dziaŋ₃₁　姑夫或姨夫的童称

阿姨　a⁵⁵ ɦi²²⁴₂₂　同"娘姨"①②,新起的称呼,流行于城关一带

老官　lau²¹⁴₂₁ kuø³³　丈夫,老公:嫁～嫁人,出嫁(俗)

男人　nɛ²²⁴ niŋ²²⁴₂₂　①男子,特指成年男子;②丈夫,老公

女客　ny²¹⁴₂₁ kʼaʔ⁵　妻子,老婆:娶～娶妻,讨老婆

女人　ny²¹⁴ niŋ²²⁴₂₂　①女子,特指成年女子;②妻子,老婆

女客人　ny²¹⁴₂₁ kʼaʔ⁵₁ niŋ²²⁴　妇女,女人(成年已婚女性)

老官女客　lau²¹⁴₂₁ kuø³³ ny²¹⁴₂₁ kʼaʔ⁵　夫妻(俗)

两夫妻　liaŋ²¹⁴₂₁ fu³³ tɕi³³₅₁　夫妻

两老　liaŋ²¹⁴₂₁ lau²¹⁴₃₁　①称年老的夫妻;②称丈夫的父母

老亲家　lau²¹⁴₂₁ tɕiŋ³³ ko³³₅₁　亲家公

亲家伯　tɕiŋ³³ ko³³ paʔ⁵→paŋ₃₁　＝老亲家

亲家姆　tɕiŋ³³ ko³³ ɦm²¹⁴₃₁　亲家母

两老亲家　liaŋ²¹⁴₂₁ lau²¹⁴₃₁ tɕiŋ³³ ko³³₅₁　有儿女婚配的亲戚关系

老丈人　lau²¹⁴₂₁ dziaŋ²¹⁴₂₁ niŋ²²⁴　丈人,岳父

老丈姆　lau²¹⁴₂₁ dziaŋ²¹⁴₂₁ ɦm²¹⁴　丈母娘,岳母

丈姆娘　dziaŋ²¹⁴₂₁ ɦm²¹⁴₂₁ niaŋ²²⁴　丈母娘,岳母(有戏称色彩)

---

　　① 嫭,《广韵》于计切,去声霁韵,影母,折合成今天台话应为 i⁵⁵。天台话称姑妈一词的首音节为ʔŋ⁵⁵,可能由"嫭"音变而来。"娘"在天台话的单字和其他复音词中均读 niaŋ 音,本词的音当系变读。

老烦舅　lau²¹⁴ vɛ³³ giɤu²¹⁴　①妻子的兄弟,内兄弟;②儿孙的内兄弟们的互称

冷饭舅　laŋ²¹⁴ vɛ³⁵ giɤu³¹　＝老烦舅,"冷饭"恐系讹音讹字

老烦妗　lau²¹⁴ vɛ³³ giŋ²¹⁴　①妻子的兄嫂或弟媳;②儿孙的内兄弟的妻子们的互称

冷饭妗　laŋ²¹⁴ vɛ³⁵ giŋ²¹⁴　⇒冷饭舅

大姨　dou³⁵ ɦii⁵¹²²⁴　妻子的姐姐,大姨子

小姨　ɕiau³²⁵ ɦii²⁵¹²²⁴　妻子的妹妹,小姨子

姨丈　ɦii²²⁴₃₃ dziaŋ²¹⁴　妻子的姐夫或妹夫

老娈人　lau²¹⁴ luø³³ niŋ⁵¹　①老年女人,老太太,老太婆;②对婆母的背称(无尊敬意)

娈人老爷　luø³³ niŋ³³ lau²¹⁴ ɦia⁵¹/ɦii⁵¹　婆婆、公公的合称

媳妇娈人　ɕiiʔ⁵₁ vu²¹⁴ luø³³ niŋ⁵¹　儿媳和婆婆,婆媳

媳妇介婆　ɕiiʔ⁵₁ vu²¹⁴ ka³³ bou⁵¹　＝媳妇娈人

老倌　lau²¹⁴ kuø³³　老年男人,老头儿,老头子:白胡须～、佝驼～驼背老人

老倌人　lau²¹⁴ kuø³³ niŋ²²⁴　⇒老倌

老倌精　lau²¹⁴ kuø³³ tɕiŋ³³　极精明的老头子(贬)

老太公₁　lau²¹⁴ tʻa⁵⁵₃₃ kŋ²²⁴　丈夫的祖夫

老太公₂　lau²¹⁴ tʻa⁵⁵₃₃ kŋ⁵¹　泛称男性祖先

老太婆₁　lau²¹⁴ tʻa³³⁵⁵bou²²⁴　丈夫的祖母

老太婆₂　lau²¹⁴ tʻa⁵⁵₃₃ bou⁵¹　泛称女性祖先

大老人　dou³⁵ lau²¹⁴ niŋ²²⁴　①成年人;②长辈

大人₁　dou³⁵ niŋ²²⁴　⇒大老人

大人₂　da³⁵₃₃ niŋ²²⁴　对男性尊长者的敬称(文语):上～孔夫子化三千七十仕(旧时描红册中语)、父母～(书信用称谓语)、包～(包拯,戏曲用语)

小人₁　ɕiau³²⁵ niŋ⁵¹　①＝小老人;②儿女,子女,后代:生～分娩、三个～都廿多岁了

小人₂　ɕiau³²⁵ niŋ²²⁴　①卑鄙之人,与"君子"相对;②地位低下者的自称,与"大人₂"[da³⁵₃₃ niŋ²²⁴]相对,出自传统戏曲和话本小说

儿　ɦin²²⁴　儿,儿子,男孩儿:大～、小～、宝贝～、孙是～个～孙子是儿子的儿子

囡　no³¹₁₄　女儿,女孩儿:大～、小～、宝贝～、生儿生～都一样

儿囡　ɦin²²⁴₃₃ no²¹⁴　儿女,〈俗〉别人稻麦大,自己～好

媳妇　ɕiɤu³³ ɦiu²¹⁴　儿媳,儿子的妻子

媳妇囡　ɕiɤu³² ɦiu²¹⁴₂₁ nø⁵¹　亲生女儿般的媳妇,多为他人对善待儿媳的婆婆的赞语

子息　tsɿ³²⁵₁₃₂ ɕiiʔ⁵　儿女,子女,后辈

大细儿囡　dou³⁵ ɕii⁵⁵₃₃ ɦin²²⁴₃₃ no²¹⁴　所有儿女

儿孙　ɦin²²⁴₃₃ səŋ³³₃₃₄　儿孙,子孙:～满堂

娘儿　niaŋ²²⁴ ɦin²²⁴　母子,母亲和儿子

娘囡　niaŋ²²⁴ no³¹²¹⁴　母女,母亲和女儿

大个　dou$_{33}^{35}$ kou^{55}　头生子女,长子或长女

头个　dɤu$_{33}^{224}$ kou^{55}　＝大个

小个　ɕiau$_{32}^{325}$ kou$_{51}^{55}$　末生子女,小儿子或小女儿

小个媳妇　ɕiau$_{32}^{325}$ kou$_{51}^{55}$ ɕiɤu$_{33}$ ɦu^{214}　最小的儿媳

小脚　ɕiau$_{32}^{325}$ kiaʔ^5　子女

小老人　ɕiau$_{32}^{325}$ lau$_{21}^{214}$ niŋ$_{51}^{224}$　小孩儿,孩子,儿童,未成年人

小猢狲　ɕiau$_{32}^{325}$ ɦu$_{33}^{224}$ səŋ$_{51}^{33}$　小孩儿(戏称)

小鬼头　ɕiau$_{32}^{325}$ ky$_{32}^{325}$ dɤu$_{51}^{224}$　小孩儿(戏称,昵称)

野种　ɦia$_{21}^{214}$ tɕyoŋ^{325}　对非法或非婚所生子女的蔑称

逃生野种　dau$_{33}^{224}$ saŋ^{33} ɦia$_{21}^{214}$ tɕyoŋ^{325}　对非法所生子女的蔑称

早种　tsau$_{32}^{325}$ tɕyoŋ^{325}　对未婚先孕先育的孩子的戏称或蔑称

吃奶儿　tɕyuʔ$_1^5$ na$_{21}^{214}$ ɦn$_{51}^{224}$　非自己所生、仅有哺乳关系的"儿子"

吃奶囡　tɕyuʔ$_1^5$ na$_{21}^{214}$ no$_{31}^{214}$　非自己所生、仅有哺乳关系的"女儿"

双生　ɕyõ$_{51}^{33}$ saŋ^{33}　双胞胎:～儿双胞胎男孩儿、～囡双胞胎女孩儿

自生儿囡　zɿ$_{33}^{35}$ saŋ^{33} ɦn$_{33}^{224}$ no^{214}　亲生子女

呜哇　u^{33} ua^{51}　初生婴儿:〈谚〉月里～吭此佗月子里的婴儿不宜多抱

娃儿　ua$_{33}^{224}$ ʔn^{51}　婴儿

娃娃　ua$_{33}^{224}$ ua^{224}　①(儿语)婴幼儿;②玩具娃娃

妹妹　mei$_{33}^{35}$ mei^{35}　①妹妹(文语,来自普通话);②(儿语)婴孩儿;③儿童指在过家家游戏中所"生"的孩子;④玩具娃娃

妹妹　mei^{35} mei^{35}　大人对婴孩儿(多为男婴)的爱称

宝贝儿　pau$_{32}^{325}$ pei$_{33}^{55}$ ɦn^{224}　①对男婴的昵称;②宠儿,最疼爱的儿子;③独生子(爱称或戏称)

孙　səŋ^{33}　孙子,儿子的儿子:子～满堂、～媳妇孙子的妻子

囡儿孙　no$_{21}^{214}$ ɦn$_{33}^{224}$ səŋ^{33}　孙女,孙子的女儿

玄孙　ɦyø$_{33}^{224}$ səŋ^{33}　曾孙,孙子的儿子

重孙　dzyoŋ$_{33}^{224}$ səŋ^{33}　玄孙,孙子的孙子

儿孙　ɦn$_{33}^{224}$ səŋ^{33}　①子孙,儿孙;②泛指后代

头肩　dɤu$_{33}^{224}$ kiɛ^{33}　头生子女,第一个孩子

头肩儿　dɤu$_{33}^{224}$ kiɛ^{33} ɦn^{224}　头生子,第一个男孩儿

头花儿　dɤu$_{33}^{224}$ huo^{33} ɦn^{224}　头生男婴

独籽儿　duʔ$_{21}^{23}$ tsɿ$_{32}^{325}$ ɦn$_{51}^{224}$　子女中唯一的男孩儿,独生子

独籽囡　duʔ$_{21}^{23}$ tsɿ$_{32}^{325}$ no^{214}　子女中唯一的女孩儿,独生女

独粒种　duʔ$_{21}^{23}$ løʔ$_{21}^{23}$ tɕyoŋ^{325}　唯一的一粒种子,比喻独生子;独根苗

独粒苋菜籽　duʔ$_{21}^{23}$ løʔ$_{21}^{23}$ hɛ$_{33}^{55}$ tsʻei$_{33}^{55}$ tsɿ^{325}　独生子的比喻说法,极言其珍贵

单传　tɛ$_{55}^{33}$ dzyø$_{22}^{224}$　独子传宗:三代～

继儿　ki$_{33}^{55}$ ñn^{224}　①干儿子，义子；②继子；③后夫或后妻原有的儿子

继囡　ki$_{33}^{55}$ no$_{31}^{214}$　①干女儿，义女；②继女；③后夫或后妻原有的女儿

做继儿　tsou$_{33}^{55}$ ki$_{33}^{55}$ ñn$_{51}^{224}$　过继给别人家做儿子

头前儿　dɤu$_{33}^{224}$ ziɛ$_{33}^{224}$ ñn^{224}　丈夫前妻的儿子

头前囡　dɤu$_{33}^{224}$ ziɛ$_{33}^{224}$ no$_{31}^{214}$　丈夫前妻的女儿

顶氏　tiŋ$_{32}^{325}$ z̩^{214}　继嗣，为别人家传递宗嗣

捉来儿　tɕyɔʔ$_1^5$ lei$_{33}^{224}$ ñn$_{51}^{224}$　领养的儿子（一般不知其亲生父母）。捉，捡，拾

捉来囡　tɕyɔʔ$_1^5$ lei$_{33}^{224}$ no$_{31}^{214}$　领养的女儿（一般不知其亲生父母）

偷生　t'ɤu^{33} saŋ$_{51}^{33}$　非婚生子女，私生子或私生女

偷生儿　t'ɤu^{33} saŋ^{33} ñn$_{51}^{224}$　非婚生子，私生子

偷生囡　t'ɤu^{33} saŋ^{33} no$_{51}^{214}$　非婚生女，私生女

小鬼　ɕiau$_{32}^{325}$ ky$_{31}^{325}$　小孩儿（戏称，昵称，有时作蔑称）

细佬　ɕi$_{33}^{55}$ lau$_{31}^{214}$　男孩儿，小伙子，未成年男子

细佬栽　ɕi$_{33}^{55}$ lau$_{21}^{214}$ tsei^{33}　男孩儿（多指少儿）

细人　ɕi$_{33}^{55}$ niŋ^{224}　男孩儿

囡人　no$_{21}^{214}$ niŋ^{224}　女孩儿，小丫头，小姑娘（多指青春期前的）

囡头　no$_{21}^{214}$ dɤu$_{51}^{224}$　未成年女子，处女

大娘　dou$_{33}^{35}$ niaŋ$_{214}$　①大姑娘；②处女，室女

大娘头　dou$_{33}^{35}$ niaŋ$_{214}$ dɤu^{224}　＝大娘

老大娘　lau$_{21}^{214}$ dou$_{33}^{35}$ niaŋ$_{214}$　＝大娘

老大娘头　lau$_{21}^{214}$ dou$_{33}^{35}$ niaŋ$_{214}$ dɤu$_{51}^{224}$　＝大娘

大姑娘　dou$_{33}^{35}$ ku$_{55}^{33}$ niaŋ$_{22}^{224}$　＝大娘

小妇女　ɕiau$_{32}^{325}$ vu$_{21}^{214}$ ny^{214}　未婚女青年（人民公社时产生并流行，现已少用）

后生　ɦɤu$_{21}^{214}$ saŋ$_{51}^{33}$　小伙子，男青年：大～大龄男青年、小～少年男子，也指未婚男子、新出～刚到成年期的未婚男子，棒小伙子

后生人　ɦɤu$_{21}^{214}$ saŋ$_{55}^{33}$ niŋ$_{22}^{224}$　未婚男青年的通称

后生家　ɦɤu$_{21}^{214}$ saŋ^{33} ko^{33}　泛指年轻男子

后生帮　ɦɤu$_{21}^{214}$ saŋ^{33} põ$_{51}^{33}$　成帮结伙的年青人

苋菜后生　hɛ$_{33}^{55}$ ts'ei$_{33}^{55}$ ɦɤu$_{21}^{214}$ saŋ^{33}　瘦弱无力的小伙子

后生屌　ɦɤu$_{21}^{214}$ saŋ^{33} ou^{55}　对力气小、能力差的小伙子的蔑称

后生壳　ɦɤu$_{21}^{214}$ saŋ^{33} k'ɔʔ^5→k'ɔ$_{31}$　①未婚男青年；②男青年的仪表：～好勒猛仪表堂堂

兄弟姊妹　hyoŋ^{33} di$_{21}^{214}$ ts̩$_{132}^{325}$ mei^{55}　兄弟姐妹

爱　ei$_{51}$　哥哥

哥　kou$_{51}^{33}$　哥哥

阿哥　aʔ$_1^5$ kou$_{51}^{33}$　＝哥

哥老　kou³³ lau²¹⁴　兄辈人(非亲兄)

嫂　sau³²⁵　嫂子,嫂嫂

兄嫂　hyoŋ³³ sau³²⁵　①哥哥和嫂嫂;②嫂子

大哥　da³⁵ kou³³₅₁　大哥(社会称谓,对陌生青壮年的敬称)

弟　di²¹⁴₃₁　弟弟

弟老　di²¹⁴₂₁ lau²¹⁴₃₁　①弟辈(非亲弟);②老年人对晚辈年轻人的爱称

妲　da³⁵₅₁　姐姐

姐　tɕia₃₁　姐姐

姊丈　tsʅ³²⁵₃₂ dʑiaŋ²¹⁴　姐夫

妹　mei³⁵₅₁　妹妹:～丈_{妹夫}

嫡亲　tiɿʔ⁵₁ tɕiŋ³³　血统最近的亲属,血亲

兄弟　hyoŋ³³ di²¹⁴　兄弟:～情、亲～、结拜～

义兄弟　ni³⁵ hyoŋ³³ di²¹⁴　①亲娘之子与奶娘之乳子间的关系;②同母异父或同父异母的兄弟
　　关系

姊妹　tsʅ³²⁵₃₂ mei³⁵　姐妹:亲～、堂～

堂　dɔ̃²²⁴　堂房,同宗而非嫡亲的(亲属):～兄弟、～姊妹

堂份　dɔ̃²²⁴₃₃ vəŋ³⁵　堂,堂房:～亲眷_{堂亲}、～外甥_{堂亲的外甥}、～子侄_{堂侄}、～娘舅_{堂亲的舅舅}

堂了堂　dɔ̃²²⁴₃₃ liau²¹⁴₂₁ dɔ̃²²⁴　很疏远的堂亲关系

表　piau³²⁵　中表,表亲关系:～哥、～妹、～弟、～嫂、～姑

表伯　piau³²⁵₃₂ paʔ⁵　表伯,表亲伯父,表大爷

表爸　piau³²⁵₃₂ paŋ₃₁　＝表伯

表姆　piau³²⁵₃₂ ɦm²¹⁴₃₁　表亲伯母,表大娘

表叔　piau³²⁵₃₂ ɕyuʔ⁵　表叔,表亲叔父

表婶　piau³²⁵₃₂ ɕiŋ³²⁵₃₁　表婶,表叔的妻子

表姑　piau³²⁵₃₂ ku³³₅₁　表姑,表伯或表叔的姐妹

表舅　piau³²⁵₃₂ giɤu²¹⁴₃₁　表舅,表兄弟的舅舅

表兄　piau³²⁵₃₂ hyoŋ³³₅₁　①表哥;②对陌生男子的敬称

表兄弟　piau³²⁵₃₂ hyoŋ³³ di²¹⁴₃₁　表兄弟,表哥和表弟,表亲关系的兄弟

表嫂　piau³²⁵₃₂ sau³²⁵　①表嫂,表兄之妻;②对已婚女子的通称;③从事服务行业的妇女;④婊
　　子,妓女

表姐　piau³²⁵₃₂ tɕia³²⁵₃₁～tɕi³²⁵₃₁　表姐

表妲　piau³²⁵₃₂ da³⁵₅₁　＝表姐

表姊妹　piau³²⁵₃₂ tsʅ³²⁵₃₂ mei³⁵　表姐妹,表姐和表妹,表亲关系的姐妹

表侄　piau³²⁵₃₂ dʑiɿʔ²³　表侄,表兄弟的儿子

表侄囡　piau³²⁵₃₂ dʑiɿʔ²³₂₁ no²¹⁴　表侄女,表兄弟的女儿

外甥₁ ŋa³⁵₃₃ saŋ³³₅₁ 外甥,姐妹的儿子

外甥官 ŋa³⁵₃₃ saŋ³³ kuø³³₅₁ ＝外甥

外甥娘 ŋa³⁵₃₃ saŋ³³ niaŋ₂₁₄ 外甥女,姐妹的女儿

外甥₂ ŋa³⁵₃₃ saŋ³³ 外孙,女儿的儿子

外甥孙 ŋa³⁵₃₃ saŋ³³ səŋ³³ 外孙

外甥子丈 ŋa³⁵₃₃ saŋ³³ tsɿ³²⁵₁₃₂ dʑiaŋ²¹⁴ 外甥兼女婿(表亲婚姻)

侄 dʑiɿʔ²³ 侄子,兄弟的儿子

子侄 tsɿ³²⁵₁₃₂ dʑiɿʔ²³ 侄辈的总称

侄佬 dʑiɿʔ²³₂₁ lau²¹⁴ 侄子

侄囡 dʑiɿʔ²³₂₁ no²¹⁴ 侄女,兄弟的女儿

侄孙 dʑiɿʔ²³₂₁ səŋ³³ 侄辈的儿子

侄孙囡 dʑiɿʔ²³₂₁ səŋ³³ no²¹⁴ 侄辈的女儿

侄媳妇 dʑiɿʔ²³₂₁ ɕiɿʔ⁵₁ vu²¹⁴ 侄子的妻子

孙媳妇 səŋ³³ ɕiɿʔ⁵₁ vu²¹⁴ 孙子的妻子

寡妇 kuo³²⁵₃₂ vu²¹⁴ 寡妇

寡妇变人 kuo³²⁵₃₂ vu²¹⁴₂₁ luø²²⁴₃₃ niŋ²²⁴₅₁ 寡妇(有时特指年岁大的寡妇)

大女客 dou³⁵₃₃ ny²¹⁴₂₁ kaʔ⁵ 正妻,大房,大老婆

小女客 ɕiau³²⁵₃₂ ny²¹⁴₂₁ kaʔ⁵→kaŋ₃₁ 妾,偏房,小老婆

大房 dou³⁵₃₃ võ²²⁴ ①排行大的宗族分支;②大老婆

大份 dou³⁵₃₃ vəŋ³⁵ ＝大房①

二房 ni³⁵₃₃ võ²²⁴₃₃₄ 排行第二的宗族分支,亦称"二份"

中央房 tɕyoŋ³³ niaŋ³³ võ²²⁴₅₁ 排行居中的宗族分支,亦称"中央份"

三份 sE³³ vəŋ³⁵ 排行第三的宗族分支

老继娘₁ lau²¹⁴₂₁ ki⁵⁵₃₃ niaŋ²²⁴₃₃₄ 后娘,继母

老继爷₁ lau²¹⁴₂₁ ki⁵⁵₃₃ ɦia²²⁴₃₃₄/ɦii²²⁴₃₃₄ 后爹,继父

老继娘₂ lau²¹⁴₂₁ ki⁵⁵₃₃ niaŋ₅₁ ①干妈、干娘、义母:拜～拜干娘;②婆母

老继爷₂ lau²¹⁴₂₁ ki⁵⁵₃₃ ɦia₅₁/ɦii₅₁ ①干爹、义父:拜～拜干爹;②公爹

共 gyoŋ³⁵ 共有,同一,共同拥有某一代亲长,与"各异"相对:～娘各爷同母异父、～爸各娘同父异母、～太公同曾祖父、～老太公同宗

亲弗着继 tɕiŋ³³ føʔ⁵₁ dʑiaʔ²³₂₁ li⁵⁵ 亲族、亲戚之情尚不如无血缘关系的人,慨叹之辞("着"字疑当为"若"[ziaʔ²³]字之讹)

亲者无怨 tɕiŋ³³ tɕiaʔ⁵₁ vu²²⁴₃₃ yø⁵⁵ 出于亲情而帮助,只能无怨无悔

第十七章　一般称谓词语

一　区域性称谓

屋里人　u$_{33}$ li^{214} niŋ^{224}　自己家里的人：～人多、～少、佢$_{他}$～共只四个

外人　ŋa$_{33}^{35}$/ŋei$_{33}^{35}$ niŋ$_{334}$　①别人，别家的人；②局外人

各个人　kɔʔ$_1^5$ kou$_{33}^{55}$ niŋ$_{334}$　①别人，他人；②各人

各人　kɔʔ$_1^5$ niŋ^{224}　各人，每个人

别个人　biæʔ$_{2T}^{23}$ kou$_{33}^{55}$ niŋ$_{51}^{224}$　别人，他人

天台人　tʻiE$_{33}^{33}$ tʻei$_{55}^{33}$ niŋ$_{22}^{224}$　祖籍天台县的人

外头人　ŋa$_{33}^{35}$/ŋei^{35} dɤu$_{35}^{224}$ niŋ$_{22}^{224}$　外来人，特指外地来天台办事、工作或做生意的人（不包括"外地人"）。⇒外地人

外地人　ŋa$_{33}^{35}$/ŋei^{35} di$_{33}^{35}$ niŋ$_{51}^{224}$　外来人，多指外来打工者或嫁入的妇女。≠外头人

各村人　kɔʔ$_1^5$ tsʻeŋ$_{55}^{33}$ niŋ$_{22}^{224}$　外村人（与"本村人"相对而言）

各县人　kɔʔ$_1^5$ ɦyø$_{55}^{33}$ niŋ$_{334}$　外县人（与"天台人"相对而言）

各省人　kɔʔ$_1^5$ saŋ$_{32}^{325}$ niŋ^{224}　外省人（与"浙江人"相对而言）

各国人　kɔʔ$_1^5$ kuʔ$_1^5$ niŋ^{224}　外国人（与"中国人"相对而言）

东乡人　toŋ^{33} hiaŋ$_{55}^{33}$ niŋ$_{22}^{224}$　居于天台县东乡的人。东乡，天台县东部，原属苍山区，今为坛头镇、三合镇、洪畴镇、泳溪乡一带，有时也泛指城关东门外起的县境东部

西乡人　ɕi^{33} hiaŋ$_{33}^{33}$ niŋ$_{22}^{224}$　居于天台县西乡的人。西乡，天台县西部，包括平桥、街头、白鹤等镇及丽泽、唐宋、龙山等乡

南山人　nE$_{33}^{224}$ sE$_{55}^{33}$ niŋ$_{22}^{224}$　居于天台县南部原南山区一带的人

北山人　pøʔ$_1^5$ sE$_{55}^{33}$ niŋ$_{22}^{224}$　居于天台县北部原北山区一带的人

城里人　ziŋ$_{33}^{224}$ li$_{32}^{325}$ niŋ^{224}　居于县级以上城市的人

乡下人　hiaŋ^{33} ɦo$_{21}^{214}$ niŋ^{224}　乡下人，指居于乡镇以下村落的人

山上（头）人　sE^{33} zɔ̃$_{33}^{35}$(dɤu$_{35}^{224}$) niŋ^{224}　山民，居于山区的人

山里人　sE^{33} li$_{21}^{214}$ niŋ$_{22}^{224}$　＝山上（头）人

山□人　sE^{33} ha^{55} niŋ$_{22}^{224}$　＝山里人。□ha^{55}，"里面"之意

垟下人　ɦiaŋ$_{33}^{224}$ ɦo$_{21}^{214}$ niŋ^{224}　居于山区以外平坦地带的人

上向人　zɔ̃$_{33}^{35}$ hiaŋ$_{33}^{55}$ niŋ$_{335}$　居于上行方向的人。上向，指县城往杭州方向的新昌县一带

下向人　ɦo$_{21}^{214}$ hiaŋ$_{33}^{55}$ niŋ$_{335}$　居于下行方向的人。下向，指县城东门外至临海、三门、黄岩一带

黄岩姨　ɦuɔ$_{33}^{224}$ ŋE$_{33}^{224}$ ɦi$_{51}^{224}$　从黄岩县嫁到本地的女人

上海人　zɔ̃³⁵₃₃ hei³²⁵₃₂ niŋ²²⁴₅₁　上海人

上海客人　zɔ̃³⁵₃₃ hei³²⁵₃₂ kʰaʔ⁵₁ niŋ²²⁴₅₁　①上海人,特指从上海来的客人;②讥称像上海人般打扮入时、衣着光鲜的人

洋人　ɦiaŋ²²⁴₃₅ niŋ²²⁴₂₂　洋人,外国人,多指西洋人

东洋人　toŋ³³ ɦiaŋ²²⁴₃₅ niŋ²²⁴₂₂　东洋人,日本人

倭人　o³³₅₅ niŋ²²⁴₂₂　旧称,日本人

倭寇　o³³₅₅ kʰɤu⁵⁵　旧称,指在沿海一带从事劫掠活动的日本人

日本强盗　niɿʔ²³₂₁ pən³²⁵₃₂ giaŋ²²⁴₃₃ dau³⁵　倭寇,日本侵略者

二　职业身份称谓

工人　kŋ³³₅₅ niŋ²²⁴₂₂　工人

农民　noŋ²²⁴₃₅ miŋ²²⁴₂₂　农民

种田垟人　tɕyoŋ⁵⁵₃₃ diɛ²²⁴₃₃ ɦiaŋ²²⁴₃₅ niŋ²²⁴₂₂　农民,种田人

种田客　tɕyoŋ⁵⁵₃₃ diɛ²²⁴₃₃ kʰaŋ³³　①请来或雇来帮忙插秧的人;②外来的佃农

干部　kɛ⁵⁵₃₃ bu²¹⁴　干部

做官个　tsou⁵⁵₃₃ kuø³³·ko　当官儿的,官员,政府工作人员

当兵个　tɔ̃³³ piŋ³³·ko　①当兵的,士兵;②军人(包括士兵和军官)

做生意个　tsou⁵⁵₃₃ saŋ³³ i⁵⁵·ko　生意人,商人,买卖人

伙计　hou³²⁵₃₂ ki⁵⁵　①店员〈旧称〉;②同场地做活儿的同行伙伴儿

徛店个　gi²¹⁴₂₁ tiɛ⁵⁵·ko　站柜台的,营业员,商店售货员

办厂个　bɛ³⁵₃₃ tɕʰiaŋ³²⁵·ko　(个体或小集体的)工厂老板

老板　lau²¹⁴₂₁ pɛ³²⁵　①老板,生意人,厂主或店主;②社会敬称,用于称呼陌生男子

做厂个　tsou⁵⁵₃₃ tɕʰiaŋ³²⁵·ko　(在工厂)做工的,工厂工人(本词中的"厂"一般指乡镇企业或家庭作坊式的厂,不包括大型工厂)

做戏个　tsou⁵⁵₃₃ hi⁵⁵·ko　演戏的,演员,艺人

教师　kau⁵⁵₃₃ sɿ³³　①教授一技之长的人;②对好为人师且喋喋不休者的讥称:〈俗〉徛阿做～,坐阿做瘟猪

学生₁　ɦoʔ²³₂₁ saŋ⁵¹₃₃　集合名词,学生,弟子:读书～、学校学生

学生₂　ɦoʔ²³₂₁ saŋ³³　个体名词,门生,学生:颜回是孔子个的～

手艺人　ɕiɤu³²⁵₃₂ ni³⁵₃₃ niŋ²²⁴₃₃₄　手艺人,工匠,匠人

老师　lau²¹⁴₂₁ sɿ³³　①教师,教员:学堂～;②手艺人,艺人,工匠,匠人

先生₁　ɕiɛ³³ saŋ⁵¹₃₃　①对男子的敬称;②某些类职业的从业人员:教书～、算命～、风水～

先生₂　ɕiɛ³³ saŋ³³　①医生、郎中;②对衣着整洁、不事体力劳动的文化人的讥称

师父　sɿ³³ vu²¹⁴　敬称,通常用以称呼武艺人、江湖客、和尚或道士

老师头　lau²¹⁴₂₁ sɿ³³ dɤu²²⁴₅₁　①师傅,工匠;②对陌生男子的敬称

老师帮　lau²¹⁴₂₁ sɿ³³ pɔ̃³³　工匠团伙

老师行　lau²¹⁴₂₁ sɿ³³₅₅ ɦɔ̃²²⁴₂₂　泛指工匠一类人员

老师工匠　lau²¹⁴₂₁ sɿ³³ kŋ³³ ʑiaŋ³⁵　＝老师行

小老师　ɕiau³²⁵₃₂ lau²¹⁴₂₁ sɿ³³₅₁　徒弟,学徒

木老师　muʔ²³₂₁ lau²¹⁴₂₁ sɿ³³　木匠,木匠师傅

木匠老师　muʔ²³₂₁ ʑiaŋ³⁵₃₃ lau²¹⁴₂₁ sɿ³³　＝木老师

木作　muʔ²³₂₁ tsɔʔ⁵　①木工行;②木匠

木作老师　muʔ²³₂₁ tsɔʔ⁵₁ lau²¹⁴₂₁ sɿ³³　＝木作②

大木　dou³⁵₃₃ muʔ²³　建筑房屋时操作大木料的木匠

细木　ɕi⁵⁵₃₃ muʔ²³　做家具等精细物件的木匠

篾作　miæʔ²³₂₁ tsɔʔ⁵　①竹器制作行业;②竹木加工匠人

篾老师　miæʔ²³₂₁ lau²¹⁴₂₁ sɿ³³　蔑匠,竹器制作工人

泥水帮　ni²²⁴₃₃ ɕy³²⁵₃₂ pɔ̃³³　泥瓦匠团体,砌墙工团体

泥水老师　ni²²⁴₃₃ ɕy³²⁵₃₂ lau²¹⁴₂₁ sɿ³³　泥瓦匠,砌墙工人

石头老师　ʑiɪʔ²³₂₁ dɤu²²⁴₃₃ lau²¹⁴₂₁ sɿ³³　石匠,也称"打石头老师"

石板老师　ʑiɪʔ²³₂₁ pɛ³²⁵₃₂ lau²¹⁴₂₁ sɿ³³　加工石板的细料石匠

瓦厂老师　ŋo²¹⁴₂₁ tɕʰiaŋ³²⁵₃₂ lau²¹⁴₂₁ sɿ³³　制瓦工匠,也称"做瓦老师"

箍桶老师　kʰiɤu³³ doŋ²¹⁴₂₁ lau²¹⁴₂₁ sɿ³³　桶匠

打铁老师　taŋ³²⁵₃₂ tʰiæʔ⁵₁ lau²¹⁴₂₁ sɿ³³　铁匠

漆老师　tɕʰiɪʔ⁵₁ lau²¹⁴₂₁ sɿ³³　油漆工,也称"漆匠老师"

做布老师　tsou⁵⁵₃₃ pu⁵⁵₃₃ lau²¹⁴₂₁ sɿ³³　织造匠,织布工匠

衣裳老师　i³³ zɔ̃²²⁴₃₃ lau²¹⁴₂₁ sɿ³³　裁缝

染坊老师　niɛ²¹⁴₂₁ fɔ̃³³ lau²¹⁴₂₁ sɿ³³　染织匠

剃头老师　tʰi⁵⁵₃₃ dɤu²²⁴₃₃ lau²¹⁴₂₁ sɿ³³　理发员,理发师

小铜匠　ɕiau³²⁵₃₂ doŋ²²⁴₃₃ ʑiaŋ³⁵　小五金工匠

大行　dou³⁵₃₃ ɦɔ̃²²⁴₃₃₄　木、石、铁、泥水等行业的统称

小行　ɕiau³²⁵₃₂ ɦɔ̃²²⁴　篾、漆、裁缝等行业的统称

大手艺　dou³⁵₃₃ ɕiɤu³²⁵₃₂ ni³⁵　大行技艺,参见"大行"

小手艺　ɕiau³²⁵₃₂ ɕiɤu³²⁵₃₂ ni³⁵　小行技艺,参见"小行"

扛轿人　kɔ³³ giau³⁵₃₃ niŋ²²⁴₃₃₄　①轿夫;②转指用车船等交通工具为旅客服务的经营者

撑船人　tsʰaŋ⁵⁵₃₃ zyø²²⁴₃₅ niŋ²²⁴₂₂　船工

撑船老大　tsʰaŋ⁵⁵₃₃ zyø²²⁴₃₅ lau²¹⁴₂₁ da³⁵　①船主;②艄公;③对瘸腿人的戏称

船老大　zyø²²⁴₃₃ lau²¹⁴₂₁ da³⁵　＝撑船老大

车夫　tsʰo³³ fu³³₅₁　①赶车人;②驾驶员

担夫　tɛ³³ fu³³　挑夫,脚夫,以为人挑担谋生者

担脚　tɛ³³ kiaʔ⁵　为人挑担谋生

担民夫　tɛ³³ miŋ²²⁴₃₃ fu³³　①担夫;②为军队担运物资的民工

烧窑个　ɕiau³³ ɦiau²²⁴·ko　窑工(包括炭窑工和砖窑工)

烧窑老师　ɕiau³³ ɦiau²²⁴₃₃ lau²¹⁴₂₁ sɿ³³　窑匠

做厨个　tsou³³ dʑy²²⁴₃₃·ko　厨师

帮厨　põ³³ dʑy²²⁴　厨师的帮手

拔纤　bæʔ²³₂₁ kʻiɛ⁵⁵　拉纤:～个纤夫

邮差　ɦiɤu²²⁴ tsʻa³³　邮递员

饭店老头　vɛ³⁵₃₃ tiɛ⁵⁵₃₃ lau²¹⁴₂₁ dɤu²²⁴₅₁　饭店老板

望门老倌　mõ³⁵₃₃ məŋ²²⁴₃₃ lau²¹⁴₂₁ kuø³³₅₁　门卫,守门老人

望街老倌　mõ³⁵₃₃ ka³³ lau²¹⁴₂₁ kuø³³₅₁　协助管理交通秩序或社区安全的老人

雕花老师　tiau³³ huo³³ lau²¹⁴₂₁ sɿ³³　雕花工匠,雕刻师傅

水老鼠　ɕy³²⁵₃₂ lau²¹⁴₂₁ tsʻɿ³²⁵　打捞队员

换糖人　ɦuø³⁵₃₃ dõ²²⁴₃₅ niŋ²²⁴　小货郎

卖柴人　ma³⁵₃₃ za²²⁴₃₅ niŋ²²⁴　卖柴的人,樵夫

杀猪人　sæʔ₁⁵ tsɿ³³₁₅₅ niŋ²²⁴₂₂　杀猪的人,屠夫

抲鱼人　ko⁵⁵₃₃ ɦŋ³⁵ niŋ²²⁴　捕鱼人,渔夫

打猎人　taŋ³²⁵₃₂ liæʔ²³ niŋ²²⁴₂₂　猎人,猪户,猎手

打镴人　taŋ³²⁵₃₂ læʔ²³ niŋ²²⁴₂₂　打制镴器或铜器的工匠

阉猪人　iɛ³³ tsɿ³³₁₅₅ niŋ²²⁴₂₂　以阉猪为业的人,阉匠

赶骚猪个　kɛ³²⁵₃₂ sau³³ tsɿ³³₁₅₅·ko　养种公猪并给母猪配种的人

望山人　mɔ²³ sɛ³³₅₅ niŋ²²⁴₂₂　看护山林的人

望山老倌　mõ³⁵₃₃ sɛ³³₅₅ lau³³₅₅ kuø³³₅₁　看护山林的老头儿

着死人　tɕiaʔ₁⁵ sɿ³²⁵₁₃₂ niŋ²²⁴　为死者换穿衣服:～娈人为死者换穿衣服的老太太

烧硬炭个　ɕiau³³ ŋaŋ³⁵ tʻɛ⁵⁵·ko　烧炭工

算命人　suo⁵⁵₃₃ miŋ³⁵₃₃ niŋ³³⁴　以算命为业者,多为盲人,也称"算命先生"

测字先生　tsʻøʔ₁⁵ zɿ³⁵₁₃₃ ɕiɛ³³ saŋ³³　用测字法卜卦的阴阳先生

卖大膏药个　ma³⁵₃₃ dou³⁵₃₃ kau³³ ɦiaʔ²³₂₁·ko　①卖狗皮膏药的,一种江湖游医,常在集市撂地卖艺,同时推销一些药品,治跌打损伤的膏药是常见的推销品之一;②泛指喜好吹牛蒙人的人

郎中　lõ²²⁴₃₃ tɕyoŋ³³　(中医)医生

吹官堂人　tɕʻy³³ kuø³³ dõ²²⁴₃₅ niŋ²²⁴₂₂　吹鼓手,在丧礼上吹唢呐的人

白莲　baʔ²³₂₁ liɛ²²⁴　做道场时身披袈裟的俗人

和尚　ɦou²²⁴₃₃ zõ³⁵　和尚

方丈和尚　fõ³³ dʑiaŋ²¹⁴₂₁ ɦou²²⁴₃₃ zõ³⁵　方丈,寺院主持

尼姑　ni$_{33}^{224}$ ku^{33}　尼姑

老道　lau$_{21}^{214}$ dau$_{31}^{214}$　道士,也称"道长"

道姑娘　dau$_{21}^{214}$ ku$_{35}^{33}$ niaŋ$_{22}^{224}$　道姑,有时也指称尼姑

老本师　lau$_{21}^{214}$ pəŋ$_{32}^{325}$ s$_{51}^{33}$　①道士;②有武功的僧、道;③武师

老本　lau$_{21}^{214}$ pəŋ^{325}　①有武功的人;②在某方面有超常能力的人,常用以调侃或取绰号:吃饭　～特别能吃的人、勃嘴～吵架大王

接生婆　tɕiæʔ$_1^5$ saŋ$_{55}^{33}$ bou$_{22}^{224}$　接生婆,接生员,助产妇

吃奶　tɕyuʔ$_1^5$ na$_{31}^{325}$　做奶妈

走差　tsɤu$_{32}^{325}$ ts'a$_{51}^{33}$　〈旧〉差人,衙役,跑腿

扛夫　kɔ̃^{33} fu^{33}　出殡时抬棺材的人

掮客　giɛ$_{33}^{224}$ k'aʔ^5　生意场上的中介人,含贬意

敲更佬　k'au$_{33}^{33}$ kaŋ^{33} lau$_{31}^{214}$　更夫,守夜打更人

卖婆　ma$_{33}^{35}$ bou$_{51}^{224}$　老鸨,鸨母

婊子　piau$_{32}^{325}$ ts$_1^{325}$　〈旧〉婊子,妓女,娼妇:做～当妓女、～店妓院

小姐　ɕiau$_{32}^{325}$ tɕi$_{31}^{325}$　①未婚少女;②敬称青年女子;③〈新〉三陪女,妓女

剃头囡　t'i$_{33}^{55}$ dɤu$_{33}^{224}$ no$_{31}^{214}$　〈新〉女青年理发师

敲背囡　k'au$_{33}^{33}$ pei$_{55}^{55}$ no$_{31}^{214}$　〈新〉在按摩厅从事异性按摩(有的兼卖淫)的女青年

堂子　dɔ̃$_{33}^{224}$ ts$_1^{325}$　〈旧〉妓女:～店妓院

小娘　ɕiau$_{32}^{325}$ niaŋ$_{51}^{224}$　①不贞洁的女人;②妓女

同心　doŋ$_{33}^{224}$ ɕiŋ$_{51}^{33}$　巫婆

关魂婆　kuɛ^{22} ɦuəŋ$_{35}^{224}$ bou$_{22}^{224}$　巫师之一种,妆扮成亡灵并对其亲属表演的人,多为女性,亦有男性扮演者

散工　sɛ$_{32}^{325}$ kŋ^{33}　零散时间的帮佣者,零工:打～打零工

长年　dʑiaŋ$_{35}^{224}$ niɛ$_{22}^{224}$　长工,整年被人雇佣的人:做～当长工

讨饭人　t'au$_{32}^{325}$ vɛ$_{33}^{35}$ niŋ$_{22}^{224}$　叫花子,乞丐,要饭的

讨饭帮　t'au$_{32}^{325}$ vɛ$_{33}^{35}$ pɔ̃^{33}　丐帮,乞丐群,乞丐团伙

扫扫地佬　sau$_{32}^{325}$ sau$_{32}^{325}$ di$_{33}^{35}$ lau$_{31}^{214}$　一种乞丐,手持道具小扫帚立于主人家门前作掸扫状,同时唱乞讨歌

打卦先生　taŋ$_{32}^{325}$ kuɔ$_{33}^{55}$ ɕiɛ$_{33}^{33}$ saŋ^{33}　一种乞丐,以打卦为乞讨手段

江湖甩　kɔ̃^{33} ɦu$_{33}^{224}$ huæʔ^5　江湖骗子

老江湖　lau$_{21}^{214}$ kɔ̃$_{55}^{33}$ ɦu$_{22}^{224}$　闯荡多年、阅历丰富、油滑成性的游民

江湖人物　kɔ̃$_{55}^{33}$ ɦu$_{22}^{224}$ niŋ$_{22}^{224}$ vø$_?^{5}$　油滑成性很难对付的人

大甩滚　dou$_{33}^{35}$ huæʔ$_1^5$ kuəŋ^{325}　①善于撒谎的人;②大骗子

甩贼　huæʔ$_1^5$ zøʔ$_{21}^{23}$　随意瞎说、善于蒙骗的人

贼甩　zøʔ$_{21}^{23}$ huæʔ^5 →huɛ$_{31}$　＝甩贼

拐子　kua$_{32}^{325}$ ts$_1^{325}$　扒手,绺窃者,扒窃者

滑拐　ɦuæʔ$_{21}^{23}$ kua^{325}　①骗子;②扒手

贼　zøʔ$\underline{^{23}}$　贼,小偷儿

贼刮偷　zøʔ$_{21}^{23}$ kuæʔ$_1^5$ tˈɤu$_{51}^{33}$　贼,窃贼,盗窃者,小偷儿

偷鸡贼　tˈɤu^{33} ki^{33} zøʔ^5　贼,小偷儿

吭夹煞偷　ɦm$_{33}^{224}$ kæʔ$_1^5$ sæʔ$_1^5$ tˈɤu^{33}　损贼,窝囊贼,没大能耐的小贼

大贼神　dou$_{33}^{35}$ zøʔ$_{21}^{23}$ ziŋ^{224}　①大盗;②成年盗窃者;③表面上有身份的窃贼

进间大贼　tɕiŋ^{33} kɛ^{33} dou^{35} zøʔ$\underline{^{23}}$　入室行窃的贼

贼种　zø$_{21}^{23}$ tɕyoŋ^{325}　①天生爱偷盗的人;②有偷盗家风的后代

贼种儿　zø$_{21}^{23}$ tɕyoŋ$_{32}^{325}$ ɦn^{224}　＝贼种

贼坯　zø$_{21}^{23}$ pˈi^{33}　只能做贼的人,天生的做贼材料

赌博贼　tu$_{32}^{325}$ pɔʔ$_1^5$ zøʔ$\underline{^{23}}$　兼为行窃的赌徒

赌博人　tu$_{32}^{325}$ pɔʔ$_1^5$ niŋ^{224}　赌徒,赌博分子

赌博鬼　tu$_{32}^{325}$ pɔʔ$_1^5$ ky^{325}　赌鬼,赌徒

搓毛将人　tsˈo^{33} mau$_{33}^{224}$ tɕiaŋ$_{31}$ niŋ$_{51}^{224}$　打麻将的赌徒

强盗　giaŋ$_{33}^{224}$ dau^{35}　强盗,盗匪,抢劫者:白日～、～落壳

白日强盗　baʔ$_{21}^{23}$ niɿʔ$_{21}^{23}$ giaŋ$_{33}^{224}$ dau^{35}　大白天公然行劫者

落壳　lɔʔ$_{21}^{23}$ kɔʔ^5　土匪或有匪类行为的人:强盗～ 盗匪

收宝先生　ɕiɤu^{33} pau$_{32}^{325}$ ɕiɛ^{33} saŋ^{33}　①古董商贩;②喜欢收藏各种东西的人,戏称;③集各种缺
　　点或缺陷于一身的人,含讥讽意

三　职务身份称谓

吃国家饭个　tɕˈyuʔ$_1^5$ kuʔ$_1^5$ kia^{33} vɛ^{35}·ko　公职人员,公务人员,干部

吃公家饭个　tɕˈyuʔ$_1^5$ kŋ^{33} kia^{33} vɛ^{35}·ko　同上

坐办公室个　zo$_{21}^{214}$ bɛ^{35} kŋ^{33} ɕiɿʔ$_1^5$·ko　同上

吃皇粮个　ɕyuʔ$_1^5$ ɦuõ^{35} liaŋ$_{22}^{224}$·ko　同上

大官老爷　dou$_{33}^{35}$ kuø^{33} lau$_{21}^{214}$ ɦia$_{51}^{224}$　大官,高官,大干部

拿总　na$_{334}^{224}$ tsoŋ$_{31}^{325}$　总管,有决策权的领导者

佣人　ɦyoŋ$_{33}^{35}$ niŋ$_{334}^{224}$　女佣,保姆

下手人　ɦo$_{21}^{214}$ ɕiɤu$_{32}^{325}$ niŋ$_{51}^{224}$　下人,差人,听差,

家人　ko$_{55}^{33}$ niŋ$_{22}^{224}$　仆役佣人、下人:〈俗〉宰相～抵七品

小兵拉子　ɕiau$_{32}^{325}$ piŋ^{33} la^{33} ts$_1^{325}$　①士兵;②下手人,下人,听差

员外　ɦyø$_{33}^{224}$ ɦua^{35}　乡绅,土豪(来自旧小说和戏曲)

楼上小姐　lɤu$_{33}^{224}$ zõ$_{33}^{35}$ ɕiau$_{32}^{325}$ tɕi$_{31}^{325}$　①富贵人家的未婚女青少年;②讥称常足不出户的人(包

括男人)

少爷公子　ɕiau⁵⁵₃₃ ɦia²²⁴₃₃ kŋ³³ tsʅ³²⁵　①富家子弟;②游手好闲的青年男子

丫头婢　o³³ dɤu²²⁴₃₃ pi⁵¹　丫环

看牛　kʼɛ⁵⁵₃₃ ŋɤu⁵¹₂₂₄　受雇于人的牧童

大客商　dou³⁵ kʼaʔ⁵₁ ɕiaŋ³³　做大买卖的商家

状元郎　zɔ̃³⁵₃₃ nyø²²⁴₃₅ lɔ̃²²⁴₂₂　状元

状元栽　zɔ̃³⁵₃₃ nyø²²⁴₃₃ tsei³³　①旧指有可能成为状元的少年;②今称学业成绩优异有可能考取
　　大学的孩子(栽:苗子)

阁老　kɔʔ⁵₁ lau²¹⁴　元老级的内阁大臣

妃君　fi³³ kyoŋ³³　妃子

娘娘　niaŋ²²⁴₃₅ niaŋ²²⁴₂₂　皇后

妃君娘娘　fi³³ kyoŋ³³ niaŋ²²⁴₃₅ niaŋ²²⁴₂₂　皇帝妃子,贵妃

皇帝儿　ɦuɔ̃²²⁴₃₃ ti³³ ɦŋ²²⁴₅₁　皇帝的儿子

国师　kuʔ⁵₁ sʅ³³　俗称宰相或起到宰相作用的人

老宰相　lau²¹⁴₂₁ tsei³²⁵₃₂ ɕiaŋ³³　①年老的宰相;②对德高望重的宿耆的美称

牢监禁子　lau²²⁴₃₃ kɛ³³ kiŋ⁵⁵ tsʅ³²⁵₃₂　狱卒,狱警

解差/解差官　ka³²⁵₃₂ tsʼa³³/ka³²⁵₃₂ tsʼa³³ kuɤ³³　①差人,外出办差事的人员;②押解犯人的差人

头家　dɤu²²⁴₃₃ ko³³ ～ ko⁵¹　有偿地为赢利者提供方便及用具的主人家

作头　tsɔʔ⁵₁ dɤu⁵¹　工地主管

包头　pau³³₅₅ dɤu²²⁴₂₂　工地承包者

包头老师　pau³³ dɤu²²⁴₃₃ lau²¹⁴₂₁ sʅ³³　技术性工作承包师傅

把作老师　po³²⁵₃₂ tsɔʔ⁵₁ lau²¹⁴₂₁ sʅ³³　工程主管,技术性工作把关师傅

半作　pø⁵⁵₃₃ tsɔʔ⁵　将要出师、介于学徒和全作师傅之间的工匠

半作老师　pø⁵⁵₃₃ tsɔʔ⁵₁ lau²¹⁴₂₁ sʅ³³　＝半作

全作老师　zyø²²⁴₃₃ tsɔʔ⁵₁ lau²¹⁴₂₁ sʅ³³　技术水平完备的工匠

全个/整个　zyø²²⁴₃₃ kou⁵⁵/tɕiŋ³²⁵₃₂ kou⁵⁵　按日计酬得满酬的师傅

点工　tiɛ³²⁵₃₂ kŋ³³　按日计酬的师傅

照日点　tɕiau⁵⁵₃₃ niʔ²³₂₁ tiɛ³²⁵　＝点工

小工　ɕiau³²⁵₃₂ kŋ³³　①帮师傅(多指泥水匠)干活的工人;②特指在割稻、插秧等农活中计酬的
　　帮工

玩工　mɛ²²⁴₃₃ kŋ³³　仅吃东家饭而不取酬的帮工

人工　niŋ²²⁴₃₃ kŋ³³　＝玩工

督工　tuʔ⁵₁ kŋ³³　监工

主家/本家　tɕy³²⁵₃₂ ko³³/pəŋ³²⁵₃₂ ko³³　(雇佣工人的)主人家,东家

主人家　tɕy³²⁵₃₂ niŋ²²⁴₃₃ ko³³　①＝主家/本家;②房东

中见人　tɕyoŋ³³ kɛ⁵⁵ niŋ²²⁴→niŋ⁵¹　①保人；②中间人；③公证人；④调解人

保人　bau²¹⁴ niŋ²²⁴　保人，中间人

做媒人　tsou⁵⁵ mei³⁵ niŋ²²⁴　媒人，媒婆

行郎　ɦaŋ³⁵ lɔ̃²²⁴　迎亲队伍的成员

老师姆　lau²¹⁴ sɿ³³ ɦm²¹⁴　师母，师娘

师公　sɿ³³ kŋ⁵¹　师父的师父

老师公　lau²¹⁴ sɿ³³ kŋ⁵¹　师父的父亲

头头　dɣu³³ dɣu⁵¹　首领

书记儿　ɕy³³ ki⁵⁵ ɦn⁵¹　书记的儿子

县长囝　ɦyø³⁵ tɕiaŋ³² no³¹　县长的女儿

四　特征称谓

老百姓　lau²¹⁴ paʔ⁵ ɕiŋ⁵⁵　①百姓，群众，普通人；②用于自况，表示自己处于无职无权无地位的状况

小百姓　ɕiau³² paʔ⁵ ɕiŋ⁵⁵　地位低贱的人，如剃头匠、吹鼓手、抬棺材的人之类

出卵人　tɕʻyuʔ⁵ luø²¹⁴ niŋ²²⁴　穷光蛋，穷极无聊的光棍汉。卵，男性生殖器。出卵，暴露生殖器，指穷到没有裤子穿

出髋臀人　tɕʻyuʔ⁵ kʻuøʔ⁵ dəŋ³⁵ niŋ²²⁴　＝出卵人。髋臀，屁股，出髋臀，即"出卵"，一丝不挂，意为穷到极点，连裤子都没得穿

有老人家　ɦiɣu²¹⁴ lau²¹⁴ niŋ³³ ko³³　富裕殷实的人家。有：富有

财主人家　zø³³ tɕy³² niŋ³³ ko³³　财主家，富裕人家（"财"在本词中的读音系讹变音）

王百万　ɦuõ³³ paʔ⁵ mɛ³⁵　虚拟的富翁之名，泛指富人：～借雨伞（意谓再富也有求人的时候）

报事明　pau⁵⁵ zɿ³⁵ miŋ³³⁴　①〈旧〉报喜的专差；②喜爱探人隐私者，情报探子

讲事人　kõ³² zɿ³⁵ niŋ³³⁴　调解纠纷的人

中央人　tɕyoŋ³³ iaŋ⁵⁵ niŋ²²⁴　居间调停者

冤家对头人　yø³³ ko³³ tei⁵⁵ dɣu³⁵ niŋ²²⁴　①冤家、仇人；②对手的戏称

玩人　mɛ³⁵ niŋ²²⁴　普通的、一般的人（相对于有技艺或武艺的人而言）

绍兴师爷　ziau²¹⁴ hiŋ⁵⁵ sɿ³³ ɦia⁵¹　旧指出自绍兴的幕友，今泛指参与谋划并善于出主意的人

弟兄家　di²¹⁴ hyoŋ³³ ko⁵¹　关系好的异姓兄弟或交往密切的朋友

朋友家　baŋ²²⁴ ɦiɣu²¹⁴ ko³³　朋友

同年佬　doŋ³³ niɛ³³ lau²¹⁴　同岁的人，同年出生者

佐桌佬　tso³² tɕyɔʔ⁵ lau³¹　同桌的同学

吃粽客　tɕʻyuʔ⁵ tsoŋ⁵⁵ kʻaʔ⁵　拜年的亲友

拜岁客　pa⁵⁵ ɕy⁵⁵ kaʔ⁵　＝吃粽客

打生客　taŋ³²⁵₃₂ saŋ³³ kʼaʔ⁵　陌生人,也说"生客"、"生人"

大路客　dou³⁵₃₃ lu³⁵₃₃ kʼaʔ⁵　路人

买客　ma³²⁵₃₂ kʼaʔ⁵→kʼaŋ₃₁　购物者,顾客

熟客　ʑyuʔ²³₂₁ kʼaʔ⁵　熟悉的客人,常客

卖客　ma³²⁵₃₃ kʼaʔ⁵→kʼaŋ₃₁　商贩,货郎

捉客　tɕɤyʔ⁵₁ kʼaʔ⁵　到批发市场上进货的小商贩

老客　lau²¹⁴₂₁ kʼaʔ⁵→kʼaŋ₃₁　有过多次交易经历的熟客

长远客　dziaŋ²²⁴₃₃ ɦyø²¹⁴₂₁ kʼaʔ⁵　稀客,久不登门的客人

新人客　ɕiŋ³³ niŋ²²⁴₃₃ kʼaʔ⁵　①首次登门的客人;②戏指新生儿

老变人经　lau²¹⁴₂₁ luø²²⁴₃₃ niŋ²²⁴₃₃ kiŋ³³　老太婆

八佛变人　pæʔ⁵₁ vø²³₂₁ luø²²⁴₃₃ niŋ⁵¹　老太婆,特指念经信佛的老太太

吃素变人　tɕʼyuʔ⁵₁ su⁵⁵₃₃ luø²²⁴₃₃ niŋ²²⁴　吃素念佛的老太太

活寡妇　ɦuaʔ²³₂₁ kuo³²⁵₃₂ vu²¹⁴　受丈夫冷落长年分居而未离婚的女人

独自人　duʔ²³₂₁ zɿ³⁵₃₃ niŋ²²⁴　单身汉

光棍人　kuõ³³ kuəŋ⁵⁵₃₃ niŋ²²⁴₃₃₄　①单身汉;②一无所有的人

弗上弗落人　fø²ʔ⁵₁ zɔ̃²¹⁴₂₁ føʔ⁵₁ lɔʔ²³₂₁ niŋ⁵¹　①丧偶或离婚的一方;②寡妇

单边人　tɛ³³ piɛ³³₅₅ niŋ²²₂₂　＝弗上弗落人

搁落娘　gɔʔ²³₂₁ lɔʔ²³₂₁ niaŋ²¹⁴　大龄女青年,超过适婚年龄而未找到对象的女子

老大娘伴　lau²¹⁴₂₁ dou³⁵₃₃ niaŋ³³₃₃ bø²¹⁴　闺中好友

相好女客　ɕiaŋ³³ hau³²⁵₃₂ ny²¹⁴₂₁ kʼaʔ⁵　情妇,姘妇

相好老官　ɕiaŋ³³ hau³²⁵₃₂ lau²¹⁴₂₁ kuø³³　情夫,姘夫

姘头　pʼiŋ⁵⁵₃₃ dɤu⁵¹₅₁　情妇或情夫:轧～姘居、通奸、～女客姘妇、～老官姘夫

进舍老二　tɕiŋ⁵⁵₃₃ so⁵⁵₃₃ lau²¹⁴₂₁ ni³⁵　与有夫之妇相好、贴进财物而没有好结果的单身汉

搭头　tæʔ⁵₁ dɤu²²⁴　情人,牵手,同居者,性伴侣:～女客非婚同居的女方、～老官非婚同居的男方

癫人　tiɛ³³₅₅ niŋ²²₂₂　疯子,狂人,精神病人

木头　muʔ²³₂₁ dɤu⁵¹₅₁　神情呆板、反应迟钝的人,不易醒腔开窍的人

木头梁兄　muʔ²³₂₁ dɤu⁵¹₅₁ liaŋ²²⁴₃₃ hyoŋ⁵¹₅₁　＝木头。梁兄,指戏曲中对祝英台的爱情暗示毫无知觉的梁山伯

白袍　baʔ²³₂₁ bau²²⁴　喻指反应迟钝的人,对利害浑然不觉的人。白袍,旧小说和戏曲中所述薛仁贵穿的战袍,借指薛仁贵。薛仁贵成名前的多次战功都被主帅之婿何宗宪冒领,而薛浑然不觉,故有此称

白袍卵袋　baʔ²³₂₁ bau²²⁴ luø²¹⁴₂₁ dei³⁵　"白袍"的贬斥性说法

白大糊　baʔ²³₂₁ dou³⁵₃₃ ɦu⁵¹₅₁　神情木呆举止迟缓的人

大路足蟥　dou³⁵₃₃ lu³⁵₃₃ tɕʼyuʔ⁵₁ ziɛ²¹⁴　大路上的蚯蚓,比喻言行慢条斯理的人。足,"蛐"的讹字

死人白蟹　sɿ³²⁵₃₂ niŋ²²⁴₃₃ baʔ²³₂₁ ha³²⁵　笨头笨脑、反应迟钝的人

死人　s1$_{132}^{325}$ niŋ^{224}　如死人般木笨迟钝的人

瘟死蚂蟥　piæʔ$_1^5$ s1$_{132}^{325}$ ma$_{21}^{214}$ ɦuõ^{224}　言语迟缓、反应迟钝的人，像干死的蚂蟥一样

稿荐筒　kau$_{32}^{325}$ tɕiɛ$_{33}^{55}$ doŋ$_{334}^{224}$　卷成筒状的稻草床垫，比喻极其木笨迟钝的人

木卵　muʔ$_{21}^{23}$ luø^{214}　呆头呆脑的笨伯：～将 笨蛋

呆卵　ŋei$_{33}^{224}$ luø^{214} ～luø$_{31}$　笨蛋：～人笨蛋、～卜楞登呆笨的样子

呒告用人　ɦm$_{33}^{224}$ kau$_{55}^{55}$ ɦyoŋ$_{33}^{35}$ niŋ$_{51}^{224}$　无能的人（多用于自贬）

木中用　muʔ$_{21}^{23}$ tɕyoŋ^{33} ɦyoŋ^{35}　非常迟钝呆笨的人

呆子　ŋei^{224} ts1$_{131}^{325}$　弱智人，傻子

呆大　ŋei$_{33}^{224}$ dou$_{51}^{35}$　①弱智人，傻子；②不知好歹的人

大痴　dou$_{33}^{35}$ tɕy^{33} ～tɕy$_{51}$　①傻瓜，弱智者；②装憨者

大痴儿　dou$_{33}^{35}$ tɕy^{33} ɦn$_{51}^{224}$　①少儿弱智者；②对儿子的昵称

戇大　gõ$_{33}^{224}$ dou^{35}　有点憨傻、好打抱不平而实为爱管闲事的好勇斗狠者

上手客　zõ^{35} ɕiɤu$_{32}^{325}$ kaʔ^5　办事手法圆熟，处处胜人一等的人

慧人　ɦuei$_{33}^{35}$ niŋ$_{334}^{224}$　有头脑、有能力的人，精明强干的人

百晓　paʔ$_1^5$ hiau^{325}　万事通，什么都懂的人，有时有贬斥意味

亮眼人　liaŋ$_{33}^{35}$ ŋɛ$_{21}^{214}$ niŋ^{224}　有文化、有见识、有主张的人

瞎眼人　hæʔ$_1^5$ ŋɛ$_{21}^{214}$ niŋ^{224}　①盲人；②文盲；③无知识无主张的人

忠厚人　tɕyoŋ^{33} ɦɤu$_{21}^{214}$ niŋ$_{51}^{224}$　①忠诚厚道的人；②转指哑巴

老实头人　lau$_{21}^{214}$ ʑiʔ$_{21}^{23}$ dɤu$_{334}^{224}$ niŋ$_{51}^{224}$　老实人

烂污好人　lɛ$_{33}^{35}$ u^{33} hau$_{32}^{325}$ niŋ^{224}　老好人，善意待人与世无争的人

条直人　diau$_{33}^{224}$ dʑiʔ$_{21}^{23}$ niŋ^{214}　性格直爽、办事痛快的人

疙瘩人　kæʔ$_1^5$ tæʔ$_1^5$ niŋ^{224}　斤斤计较、不通情达理、很难相处的人

地头蛇　di$_{33}^{35}$ dɤu$_{35}^{224}$ zo$_{22}^{224}$　在当地强横霸道、欺压群众的无赖

洞里狗　doŋ$_{33}^{35}$ li$_{21}^{214}$ kɤu^{325}　在家里或小范围内凶狠蛮横而出门却胆小怕事的没大用处的人

燥田鸭　sau$_{33}^{55}$ diɛ$_{33}^{224}$ æʔ^5　说得过多又不会做、所说又没大效用的人

红钳蟹　ɦŋ$_{33}^{224}$ giɛ$_{33}^{224}$ haʔ$_{31}^{325}$　虚张声势，看似厉害，实无真实本事的人，像煮熟发红的蟹一样徒有其钳（螯）

红钳　ɦŋ$_{33}^{224}$ giɛ$_{33}^{224}$　＝红钳蟹

绷脚蟹　paŋ^{33} kiaʔ$_1^5$ ha^{325}　只会不断添麻烦、成事不足败事有余的人

赖大天　la$_{33}^{35}$ dou$_{33}^{35}$ t'iɛ$_{51}^{33}$　①自我吹嘘；②喜好自我吹嘘的人，牛皮大王

赖天漉　la$_{33}^{35}$ t'iɛ^{33} luʔ$_{23}$　夸夸其谈之徒，吹牛者。漉，鸭子用嘴觅食的动作。赖天：吹牛

赖天报　la$_{33}^{35}$ t'iɛ^{33} pau^{55}　＝赖天漉

赖天漉漉长　la$_{33}^{35}$ t'iɛ^{33} luʔ$_{23}$ luʔ$_{21}^{23}$ tɕiaŋ^{325}　牛皮大王

癞头壳　la$_{33}^{35}$ dɤu$_{33}^{224}$ kɔʔ^5　尽说废话的人

癞头花　la$_{33}^{35}$ dɤu$_{33}^{224}$ huo$_{51}^{33}$　好说废话的人

漉罗花鼓　　lu$?^{23}_{21}$ lou$^{224}_{33}$ huo^{33} ku^{325}　　信口开河话语太多的人

笑面虎　　ɕiau$^{55}_{33}$ miɛ$^{35}_{33}$ hu$^{325}_{31}$　　伪装善良而内心凶狠的人

缸里鳖　　kɔ^{33} li$^{214}_{21}$ biæ$?^5$　　心志高远而境况困顿的人

生头牛　　saŋ^{33} dɤu$^{224}_{35}$ ŋɤu$^{224}_{22}$　　蛮横乱闯的莽汉

牛皋　　ŋɤu$^{224}_{33}$ kau^{33}　　通俗小说《隋唐演义》中的人物,借指粗鲁冲动的莽汉

陂糊蟹　　nɛ$^{35}_{33}$ ɦu$^{224}_{33}$ ha$^{325}_{31}$　　胆小软弱、任人欺负的人

拗驴　　au$^{55}_{33}$ ly$^{224}_{51}$　　喻指性格固执、不知变通的人

鸡毛狮狌　　ki^{33} mau$^{224}_{33}$ sɿ^{33} tsɿ^{55}　　喻指爱抖威风、毫不让人的人

尖底细帽瓶　　tɕiɛ^{33} ti$^{325}_{32}$ ɦn$^{224}_{33}$ mau$^{35}_{33}$ biŋ^{224}　　①极其轻佻油滑的人;②尖酸刻薄,很不好对付的人

薄皮觉虱　　bɔ$?^{23}_{21}$ bi$^{224}_{33}$ kau$^{55}_{33}$ ɕiɿ$?^5$　　喻指极其吝啬又爱占便宜的人。觉虱,即臭虫

牛草夹蜱　　ŋɤu$^{224}_{33}$ tsʻau$^{325}_{32}$ kæ$?^5_1$ pi$^{33}_{51}$　　叮在牛体表的一种寄生虫,比喻极端自私吝啬的人

蛀米虫　　tɕy$^{55}_{33}$ mi$^{214}_{21}$ dzyoŋ$^{224}_{51}$　　喻指爱占便宜而不思付出的人

米猪　　mi$^{214}_{21}$ tsɿ$^{33}_{51}$　　＝蛀米虫

乌狲精　　u^{33} sən^{33} tɕiŋ^{33}　　指精明油滑的人

清水鳗　　tɕʻiŋ^{33} ɕy$^{325}_{32}$ mø^{224}　　鳗鱼体滑难抓,清水里的鳗鱼尤其难抓,比喻油滑成性、从不予人方便、从不给人好处的人

蚵蟆子　　o^{33} mo$^{224}_{33}$ tsɿ^{325}　　青蛙的卵,在水中,多而滑溜,比喻计谋多端而少决断、难以遂愿成事的人

滑头尿壶　　ɦuæ$?^{23}_{21}$ dɤu$^{224}_{33}$ ɕy$^{33}_{55}$ ɦu$^{224}_{22}$　　指油嘴滑舌的人

小花脸　　ɕiau$^{325}_{32}$ huo^{33} liɛ$^{325}_{31}$　　戏曲中的小丑,指油头滑脑的男人

跳脚毛狗　　tʻiau$^{55}_{33}$ kia$?^5_1$ mau$^{224}_{33}$ kɤu^{325}　　言行轻佻不稳重的男人

剃头椅　　tʻi$^{55}_{33}$ dɤu$^{224}_{33}$ y^{325}　　座位可旋转的理发椅子,喻指圆滑机巧无原则无立场又任人宰割的人

荡卵旋　　dɔ̃$^{214}_{21}$ luø$^{214}_{21}$ ʑyø^{35}　　指立场不坚定的人

荡荡动　　dɔ̃$^{214}_{21}$ dɔ̃$^{214}_{21}$ doŋ^{214}　　不务正业、游手好闲(的人)

白纸扇客　　ba$?^{23}_{21}$ tsɿ$^{325}_{132}$ ɕiɛ$^{55}_{33}$ kʻa$?^5$　　不事劳作整日游玩的青少年。因戏曲演出中的花花公子多持一白纸折扇为道具,故有此称。

化钿童子　　huo$^{55}_{33}$ diɛ$^{224}_{33}$ doŋ$^{224}_{33}$ tsɿ^{325}　　总是给家里增加经济负担的人

铜钿阄　　doŋ$^{224}_{33}$ diɛ$^{224}_{33}$ kiɤu$^{33}_{51}$　　使家里不断花钱、造成经济重负的人,多指病灾不断的孩子

油头光棍　　ɦiɤu$^{224}_{33}$ dɤu$^{224}_{33}$ kũ^{33} kuəŋ^{55}　　风流轻浮、好色成性的男人

阿飞　　a$?^5_1$ fi$^{33}_{51}$　　女流氓

烹脚骨　　pʻaŋ^{33} kia$?^5_1$ kuø$?^5$　　流氓

鞋蹋帮　　ɦia$^{224}_{33}$ tɛ$_{31}$ pɔ̃$^{33}_{51}$　　游手好闲的一伙人

捉弄人　　tɕyø$?^5_1$ loŋ$^{35}_{33}$ niŋ$^{224}_{334}$　　哄骗、诱惑而使人犯错误的人

水甩天　　ɕy$^{325}_{32}$ huæ$?^5_1$ tʻiɛ$^{33}_{51}$　　指不着边际地吹牛蒙骗他人的人

江湖　kɔ̃$^{33}_{55}$ fiu$^{224}_{22}$　不务正业、四处蒙骗、很难与之打交道的人

牵鸟(屌)　k'ie^{33} tiau^{325}　行骗者的帮手,怂恿行骗对象使其上当的人,北京话叫"托儿"

强盗□　giaŋ$^{224}_{33}$ dau$^{35}_{33}$ hɛ^{31}　毫无力气的人

倒水赖人　tau$^{325}_{32}$ ɕy$^{325}_{32}$ la$^{35}_{33}$ niŋ$^{224}_{334}$　蛮不讲理、纠缠不休的人

底脚末人　ti$^{325}_{32}$ kiaʔ$^{5}_{1}$ muəʔ$^{5}_{1}$ niŋ^{224}　地位最低下的人

无聊落人　vu$^{224}_{33}$ liau$^{224}_{33}$ lɔʔ$^{23}_{21}$ niŋ^{224}　不可救药的人

败子　ba$^{35}_{33}$ tsɿ^{325}　败家子

踏门败　dæʔ$^{23}_{21}$ məŋ$^{224}_{33}$ ba^{35}　进入新家即带来灾难的人,多为对新媳妇的贬称

捣子　tau$^{325}_{32}$ tsɿ^{325}　给家庭不断带来麻烦的人

皮袋　bi$^{224}_{33}$ dei^{35}　调皮淘气的儿童

铳筒　tɕ'yoŋ$^{55}_{33}$ doŋ$^{224}_{51}$　指性格直爽又易于冲动的男人

生苗　saŋ$^{33}_{55}$ miau$^{224}_{22}$　指未开化无教养的人

吃生铁粉个　tɕ'yuʔ$^{5}_{1}$ saŋ^{33} t'iæʔ$^{5}_{1}$ fəŋ^{325}·ko　指因胡作非为而遭枪毙的人

贱囊　ʑiɛ$^{35}_{33}$ nɔ̃$^{224}_{334}$　指无头脑而又甘愿受人利用、任人宰割的人

咬人狗　ŋau$^{214}_{21}$ niŋ$^{224}_{33}$ kɤu^{325}　指神情激怒逢人便吵骂的人

仔细人　tsɿ$^{325}_{32}$ ɕi$^{55}_{33}$ niŋ$^{224}_{334}$　待人接物精细过分近于悭吝的人

小气人　ɕiau$^{325}_{32}$ k'i$^{55}_{33}$ niŋ$^{224}_{334}$　器量小而又极吝啬的人

葛藤株　kæʔ$^{5}_{1}$ dəŋ$^{224}_{33}$ tɕy^{33}　待人处事极不爽快极其小气的人

黏藤　niɛ$^{224}_{35}$ dəŋ$^{224}_{22}$　为人处事计较过分极不爽快的人

轻脚摇坤　k'iŋ^{33} kiaʔ$^{5}_{1}$ ɦiau$^{224}_{33}$ k'uəŋ^{33}　举止轻狂、很不庄重的人

花天萝　huo^{33} t'ie$^{33}_{55}$ lou$^{224}_{22}$　吹牛撒谎瞒天过海的人

花萝壳　huo^{33} lou$^{224}_{33}$ k'ɔ^{5}　说话过多而又往往很不妥贴的人

半挈脚　pø$^{55}_{33}$ k'iæʔ$^{5}_{1}$ kiaʔ^{5}　不自重、不稳重、言行轻浮的人

半痴疯　pø$^{55}_{33}$ tɕ'y^{33} foŋ^{33}　指有点儿傻气但并无智障的女人

半骚头　pø$^{55}_{33}$ sau$^{33}_{55}$ dɤu$^{224}_{22}$　神情妖冶言行放荡的女人

貂蝉　tiau$^{33}_{55}$ ʑiɛ$^{224}_{22}$　小说《三国演义》中的美女名,借指举止至为妖冶对男人极具媚惑力的女人。〈俗〉麻将是～骨头做个

香阖　hiaŋ^{33} kiɤu$^{33}_{51}$　指形貌丑恶却有媚惑手段的女人,多用于形容某男人被众人眼中的坏女人迷住之事

挑嘴三妹　t'iau$^{325}_{32}$ tɕy$^{325}_{32}$ sɛ^{33} mei^{35}　喜爱播弄是非的长舌妇

□火笼　liɤu$^{214}_{21}$ hou$^{325}_{32}$ loŋ$^{224}_{51}$　搬弄是非、挑拨离间的女人

十三点　ʑiɿʔ$^{23}_{21}$ sɛ^{33} tiɛ$^{325}_{31}$　有点儿神经质、言行不能恰到好处的女人

癫婆　tiɛ$^{33}_{55}$ bou$^{224}_{22}$　疯疯张张、言行有些出格的女人

癫婆花　tiɛ$^{33}_{55}$ bou$^{224}_{33}$ huo$^{33}_{51}$　＝癫婆

头乃姆　dɤu$^{224}_{51}$ na$^{214}_{33}$ ʔm^{51}　爱出风头,遇事则自告奋勇又往往不讨好的女人

252

鸟头　tiau$^{325}_{32}$ dɤu$^{224}_{51}$　＝头乃姆

多事王菩萨　tou^{33} z̩$^{35}_{33}$ ɦuɔ̃$^{224}_{334}$ bo$^{224}_{33}$ sæʔ^5　爱管闲事而往往多此一举的人

潮人　dʑiau$^{224}_{35}$ niŋ$^{224}_{22}$　性烈易怒的人

火爆蚤　hou$^{325}_{32}$ pau$^{55}_{33}$ tsau^{325}　缺乏耐性爱发脾气的人

爆煞神　hau$^{35}_{33}$ sæʔ$^5_1$ ziŋ^{224}　＝火爆蚤

爆煞花　bau$^{35}_{33}$ sæʔ$^5_1$ huo^{33}　脾气火爆容易激怒的人

老卵　lau$^{214}_{21}$ luɸ^{214}　性情傲慢的男人

自老种　z̩$^{35}_{33}$ lau$^{214}_{21}$ tɕyoŋ^{325}　＝老卵

晒煞老　so$^{55}_{33}$ sæʔ$^5_1$ lau^{214}　态度傲慢、不肯助人、不愿与人平等相处而其实并无资格可摆的人

老板　lau$^{214}_{21}$ pE^{325}　①店主；②爱摆架子、性情傲慢的人

大亨　da^{35} haŋ$^{33}_{51}$　一方霸主，多为不务正业或由不正当竞争获得地位者

大好佬　dou$^{33}_{33}$ hau$^{35}_{35}$ lau^{35}　①阔佬；②并无财力而爱充阔佬的人

大爷　dou$^{35}_{33}$ ɦia$^{224}_{51}$　不常劳作而生活悠闲轻松的中年男人（使用此称时常缀于人名之后）

福人　fuʔ$^5_1$ niŋ^{224}　不必辛苦劳作而衣食无忧、生活悠闲的有福气的人

头世人　dɤu$^{224}_{33}$ ɕi$^{55}_{33}$ niŋ$^{224}_{334}$　指不谙世事、不通情理、难以理喻、不易沟通的人。头世，前世，前生（迷信说法）

死人活头　s̩$^{325}_{132}$ niŋ$^{224}_{33}$ ɦuɐʔ$^{23}_{21}$ dɤu^{224}　反应迟缓、遇事浑然不觉的人

唐二叔　dɔ̃$^{224}_{33}$ ni$^{35}_{35}$ ɕyuʔ^5　电影《甜蜜的事业》中的人物名，指养育过多幼小子女的男人

牢槽人　lau$^{224}_{33}$ zau$^{224}_{35}$ niŋ$^{224}_{22}$　嘴的馋的人：〈俗〉～，望月节

贪嘴婆娘　tʻ·ə^{33} tɕy$^{325}_{32}$ bou$^{224}_{35}$ niaŋ$^{224}_{22}$　嘴馋的女人

猪八戒　ts̩^{33} pæʔ$^5_1$ ka^{55}　小说《西游记》中的人物名，喻指贪嘴好色之徒

假后生　ko$^{325}_{32}$ ɦɤu$^{214}_{21}$ saŋ^{33}　已有性经历的未婚男青年

假老大娘　ko$^{325}_{32}$ lau$^{214}_{21}$ dou$^{35}_{33}$ niaŋ^{214}　已有性经历的未婚女青年

地头　di$^{35}_{33}$ dɤu^{224}　①地方上的头面人物；②地头蛇

独头　duʔ$^{23}_{21}$ dɤu^{224}　离群索居、性情孤僻固执、不愿与人交往的人

孤株头独　ku^{33} tɕy^{33} dɤu$^{224}_{33}$ duʔ^{23}　＝独头

硬桁头驴　ŋaŋ$^{35}_{33}$ ɦɔ̃$^{224}_{33}$ dɤu$^{224}_{334}$ ly$^{224}_{51}$　极为孤僻固执的人

硬头官　ŋaŋ$^{35}_{33}$ dɤu$^{224}_{33}$ kuɸ^{33}　①刚正不阿的官员；②固执而不肯屈从的人

老三高丽　lau$^{214}_{21}$ sE^{33} kau$^{55}_{33}$ li$^{224}_{22}$　极端固执傲慢、态度生硬、不讲情理、毫无通融可能、使人大失所望之人，多用于泄愤时的背称。高丽，疑为"高丽参"之省

三尺猢狲　sE^{33} tɕʻiɿ$^5_1$ u^{33} səŋ^{33}　指身材瘦小、性格灵活而态度孤傲的人，也说"三尺老猢狲"

撞卵　dzyɔ̃$^{214}_{21}$ luɸ^{214}　头脑简单、极易受人煽动听人唆使而蛮干惹祸之人

撞卵坯　dzyɔ̃$^{214}_{21}$ luɸ$^{214}_{21}$ pʻei^{33}　"撞卵"的典型货色，参见"撞卵"

撞卵货　dzyɔ̃$^{214}_{21}$ luɸ$^{214}_{21}$ hou^{55}　＝撞卵坯

嗾猎狗　tsʻuʔ$^5_1$ liæʔ$^{23}_{21}$ kɤu^{325}　受指使而向他人出击的人

黑老　heʔ⁵ lau²¹⁴　心狠手快、生死不怕、在冲突中超前出击而扩大事端的人

和老　ɦou²²⁴₃₃ lau²¹⁴　对应得之利有意不取之人

老货　lau²¹⁴₂₁ hou³³　①受人敬重的老人，有时用作对方父亲的尊称；②缀于某人名字之后构成　戏称，类似"××老人"

土律师　tʼu³²⁵₃₂ liɪʔ²³₂₁ sʅ³³　好包揽词讼，经常充当诉讼代理人帮人打官司的人，但往往缺乏正式　律师的本事，含贬意

恶讼师　ɔʔ⁵ ɕyoŋ⁵⁵₃₃ sʅ³³　经常在暗中出坏点子引发矛盾败坏双方关系的人

汉奸　hɛ⁵⁵₃₃ kɛ³³　①汉奸，出卖民族（汉族）利益的人；②内奸，出卖亲近一方利益的人

坏人　ɦua³⁵₃₃ niŋ²²⁴₃₃₄　①恶人；②健康有问题的人

相　ɕiaŋ³³₁₁　后缀，缀于人名后，称懒散悠闲又孤芳自赏、独往独来的人，多指男人，有时指称有　此特点的中年女性，含有"十三点"的讥意，参见"十三点"

糊老师　ɦu²²⁴₃₃ lau²¹⁴₂₁ sʅ³³₁₅₁　糊涂颠预常常误事的人

老爷　lau²¹⁴₂₁ ɦia²²⁴　沉默寡言如泥塑木雕般的男人，称呼时常以名字缀于其前或其后

老爷菩萨　lau²¹⁴₂₁ ɦia²²⁴ bo²²⁴₃₃ sæʔ⁵　沉默寡言的人

陈抟（老祖）　dziŋ³⁵₃₅ duø²²⁴₂₂（lau²¹⁴₂₁ tsu³²⁵）　五代时的道士名，借指贪睡不醒的人

爬天人　bo²²⁴₃₃ tʼiɛ³³₅₅ niŋ²²⁴₂₂　志气高远而且异常勤奋的人

修行人　ɕiɣu³³ ɦiaŋ²²⁴₃₅ niŋ²²⁴₂₂　①热心公益乐于奉献的人；②对假充善男信女者的讥称

隔壁邻舍　kaʔ⁵ piɪʔ⁵ liŋ²²⁴₃₃ so⁵⁵　邻居

邻舍家　liŋ²²⁴₃₃ so⁵⁵₃₃ ko³³₅₁　关系至好的邻居

前邻后舍　ziɛ²²⁴₃₃ liŋ²²⁴₃₃ ɦɣu²¹⁴₂₁ so⁵⁵　泛指邻居

五　戏称、讥称、贬称、詈称

皮老虎　bi²²⁴₃₃ lau²¹⁴₂₁ hu³²⁵　淘气鬼，调皮鬼，戏称

坏蛋　ɦua³⁵₃₃ dɛ³⁵　对调皮哭闹的可爱的婴幼儿的谑称

小气肧　ɕiau³²⁵₃₂ kʼi⁵⁵₃₃ pʼiɪʔ⁵　气量小的女孩儿，有嗔怪意味，多用于面称

败婆　ba³⁵₃₃ bou²²⁴₃₃₄　詈称，指不慎毁坏东西的人

地主婆　di³⁵₃₃ tɕy³²⁵₃₂ bou²²⁴₅₁　①地主之妻，转指农村富豪之妻；②詈称，指凶狠的中年妇女；③对　相貌较差的胖女人的戏称

辣厉头　læʔ⁵ li³⁵₃₃ dɣu²²⁴₅₁　讥称，指尖酸泼辣的年轻女人

半桶屙　pø⁵⁵₃₃ doŋ²¹⁴₂₁ ou⁵⁵　半瓶醋，没真本事却喜爱炫耀卖弄的人（多指男子）

寿头　ziɣu³³₃₃ dɣu²²⁴₅₁　贬称，指某类男子，因虚荣、轻佻过分，以致其言行举止、仪表风度等与其　年龄气质极不相称，给人以"土包子开花"或"沐猴而冠"的感觉

寿头搭脑　ziɣu³⁵₃₅ dɣu²²⁴₃₃ tæʔ⁵ nau²¹⁴　对"寿头"样子的形容，含贬意，参见"寿头"

扬神舞蹈　ɦiaŋ²²⁴₃₃ ziŋ²²⁴₃₃ ɦiu²¹⁴₂₁ dau³⁵　＝寿头搭脑

化食痨　huo⁵⁵₃₃ ziɪʔ²³₂₁ lau²²⁴　贬称，贪食者，大肚（dǔ）汉，老饕

想吃坏　ɕiaŋ$^{325}_{32}$ tɕʻyu$^5_1$ pʻei^{33}　贬称,指嘴馋想吃别人食物的孩子

哽　gaŋ^{214}　吃(用于斥骂):~阿儿碗了还要~！别个别人都呒勒吃阿了！

化食痨哽　huo$^{55}_{33}$ ziɿʔ$^{23}_{21}$ lau$^{224}_{33}$ gaŋ^{214}　对贪吃者的斥骂语

做饱鬼　tsou^{55} pau$^{325}_{32}$ ky^{325}　詈辞,意为吃饱了就去死

燥还哽　sau^{55} ɦuɛ$^{224}_{33}$ gaŋ^{214}　对贪吃者的斥骂语

烂污货　lɛ$^{35}_{33}$ u^{33} hou^{55}　詈语,恶称,意为不贞的,淫乱的女人

滥施胮　lɛ$^{35}_{33}$ sɿ^{33} pʻiɿ$^5_1$　詈语,恶称,意为下流、淫贱的女人。胮,屎

贱　ziɛ^{35}　(价格)低,常用为詈语,指骂行为下贱:我~？尔比我还~！

贱货　ziɛ$^{35}_{33}$ hou^{55}　①便宜货;②詈语,意为下贱女人

犯贱　vɛ^{214} ziɛ^{35}　行为表现下贱、损害尊严,用于斥骂:~骨头,尔勿要~,我没功夫打尔！

婊子胮　piau$^{325}_{32}$ tsɿ$^{325}_{32}$ pʻiɿ$^5_1$　对女人的詈称。婊子,妓女

婊子儿　piau$^{325}_{32}$ tsɿ$^{325}_{32}$ ɦn^{224}　对男孩儿的詈称,意为妓女的儿子

婊子囡　piau$^{325}_{32}$ tsɿ$^{325}_{32}$ no$^{214}_{21}$　对女孩儿的詈称,意为妓女的女儿

六县婊子　luʔ$^{23}_{21}$ ɦyø^{35} piau$^{325}_{32}$ tsɿ^{325}　詈称,意为到处卖淫的妓女。六县,指旧时台州府所辖六县,这里指到处、各地

烂污婊子　lɛ$^{35}_{33}$ u^{33} piau$^{325}_{32}$ tsɿ^{325}　詈语,恶称,意为淫乱至极的妓女

全国粮票　zyø$^{224}_{33}$ kuʔ$^5_1$ liaŋ$^{224}_{33}$ pʻiau^{55}　计划经济时代通用于全国的购粮票据,喻指到处卖淫的女人

千嫁万离　tɕʻiɛ^{33} ko$^{55}_{33}$ mɛ$^{35}_{33}$ li^{224}　指女人多次离婚或频繁更换性伙伴,含讥贬意

千人上万人落　tɕʻiɛ^{33} niŋ$^{224}_{22}$ zõ^{214} mɛ^{35} niŋ$^{224}_{22}$ loʔ^{23}　贬辞,指淫荡女子的滥交行为

活耀艳　ɦuəʔ$^{23}_{21}$ ɦiau$^{35}_{33}$ ɦiɛ^{35}　贬称,指利用色相四处招摇的轻浮女人

倒水赖胮　tau$^{325}_{32}$ ɕy$^{325}_{32}$ la$^{35}_{33}$ pʻiɿ$^5_1$　詈称,指无赖成性的撒泼女人

倒水赖硬　tau$^{325}_{32}$ ɕy$^{325}_{32}$ la$^{35}_{33}$ ŋaŋ^{35}　贬称,指无赖性质的强硬

胮茧　pʻiɿ$^5_1$ kiɛ$^{325}_{31}$　贬称,指大姑娘,是一种极为粗俗无礼的说法

烂卵脬个　lɛ$^{35}_{33}$ luø$^{214}_{21}$ pʻau^{33}·ko　对年轻女子的一种辱称

女客爿$_1$　ny$^{214}_{21}$ kaʔ$^5_1$ bɛ^{224}　贬称有性经历或婚史的女人。爿,旧品,次品

女客爿$_2$　ny$^{214}_{21}$ kaʔ$^5_1$ bɛ$^{224}_{51}$　女人谦抑性自称,义同"女流之辈"、"妇道人家"

胮大王　pʻiɿ$^5_1$ da^{35} ɦuɔ　詈称,指女强人,尤指能管男人的女干部

大大镬　dou$^{35}_{33}$ da$^{35}_{33}$ ɦuɔʔ^{23}　大镬,大锅;喻指性格敞亮直露、缺乏柔婉特性的女人,贬称

二尺四　ni$^{35}_{33}$ tɕʻiɿʔ$^5_1$ sɿ^{55}　＝大大镬。二尺四寸为家庭用大锅的直径长度

二尺四大大镬　ni$^{35}_{33}$ tɕʻiɿʔ$^5_1$ sɿ^{55} dou$^{35}_{33}$ da$^{35}_{33}$ ɦuɔʔ^{23}　＝大大镬

胮鹊　pʻi^{33} tɕʻiaʔ^5　指撒娇的女孩儿,含嗔骂意。鹊,撒娇

蒂头鹊　ti$^{55}_{33}$ dʏu$^{224}_{33}$ tɕʻiaʔ^5　贬称,指遇事好抢先说话而所说又多不甚恰当的人,多指女人

拆家鸟　tsʻaʔ$^5_1$ ko^{33} tiau^{325}　蔑称,指挑拨家庭成员致使失和的人

甩裂竹笐　huæʔ$^5_1$ liɛʔ$^{23}_{21}$ tɕʻyuʔ$^5_1$ ɦõ^{35}　指多嘴、多话而又声腔高亢的女人,像抖动破竹竿一样难

听,含讥蔑意

疯抢娘　foŋ³³ tɕiaŋ³²⁵₃₂ niaŋ²²⁴　指活动频繁、左右逢源的交际花,含讥意

雄婊子　ɦyoŋ²²⁴₃₃ piau³²⁵₃₂ tsʅ³²⁵　对女性化男子的蔑称

人种卵袋　niŋ²²⁴₃₃ tɕyoŋ³²⁵₃₂ luø²¹⁴₂₁ dei³⁵　詈称,性情傲慢的人

四眼狗　sʅ⁵⁵₃₃ ŋE²¹⁴₂₁ kɤu³²⁵　詈称,指态度蛮横的戴眼镜的人

烂眼　lE³⁵₃₃ ŋE²¹⁴　蔑称,指徇私枉法的警察或其他执法犯法的工作人员

警察烂眼　kiŋ³²⁵₃₃ tsʻæʔ⁵₁ lE³⁵₃₃ ŋE²¹⁴　＝"烂眼"

管街狗　kuø³²⁵₃₂ ka³³ kɤu³²⁵　詈称,指街道管理人员中态度蛮横缺乏职业道德的人

官强盗　kuø³³ giaŋ²²⁴₃₃ dau³⁵　对横征暴敛的官员及其随从者的詈称

糊涂官　ɦu²²⁴₃₃ du²²⁴₃₃ kuø³³₅₁　讥称,指办事糊涂、不负责任的官员

闲事保长　ɦE²²⁴₃₃ zʅ³⁵₃₃ pau³²⁵₃₂ tɕiaŋ　爱管与己不相干的闲事的人,厌称

骚脚　sau³³ kiaʔ⁵　戏称,指举止轻浮、坐不住家中板凳、爱在外面闲串的人

痫病　ɦE²²⁴₃₃ biŋ³⁵　对说不吉利话的人的斥称,义近"乌鸦嘴";有时也用于指多嘴多舌说出不
　　该明说的话的人

痫辩　ɦE²²⁴₃₃ gæʔ²³　＝痫病

活宝　ɦuaʔ²³₂₁ pau³²⁵　指言谈行事率意任性、不入情理的人,含讥意

宝器　pau³²⁵₃₂ kʻi⁵⁵　戏称,指能力不强而爱出风头的人

大炮　da³⁵₃₃ pʻau⁵⁵　指毫无城府的憨直男子,常缀于人名前作戏称

大炮筒　da³⁵₃₃ pʻau⁵⁵ doŋ²²⁴₅₁　讥称,指说话直截了当、性格过于外露的男人

肚里仙　du²¹⁴₂₁ li²¹⁴₂₁ ɕiE³³₅₁　能猜透他人心思的人,多作戏称

吰脚鬼　ɦm²²⁴₃₃ kiaʔ⁵₁ kɤ³²⁵　戏称,指行止无规律,不知何时回家的人

弄死鬼　loŋ³⁵₃₃ sʅ³²⁵₁₃₂ kɤ³²⁵₃₁　暗中挑拨怂恿他人出面寻衅的人,贬称

告炮鬼　kau⁵⁵₃₃ pʻau³⁵₃₃ kɤ³²⁵　①对被判死刑而处决者的蔑称;②用为咒语,诅咒对方会被处死

短命鬼　tuø³²⁵₃₂ miŋ³⁵₃₃ kɤ³²⁵₃₁　①詈称,指未到寿而早死的人;②咒语,表示希望对方短命而死

入塔鬼　zɿʔ²³₂₁ tʻæʔ⁵₁ kɤ　詈语,大人诅咒孩子该夭亡。塔,指旧时行善的人修建的收葬夭亡幼
　　童的塔形建筑

捂瓮头　u⁵⁵ baŋ²²⁴₃₃ dɤu²²⁴　詈语,大人诅咒孩子该死。瓮头,大瓮。旧时孩子早死有用大瓮盛
　　殓的。捂,填塞

瓮头坤　baŋ²²⁴₃₃ dɤu²²⁴₃₃ kʻuəŋ³³　⇒捂瓮头

冲恶神　tɕʻyoŋ³³ ɔʔ⁵₁ ziŋ²²⁴　詈语,父母咒骂儿子要撞上凶神恶煞

盲眼鬼　maŋ²²⁴₃₃ ŋE²¹⁴₂₁ kɤ³²⁵　詈称,指视力不好、行为又令人不满的人

讨债鬼　tʻau³²⁵₃₂ tsa⁵⁵₃₃ kɤ³²⁵₃₁　厌称,用于不胜对方之扰时。也说"讨债"或"讨债头"

欠债鬼　kʻiE⁵⁵₃₃ tsa⁵⁵₃₃ kɤ³²⁵₃₁　詈称,多用于大人骂孩子,女人骂男人。也说"欠债"或"欠债头"

烂秽鬼　lE³⁵₃₃ y⁵⁵₃₃ kɤ³²⁵　厌称,①极不注重个人卫生和环境清洁的人;②言词不流、行为淫荡的
　　人,多指男性。有时省为"烂秽"

烂秽儿　　lɛ₃₃³⁵ y₃₃⁵⁵ fin₃₁　　⇒烂秽鬼,专指男性

烂秽囡　　lɛ₃₃³⁵ y₃₃⁵⁵ no₃₁　　⇒烂秽鬼,专指女性

烂秽秀才　　lɛ₃₃³⁵ y₃₃⁵⁵ ɕiɤu₅₅ zei²²⁴　　①有文化但行为不端正的男子;②有才华而不得志的男子

杀坯　　sæʔ₁⁵ pʻei₃₃　　①詈称,意为该杀之人,恨骂时用;②戏称身体肥胖的人

懒坯　　lɛ₂₁²¹⁴ pʻei₃₃　　詈称,指极其懒惰的人

讨饭坯　　tʻau₃₂³²⁵ vɛ₃₃³⁵ pʻei₃₃　　詈称,意为没出息,只配做乞丐的人

柴坯　　za₃₃²²⁴ pʻei₃₃　　詈称,指对方要挨打了

柴垫头　　za₃₃²²⁴ diɛ₃₃³⁵ dɤu₅₁²²⁴　　老是挨打的人,像劈柴时垫底的木头一样,可用为詈称、蔑称或讥称,视语境而变

黄天　　fuõ₃₃²²⁴ tʻiɛ₃₃　　贬称,指发蓬乱的肮脏女人

众牲　　tɕyoŋ₃₃⁵⁵ saŋ₃₃　　①畜牲,家畜;②詈称,指行为粗野如同畜牲

众牲儿　　tɕyoŋ₃₃⁵⁵ saŋ₃₃ fin₅₁　　詈称,指对方如同畜牲之子

众牲囡　　tɕyoŋ₃₃⁵⁵ saŋ₃₃ no₃₁　　詈称,指对方如同畜牲之女

天诛儿　　tʻiɛ₃₃ tɕy₃₃ fin₃₁　　詈称或谴称,父母(母亲多用)指儿子。天诛,天杀

天诛囡　　tʻiɛ₃₃ tɕy₃₃ no₃₁　　⇒天诛儿,此指女儿

天诛小娘　　tʻiɛ₃₃ tɕy₃₃ ɕiau₃₂³²⁵ niaŋ₅₁²²⁴　　=天诛囡

小娘儿　　ɕiau₃₂³²⁵ niaŋ₃₃²²⁴ fin₃₁　　詈称,义同"丫头养的",女人骂男人用

野种　　ia₃₂³²⁵ tɕyoŋ³²⁵　　对私生子(女)的讥称

大讨债　　dou₃₃³⁵ tʻau₃₂³²⁵ tsa⁵⁵　　詈称或谴称,父母称未成年的大儿子

小讨债　　ɕiau₃₂³²⁵ tʻau₃₂³²⁵ tsa⁵⁵　　⇒大讨债,此称小儿子

大鬼　　dou₃₃³⁵ ky³²⁵　　詈称,父母指称排行老大的儿女,多用于气愤时

活鬼三　　fuəʔ₂₁²³ ky₃₂³²⁵ sɛ₅₁³³　　谴称,指调皮可爱又不大听话的孩子

挣命猫　　tsaŋ₃₃⁵⁵ miŋ₃₃³⁵ mau₅₁　　厌称,指斥大声哭叫的小孩儿

赖叫猫　　la₃₃³⁵ kiau₃₃⁵⁵ mau₅₁　　贬称,指爱哭叫的小孩儿

索卵货　　sɔʔ₁⁵ luø₂₁⁴ hou⁵⁵　　贬称,指做事能力很差的人。索,揉搓

索卵坯　　sɔʔ₁⁵ luø₂₁₂₁⁴ pʻei₃₃　　=索卵货

拉大屁　　la₃₃³⁵ dou₃₃³⁵ pʻi⁵⁵　　贬斥语,指胡说八道

箩头天甩　　lou₃₃²²⁴ dɤu₃₃²²⁴ tʻiɛ₃₃ huæʔ⁵　　贬称,指撒谎的人

择大脓　　dza₂₁²³ dou₃₃³⁵ noŋ²²⁴　　(1)詈语,指排泄大便;(2)詈语,指说话不看场合,说了不该说的话,使人难以下台,像排便一样令人反感

老牌位　　lau₂₁²¹⁴ ba₃₃²²⁴ fiy³⁵　　詈称,子媳对公婆的不敬之辞,指斥老人如同牌位一样,是讨厌的废物。牌位,即灵牌

活牌位　　fiuəʔ₂₁²³ ba₃₃²²⁴ fiy³⁵　　=老牌位

老弗死　　lau₂₁²¹⁴ føʔ₁⁵ sɿ³²⁵　　对老迈者的詈称

老犟婆　　lau₂₁²¹⁴ kʻiæʔ₁⁵ bou₅₁²²⁴　　贬称,指性情刁钻言行恶毒令人畏惧的老太婆

杨老令婆　ɦiaŋ$_{33}^{224}$ lau$_{21}^{214}$ liŋ$_{33}^{35}$ bou$_{334}^{224}$　本为小说《杨家将演义》中的人物名,用为对爱管事的老年女人的贬称

老太婆干　lau$_{21}^{214}$ t'a$_{33}^{55}$ bou$_{33}^{224}$ kɛ^{33}　幼童对中老年妇女的谑称

老孃干　lau$_{21}^{214}$ niaŋ$_{33}^{224}$ kɛ$_{51}^{33}$　(1)幼童对祖母的戏称;(2)当着子女与婆母之面指称孩子的祖母,含轻谑意

老次家　lau$_{21}^{214}$ ts'ɿ$_{33}^{55}$ ko$_{51}^{33}$　对方的亲家,戏称

次家姆　ts'ɿ$_{33}^{55}$ ko^{33} ɦm$_{31}^{214}$　对方的亲家母,戏称

冷饭头　laŋ̰$_{21}^{214}$ vɛ$_{33}^{35}$ dɣu$_{51}^{224}$　对方内兄弟,戏称

歪种　ua^{33} tɕyoŋ^{325}　詈称,奸恶凶横的人。歪,品质恶劣

黄尾焦坤　ɦuɔ̃$_{33}^{224}$ mi$_{21}^{214}$ tɕiau^{33} k'uəŋ^{33}　咒骂语,指决无好下场,像(植物)末梢黄萎茎叶枯焦不可再生一样。尾,尾巴,末梢;坤,身子

黄足烂熟　ɦuɔ̃$_{33}^{224}$ tɕyuʔ$_1^5$ lɛ$_{33}^{35}$ zyuʔ^{23}　咒骂语,意为不得好死不得再生,像疮疖化脓果实烂熟将要腐败一样

淠铜烂石　ti$_{33}^{55}$ doŋ$_{33}^{224}$ lɛ$_{33}^{35}$ ziɿʔ^{23}　咒骂语,意为像铜熔成水状、石烂成粉末一样,坏透腔了,没好下场、不得好死

烂滴脓　lɛ$_{33}^{35}$ tiɿʔ$_1^5$ noŋ^{224}　詈语,指斥对方像腐烂到滴脓的程度一样,坏到极点

脓装　noŋ$_{33}^{224}$ tsɔ^{33}　辱称,指出卖切身利益的人

脓血　noŋ$_{33}^{224}$ hyəʔ^5　辱称,指既出卖道义良心又出卖切身利益还自诩其能的人(此称伤及人格极易触怒对方)

和尚驴　ɦou$_{33}^{224}$ zɔ̃$_{33}^{35}$ ly$_{334}^{224}$　对僧人的蔑称

卵　luø^{214}　男性生殖器,用作贬词,缀于所贬事物的名词后构成贬称:和尚～、太监～、知府～、知县～、县官～、后生～、学生～

吙卵袋太监　ɦm$_{33}^{224}$ luø$_{21}^{214}$ dei$_{33}^{35}$ t'a$_{33}^{55}$ kɛ^{55}　(1)蔑称太监;(2)贬称阳萎病患者

卵毛官　luø$_{21}^{214}$ mau$_{33}^{224}$ kuø$_{51}^{33}$　小官,职等低微的官,戏称

狗屙官　kɣu$_{32}^{325}$ ou$_{33}^{55}$ kuø$_{51}^{33}$　(1)对小官的蔑称;(2)对贪官的詈称

贼屙　zøʔ$_{21}^{23}$ ou^{55}　损贼,最无能又不走运的贼

日本小鬼　niɿʔ$_{21}^{23}$ pəŋ$_{32}^{325}$ ɕiau$_{32}^{325}$ ky^{325}　对日本侵略者的蔑称

光头旅长　kuɔ̃^{33} dɣu$_{33}^{224}$ ly$_{21}^{214}$ tɕiaŋ^{325}　戏称剃光了头发的人

第十八章　天台方言中的"语言活化石"

"化石"是生物考古学术语,指生物的遗体、遗物或遗迹埋藏在地下变成的跟石头一样的东西。而有的原被认为早已灭绝的物种,却又发现了存活的个体,这类生物就被称为"活化石"。在语言发展演变的过程中,有些词语因长期不使用而失去生命力,仅仅保存在有关典籍中,这种现象类似生物化石,可称之为"语言化石"。但是,语言的发展是不平衡的,有些古老的词语在共同语中早已"死亡",而在某些方言中还依然很好地"存活"着。这种类似生物界"活化石"的词语,本文称之为"语言活化石"。

由于地处偏僻,受外地语言影响较小,天台方言中汉语"活化石"也相对地较多。本章仅举11条常用词语加以考述。

1. 妦

妦[da_{31}^{35}](阳去改读高降变音),义同"姐",对同辈年长女性的称谓。天台话中称"姐姐"有"妦"、"姐"[$t\varepsilon ia_{31}^{325}$]两词,而以用"妦"为常。此字罕见于古代字书,仅《字汇补》载录。注音"同奈切",注义为"姊称也"。宋赵与时《宾退录》卷五:"妦,大女,即姊也。"宋范成大《桂海虞衡志·杂志》:"边远俗陋,牒诉券约专用土俗字……妦音大,女大及姊也。"可见此称在宋代系与"姊"同义的俗称,"妦"字为一俗字。在天台话中一直使用至今。

2. 鑥(鍥)

鑥[$kiæʔ^5$](本音)、[$kiɛ_{31}$](变音)。天台话中此字的这两个字音分别用于不同的词,指称不同的农具。本音[$kiæʔ^5$]用于"鑥刀"[$kiæʔ_1^5 tau^{33}$]一词。"鑥刀"用于砍柴(普通话叫柴刀),其刀身弯成直角形,其弯头的勾刀用于割,近刀柄的直刃用于砍。按照勾刃和直刃长度的不同比例,又分成数种。一种叫"三七刀"[$sɛ^{33} t\varepsilon iɪ_1^5 tau_{51}^{33}$],其勾刃和直刃的长度比例约为三比七。另一种叫"对拗刀"[$tei_{33}^{55} au_{32}^{325} tau_{51}^{33}$],其勾刃和直刃的长度大致相等。还有一种叫"断柴刀"[$duø_{33}^{214} za_{33}^{224} tau^{33}$],刀头大而重,勾刃很短,几乎不用,只用直刃来砍断树木或劈开木柴。"断柴刀"中一种较小的、勾刃和直刃长度比约为二比六的叫"断柴鑥刀"[$duø_{33}^{214} za_{33}^{224} kiæʔ_1^5 tau^{33}$],主要用来砍断枝条。《广韵·屑韵》:"鑥,古屑切,鎌(镰)别名也。""古屑切"折合天台话正是[$kiæʔ^5$]。《集韵·屑韵》引《博雅》注"鍥"字谓:"鎌(镰)也,或从絜。"这是说"鑥"字另有一异体为"鍥"。《汉语大字典》"鑥"字下引元王祯《农书》谓:"鑥,似刀而上弯,如镰而下直,其背如指厚,刃长尺许,江、淮之间恒用之……又谓之弯刀。"说的就是这种"鑥刀"。

"鑥"字读为[$kiɛ_{31}$]音时系小称变音,指的是用于割稻麦等农作物的"镰刀",刀身短小,略弯成弧形,刀刃斩成密齿,刀柄短仅寸余,恰好握在掌心。"鑥"[$kiɛ_{31}$]又叫"梭鑥"[$so^{33} kiɛ_{31}$],大概系其形体小巧如梭之谓。"梭鑥"多系铁质。其中特别的一种钢质的叫"钢鑥"[$kɔ̃^{33} kiɛ_{31}$]。

3. 紨

紨[bu^{35}],用柴草或秸杆拧成的捆扎绳。《集韵·遇韵》:"缚绳也,符遇切。"此字中古音为奉母[b]，今北京话声母为[f]，天台话中仍保存着中古的重唇音声母[b]。《汉语大字典》"紨"字第(二)音 fù 下释义为："同'缚'。捆绑东西的绳索。"但天台话"紨"、"缚"、"绳"三字义指不同："缚"字天台话音[boʔ²³]，动词，义为"捆扎"；"绳"[ʑiŋ²²⁴]指两股以上拧搓而成的绳索；"紨"[bu³⁵]指单股拧扭而成的捆扎用绳。如"稻杆紨"[dau²¹⁴ kᴇ³²⁵₃₂ bu³⁵]指用稻草拧成的捆扎用绳；"麦杆紨"[maʔ²³₂₁ kᴇ³²⁵₃₂ bu³⁵]指用麦秸拧成的捆扎用绳；"柴紨"[za²²⁴₃₃ bu³⁵]指用枝条拧成的捆扎用绳。

4. 桙 （挣 𦙾 踭）

桙[tsaŋ³³] 天台话中此字指树干周围枝杈因枯折或被删砍后留下的呈刺突状的短杈。双音词有"树桙"[ʑy³⁵₃₃ tsaŋ³³]，义同"桙"。"桙节"[tsaŋ³³ tɕiæʔ⁵]指枝杈在板材上所留下的节痕（北方话叫"节子"）。如说：

块板欠好，桙节多猛[·kʻuei pᴇ³²⁵ kʻiᴇ⁵⁵ hau³²⁵，tsaŋ³³ tɕiæʔ⁵ tou³³·maŋ]。

意为：这块木板不大好，节子太多了。《广韵·耕韵》："桙，楚耕切，木束。"《汉语大词典》未收"桙"字。《汉语大字典》卷二 1235 页收有"桙"字。注音引《广韵》"楚耕切"。折合今音注为 chēng。大概"桙"字在古代典籍中罕有用例，所以《汉语大字典》未列书证，仅引《玉篇》的释义注为"木束"。这一释义与天台话"桙"字的意义不合，可能是一个误释。错误的原因出自《玉篇》：《玉篇》的"木束"当系"木朿"之误，盖因"束""朿"形近所致。作出此判断根据是：

1. "木束"在语义上无所指称。古代汉语的"木"本指长在地上的活树，引申后指"木料、木材"。"木束"，就字面看，当为"成捆的树或木料"之义。活树何以成捆，很难想象；木料若细小，固然可以成捆，但古代典籍中并无"木束"的用例。

2. "木束"不合古代汉语的语序规则。现代汉语表示"成束的 N"（N 代表名词）可用"N 束"这样的语序，如：花束、光束、电子束；但古代汉语不用"N 束"，只用"束 N"。例子很多，如：束脩、束素、束帛、束锦、束纺细绢、束楚柴、束棘、束蒿、束蒲、束薪、束竹、束筲、束矢、束杖刑具等等。

3. "木束"有语义理据。《说文》："朿。木芒也，象形……，读若刺。"段注："芒者，草端也，引申为凡尖锐之称……朿，今字作刺，刺行而朿废矣。《方言》曰：'凡草木刺人，北燕朝鲜之间谓之茦……自关而西谓之刺。'不言从木者，朿附于木，但言象形也。"就是说，"朿"与"刺"是古今字，"木朿"就是"木刺"。"朿"的象形性质，从《汉语大字典》"朿"字下所列甲骨文、金文可以看出。其中"甲六三五"和"朿鼎"的两个"朿"字尤为形象，字的中部是树木主干向两旁突出的尖刺。这两个尖刺就相当于天台话的"桙"或"树桙"。

4. 从"桙"的同源字"挣"也可看出"桙"指木刺。《广雅·释诂》："挣，刺也。""挣"有平、去二声，"刺"义读平声，《集韵》初耕切。盖"挣"指动作的刺击行为，"桙"指事物的刺突形象。二字取义理据相同，是同源字。

综上所述，可知《玉篇》"桙"字下的"木束"是"木朿"之误，而《广韵》、《汉语大字典》均以讹传讹。天台方言中保留了"桙"字的古义和本义。

另外，在天台话中，把踝骨叫"脚□"[kiaʔ⁵₂₁ tsaŋ³³]，把胳膊肘叫"手□头"[ɕiɤu³²⁵₃₂ tsaŋ³³₅₅ dɤu²²⁴₂₂]，把因走路不慎而致两脚内侧踝骨相撞叫"敲□"[kʻau³³ tsaŋ³³]。这三个词中发音[tsaŋ³³]的□，与"桙"同音。其实命名的理据正是"树桙"的坚硬质而外突性状，隐喻臂肘和踝骨突出有如树桙。《天台县志》中把这个[tsaŋ³³]写作从"肉"的"𦙾"，是出于意义归类的想法，有一定道理。但"胻"字另有意义:《集韵·梗韵》"胻,足跟筋也";又《耕韵》:"胻,足筋。"不过"胻"字的这个意义现代已不使用。为了区别义类,把树的杈节写作"椗",把脚踝和手肘写作"胻",也未尝不可。曹雪贞编纂的《梅县方言词典》就不分手脚一律用"胻"[tsaŋ⁴⁴]:"脚胻"指脚跟,"手胻"指手肘。

另外,还有一个"睁"字,在客方言和粤方言中使用。《汉语大字典》卷六第3717页"睁"字下释义①为"脚跟",书证引清罗翽云《客方言·释形体》:"肘曰手挣,踵曰脚睁……睁,俗造字,字书无睁也。"另引现代作家陈残云的文句:"……怕他踩着阿秀的脚睁。"罗氏以"挣""睁"区分手脚,但"挣"字并无名词义,也是一个借字。白宛如编纂的《广州方言词典》无论手脚一律用"睁"[tsaŋ⁵³](阴平):"手睁"即手肘,"手睁胑"即手肘的尖端,"脚睁"指脚后跟。广州把猪、牛的肘部也叫"睁",如"猪睁"。

5. 佗(驮 拕)

佗[do²²⁴] 此字天台话有二义。最常用的意义是"拿取"。天台话无"拿"、"取"二词,凡"拿取"义都用"佗"。如:

佗渧东西拿点儿东西[do²²⁴·ti toŋ³³ ɕi³³]。

佗来佗去拿来拿去[do²²⁴₃₃ lei²²⁴₃₃ do²²⁴₃₃ kʻei⁵⁵]。

尔佗勒动,我佗勿动你拿得动,我拿不动[ɦŋ²¹⁴ do²²⁴·lə doŋ²¹⁴,ɦo²¹⁴ do²²⁴·føʔ doŋ²¹⁴]。

些菜佗市勒去卖这些菜拿到集上去卖[·ɕiɿ tsʻei⁵⁵ do²²⁴ zɿ²¹⁴·lə·kʻə ma³⁵]。

"佗"字的"拿取"义可能系由其本义"背负"转来的。《说文解字》:"佗,负何(荷)也。"《汉书·赵充国传》"以一马自佗负三十日食",颜师古注:"凡以畜产载负物者皆为佗。"由于"佗"字另有其他音义,用于"背负"义的"佗"后来写作"驮"。《玉篇·马部》:"驮,徒贺切,马负貌。"《广韵·歌韵》:"驮,徒河切,驮骑也。"李白《对酒》诗:"蒲萄酒,金叵罗,吴姬十五细马驮。"马驮与人背(bēi)理据相同,"驮"与"佗"实为同源字。上引《汉书》句中马负用"佗",那么人背(bēi)负也可用"驮":《水浒传》第62回:"(燕青)背着卢俊义,一直望东边行走,不到十数里,早驮不动。"这里的"驮"就是人背(bēi)负。由于"背(bēi)负"是把物品从一处移到另一处,与"拿取"义通,因此在天台话中"佗(驮)"衍生出了"拿取"的意义。

"佗"字在天台话中的另一意义是"抱持、拿持",特指抱小孩儿。天台话中无"抱"一词,一般意义的拥抱叫"搿"[gæʔ²³],而抱小孩儿通常说"佗小人"[do²²⁴₃₃ ɕiau³²⁵₃₂ niŋ²²⁴₅₁]。谚语"月里呜哇吭此佗",意为月子里的婴儿不能多抱(因为抱多了婴儿养成习惯,一放下就哭个不停)。其实"佗"的这个"抱持"义也是由"背(bēi)负"义转来的:因为妇女带小孩儿经常用兜带把孩子兜住,放在背后背(bēi)着,也就是"驮"着,以便腾出双手做活儿。大概初时"佗"只用于"背(bēi)负",继而词义扩大,抱小孩儿也可叫"佗小人"了,"佗"就引申出了"抱持"义。由"抱小孩儿"义再进一步泛化,抱持、拿持任何物品都可用"佗"了。比如嘱咐拿住东西,不要掉地上,就说"佗牢"[do²²⁴ lau²²⁴]。

综上可知,天台话的"佗"有"拿取""抱持""拿持"等意义,它的用途相当广泛。不仅天台县,在浙江省的不少地方"佗"字都仍在使用。有的方志和词典中写作"拕",是出于义类明确化的考虑。但"拕"字另有本音本义。《广韵·歌韵》:"拕,托河切,曳也,俗作拖。"折合为今音为tuō,它原来就是"拖"的本字。为免混淆,还是写作"佗"为好。

6. 啜（吃）

啜[tɕʻyuʔ⁵]　天台话中的"啜"相当于普通话以下一些词的词义：①吃、食：啜饭[tɕʻyuʔ⁵ vɛ³⁵]、啜粥[tɕʻyuʔ⁵₁ tɕyuʔ⁵]、啜桃[tɕʻyuʔ⁵₁ dau²²⁴]、啜粽[tɕʻyuʔ⁵₁ tsoŋ³³]（吃粽子，转指拜年）；②喝、饮：啜茶[tɕʻyuʔ⁵ dzo²²⁴]、啜酒[tɕʻyuʔ⁵ tɕiɤu³²⁵]；③吸：啜香烟[tɕʻyuʔ⁵ hiaŋ³³ iɛ³³]；④挨、受：啜柴[tɕʻyuʔ⁵ za²²⁴]（指挨打）、啜勿落[tɕʻyuʔ⁵·føʔ loʔ²³]（吃不消，受不了）。可见天台话的"啜"的使用范围比普通话的"吃"要广泛。天台人通常用"吃"字来标写"啜"，只是觉得"吃"读成[tɕʻyuʔ⁵]这个音有些奇怪。实际上"吃"并不是[tɕʻyuʔ⁵]的本字，本字应当是"啜"。"吃"，《广韵》术部见母，居乞切，折合成天台音应为[kʻiɪʔ⁵]，而非[tɕʻyuʔ⁵]。"啜"，《广韵》月部昌母，昌悦切，与[tɕʻyuʔ⁵]音略合。"吃"字的本义是口吃（嗑巴），而不是动词义的"食"。上古汉语与"食"同义的动词正是"啜"。《礼记·檀弓下》："啜菽饮水尽其欢，斯之谓孝。"《墨子·节用中》："饮於土塯，啜於土形。"两句"啜"、"饮"对举，表示吃、喝。后来"啜"也可表示"饮"：唐·韩愈《送穷文》："子饭一盂，子啜一觞。"宋·陆游《睡乡》："有酒君勿啜，入肠作戈矛。"《说文》口部："啜，尝也。"《尔雅·释言》"茹也"，《广雅·释诂二》"食也"。盖"啜"本以"品尝"之义与"食"相别，后来逐渐混而不别。"食"的古代用法在今粤语中保存着，"啜"的古代用法在今天台话中保存着。在普通话中，"啜"仅以"抽噎"的语素义保存在书面语词"啜泣"中，而残留古义的"啜茗"（喝茶）实际已成古董了。天台话中"啜"可以说是使用频率最高的词。但是当地人只写"吃"而不写"啜"，而把"吃"读成"啜"的音，久而久之，已经习非成是。实际上，汉语书面语中用"吃"表示"进食"的意义，也是俗讹的结果①，因此天台人把"啜"写作"吃"也是未尝不可的事。本文作上述考述，只是为了说明天台话中意义为"吃"而读音为[tɕʻyuʔ⁵]这一词的本来写法，并不是主张把天台人写的"吃"字恢复为"啜"。

7. 掇

掇[tuəʔ⁵]　《说文解字》："掇，拾取也。"《广韵·末韵》："拾掇也，丁括切。""拾取，拾掇"是"掇"字的本义。《诗·周南·芣苢》："采采芣苢，薄言掇之。"毛传："掇，拾也。"至今北方话口语中仍有"拾掇"一词，义为收拾。"掇"字由"拾取"引申为"搬取、端取"。宋杨万里诗《火阁午睡起负暄》："觉来一阵寒无奈，自掇胡床负太阳。"胡床即交椅，搬交椅一般得用双手端持，故"掇"通常指端取、端持。《初刻拍案惊奇》卷二："那老嬷嬷去掇盆脸水，拿些梳头家火出来。"天台话中没有"端"这一动词，无论双手或单手的端取、端持都用"掇"，正是杨万里诗和《拍案惊奇》中的用法。如：

　　掇张凳来_{端个凳子来}[tuəʔ⁵·tɕiaŋ təŋ⁵⁵·lɛ]

　　隻碗掇掇牢_{把你那碗端住}[·tsaʔ uø³²⁵ tuəʔ⁵·tuəʔ lau²²⁴]

此字在吴语区很多地方仍保留着"端取、端持"的意义。《宁波方言词典》中"掇"注音[tɐʔ⁵]，释为"两手端东西（一般不过胸）"。而在天台方言中，一手端东西也叫"掇"。《宁波方言词典》释文中"两手"二字可能多余②。而《汉语大字典》仅以"取"一字释杨万里诗中"掇胡床"、《水浒传》中"掇杌子"和《儒林外史》"掇食盒"之"掇"，似亦欠确当③，释为"端取、端持"则较贴切。盖

　　① 参见平山久雄《试论"吃（喫）"的来源》，《宁夏大学学报》2004 年第 26 卷第 4 期。
　　② 见汤珍珠等《宁波方言词典》第 305 页，江苏教育出版社，1997 年。
　　③ 见《汉语大字典》卷三第 1910 页，四川辞书出版社和湖北辞书出版社，1988 年。

"取"义抽象,只有手持的端取才能用"掇"。

8.劯

劯[tei³²⁵] 天台话中常用词,义为拉、拽、扯。天台话无"拉、拽、扯"等词,凡"拉扯"义则用"劯"或"牵"[kʻiɛ³³]。但"牵"只指一般的拉住,使劲拉则用"劯"。如递绳子的一端给人,说"牵牢"[kʻiɛ³³ lau²²⁴]剌则意味着对方只需拿住绳端;如说"劯牢"[tei³²⁵ lau²²⁴],则意味着对方必须用力拉紧。引申为摘取或拔取。农活有一项叫"劯番苕藤"[tei³²⁵₃₂ fɛ³³ zʅ²²⁴₃₅ dəŋ²²⁴₂₂],即指把番薯的藤秧扯(或割)掉。拔猪草说"劯猪菜"[tei³²⁵₃₂ tsʅ³³ tsei⁵⁵]。再引申为争吵、争辩,如:

佢拉个劯起来了 他们吵起来了[gei²²⁴·laʔ·kou tei³²⁵·kəʔ·ləʔ·lau]。

劯阿半日,七劯八劯,劯勿条直 吵了半天,七扯八扯,扯不清楚[tei³²⁵·aʔ pø⁵⁵ niɪʔ²³₂₁,tɕʻiɪʔ⁵₁ tei³²⁵₃₂ pæʔ⁵₁ tei³²⁵,tei³²⁵ fø⁵ diau²²⁴₃₃ dziɪʔ²³]。

北方话管胡说叫"瞎扯",天台话说"瞎劯"[hæʔ⁵₁ tei³²⁵]。宁波方言中也有"劯",义同天台话。

"劯"字不见《说文》、《广韵》,大概系方言所造俗字。《汉语大字典》引《改并四声篇海·力部》引《奚韵》:"劯,都罪切,着力牵也。""罪"字中古蟹摄合口一等组贿切,折合天台话为开口的ei韵。"都罪切"折合天台话正是[tei³²⁵](上声),音义皆合。大概"劯"只用于吴方言浙江话中,典籍中不见用例,故《汉语大词典》未收此字。

9.儇

儇[huɛ³³] 乖,乖巧,讨人喜欢的样子。天台话中没有北京话中的"乖"一词,凡形容或夸奖孩子乖巧可爱、听话懂事儿、讨人喜欢都用"儇"。《广韵》仙韵晓母平声许缘切,折合今天台音,正是[huɛ³³]。此字用于成人,则含贬义,指轻薄、爱耍小聪明讨好上司的样子。北京话中的"乖"用于小孩儿和大人,也兼有这种褒贬色彩。盖成人若言行乖巧,则往往欠缺正直也。《说文》:"儇,慧也。从人,睘声。"徐锴《系传》:"谓轻薄察慧,小才也。"《方言》:"儇,慧也。"《说文》、《方言》所释的褒义当为本义,徐锴的《系传》为后起的贬义。《诗·齐风·还》:"揖我谓我儇兮。"其中的"儇"为敏捷灵巧义。汉张衡《南都赋》:"儇才齐敏,受爵传觞。"句中"儇才"即指敏慧之人。《荀子·非相》:"乡曲之儇子,莫不美丽姚冶,奇衣妇饰,血气态度拟于女子。"句中的"儇"用的是贬义。故杨倞注"儇子"为"轻薄巧慧之子也"。盖男子若出以妇饰女态,多滑稽可笑,不免遭人侧目。乖巧若用于己私,则流于奸佞,故"儇"又有奸佞义。《楚辞·九章·惜诵》:"忘儇媚以背众兮,待明君其知之。""儇媚"指奸佞者。"儇""媚"并称,儇者即媚者,指献媚邀宠之人。句谓自己已忘(不顾)佞人之害己,宁可坚守忠直而违背众人,期望明君能够察知。

上古"儇"字的意义和用法至今保存在天台话中。既可指幼童的乖巧,也可指儿女的孝顺懂事。如说:

吖份人家拉个小人儇勒猛 这家几个孩子乖得很[·køʔ⁵·vəŋ niŋ²²⁴₃₃ ko³³·laʔ·kou ɕiau³²⁵₃₂ niŋ²²⁴₅₁ huɛ³³·ləʔ·maŋ]。

双音词有"儇慧"[huɛ³³ ɦuei³⁵],意义和用法近"儇",而侧重强调"能干"方面。

10.晏

晏[ɛ⁵⁵] 天台话中此字的意义有:①日暮、天晚。普通话说"天晚了""天黑了",天台话说

"天晏了"[tiɛ³³ ɛ⁵⁵·lau]。表示"日暮""天晚"的意义天台话不用"晚"。"晚"只用在表示"夜晚"义的时间词"晚头"[mɛ²¹⁴ dɤu²²⁴],以及水稻品种之一"晚稻"[mɛ²¹⁴ dau²¹⁴]中。"晏"字是个多义字,有晴朗、柔和、鲜艳、平静等义,但早在上古就有"日暮"义。《吕氏春秋·慎小》:"二子待君日晏,公不来至。"高诱注:"晏,暮也。"《素问·标本病传论》:"冬大晨,夏晏晡。"王冰注:"晏晡,谓申后九刻,向昏之时也。"晏晡即黄昏。《广韵·谏韵》:"晏,乌涧切,又乌旰切。"与天台话音义皆合。熟语有"起早落晏"[ki³²⁵₃₂ tsau³²⁵₃₂ lɔ²³₂₁ ɛ⁵⁵],意即"起早贪晚"。②迟:与"早"相反,指相对靠后的时间。此义由第①义衍生而来。《论语·子路》:"冉子退朝。子曰:'何晏也?'""何晏也"即谓"为什么这么晚?"天台话说:"尔走起,我晏渧去"[ɦŋ²¹⁴ tsɤu³²⁵ kʻi³²⁵,ɦɔ²¹⁴ ɛ⁵⁵·ti kʻei⁵⁵]。意为:你先走,我晚点儿去。天台话不用"迟"字表示"晚"的意思,"迟"来自北方话,只用在"迟到"等文语中。"早晏"[tsau³²⁵₃₂ ɛ⁵⁵]一词既可指早晨和晚上,也可指"迟早"。熟语"早早晏晏"[tsau³²⁵₃₂ tsau³²⁵₃₂ ɛ⁵⁵ ɛ⁵⁵]意谓无论早晚。时间词"晏届"[ɛ⁵⁵₃₃ ka⁵¹]意为下午,是相对于上午而言的"晚"。"晏届头"[ɛ⁵⁵₃₃ ka⁵⁵ dɤu²²⁴]泛称下午,"半晏届"[pø⁵⁵₃₃ ɛ⁵⁵₃₃ ka⁵⁵]指半下午,晏届根"[ɛ⁵⁵₃₃ ka⁵⁵₃₃ kəŋ⁵¹]指傍晚,"晏届凉"[ɛ⁵⁵₃₃ ka⁵⁵₃₃ lian²²⁴]指半下午后气温下降的凉爽状态。

11. 歪赖（歪剌　歪辣　歪腊）

歪赖[ua³³ la³⁵]　天台话此词是脏、肮脏、不洁的意思。如:

件衣裳介歪赖,好洗洗了 这件衣服那么脏,该洗了[giɛ²¹⁴₂₁ i³³₅₅·zɔ ka⁵⁵ ua³³ la³⁵,hau³²⁵₃₂ ɕi³²⁵·ɕi·lau]。

天台话没有脏、肮脏等词。凡是普通话用"脏、肮脏"的意义领域,天台话中都用"歪赖"。在吴方言大部分地区,相当于"脏、肮脏"意思的词,都用"龌龊"或"邋遢"。"歪赖"一词,只在天台县范围内使用。临近天台县的三门县表示"脏"有"歪赖"和"龌龊"两个词。三门县的"歪赖"可能是从天台县扩散过去的。因此,天台县的"歪赖"一词很独特,以致吴语地区的其他市县听起来也感到有些奇怪。

"歪赖"一词,上古和中古汉语中均未见,现在见到使用此词的文献是元明杂剧和明清白话小说,词形有"歪剌"、"歪腊"、"歪辣"、"歪赖"等多种:

(1)他若讨吃么,你与他几块歪剌,他若讨穿么,你与他一匹茼麻。(徐渭《渔阳三弄》)

(2)难道你不听得?任凭这老乞婆臭歪剌学我哩。(元曲《货郎旦》)

(3)不想这些歪剌们呵,带衣麻就搂别家!(徐渭《渔阳三弄》)

(4)谁是歪腊?你是歪腊。(元曲《南牢记》)

(5)你是什么时候来的?你师父那秃歪剌哪里去了?(《红楼梦》第七十回)

(6)这把戏我也曾弄过的,如今你心爱的县君,又不知是哪一家的歪剌货也。"(《二刻拍案惊奇》卷十四)

(7)仆妇养娘,无论黑的、白的、俊的、丑的、小脚的、歪辣的,都插入争妍取怜,向上迎逢小阿妈。(《醒世姻缘传》第一回)

在上列(1)至(5)例中,"歪剌(歪腊)"是名词,其中第(1)句中的"歪剌"指物,(2)至(5)例中的"歪剌(歪腊)指人;(6)、(7)两例中的"歪剌(歪辣)"是形容词,与天台话中的"歪赖"最相近。

"歪剌"又常与"骨"、"姑"组合成词使用:

(8)我骂你这歪剌骨,我骂你这泼东西!(元曲《哭寒亭》)

(9)贼歪剌骨,我使他来要饼,你如何骂他?(《金瓶梅》第十一回)

(10)我今日为好,倒着了个歪辣姑气。(《醉醒石》第九回)

(11)好歪辣骨儿!你们既做妾滕,家有主,国有王,你不凭我使唤,凭谁使唤?(《野叟曝言》第六十九回)

另外,与"歪剌骨""歪辣姑"形、音相近的,又有"瓦剌国"、"瓦剌姑"二词,但均未见用例,仅见于学者的考证性著作中:

> 洪容斋《俗考》:瓦剌虏人最丑恶,故俗诋妇女不正者曰瓦剌国。汪价《侬雅》:今俗转其音曰歪赖货。(《汉语大词典》引清·翟灏《通俗编·妇女》)

> 又北人詈妇人之下劣者曰歪辣骨,询其故,则云牛身自毛骨皮肉以至通体无一弃物,唯两角内有天顶肉少许,其秽逼人,最为贱恶,以此比之粗婢。后又问京师之熟谙市语者,则又不然。云往时宣德间,瓦剌为中国频征,衰弱贫苦,以其妇女售于边人,每口不过售几百钱,名曰瓦剌姑,以其貌寝而价廉也。二说未知孰是。(明·沈德符《野获编·词曲·俚语》)

上列关于"瓦剌(歪辣)"的词源理据,可概括为A."国名说"和B."臭肉说"两说。但是,A说的疑问在于:洪容斋(洪迈)是宋代人,而"瓦剌"作为国名是明代的事①。差讹如此,令人怀疑翟灏所引的《俗考》是否冒洪迈之名所著的伪书?但即便不论书的真伪,借他国国名而贬称本国行为不正之妇女,其理据也过于迂曲,难以令人信服。沈德符是明代人,他这一段转述他人的话包括A、B两说。他对两说均未敢肯定,但更倾向于否定B说:因为认为臭肉说"不然"者是"京师之熟谙市语者"。然而即便不论是否"熟谙市语",沈德符所述也有可疑之处:(1)既然是牛的"天顶肉",该称"歪辣肉"才是,为何把"肉"称为"骨"呢?(2)牛两角内有此臭肉,我们除这一书证外,至今尚未闻知。况且,这块肉如果真的存在,那么在什么地方呢?沈德符,既说"两角内",又称"天顶肉",大概该在两角间的脑门儿内。然而《汉语大词典》卷五第352页释"歪剌"条①义谓"牛角中的臭肉"。问题又发生了:沈说的"两角内"变成了"牛角中",而牛角中通体为角质物,哪有肉呢?

不过,《汉语大词典》以"臭肉"释"歪剌"是有根据的,根据就是上列例句(1)的"你与他几块歪剌"。此句系徐渭《渔阳三弄》剧本中人物台词,徐渭生活年代为1521-1593,沈德符生活年代为1578-1642。沈德符能够著述时,徐渭早已过世。徐对于"歪剌"的理解和使用当然不可能根据沈说。估计当时"歪剌"为(牛)"臭肉"的说法颇流行,故徐为剧中人物编造了这样的台词。但是,文学作品中的人物及其语言都是虚构的,当不得真,所以我们不能因为剧中人物有这样的话,就相信现实中真有一种被称为"歪剌"的牛天顶内的臭肉。总之,我觉得所谓牛天顶内的臭肉很可能是一种子虚乌有的讹传。退一步说,即便果真有此臭肉,为何叫做"歪剌"仍是个问题。

那么,"歪剌"及其变体"歪辣"、"歪腊"、"歪赖",以及扩大的组合形式"歪剌骨"、"歪辣姑"、"歪辣骨"、"歪剌货"等,它们的词源和理据究竟是什么呢?

上面书证中翟灏引汪价《侬雅》的那句话"今俗转其音为"歪赖货"给我们透露出一些重要信息。尽管我们认为汪价的"歪赖货"系"瓦剌国"音转而来的说法很难成立,但"歪赖货"这一词形仍给我们以新的启发:(1)"歪赖"是个形容词;(2)这一词性及其用字与当今天台话的"歪赖"一词相合。我们假定"歪赖"为基本词形,而"歪剌"、"歪腊"、"歪辣"均为其变体。分析首先

---

① "元亡之后蒙古分为三部:鞑靼之西为瓦剌……"见谭其骧主编《简明中国历史地图集·明时期图(一)说》,中国地图出版社1991年10月第1版。

以"歪赖"为基础。

　　歪，本字作"瀤"。《说文·立部》："瀤，不正也。"段注："俗字作歪。"《玉篇》字作"瀤"，释义同《说文》。章炳麟《新方言·释言》："今江南谓不正曰瀤。"由一般的"物不正"引申为人品不正。《警世通言》卷四十："孽龙，你如今学这等歪，却要放风，我那个听你!"北京话中今仍称不讲理为"歪"，音为[uai^{55}]。天台话中语意更重，称蛮横刁恶为"歪"，音为[ua^{33}]（阴平）。如：

　　　　吤人歪勒猛这个人坏得很[·kø? niŋ^{224} ua^{33}·lə? maŋ^{214}]。

　　"瀤"字的音读，《广韵·佳韵》火娲切，平声晓母。《汉语大字典》称为"旧读 huā"，又引《正字通》乌乖切，平声影母。乖，今天台话读[kua^{33}]。"乌乖切"折合今音为[ua^{33}]，正是天台话中的今音。

　　"瓦"字《广韵》五寡切，上声疑母马韵。在明代，北方话疑母字已脱落鼻辅音声母[ŋ]。"五寡切"的音读成了零声母的[ua]（上声）。这个音与"歪"字的《正字通》注音"乌乖切"仅是声调之差。二字音近，正是俗词源中把"歪赖"误解为"瓦剌国"国名的原因。

　　"赖"是个多义字，既有"赢、利、仰仗"等褒义，又有"癞"、"恶疮"（通癞)"、"毁约"、"抵赖"、"诬枉"等贬义。今北方口语中常用的"好赖"一词，"赖"与"好"反义。《方言》卷二："赖，雠也。南楚之外曰赖（郭注："赖"亦恶名)，秦晋曰雠。"值得注意的是郭注中说作为"恶名"的"赖"是在"南楚之外"使用的。其地当包括今吴语地区。今天台话中"赖"字仍无褒义，多指行为的恶劣。逃学叫"赖账"[la$^{35}_{33}$ ɦɔ?^{23}]，蛮不讲理叫"赖皮"[la$^{35}_{33}$ bi$^{224}_{51}$]，无耻纠缠并以自戕要挟叫"倒水赖"[tau$^{325}_{32}$ ɕy$^{325}_{32}$ la^{35}]。黄癣病叫"癞头"[la$^{35}_{33}$ dɤu$^{224}_{51}$]，"癞"字音义均取于"赖"[la^{35}]，因为这种恶疮长期"赖"在头上，久治不愈，可导致秃头。

　　"歪"的"不正"义和"赖"的"恶劣"义相组合，构成"歪赖"一词，义为"脏、不洁"，其理据并不复杂：因为在人们心目中，事物以洁净为正为好，不洁净就是"歪赖"。月经在旧观念中是不洁之物，天台人称月经布叫"歪赖布"[ua^{33} la$^{35}_{33}$ pu^{55}]。妇女以贞洁为正，品行不正的女人被贬称为"歪赖货"[ua^{33} la$^{35}_{33}$ hou^{55}]，此词意义与汪价《侬雅》中"歪赖货"的词义正相合。

　　那么，"歪赖"何以有"歪剌"、"歪辣"、"歪腊"等异形呢? 恐怕还得从语音上找原因，而不能牵拘于"剌、辣、腊"的字面意义。"辣"、"剌"二字的中古音是来母曷韵卢达切，拟音*lat，"腊"字中古音是来母盍韵卢盍切，拟音*lap，这 3 个字的中古音非常相近，在吴语区内各地点中则完全同音：或读为[la?^{13}]（上海），或为[lɐ?^{12}]（宁波），或读为[la?^{2}]（苏州），或读为[læ?^{23}]（天台)。"赖"的中古音尽管已由上古来母月韵的*lat 演变为来母泰韵落盍切的*lai（阳去），但在吴语中则多读为[la]（阳去）。就是说，在吴语中"剌、腊、辣"等字与"赖"的读音很接近，区别主要在于入尾[-?]的有无。"歪赖"本是个起源于近代吴语的俗词，文言典籍中无记载，仅在戏曲和小说作家为人物设计语言时使用，作者根据个人的理解或习惯选字，结果就造成了"歪剌"、"歪腊"、"歪辣"、"歪赖"等异形词。此词首先在元曲中使用，随着戏曲的演出和文本的传播，逐渐由南方扩散到北方，于是就进入了以北方话为基础的《金瓶梅》《醒世姻缘传》《红楼梦》等明清小说中。前面所引沈德符的那段话中说"歪辣骨"一词是"北人詈妇人"才用，似乎此词源自北方话，其实不然。石汝杰和[日]宫田一郎主编的《明清吴语词典》就收载了"歪辣"、"歪辣姑"、"歪剌姑"、"歪剌货"、"歪辣醋"等词条。

　　至于"歪剌（辣）骨"、"歪辣（剌）姑"等词末尾的"骨"、"姑"，似乎应该这样分析：(1)"骨"是本字，"姑"是由误解理据（贬指行为不正之妇女）而用的别字。(2)"骨"或"姑"是中心语素，"歪剌"或"歪辣"是修饰成分，整个词是偏正结构，类似"歪剌（赖）货"。(3)歪剌（辣）骨"的语义理据,类似通语中的詈词"贱骨头":"骨"和"骨头"在这里都是转指某种人,"贱骨头"义同"贱人","歪剌(辣)骨"义即"歪剌(辣)人";"贱骨头"所指是不论男女的,"歪剌(辣)骨"也当如此,不过在男权中心的社会中,性道德观念偏护男子,歧视妇女,女人稍涉不正,即斥之为"歪赖货""歪剌(辣)骨",加上"骨"又被讹用为"姑",而文学作品中用此词骂女人者居多,词典编纂者随文释义,便把此类词径解为专指妇女。如卜键主编的《元曲百科大辞典》,"歪剌骨"条就释为"辱骂妇女的话,含有不正派之义";陆澹安编著的《小说词语汇释》中对此词也释为"妇女的贱称",均欠确切。徐世荣《北京土语词典》也收了此词,词形作"歪拉骨",释为"骂人语,斥行为不正者",未说专用指女性,这是对的。不过若加上"多用于妇女",可能更合实际。

　　本文所考述的11条词语,都是天台话的基本词汇。它们在普通话中都有对应词,但是天台人的语言生活中基本不用那些普通话词语,至今一直使用着这些"语言活化石"。实际上,不仅方言的语音自成系统,词汇也是自成系统的。天台方言中的"语言活化石"有一大批,远不止本文所举出这些。它们活跃在天台人的口语中,很难被普通话词语所取代。尽管随着教育普及,青少年普通话水平已大大提高,但是他们只用普通话来应付外地人,对内一直坚持使用土语。其中不仅有语音的习惯问题,还有词汇的习惯问题。这种现象不仅在天台县存在,在各方言区都普遍存在。语言所习得的不仅是语音系统,还有词汇系统。要想把方言中的"语言活化石"替换成共同语的词汇,是一件极为困难的事。由"语言活化石"现象我们不仅看到了汉语方言恒久的生命力,也看到了在当地推行民族共同语的困难性。

参考文献

1．李　荣．吴语本字举例[J]．方言．1980,(2).

2．李　荣．考本字甘苦[J]．方言．1997,(1).

3．梅祖麟．方言本字研究的两种方法[A]．梅祖麟语言学论文集[C]．北京:商务印书馆.2000.

6．王　力．汉语史稿(上册)[M]．北京:中华书局.1980.

7．周祖谟、吴晓铃．方言校笺及通检[M]．北京:科学出版社.1956.

8．段玉裁．说文解字注[M]．上海:上海古籍出版社.1981.

9．陈彭年等．宋本广韵·永禄本韵镜[M]．南京:江苏教育出版社.2002.

10．顾野王．玉篇(宋本)[M]．北京:中国书店.1983.

11．宋福邦、陈世铙、萧海波．故训汇纂[M]．北京:商务印书馆.2003.

12．汤珍珠、陈忠敏、吴新贤．宁波方言词典[M]．南京:江苏教育出版社.1997.

13．许宝华、陶寰．上海方言词典[M]．南京:江苏教育出版社.1997.

14．李珍华、周长楫．汉字古今音表(修订本)[M]．北京:中华书局.1999.

15．石汝杰、[日]香坂顺一．明清吴语词典[M]．上海:上海辞书出版社.2005.

16．卜　键．元曲百科大辞典[M]．上海:学苑出版社.1991.

17．陆澹安．小说词语汇释[M]．上海:上海古籍出版社.1979.

附录一

《天台风土略·方言》及校勘记

下文辑录自天台县档案馆所藏之《天台县志稿》卷二十《风土略·方言》。该志稿系邑人陈锺祺主修。首卷有主修者署名的《天台县志重修例言》，述重修缘起及志稿体例甚详。然全部志稿仅此首卷为铅印排版，其主体部分均为毛笔小楷誊写。遍翻志稿，未见署明编修年月。据《例言》中语"窃思吾邑自汉建安二年立县①……于今已一千七百四十有一年矣"推算，志稿当编成于 1938 年。誊写本为劣等毛边纸线装，右订竖排，版式为 20×11.5 公分，每页 10 行，每行 23 字，版芯上端署"天台县志"字样，中下署分卷目录"××略·××"字样，接署本卷页码。各卷册均有封面，上署"天台县志稿"字样。封面书名与版芯书名不一，多一"稿"字，可能系因抗战事起未及正式刊印之故。全稿誊写笔迹工整。然因纸质过差，墨质亦劣，存放既久，保管欠善，以致字迹漫漶，模糊难辨之处所在多是。再则校订欠善，错漏讹夺亦颇为不少。读之甚觉劳神。原文未分段，无标点，仅有括号。现除保留原有括注并添加标点外，再按内容划分成段，并加适当校订，以便阅读。对实在难以考辨的字谨以 □□ 代之，以俟来者。原件用异体字者，除非必要，不以今之正体替之。僻字难字尽量造出。为表示负责，文中用数码标注校勘之处，并于文后加一"校勘记"略述缘由，或加必要解释。2004 年 4 月 30 日戴昭铭记。

天台風土略·方言

　　案：太平、黄巖二志所載方言，有與吾邑同者。篇中多所採撷，不能
　　一一注明，以節繁冗。

　　古者歲八月常遣輶軒之使，覓覽異言。凡車軌所交，人迹所至，罔不畢搜以爲奏。籍有如虎爲菟[1]，得來爲登來[2]之屬，傳記紀之靡遺。秦以後，嚴君平、翁孺才各有擬述，世罕傳之。揚雄《方言》，其最著者也。近來方志往往列載，蓋取邇言必察，亦使入境問俗者，可一覽而知，無言語不通之病。但方言出于市井，大率不典，在可解不可解間，且多有音而無字。然觀于此，正可以觸類而通，若必求其字以實之，則鑿矣。

　　狀雨之大曰倒竹筒（鄉先生齊息園侍郎，官京師時，與諸名公宴集，適大雨，侍郎偶作此語。諸名公以侍郎博洽，此語必有出處。遍查類書，不得。詢之，侍郎以爲俗語。乃皆大笑）。風之大曰劈竹，又曰開鐵。

　　謂南極之星曰南大人。井宿之星曰七窺星。啓明曰天亮曉。長庚曰黃昏曉。蟛蜞曰飳（飳[3]本魚名，俗乃借以名蟛蜞。俗又謂人之瘦者曰飳殼[4]）。晨起曰窺星。明日謂之天釀[5]。前二日曰前日。後二日曰後日。當午曰日晝。午前曰晝前（東鄉曰早届）。午後曰晝了（東鄉曰

---
　　①　按此说与当代新修《天台县志》所说置县年份不合，姑置不论。

晚屆）。始昏曰暗屆。入夜曰晚頭。去年曰上年。來年曰下年。

謂山之峭立者曰岊（邑西鄉有青山岊、峇溪岊）。山之高崒者曰輄（邑東鄉有峇輄，西鄉有湖輄、浙輄）。山旁隴曰涌（《釋名》：涌，猶桶，桶夾而長也）。山谷曰灣。四郊曰田洋。水流曰汆（土懇切）。

挹彼注此曰舀（以沼切，見《說文》）。木直曰□（古□切）。

稱祖曰爺。祖母曰娘。稱曾祖曰太尊祖[6]，祖妣曰太婆（俗于高祖、高祖妣且有太太公、太太婆之稱）。稱父曰伯，亦曰爹（見《釋名》）。母曰姥。稱兄曰哥，姊曰大[8]（俗音平聲）。稱父之兄曰大伯，父之弟曰叔。稱伯母曰大姥[9]，叔母曰嬸（妣娣相呼，亦曰大姥、曰嬸）。稱從母曰姑[10]，從母之夫曰姑丈。稱外祖曰外公，外祖母曰外婆。稱母之兄弟曰娘舅，母兄弟之妻曰娘妗。稱妻之父曰丈人，妻之母曰丈姥[11]（俗又稱內兄弟爲冷飯舅，內兄弟之妻爲冷飯妗，尤不可解）。呼婿曰子丈，僚婿相呼曰姨丈。謂妾曰姨，妻之姊妹亦曰姨。母之姊妹曰娘姨。呼兒之初生曰崽（楊子《方言》：崽者，子也），曰烏歪[12]（俗字）。

平交通稱曰某相[13]。謂丈夫年高者曰老官，婦人年高者曰孌人[14]（新婦稱姑亦曰孌人。案：臨、黃諸邑通稱老年婦人曰老安人。安孌音近。孌人當即是安人也）。客作[15]曰相幫，亦曰長年。室女曰大仰[16]，已適人者曰女客。四鄉人謂董事者曰頭腦。少壯之夫曰後生。少年相結曰弟兄。諺有云：“好則弟兄，否則石頭亂揎。”

謂燕坐之所曰坐起。廚曰竈間。屋內透光之處曰天井。門曰門頭（東鄉曰臺門）。廁所曰東施（思是取其丑之義）。

小帽曰奇秋，一種曰觀音兜。襖曰緊身（一曰三弗象）。帶一種[17]曰絛龍（以名形）。木屐曰的檔。婦女耳璫曰丁香。雜佩謂之牙籤。釧謂之鐲。

耳曰耳朵。臀曰髖臀。背僂曰呵駝。俯首曰搵（溫去聲，見《說文》）。齒出曰齜（《集韵》步化切）。乳謂之奶（鐘鼎文作□）。指文[18]謂之胴（音嬝，見《廣韵》）。赤膊曰赤赤絛絛。肥大曰胖，亦曰奘[19]。

以舌取物曰舐，亦曰餂[20]。欲吐曰㘲[21]（孚萬切）。以鼻取氣曰齅（薰去聲，見《廣韵》）。麻面者曰麻葛刺（音辣）。目不停視曰定（音訂）[22]。口不能言曰啞（俗音琴去聲）[23]。手抓爲穴曰𣪠（音摳，見《廣韵》）。髮亂曰鬅鬆（見《廣韵》）。以手取物曰馱。以手擊人曰攫[24]（古獲切，又作摑，音同），亦曰朴。以手按物曰捺（奴曷切）。以手團粉曰搦（女角切）。以手碎物曰□（尼展切）。兩手摩物曰挼（奴禾切，俗作授）。立身曰跂（奇上聲）。舉足曰跇（白銜切）。緩行曰墭（他陷切）。慢走曰踱（音鐸）。潛逃曰□（音曲）。蹲謂之卩（俗字，壺魂切）。睡覺曰瘑（俗音若困）[25]。倦欲睡曰迷齊。小臥曰瘑（音忽）。通宵不寐曰夜不收（詳兵律條例）。

目瞳子曰仙人。喉曰嗌朧[26]。小兒啼曰窊[27]（《集韵》烏化切，又烏瓜切）。哭謂之叫。腹肌曰肚凹[28]。噎聲曰餀（愛黑切，俗云打餀）。飲聲曰□（《說文》）。咳聲曰喀。食不下曰餘[29]（烟入聲）。應聲曰啞（俗音亞上聲）。驚聲曰咦（《說文》：南陽謂大呼曰咦）。唱聲曰囉唻（《廣韵》：囉唻，歌聲）。響聲曰咠（《廣韵》虎伯切）。指物曰魖（《說文》：魖，見鬼聲[30]，諾那切）。喝人曰咄。願詞曰耐可（李白：耐可乘明月）。忘而忽憶曰阿耶[31]（見《傳燈錄》）。

小兒戲蒙目相逐曰摸盲。戲匿曰尋幽。戲相撲曰僕交，亦曰翻金剛。踢毬曰踢毽。□兼同（有挑打水、千勖拔、雙脚扛諸名目）。女兒擊毬曰打翻身（有雙手扛、打鴛鴦諸名目）。

美好曰標致。早慧曰伶俐。不慧曰呆笨。重滯曰累埻[32](《說文》:重聚也。今作累堆)。勤苦曰嘁力[33](見《廣韻》,俗作嘅力)。

飼物曰餒[34](見《月令》)。兩物相和曰秒(俗作拌,今拚字也)[35]。滾水漬物曰洴(《集韻》:皮教切。俗作泡,非[36])。以火煖物曰燂(徒南切)。熟物和五味曰焩(呼再切)。餛飩又謂之扁食。以火乾物曰焢(見《廣雅》,俗音銃)。以水煮物曰炳(見《廣雅》,俗音疇悅切)。粗米曰糙。舂去米皮曰糲(音察,一作糳)。重搗曰糦(見《說文》,俗音戌)。抄飯匙曰稉(音抄)。以器抄物曰鍫(見《廣韻》,七遙切)。枯者曰癟(《玉篇》,薄結切)。支物曰㞕(徒念切)。納物水中曰頌(烏沒切)。

物聳起曰曉(《集韻》苦弔切)。物不鮮曰蔫(見《廣韻》:於乾切)。以器薦物曰屜(音替)。摩物曰擦。展物曰殼(音鈤)。拭物曰膽[37](《禮·內則》:桃曰膽之。《字林》作枕)。削物曰剕(音批,見《玉篇》)。用力掇物曰劼[38](堆上聲)。拋物曰投[39](丁外切。見《說文》)。懸物曰鷉(見《玉篇》。今借作弔)。移物謂之般(俗作搬)。藏物謂之抗(《周禮·服不氏》:賓客之事則抗皮。今或作㤉、囥)。物敗出白膜曰生白殕(音撫。見《廣韻》)。以木範履曰楥(俗作楦,喧去聲。《說文》:履法也)。以篾束物曰箍(俗音邱)。治皮曰□(讀若荐,見《說文》)。編竹曰籬,密者曰笞(東鄉謂燥穀之篁曰笞),小而圜者曰筲(俗徒駭切),覆屋者曰笮[40](皮見切)。剡木相入曰榫(俗作笋)。

關門之機曰檳(見《玉篇》,俗作閂)。張鳥之機曰弲(巨亮切)。以刀破物曰劉。挑燈曰挔。錮金鐵令相著曰銲[41](音翰,《玉篇》、《唐韻》作釬)。多曰無數,亦曰無萬(《漢書·成帝紀》:青蠅無萬數)。物足曰够(《魏都賦》:繁、夥、够,李善注引《廣雅》:多也)。有力曰劤(《坤花》[42]:多力也,讀如禁)。

無賴曰無徒(《友令叢談》:世有無徒之人)。以勢力加人曰硬幫。無故擾人敗物曰敲竹扛。士不立品曰破靴幫。事不稱心曰王錄(楊詩為嗔,髮匪曰長毛,王錄事[43])。急送曰遞(取驛遞之義)。更易財物曰嬥(或作掉)。以丑易好曰嬥包。事托人曰訣(見《通雅》),又曰勞。謝人作事曰多勞。不分皂白曰囫圇吞(即囫圇吞棗,省棗字[44])。有所懼曰懁(胡作切)[45]。不潔曰邋遢(亦曰□糟,又歪賴[46])。老不中用曰尯儽(俗作灰穨)。何為曰齋生[47],又曰遮個。覥顏曰怕羞,又曰沒趣相。事得手曰高興。勸人作事曰攛掇(掇,俗去聲)。事不尋真曰莫須有,又曰假滌條。留滯曰拖塌。以物與人曰撥。模糊了事曰㤚(胡困切)。

謂欺曰賴(《左傳》:鄭人負賴其田而不我與)。粗率不精曰蘦苴(見《指月錄》。蘦,郎假切,苴音鮓)。事多不成曰倒竈(見□俗言)[48]。器物不正曰馬邪。兩相角曰打架。貨物得贏曰賺。

驅物曰庶庶。(《周禮·庶氏》注:驅除毒蟲之言)。呼犬曰盧盧(韓盧,犬名)[49]。呼雞曰朱朱(《說文》作咮,音祝)。急辭曰緊緊。緩辭曰慢慢。鬧聲曰吒吒(《廣韻》市人聲也)。笑聲曰欯欯(許結切,見《廣韻》),亦曰咦咦(喜夷切)。大聲曰䚯䚯(音洪),亦曰訇訇。冷曰冷冷清清,亦曰冷堂堂。涼曰涼冰冰。熱曰熱湯湯(去聲),亦曰熱彭彭。煖曰煖烘烘。輕曰輕飄飄。實曰實辟辟(音闢)。薄曰薄霏霏,亦曰薄鬆鬆。硬曰硬繃繃,亦曰硬冬冬。昏曰昏董董。醉曰醉醺醺。儒雅曰文[50]□□。盛怒曰氣吽吽(音烘)。新曰新鏃鏃(見《世說》)。青曰青猗猗。白曰白雪雪。紅曰紅血血。黃曰黃觙觙(讀若觙)[51]。黑曰黑漆漆。滴滴答答雨聲。淅淅索索雪聲也。轟轟烈烈雷聲也。

老老大大(《傳燈録》),齒爵尊也。端端正正,德行純也。平平穩穩,素位行也。孜孜念念,專且精也。清清確確,事乃成也。乾乾净净,滌瑕穢也。結結實實,無虛僞也。汲汲忙忙,求名利也。懵懵懂懂,精神怠也。安安穩穩,寡尤悔也。幽幽咽咽,欠慷慨也。拘拘縮縮,進退難也。惶惶碌碌,心不安也。蒭蒭踏踏,睡方酣也。支支節節,功多間也。顛顛倒倒,卒貽患也。恍恍惚惚,思慮暗也。劫劫波波,操作工也。零零碎碎,勢難終也。條條直直,美在中也。停停當當,成厥功也。

校勘記:

1. 如虎爲菟:"菟"當爲"於菟"。《左傳·宣公四年》:"楚人……謂虎於菟"。

2. 得來爲登來:《公羊傳·隱公五年》:"公曷爲遠而觀魚? 登來之也。"何休注:"登,讀言得。得來之者,齊人語也。"

3. 蟛蜞曰䱐:天台人稱虹爲 zyoŋ³⁵,或即䱐字。但《漢語大字典》卷七第 4717 頁字爲"鱟",注音爲 hòu,引《廣韵》謂"胡遘切,去侯匣,又胡酷切"。于義項②下謂:"方言。虹。吴語呼'虹'爲'鱟'。《農政全書·占候》:'諺云:"東鱟晴,西鱟雨"。'"與天台話義合而字形、字音均不合。《漢語大字典》未收"䱐"字。録此備考。

4. 䱐殼:天台話謂人之瘦者爲"鱉殼",並無"䱐"〔zyoŋ³⁵〕殼"之稱。恐系誤寫。

5. 天釀:當爲"天亮"。"釀"、"亮"爲聲母 n、l 之差。"亮"于"明日"義的"天亮"一詞中讀 n 母,不獨天台如此,寧波也如此。參見李榮主編、湯珍珠等編纂的《現代漢語方言大詞典》分卷《寧波方言詞典》,江蘇教育出版社 1997 年出版。

6. 稱曾祖曰太尊祖:今天台未聞有此稱,曾祖一般稱爲"太公"。

7. 母曰姥:姥,《廣韵》莫補切。母、姆、姥、媽爲同源字。今天台人稱母之詞音爲 ʔm₅₁ 或 mo₅₁,略近古音。

8. 姊曰大:"大"字應作"妖"。《漢語大字典》第二卷第 1025 頁"妖"(dà)字條下引《字彙補·女部》:"姊稱也。同奈切。"又引宋趙與時《賓退録》卷五:"妖,大女,即姊也。"按:"大"與"妖"系同源字,王力《同源字典》缺收。今天台"大"文讀音 da³⁵(陽去),稱姐姐之音爲 da₅₁,當爲"大"之變音。

9. 大姥:今天台稱伯母之詞音爲 dou³⁵₃₃ʔm₅₁。"大"在此稱謂中不讀文讀音 da³⁵,而僅有白讀一音。"姥"通"母"。

10. 稱從母曰姑:今天台稱姑媽(從母)之音爲 ʔn³³naŋ₃₁。不知何所本。

11. 丈姥:"姥"讀爲 fim²¹⁴,通"母"。今天台稱妻母之字亦寫爲"丈母"。亦有"老丈母"、"丈母娘"之稱。

12. 烏歪:當作"嗚哇"近是,系仿嬰兒哭聲爲稱。

13. 某相:"相"當爲"先生"之合音字。天台"先生"音 ɕiɛ³³saŋ³³,快讀並弱化後縮合爲 ɕiaŋ,與"相"同音。

14. 孌人:"孌"宜作"變"。按:老年婦女稱"變人"或"老變人"系通稱,天台一般不作面稱,尤其不宜作對上輩人的面稱。故下文括注中謂"新婦稱姑(即婆婆)亦曰變人",不合當今實際情況。

15. 客作曰相幫,亦曰長年:"客作"即今所謂"打工",不論時間長短。而"長年"指整年爲一主人打工者,即"長工",與"客作"不同義。

16. 大仰:今天台稱大姑娘爲 $dou_{33}^{35}nian^{214}$。$nian^{214}$或系"娘"音之變。"仰"音 $nian^{214}$,音合而義不合。

17. 帶一種:"有一種帶子"之意。

18. 指文:今作"指紋"。

19. 肥大曰胖,亦曰奘:"奘"當爲"壯"。天台謂人、畜肥大不説"胖",只説"壯",音 $tçy\tilde{o}^{55}$,而"奘"音 $ts\tilde{o}^{33}$,與口語中表示"胖"義的"壯"音不合,恐非。

20. 餂:同"舔"。

21. 痱:今寫作"疲"。"反胃"義。"痱、疲、反"音同義通。

22. 目不停視曰盯(音訂):原文爲"目不能視曰定(音訂)"。按天台話謂目不能視亦曰"瞎",並無"定"一説法。"定"音 din^{35}(陽去),"盯"音 tin^{55}(陰去),"訂"音 tin^{33}(陰平)。"定、盯"二字音差別大,"盯、訂"二字音相近。天台話形容目不轉睛地看謂"盯"或"盯牢停",故改"能"爲"停",改"定"爲"盯"。

23. 啞(俗音琴去聲):按"啞"字天台音 o^{325}(陰上),並未聞有"琴去聲"之音。"琴"字恐誤。

24. 以手擊人曰摑:"手"當以"掌"爲確。"摑"(摑),打耳光之意。下文"亦曰朴",今未聞有此説法。

25. 睡覺曰𤷪(俗音若困):按𤷪字《廣韻》作思贈切,《漢語大字典》注音 sèng,不若困。《玉篇》釋爲"新覺",《集韻》釋爲"眠瘉"。今天台話中"音若困"之詞爲"睏",睡臥之義,而非"新覺"或"眠瘉"。

26. 喉曰喗嚨:"喗"當作"䐁"。按天台話稱喉之音爲 $hu_{22}lon^{224}$。"喗",《廣韻·黠韻》烏八切,飲聲,音義均不合。"䐁",《集韻》洪孤切。《釋名·釋形體》作"胡",謂"咽下垂也"。《正字通·口部》:"䐁,喉也。"音義均合。

27. 小兒啼曰宍:"宍"爲借音字,今用爲"哇"。

28. 腹肌曰肚凹:"肌"字疑是"飢"之誤。天台話今謂"飢、餓"爲"肚飢"或"肚瞎",未聞"肚凹"一詞。

29. 食不下曰餼:"餼"字書未見。此字疑當作"餄","餄"《集韻》一結切。《玉篇·食部》:"餄,或噎字,食不下也。"

30. 魖,見鬼聲:《説文解字》爲"見鬼驚詞"。段玉裁注:"見鬼而驚駭,其詞曰魖也。魖爲奈何之合聲。"

31. 阿耶:當即今表驚嘆之"啊呀"。天台"耶"音 ĥia^{224},與"呀"同音。

32. 累埻:《説文·立部》:"埻,磊埻,重聚也。"《説文通訓定聲》:"今蘇俗尚有此語,其音如磊堆。"按"磊"與"累"通。"埻"假作"堆"。"累埻、磊堆"猶今之"累贅"。

33. 嘬力:《漢語大字典》口部:引《集韻》:"嗅,或作嘬。"

34. 餧:同"餵"。今作"喂"。

35. 兩物相和曰秎(俗作拌,今挤字也):《集韻·緩韻》:"秎,物之相和。""秎"當爲"拌和"之"拌"的本字。"挤"並無"拌和"義,俗寫爲非。

273

36．浥……俗作泡，非："浥""泡"系古今字，且"泡"早有"漬"義，不宜指爲非。

37．拭物曰膽：孔穎達疏《禮記·内則》"桃曰膽之"謂"桃多毛，拭治去毛"。按："膽"本爲臟器名，音借爲拭治義。此義後用"撣"、"揮"等字。

38．用力掇物曰劯："掇"字原文字迹不清。按此處字義爲"拉扯"，而"掇"並無此義，疑非。"劯"天台音 tei³²⁵（陰上），義爲"拉緊"。

39．抛物曰祋："祋"字見《説文·殳部》："殳也，從殳，示聲（段注丁外切）。或説城郊市里高懸羊皮，有不當入而欲入者，暫下以驚牛馬曰祋。"或此即"抛物"義之來由。天台話謂"抛擲"義之音爲 tø⁵⁵（陰去），音義略近。

40．曰竿：原文無"曰"字，據上下文補。

41．曰鐸：原文無"曰"字，據上下文補。

42．埤花：疑爲"埤蒼"或"埤雅"之誤。

43．楊詩爲嗔，髮匪曰長毛，王録事：當系竄亂裂句，"楊詩"當爲"杜詩"之訛。原話似應爲"杜詩'爲嗔王録事'。髮匪曰長毛"。"爲嗔王録事"，語出杜甫詩《王録事許修草堂貲不到，聊小詰》。或因王録事不稱杜甫意，故稱不稱心事爲"王録事"，後爲鄉里誤省"事"字。"髮匪、長毛"，均蔑稱。今天台民間猶稱太平天國起義爲"長毛反"。

44．囫圇吞棗，省棗字：二"棗"字原文于竪行中分拆爲"朿朿"。今據意合爲"棗"字。

45．有所懼曰懳（胡作切）：原文爲"朋作切"。《廣韵·鐸韵》胡郭切。"胡"、"朋"形近而誤，改"朋"爲"胡"。但天台表示"有所懼"的詞音爲 ɣɔuʔ⁵，而"胡作切"天台音值爲 ɦuɔʔ²³，故疑"懳"字非當，當爲"惟"字。《集韵》鐸韵："惟，忽郭切，恐懼貌。"音義頗合。

46．不潔曰邋遢……又歪賴："不潔"，原文作"不急"。而"邋遢、歪賴"均爲"骯髒、不潔"義。當系音近致誤，故改之。

47．何爲曰齋生："齋生"，原文作"齊生"，形近致誤，故改。齋生，猶言"怎生"。今已不用。

48．見□俗言：義不明，存疑。

49．呼犬曰盧盧（韓盧，犬名）：按天台人呼犬聲爲"囉囉"而非"盧盧"。"囉囉"當系"來嗬來嗬"的合音，與古犬名韓盧無涉。

50．儒雅曰文："文"字下原有二空格未寫，未知何字。

51．黄曰黄觥觥（讀若觥）：第一個"觥"下原脱一觥字，今補。"觥觥"當爲"觥觥"。"觥"，《漢語大字典》引《字彙補·黄部》，斷爲"觥"字之訛。"觥"音 kàng。"黄觥觥"與今天台話中形容黄得討人喜愛的"黄 aŋ₃₃aŋ₅₁"音相近。aŋ₃₃aŋ₅₁當是"觥觥"兩字聲母脱落後的形式。"觥"，《廣韵》古横切，音與"觥"近。

附录二

标音举例:懒夫妻

有 对 懒夫妻, 夜 勒 睏 落 后 为 转 日 烧 早饭 个
ɦiɤu²¹⁴₁·tei lɛ²¹⁴₁ fu³³ tɕi³³, ɦia³⁵·lə? kʰuaŋ⁵⁵·lə? ɦiɤu²¹⁴ ɦɤ³⁵ tɕyø³²₃² niŋ⁵ ɕiau³³ tsau³²⁵₃₂ vɛ³⁵·ko?

事 争 弗 歇。 女客 推 老官 烧, 老官 要 女客 烧。
zɿ³⁵ tsaŋ³³ fø?₁⁵ ɦiæ?⁵。 ny²¹⁴₂₁ka?⁵ tʰei³³ lau²¹⁴₂₁kuø³³ ɕiau³³, lau²¹⁴₂₁ kuø³³·iau ny²¹⁴₂₁ka?⁵ ɕiau³³。

最后 讲 好, 哪个 讲 起 哪个 烧。 吤夜 睏 到 天亮,
tsei⁵⁵₃₃ɦiɤu²¹⁴ kɔ̃³²⁵₃₂hau³²⁵, no²¹⁴₂₁·kou kɔ̃³²⁵₃₂kʰi³²⁵ no²¹⁴₂₁·kou ɕiau³³。 kø? ɦia³⁵ kʰuaŋ⁵⁵·tau tʰiɛ³³liaŋ³⁵,

谁 也 弗 响, 两个 睁着 眼睛 认认, 弗 起 亦 弗 响。
zei²²⁴·ɦia fø?⁵ hiaŋ³²⁵, liaŋ²¹⁴₂₁·kou tsaŋ³³·dziæ? ŋɛ²¹⁴₂₁tɕiŋ³³ niŋ³⁵·niŋ, fø?⁵kʰi³²⁵ ɦii?²³ fø?⁵hiaŋ³²⁵。

  隔壁 叔婆 见 半昼 前 了 还 嬲 见 小夫妻 烧 早
ka?⁵pii?⁵ ɕyu?₁⁵bou²¹⁴₅₁ kiɛ⁵⁵ pø³³₃₃tɕiɤu³³₃₃ziɛ²¹⁴₅₁·lau,ɦua³⁵ vəŋ²²⁴ kiɛ⁵⁵ ɕiau³²⁵₃₂fu³³tɕi³³ ɕiau³³ tsau³²⁵₃₂

饭, 奇怪 起来 扑 窗头 张张, 只见 两眼 乌珠 骨碌
vɛ³⁵, gi²²⁴₃₃kua⁵⁵·kə?·lə?。 pʰu? tɕyõ³³·dɤu tɕiaŋ³³·tɕiaŋ, tɕii?⁵kiɛ⁵⁵ liaŋ²¹⁴₂₁ŋɛ²¹⁴₂₁ u³³ tɕy³³₅₁kuø?₁⁵ lu?²³₂₁

碌, 叫叫 也 嗿应, 慌忙 □ 了 邻舍, 敲进 门 去。 邻舍
lu?²³₂₁, kiau⁵⁵·kiau ɦa²¹⁴ fei⁵⁵ iŋ⁵⁵, huɔ̃³³₃₃mɔ̃²²⁴₂₂ au⁵⁵·lə? liŋ²²⁴₃₃so⁵⁵, kʰau³³·tɕiŋ məŋ²²⁴·kə?。 liŋ²²⁴₃₃so⁵⁵

见 叫 弗 应, 惟 煞 啦, 七手 八脚 拨 两夫妻 送进 医
kiɛ⁵⁵ kiau⁵⁵·fø? iŋ⁵⁵, huɔ?⁵·sæ?·la,tɕii?₁⁵ɕiɤu³²⁵₃₂ pæ?₁⁵kia?⁵·puə? liaŋ²¹⁴₂₁ fu³³ tɕi³³ soŋ⁵⁵·tɕiŋ i³³

院 抢救。 医生 七查 八查, 查 弗 出 毛病, 问问
ɦiyø³⁵ tɕiaŋ³²⁵₃₂kiɤu⁵⁵。 i³³saŋ³³ tɕii?₁⁵dzo²²⁴ pæ?₁⁵dzo²²⁴, dzo²²⁴·fø?·tɕyu? mau²²⁴₃biŋ³⁵,məŋ³⁵·məŋ

又 弗 响, 也 奇怪 起来, 忖 打 支强 心针 试试。 老官
ɦiɤu³⁵ fø?⁵ hiaŋ³²⁵,ɦia²¹⁴ gi²¹⁴₃₃ kua⁵⁵·kə?·lə?,tsʰəŋ³³ taŋ³²⁵·tsɿ giaŋ²²⁴₃ɕiŋ³³tɕiŋ³³ sɿ⁵⁵·sɿ。 lau²¹⁴₂₁ kuø³³

怕 打针, 见 医生 要 代 佢 打针 了,"啊唷"一声 叫 起来 讲:
pʰo⁵⁵ taŋ³²⁵tɕiŋ³³, kiɛ⁵⁵ i³³saŋ³³·iau dei³⁵₃₃·gei taŋ³²⁵₃₂tɕiŋ³³·lə?,"a?⁵ɦio⁵¹" ii?₁⁵ɕiŋ³³ kiau⁵⁵·kə?·lə? kɔ̃³²⁵:

"嫑 打针, 打针 痛 猛! 女客 随即 讲:"好 啦, 早饭
"hiau⁵⁵ taŋ³²⁵₃₂ tɕiŋ³³, taŋ³²⁵₃₂tɕiŋ³³ tʰoŋ⁵⁵·maŋ!"ny²¹⁴₂₁ka?⁵ zy²²⁴₃₃tɕii? kɔ̃³²⁵:"hau³²⁵læ?⁵,tsau³²⁵₃₂ vɛ³⁵

尔 烧!"
ɦŋ²¹⁴ ɕiau³³!"

资料取自《中国民间文学集成·浙江省天台县故事歌谣谚语卷》,浙江省民间文学集成办公室1992年出版。讲述者:岭里乡四合村农民汪玉人。郭希豪记录。采入本书时个别字词有改动。

故事大意:有对懒夫妻,晚上躺下后为第二天做早饭的事吵个不停。妻子叫丈夫做,丈夫要妻子做。最后说定:谁先开口说话谁就做早饭。一夜睡到天亮,谁也没吱声。两个人互相瞅瞅,都不起床,也不说话。

隔壁叔伯奶奶见半上午了,还没见小两口做早饭,奇怪了,扒窗户望望,只见两个人眼珠子溜溜转,叫也叫不应。赶忙找了邻居一起砸开门进去。邻居见叫不应他们,怕得不得了,(大家)七手八脚把两口子送进医院抢救。医生查来查去,查不出病,问他们又不说话,医生也奇怪起来,想打支强心针试试。丈夫怕打针,见医生要给他打针了,"哎呀"一声喊起来说:"不要打针,打针太痛!"妻子马上说:"好啦,早饭该你做!"

天台方言调查合作人名单

一 社会成人

姓名	性别	年龄	原籍	职业	文化程度	幼年语言环境	以后住过地方	能否说别处话	本地有几种口音	本人说哪一种	记音时间
陈中鑫	男	72	天台	教师(退)	中专	本地城关	无	不能	3	城关	2000.10.16—18
朱 琳	女	30	天台	待业	高中	本地城关	无	不能	3	城关	2000.10.18—21
张双云	女	21	天台	职员	中专	本地城关	长沙	普通话	3	城关	2000.10.21
何树云	男	71	天台街头	教师(退)	高中	本地浙崤村	无	不能	3	西乡	2001.11.20
蔡达文	男	78	天台街头	教师(退)	中专	本地霞山村	浙西(短期)	不能	3	西乡	2001.11.20
金洪彪	男	42	天台街头	干部	高中	本地街头	无	不能	3	西乡	2001.11.20
叶永志	男	29	天台街头	教师	大专	本地天柱村	温岭(15～18岁)	普通话	3	西乡	2001.11.21
陈佩阳	女	27	天台街头	教师	大专	本地街头	舟山(3年)	普通话舟山话	3	西乡	2001.11.21
胡发权	男	51	天台泳溪	教师	大专	本地泳溪	无	不能	3	东乡	2001.11.23
范天银	男	32	天台东陈	教师	大本	本地坦头	临海	普通话临海话	3	东乡	2001.11.23
李永伟	男	23	天台坦头	教师	大本	本地坦头	金华	普通话	3	东乡	2001.11.23
傅保钢(词汇调查合作人)	男	40	天台安固村	农民	高中(肄业)	本地安固	短期流动到外地	地方普通话	3	城关	2001.11—2002.8

二 在校学生

姓名	性别	年龄	原籍	学校	年级	幼年语言环境	以后住过地方	能否说别处话	本人代表地点	调查时间
褚如钦	男	17	天台城关	天台中学	高一	上宅	无	普通话	上宅	2002.5
刘东亮	男	17	天台滩岭	天台中学	高一	后田	无	普通话	后田	2002.5
许周华	男	17	天台新中	天台中学	高一	枫树殿	无	普通话	枫树殿	2002.5
洪鹏翊	男	17	天台山河	天台中学	高一	山河	无	普通话	山河	2002.5
鲍先浪	男	17	天台泳溪	天台中学	高一	里王	无	普通话	里王	2002.5
陈军季	男	17	天台白鹤	天台中学	高一	王会头	无	普通话	王会头	2002.5
林晓佳	女	17	天台平桥	天台中学	高一	下街	无	普通话	下街	2002.5
庞琼琼	女	17	天台平桥	天台中学	高一	同并门	无	普通话	同并门	2002.5
王 泓	男	17	天台白鹤	天台中学	高一	新楼	无	普通话	新楼	2002.5
王晓坚	男	17	天台三合	天台中学	高一	黄雾	无	普通话	黄雾	2002.5
朱莉莉	女	19	天台雷峰	天台中学	高一	王浪	无	普通话	王浪	2002.5
裴 演	男	17	天台坦头	天台中学	高一	坦头	无	普通话	坦头	2002.5
戴 群	男	17	天台洪畴	天台中学	高一	市集	无	普通话	市集	2002.5
范周灿	男	18	天台石梁	天台中学	高一	西坑	无	普通话	西坑	2002.5
许清强	男	17	天台城关	天台中学	高一	水南	无	普通话	水南	2002.5
郑锦辉	女	17	天台南屏	天台中学	高一	东岭	无	普通话	东岭	2002.5
庞淑娇	女	17	天台平桥	天台中学	高一	贤投	无	普通话	贤投	2002.5

姓名	性别	年龄	原籍	学校	年级	幼年语言环境	以后住过地方	能否说别处话	本人代表地点	调查时间
许珊珊	女	17	天台石梁	天台中学	高一	太平	无	普通话	太平	2002.5
潘昌健	男	17	天台街头	天台中学	高一	街一	无	普通话	街一	2002.5
姜 勇	男	17	天台鹤楼	天台中学	高一	垠坑	无	普通话	垠坑	2002.5
施卫峰	男	18	天台平桥	天台中学	高一	屯桥	无	普通话	蟹坑	2002.5
谢 寅	男	17	天台城关	天台中学	高一	城关	无	普通话	城关	2002.5
陈芳芳	女	17	天台泳溪	天台中学	高一	泳溪	无	普通话	泳溪	2002.5
张晓钢	男	17	天台城关	天台中学	高一	官塘张	无	普通话	官塘张	2002.5
陈一统	男	18	天台白鹤	天台中学	高一	杜家庄	无	普通话	杜家庄	2002.5
金虎辰	男	16	天台城关	天台中学	高一	城关	无	普通话	城关	2002.5
孙 剑	男	17	天台屯桥	天台中学	高一	理溪	无	普通话	理溪	2002.5
吕颖雅	女	18	天台城关	天台中学	高一	城关	无	普通话	城关	2002.5
娄永阳	男	17	天台城关	天台中学	高一	城关	无	普通话	城关	2002.5
王国安	男	19	天台泳溪	天台中学	高一	泳溪	无	普通话	下牙头	2002.5
干朝华	男	16	天台洪畴	天台中学	高一	明岙	无	普通话	明岙	2002.5
洪 婵	女	16	天台山河	天台中学	高一	山河	无	普通话	山河	2002.5
奚遥瑶	女	17	天台三合	天台中学	高一	灵溪	无	普通话	灵溪	2002.5
汪俏雅	女	17	天台白鹤	天台中学	高一	王安	无	普通话	王安	2002.5
叶伟强	男	17	天台龙溪	天台中学	高一	岩前	无	普通话	岩前	2002.5

后 记

　　《天台方言研究》是国家哲学社会科学规划办公室 2000 年度立项并资助的研究课题。立项后,我曾先后 4 次到实地调查,并根据调查所得材料陆续写成书稿。有些书稿片断曾以单篇论文的形式在学术刊物或学术会议上发表。2002 年,由于本单位申报博士点工作的需要,我曾把已经写成的部分书稿编成 20 万字左右的阶段性成果《天台方言初探》,由中国社会科学出版社出版。由于本人日常工作繁忙,而此项课题工作量又较大,未能在原定期限完成研究计划,为此我曾向有关方面申请延期完成。申请获准后,遂夜以继日,孜孜兀兀,又经一年,终于初步完成预定计划,于 2004 年 6 月报审结项。然而一种方言,即便是地点方言,其实也是一个语言系统,麻雀虽小,五脏俱全,要想面面俱到地详尽研究,远非预计的 40 万字的篇幅所能承担。本课题虽已结项,然而对于一个方言系统而言,还仍有许多项目因时间和精力所限未能涉及。这些未能涉及的项目成了本书的缺憾。就我目前手头业已掌握的资料而言,补上这些项目倒不难,难的是时间、精力和出版经费的不足。因此,目前我只好先把这些已通过审定、获准结项的书稿交付出版。所存缺憾,只能寄望于来日,但愿还能有补续的机会。

　　本书正文后附录的《天台风土略·方言》是从天台县档案馆所藏《天台县志稿》中辑录出的,其中收列了不少当代天台方言已不使用或尚在使用的土语,有一定史料价值,因此我把它点校后一并印入,并附了本人写的"校勘记"一篇。

　　本课题的立项受到国家哲学社会科学基金语言学科评审组的支持,特此表示谢意。在研究过程中我曾到北京大学访学一年,有幸得到王福堂先生的悉心指教。恩师胡裕树先生生前曾支持和关注此项研究,可惜他老人家未能见到此书的出版。吕冀平先生、陆俭明先生、戴庆厦先生、许宝华先生、汤珍珠先生、侯精一先生、张振兴先生、鲁国尧先生、游汝杰先生、潘悟云先生、郑张尚芳先生和范子烨先生的关心鼓励给了我坚持研究的力量。天台山文化研究会许尚枢先生、天台县档案馆杨再土先生给我许多具体帮助。在调查中许多发音合作人不辞辛劳的精神令我非常感动。天台方言词汇资料承蒙傅保钢先生帮助收集整理。黑龙江大学和有关职能部门的领导一直在工作中支持我。中华书局的俞国林先生和刘彦捷女士在此书出版过程中费心费力。在此一并致以衷心的谢忱!

　　本人在方言学上研究经验不足,书中纰漏疏误之处肯定不少。诚恳希望学界方家不吝赐教!

作者 2005 年 10 月 23 日记于
黑龙江大学汉语研究中心